SOUVENIRS
D'UN
BOURREAU DE PARIS

Par M. H***

La toilette du condamné.

I

COMMENT LE BOURREAU DE PARIS FIT LA CONNAISSANCE DE JUD

Avant de signaler des faits qui me sont personnels, je dois raconter une anecdote dont un de mes aides a été le héros. L'épisode eut lieu à une époque où mon prédécesseur était encore en fonctions. Ce fut son serviteur, devenu le mien, qui me donna tous les détails de cette histoire.

En 1852, l'atelier du bourreau de Paris se tenait rue des Vinaigriers, à peu de distance de sa nouvelle maison de la rue des Marais-du-Temple.

En ce temps-là, la demeure de l'exécuteur des jugements criminels n'avait plus l'aspect étrange et lugubre qui l'avait caractérisée au commencement du siècle.

Autrefois c'était une habitation basse et noire, aussi mystérieuse que son terrible propriétaire dont le nom seul fait figer le sang dans les artères.

Une grille de fer fermée par des planches défendait à l'œil de voir dans la cour de cette maison. Au milieu de sa porte boiteuse, constamment close, s'ouvrait une bouche d'airain où se déposaient les missives du procureur général envoyées à *Monsieur de Paris*.

Autrefois la vie du bourreau, comme son intérieur, était éternellement murée pour tout le monde.

Cependant, en 1852, une élégante bâtisse, dans le style des petits hôtels modernes, avait déjà remplacé, à quelques pas de là, l'ancienne et sinistre habitation.

La maison du bourreau ne se dérobait plus à la curiosité. La bouche de cuivre, habilement dissimulée dans l'angle de la porte, ne provoquait plus l'effroi des passants.

L'atelier était à l'unisson de la maison. Il se trouvait dans un vaste bâtiment percé d'une large et haute porte cochère. Cette porte donnait accès à une cour vitrée où était reléguée la sinistre machine se montant et se démontant à volonté.

Alors, Monsieur de Paris, vu la vétusté de sa guillotine, venait, sous sa direction, d'en faire élever une nouvelle. Elle était appelée à fonctionner, deux jours après, sur la place de la Roquette.

Cet échafaud tout neuf se dressait triomphalement dans la cour. Sa couleur rouge, bien brillante, ne s'était encore ternie d'aucun sang humain; il n'avait ni souillé ses madriers, ni coulé dans ses jointures!

C'était une guillotine perfectionnée; elle jouait avec aisance sur sa bascule; elle faisait aller et descendre avec une facilité merveilleuse son couperet, n'attendant qu'une légère secousse imprimée par sa tringle de fer, pour tomber instantanément sur la nuque du patient.

Une première expérience en avait été faite, la veille, devant messieurs les délégués du ministère de la justice. Le lendemain, deux individus se disant appartenir à une délégation étrangère se préparaient à assister à la seconde répétition de la nouvelle machine.

Ils se prétendaient d'origine italienne. Le plus jeune, cependant, avait le type allemand. Il comptait vingt ans. L'autre, beaucoup plus âgé, quoique Italien, avait la tournure du troupier français.

A midi, ces personnes sonnaient à la porte de l'entrée de l'atelier de la rue des Vinaigriers.

A peine eurent-ils tiré le bouton de la sonnette que la porte s'ouvrit. Un homme de trente à trente-cinq ans, grand, vigoureux, au visage flétri et aux yeux vitreux, s'empressa d'ouvrir à ces deux personnages. Il leur dit d'un air affecté et très poliment :

— Entrez, messieurs, je vous attendais.

C'était l'aide principal de l'exécuteur, celui dont j'ai parlé au début. Il est trop mêlé à ce récit pour que je n'esquisse pas sa vie en quelques mots.

Il s'appelait Francis. C'était un déclassé ; la misère, sœur de la débauche, l'avait fait tomber des hauteurs sociales au métier le plus bas et le plus avilissant.

Ancien négociant à Lyon, fils d'une riche famille de cette ville, il avait fait son droit à Paris. Rappelé dans sa ville natale à la mort de son père, sa mère l'avait suivi de près au tombeau. Alors Francis s'était marié, il avait repris le commerce de ses parents.

Mais il s'était mal marié. Sa femme l'avait trompé, peut-être par sa faute. Francis, dans la vie régulière, avait conservé ses habitudes du quartier latin. Négociant, marié, il n'avait surveillé ni ses intérêts ni l'objet de ses affections ; il s'était trop livré à son absorbante maîtresse : l'absinthe.

Sa femme l'avait quitté, un jour, pour suivre un officier de l'armée d'Afrique de passage à Lyon. Au moment où il était abandonné par son épouse, il était déclaré en faillite. Plus tard, il se retrouvait seul au monde et sans ressources.

Après avoir occupé dans sa ville natale une assez belle position, il ne voulait pas donner à ses anciens amis le spectacle de son ridicule et de sa misère.

Francis n'avait plus en sa possession qu'un diplôme de bachelier, il n'avait pas d'état. Un diplôme délivré par l'Université ne donne pas le pain quotidien.

Alors il quitta Lyon, autant pour se dérober à ses ex-amis que pour courir après le ravisseur de sa femme, bien résolu à prendre à Paris un métier inconnu qui pût, dans les bas-fonds sociaux, le dissimuler à son ancien monde.

Il se fit aide de bourreau. Dans son nouvel emploi, qui est le dernier lot des déclassés, il ne but de l'absinthe que lorsqu'il n'était pas de service. Grâce à son instruction, il devint le secrétaire intime de son patron.

En dehors de son double emploi, Francis passait son temps à se griser, à rechercher le ravisseur de sa femme.

Or, dans les deux hommes qui se présentaient devant lui, rue des Vinaigriers, Francis avait reconnu l'auteur de ses infortunes conjugales, celui qu'il poursuivait depuis dix ans, et que le hasard lui avait fait retrouver, depuis la veille, comme délégué d'une mission étrangère.

Par quelle suite de circonstances ces deux hommes, l'un se donnant le nom de Piercy, l'autre celui de Moncalti, comte de Matricore, avaient-ils provoqué, d'eux-mêmes, la nuit précédente, leur visite à Monsieur de Paris.

On le verra dans le chapitre suivant. En tous les cas, cette première visite permettait, le lendemain matin, à ces deux Italiens, de se présenter à l'atelier de la rue des Vinaigriers, d'y être reçus par l'aide principal du bourreau.

Lorsque celui-ci eut introduit les personnages, il s'empressa de refermer la porte sur eux. Le dos appuyé contre un de ses panneaux, il regarda en face les visiteurs.

Le plus jeune, le prétendu comte de Matricorne, était un homme de moyenne taille, brun de cheveux, au visage imberbe, aux traits amaigris et aux yeux profonds; sa figure longue, impassible, avait une expression de dureté satanesque. Son nez courbé en bec d'aigle descendait sur une bouche aux lèvres minces, dont le rictus trahissait la férocité que reflétaient ses yeux creux, aux lueurs aiguës et perfides.

Il était mis correctement, sans élégance; sa démarche était incertaine, il avait de grands pieds et de larges mains. Toute sa personne accusait une énergie sauvage, au service des passions les plus grossières. La sécheresse de ses traits et son lourd aspect inspiraient la répulsion, sinon l'effroi.

Le plus âgé se faisait appeler Piercy, il pouvait avoir le double de l'âge de son compagnon, c'était un homme trapu. Il avait les cheveux taillés en brosse, sa brune figure, brûlée au soleil, ne le cédait en rien, pour l'expression cruelle, à celle de son compagnon. Ses yeux étaient plus fuyants, ses manières plus cauteleuses. Piercy pouvait bien être un Italien. Il ne regardait jamais en face, surtout en ce moment où il se sentait très embarrassé vis-à-vis de l'aide du bourreau.

Francis, toujours le dos tourné contre la porte, ne le quittait pas du regard.

— A ton tour, meurs, valet de bourreau !!

Il resta quelques secondes devant les visiteurs interdits. Enfin il s'avança vers eux, il leur désigna du doigt la guillotine et leur dit :

— Excusez mon patron, messieurs, si je vous reçois à sa place. Il m'a chargé, forcé de s'absenter pour ses occupations, de vous donner les explications que vous désireriez obtenir, après l'examen de cette machine.

Les étrangers s'inclinèrent.

Francis s'avança encore. Il dépassa les Italiens, il sauta sur l'instrument de supplice dont les bras rouges étaient armés, à leur sommet, du fatal couteau, reluisant au soleil.

— Voilà, messieurs, ajouta-t-il, le nouvel échafaud que vous paraissiez tant vouloir connaître, la nuit dernière. Mais au lieu de perdre du temps à vous en faire la description, j'aime mieux vous convaincre de son excellence en la faisant fonctionner devant vous.

Les Italiens s'inclinèrent de nouveau.

Francis, sur la plate-forme, prit près de lui un bottillon de paille serré

à son extrémité ; il avait la hauteur et la grosseur d'un homme ; puis le roulant sous le couteau, il lâcha la détente. En une seconde, la paille fut coupée avec une affreuse précision.

La partie du bottillon figurant la tête de l'homme tomba dans le panier.

Puis relevant le couteau jusqu'à la tringle de fer, il dit d'un air triomphant aux étrangers :

— Vous le voyez, messieurs, notre tâche est bien simplifiée par la perfection de ce mécanisme. Une fois le patient sur la lunette, il n'a pas le temps de respirer en recevant la mort. C'est un progrès dont l'humanité est redevable à mon patron.

Puis s'adressant plus particulièrement à Piercy, il lui dit avec un sourire engageant :

— Guillotiner un homme n'est plus qu'un jeu d'enfant. Ces messieurs peuvent s'en convaincre. Tenez, monsieur Piercy, ajouta Francis en lui désignant l'échafaud, montez à votre tour ; veuillez faire par vous-même un second essai, je suis sûr que vous serez aussi heureux que moi.

Piercy, à ces mots, eut froid dans le dos. Il regarda l'aide du bourreau d'un air stupéfait ; il parut très hésitant.

Ce n'avait été qu'à son corps défendant qu'il avait été amené par le prétendu comte de Matricore chez le bourreau, la nuit précédente.

C'était avec plus de répugnance qu'il avait suivi le comte, rue des Vinaigriers, après avoir reconnu, la veille, près du bourreau, son aide, le mari de celle dont il était l'amant depuis dix années.

Quoique Francis n'eût pas l'air de le reconnaître, quoique Piercy fût bien changé comme Francis, depuis qu'ils s'étaient vus pour la première fois, les regards persistants de ce dernier ne lui disaient rien de bon.

Maintenant l'attitude et les paroles insidieuses de ce valet le rassuraient de moins en moins.

Pourquoi Francis venait-il de les recevoir, seul, dans l'atelier de la rue des Vinaigriers ? Et dans quel but lui conseillait-il de faire personnellement l'expérience de la guillotine ?

Piercy, en s'adressant ces observations, voulut refuser l'offre de Francis. Avant de monter sur la machine, il regarda le comte de Matricore ; le jeune homme lui fit un clignement d'yeux qui signifiait :

— Avancez toujours, je suis là.

Piercy monta sur l'instrument de supplice que Francis n'abandonna pas.

Lorsque l'Italien fut avec l'aide, près de la bascule, il lui dit :

— Mais je ne vois pas le nouvel accessoire qui doit m'obliger à faire fonctionner votre machine ?

SCEAUX, IMP. CHARAIRE ET FILS.

Avant d'adresser cette question à Francis, Piercy regarda le jeune comte. Celui-ci ne quitta pas des yeux le visage menaçant de l'aide du bourreau.

Sur l'observation de Piercy, Francis répondit :

— Penchez-vous un peu, entre l'instrument. Vous allez voir un autre bottillon que j'ai préparé; son extrémité simule, à s'y méprendre, une *véritable tête de chrétien.*

En prononçant ces mots, l'œil éteint de Francis étincela comme le feu d'un phare à éclipses. Ses traits flétris s'animèrent ; ils rayonnèrent d'une joie vengeresse. Sa bouche béante, desséchée par l'ivresse, écuma sur ses lèvres frémissantes.

Piercy, accroupi sur la machine, ne put voir le visage décomposé, haineux, de l'aide du bourreau.

Enfin celui-ci tenait en son pouvoir, sous le couperet de la guillotine, l'homme qui avait brisé sa vie, qui lui avait infligé toutes les tortures de la jalousie, qui avait été la principale cause de sa chute.

Il le tenait, le ravisseur de sa femme ! Un voile de sang l'aveuglait, il voyait encore assez pour lui faire payer des coups de fouet que lui avaient donnés les furies, en aiguillonnant ses désespoirs. Encore une seconde, il allait lui infliger ses souffrances ; il avait tué son âme, il allait tuer son corps.

Pour se raffermir dans son infernale résolution Francis avait bu. Il s'était grisé pour rester encore dans son double rôle de justicier et de bourreau.

Alors Piercy étendu sur la planche, cherchant une botte de paille imaginaire, ne songeait pas au couteau suspendu sur sa tête et que Francis s'apprêtait à faire tomber sur lui.

Enfin, il l'avait à ses pieds, celui qui s'était mis si souvent aux pieds de son épouse, pour la faire choir! Il était à lui, il était à sa merci, il était heureux. Aussi ne craignait-il plus de manifester sa joie féroce, au moment où il était maître de sa victime.

Encore une seconde, c'en était fait de Piercy; la main de Francis faisait partir la détente, le couteau tombait, la tête de l'Italien roulait dans le panier!

Mais ce que ne pouvait plus voir Piercy, son compagnon le voyait.

Lorsque, après avoir hésité quelque temps, Piercy s'était étendu à plat ventre pour chercher, entre les deux bras de la guillotine, le prétendu fantôme d'un guillotiné; lorsque Francis, par un geste suprême, s'apprêtait à pousser le ressort et à faire tomber le couteau, le comte de Matricore bondit comme un tigre sur l'échafaud.

Il empoigne de ses larges mains le bras de Francis; il le renverse sur l'estrade, il le force à redescendre.

Une lutte s'engage entre les deux hommes.

Piercy accroupi sur la bascule se relève. Il comprend à la lutte et aux paroles des adversaires l'horrible danger auquel il vient d'échapper.

— Infâme coquin! hurle le comte en rejetant Francis sur le sol, l'écume à la bouche, les yeux hors de leurs orbites, parce que son adversaire le serre à la gorge. — Ah! tu voulais assassiner mon ami?... A ton tour, meurs, valet de bourreau, double meurtrier!

— Oui, je voulais le tuer, ton ami! râla Francis, la gorge serrée par les doigts de fer, et la poitrine pressée par le genou de Matricore... Oui, parce que, autrefois, il m'a pris ma femme; parce que tout me prouve que vous êtes deux misérables!

Le comte, sur les défis de Francis, allait peut-être l'étouffer, l'étrangler. Mais Piercy, heureux d'échapper à la mort, saute de l'échafaud, va aux lutteurs, en s'écriant:

— Matricore!... C'est un fou! Épargnons-le!... Ne soyons pas aussi fous que lui en nous faisant ses meurtriers. Dans notre position, ce serait trop idiot!

— Tu as peut-être raison, Piercy, fit le comte abandonnant d'un air de mépris Francis qui se relève et qui roule des yeux furieux.

Francis était honteux et confus de la tournure qu'avait prise son idée de vengeance caressée dans un moment d'ivresse.

Depuis que cette scène avait échoué, il était impossible de la recommencer. La porte cochère venait de se rouvrir.

Monsieur de Paris, qui en avait la clé, intervenait, suivi de deux autres aides.

Il apparaissait avec ses serviteurs au moment où Francis, terrassé, se relevait devant les deux Italiens.

L'exécuteur des jugements criminels, à la vue de Francis tout meurtri, s'écria avec autorité:

— Que signifie ce scandale chez moi? Que faisiez-vous, Francis, au lieu de recevoir ces messieurs comme je vous l'avais recommandé, avec toute la circonspection qu'exige notre profession.

— Monsieur, répondit humblement Francis, j'essayais de châtier en ces messieurs deux espions dont j'ai personnellement à me plaindre.

Puis désignant Piercy, à peine remis du terrible danger qu'il venait de courir, il ajouta:

— Et surtout celui-ci qui a causé toutes mes infortunes!

— Pour ne plus recevoir de leçons de vos gens, riposta le faux comte

Elle tombe et l'inonde de son sang (page 12).

de Matricore qui, au mot d'espion, avait hâte de fuir — nous nous empressons de quitter monsieur, en constatant qu'il n'a pas volé la réputation attribuée aux valets de bourreau.

L'Italien s'empressa de saluer tout le monde, en entraînant avec lui son prétendu compatriote.

Une fois les étrangers partis, l'exécuteur voulut adresser de vifs reproches à Francis. Il n'était accouru, une fois averti de la visite des étrangers, que parce que depuis la veille, il se doutait bien qu'une pensée de vengeance animait contre eux son aide principal.

Francis alla au-devant des reproches de son maître. Il lui répliqua, après le départ des étrangers :

— Patron, je suis certain que Piercy n'est pas le nom du plus âgé. Je suis payé pour savoir que ce n'est qu'un espion ; il ne vaut guère mieux, peut-être, que le faux comte de Matricore. Qui se ressemble s'assemble.

Puis, apercevant sur le sol une carte que venait de laisser tomber dans la lutte le faux Matricore, il la ramassa ; il lut le nom qui y était inscrit. Il poussa une vive exclamation, puis présentant la carte au bourreau, il s'écria :

— Tenez! Jugez si j'avais tort!

A son tour M. de Paris poussa un cri de surprise. Il lut la carte :

— « Jacques Jud. »

— Patron, reprit Francis, voilà probablement le véritable nom de ce faux gentilhomme italien ; car ce nom-là répond mieux à ses allures et à ses paroles qui sentent l'Allemand.

— Et vous concluez? demanda l'exécuteur déjà sur la trace de la vérité.

— Je conclus, continua-t-il, que ces deux hommes cachent leurs véritables noms, parce que leurs démarches sont aussi louches que leur personne. Depuis longtemps, je connais ce Piercy qui s'appelle Pieri. Quant à l'autre que nous ne connaissons, vous et moi, que depuis hier, je crains que cet échafaud ne fasse sa connaissance. Aujourd'hui, j'ai manqué l'occasion d'essayer son couperet sur le cou de Pieri, demain, vous aurez peut-être la chance de l'abaisser sur la tête de Jud. Ce Jud et ce Pieri ne sont que deux coquins. Ils sont du bois dont on fait les meurtriers ; et les bois de Justice. — termina Francis que l'absinthe rendait plus exalté, — les bois de Justice ne sont faits que pour eux!

L'aide du bourreau était parvenu au paroxysme de la rage et de l'ivresse.

Monsieur de Paris jugea prudent, dans l'état où était son serviteur, de ne pas l'exciter davantage. Il courba la tête, soupira d'un air de pitié, il préféra ne pas répondre.

L'avenir allait justifier les fatales prévisions de Francis.

Pieri était, six ans après, l'odieux associé d'Orsini dans l'affaire des bombes et l'attentat du 14 janvier 1858. Jud, le faux Matricore, devenait, huit ans plus tard, le mystérieux meurtrier du magistrat Poinsot. L'échafaud ne devait jamais l'atteindre.

Comment Jud et Pieri étaient-ils entrés en relations avec le bourreau, quel but les guidait? On va le savoir.

C'était à Francis, à ce subalterne, que l'on devait l'entrevue de Jud avec l'exécuteur des jugements criminels, au moment où Jud et Pieri arrivaient en France pour combiner les plus horribles attentats qui marquent de sang les pages d'histoire du second empire!

La veille, ils étaient allés à la prison de la Roquette, voir un Italien, condamné à mort, un nommé Lubani, un triple assassin, qu'ils avaient mission de délivrer afin de les aider à l'accomplissement de leur œuvre infernale.

Quel était ce Lubani?

Mon existence a passé en partie à travers les péripéties de sa vie mystérieuse. L'échafaud, sur la fin de ma carrière, m'a mis bien souvent en présence de ses complices. Ceux-ci ont influé d'une façon fatale, sur ma destinée.

On le verra par la suite, lorsque j'arriverai à l'assassinat du magistrat Poinsot, en parlant de son meurtrier Jud devenu légendaire.

En attendant, je reviens à Lubani.

II

L'ASSASSIN LUBANI

Lubani était un bandit génois. Depuis l'âge le plus tendre il s'était livré à des déprédations de tout genre. Sa condamnation à mort, il ne l'avait pas volée !

Elevé au couvent, Lubani avait reçu une brillante éducation. Il avait bien vite jeté le froc aux orties pour s'enrôler dans une bande d'aventuriers et de voleurs qui infestaient les environs de Rome.

Il part d'abord de Gênes, en emportant la caisse des Révérends : il entraîne dans sa fuite une jeune fille de bonne maison qu'il commence par séduire ; il lui vole ensuite tout ce qu'elle a pris avec elle pour payer ses nuits de noces.

Lubani, à vingt ans, était un fort beau garçon. Ses grands yeux noirs avaient des reflets d'acier ; ses cheveux bruns touffus, encadraient une mâle et séduisante physionomie. Sa taille était souple et nerveuse. Ses membres vigoureux avaient des attaches fines, aristocratiques. Il pouvait servir de modèle pour un Apollon ou un Antinoüs.

Au premier abord, Lubani plaisait et ravissait. Il était né pour être séducteur. Il ne fallait pas lire au fond de ces étincelantes prunelles. Des lueurs sinistres éclairaient ses yeux sournois. Son front se plissait souvent de rides menaçantes; les plis de sa bouche, aux lèvres minces, cachaient jusque dans son sourire, une nuance d'ironie cruelle, que la contrariété rendait féroce.

En examinant de près cette belle figure, en analysant ses traits d'une correction parfaite, on devinait que sous ce masque enchanteur, se cachaient les pensées d'un monstre. Dans son sourire, à travers la douceur de ses regards, transpiraient la dureté et la convoitise. On sentait que son cœur ne battait que pour la haine.

Sa fiancée qu'il était parvenu à associer à sa vie de bandit, qui avait consenti, par amour, à le suivre dans sa voie infâme, ne tarda pas à réclamer le prix de son déshonneur. Lubani, après l'avoir dépouillée de ses biens se lasse de ses doléances. Un jour qu'elle lui rappelle ses promesses avec trop de véhémence, son amant l'entraîne au fond d'un bois. Sous prétexte de l'embrasser, il essaye de l'étouffer dans ses bras.

Sa fiancée se révolte, elle lui résiste et l'invective. Lubani tire son poignard et le lui plonge dans la gorge. Elle tombe à ses pieds et l'inonde de son sang. Lubani abandonne son cadavre; il se contente de chercher une source voisine pour y laver le sang de celle dont il vient de se débarrasser.

La police ne tarda pas à se mettre à la poursuite du meurtrier. Il se sauve à travers la campagne, il abandonne ses bandits, prêt à quitter sa patrie. Pourchassé par les carabiniers, il sent que s'il est pris, après son dernier meurtre, il n'a plus qu'à attendre le triste honneur de marcher à la mort, accompagné d'un prêtre et du bourreau.

«Mourir à vingt ans, c'est trop tôt! A tout prix il veut vivre. Pour déjouer la justice, il n'hésite pas à se mêler aux plus dangereux conspirateurs du gouvernement papal. Afin de mériter leur confiance et leur protection, il se pose en martyre politique. Ses prétendus coreligionnaires, abusés par ses mensonges, favorisent sa fuite; ils l'embarquent sur un bâtiment qui, de Livourne, le mène en France.

Une fois à Marseille, il fait des faux pour vivre. A chaque étape il extorque les signatures des plus riches négociants. A Lyon, il n'attend pas l'échéance de ses mandats, fabriqués de ses mains; il se rend à Paris.

Une fois dans la capitale, il se livre à tous les genres d'escroqueries. Non seulement il imite la signature des plus riches banquiers, mais il confectionne, d'accord avec un graveur aussi peu scrupuleux que lui, de faux billets de banque.

Pendant quelques années, Lubani, sous un nom d'emprunt, habite un riche appartement dans le quartier Bréda. Il mène une existence fastueuse avec une Italienne dont il a fait la connaissance dans la traversée de Livourne à Marseille.

A la suite de plusieurs aventures très désagréables, il finit à la longue par abandonner sa maîtresse; peu s'en faut qu'il ne s'en débarrasse de la même façon qu'il s'est débarrassé de sa fiancée.

A la première rupture de cette femme avec Lubani, il ne lui fait grâce de la vie qu'à la condition qu'elle deviendra sa complice.

Lubani fouille avec avidité (page 16).

Voici en quelle circonstance. Un jour elle apprend, par la visite d'un agent de police, que Lubani est inquiété. On l'accuse d'être un dangereux faussaire.

L'Italienne, pour ne pas être soupçonnée avec lui, le somme de s'expliquer. Il lui répond: « que ses affaires ne la regarde pas, qu'elle n'a besoin que de vivre de ses largesses. »

Elle s'emporte ; elle lui répète les paroles de l'agent, elle ajoute :

—Je sais que vous ne vivez que des dupes que vous faites journellement. Et si vous ne cessez votre indigne conduite, je suis bien décidée, pour ne pas être enveloppée dans votre infamie, à vous quitter pour jamais.

— Si vous faites cela, ma chère, répond effrontément le bandit, je vous préviens que vous partagerez non seulement ma honte comme vous avez partagé mon butin, mais que vous mourrez avant moi; car vous m'obligeriez à signer votre feuille de route pour le grand voyage, bien avant de monter moi-même sur l'échafaud.

— L'échafaud! répond la pauvre femme avec terreur. Quoi, mériteriez-vous jusqu'à l'échafaud?

— Peut-être, riposte l'impudent Lubani. Les bagues qui ornent vos doigts, les bracelets qui vont si bien à votre bras charmant, proviennent d'abondantes saignées faites sur des personnes qui, grâce au ciel, ne sont plus de ce monde pour m'accuser.

Sans s'émouvoir de la terrible émotion peinte sur le visage de sa maîtresse, Lubani ajoute en souriant et tirant un poignard de sa poche :

— Vous voyez bien ce bijou? Il en a tué bien d'autres pour vous parer. Maintenant si vous ne vous taisez plus, ce bijou dans votre gorge, chère amie, sera votre dernière parure.

La malheureuse veut crier, protester, le bandit se jette sur elle, le poignard levé sur sa tête, il l'enlace, il la rejette sur le parquet, en la menaçant toujours.

— Malheureuse! lui crie-t-il, plus un mot. Maintenant, vous êtes avertie; puisque je vous épargne, il faut que vous m'aidiez à déjouer la police qui me cherche. Sinon, c'en est fait de vous, cette heure sera pour vous la dernière.

Lubani, comme un tigre acharné à sa proie, se penche sur la pauvre femme étendue sur le tapis; il s'apprête à lui plonger son arme dans la gorge.

— Grâce! grâce! Lubani, exclame sa maîtresse affolée, je ferai, puisque tu l'exiges, tout ce que tu voudras. Mais laisse-moi la vie... Oh! laisse-moi la vie!

— Soit! fait l'Italien en la relevant. Mais tu sais à quelle condition?

Le lendemain de cette scène, Lubani et sa maîtresse désertaient le quartier Bréda. L'Italien se livrait à tous les coins de Paris, avec elle, aux tentatives les plus criminelles. Mais celle-ci ne prenait pas goût au métier. Le bandit désespérant d'en faire son associée, un jour l'abandonna.

Il daigna, cette fois encore, lui faire grâce de la vie. Mais il lui dit que si jamais elle le dénonçait à la police, il se chargerait de son affaire.

Elle se tut et fit bien.

Lubani, un mois après, était pris. Grâce au silence de l'Italienne, il ne fut inquiété que pour ses escroqueries.

Condamné sous un nom qui n'est pas le sien, il passe pour un officier autrichien. Il est envoyé au pénitencier de Metz. Pendant tout le temps de sa réclusion, il se fait remarquer par une conduite exemplaire. A la fin de son temps, il est dirigé sur l'Afrique, il est incorporé dans une légion étrangère.

Là, il connaît Pieri, Italien comme lui, comme lui au service de la France.

Il dit à Pieri qu'il est un ancien élève de l'École polytechnique, attaché autrefois à l'état-major de Paris ; il avoue qu'après plusieurs peccadilles de jeunesse, il a été forcé de servir comme soldat dans une compagnie de discipline.

Pieri et Lubani sont faits pour s'entendre. Un jour, ils désertent ensemble. Pieri va revoir ses amis, des conspirateurs de tous les régimes, vivant de toutes les trahisons ; Lubani part pour retourner à Paris, et recommencer ses exploits avec ses compagnons de vol et de meurtre

En 1852, une tentative d'assassinat, exécutée en plein jour, au centre le plus fréquenté de la capitale, vint mettre l'épouvante dans la population.

Sur le boulevard des Italiens, une femme, les traits livides, les yeux hagards, les cheveux défaits, le corps couvert de sang, sort d'une boutique de marchand de curiosités. Elle crie : « Au secours! à l'assassin! » Puis elle tombe sur le trottoir. Quand on la ramasse, évanouie, on s'aperçoi avec effroi qu'elle a la gorge entamée. Le sang jaillit de sa blessure béante

On transporte la femme dans la boutique : on la monte jusqu'à l'entresol où a eu lieu le crime. Des inspecteurs aperçoivent près d'un meuble brisé, un foulard noir, marqué aux initiales des nom et prénoms de Lubani.

Lorsque la moribonde revient à elle, elle raconte comment la scène s'est passée. Un homme de trente-cinq ans, élégamment vêtu, s'était présenté à son magasin en marchandant un meuble de prix. N'ayant pas assez d'argent, prétendait-il, pour conclure son achat, il était sorti avec son mari pour aller chercher chez lui de l'argent ; il avait prié le mari de l'attendre rue Vivienne, pendant qu'il remontait dans son domicile.

Mais une fois qu'il eut quitté le marchand, Lubani était revenu sur ses pas ; il avait repris le boulevard des Italiens, pour retrouver la femme dans le magasin. Là, il montait avec elle à l'entresol pour recevoir de la marchande la monnaie de la forte somme qu'elle n'avait pas dans sa caisse d'en bas.

Au moment où elle se disposait à fouiller dans sa seconde caisse pour lui rendre l'argent d'une partie de ses billets qu'il prétendait avoir en portefeuille, il s'était jeté sur elle et lui avait enlevé la clef de son secrétaire.

Elle veut crier, il la bâillonne. Avant de prendre ce qu'elle possède, il essaie de l'étrangler, et lui serre fortement le cou avec son mouchoir. Elle crie, elle se débat, il la frappe à la gorge avec le poignard qu'il porte toujours sur lui. D'une main, près de la caisse, il la retient toute sanglante, elle ne crie plus, elle tombe. Alors de l'autre main, Lubani fouille,

fouille avec avidité dans un tiroir ouvert, il y prend une somme de cinq cents francs, puis, il s'esquive, croyant que cette femme qu'il a frappée est incapable de pousser un cri, de faire un mouvement.

Mais la dame n'est qu'évanouie. Aussitôt son départ, elle se relève, arrache son bâillon ; couverte de sang, elle descend l'escalier, elle appelle du secours en râlant, en se traînant jusqu'à sa boutique. Elle crie qu'on arrête l'assassin, puis elle retombe !

Lorsque son mari revient de la rue Vivienne, las d'attendre le meurtrier, il retrouve sa femme presque assassinée ; il dépeint minutieusement les traits du meurtrier.

Grâce à son mouchoir marqué à ses initiales, trouvé sur le lieu du meurtre, Lubani ne tarda pas à être découvert.

Lubani arrêté passait en cour d'assises.

Par ses précédentes condamnations comme voleur et comme faussaire, il était condamné à la peine capitale. Au moment de son jugement, on ne savait pas encore si la marchande d'antiquités, entre la vie et la mort, en réchapperait.

Lorsque l'assassin entendait prononcer sa condamnation, d'autres faits venaient jeter une lumière nouvelle sur sa carrière accidentée.

Une Italienne, son ancienne maîtresse de Paris, celle qu'il avait forcée à devenir sa complice, succombait, à bout de honte, de remords et de misère. Elle s'asphyxiait dans un misérable grabat, pour en finir avec sa vie d'épreuves.

On trouvait au lit de la morte une lettre qui révélait les crimes de son amant. Vivante, elle n'eût pas osé avouer des attentats dont elle s'était faite, malgré elle, la complice. En mourant elle annonçait à la justice qu'elle cédait à ses remords, qu'elle se déterminait à faire connaître deux assassinats dont la police, depuis plus de dix ans, recherchait le principal auteur.

Le premier crime datait de 1838, il avait été commis sur deux personnes : sur un nommé Lacroix Van den Krentz, un ancien bijoutier, demeurant rue de Malte, et sa gouvernante, Madeleine Boutillier.

Le second attentat avait lieu en 1837 sur un certain Barenne demeurant rue de la Verrerie.

Ce triple assassinat commis rue de Malte et rue de la Verrerie, s'était exécuté de la même façon. Les victimes avaient toutes été frappées à la gorge, à coups de tranchet ou à coups de poignard.

Barenne, en 1837, saigné à la gorge, avait été dévalisé d'une somme de dix mille francs, au moment où il se disposait à rendre la monnaie à son meurtrier.

— Ne bouge plus ! ou mon poignard va te couper le sifflet (page 19).

Le vieux bijoutier Lacroix, âgé de 78 ans et sa servante moins âgée de vingt années, avaient été frappées dans des circonstances plus compliquées et plus horribles. Trois meurtriers, trois complices de Lubani, que l'Italienne désignait dans sa lettre, l'avaient aidé à achever le vieux Lacroix et sa bonne.

Ces trois bandits avaient été recrutés par l'Italien au fond des carrières d'Amérique. Avant d'habiter ce repaire, ils faisaient partie, à quelques pas de là, de la colonie dite des *Allemands*. Autrefois, c'était là que se parquaient les boueux, les balayeurs des rues, au service de la municipalité parisienne, mais qui, par leur nationalité, servaient aussi de mouchards à leur patrie d'outre-Rhin.

Lacroix Van den Krentz, vieux bijoutier autrefois estimé dans son quartier, avait contracté, depuis, des habitudes singulières. Avec sa gouvernante, Lacroix ne fréquentait que les endroits les plus suspects. Vieillard, presque en enfance, il errait avec sa servante, dans les bouges les plus crapuleux. Toujours couvert de bagues, en compagnie de Madeleine resplendissante de bijoux, on les rencontrait soit au boulevard du Temple, soit à la Courtille ; on les voyait, boulevard du Temple, s'attabler avec des gens de bas étage ou, à la Courtille, trinquer avec les plus dangereux vauriens de la capitale.

A la suite d'un de ces pèlerinages, le vieux Lacroix et sa gouvernante firent la connaissance des trois acolytes de Lubani, hôtes familiers des carrières d'Amérique.

Dès que le vieux Lacroix entrait en relations avec les trois vauriens, sa perte était résolue. Lubani organisait un horrible guet-apens qui devait, du même coup, anéantir le malheureux vieillard et sa servante.

L'Italienne, dans sa lettre à la justice, relatait avec ses moindres détails, comment s'était accompli ce meurtre épouvantable.

Les trois associés de l'Italien, après avoir grisé le vieux Lacroix et sa bonne à l'*Ep'-scié*, les reconduisaient tant bien que mal à leur domicile de la rue de Malte.

Une fois à leur porte, c'étaient Lubani et sa maîtresse qui montaient Lacroix et la Boutillier dans leur appartement.

Mais ils laissaient sur leur passage la porte entr'ouverte ; les trois bandits, dans l'ombre, les suivaient à pas de loup ; sans être vus du concierge, ils montaient après Lubani et sa complice pour les aider dans l'ignoble et double meurtre prémédité par leur chef.

Une fois l'Italien, sa maîtresse et les malfaiteurs dans la place, ces derniers se hâtent de fermer la porte.

Le carnage commence. Lubani s'élance comme un tigre sur le pauvre vieillard, ivre-mort, qui n'a pas la conscience de lui-même. Avant qu'il fasse un geste, qu'il pousse un cri, il le prend à la gorge. Deux autres se pendent à ses bras, à ses jambes, et l'assassin lui plonge son poignard dans le cou.

L'Italienne, spectatrice passive de cet assassinat, essaie de protester. Le troisième acolyte de Lubani se jette sur elle, il lui enfonce les doigts dans le gosier pour arrêter ses cris.

Pendant ce temps-là, les deux autres misérables ont quitté Lacroix inanimé, baigné dans son sang ; ils se sont jetés sur la gouvernante qu'ils ont bâillonnée et qu'ils entaillent à coups de tranchet sur la tête.

Le vieux Lacroix, foudroyé par le poignard de Lubani, est étendu à ses pieds. La servante, plus vivace, se débat sous les atteintes des tranchets qui découpent ses chairs pantelantes, par devant et par derrière.

Elle tombe à son tour, n'offrant plus, dans une mare de sang, qu'une masse informe, couverte de plaies.

Pour Lubani, Lacroix est mort trop vite ; afin de bien s'assurer qu'il n'est plus qu'un cadavre, il le tourne, le retourne du pied il lui enfonce sa botte dans la poitrine, il piétine, il danse sur son corps. Son sang l'éclabousse de toute part, il s'en grise avec volupté : c'est horrible!

L'Italienne complice, malgré elle, de ce carnage de cannibales, veut protester de nouveau; elle ne peut ni pousser un cri, ni faire un mouvement, les trois acolytes se ruent sur elle, l'un d'eux lui enfonce de plus en plus les doigts dans le gosier.

Pendant que les trois coquins ont quitté la servante pour s'assurer de l'Italienne, le corps de la gouvernante remue encore dans sa mare de sang; Lubani tombe aussi sur elle.

Son même poignard qui a tué le vieillard, tue la servante.

— Vous êtes des maladroits! crie-t-il à ses associés.

Lubani, ce monstre à face humaine, leur indique comment il faut tuer sans que la victime puisse pousser un cri, en lui tranchant les carotides!

Elle meurt, frappée par Lubani, comme Lubani a frappé son maître.

Une fois les deux corps étendus sur le parquet, l'Italien se relève, il se retourne, il regarde bien en face sa maîtresse qui se débat aux prises avec les trois bandits.

— Ne bouge plus! lui dit-il, ne crie pas, surtout, ou mon poignard va te couper le sifflet, comme je viens de le faire pour ces vieux débris.

Le vampire n'attendait qu'une protestation de sa maîtresse pour continuer son orgie de sang.

Elle a peur de cette bête fauve. Elle se tait, immobile, glacée d'horreur, les yeux hagards.

Alors froidement, méthodiquement, les quatre assassins rabattent sur les deux corps, des vêtements trouvés dans les armoires qu'ils dévalisent complètement.

Ils emportent avec l'argent et les bijoux, une liasse de billets de banque; puis, tenant toujours en respect l'Italienne plus morte que vive, ils la forcent à procéder à leur toilette.

Ils sont couverts de sang; il faut qu'ils sortent, les mains blanches, les vêtements lavés.

Un des assassins connaît les êtres de la maison. Il est venu plusieurs fois chez Lacroix pour étudier le terrain. Il les conduit à la cuisine, où ils s'empressent de se nettoyer. Un à un, ils descendent par l'escalier de service, laissant dans l'appartement deux cadavres, emportant une somme de trente mille francs qu'ils vont se partager, la nuit, au fond des carrières d'Amérique.

Tel était le récit de ce dernier meurtre, détaillé par l'Italienne et éclairant la justice au moment où elle succombait, vaincue par la misère et par les remords.

Pendant plus de dix ans, ce meurtre, comme celui de Barenne, fut à l'état de mystère. Il fallut les révélations de l'Italienne pour bien faire connaître ce Lubani, ce monstre à face humaine que l'enfer vomit pour l'épouvantement des générations.

Ce monstre était une vieille connaissance de Pieri, c'était son compagnon d'armes. Celui-ci le considérait comme un héros. Il l'avait vu à l'œuvre, en Afrique, ce vainqueur des Arabes. Il est vrai que ce qui se passe en Afrique et que ce qui est cité, là-bas, comme des faits glorieux, est considéré en France, sous notre climat tempéré, comme des actes d'atrocité!

Il suffit pour les absoudre de mettre de pareils criminels dans leur milieu!

Lubani, dans le pays des tigres, était bien dans sa patrie.

Au moment où la France était surveillée par des ennemis haineux, patients, implacables, Lubani était pour nos espions, une précieuse recrue.

Voilà pourquoi Jud et Pieri avaient été trouver ce Lubani à la prison de la Roquette, la veille du jour de leur visite à l'atelier de la rue des Vinaigriers. Jud, surtout, ne s'attendait pas à trouver dans Francis, dans le vengeur de sa femme, un obstacle passager à ses ténébreux projets.

Maintenant que l'on connaît Lubani, il est indispensable de bien faire connaître les deux étrangers intéressés à son salut.

III

DE LA PRISON DE LA ROQUETTE A LA MAISON DU BOURREAU

Il faut, pour expliquer l'attitude de Francis devant ces étrangers, retourner d'un jour en arrière, alors que Jud et Pieri étaient allés voir à la prison de la Roquette, l'assassin Lubani.

Comme je l'ai dit, le faux comte de Matricore et le faux Piercy étaient chargés d'un mandat qui cachait une mission occulte.

Italiens prétendus ou tels, ils venaient s'enquérir de la situation de Lubani, un criminel appartenant aussi bien à la justice française qu'à la justice italienne.

En réalité, ces traîtres ne manœuvraient qu'au compte de l'Allemagne.

Jud et Pieri s'étaient rendus à la prison de la Roquette (Page 22).

C'étaient des espions alliés aux carbonari, qui n'agissaient qu'au profit de la justice de Berlin.

Ostensiblement, ils étaient chargés de rendre compte à la chancellerie de la commutation de la peine de mort d'un officier, leur compatriote, en une détention perpétuelle. En secret ils se proposaient de travailler à l'élargissement de ce condamné, parce que sa mise en liberté servait les intérêts politiques de la Prusse contre l'Autriche ?

Lubani, qui se prétendait animé de grands sentiments d'indépendance nationale, n'était au fond qu'un vulgaire assassin.

A l'aide de la politique, ce misérable avait eu l'art de mettre la diplomatie étrangère dans son jeu...

Lubani, le condamné à mort, qui s'était échappé de sa patrie, après avoir étranglé sa fiancée qui, en France, avait commis trois assassinats, était bien digne de servir ces intrigues cosmopolites.

Il se voyait l'objet de la clémence du nouveau pouvoir, moins par humanité que par ce que l'influence des sociétés secrètes s'exerçait toujours sur l'esprit de la nation.

La veille de la scène de la rue des Vinaigriers, Jud et Pieri s'étaient donc rendus à la prison de la Roquette, pour recruter un nouveau complice.

Alors la Prusse, bien faible en face de l'Autriche son ennemie, cherchait partout contre elle des partisans; elle les cherchait jusque chez les *carbonari* les moins scrupuleux, en les chargeant à leur tour d'en recueillir de moins scrupuleux encore.

Pieri et Lubani étaient du nombre.

Pendant que Jud et Pieri étaient dans le cabinet du directeur de la prison de la Roquette, pendant qu'ils lui rendaient compte de leur mandat, le bourreau, mon prédécesseur, se disposait à y pénétrer.

Alors Monsieur de Paris s'attendait d'un jour à l'autre, à recevoir l'ordre auquel sa terrible consigne allait le forcer d'obéir contre le triple meurtrier Lubani.

Il venait se concerter avec le directeur pour dresser sa nouvelle machine sur la place. A peine était-il entré avec Francis dans son cabinet, à peine lui eut-il dit l'objet de sa visite que le directeur lui répondit en lui désignant les Italiens.

— Sa Majesté vient de commuer la peine de Lubani en une détention perpétuelle.

Puis se tournant vers les étrangers :

— Vous voyez ces messieurs? continua-t-il. Eh bien! ce sont les compatriotes de ce Lubani. Ils m'annoncent, par l'organe de leur ambassade, que l'Italie est disposée à demander son extradition. Il paraît que l'existence criminelle de ce meurtrier ne date pas seulement de son arrivée en France, ni de son entrée dans l'armée d'Afrique! En tous les cas, ce n'est pas lui qui aura l'étrenne de votre nouvelle machine. Vous avez devancé, dans votre impatience professionnelle, l'heure de l'exécution. Ce sera pour une autre fois.

Le directeur avait prononcé ces paroles en souriant à l'exécuteur. Pendant qu'il lui parlait en lui montrant les délégués, l'un d'eux ne riait pas. Il avait cru reconnaître dans Francis, dans l'aide qui accompagnait Monsieur de Paris, l'homme dont il avait autrefois ravi la femme.

Plus le directeur s'effaçait devant les inconnus pour prouver, par leur présence, l'appui de son assertion, plus Pieri se cachait derrière son compagnon. Il cherchait à éviter les regards courroucés de Francis qui, malgré lui, le suivait des yeux.

Heureusement que la position critique de l'un des Italiens mis en respect par Francis, ne dura pas longtemps ; l'exécuteur ne tenait pas à rester en évidence devant des étrangers.

La réponse du directeur lui suffisait. Il s'éloigna en entraînant son aide qui ne perdait pas Pieri de vue.

La nuit même, Francis devait le voir revenir. Alors, il avait combiné une vengeance dont son maître, avec le faux Matricore, lui avait empêché le lendemain de réaliser les terribles conséquences.

Monsieur de Paris et son aide se retirèrent, laissant le directeur et les Italiens.

Francis était rêveur, il se promettait de revoir ces hommes. Quant à l'exécuteur, étranger aux préoccupations de son aide, il était, pour une tout autre cause, aussi soucieux que lui.

— Pour que notre nouvel empereur, se disait-il, casse l'arrêt prononcé contre ce meurtrier qui a mérité trop de fois le dernier supplice, il faut que Sa Majesté veuille, comme son devancier, la suppression de la peine de mort ! Du reste, l'auteur de l'*Extinction du paupérisme* ne peut être qu'un socialiste déguisé. Je n'ai plus qu'à remiser mon nouvel instrument de supplice.

Ces réflexions lui étaient inspirées par la grâce extraordinaire accordée à ce Lubani.

Mais si l'exécuteur se parlait ainsi, c'était parce qu'il n'était pas encore au courant de la politique à bascule de notre récent souverain.

Depuis l'entrée en fonctions du nouveau bourreau de Paris, les exécutions capitales chômaient sur la place de la Roquette ; son emploi devenait une sinécure. Avec l'avènement de l'empire, il craignait que les prévisions d'Henri Sanson, son prédécesseur, ne devinssent une prophétie.

Il est vrai que, malgré le dire du précédent bourreau, l'adoucissement des mœurs, surtout depuis le coup d'État, n'avait pas encore condamné la peine de mort. Elle n'avait fait que changer de théâtre. Si les trois cellules de la Roquette étaient à peu près vides, les commissions militaires avaient déplacé les greffes. La clémence du chef de l'État s'exerçait sur Mme Lafarge, sur le capitaine Doineau, sur un officier italien, trois fois assassin. En revanche, on envoyait, par milliers, des citoyens mourir sous des climats meurtriers. La furie de la mort ne s'arrêtait pas ; Cayenne et Lambessa déplaçaient les criminels *in extremis ;* la guillotine sèche faisait tort à l'échafaud, voilà tout.

Aujourd'hui, vingt-cinq années se sont écoulées depuis que M. F... a terminé sa fonction, et M. F..., pas plus que moi, n'a ouvert le testament de la peine de mort, laissé en blanc par le dernier des Sanson. Trois exécuteurs l'ont suivi sans jeter aux orties le couteau sanglant.

Sans doute, la guillotine, qui ne cesse de fonctionner, est presque cachée dans le péristyle de la Roquette ! Sans doute elle dévore ses proies mystérieusement ; mais la législation, acculée par le progrès de l'humanité, ne peut rester désarmée contre la légion plus nombreuse et plus menaçante des assassins.

Une révolution ne peut détruire l'échafaud. Elle ne le remplace que par la fusillade.

Sous l'empire, une fois l'ordre rétabli, les assassins reviennent à la Roquette. A l'affaire des bombes Orsini, cinq condamnés à mort auraient dû occuper ces cellules.

Lorsque je succédai à M. F..., il me fallut plus d'une fois frapper aux portes de ces trois cellules, pour procéder à une exécution double.

Ces doubles exécutions deviennent plus fréquentes, malgré les nombreuses grâces du chef de l'État.

Plus d'une fois il m'est arrivé de relever le couperet pour laver le sang d'une tête de guillotiné, avant de le faire retomber sur une autre.

L'adoucissement des mœurs n'a pas détruit la férocité des ennemis de la civilisation. Qu'ils soient des raffinés comme la Pommerais, des cyniques comme Collignon, des fanatiques comme Verger, des brutaux comme Avinain, d'odieux parricides comme Lemaire, ce sont les mêmes monstres.

Lorsque la grande porte de la Roquette s'ouvre pour rejeter le patient sur la sinistre bascule, il faut l'immense charité de la religion pour oublier les blasphèmes des trois quarts des assassins, adressés au prêtre et au bourreau.

Parfois la crainte de la mort les rend soumis, hébétés, le plus souvent inertes, rarement repentants.

Ces réflexions, inspirées par une opinion personnelle, m'ont entraîné loin de mon sujet. Je me hâte d'y revenir.

. . . .

Une fois que mon prédécesseur, M. F..., eut quitté le directeur de la prison de la Roquette, une fois qu'il eut montré à Francis toute l'amertume de son âme, parce qu'il croyait, par la commutation de peine de Lubani, que sa carrière était brisée, F... ne prononça plus une parole.

Il garda le silence du faubourg de la Roquette jusque chez lui. Francis imita sa réserve, moins par respect pour son patron que par les idées de vengeance qui le tourmentaient déjà.

L'aide de Monsieur de Paris n'était plus le même depuis qu'il avait rencontré Pieri dans le cabinet du directeur.

La famille du bourreau (page 26).

Son visage était devenu si sombre, que son patron fut bien obligé de s'en apercevoir.

Était-ce la perspective de sa carrière brisée, entraînant la sienne, qui mettait Francis dans cet état?

F... connaissait trop l'insouciance de caractère de son aide pour s'arrêter à cette pensée. Il se demanda quelle avait été la cause de l'expression haineuse de Francis, à la vue des Italiens causant avec le directeur.

Il résolut de l'interroger à ce sujet, une fois rentré avec lui dans sa maison de la rue des Marais.

Ce jour-là, l'exécuteur, en l'honneur de la prochaine érection de sa nouvelle machine, donnait une fête de famille à laquelle Francis avait été convié.

Le soir était venu; la table était dressée dans la salle à manger où se réunissait d'habitude tout son monde.

L'exécuteur n'a, après sa famille, qu'une seule société : celle de bourreaux comme lui, ses alliés et ses serviteurs, il ne peut en prendre que dans sa condition.

Eux seuls peuvent comprendre ses transports d'amitié et ses besoins d'expansion Il ne peut les trouver que dans des âmes faites comme la sienne qui partagent ses terreurs et ses joies, s'il en a.

Ce jour là, F..., le matin, en pensant à l'exécution de Lubani, avait éprouvé une véritable satisfaction que lui avait retiré tout à coup le directeur de la prison.

Il s'était dit, en arrivant à la Roquette, que sa guillotine, son ouvrage dont il était fier comme l'est un père de son enfant, ne pouvait mieux débuter en tranchant la tête d'un aussi grand scélérat que ce Lubani.

Maintenant, il était triste, morose, irrité ; c'était bien la peine d'avoir pris tant de soin pour préparer une guillotine qui ne devait peut-être pas servir ? A quoi bon l'avoir faite si belle, l'avoir tant astiquée, frottée, pour faire mieux jouer son couperet, pour le faire descendre avec précision sur la lunette, afin de décoller avec le plus d'art possible le patient préparé à la mort ? A quoi bon ?

En se faisant ces réflexions, F..., cependant n'était pas méchant, il n'était pas comme le prétendaient Mercier et de Maistre, un homme sans entrailles, un rouage de plus à sa machine ; mais F... ne partageait pas les idées de son prédécesseur, c'était un homme sensible au bien comme au mal.

Un jour l'assassin Lubani lui avait jeté un défi dans sa prison ; il l'avait accepté, en faisant confectionner un instrument qui devait répondre victorieusement à ses épigrammes.

Depuis ce jour-là, F... avait choyé plus particulièrement son instrument de supplice ; il ne doutait plus, avant sa dernière visite à la Roquette, que son baptême de sang serait fait sur la tête du capitulé italien.

Dans le repas qui eut lieu, à l'occasion de sa guillotine perfectionnée, il ne fut question que de la déception causée par le directeur de la Roquette, annonçant au bourreau la commutation de peine de Lubani.

La famille de F... se composait d'une dame de trente-cinq ans, à la figure bourgeoise et d'une charmante jeune fille de quinze ans.

Dans son intérieur, l'exécuteur était un très bon homme, bien digne de son épouse, une fille de bourreau, naturellement dont l'air placide jurait avec le caractère de la profession de son mari.

Leur enfant, fraîche et rose, contrastait avec l'intérieur modeste et sombre qui l'entourait, avec le fond de tristesse imprégné sur les murs, sur toutes les physionomies de la maison.

Cette jeune fille de quinze ans, à côté du visage ravagé et flétri de

Francis, bouleversait toutes les idées ; c'était comme un rayon de soleil dans un ciel d'orage, une fleur sur un tombeau.

Dans cette salle à manger servant de salon, il y avait un piano. F..., vers la fin du repas, engagea sa fille à jouer quelques mélodies pour chasser les préoccupations qui agitaient dans un sens bien différent le bourreau et son aide.

Avant que l'exécuteur eût demandé à sa fille de lui faire de la musique, il avait dit à Francis :

— Ah ! ce Lubani me l'avait annoncé dans sa cellule : « Vous n'avez pas encore ma tête, monsieur le bourreau », et le chef de l'État a donné raison contre moi à ce criminel ! C'en est fait de la guillotine et de l'exécuteur.

— Bah ! bah ! patron, lui répondit Francis en lui tendant son verre, tant que messieurs les assassins ne commenceront pas les premiers à s'amender, la charge de bourreau n'est pas près de finir. Si Lubani nous échappe, c'est parce que c'est un politique, et soyez bien certain que si ce gredin esquive aujourd'hui notre guillotine, ce sera pour mourir demain sous un feu de peloton !

— Ce n'est pas moins très humiliant pour moi, soupira-t-il. J'avais compté inaugurer ma machine, par la décollation de ce scélérat d'importance !

— Les annales criminelles vous en fourniront bien d'autres !

— Si d'ici là, reprit F..., la peine de mort n'est pas abolie !

— On en parle toujours ! Pour ma part je n'y crois guère. De ce côté-là je suis bien tranquille.

— Pourtant, vous ne le paraissiez guère, continua F... en l'interrogeant des yeux, lorsque vous sortiez avec moi du cabinet du directeur ?

Un nuage passa sur le front de Francis. Il se pinça les lèvres. Ses mains se crispèrent en tendant encore son verre à F... Il murmura en grinçant des dents :

— Ce ne sont pas les paroles de M. le directeur qui m'ont rendu si furieux.

— Quoi donc ?

— Rien ! exclama Francis, en se passant la main sur le front.

— Pourtant, s'obstina de le questionner F..., j'ai vu que la présence des Italiens vous avait profondément émotionné.

— Ne m'interrogez pas, repartit Francis avec colère et en buvant toujours.

— Pourquoi ne vous interrogerais-je pas, insista-t-il. Est-ce que vous n'avez plus confiance en moi ?

— Patron, répondit-il avec effort et en dissimulant sa pensée, ces Italiens ne me disent rien de bon. Je soupçonne qu'ils sont deux espions vendus à l'étranger.

— Puisque vous les jugez ainsi, Francis, il faut que vous en sachiez beaucoup plus que vous n'en dites. Il y en avait un surtout que vous ne quittiez pas du regard.

— Par grâce!... l'interrompit-il sur le ton de la prière, ne m'interrogez pas. J'aurai bien le temps de m'occuper de ces hommes.

Francis courba la tête et ne but plus.

F... comprit l'orage qu'il avait amassé dans le cœur de son serviteur, en le pressant de questions. Il se tut.

La femme du bourreau venait de quitter la table, pour aller sommeiller dans un fauteuil; la jeune fille, afin de laisser causer l'aide et son père, avait interrompu sa mélodie.

F..., pour chasser les pénibles impressions qu'il avait fait naître chez Francis, pria sa fille de jouer une valse.

L'exécuteur, chez lui, était redevenu un bon bourgeois du Marais. Pendant que sa fille préludait à la valse, il se promettait de se livrer avec son aide à une causerie folle, inconsidérée, comme il s'en fait après dîner. Déjà une entraînante mélodie éclatait jusqu'au dehors. Elle se mêlait aux éclats de voix de F... et de son aide. Un instant, le bourreau, sa femme, sa fille et son aide s'oublièrent, en se laissant aller à tous les plaisirs d'une famille de bourgeois en fête.

Des coups frappés bruyamment à la porte de la maison, suivis d'un violent tintement de sonnette, avaient rendu le bourreau à la réalité.

IV

LES ESPIONS ALLEMANDS

Pendant que se passait cette fête de famille chez le bourreau, une autre moins édifiante allait avoir lieu dans un cabinet particulier du restaurant des *Vendanges de Bourgogne*.

Ce restaurant très en renom à cette époque, était situé faubourg du Temple. Deux dames, assez élégamment vêtues, y pénétraient, après avoir passé son péristyle devant lequel stationnaient plusieurs voitures.

L'une d'elles, la plus âgée, s'adressa à la personne qui siégeait à la

Céline chantonna au moment de boire... (page 32).

caisse, elle lui demanda si le cabinet numéro 6, retenu par le comte de Matricore, était libre.

Pendant qu'elle faisait cette question, la plus jeune regardait d'un œil d'envie une noce festoyant joyeusement, bruyamment autour d'une vaste salle du rez-de-chaussée.

La plus âgée, celle qui avait parlé la première, était une femme de trente à trente-cinq ans, à la figure grave, dont les traits altérés indiquaient les souffrances physiques et morales qu'elle avait déjà éprouvées.

Ses traits étaient réguliers, elle avait dû être fort jolie, elle avait conservé de sa beauté flétrie, une chevelure abondante, noire et brillante.

Sa compagne faisait avec elle un assez singulier contraste. Autant l'une était brune, pâle et grave, autant l'autre était blonde, rose et rieuse. Elle ne cachait pas le plaisir que lui causait la vue des invités, dont les rires sonores retentissaient avec joie.

Elle se retourna vers *son amie* qu'elle ne connaissait que de la veille, et qui lui avait été présentée par l'ami de Matricore. Elle dit à la femme brune:

— Comme tous ces gens-là s'amusent !

Sa compagne lui répondit mélancoliquement :

— La mariée paraît plus sérieuse que les autres. Mais c'est son dernier jour de candeur ; après la noce, avec les rires, la vie quotidienne, avec les larmes.

La blonde, qui s'appelait Céline, fit une moue d'impatience ; la réflexion de sa compagne, répondant au nom de Léonie, ne lui parut pas de son goût.

En ce moment, un garçon s'approcha des deux interlocutrices et les informa que le cabinet retenu par M. le comte était à leur disposition.

Les deux femmes se levèrent, suivirent le garçon, qui les fit entrer dans un de ces cabinets tous semblables les uns aux autres.

Elles ôtèrent leurs manteaux, leurs chapeaux et s'assirent, l'une à côté de l'autre, sur l'invariable canapé adossé à la muraille.

Léonie prit la première la parole.

— Y a-t-il longtemps que vous connaissez votre ami ?

— Non, depuis deux ou trois mois à peine.

— Le voyez-vous souvent ?

— Très peu. Il voyage beaucoup.

— Tiens, ajouta-t-elle, c'est comme Pieri.

— Est-ce que vous le connaissez depuis longtemps ?

— Ah ! oui, reprenait Léonie en soupirant. — Depuis dix ans.

— Vous étiez encore jeune fille ?

— Non ! Et c'est tout au commencement de notre mariage, — ajouta Léonie, — que je le vis, à Lyon, pour la première fois. J'étais bien malheureuse !... J'avais un mari !... Mais il est inutile de vous conter mes chagrins. Ils ne feraient que vous attrister, et, ici, ils seraient tout à fait hors de saison.

— J'aime mieux cela, fit la pétulante Céline. Parlons plutôt de Pieri.

— Volontiers.

— Que faisait-il, lorsqu'il vous a connue ?

— Il était officier.

— Dans quel régiment ?

— Dans la légion étrangère d'Afrique ; il est Italien.

— Est-ce qu'il va venir ici en costume ? reprit avec joie Céline. S'il en est ainsi, tant mieux ! Moi j'aime surtout les beaux militaires.

— Il n'est plus officier, soupira Léonie.

— Que fait-il ?

— Je n'en sais rien.

— Est-il gai ?

— Jamais!... Ce que je sais, c'est qu'il ne fait que conspirer.

— Ah! tant pis! exclama la blonde en tapotant de ses petits doigts blancs et roses, ses genoux toujours en mouvement! Alors, ce ne sera pas gai ici. Tout à l'heure nous serons quatre, et il n'y aura que moi qui serai disposée à rire. Votre ami, suivant vous, n'est pas gai, non plus! Vous avez l'esprit occupé de pensées mélancoliques. Joli trio en perspective! Quant à Jacques, quant à M. le comte, je n'ai jamais vu, pour un garçon de vingt ans, un gentilhomme d'aussi triste figure.

— Alors, fit la brune, avec un mouvement dédaigneux, pourquoi vous en êtes-vous éprise?

— Est-ce que je sais, moi; d'abord parce qu'il se disait gentilhomme, parce qu'il sème l'or à pleines mains, parce que je suis en condition chez un magistrat qui est d'un triste, d'une ladrerie à rendre des points au commandeur ou à l'avare de Molière. Il est vrai que lorsque je l'ai connu, M. le comte était plus communicatif, sans être d'une gaîté bien retentissante. Et puis, du reste, n'est-ce pas l'effet des contrastes? Pourquoi les blondes aiment-elles les bruns et réciproquement? Par la même raison qui m'a fait aimer, moi si folâtre, M. Jacques si taciturne.

— Eh bien! ma pauvre enfant, reprit Léonie, en baissant les yeux, d'après le caractère que vous me faites de M. de Matricore, d'après ce que je sais de Pieri, j'ai bien peur que nous ne soyons venues ici, moins par amour que pour servir de prétexte à une nouvelle conspiration.

A ces mots, les traits de la blonde se contractèrent, elle se récria :

— Encore, ce serait un guet-apens! Pour ma part, ce n'était pas la peine de quitter mon maître, M. Poinsot, un grave magistrat où l'on ne fait que d'être en conciliabules du matin jusqu'au soir. Je serai donc tombée de Charybde en Scylla? Ah! par exemple, je voudrais bien voir ça!...

Les deux femmes en étaient là de leur conversation, quand le prétendu comte de Matricore et le faux Piercy entrèrent brusquement dans le cabinet.

Ils venaient de la prison de la Roquette. La rencontre de Pieri avec l'aide du bourreau n'était pas faite pour lui donner un riant visage. Quant à Jud, faux comte de Matricore, les projets qu'il avait en tête depuis la visite de Lubani dans sa cellule, avant son entrevue avec le directeur de la prison, ne le disposaient pas à l'allégresse.

Néanmoins, Pieri jugea prudent de ne pas parler à sa maîtresse de la désagréable rencontre qu'il avait faite en la personne de son mari. De son côté, Jud se disposait à abréger ce souper fin, après avoir su de son amante tout ce qu'il désirait tirer d'elle, au sujet du magistrat Poinsot, son maître.

Au commencement du repas, la conversation roula sur le temps, les faits du jour, les nouvelles modes. Aucun événement important n'y fut encore traité.

Le faux comte Jacques Moncalti de Matricore parlait peu; en revanche, il buvait avec une prodigieuse avidité. Vidant verre sur verre, bourgogne et bordeaux, châblis et chambertin, il attendait le champagne qui n'allait pas tarder à terminer le repas.

Mais lorsque le comte Jacques proposa le champagne, la pétulante Céline s'écria :

— Ah! du champagne, c'est trop classique! Du vin du Rhin à la bonne heure!

— Pourquoi du Rhin? riposta le pauvre comte que cette proposition enchantait en pensant à sa mission secrète.

— Pourquoi? ajouta l'indiscrète Céline, dont la langue se déliait sous le pouvoir de l'ivresse. Parce que d'après le dire de mon maître, le Rhin allemand deviendra Rhin français, comme du temps de l'oncle dont la France à l'avantage et l'honneur de posséder le neveu.

— Oh! fit le faux comte d'un air sournois. Oh! ce n'est pas encore fait.

— Ça se fera! riposta Céline, car, d'après mon maître, il paraît que c'est convenu entre le roi de Prusse et notre nouvel empereur. J'ai appris cela par le valet de chambre de monsieur, qui souvent écoute aux portes de son cabinet de travail.

— Ah! bah! — fit Jacques avec avidité. — Alors c'est par patriotisme que tu désires du vin allemand?

— Oui, s'écria-t-elle, oui.

— Tu vas être servie! Mais à la condition que tu me diras sur quelles éventualités tu bases tes prétentions et tes espérances?

En même temps le faux comte, ou pour mieux dire Jud, sonna un garçon. Sur son ordre on apporta une bouteille de vin du Rhin. Jud en versa à ses convives, et, Céline avant de répondre à son amant, chantonna au moment de boire :

> Nous l'avons eu votre Rhin allemand.
> Il a tenu dans notre verre.

Mais son amant l'arrêta, en lui répétant impétueusement :

— Maintenant j'attends tes explications, Céline. Sur quoi bases-tu tes prétentions patriotiques?

— Sur les notes diplomatiques que M. Poinsot, mon maître, reçoit chaque jour. Quand il rentre à la maison, il s'enferme des heures entières dans son cabinet. Il paraît qu'il travaille à des négociations diplomatiques

Les espions prussiens prirent un fiacre (page 38).

qui doivent nous donner les provinces du Rhin, don de joyeux avènement offert à Napoléon III, par Sa Majesté le roi de Prusse.

— Alors, c'est sérieux? lui demanda-t-il d'un air de vif intérêt.

— Je le crois bien. Mon maître, à ce sujet, reçoit des personnes très influentes à la cour.

— Tu ne pourrais pas m'en nommer quelques-unes?

— Ma foi non! par une bonne raison, c'est que je ne les connais pas. Après tout, ce n'est pas moi qui les reçois. Je ne répète que ce que m'a dit le valet de chambre de monsieur.

Les cris des invités de la noce d'en bas vinrent couvrir la voix de Céline, au grand dépit de Jud prêtant une oreille très attentive aux indiscrétions de sa maîtresse.

Pendant cet entretien, Léonie demandait à Pieri :

— Qu'avez-vous fait, monsieur, toute la journée, je ne vous ai pas vu? Pieri répondait :

— Nous sommes allés avec le comte à la prison de la Roquette.

Léonie répliqua avec effroi, en reculant sa chaise de celle de son amant.

— Qu'alliez-vous faire, grands dieux ! dans une prison ?

Pieri lui dit imperturbablement :

— Y voir un condamné à mort !

A ces mots prononcés très distinctement Céline soupçonna qu'elle avait été trop indiscrète en révélant à son amant, les secrets de son maître. Elle se mêla à la conversation de Léonie et de Pieri. Elle s'écria :

— Un condamné à mort ? Cela manque d'agrément. Qu'a-t-il fait, ce malheureux ?

— Rien, répondit Pieri.

— Et comment s'appelle-t-il ? lui demanda sa maîtresse.

— Lubani, dit-il. Il paraît, malgré le verdict du jury, qu'il est accusé injustement de trois assassinats. C'est un Italien que moi et le comte nous connaissons particulièrement.

Léonie soupira. Céline reprit :

— Il faut avouer, messieurs, que vous avez là de belles connaissances.

— Et, continua Jud, en qualité d'amis, nous lui avons fait cadeau d'un paquet de tabac.

Céline ajouta ironiquement :

— Pour le fumer en votre honneur, n'est-ce pas, messieurs.

— Non, riposta Jud, pour lire le papier qui s'y trouvait.

— Et, qu'y a-t-il d'écrit dans ce papier ? demanda encore la curieuse Céline.

Jud, le faux comte, se ravisa et lui dit :

— Je n'aurais garde de le dire à une servante de magistrat. Avant tout, je ne tiens pas à compromettre le salut de mon ami... Assez sur ce sujet.

Puis regardant bien en face Léonie, Céline et Pieri, il ajouta :

— Maintenant, mes dames, pour compléter la journée si bien commencée à la Roquette, je vous propose, cette nuit, une dernière partie.

— Laquelle ? demanda vivement Léonie.

— Nous allons faire, avec vous, si vous le voulez bien, mesdames, une nouvelle visite.

— A cette heure ! reprit Léonie, à onze heures !

— Chez qui ? ajouta Céline.

— Chez le bourreau ! termina Jud ne cessant de braquer sur les trois convives ses yeux sataneques.

— Chez le bourreau ?... Quelle horreur ! exclama Céline, en se levant Messieurs, je ne suis pas des vôtres... Décidément, votre souper manque de gaieté... Du reste, il est l'heure que je retourne chez M. Poinsot, mon maître.

Celle qui, à cette proposition, parut la plus émue, c'était la pauvre Léonie. Elle avait appris par ouï-dire, que son mari, de chute en chute, était tombé chez l'exécuteur des hautes-œuvres, et qu'il y exerçait l'emploi de valet.

A aucun prix, surtout avec l'épouvante que lui inspirait le bourreau; elle n'eût voulu accompagner Jud et Pieri.

Ce dernier qui, depuis le matin, n'ignorait pas ce dont se doutait sa maîtresse, partageait ses terreurs.

Jud, très gris, et que l'ivresse rendait plus méchant, jouissait de l'épouvante que sa proposition avait causée aux convives.

Céline avait déjà mis sa mante, son chapeau ; elle demanda à Jud, en regardant sa compagne qui avait fait comme elle :

— Est-ce ton dernier mot, comte ?

— C'est mon dernier mot.

— Décidément, tu as le vin trop triste. Bonsoir !

Léonie s'apprêta à suivre Céline ; et tendant sa joue à Pieri qui était aussi tout rêveur, Léonie lui dit :

— N'oubliez pas que je demeure toujours rue du Champ-d'Asile, à Montrouge.

Les femmes encore terrifiées par la proposition du faux comte, s'étaient blotties contre la porte du cabinet. Les deux hommes l'ouvrirent ; ils s'empressèrent de reconduire leurs maîtresses jusqu'à l'escalier. Puis, lorsqu'ils les virent s'éloigner, ils revinrent s'asseoir.

Jud appuya ses coudes sur la table, et regardant son complice dans les yeux :

— Ces deux femmes sont parties, dit-il, c'est ce que je voulais. Maintenant, causons en bons espions que nous sommes. Tu as bien entendu cette femme, cette Céline, cette servante du magistrat Poinsot, dont je me suis fait l'amant par nécessité. Et tu peux en juger par ses paroles ; la nouvelle France impériale convoite les provinces du Rhin ; après avoir humilié la Russie elle veut humilier l'Autriche. Après l'Autriche, ce sera le tour de la Prusse. Napoléon III espère reprendre le testament de Napoléon Ier. Il veut le récrire, de son épée conquérante, sur toute la carte de l'Europe. La chancellerie allemande dont nous sommes les actifs et obscurs pionniers, l'en empêchera. Elle lui a laissé faire la guerre de Crimée, elle lui abandonnera l'Autriche ! Mais après lui avoir laissé faire ses affaires, le roi Guillaume espère faire les siennes. Tu sais cela comme moi, Pieri?

— Oui, Jud, lui répondit-il d'un air pénétré. Et moi, ton associé, tu pourras compter sur mon concours.

Jud sourit, et lui répondit:

— C'est précisément parce que mes maîtres ne comptent pas sur toi, qu'ils m'ont chargé de te le dire, en t'empêchant d'être un traître, comme toujours.

— On me méconnaît! exclama l'Italien d'un air piteux et en levant les bras.

— On te méconnaît! lui répéta-t-il en souriant encore. Allons donc! Autrefois, dans ta jeunesse, n'as-tu pas trahi ta patrie en servant la France! N'as-tu pas été traître à la France en servant l'Autriche, traître à l'Autriche en entrant dans l'Internationale, traître à l'Internationale en servant contre son chef Mazzini, son lieutenant Orsini?

— Mais, objecta Pieri, en pâlissant. Tu sais, Jud, que Mazzini faiblit en s'alliant avec les princes et les rois contre des républicains comme nous?

— Un républicain, toi! qui es payé par nos thalers! Toi qui sers maintenant la Prusse, lorsque tu es près de la trahir pour un autre gouvernement. Mais tu n'es qu'à celui qui te paye, Pieri.

— Tu me calomnies!

— Si peu, que la Prusse a pris ses précautions pour te donner un autre complice que moi et qui te surveillera.

— Lequel?

— Celui que nous avons été voir ce matin, Lubani.

— Un assassin! s'écria-t-il avec effroi.

— Bah! exclama Jud cyniquement. Que sommes-nous ou que serons-nous nous-même? Écoute-moi bien. Dans quelques jours, le gouvernement français va consentir, dans l'intérêt de sa politique, à l'extradition de Lubani. Pourquoi? Parce que la France tient avant tout, à être bien avec l'Italie avant de la dévorer. La Prusse, qui tient aussi à l'Italie, veut que tu travailles à la liberté de Lubani. Un jour ou l'autre ce bandit est appelé à aider les troupes régulières, à faire l'Italie libre, libre surtout de se jeter dans les bras de l'Allemagne. Écoute-moi bien?

— Je t'écoute, fit Pieri avec humilité.

— Au moment, continua Jud, où Lubani sera sur un navire de l'État pour aller purger en Italie sa condamnation, un autre bâtiment l'attendra près d'un port, pour le délivrer et le rendre à ses bandits. La Prusse me charge de te dire qu'elle a compté sur toi pour travailler à la délivrance de Lubani.

Minuit sonnait lorsque Jud et Pieri frappaient à la porte du bourreau (page 80).

— Moi, moi! exclama-t-il, avec indignation. Un citoyen libre, moi un soldat de la liberté, m'allier à un brigand!

— Tu me fais rire! Je t'ai dit mon dernier mot. Réfléchis à ce que tu auras à faire si tu ne tiens pas à être tué par un des soldats de l'Internationale.

— C'est bien, fit Pieri, en courbant le front et l'oreille basse. C'est bien, j'obéirai et j'ai compris.

— C'est heureux, fit Jud avec un méchant sourire. Maintenant payons la note, partons, allons chez le bourreau,

— Tu tiens encore à ton idée!

— Certainement.

— M'en diras-tu la raison?

— Tu dois faire ce qui m'est commandé. Tu as donc un motif sérieux pour refuser cette nuit à me suivre?

— Moi? balbutia Pieri, mais je n'en ai aucun!

— Si, il me semble, ce matin, après notre visite à Lubani, chez le di-

recteur de la Roquette, en présence du bourreau, que tu n'étais pas bien
à ton aise?

— Allons donc.

— Tu tremblais.

— Après tout, mon embarras n'était-il pas naturel?

— Comment, naturel?

— Eh? parbleu, visiter une prison où peut-être, un jour, on pourra
être enfermé, cela n'inspire guère de la joie.

— Comment, toi, mon associé, tu as peur d'une prison!

— Oh! peur! fit Pieri en hochant la tête.

— Alors, répondit Jud d'un air de dédain, tu ne me connais pas, mon
cher! Avec moi, il faut un homme énergique, un homme que les obstacles
ne fassent pas trembler et sur lequel je puisse compter à toute heure de
jour et de nuit. Or, il ne sera pas dit que je n'irai pas visiter Monsieur
de Paris, parce qu'un jour ou l'autre, je pourrai avoir maille à partir
avec lui.

— Alors, tu crois, répondit Pieri d'un air confus, que c'est la peur de
l'échafaud qui me pousse à repousser ta proposition?

— Si ce n'est la peur, dis-moi donc qui t'arrête?

Jud darda fixement ses yeux sur son compagnon. Celui-ci les baissa et
réfléchit quelques instants.

Pour éviter les soupçons de son complice, Pieri se leva, prit son chapeau, se tourna vers Jud et lui répondit :

— Je t'ai promis d'être ton associé, de te suivre partout. Marchons,
dussions-nous aller chez le bourreau.

— Ta résolution me rassure. Maintenant, je crois que je puis compter
sur toi.

Et Jud partit, entraînant son ami.

Arrivés dans la rue, les espions prussiens prirent un fiacre qui les conduisit en dix minutes rue des Marais-du-Temple.

En ce moment, Monsieur de Paris venait de terminer son repas. Il
se livrait à toutes les joies de la famille.

C'était donc Jud et Pieri qui, après leur entretien secret dans un
cabinet des *Vendanges de Bourgogne*, s'arrêtaient à la porte du domicile
de l'exécuteur.

SCEAUX, IMP. CHARAIRE ET FILS.

V

UNE PLAISANTERIE A MONSIEUR DE PARIS

Minuit sonnait lorsque Jud et Pieri, sous les vapeurs de l'ivresse, frappaient et sonnaient à tout rompre à la porte de la maison du bourreau.

M. F... avait fait un soubresaut en entendant ce bruit insolite. Il s'était levé, pendant que sa femme et sa fille se regardaient d'un air inquiet.

Francis s'était empressé de suivre son patron. Il tenait à lui prêter main-forte au besoin contre des étrangers qui venaient troubler cette fête de famille.

F..., une lumière à la main, descendit le péristyle, parvint à la porte de la cour pour se présenter aux perturbateurs.

Dès que la porte fut ouverte, F... et son aide se reculèrent avec précipitation. Francis éprouva une nouvelle rage en reconnaissant dans l'un d'eux l'ennemi intime de sa vie. le ravisseur de sa femme, Pieri!

F... n'était pas moins colère; il retrouvait en ces individus ceux qui avaient été les témoins de sa déconvenue chez le directeur de la Roquette.

Évidemment, ils venaient le braver chez lui, comme autrefois, dans son cachot, l'avait bravé l'assassin Lubani.

Il demanda à ces importuns :

— Que voulez-vous? Que demandez-vous, messieurs?

Jud plus hardi que Pieri, très mal à son aise devant Francis, prit la parole. Cherchant dans son ivresse à rattraper son équilibre, il lui dit :

« — Monsieur l'exécuteur, depuis ce matin que nous avons eu la faveur de vous voir à la Roquette, nous n'avons fait que de monter à la joie. Nous tenons à continuer notre ascension. En quittant ce soir les *Vendanges de Bourgogne*, nous avons entendu chez vous le bruit de votre fête. Comme nous savions votre adresse par le directeur de la Roquette, nous n'avons pas hésité à frapper chez vous. Après le plaisir, les affaires. Bref, nous tenons à connaître votre échafaud. Cela entre dans notre programme. Souffrez, jusqu'à demain matin, avant d'apprécier votre beau chef-d'œuvre, souffrez, monsieur l'exécuteur, que nous nous joignions à vos convives.

F..., après avoir eu la patience d'écouter Jud jusqu'au bout, lui répondit avec une froide politesse :

— Ce que vous demandez est impossible. Dans ma réunion de famille, aucun étranger ne peut être admis.

Pendant que s'entamait ce colloque entre Jud et F..., son aide, comme le matin recommença à darder sa prunelle en feu sur Pieri ; lui, très mal à son aise, se pelotonnait derrière son compagnon.

Celui-ci, obstiné comme tous les ivrognes, riposta au bourreau :

— Vous avez tort, jamais vous n'aurez eu meilleure société, car nous sommes les délégués d'un gouvernement qui autorise le vôtre à nous ouvrir les portes de la justice, jusqu'à celle où se tient son plus terrible représentant.

— Le charbonnier comme le bourreau, lui répondit-il, est maître chez lui. Et je suis libre de vous fermer ma porte.

A ces mots de F... Pieri tira le faux Matricore par le pan de son habit. Il était enchanté du refus de l'exécuteur, il allait se délivrer des regards de Francis.

F... continua en se reculant :

— Or, je vous le répète, je suis forcé de vous prier d'achever votre nuit ailleurs.

Jud persista avec d'autant plus d'opiniâtreté que son compagnon l'excitait à obtempérer au refus de l'exécuteur.

Et il reprit :

— Charmant ! Et vous croyez que votre qualité de bourreau peut nous intimider ? Non, vous êtes d'humeur trop joyeuse dans l'intimité. Fût-on ce que vous êtes, on ne peut que s'associer à des gens comme vous, et nous aussi, nous prenons du plaisir partout où il se trouve, même chez des coupeurs de têtes !

— Pour que ces messieurs aient un pareil langage, riposta Francis, parce qu'il voyait son patron sur le point d'éclater, il faut qu'ils ignorent encore à quels gens ils ont affaire.

— Oh ! si fait, insista Jud, c'est parce que nous savons à qui nous avons affaire, à monsieur l'exécuteur, à l'inventeur d'une machine, que nous sommes curieux de connaître, que nous désirons ne pas le quitter.

— Prenez garde à ce que vous dites, s'écria F... plein de colère.

— Ah ! délicieux ! continua-t-il. Est-ce que M. le bourreau exécute aussi à domicile, en dehors de son emploi officiel, pour qu'il se montre si réservé ? Exerce-t-il aussi chez lui un autre métier ? Fait-il de la fausse monnaie ?

— Là... là... monsieur, reprit F... ne plaisantez pas. Je suis trop l'esclave de la justice pour encourir ses rigueurs... Peut-être, messieurs, d'après ce que vient de me dire mon aide, ici présent, peut-être ne pourriez-vous pas en dire autant ?

Jud rit à gorge déployée. Il se tourna vers Pieri qui, sur des charbons ardents, tirait toujours son compagnon, prêt à prendre ses jambes à son cou.

Une barque s'approchait mystérieusement (Page 44.)

— Ah! ah! charmant!... D'honneur, reprit-il, si par votre valet, mon ami Pieri se trouve en pays de connaissance, raison de plus, monsieur le bourreau, pour que nous entrions chez vous.

F... n'y tenait plus. Il allait s'en retourner en fermant la porte aux deux ivrognes.

Mais Francis, à son tour, se dressa devant Pieri tout tremblant, il le retint par le bras, au moment où il allait s'enfuir, il s'écria :

— Je ne suis pas sûr que Monsieur soit un homme de ma connaissance. Si j'en avais l'assurance, ajouta-t-il en grinçant des dents, je ne laisserais à personne, pas même à mon patron, l'honneur de l'exécuter.

Les deux hommes se regardèrent. Pieri avec effroi, Francis avec fureur.

F... jugea prudent de faire cesser cette scène nocturne, dont la durée devait déjà inquiéter sa femme et sa fille. Il dit pour la dernière fois, aux ivrognes :

— Cessons cette comédie, ce que demandent ces messieurs est impossible !

Francis avait désormais son projet. Décidé aussi à abréger cette lugubre plaisanterie, il regarda Pieri et reprit :

— Puisque ces messieurs désirent tant connaître notre échafaud, permettez-leur de revenir demain à notre atelier de la rue des Vinaigriers. C'est moi, continua-t-il en désignant Pieri, qui aurai l'honneur, demain à midi, de démontrer à monsieur le mécanisme perfectionné de notre guillotine, au besoin de lui en faire connaître les prompts effets.

Jud, toujours tiré par son compagnon, salua ironiquement l'aide-bourreau et leur ferma la porte. . . . .

. . . .

Après Jud, F..., comme on l'a vu au premier chapitre, était arrivé à temps pour mettre à néant les représailles de son aide contre celui qui avait fait le malheur de sa vie.

Mais Pieri, malgré l'intervention du bourreau, ne devait pas éviter sa destinée !

Six ans plus tard, avec Orsini, il mourait de la main du même homme tant raillé par son compagnon. Mais Jud, tout aussi coupable que lui, évitait encore la guillotine, protégé comme il l'était, par une puissance occulte.

VI

LA TOILETTE DES CONDAMNÉS

Ici se termine l'histoire de mon prédécesseur M. F... Sa rencontre avec des espions allait lui être funeste. Il devait en connaître les conséquences.

La singulière plaisanterie commencée par Jud et terminée si imprudemment par Francis, lui coûta cher.

Ce fut l'ancien condamné Lubani, qui en France rendu à la liberté par Pieri, se chargea de se venger en Italie sur la personne de son bourreau.

A ce sujet, je raconterai la dernière et terrible aventure survenue à mon prédécesseur; elle fut cause de la fin de sa vie, après l'attentat du 14 juillet 1858.

Avant de parler de cette catastrophe, je dois signaler les rôles bien différents que jouèrent en France et en Italie, Pieri et Lubani. Pieri occupait, en 1859 à la Roquette, la cellule des condamnés à mort d'où il était parvenu à faire sortir son ami Lubani, — Lubani jouissait dans sa patrie d'une liberté absolue, protégée par la terreur que lui et sa bande répandaient dans la province de Romagne.

Autrefois, Pieri avait arraché en France Lubani à la mort. Maintenant, libre et puissant, il répandait le pillage et le meurtre dans les provinces romaines. Ce que Pieri paya de sa tête en 1858 fut la source, de 1858 à 1860, de la richesse et de la puissance de Lubani.

Etrange et continuel retour des aventuriers et des bandits!

Pieri, toujours sous le nom de Piercy, a été, sinon le plus sincère, du moins le plus actif instrument du régicide Orsini.

Aussi Pieri fut-il le premier arrêté sur le théâtre de cet épouvantable attentat où l'empereur et l'impératrice faillirent périr au milieu de cent soixante mourants et de cinq cents blessés.

Après cet attentat, les trois cellules de la Roquette furent occupées. Orsini fut pris sous le nom d'Allsop, Pieri sous celui de M. de Piercy, Gomez, leur domestique, sous la qualification de Swing.

Mais ceux qui, de Londres, avaient visé Napoléon III, échappaient à la justice. L'un était Simon Bernard, réfugié français, l'autre, le véritable Allsop, sujet anglais, allié aux carbonari d'Italie.

En 1858, je commençais à entrer en fonctions comme bourreau-aide de M. F...

L'exécuteur avait jeté les yeux sur moi pour lui succéder. Francis, par ses habitudes d'ivrognerie, s'était fermé l'avenir, même dans notre métier, où il faut allier à un grand-froid, une profonde lucidité d'esprit, pour ne pas faillir au moment de l'acte suprême.

C'est ce sang-froid qui a fait encourir au bourreau, de la part de bien des auteurs, le reproche d'insensibilité.

F... finit par user dans sa pénible fonction ses forces physiques et morales. Francis y laissa sa raison longtemps ébranlée par ses malheurs et par ses goûts immodérés pour l'absinthe.

Après la double exécution d'Orsini et de Pieri, car Gomez et de Rudio furent graciés, je fus désigné pour succéder à l'exécuteur F....

Cet exécuteur prenait sa retraite. Il habitait les environs de Rome au moment où éclatait la guerre franco-italienne. Avec son aide, Francis qui l'accompagnait, il devint à cette époque la victime des représailles du trop fameux Lubani.

Cet assassin, un condamné à mort en France, huit ans auparavant, eut, comme je l'ai dit, un rôle prépondérant dans le soulèvement de ses compatriotes contre l'Autriche!

Il fut encouragé, lui et son associé, un nommé Cenari, par les lieutenants de Garibaldi. On prit ces bandits pour des patriotes. Tous agirent d'un commun accord sous l'impulsion donnée par Cavour, le Mazarin de Victor-Emmanuel.

Sous les ordres de Lubani et de Cenari, on ne se faisait aucun scrupule de tuer les gendarmes et de piller les caisses de l'État.

Comme Pieri, qui débuta au régiment de Toscane par voler une montre, Lubani n'hésita pas, aprèsêtre sorti de la Roquette, à couvrir ses nouveaux vols et assassinats sous le manteau de la politique. Avec son complice Cenari, ils en étaient arrivés à associer à leur détestable industrie, la diplomatie de l'Italie.

En 1852, Pieri, obéissant à la Prusse, s'était mis en rapport, comme on sait, avec ce Lubani.

Surveillé par la police française, Pieri ne tarda pas à être arrêté.

Vu ses antécédents, rien moins qu'honorables, Pieri avait été expédié en même temps que Lubani, sur un bâtiment italien. Il devait les conduire au fort de Livourne pour être dirigés dans une prison d'État.

Mais tous les deux, au fond du navire, furent gardés par des soldats qui leur étaient dévoués.

Une nuit, que le bâtiment était en vue du port de Livourne, une barque s'approchait mystérieusement des écoutilles. Pieri, après qu'on eut travaillé à sa fuite, aida ses gardiens à faciliter aussi le départ de Lubani. Tous les deux sautèrent dans la barque. Elle était montée par Cenari, qui, depuis le départ de Lubani, avait repris le commandement de sa bande de malfaiteurs.

Une fois sauvés, Pieri et Lubani retournèrent sur le théâtre de leurs exploits, Pieri revint un moment en Toscane, sa patrie; il espérait y reprendre son grade d'aide-major.

Lubani avec Cenari rentra dans ses repaires pour courir après de nouveaux crimes, qui devaient grandir dans les troubles révolutionnaires.

Lorsque Pieri, moins heureux que Lubani, fut pris, après l'affaire des bombes, Lubani entra dans une violente fureur. Il jura de venger la mort de son ami Pieri.

En attendant, les événements sinistres ne chômaient pas en France.

Pourtant, il s'en est fallu de bien peu que Pieri et Orsini n'obtinssent leur grâce.

La maîtresse de Pieri, qui passa longtemps pour sa femme, qui vécut près de quinze ans avec lui, dans de longs interrègnes, implora pour son Italien la clémence de l'impératrice. Notre souveraine avait des motifs particuliers pour excuser cet horrible attentat. Elle savait qu'une maîtresse de l'empereur au compte de l'Allemagne, avait endormi l'empereur sur les manœuvres des régicides. L'affaire Orsini n'amena indirectement que

Orsini et Pieri s'avançaient au bras de leurs aumôniers. (page 48.)

la chute d'un ministère. Elle ne fit que changer la politique du souverain.

Orsini, après son régicide, était parvenu à rallier Napoléon III à la cause italienne. Il s'était attiré la mansuétude de l'empereur ; il eût volontiers signé sa grâce sans l'intervention d'un maréchal qui dit, en plein conseil, qu'au nom de l'opinion publique, l'empereur n'avait pas le droit d'user de générosité envers des régicides qui avaient porté le deuil dans plus de cinq cents familles.

De tous les meurtriers qui avaient comploté la mort de Napoléon III, Orsini et Pieri furent les seuls qui montèrent sur l'échafaud.

Orsini était un patriote fanatique, un exalté de liberté, qui souffrait de voir sa patrie se courber sous l'épée de l'Autriche. Pieri, le faux patriote, le salarié de toutes les nations, n'était payé que pour déplacer les dominateurs de la patrie. Il ne voulait la délivrer des Autrichiens que pour l'écraser sous la botte du reître.

Le 13 mars 1858, je fus appelé avec le bourreau et ses aides à la prison de la Roquette pour présider à la toilette extraordinaire des deux condamnés.

Il ne s'agissait pas seulement de leur raser les cheveux à la nuque. Il fallait couvrir leurs épaules de la robe blanche et du voile noir des parricides.

Dans les deux cellules, les condamnés à mort avaient une attitude bien différente. Autant Orsini était réservé, gardant un silence obstiné, parce qu'il avait peur des murs de son cachot, autant Pieri était démonstratif et véhément. Il ne cessait de chanter la *Marseillaise*, de répéter le refrain des *Girondins*, pour s'étourdir lui-même.

Le 13 mars, à l'aube, le directeur de la Roquette, accompagné de deux aumôniers, de deux exécuteurs, M. F... et moi, nous entrâmes dans les cellules occupées par Orsini et Pieri.

Comme d'usage, le directeur annonça aux condamnés que leur pourvoi était rejeté.

Orsini ne prononça pas une seule parole; il courba la tête, après un moment de silence, et ne murmura que ces mots : Je suis prêt.

Pieri au contraire, sur l'avertissement du directeur, s'emporta. Il jura, protesta de son innocence jusqu'au dernier moment. Par des révélations qu'il avait fait faire à celle qui passait pour sa femme, il avait espéré sa grâce.

Les deux aumôniers se rapprochèrent des régicides. Orsini se livra avec le prêtre à une conversation pieuse et recueillie qui ne sentait ni le bigotisme, ni l'insolence.

Pieri, au contraire, s'abandonna avec l'autre aumônier à mille extravagances. La crainte de la mort le rendant plus craintif, il entra dans des défaillances aussi puériles que lâches. Après avoir invectivé le prêtre, il se jeta dans ses bras en pleurant comme un enfant.

Orsini se faisait remarquer par une attitude recueillie

Pieri, par son exaltation, n'inspirait que de la pitié.

Enfin les condamnés, après les exhortations faites par les deux aumôniers, furent livrés aux bourreaux. Ceux-ci les entraînèrent loin de leurs cellules pour les conduire à l'escalier de pierre qui mène de la prison à l'échafaud.

Depuis Orsini et Pieri, que de condamnés à mort j'ai conduits sur cet escalier qui, des trois cellules de la Roquette, sert de route à la fatale machine.

Avant d'arriver à la guillotine, les patients doivent faire une dernière étape pour arriver à la mort. Ils entrent dans la salle dite : le Dépôt.

C'est au Dépôt que se fait la toilette des condamnés. Là, les aides du bourreau les placent sur un escabeau, toujours le même.

Dès qu'Orsini et Pieri étaient entrés dans la chambre de la toilette, ils n'appartenaient plus qu'aux exécuteurs. Ceux-ci prenaient à l'égard des patients, leurs dispositions pour procéder à la toilette.

D'ordinaire, cette cérémonie est des plus simples : à leur entrée à la Roquette, les condamnés quels qu'ils soient, ont les cheveux et la barbe rasés. Tout se résume à dégarnir le col de la chemise, et à ligoter le condamné.

Vis-à-vis d'Orsini et de Pieri, la besogne était plus compliquée. Il s'agissait de les déshabiller pour les revêtir de la tunique blanche, et leur couvrir la tête du voile noir des parricides.

Pour les simples condamnés à mort, on se contente de rejeter sur leurs épaules un petit veston noir, lorsqu'ils vont être rejetés sur la planche où doit s'abattre le couperet.

Francis, pour la dernière toilette de Pieri, avait demandé à être chargé du soin de le préparer à la mort.

Il faisait ce qu'il n'avait pu faire, six ans auparavant, rue des Vinaigriers.

Francis plaça Pieri sur l'escabeau, lui rasa les cheveux et lui passa la tunique blanche.

Pieri, à moitié mort, faillit s'évanouir en reconnaissant celui qui lui faisait sa funèbre toilette.

L'homme dont il avait pris la femme, l'homme qui, autrefois, avait voulu se venger en lui donnant un avant-goût du dernier supplice, cet homme était là pour le préparer au trépas.

D'abord Francis, froid et calme, ne lui dit pas un mot. Il se contenta de savourer sa haine.

N'était-il pas assez vengé par sa présence ? assez vengé, puisque nulle puissance humaine ne pouvait lui disputer sa proie !

Pourtant, sans lui peut-être, comme il y a six ans, Pieri eût pu échapper à la mort. A la vue de l'aide du bourreau, le préparant au dernier supplice, Pieri s'expliquait pourquoi il montait à l'échafaud.

La lettre anonyme qui avait annoncé à l'impératrice que la prétendue femme de Pieri n'était qu'une concubine, cette lettre qui engageait la souveraine à ne pas prêter l'oreille aux suppliques d'une femme indigne, cette lettre n'avait pu être écrite que par son mari, Francis se vengeait du même coup de lui et de son épouse.

C'était bien une vengeance de bourreau.

Pieri ne put pas longtemps se contenir. Une fois sa toilette faite, il dit à Francis :

— Ah ! misérable ! c'est toi qui m'as empêché d'avoir ma grâce, qui a dénoncé ta femme comme étant ma maîtresse ?

— Peut-être ! murmura-t-il.

Puis, avant de l'abandonner à l'aumônier, il ajouta :

— Rappelle-toi, Pieri, ta visite, il y a six ans, rue des Vinaigriers. Cette fois, place de la Roquette, tu ne manqueras pas de connaître le prompt effet de la guillotine.

Lorsque l'aide du bourreau lui glissa ces paroles, Pieri répondit à Francis, avant de monter les gradins de l'échafaud :

— Prends garde, Francis, il ne faut pas jouer avec la mort! Il y a six ans, tu as failli gagner la première partie; aujourd'hui, tu gagnes la seconde. La mort, plus tôt que tu ne le crois, pourrait bien avoir la belle.

Pieri lui tourna le dos, imitant Orsini qui marchait avec l'aumônier, dans la direction de la guillotine.

Il était six heures. La porte de la Roquette s'ouvrait à grands battants ! elle allait laisser passage aux parricides. L'échafaud était là, il les attendait. Les gendarmes s'apprêtaient à tirer leurs sabres.

Orsini et Pieri s'avançaient aux bras de leurs aumôniers.

Orsini marchait d'un pas ferme, Pieri en chancelant.

Peut-être ce dernier était-il encore sous l'impression que lui avaient faite les paroles de Francis.

Tout à coup, il se produisit un mouvement extraordinaire dans la foule houleuse qui se massait autour de l'échafaud.

Ce mouvement de surprise et d'angoisse était provoqué autant par l'arrivée des condamnés que par la scène qui se passait entre l'échafaud et la terrasse d'une maison voisine.

Sur cette terrasse, une femme, à l'aide d'une longue jumelle, avait longtemps lorgné la guillotine.

A l'apparition d'Orsini, elle avait agité son mouchoir. Orsini attendait-il ce signal, une fois placé sur l'estrade entre le prêtre et le bourreau?

En même temps, le houlement de la foule et le signal de la femme lui firent lever les yeux de ce côté.

Dès qu'il aperçut l'inconnue encore jeune qui lui faisait de son mouchoir, des gestes désespérés, il la salua.

Quelle était cette femme?

On le saura par le développement des péripéties de la catastrophe du 14 janvier.

Parmi les lanciers douze furent atteints. (page 50.)

VII

PIÈRI ET ORSINI

On connaît le complot d'Orsini, on sait comment l'empereur et l'impératrice échappèrent à la mort. Ce que l'on sait moins, c'est comment Pieri et Orsini furent arrêtés.

Pieri est pris, quelques minutes avant l'attentat; Orsini, qui a présidé à son exécution, est légèrement blessé par une de ses bombes. Il est d'abord reconduit chez lui, avec sollicitude, par un des témoins de cet horrible drame.

Horrible est le mot, car cet attentat jeta la consternation dans la population parisienne.

Le 14 janvier 1858, l'empereur et l'impératrice se rendaient à huit heures du soir à l'Opéra. Le duc de Saxe-Cobourg-Gotha les y avait précédés. Une foule considérable se massait dans la rue Lepelletier. Au moment où la voiture impériale passait devant le péristyle, trois formidables détonations se firent entendre. Les maisons de la rue en furent ébranlées, l'air fut rempli de cris déchirants.

Trois bombes éclataient dans la foule. Pourtant l'empereur et l'impératrice en furent à peine atteints.

Cependant, dès la première bombe, leur voiture avait été criblée de ses éclats.

Des deux chevaux, l'un avait été tué sur le coup, l'autre atteint au poitrail. Le général Roguet, dans la voiture de Leurs Majestés, avait reçu une grave blessure.

L'empereur avait eu son chapeau traversé par une balle; l'impératrice avait été légèrement blessée à la tempe. Près de cent soixante personnes furent frappées. Le cocher de l'empereur et les trois valets de pied qui se tenaient derrière la voiture, furent grièvement blessés. Parmi les lanciers de la garde qui escortaient la voiture de l'empereur, douze furent atteints. Un d'eux, mortellement blessé, n'avait point voulu quitter son poste : « Quelqu'un est-il blessé? » demanda à ses hommes le commandant du peloton. « Moi, » répond le lancier en levant la main. A peine a-t-il prononcé ce mot, qu'il tombe évanoui dans les bras de ses camarades. Quelques heures après, il expirait.

Dans les perquisitions que fit un commissaire de police, le soir de l'attentat, on trouva, au fond du sac de nuit de Pieri, un passeport, en langue allemande; il était délivré à son propriétaire, à Dusseldorff.

Ce passeport indiquait que, depuis 1852, en quittant Livourne, Pieri, parti de Toscane, était resté trois ans en Allemagne. Puis, muni d'instructions secrètes, il était allé en Prusse pour venir se fixer ensuite à Birmingham. Il s'en échappait pour se rendre à Londres et y faire des conférences.

A Londres, Pieri, le réfugié politique, se faisait professeur de langues. Il entrait en relations avec Simon Bernard et Allsop, l'un banni de France, après le coup d'État; l'autre, le juif errant de l'internationalisme.

Alors Simon Bernard se montre partout. Allsop ne paraît nulle part. En 1857, deux autres personnages entrent en scène, dans le clan des conjurés républicains; c'est Orsini, arrivant de Hongrie, après avoir échappé à la mort dans une citadelle autrichienne; l'autre, c'est Gomez, qui, comme Pieri, a quitté l'armée d'Afrique.

Orsini a failli être pendu pour s'être révolté contre l'Autriche, il a joué un rôle prépondérant dans la dictature romaine; Gomez est un déserteur de l'armée française. Orsini et Gomez entrent en relations avec Pieri, l'ami d'Allsop et de Simon Bernard.

Orsini, avec Gomez, se présentent à Pieri, qui, à Birmingham, jouit d'une grande autorité, car tous les proscrits sentent en lui un chef prêt à les diriger dans l'armée de la future révolution.

En se mettant en communication avec Pieri, Orsini lui dit que Mazzini, dont il est lieutenant, n'est plus capable de conduire le mouvement révolutionnaire.

Il est vieux, trop mou, il perd ses forces et ses entreprises n'aboutissent qu'à faire sacrifier ses néophytes.

Pieri voit avec satisfaction les carbonari se diviser au profit de l'Allemagne.

Un triumvirat se forme à Birmingham; il est composé d'Allsop, de Simon Bernard et de Pieri. Le triumvirat se charge d'exécuter tout ce que tentera Orsini contre celui qui détient les libertés de l'Europe.

En ce moment, c'est Napoléon III qui, par son nom, personnifie le despotisme guerrier. Il a tué la liberté en France, la liberté à Rome, il faut tuer Napoléon III.

Pieri approuve tout, au nom du triumvirat qui, pour la première fois, se passera du mot d'ordre de Mazzini.

Il leur soumet l'idée de tuer l'empereur au moyen des bombes explosibles.

L'idée est développée devant Orsini, Allsop et Simon Bernard, trois mois avant l'exécution.

Signe compromettant, et qui prouve la conduite louche de Pieri; il vit à Birmingham avec une Allemande, une nommée Rosa Hartmann. Elle servira de trait d'union entre les démocrates trahis par lui et les étrangers qui reçoivent des mains de la servante-maîtresse les rapports du maître espion.

Un jour Rosa Hartmann lui dit dans l'intimité :

— Ah! si nous pouvions tuer l'empereur, nul obstacle ne s'opposerait plus à notre union. Avec la fortune que cela nous rapporterait, nos projets pourraient se réaliser.

A Birmingham, Pieri oubliait la pauvre femme de Francis, qu'il avait enlevée à Lyon à son mari.

Cet abandon était d'autant plus lâche, qu'il avait eu d'elle un enfant, dès 1852. Par dédain et par nécessité il avait abandonné cette femme, qui croupissait dans la misère.

La malheureuse, depuis qu'elle avait un fils de Pieri, préférait souffrir sans se plaindre.

Elle attendait toujours le père de son enfant.

De retour à Paris, au moment d'exécuter l'attentat conçu à Londres, Pieri délaissait aussi Rosa Hartmann, car son épouse prétendue, la femme de Francis, devait encore le servir.

Pieri était un homme de précaution, c'était une nature basse, qui se faisait le complaisant de toutes les causes pour les trahir.

Quelle différence avec le caractère héroïque et dévoué d'Orsini : l'un accepte les positions les plus difficiles pour les tourner, l'autre, pour les affronter.

L'idée des bombes explosibles adoptée, c'est Orsini qui se rend à Bruxelles pour étudier ces projectiles au musée de cette ville, projectiles qui, en 1854, avaient déjà été fabriqués pour tuer l'empereur. Orsini en prend le modèle **exact** et Allsop en commande de pareils; une fois fabriqués, Orsini se charge de les faire parvenir à Paris.

Le 6 janvier, on procède au départ; Orsini s'adjoint de Rudio, un déclassé qui surveille Gomez, un poltron, un traître.

Tous les quatre prennent des voies différentes pour se rendre à la capitale. Le 6 janvier, Pieri débarque à Calais; le 7, Orsini vient en France par Bruxelles; puis ses deux auxiliaires, Gomez et de Rudio les devancent et les attendent à Paris. De Rudio y cherche pour Gomez et Pieri un hôtel, rue Montmartre. Orsini, qui n'a confiance qu'en lui, vient loger seul dans un appartement de la rue du Mont-Thabor, que lui a cherché sa maîtresse, l'Italienne.

Cette femme ne cesse de le suivre dans ses périlleuses pérégrinations.

L'aristocratique maîtresse et son amant démocrate, avec des idées politiques tout opposées, ont même âme, même cœur, même audace dans le péril, même amour pour la patrie commune.

A Mantoue, lorsqu'Orsini allait être pendu, lorsqu'il allait subir la peine de son patriotisme, sa maîtresse lui a bien prouvé qu'elle était digne de lui; elle n'a pas quitté son amant depuis 1848.

Ancien membre de la Constituante romaine, dispersée par le canon français, Orsini est nommé commissaire extraordinaire, il exerce ses fonctions jusqu'en Toscane. Il est fait prisonnier par les Autrichiens, lorsqu'il est en train de soulever la troupe contre le drapeau oppresseur.

A cette époque, Orsini et sa maîtresse, une princesse, travaillaient ensemble pour l'indépendance de l'Italie, elle, au nom du roi de Piémont, lui, au nom de la République.

Orsini tombe, épuisé, sans force, dans un étang glacé. (page 54.)

Si l'idée les divisait, le cœur les unissait pour souffrir les mêmes martyres.

Lorsqu'après les divers rôles qu'il avait joués à Rome et en Toscane, Orsini est obligé de fuir les oppresseurs de la patrie, la princesse le suit et partage ses dangers.

En 1853, Orsini se rend à Vienne, où sous le nom d'Herwag, il tente encore de soulever les troupes allemandes, de briser les fers dans lesquels sa patrie est replongée.

Il est découvert, saisi, enfermé dans la citadelle de Mantoue. C'est un tombeau.

Il y reste dix mois. Il n'en sort que pour être traduit devant un conseil de guerre qui le menace de la peine de mort s'il ne renonce à ses tentatives internationalistes.

Orsini est incapable de faire un mensonge. Il ne fléchit pas devant ses juges. Ils sont obligés de reconnaître qu'il n'obéit qu'à son patriotisme et à sa foi.

La loi est aussi inflexible que sa foi, il est condamné à être pendu.

A Mantoue, sa maîtresse veille sur lui. Elle parvient à gagner ses gardiens.

La princesse est jeune et belle. Aux allures aristocratiques, elle unit une mâle énergie; elle possède toutes les séductions féminines. Ses grands yeux noirs savent remuer les cœurs. Sa bouche souriante ou menaçante a des entraînements qui domptent les âmes les plus invulnérables.

Elle séduit, captive, et dompte tout à la fois.

C'est une véritable Italienne, à l'âme de feu, aux formes gracieuses.

Sa beauté était égale à celle d'Orsini. Le tribun avait trente-cinq ans. Alors il avait des yeux noirs et brillants, les cheveux bruns, le teint pâle; il avait la bouche fine des Césars, et le front alt. r.

Une fois prisonnier à Mantoue, l'aristocratique Italienne ne cesse de veiller sur le démocrate Italien.

Elle passe les jours, les nuits, à répandre l'or autour de ses gardiens pour travailler à sa fuite.

La veille du jour où Orsini va être pendu, quand la mort est près de lui, la princesse ne l'abandonne pas.

La nuit, elle lui fait parvenir des instruments de délivrance. Les soldats du fort sont achetés, le geôlier comme les soldats.

A l'aide d'une lime qu'on lui a fait parvenir, Orsini scie les barreaux de la fenêtre de son cachot. Avec le linge qu'elle lui envoie, soi-disant pour ses besoins journaliers, Orsini confectionne une échelle de quarante mètres.

Du haut de cette échelle attachée à la croisée de son cachot, le plus élevé de la tour, Orsini parvient à descendre la nuit et à se dérober aux gardiens.

Mais l'échelle est trop courte. Orsini, en sautant, tombe dans les fossés de la citadelle.

Il se brise la jambe et ne peut d'abord se relever.

Mais s'il reste au pied de la tour, il est perdu. Il se traîne avec des efforts inouïs, désespérés.

Malgré des douleurs atroces, il se met en marche pour se rendre à un château voisin où l'attend la princesse.

Après une course pleine de périls, accompagnée de souffrances inouïes, Orsini tombe, épuisé, sans force, dans un étang glacé.

Il s'évanouit, la mort va le reprendre.

Il est recueilli par des chasseurs. Ils le portent sur une civière, l'abritent au fond d'une cahute et parviennent à le faire revenir à lui.

Nouveau malheur! Ces chasseurs sont des amis du gouvernement autrichien, et le canon d'alarme a signalé sa fuite.

En revenant à lui, Orsini ne dissimule pas qu'il est le prisonnier que l'on recherche. Il se fait connaître à ses libérateurs comme étant l'ennemi implacable du despotisme autrichien.

Les chasseurs, ses ennemis politiques, se disposent à le rendre à la captivité, à le renvoyer à la mort.

Il va être pendu!

Mais la princesse qui l'attend, qui ne l'a pas vu revenir, a quitté le château. Elle le cherche. Elle le rencontre blessé, presque mourant, au moment où les chasseurs se disposent à le rendre à ses bourreaux.

Sa maîtresse se jette aux pieds de ses étranges libérateurs. Elle les prie, les supplie de lui laisser son amant.

Un des chasseurs séduit par ses larmes, surtout par sa beauté, lui propose de lui rendre la vie sauve, à la condition qu'elle lui appartiendra.

L'Italienne n'écoute que son amour pour Orsini. Elle promet, inspirée par le désespoir, tout ce qu'exige d'elle cet homme odieux.

Elle feint de consentir à ses infâmes propositions.

La nuit, à l'insu des autres chasseurs, l'amoureux de la belle princesse fait fuir Orsini qu'une voiture de son amante emporte au château.

La même nuit, lorsque le libérateur veut réclamer auprès de cette femme le prix de sa duplicité, elle lui dit en le menaçant de son poignard :

— Venez donc recevoir la récompense de votre lâcheté? Si je ne vous tue pas, c'est moi qui me tuerai dans vos bras!

L'ami des Autrichiens se retire tout penaud.

Après six mois de soins, de tendresse pour Orsini, celui-ci se rend à Londres où il fait la reconnaissance d'Allsop, de Simon Bernard et de Pieri. On sait le plan qu'il combinait en dehors de Mazzini, sans se douter qu'ils étaient sous l'œil de la police allemande.

Orsini est un téméraire, un imprudent, il a le cœur plus large que la tête. Ce n'est pas en vain que Mazzini le qualifie de *Cervelet!* Orsini, âme ardente, moins réfléchi que son chef de file, est incapable de félonie.

C'est un homme de résolution. Un bras solide qui n'aurait jamais dû se séparer de Mazzini, ce penseur ne se livrant jamais et livrant les autres.

Le soir même de l'attentat du 14 janvier, Orsini s'était enfermé dans sa maison de la rue du Mont-Thabor; les hésitations, les marches et les contremarches de ses associés l'inquiétaient. Il ne se fiait plus qu'en lui-même. Quelques heures avant le drame conçu par Pieri, c'était Orsini qui préparait les bombes, y mettait la poudre fulminante, avant de les donner à son complice.

A la dernière heure, il s'était occupé de faire sécher sa poudre, d'abord en l'exposant à l'air; comme elle ne séchait pas assez vite, il la mettait près du feu. Cette dernière opération était pleine de périls. Orsini se tenait devant la cheminée, sa montre dans une main et un thermomètre dans l'autre, afin de mesurer avec exactitude les conditions de temps et la chaleur, dans lesquelles la poudre fulminante pouvait rester devant le feu sans faire explosion.

— Je risquais disait-il, de me faire sauter avec toute la maison.

Cet acte de résolution peint bien l'homme.

Si, aux assises, Orsini paraît sous un mauvais jour, indécis, irrésolu, en contradiction avec ses actes, c'est que, dès le principe, en se couvrant, cet homme d'action voulait couvrir ses complices.

Quand il se sent vendu par eux, il ne se contient plus. Il s'accuse sans charger son entourage; mais il sait bien qu'en s'accusant, il coupe toute retraite à ses délateurs.

Au dernier jour, il a dénoncé Pieri, — un traître.

Rudio n'est qu'un déclassé que la misère a enchaîné à ses projets; Gomez, un valet poltron qui, en dénonçant son domicile, a dénoncé son maître.

Dès le jour de l'attentat, Pieri veut fuir.

Au matin ce traître se rend rue du Champ-d'Asile, il revoit celle qui passe pour sa femme, il lui donne de l'argent et lui raconte ce que ses complices vont exécuter. Le soir même, il lui ordonne, s'il est pris, ou si l'affaire ne réussit pas, de tout raconter à la police.

Dans la pensée de Pieri cette dénonciation doit lui être comptée.

Orsini, au moment critique, est très inquiet de l'absence inexplicable de Pieri, il le fait filer par de Rudio, son âme damnée. Bon gré, malgré il le ramène en voiture.

Aux assises, Orsini ne cache pas la conduite lâche de Pieri qui, après avoir tout organisé, veut quitter le terrain de l'exécution.

Il n'est pas bien sûr que Pieri ne se soit pas fait arrêter exprès. Son défenseur n'oublie pas d'établir l'énorme distance qui existe entre celui qui conduit un crime et ceux qui s'en font les instruments.

Orsini dont les yeux sont dessillés par Mazzini, dit aux assises : « Je remarquais que Pieri ne demandait qu'à fuir, après avoir tout préparé. Il restait en arrière comme un homme qui veut déserter.

Sans des considérations intimes, Pieri eût été gracié comme de Rudio,

La tête de Pieri tomba la première. (Page 60.)

comme Gomez; Pieri attendit jusqu'au dernier moment la récompense de
ses traîtrises.

Orsini, par un retour vers Mazzini et vers l'empereur, fut bien près
d'obtenir sa grâce. En tous cas, l'empereur des Français, poussé par
Mazzini, exécuta les dispositions testamentaires de son assassin. Il ne
permit pas à l'Allemagne, comme écrivait Orsini, d'appuyer l'Autriche
dans la lutte qui allait s'engager entre l'Italie et ses oppresseurs.

Jules Favre lut dans la défense du régicide, la lettre d'Orsini.

Elle profita aux intérêts de l'avocat.

Orsini légua, par une disposition testamentaire, une somme de deux
cents francs, destinée à acheter une montre que la princesse italienne fit
parvenir au défenseur du démocrate Italien, avec cette inscription :

« A M. Jules Favre, Félix Orsini. Souvenir.

Liv. 8   8

VII

LA DOUBLE EXÉCUTION

Nous avons laissé Pieri et Orsini au pied de l'échafaud.

A mon début à Paris, comme auxiliaire de l'exécuteur F..., j'avais à faire à une double exécution. Je vais maintenant raconter tout ce que j'ai vu; je vais signaler l'étrange attitude de Francis devant Pieri expirant sous la dernière étreinte de l'homme qui devait à ce patient le malheur de sa vie!

Lorsque Orsini et Pieri, pieds nus, recouverts de leur chemise blanche, le voile noir sur la tête, parurent sur l'échafaud, il se fit dans la foule un mouvement étrange. Elle n'était pas faite à ce lugubre cérémonial des parricides.

La police redoutait, de la part des sociétés secrètes, un mouvement en faveur des patients, elle avait pris ses précautions. Dès cinq heures du matin, des pelotons de gendarmerie, de hussards, de la garde de Paris avaient occupé les abords de la prison et des rues adjacentes.

Comme je l'ai dit précédemment, deux aumôniers accompagnaient Orsini et Pieri : les abbés Hugon et Nottelet.

L'échafaud avait été dressé dans la nuit, à la lueur des torches.

La veille au soir, un juge d'instruction et un substitut du procureur impérial s'étaient rendus à la prison pour recevoir les déclarations des condamnés, dans le cas où ils en auraient eu à faire.

Mais Orsini avait dit seul ce qu'il avait à déclarer à l'empereur. Pieri n'avait plus rien à dire à la justice.

Les patients, après avoir gravi les marches de l'échafaud, firent encore une halte; il fallut qu'ils restassent exposés, nu-pieds, en chemise, le voile sur la tête, pendant que l'huissier leur fit publiquement la lecture de leur arrêt.

La lecture terminée, Pieri et Orsini montèrent les dernières marches qui les séparaient du couperet.

C'est en ce moment que, de la terrasse d'une maison voisine, la maîtresse d'Orsini agitait son mouchoir en signe d'adieu.

Orsini, toujours calme, accueillit cette manifestation désespérée avec un sourire plein de tristesse. Puis courbant la tête, il se renferma dans son mutisme, attendant d'être pris par les aides pour payer sa dette à la justice humaine.

Pieri passait le premier.

Celui-ci était toujours agité, en proie à un mouvement convulsif dont il ne pouvait se défendre, depuis que, dans la salle du greffe, il s'était entretenu avec Francis.

Orsini, au contraire, pendant les derniers préparatifs, avait conservé son impassibilité. Il n'avait prononcé qu'un mot en italien, pour dire à Pieri de rester calme.

Pieri, de plus en plus surexcité, cherchait à se donner une assurance et un courage factices ; il ne cessait de gesticuler et de parler. En montant sur l'échafaud, les traits de l'Italien étaient contractés, son exaltation avait encore augmenté.

En passant devant la fatale lunette, Pieri, sous l'empire d'une surexcitation fébrile, murmura à son compagnon :

— Eh bien ! mon vieux !

Orsini, à cet appel fait d'une voix saccadée, se borna à lui répondre, en français :

— Du calme !... du calme !

Il était sept heures moins quelques minutes : arrivé sur la planche, Pieri remercia l'abbé Nottelet qui l'avait soutenu par le bras.

Il lui dit avec un claquement de dents qui démentait ses paroles :

— Ne craignez rien... je n'ai pas peur... je vais au calvaire !

Il n'en était pas à sa dernière étape.

Francis avait fait un brusque mouvement, pendant que F... et moi, nous nous placions à notre poste, à droite de l'échafaud ; Francis et un autre aide s'étaient avancés contre Pieri pour le pousser par les épaules et le mettre sur la bascule.

F... et moi, nous étions silencieux, attentifs, un profond silence régnait dans la foule anxieuse.

Orsini suivait Pieri ; il avait près de lui l'abbé Hugon ; il n'avait pas besoin d'être soutenu par l'aumônier pour attendre son tour !

Pieri qui, au sortir de la prison, a commencé le chant des Girondins : *Mourir pour la patrie*, qui l'a continué jusque sur la plate-forme de la guillotine, s'arrête court à la vue de Francis.

Il frémit au moment où celui-ci le prend avec l'un de ses camarades, par les épaules, pour le jeter sur la bascule.

Pieri lui lance un regard oblique, plein de haine.

C'est la victime qui lui jette un dernier défi ! Et c'est Francis qui a peur. Cependant, il le saisit et le pousse sur la bascule.

L'aumônier vient embrasser Pieri, après lui avoir fait baiser le Christ. L'aide du bourreau, en le jetant sur la planche, lui montre au-dessus de

sa tête le couperet dont le scintillement brille aux premières lueurs
du jour.

Pieri, le corps étendu près de la lunette, va recommencer le chant
des Girondins.

Le bourreau presse le bouton. Le couperet s'abat.

La tête de Pieri tombe la première.

Orsini est resté jusque-là dans le silence le plus complet, les yeux
fixés du côté de sa maîtresse, immobile sur sa terrasse, comme la statue
de la vengeance.

Quand la tête tombe, Orsini s'écrie :

— Vive l'Italie, vive la France !

Et il s'avance pour se livrer aux exécuteurs.

A sept heures, tout était terminé, la tête d'Orsini allait rejoindre celle
de Pieri dans le même panier.

Une foule immense avait assisté à cette double exécution, calme, émue,
silencieuse. Elle se retirait diversement émotionnée.

Pendant que les aides du bourreau se disposaient à éponger le sang
sur le pavé, à emporter le funèbre panier, à traîner les corps dans le fourgon, un homme se glissait sous l'échafaud. Il trempait un mouchoir brodé
dans le sang des victimes.

La femme, restée debout sur la terrasse, avait envoyé cet individu se
glisser sous la terrible machine, pour tremper son mouchoir dans le sang
de celui qui, jusque sur l'échafaud, avait eu sa dernière pensée.

Le même soir, la maîtresse d'Orsini renvoyait la moitié de ce mouchoir à une espionne allemande, rivale de l'impératrice, avec ce seul mot :

Souviens-toi !

VIII

UN CONDAMNÉ A MORT CHANGÉ EN BOURREAU

J'ai dit qu'après la double exécution de Pieri et d'Orsini, mon prédécesseur prenait sa retraite.

En 1858, j'entrai définitivement en fonctions.

Francis accompagna pour un moment M. F... en Italie. Son aide était
malade, autant des pénibles émotions qu'il avait ressenties dans son terrible métier que des excès provoqués par ses malheurs et par ses massa-

Tous poussèrent des hurlements de joie. (Page 64.)

cres légaux. Lui aussi avait besoin de rétablir sa santé sous un climat plus généreux.

Francis suivit son patron à Rome, mais il y arriva dans une année de troubles, de luttes intestines. Elles n'étaient pas faites pour les remettre, lui et son patron.

A cette époque, la guerre franco-italienne allait éclater.

Comme dix ans auparavant, la terreur régnait dans les provinces de la Romagne. Elle donnait un pouvoir sans limites à toutes les associations secrètes.

Alors Lubani et Cenari ne se privèrent pas d'entreprendre des agressions à main armée, des invasions dans les maisons de banque, dans les palais des anciens hommes d'État, pillant, volant, tuant sous le couvert de la liberté. Ils se rendaient de préférence chez ceux qui, en d'autres temps, avaient été chargés de sévir contre leur terrible association.

Lubani, guidé par sa vengeance et sa cupidité, n'épargnait pas les anciens carabiniers et les représentants de la justice.

L'abus devint si grand que les alliés de ces bandits, des officiers garibaldiens, durent organiser une contre-police pour ne pas être accusés
d'être les complices des nombreux vols et assassinats commis par les soldats de Lubani.

Il faut avouer que F... et Francis tombaient bien mal au milieu de cet
enfer, eux qui espéraient, au contraire, trouver dans la ville des papes
un repos salutaire.

Lubani n'avait pas tardé à apprendre, par un des siens, l'arrivée
à Rome du bourreau français F..., l'exécuteur de son sauveur et ami
Pieri.

Il résolut de le venger.

F... l'exécuteur de Pieri, avait été condamné, dès son arrivée à
Rome, par Lubani. Le brigand, huit ans auparavant, avait échappé à la
guillotine ; maintenant il était tout disposé, vis-à-vis du bourreau, à ren-
verser les rôles. Par quel moyen? On va le savoir. Les moyens ne lui
manquaient pas, puisque, avec ses malfaiteurs génois et siciliens, Lubani
était tout-puissant dans la province de la Romagne.

Malgré les troubles qui agitaient la Ville-Éternelle, F... continuait ses
promenades journalières aux environs de Rome : elles lui étaient expres-
sément recommandées par son médecin. Un jour, il apprit que Lubani, le
même assassin qui l'avait tant raillé à Paris, était le chef des conjurés de
la ville en révolte. Un de ses hommes, un milicien, qui ne trempait pas
dans ses crimes, lui apprit les desseins de cet assassin contre lui. A cette
nouvelle, F... entra dans une violente fureur :

— Ah! ce Lubani! s'écria-t-il, le retrouverai-je toujours pour me braver, à Rome comme à Paris?

Des soldats de la Révolution italienne, forcés par politique, de s'allier
momentanément à ce brigand, lui conseillèrent de ne plus sortir de Rome.
F... se contenta de leur répondre :

— Et si je sortais, vous qui devez être des honnêtes gens, et désap-
prouver les tentatives criminelles de ce Lubani, me laisseriez-vous à sa
merci?

— Non! répondirent-ils, oh! non !

— Alors, ajouta F..., je continuerai mes excursions. Il y va de ma
santé, de ma vie peut-être? après tout, je ne suis pas fâché de défier jusqu'au bout ce Lubani.

F..., très entêté de sa nature, ne voulut plus rien entendre. Il mûrissait
une rancune particulière contre Lubani. Comme tout homme, depuis que
le monde est monde, aime le fruit défendu, il continua, en dépit de MM. les
brigands, ses promenades favorites.

Francis l'accompagnait, autant par fidélité pour F... que parce qu'il avait la même maladie que lui. Tous les deux ne pouvaient jamais rester en place!

Le lendemain de cet avertissement, F..., bien armé, ainsi que son aide, embrassait sa famille; il se dirigeait du côté du *Campo Santo*, sans dire à sa famille les dangers qu'il courait.

F... et Francis, deux pistolets à la ceinture, étaient sortis depuis cinq minutes de l'enceinte de Rome, par la porte *del Popolo*, lorsqu'une jeune femme qui les suivait, s'approcha d'eux et les appela.

C'était une femme d'une beauté étrange; elle paraissait appartenir aux races orientales. Elle avait de grands yeux de velours noirs, les lèvres d'un rouge de corail, les cheveux abondants et crépus, les dents blanches et aiguës de la bohémienne, la mobilité du regard qui caractérise les gitanos.

— Signors, leur cria-t-elle. — Signors! n'allez pas plus loin, je vous en supplie.

Francis salua la jeune femme d'un air d'intelligence.

F... fut bien obligé de se rapprocher de l'inconnue; sa beauté le frappa. Il regarda d'un air narquois son aide. Puis il dit à la jeune femme :

— Mais, ma belle enfant, nous avons trop de protecteurs, pour craindre de nous aventurer hors de la ville. Et pourrais-tu me dire comment il se fait que tu nous portes un si grand intérêt?

La bohémienne regarda particulièrement Francis, et répondit :

— Monsieur m'a rendu un très grand service, il y a quelques jours, en me délivrant d'une bande de forcenés, commandés par le redoutable Lubani, qui voulait m'égorger!

Puis la belle fille s'enfuit, comme si elle en avait trop dit.

— Francis, s'écria F..., sans s'arrêter, tu ne m'avais pas parlé de cette jolie rencontre, faite dans des circonstances si tragiques. Comment, à ton âge, ajouta-t-il en souriant, tu es resté un héros de roman?

— Ah! fit Francis, une bagatelle! Il était inutile de vous en parler... Avez-vous toujours l'intention d'aller au Campo-Santo?

— Plus que jamais.

Mais, dit Francis, vous feriez peut-être bien d'écouter la voix de la prudence et les conseils de cette belle enfant.

— Et toi! riposta F..., qui grillait d'affronter Lubani, tu ferais mieux de me dire comment tu es entré en relations avec cette jolie conseillère?

— Oh! bien simplement. Je la rencontrai, il y a quelques jours, à l'une des portes de Rome. Un des soldats de la bande de Lubani la trouvant de son goût, voulait l'enlever. Elle se débattait. Le désespoir et la beauté de cette femme m'émurent. Je la sauvai avec d'autant plus de joie que les ravisseurs se disaient être des soldats de Lubani, notre ennemi intime !

— Alors, fit F..., raison de plus pour que nous allions à cet ennemi, puisque nous avons tant d'auxiliaires dans la place.

Francis courba le front. Il comprit, malgré les avertissements lui venant de tous côtés, qu'il n'y avait aucun moyen d'ébranler la volonté de son patron.

Ils venaient de passer la porte *del Popolo;* ils s'aventuraient dans la campagne. Tout en marchant en excursionnistes, ils étaient arrivés au milieu des ruines du *Campo-Santo.* A droite et à gauche, devant et derrière, s'élevaient des rangées de colonnes, à moitié détruites, rongées par le temps.

Francis regarda l'endroit qui était le but de leur excursion. Derrière des fûts de colonnes, il vit des ombres s'agiter. Il cria à F...

— Des bandits !

Il n'avait pas achevé ces mots, qu'une cinquantaine d'hommes sortirent comme de dessous terre : ils cherchèrent à s'emparer des deux touristes. F.,. et Francis tirèrent leurs pistolets et firent feu. Deux hommes tombèrent. Les autres voulurent répondre à leurs coups. Une voix impérieuse leur cria :

— Non ; ne les tuez pas ! Il faut les prendre vivants.

Les brigands se ruèrent sur eux, les frappant au visage, les terrassant, les bousculant : il les lièrent aux pieds et aux poignets; ils les soulevèrent de terre pour les porter vers une caverne aboutissant aux ruines. L'intérieur de cette caverne donnait sur un vaste souterrain s'ouvrant sur les catacombes.

Une fois arrivés là, F... et Francis furent portés au milieu d'une foule de sacripants, aux chapeaux coniques, aux manteaux troués, aux culottes effilochées. Tous, à la vue des victimes, poussèrent des hurlements de joie.

Bientôt, un silence relatif se fit dans ce fourmillement de gueux. Un homme entra. Il avait la démarche hardie, le front énergique. C'était Lubani.

Huit années s'étaient écoulées depuis que F... ne l'avait pas revu. Il n'était pas changé. C'était le même audacieux dont la mûre beauté rappelait les attraits de sa jeunesse. Il était presque élégamment vêtu sous ses habits de fantaisie rappelant le costume de Fra Diavolo. Il demanda à F..., pendant qu'on lui défaisait ses liens, ainsi qu'à son compagnon :

Francis s'apprêtait à subir la torture. (Page 68.)

— Me reconnais-tu?

— Non, lui répondit F..., pour ne pas le contenter.

— Et toi? ajouta-t-il à Francis.

Celui-ci, comme son maître, répondit :

— Non!

— Eh bien! s'écria Lubani furieux, en jetant des regards farouches autour de ces misérables compagnons.

— Eh bien! je vous reconnais-moi. Camarades! vous n'ignorez pas que j'ai été prisonnier en France, enfermé à la prison de la Roquette; et savez-vous la personne que je vis, il y a huit ans, pour me préparer à la mort? Cet homme, qui prétend ne pas me connaître...

Le nouveau Fra Diavolo était monté sur un tonneau, pour désigner de plusloin, à sa compagnie, F... et son aide Francis.

Après s'être arrêté, en les montrant du doigt, il ajouta :

— Cet homme-là, c'est le bourreau de Paris!

A ces derniers mots, une étincelle électrique passa dans le corps des misérables. Ils se levèrent, ils poussèrent des cris effroyables.

On les bousculait, on les maltraitait, on leur envoyait des pierres.

Lubani, debout, se croisa les bras pour laisser passer cet ouragan de passion haineuse.

Lorsque le calme commença à se rétablir, il éleva les mains en criant d'une voix tonnante :

— Silence !...

— A mort ! A mort ! crièrent les bandits qui, devant un bourreau, ne pouvaient se contenir.

— Mais ajouta Lubani, en élevant la voix d'une façon plus impérieuse, vous ne savez pas tout ! Cet homme est le même qui, à Paris a guillotiné notre ami Pieri, mon sauveur !

— A mort ! A mort ! répétèrent-ils avec plus de rage.

— Et, ajouta-t-il, en souriant affreusement, c'est lui qui, en guillotinant Pieri, c'est lui qui, sur le point de me guillotiner, a failli tuer, du même coup, la patrie italienne !

— A mort !... clamèrent toutes les voix, avec des gestes effroyables. — A mort ! Vengeons Pieri ! Vengeons notre chef !... Vengeons l'Italie.

Lubani hocha la tête en faisant des signes particuliers aux forcenés, comme pour tempérer leur férocité.

En ce moment, il était heureux de tenir à ses pieds le malheureux F... et Francis. Tous deux, la tête courbée, attendant leur sentence.

Les rôles étaient renversés : C'était le condamné à mort qui était le bourreau ; c'était le bourreau qui était le patient.

Le chef reprit la parole :

— Je comprends, leur dit-il, vos ardeurs bien naturelles contre nos ennemis politiques. Comme ces hommes sont aussi experts que nous dans l'art d'occire leurs semblables, voici ce que je propose : L'aide du bourreau, ici présent, exercera sur son maître ses petits talents. Nous nous contenterons d'assister au supplice de l'exécuteur expédié par son élève. Moi, l'ancien condamné à mort, je partagerai votre joie en assistant aux supplices de ces hommes chargés d'ordinaire de nous envoyer dans l'autre monde.

— Adopté ! Adopté ! crièrent les bandits avec délices.

— Allons ! messieurs, exclama Lubani triomphant et s'adressant particulièrement à Francis, exécutez-vous. La sentence est prononcée.

Puis, tirant une épée de sa ceinture, il la présenta aux condamnés.

— Monsieur, ajouta-t-il, à Francis : Voici mon épée ? ou, si vous aimez mieux, je vais la donner à votre maître, pour qu'il vous charge de l'expédier dans un monde meilleur?

Francis était étourdi par cet excès de cruauté, F... n'était pas moins atterré par tant d'audace.

Cependant, il ne perdit pas son sang-froid dans cette horrible situation, où le lugubre se mêlait au grotesque. Il lui répondit :

— Misérable Lubani! Crois-tu, dans ton désir de te venger, crois-tu remplacer l'épée de la loi par celle de l'assassin? Si tu le crois, je te plains! Oui, Lubani, je te plains de retourner contre nous une arme qui s'est toujours tournée contre vous!

— Assez de phrases, riposta Lubani. Nous ne sommes pas ici pour les entendre. Se tournant vers Francis et lui présentant toujours son épée : Toi, tu n'auras la vie sauve qu'à la condition que tu tueras ton maître!

Francis eut un geste de souverain mépris. Il rejeta l'arme à ses pieds. Il s'écria avec violence :

— Me prends-tu pour un de tes valets?

Le bandit fit mine de lever la main sur Francis; et bondissant, il porta la main à sa ceinture, en sortit un pistolet prêt à le viser.

Les bandits attentifs suivirent avec avidité son mouvement. Francis attendit, en regardant son maître aussi impassible que lui.

Lubani se calma. Il replaça son pistolet à sa ceinture; il représenta son épée à Francis, en répétant :

Si tu ne fais pas ce que je te dis, tu mourras dans les plus cruelles souffrances.

— Jamais, répondit Francis avec fermeté, jamais je ne ferai ce que tu m'ordonnes.

— Nous verrons bien! riposta Lubani.

Les camarades du misérable s'apprêtaient à lui faire payer cher ses défis, ils levaient leurs poignards sur lui. Lubani les arrêta en disant aux plus forcenés :

— Qu'on m'apporte les réchauds.

Cinq minutes après deux réchauds, une chaise étaient amenés dans le cercle au milieu duquel se trouvaient les patients.

Des bandits lièrent Francis sur sa chaise, d'autres attisèrent le feu dans le récipient.

— Encore une fois! — répéta Lubani. — Veux-tu exécuter notre sentence?

— Jamais! s'écria Francis.

— Alors, faites, camarades! Brûlez-lui les pieds! Peut-être aura-t-il le caractère plus docile avec les pieds brûlés! Allez!...

Francis, pendant que les bandits soufflaient le feu, s'apprêtait, d'un air stoïque à subir la torture.

F... se jeta dans les bras de son aide, après avoir ramassé l'épée de Lubani. Il la lui présenta et lui cria, sur le ton de la prière :

— Francis, je te remercie de ton dévoûment! Mais il m'est inutile. Tu souffriras sans me sauver la vie! Prends cette épée, enfonce-la dans mon cœur ou décapite-moi. J'ai mérité cette mort par mon entêtement à la braver, par mon dédain à ne pas suivre tes conseils! D'ailleurs tu n'abrégeras ma vie que de quelques jours! Je le sens, la maladie ne ferait que retarder de quelques moments la mort que tu vas me donner! Après tout, mon sang que tu vas répandre, ne peut retomber que sur ces misérables; n'est-ce pas eux qui te contraignent à cet étrange supplice?.. Frappe! je l'ordonne, je le veux!

Francis, pendant qu'il parlait, se relevait de sa chaise. Les bandits jouissaient de ce spectacle où deux bourreaux luttaient de générosité en face de leurs exécuteurs.

— Quoi! vous voulez que je vous tue? lui riposta Francis hors de lui.

— Va! frappe! je suis prêt! lui cria-t-il, en lui mettant l'épée dans la main, pendant que le réchaud en feu brûlait déjà les pieds de son malheureux serviteur.

Mais cette pénible scène fut interrompue par plusieurs coup de feu partis des catacombes.

Les bandits, du fond de la caverne, crièrent avec effroi :

— Alerte! Les chemises rouges! Les soldats de la milice... Alerte!

Ce fut une mêlée indescriptible. Tous cherchèrent à s'enfuir. Ils disparurent un à un de la caverne par des excavations souterraines. Il ne resta que Lubani et ses deux prisonniers.

Les conspirateurs conspirant contre leurs alliés, les bandits, pénétraient dans leur antre pour les traquer.

A peine le premier milicien apparaissait-il, que Lubani, armant son pistolet, faisait feu sur F..., et il tombait à la renverse.

Après son coup de feu, le chef des bandits disparaissait pour rejoindre son armée dispersée dans les catacombes.

Lubani était satisfait. Il avait accompli sa vengeance.

Les miliciens, soldats garibaldiens, conduits par la gitana qui avait en vain prévenu les prisonniers, arrivaient trop tard.

Sur le lieu de cette exécution sommaire, ils relevaient le corps de F... expirant; ils entraînaient Francis désespéré par la mort de son maître.

Après avoir cherché vainement l'endroit par où étaient disparus les

C'était dans une misérable mansarde à l'aspect sordide. (Page 70.)

soldats de Lubani, les miliciens retournèrent à Rome. Ils ramenèrent, dans sa famille éplorée, F... évanoui, Francis plus mort que vif.

F..., par son entêtement à braver l'audacieux Lubani, avait été la victime de celui qu'il avait failli guillotiner.

Quant à Francis, il revint à Rome, presque aussi malade que son maître.

Il ne resta en Italie que pour assister aux derniers moments de F... Quand il n'y eut plus rien à faire, l'ancien aide du bourreau s'empressa de quitter cette terre maudite !

. . . .
. . . .

A la suite de cette terrible aventure qui acheva les derniers jours de F..., Francis revint en France, plus malade que jamais.

Les tremblements convulsifs ne le quittaient plus. Il lui eût été impossible de continuer son état, s'il eût voulu conserver la première place au milieu de mes aides. Si je le gardais encore, c'était par commisération et en récompense de ses anciens services.

IX

LA MAITRESSE DE PIERI

A peine revenu à Paris, Francis reçut la visite d'une ancienne amie d'enfance de son épouse. Elle lui annonçait que sa femme se mourait. Elle le priait, elle le suppliait de venir assister à ses derniers moments.

Depuis la mort infamante de son amant, Mme Francis s'était dérobée à tout le monde ; elle avait fui le quartier où longtemps elle avait passé pour sa femme. Logeant maintenant au quartier Saint-Germain, servante de celle qui avait été sa camarade dans un pensionnat de Lyon, elle avait caché le lieu d'où elle venait avec le nom de son amant, le parricide Pieri.

Cette amie, qui ignorait le passé de Mme Francis, avait cru intéresser son époux en l'implorant au nom de l'enfant de sa femme.

Elle n'avait fait que l'irriter davantage.

Au moment où arrivait cette dame dans mon *atelier* de la rue des Vinaigriers, Francis était avec moi. Francis, comme je l'ai dit, continuait sa triste fonction, je le gardais en souvenir de mon prédécesseur.

Ses malheurs, son abus de l'absinthe avaient précipité sa vieillesse. Sa main n'était pas plus sûre que son coup d'œil. Un rien l'exaspérait.

En voyant Francis très irrité contre une pauvre créature dont les malheurs étaient un peu son ouvrage, je le morigénai sitôt la messagère partie.

Non seulement je lui ordonnai d'aller voir sa femme mourante ; mais après avoir eu son adresse je pris sur moi de lui envoyer un habile médecin qui ne cessait, depuis six mois, de se rendre dans le cabinet du directeur de la Roquette, aspirant à devenir le médecin de cette prison.

Les directeurs de Mazas et de la Roquette, le connaissaient particulièrement ; il s'appelait le *comte de la Pommerais !*

Je pensais que ce médecin ne refuserait pas le service que moi, attaché par état, à l'administration de la Roquette, je lui réclamais particulièrement.

. . . .

C'était dans une misérable mansarde, à l'aspect aussi sordide que hideux, que Francis alla trouver sa femme, mourante, couverte de haillons.

Une humidité malsaine, suintant par les murailles de la toiture, corrompait déjà l'air vicié de ce taudis.

Deux chaises, dont l'une n'avait que trois pieds ; une table, où était posée une planche sur laquelle se trouvait une bougie, en composaient l'ameublement. Il n'y avait pas même un lit, ce premier meuble du pauvre : une paillasse posée sur le carrelage en brique dans le coin le moins humide de cette chambre à pans coupés, et c'était tout !

Il était dix heures du matin ; pourtant la pièce était à peine éclairée, pour qu'il fût possible d'apercevoir distinctement les quelques objets qui s'y trouvaient.

En huit années, la femme qui se mourait, avait changé d'une façon effrayante.

Ce n'était plus la dame presque élégante qui soupait, en 1852, aux *Vendanges de Bourgogne*, avec son amant Pieri, embauché par un espion allemand, Jud.

A cette époque, ses traits déjà altérés, portaient les traces de ses malheurs, mais maintenant, ils étaient horribles.

La chevelure noire, qui avait été le dernier vestige de sa beauté, était en partie tombée ; celle qui restait avait blanchi. La peau s'était ridée, ne laissant aucune trace de ses attraits d'autrefois.

Avec une expression de douleur qui attrista encore son visage, elle voulut se lever en entendant du bruit à sa porte ; mais trop faible, elle retomba, poussant un profond soupir.

La porte de la mansarde s'ouvrit. La clef était sur la porte ; une femme, vêtue de noir, entra. C'était celle qui revenait de voir Francis, à l'atelier de la rue des Vinaigriers.

Elle s'approcha de la malade et lui dit :

— Eh bien ! ma pauvre enfant, vas-tu mieux aujourd'hui ?

Celle-ci sourit tristement et remua la tête en disant :

— Je ne me porte pas mieux aujourd'hui qu'hier. Je peux même dire que je me sens plus faible !

Puis, respirant avec effort, elle ajouta :

— Avez-vous fait ce que vous m'avez promis ?

— Oui, répondit-elle. Je sors de voir ton mari.

— Consentira-t-il à venir me voir ?

La dame hésita à répondre. Craignant de la désespérer en lui avouant la vérité, elle s'écria, après avoir réfléchi :

— Il ne m'a rien promis. Seulement, il m'a dit que s'il n'était pas ici, ce matin, avant midi, il était inutile de compter sur sa visite.

— Quelle heure est-il ?

— Dix heures et demie.

— Croyez-vous qu'il viendra ?

Son amie n'osa pas lui retirer son dernier espoir ; elle ajouta :

— Je ne puis rien te dire. Lorsque je lui ai annoncé que tu étais bien malade, il a paru vivement ému.

— Alors il viendra! fit-elle avec un rayon d'espoir dans les yeux, en dessinant sur ses lèvres blêmes un sourire triste.

— Peut-être, lui répondit-elle, en hochant la tête. Cependant lorsque je lui ai parlé de ton enfant, il a paru hésiter. Il a fait un mouvement de colère en désaccord avec sa promesse.

— Malheureuse! exclama la moribonde, en portant une main amaigrie à son front brûlant... Malheureuse! qu'as-tu dit là?

Léonie courba la tête; une expression sinistre voila ses traits altérés; ses yeux devinrent sombres. Elle les ferma tout à coup et faillit s'évanouir.

Son amie alla vers elle avec anxiété. Léonie en ouvrant les yeux, s'écria, en se parlant à elle-même et en suffoquant :

— Oh! s'il me refusait cette dernière consolation, je serais trop malheureuse! Je veux, il me faut son pardon! Mais, voudra-t-il me pardonner, maintenant que vous lui avez parlé de mon enfant?

Elle retomba sur sa couche, presque inanimée; son amie la contempla avec une stupeur mêlée d'effroi. Elle se remit encore et demanda, en élevant la voix :

— Madame de Pauw, êtes-vous là?

C'était le nom de son amie d'enfance.

Celle-ci lui prit les mains avec sollicitude. Léonie lui refit la même question :

— Croyez-vous qu'il me pardonnera encore, depuis que vous lui avez parlé de mon enfant?

— Hélas! lui répondit Mme de Pauw, revenue à la sincérité par les émotions qu'elle éprouvait. Hélas! je ne sais. Car je sens que j'ai été bien imprudente en lui parlant de cet enfant. Mais, en agissant ainsi, je croyais, au contraire, toucher davantage son âme et son cœur.

— Vous auriez raison, ma chère Pauw, lui répéta-t-elle avec un sourire amer, si cet enfant n'était pas un abîme qui me sépare de mon mari!

— Oh! pardon!... pardon! murmura-t-elle d'un air confus. Si j'avais su!...

— En effet, dit-elle, vous ne savez pas toute l'étendue de ma faute!... Vous ne pouviez savoir que le père de mon enfant, que celui que j'ai préféré à Francis, est mort ignominieusement! Vous ignoriez que sa honte, la mienne, celle du misérable dont je cache le nom, ne pouvaient que me faire mépriser davantage!

— Léonie! exclama sa compagne, en lui pressant les mains avec

Souvent il rentrait ivre, ivre d'absinthe. (Page 73).

désespoir, pardonnez-moi d'avoir aggravé vos malheurs en voulant les soulager !

Léonie ne l'écoutait plus. Elle avait le vertige. Les yeux fixes, hagards, elle balbutia :

— Que m'avait-il fait, mon époux ? Bien peu ! à comparer aux souffrances que l'autre m'a fait endurer !... Mon mari buvait, voilà tout ! Lorsqu'il rentrait ivre au logis, ivre d'absinthe, je ne pouvais m'empêcher de montrer des signes de dégoût. J'étais jeune alors, trop jeune, hélas ! Car si j'avais su ce qui m'attendait, je n'aurais pas fait un premier pas qui m'a conduit à une mort misérable, ignominieuse ! Chaque jour, mon mari me répugnait davantage. Un soir que j'osai lui faire une remontrance au sujet de sa dangereuse habitude, il me frappa. J'avais été gâtée par mes parents, je ne me souvenais pas avoir jamais reçu d'eux la plus légère correction. Ce soufflet m'aveugla. Dans la rage d'avoir été maltraitée, je voulus me venger ! Hélas ! ce fut chose trop facile. Depuis plusieurs mois, un homme à Lyon, un officier en congé, me faisait une cour assidue. J'encourageai

ses démarches. Et le jour où j'étais frappée par mon mari, je le quittais
pour suivre mon vengeur! Plusieurs mois je fus heureuse. Je croyais être
sincèrement aimée. Il n en était rien, cet homme était comme les autres!
Que dis-je, pire que les autres! Ah! pas un homme n'aurait osé m'abuser
comme l'a fait ce misérable qui, pourtant, fut le père de mon enfant!...
Ah! pour avoir été à lui, il faut que je sois maudite!... trois fois maudite!...

La femme, épuisée par ce long préambule, accablée par la fièvre,
retomba sur son grabat. Un moment elle resta sans mouvement. Elle se
releva et fit mine à Mme de Pauw qu'elle voulait encore parler.

En vain voulut-elle lui couper la parole. Léonie continua :

— Ecoutez-moi, ma chère de Pauw, jusqu'au bout. Je vais mourir, et
je ne veux pas vous quitter pour toujours sans vous dire toute la vérité.
Lorsque vous, mon amie de pension, vous m'avez revue, au moment où
mon mari m'abandonnait, ruiné, perdu de dettes, abruti par l'ivresse,
vous croyiez qu'il était seul coupable, n'est-ce pas?...

Eh bien non!... Lorsqu'il fuyait Lyon, lorsqu'il m'abandonnait, c'est
que j'avais un amant, celui que j'ai, plus tard, retrouvé à Paris... Depuis
quinze ans, cet homme m'a persécutée!... Il m'a associée à toutes ses
hontes... Et je ne pouvais le quitter!... Il m'avait rendu mère!... Pour
mon enfant, j'ai tout subi... tout subi de cet homme!... jusqu'au jour où
j'ai quitté le quartier où je passais pour sa femme... Après quinze ans
d'épreuves, je revins, reprenant le nom de mon mari, désavouant le nom
du père de mon enfant, parce que ce nom est une nouvelle flétrissure,
pour lui comme pour moi; parce que cet homme est mort sur l'échafaud!...

— Sur l'échafaud! répéta avec terreur Mme de Pauw, en se reculant de
la pauvre maudite.

— Savez-vous, continua-t-elle, les yeux hagards, les lèvres frémissantes,
pourquoi cet homme, mon amant, est monté sur l'échafaud? Parce que
c'était un régicide!... Parce qu'il s'appelait Pieri, l'homme de l'affaire des
bombes Orsini!

A cette révélation, Mme de Pauw poussa un cri d'épouvante en se
cachant la tête dans ses mains.

Un silence s'établit entre les deux femmes. L'agonisante était à bout
de forces ; son amie était affolée.

Léonie respirait avec peine, suffoquant, après les efforts inouïs qu'elle
venait de faire pour parler si longuement.

Ce silence ne fut troublé que par le bruit d'une horloge voisine sonnant
onze heures.

Mme de Pauw, après être restée quelque temps pensive, sortit de son recueillement. Elle avait apaisé ses terreurs qui n'avaient dû que faire plus de mal à son amie d'enfance.

Après s'être consultée, elle releva la tête et reprenant ses témoignages d'affection à l'égard de cette malheureuse, elle lui dit :

— Oh! les hommes sont tous les mêmes!

Le ton sur lequel elle avait prononcé cette dernière parole étonna la mourante, elle lui demanda :

— Est-ce que vous avez aussi souffert?

— Oui, lui répondit-elle! — Et souffert comme toi, par le remords de m'être donnée à un homme indigne! Cet homme est médecin. Il a soigné mon mari mourant!... Eh bien! Léonie, devant ta faute, je ne crains pas d'avouer mon crime! Ce médecin avait des dehors séduisants; il parvint à faire de moi sa maîtresse sans attendre la mort de mon mari! Après sa mort, lorsque j'eus épuisé avec mon amant ma modeste fortune, il me délaissa! Il se maria, en vue d'une nouvelle fortune!... Maintenant, cet homme est l'un des principaux médecins de Paris; tandis que moi, je suis ici, presque aussi pauvre que toi, presque aussi malade que toi; cet homme ne pense qu'à ses plaisirs, à son ambition, à sa fortune! Il m'abandonne à la misère et aux remords!...

Mais Léonie ne l'entendait plus. Épuisée par les efforts qu'elle avait faits pour achever sa confession, elle était incapable d'écouter celle de son amie. Elle était retombée, pâle, inerte, sur son matelas, On ne l'entendait plus.

Tout à coup, un bruit se fit à la porte de la mansarde; la porte s'ouvrit, un homme parut: c'était Francis !

Les deux femmes s'étaient retournées.

— M. Francis! exclama avec joie Mme de Pauw.

— Léonie! s'écria le nouveau venu, en s'élançant vers la mourante.

Mais il s'arrêta en considérant les effroyables ravages opérés sur celle qu'il avait aimée.

Elle aussi, malgré sa vue affaiblie, apercevait combien cet homme était changé, dévoré par le chagrin, tué par l'ivresse.

Léonie voulut se relever pour s'élancer dans les bras de Francis. Elle retomba en murmurant :

— Oh! Francis, que tu es bon!... Tu me pardonnes, n'est-ce pas?... Oh! dis-moi que tu me pardonnes?

— Oui, Léonie, répondit-il, converti cette fois par les remontrances d'un tiers. Oui, car j'ai été aussi coupable que toi : c'est ma rancune contre toi, contre moi-même, qui ont causé nos malheurs !

Pendant que Francis tenait ce langage, les forces de Léonie s'épuisaient sensiblement. Elle ne pouvait plus parler, elle désignait un cahier écrit de sa main, placé sur une chaise. Elle fit signe à son époux d'approcher de cette chaise, d'y prendre le cahier.

Francis le prit et la regarda.

De sa main décharnée, elle lui indiqua ce qui était écrit sur la première page ; Francis y lut ces mots :

Confession de ma vie.

Son époux voulut l'interroger, Léonie lui fit signe de bien cacher ce qu'elle désirait ne remettre qu'à lui seul.

En ce moment, par discrétion, Mme de Pauw s'était retirée à l'extrémité de la mansarde.

Alors on entendit le bruit d'une personne qui montait. Un coup discret retentit à la porte. Francis, mettant le manuscrit dans sa poche, alla ouvrir.

Un homme décoré, élégamment vêtu, jeune encore, très beau garçon, mais aux regards durs, se présenta.

Il demanda Mme Francis, jeta un coup d'œil dédaigneux autour de lui et fit une grimace.

Francis lui ayant dit que celle qu'il demandait l'attendait, il lui répondit sèchement :

— Vous voyez que je tiens parole à votre patron? Et cette dame — il désigna la mourante — est sans doute celle que l'on me donne à soigner ?

Francis s'inclina. Il regarda le docteur qui aussitôt s'accroupit auprès de la malade, l'ausculta, la retourna sur tous les sens. La figure du praticien s'assombrit, à mesure qu'il faisait son opération. Il se releva, et fit des épaules un signe qui signifiait que tout était fini.

Alors un cri de surprise et d'indignation avait retenti derrière lui, Mme de Pauw venait de reconnaître dans ce médecin, l'homme dont elle venait de parler à l'agonisante. M. de La Pommerais était en effet l'homme qui l'avait abandonnée depuis deux ans, parce qu'à cette époque, sur le point d'épouser une demoiselle Dubisi, Mme de Pauw lui était devenue un embarras !

Au cri d'indignation de Mme de Pauw, La Pommerais s'était retourné, très inquiet.

Mme de Pauw lui toucha l'épaule en disant :

— Cette fois, je vous retrouve, monsieur de La Pommerais !

Durant cette scène, et sur les signes du docteur, Francis s'était jeté au cou de sa femme qui râlait.

Les époux Dumollard auteurs de crimes monstrueux. (Page 78).

Le comte de la Pommerais, toujours tenu à l'épaule par son ancienne maîtresse, répondit en lui désignant la mourante :

— Madame, ce n'est ici ni le moment ni le lieu de faire entendre vos récriminations,

Pour éviter ses plaintes, pour sortir de cette situation aussi pénible qu'embarrassante, il se dirigea vers la porte.

Mme de Pauw le suivit, en lui disant à l'oreille :

— Je ne vous quitte pas et je vous accompagne.

Puis retenant La Pommerais, Mme Pauw jeta un dernier regard sur son amie qui agonisait.

— Pauvre Léonie, dit-elle, pourvu que je ne meure pas comme toi par l'homme qui m'a fait faillir à tous les devoirs?

Était-ce de la part de Mme de Pauw une prophétie?

Tous deux, La Pommerais et son ancienne maîtresse, descendaient l'escalier quand Léonie rendait le dernier soupir dans les bras de son époux repentant et désespéré.

X

DUMOLLARD

Quelque temps après ces événements je fus mandé à Bourg pour une exécution capitale qui devait avoir lieu à Montluel. Il fallait y monter l'échafaud pour un criminel qui, depuis plus de huit années, avait répandu l'effroi et la consternation dans la population de la Bresse.

Il s'agissait du fameux Dumollard.

Cet assassin des bonnes de Lyon qu'il attirait dans un bois voisin, qu'il enterrait après les avoir dépouillées et violées, occupait à cette époque, par ses épouvantables exploits, toute la presse.

Dumollard et sa femme, auteurs ou complices de crimes monstrueux, laissaient bien loin derrière eux, par leur cynisme et leur cruauté, les types imaginaires du Maître-d'École et de la Chouette.

Les romanciers n'inventent rien. La vérité sera toujours au-dessus de la fiction, même dans l'horrible!

Au moment de l'exécution, le bourreau de Bourg fut intimidé en face de cet infernal héros de cour d'assises.

Il avoua n'être pas assez sûr de lui, ni de son instrument de supplice. Il avait peur de n'être plus à la hauteur de son terrible mandat. L'échafaud n'avait pas fonctionné depuis longtemps. Aussi la magistrature de Bourg, par l'organe du ministre de la justice, me fit-elle mander.

Encore une fois, comme pour l'affaire Orsini, je fus appelé, pour l'exécution de Dumollard, à prêter mon concours à l'exécuteur de l'Ain.

Un an auparavant, c'était le bourreau de Paris qui me faisait quérir de Rouen pour l'aider à la Roquette dans l'exercice de ses fonctions. Maintenant c'était le bourreau de l'Ain qui me priait de l'assister. Il me laissait prendre un rôle dont il n'osait assumer toute la responsabilité.

Lorsque je fis connaître à Francis l'ordre que je venais de recevoir, il me supplia de l'emmener; il tenait, disait-il, à assister à cette exécution pour laquelle le bourreau de Bourg avait recours à mon expérience.

— Quel intérêt avez-vous, lui demandai-je, à m'accompagner dans ce terrible voyage?

— Venger ma femme! me répondit-il, car ce Dumollard est entré pour une large part dans les malheurs de sa destinée!

— Encore! m'écriai-je avec stupeur, mais c'est une gageure?

— Une gageure, en effet, continua-t-il, créée par le hasard, entre moi

et les plus odieux assassins! Je ne serai pas satisfait tant que je ne serai
pas encore, vis-à-vis de Dumollard, ce que j'ai été vis-à-vis de Pieri : un
des instruments de sa mort.

Comme je le pressais de s'expliquer, il ajouta :

— Tenez, lisez ceci, patron; vous me comprendrez.

Il me glissa dans la main un manuscrit que lui avait laissé Léonie en
mourant.

Je pris le cahier, taché par ses larmes, fripé par sa main indécise et
crispée, où étaient écrits ces mots :

Confession de ma vie.

Il me quitta, après avoir obtenu de moi la promesse qu'il m'accompa-
gnerait, qu'il me servirait dans mon triste cortège qui part toujours d'une
prison pour aboutir à l'échafaud.

Avant d'aller à Monthuel, je lus le manuscrit laissé par la malheureuse
Léonie à son époux. Je laisse, dans cette lecture, une partie de sa confession ayant trait à ses relations avec Pieri.

Dans le courant de ce récit, il a été longuement question de ces relations,
la malheureuse femme y signale encore quelques points laissés obscurs,
quand Pieri, la délaissant, courait à travers l'Europe pour ourdir de nouvelles conspirations contre la France.

Pour un conspirateur comme Pieri, une maîtresse n'est jamais que
l'instrument de ses intrigues.

Le métier de conspirateur est rempli d'incidents imprévus, aussi
émotionnants que ceux du joueur. Un joueur fait de sa maîtresse une
maîtresse de tripot; un conspirateur, la confidente de ses mystérieuses
opérations.

La malheureuse Léonie, avec Pieri, ne demandait que de l'affection;
elle ne connut que des déboires.

Souvent Pieri l'abandonnait, en la laissant sans ressources, et pour la
tromper, comme il trompait tous ceux qui l'entouraient.

A l'étranger, il cohabitait avec une autre femme, Rosa Hartmann, une
Allemande que la Prusse avait placée sur sa route, moins pour être la
confidente de son cœur que pour devenir l'espionne de cet espion.

Lorsque Pieri fut pris après l'affaire des bombes, il abandonna son
Allemande comme il avait abandonné la femme de Francis.

Il ne retourna à sa première maîtresse que parce qu'il avait besoin d'elle;
parce qu'il voulait lui faire des révélations qui, d'après ses prévisions,
devaient le sauver de l'échafaud.

Alors il chargeait Mme Francis de tout dire à l'impératrice, d'implorer pour lui, qui passait comme son mari, la commutation de la peine.

Mme Francis obéit, non pour lui, il l'avait trop fait souffrir, mais pour son enfant.

Entre elle et Pieri, elle retrouva son époux. Il fit échouer cette nouvelle intrigue; il divulgua en haut lieu ce qu'était sa femme à ce régicide : une femme adultère qui se condamnait elle-même en ne portant plus son nom.

On sait ce qu'il advint de toute cette tragédie ourdie par l'infâme Pieri pour sauver sa tête.

Je reviens maintenant au passage du manuscrit qui avait trait à un autre épisode de la vie de la malheureuse femme de Francis.

Elle lui écrivait ceci :

« Ton départ à Lyon ne tarda pas à être suivi de celui de mon séducteur. Je n'en sus que plus tard la cause. Hélas! je devais connaître bientôt ce qu'était mon prétendu vengeur. Avec lui, je devais être plus malheureuse encore. La consolation, que j'avais cherchée dans l'adultère, devint, après l'abandon de Pieri, un supplice de plus à ajouter à mes tortures!

« Un an après ce double abandon, j'étais seule à Lyon et j'avais épuisé jusqu'à mes dernières ressources. J'étais seule, sans amis, n'osant plus voir mes parents dont j'avais déshonoré le nom. Il fallait bien vivre pourtant. Que faire? J'essayai de toutes les places. Mais j'étais trop ignorante. Ne sachant pas coudre suffisamment pour être payée selon mes besoins, j'errai bientôt, sans asile, dans ma ville natale.

« Je rencontrai un jour une ancienne amie de pension, Mme de Pauw, mariée à un artiste peintre ; elle était peu fortunée, cependant elle m'obligea dans ma misère, qu'elle attribuait à l'inconduite de mon mari. Mme de Pauw partit pour Paris avec son époux. Je n'avais plus que ma famille dans laquelle je pouvais espérer. Je m'adressai enfin à elle.

« Je fus impitoyablement repoussée. Alors, ne sachant que devenir, je résolus de me faire servante. Je m'en allais découragée, cherchant sur les enseignes si je ne voyais pas un bureau de placement, lorsqu'un homme, un inconnu, m'aborda.

« Il m'offrit une place. Comment savait-il que j'avais besoin d'un emploi de servante? Je n'y songeai pas. Dans l'état d'esprit où je me trouvais, j'acceptai avec joie la proposition qu'il me fit. Il avait, disait-il, une excellente place à m'offrir à quelque distance de Lyon, dans la maison d'un notaire.

« Je partis aussitôt pour occuper l'emploi qu'il m'indiquait. Il m'accompagna.

« Il faisait nuit depuis une demi-heure ; le ciel était traversé par de

A la clarté de la lune je reconnus le monstre. (Page 82).

légers nuages qui, de temps à autre, masquaient la lune. Nous côtoyions une plaine aboutissant à un bois. Mon compagnon m'avait dit que nous n'avions plus qu'un quart d'heure de chemin ; déjà nous marchions depuis plus de vingt minutes et nous n'étions pas encore arrivés.

« Lorsque nous fûmes parvenus à la lisière du bois, je me sentis brusquement saisir et avec force par la taille. Je poussai un cri ; pour la première fois, je dévisageai l'inconnu.

« Le teint blême de sa physionomie ressortait sous le cadre de sa chevelure et de sa barbe noires. Ses yeux glauques enfoncés avaient des éclairs effrayants. Ses lèvres boursoufflées étaient coupées par une cicatrice lui donnant un air étrange.

« Il avait la face d'un monstre.

« Alors, je comprenais ce que voulait ce misérable. Déjà il était parvenu à me faire trébucher. Cependant je n'étais pas encore tombée.

« Je n'étais plus une honnête femme ; mais à la pensée de l'attentat dont j'allais être victime, je me sentis un courage inouï pour le braver.

« Quoique d'une force prodigieuse, l'inconnu ne put retenir ma main qu'il s'efforçait de paralyser. Il me tenait contre lui. Je parvins à me dégager de ses étreintes. Alors il usa d'un autre moyen, il voulut me faire tomber. Il plaça son bras derrière moi : cette fois, je tombai.

« J'eus un moment la crainte terrible de succomber, mais ce fut un éclair. A terre comme debout, j'étais résolue à me défendre.

« Un rayon de lune éclaira soudain le visage de ce vampire. Je ne pus maîtriser un cri d'horreur.

« C'était un être hideux, dont les traits décomposés par la convoitise étaient empreints d'une féroce brutalité.

« Ses yeux vitreux flamboyaient, ses grosses lèvres sensuelles écumaient.

« A aucun prix, je n'aurais voulu devenir sa proie. Que faire? J'étais presque en son pouvoir. Il tenait le bras que j'avais de libre. Encore un instant et j'allais assouvir la sensualité de cette brute. Son visage s'approcha du mien. Alors, comme folle, ne trouvant d'abord que ce moyen de défense, je me jetai sur son ignoble visage. Je le mordis fortement à la lèvre.

« La douleur qu'il ressentit lui fit arracher un cri, il s'affaissa presque inerte sur moi. Je profitai de son inertie pour me dégager de ses bras, et tirant de ma poche un mauvais couteau, je lui labourai la poitrine avec la lame. Le sang jaillit.

« Je poussai un soupir de soulagement et me relevai aussitôt, heureuse d'être délivrée.

« Mais l'horreur de la situation me revint à l'esprit en pensant que j'avais pu l'avoir tué. Epouvantée du crime que je pouvais avoir commis, je m'enfuis, courant, craignant de voir apparaître celui dont je venais de me débarrasser et dont je pouvais devenir la proie.

« Depuis dix minutes j'allais ainsi, dépassant le bois et me retrouvant devant un village voisin. Alors je m'arrêtai interdite. Il me semblait entendre derrière moi le bruit d'une personne courant pesamment.

« A la clarté de la lune, je reconnus le monstre. Je faillis m'évanouir, tant la peur me gagna. Comprenant bientôt ce que j'allais devenir si je restais, je m'élançai. Pourtant il gagnait du terrain. J'apercevais les lumières des maisons du village voisin. Je voulus crier, je ne pus prononcer qu'un son rauque. Une voix, celle de l'homme qui me poursuivait, me cria : « Arrête-toi et je m'arrête ! »

« Je cessai de courir, tout bruit de pas cessa.

« L'inconnu reprit :

« — Écoute ce que je vais te dire et retiens bien mes paroles : Ne dis pas un mot, ne fais pas un acte qui pourrait laisser supposer ce qui vient de se passer; car je ne serais pas puni et tu paierais cher ta dénonciation. Fusses-tu au bout du monde, je saurais te retrouver. Et, foi de Dumollard, cette fois, je ne te manquerais pas. Maintenant, va!

« Et je m'enfuis!

« Pourquoi ne portai-je pas plainte? Je n'en sais rien! Peut-être était-ce la honte de raconter l'attentat dont j'avais failli être victime? Peut-être était-ce aussi la crainte de me dénoncer moi-même. Car je n'étais pas bien certaine de n'avoir pas rêvé les paroles qui m'avaient été dites.

« Pendant deux jours, je lus avec avidité plusieurs journaux, cherchant si l'on n'avait pas trouvé près du bois de Montmain le cadavre d'un homme frappé à la poitrine.

« Peu à peu, ce souvenir s'effaça de mon esprit... Je n'y pensai plus. Du reste, avais-je le temps d'y songer? La misère m'accablait! Que te dirai-je encore, Francis? J'allais mourir de faim, quand mon amant Pieri m'envoya quelque argent, en m'enjoignant de venir le retrouver à Paris.

« Alors j'eus un regret cruel d'avoir failli. Je comparais la situation où j'aurais pu me trouver, si je t'étais restée fidèle, à celle où je me trouvais avec ce Pieri. Mais je n'avais plus le droit de te revenir. Pieri m'avait rendue mère; je devais lui obéir au nom de son enfant. »

Après la lecture de la confession de la femme de Francis, je connaissais le mobile qui faisait agir mon aide, en voulant être de mon triste voyage.

Peut-être aurais-je dû résister à son désir, dans l'état maladif où il se trouvait. Si j'avais agi de la sorte, je le connaissais, il n'aurait cessé de se griser, par dépit. Le mal que j'aurais voulu éviter, en lui épargnant de poignantes émotions, aurait été remplacé par son désespoir qu'il aurait voulu chasser dans ses excès d'ivrognerie; ces excès lui auraient été tout aussi mortels.

Je l'emmenai donc.

Après m'être muni de mon pouvoir auprès de la magistrature de la localité, je me rendis à Montluel. C'est une petite ville perdue au bas d'un coteau planté de vignes, aux rues tortueuses, aux maisons penchées les unes contre les autres. On nous indiqua le bâtiment de la mairie où, depuis le rejet de son pourvoi, le condamné à mort, une fois sorti de la prison, était tenu renfermé.

Immédiatement, à la mairie, je me mis en rapport avec l'exécuteur. Il m'attendait avec impatience. Il me conduisit à la guillotine, dressée sur la place de la ville dans un endroit restreint, à cent cinquante mètres de la mairie. L'échafaud était dans un piteux état. Moi et Francis, il nous fallut employer toute la nuit pour pouvoir le faire fonctionner.

Les spectateurs se pressaient autour de cet échafaud, et ils assistaient, à la lueur des torches, à cette sinistre besogne.

XI

LES ÉPOUX DUMOLLARD

Dumollard pouvait voir, des fenêtres de la mairie, les funèbres apprêts. Ce spectacle lui causa moins d'impression qu'aux assistants qui se représentaient, par avance, le tableau de son dernier supplice!

Je remarquais, à travers les physionomies étonnées et anxieuses qui nous entouraient, un air de satisfaction générale. Il était constant que les gens de la Bresse, terrorisés, depuis huit ans, par Dumollard, étaient heureux de pouvoir s'assurer de l'exécution du sorcier : *l'Homme au bec de lièvre*. Dans tout le pays, on ne le désignait pas autrement, à cause de sa difformité à la lèvre supérieure.

Les époux Dumollard, bien avant que la justice vînt les arrêter sur leur route de sang, étaient connus à quarante lieues à la ronde, pour être des assassins aussi mystérieux qu'épouvantables. On disait qu'ils devaient avoir, en dehors du cimetière de leur village, un cimetière à part où ils enterraient leurs victimes.

Pendant douze années, les époux Dumollard, unis par le vol, entretenus par l'assassinat, purent vivre *tranquillement* de leurs forfaits.

Aussi fut-ce avec des cris de soulagement, presque d'enthousiasme, que les gens de la Bresse virent monter la guillotine devant en finir avec ce Dumollard.

Les époux Dumollard étaient bien assortis. Ils étaient cupides, lâches et cruels. Aussi l'endroit où se trouvaient leur maison et leur vigne était-il un lieu maudit du village, marqué par la répulsion générale. Autour d'eux, autour de leur maison, le vide se faisait aussi bien le jour que la nuit.

Le nom de Dumollard n'était pas même un nom de famille! C'était celui de l'endroit où il avait été trouvé.

Les gens de la Bresse n'eussent-ils pas vu en Dumollard un monstre, se fussent encore écartés de lui, en sa qualité de fils de supplicié!

Dans sa génération, on était assassin de père en fils. Quant à son

Le corps a été entièrement dépouillé de ses vêtements. (Page 87).

épouse, c'était, disait-on, une fille mendiante. Elle n'avait pu être ramassée, sur sa route de misère, que par un criminel, qui n'avait pas eu de peine à la pousser sur la voie de l'infamie...

Avant de parler de l'exécution de Dumollard, de ses derniers moments, je vais, sur les conversations des gens de son pays, raconter l'existence criminelle de cet horrible couple.

Jusqu'à l'âge de quarante ans, Dumollard était employé journalier dans le village où il avait été trouvé, où on ne le désignait que par le nom de la localité. Objet de réprobation, par le souvenir que sa naissance rappelait, il allait l'être bien plus encore par ses crimes.

Il les commit dans l'intention de sortir de sa misère, d'assurer ses besoins, de satisfaire ses passions. Il trouva dans sa femme une complice complaisante de toutes ses infamies.

— Nous nous tiendrons d'abord aux servantes des bourgeois, disait-il à sa femme, après nous verrons.

Elle s'associa avec ardeur aux idées de son mari, parce qu'elle était lasse aussi d'être un objet de mépris, parce qu'elle voyait venir avec la vieillesse une misère plus profonde encore que celle qui n'avait cessé de l'atteindre dès le commencement de son mariage.

Voici le plan dressé par ces odieux époux pour l'exécution de leur infernale industrie :

Mme Dumollard se rendait à Lyon ; elle s'informait, sous prétexte d'entrer en condition, des servantes en quête, comme elle, d'une position ; puis, après avoir appris la situation de ces servantes, elle faisait son choix ; elle désignait les jeunes filles, bonnes à être *suivies* par son mari.

Celui-ci se préparait à les accoster en ville, à les conduire au coin d'un bois où, là, il se chargeait de les voler, de les violer, puis de les assassiner.

Une fois le meurtre commis, il courait chez sa femme, il lui apportait son butin. Un mot d'ordre avait été convenu entre l'homme et la femme.

L'homme frappait à la porte, en prononçant ce seul mot :

« — Hardi ! »

Sur ce nouveau sésame, la porte s'ouvrait. Dumollard apportait à son épouse le tribut de son assassinat. Il servait à grossir la source de leur nouvelle fortune.

À l'aide du produit de ses crimes, Dumollard ne tarda pas à acheter la vigne voisine de sa maison, à arrondir le lopin de terre qui l'entourait.

Sa femme, qui n'était pas jalouse, s'habillait des dépouilles des victimes violées, volées et tuées par son mari.

Quand la justice, trop tardivement, fit une perquisition en son domicile, on trouva une innombrable quantité de vêtements ayant appartenu aux femmes assassinées par ce Barbe-Bleue campagnard.

Mme Dumollard, quand on l'arrêta, avait encore sur elle le fichu et la robe de la dernière victime immolée par son mari.

L'amour de la propriété, l'amour de la chair, firent de Dumollard un assassin ; la cupidité fit de sa femme sa complice, comme recéleuse, sinon comme meurtrière ; ce qui, dans le dernier cas, n'a jamais été bien prouvé.

Cette horrible industrie entre les deux époux amena une longue série de crimes, embrassant un espace de sept années ; six victimes trouvent la mort après avoir été odieusement violées. Neuf autres jeunes filles faillirent avoir le même sort. Quatre d'entre elles ne s'échappèrent de ses mains qu'après y avoir laissé les dépouilles convoitées par ce scélérat !

D'après le dire des gens du pays que je questionnais, j'appris que l'administration judiciaire ne savait pas tout sur le compte de Dumollard. Bien avant la date des faits criminels avoués dans l'accusation, il s'était livré à d'autres actes de sauvagerie.

J'en avais la preuve par la confession de la vie de la femme de Francis qui, bien avant l'année 1852, faillit devenir la victime de ce monstre.

A cette date, les voisins de Bec-de-Lièvre signalaient avec appréhension le mystère et le silence qui régnaient dans l'habitation de ces époux maudits. L'odieuse réputation de ce ménage, les courses nocturnes du mari, étaient expliquées par les événements sinistres qui se multipliaient à quelque distance de Montluel.

Il ne se passait d' mois sans que l'on ne parlât, de Lyon à Bourg, d'une jeune fille disparue. Parfois, une servante s'échappait, comme la femme de Francis, de ses mains criminelles. Elle donnait le signalement de son meurtrier, c'était tout le portrait de Dumollard.

Les gens de son pays en étaient frappés et ils murmuraient :

— C'est encore Bec-de-Lièvre qui a fait ce coup-là !

Mais on disait cela à part soi. Personne n'osait dénoncer ce couple de vampires. On en avait peur à trente lieues à la ronde.

Avant d'enterrer *ses* filles dans un bois ou dans sa vigne, dès qu'il en fut devenu propriétaire, Dumollard avait *débuté* par les noyer dans le Rhône,

— Mais, prétendait-il, l'eau rend *trop*. La terre cache mieux et c'est moins perfide.

Ces paroles du meurtrier revinrent à la justice lorsque son épouse, dans la crainte de partager le sort de son mari, se décida à entrer dans la voie des aveux. Elle ne dit pas tout. Il n'y a pas que l'affaire de la femme de Francis qui soit restée un mystère dans la vie sanglante de ce démon.

Un jour, des chasseurs, en traversant la forêt de Montaverne, voient un cadavre de jeune femme. Elle baigne dans son sang et porte six blessures à la tête. Le corps a été entièrement dépouillé de ses vêtements. De loin en loin, les chasseurs découvrent des restes d'accoutrement, un ruban bleu, une paire de souliers.

On reconnaît qu'ils appartiennent à une nommée Marie Daday, fille domestique d'une dame Oursandon, demeurant à Lyon.

La justice informe ; les voisins du meurtrier se contentent de reconnaître encore le signalement de Bec-de-Lièvre donné par d'autres victimes manquées par lui :

— Bien sûr, dit-on, c'est Dumollard qui a fait le coup. Mais, pour notre sécurité, taisons-nous.

Et le vampire recommence ses courses nocturnes... Il se remet à répandre le sang.

A quelques jours de là, il rencontre la fille Aubert, puis la fille Charletay. Il les entraîne dans un bois ; il les manque, parce que l'une et l'autre ne vont pas où il veut. Elles échappent à la mort en se réfugiant dans des granges voisines.

Un mois après, il avise la femme Persini ; cette fois, il la *fatigue* par une marche forcée à travers bois ; il se contente de lui enlever sa caisse et ses effets.

Il se repose pendant trois ans.

En 1858, il revient à Lyon, emmenant une servante qu'il accompagne jusqu'au chemin de fer de Montluel. Sur sa demande, la confiante jeune fille lui remet un billet de bagages. Il dit au bureau qu'il fera demain retirer la malle et il part avec la servante inconnue.

Depuis, personne ne se présente pour retirer la malle, personne n'entend parler des voyageurs.

Seulement, la même nuit, Dumollard frappe à la porte de son domicile, en prononçant son mot de passe :

« — Hardi ! »

Il est porteur d'une montre et de quelques hardes ensanglantées. Il dit à sa femme :

— Je viens de tuer une fille. Il faut laver ses vêtements. Fais vite pendant que je vais enterrer la gueuse !

Comme toujours, il l'avait assassinée, après lui avoir fait subir le dernier outrage.

Peu de temps après, à la tombée de la nuit, à la Guillotière, il était en compagnie d'une jeune femme qu'il faisait passer pour sa nièce ; il entrait avec elle dans un cabaret et y demandait un logement pour la nuit.

Elle portait un cabas.

Avant que le cabaretier lui eût répondu, Dumollard avait paru changer d'avis. La nièce et l'oncle prétendus étaient repartis.

Depuis, on ne les revit plus. Mais on retrouva le cabas de la jeune femme chez les époux Dumollard.

Pendant le temps que mettait Dumollard à creuser les fosses de ses victimes, sa femme en lavait le linge, avant de se revêtir de leurs dépouilles. Elle démarquait elle-même ce linge, elle brûlait les hardes qui, en cas d'accusation, eussent pu servir de *pièces à conviction*.

C'était une femme surprenante, aussi circonspecte que son mari était audacieux. Elle ne le trahit que dans la crainte de l'échafaud.

Ce fut elle qui, une fois arrêtée, fit découvrir les cadavres du Bois des Communes et ceux du Bois de Montmain. Alors on savait où se trouvait le *Cimetière de Dumollard !*

Dans l'examen des cadavres, constaté par le rapport des experts, il

Coquine! toi qui m'accuses, que n'as-tu fait? (Page 89).

était dit que la victime du Bois des Communes avait dû être *enterrée vivante*. La position du corps permettait d'ajouter foi aux attestations des médecins, qui concordaient avec les révélations de la femme du meurtrier.

Ces révélations de Mme Dumollard durant l'instruction, sur les lieux où elle fit découvrir les victimes de son mari, amenèrent une brouille entre ces deux monstres.

Dumollard, en quittant son cimetière pour revenir chez le juge d'instruction, montra le poing à sa digne moitié. Abandonnant son flegme habituel, il lui cria:

— Coquine! toi qui m'accuses, que n'as-tu fait? Si j'en disais autant que toi, on te couperait le cou comme à moi.

Ramenée dans la prison, Mme Dumollard dit à qui voulait l'entendre:

— Dumollard a raison, j'ai trop parlé.

Elle devint aussi secrète aux assises, qu'elle avait été loquace pendant l'instruction.

A l'instruction, elle en avait assez dit pour éviter l'échafaud ; au tribunal, elle ne parla plus, pour ne pas avoir le sort des victimes de son mari

La peur l'avait fait parler, la peur la fit taire.

XII

UNE FAMILLE DE SUPPLICIÉS

Voici ce que j'appris à Montluel sur l'origine de Dumollard :

Lorsque les troupes autrichiennes occupaient l'est de la France, elles retrouvaient dans la Bresse, un voleur, soldat réfractaire ; ce réfractaire, condamné au dernier supplice, s'était réfugié en France au village de *Mollard*, dans le canton de Dagneux.

C'était un soldat hongrois dont le père, c'est-à-dire le grand-père de Dumollard, avait été bohémien ; celui-ci avait été pendu à Pesth. Dumollard, de père en fils, était d'une famille de suppliciés.

A vrai dire, le monstre était sans nom, sans patrie. Il avait pris le nom du village où son père avait subi la peine infamante, où sa mère, une mendiante, ne lui avait légué, pour héritage, que des blasphèmes contre la société.

Ses vices le poussèrent plus avant sur cette voie ; la vengeance que lui avait léguée sa mère sur le lieu du supplice où avait expiré son père, lui parut une excuse pour répandre la mort et le sang.

Alors ce fils et petit-fils de bohémiens rendit à la société le mal que les gens de sa tribu font et feront pendant longtemps encore à la civilisation.

Dumollard, ce fils de nomade, devenu, par ses terribles forfaits, un propriétaire, un paysan *terrien*, était l'incarnation de ces gens égoïstes et féroces qui n'ont qu'un amour : l'amour du lucre.

En bohémien, Dumollard poussait cet amour-là jusqu'à la férocité. C'était un avaricieux primitif, goulu et sensuel ; les progrès de la civilisation n'avaient su que le rendre hypocrite. Quoique rusé d'instinct et sournois de nature, il ne savait tuer qu'à coups de couteau. Sorti de la misère en pratiquant l'assassinat, il sacrifiait sa poule aux œufs d'or. Il l'achevait du premier coup au lieu de l'exploiter. Nature matérielle et rustique, ce monstre était en retard sur son siècle qui ne tue ou ne laisse tuer les gens que lorsqu'ils lui sont inutiles !

SCEAUX, IMP. CHARAIRE ET FILS.

En 1814, lorsqu'on s'empara du père de Dumollard, il fut condamné à être écartelé.

On fit venir à Mollard, où le malheureux avait établi sa résidence, la roue d'un grand canon, que l'on monta sur un pieu fiché en terre; on y poussa le patient tout garrotté.

Deux chevaux sont attelés à la roue; ils tirent en sens inverse les cordes qui lient la victime. Le supplice commence. En vain sa femme veut-elle s'opposer à ces tortures. Les soldats, rassemblés devant la roue, la repoussent.

A ses sanglots répondent les cris de souffrance du moribond qui, à chaque tour, laisse un de ses membres sur la claie.

La femme entend le craquement de ses os; chacune de ses plaintes lui retombe sur le cœur et le déchire. Elle voit la terre se rougir de son sang; elle assiste, malgré son désespoir, à ces tortures.

Elles ne finissent que lorsque le soldat bourreau n'entend plus les râles du supplicié. Ils se sont éteints dans un blasphème. Les membres mutilés ont été arrachés un à un du tronçon de son corps sanglant.

Lorsque justice est faite, lorsque le patient est mort, les troupes se retirent.

Alors la femme du supplicié tient à la main son jeune fils, elle le pousse vers la roue fatale, elle lui crie :

— Mon fils, tu le vengeras ! Cette terre du Mollard, devenue la tombe de celui qui te donna le jour, je veux que tu en fasses un cimetière ! Je veux que le sang de mon mari, de ton père, retombe sur tous ceux qui n'ont su le défendre, après l'avoir recueilli.

La veuve du condamné, pour que son fils garde mieux l'héritage qu'elle lui lègue, prend alors le nom de la terre où est mort son mari.

Dumollard fils, ce meurtrier de naissance, exauce, comme on le voit plus tard, l'implacable vœu de sa mère.

Il s'acquitte de sa dette de sang; il associe à son œuvre une autre mendiante, sa femme. Elle se montre, dans ces détestables exploits, aussi forte, aussi cruelle que lui.

. . . .

Lorsque, à quatre heures du matin, la guillotine fut prête à recevoir Dumollard, Francis et moi, nous nous dirigeâmes vers sa maison, en compagnie du bourreau du département.

Comme pour Pieri, Francis avait un intérêt particulier à faire la toilette du condamné; il tenait à lui rappeler le rôle odieux qu'il avait eu devant sa femme.

Arrivé à la mairie, dans la chambre où se tenait le condamné, il ne trouva qu'une brute, incapable de pouvoir le comprendre.

Il vit un homme de cinquante ans, qui n'avait rien de ce type extraordinaire qu'on se plait à retrouver chez les grands criminels.

Il était d'une taille moyenne, il avait les allures du plus grossier paysan. Il portait sa barbe en collier, une barbe noire comme ses cheveux, et qui faisait ressortir son teint blême. Il n'avait de remarquable que la cicatrice de sa lèvre supérieure. En le défigurant, elle lui donnait un air étrange, narquois et bonasse.

Quand on lui eut dit qu'il fallait se préparer pour la funèbre toilette, il finissait de manger ; Dumollard mangeait toujours et il avait un appétit de Gargantua. Il achevait alors sa tasse de café ; il en vida le contenu, se nettoya les dents, passa sa langue sur ses lèvres, son mouchoir sur la bouche, puis se leva :

— Le café était bon, dit-il, et je regrette que ce soit ma dernière tasse !

Apercevant devant nous l'aumônier et le greffier qui, en sortant de la grison, lui avait lu sa procédure, il le pria de ne pas recommencer.

— J'en ai assez comme ça, lui dit-il, de toutes vos façons, auxquelles je ne comprends rien. Abrégeons, et dites bien à ma femme, monsieur le greffier, que M. X... me redoit vingt-cinq francs pour le travail de sa vigne qu'il ne m'a pas payé.

Puis, se tournant vers nous, prêt à retirer sa blouse, il demanda à l'aumônier et au greffier :

— Sont-ce ces messieurs qui doivent soigner ma tête?

Sur mon ordre et celui du bourreau ordinaire, Francis s'avança vers Dumollard : il lui répondit par un signe affirmatif.

Mon aide le plaça sur un escabeau, près de la fenêtre où l'on apercevait la guillotine.

Tout en procédant à la toilette, il lui désigna l'échafaud de la croisée.

Dumollard comprit son geste, devina sa pensée et lui répondit :

— Ce n'est pas brave, ce que vous faites là. Après tout, un jour ou l'autre, je m'attendais à avoir le cou coupé. C'est de tradition dans la famille. Un peu plus tôt, un peu plus tard, je devais payer cette échéance!

Francis ne s'arrêta pas à sa riposte. Il avait son but, en m'accompagnant de Paris à Montluel. Tout en lui rasant les cheveux, il lui parla de la rencontre qu'il avait eue autrefois avec sa femme, de sa tentative d'assassinat contre elle, tentative ignorée des assises.

— Encore! riposta-t-il avec humeur. Ça n'est pas fini! Est-ce qu'on me tourmentera jusqu'à la dernière minute. J'ai dit à ce sujet tout ce que

La tête de Dumollard était pour lui un objet précieux. (Page 95).

j'avais à dire. Si cette Léonie dont vous me parlez était votre femme, loin de la plaindre, elle aurait dû me bénir. Loin de vouloir la tuer, je voulais la sauver des *hommes barbus* qui lui en voulaient. C'est moi qui l'ai fait sortir du bois pour la sauver des *barbus !* Elle me doit une fameuse obligation. Assez causé, votre besogne est faite, j'ai froid aux pieds et j'ai besoin de marcher.

Dumollard se tut, Francis put se convaincre qu'il avait affaire à un triste sire, à un homme qui jouait l'idiot.

En effet, ce monstre cachait un fond de ruse renfermé dans une impassibilité systématique.

Avant de procéder à sa toilette, Dumollard avait enlevé lui-même sa blouse. Après sa toilette faite, il se remit d'un air calme entre nos mains.

Son impassibilité jusque-là ne s'était pas démentie. Après un voyage de douze heures de la prison de Montluel, son pouls battait régulièrement ; il n'avait éprouvé qu'une fatigue et un grand appétit, bien naturels à la suite de ce long déplacement.

Lorsqu'il fallut se remettre en route pour aller à l'échafaud, il faiblit.

Avant de franchir le seuil de la mairie, il demanda une nouvelle tasse de café. Après avoir dégusté son moka, il fit claquer sa langue sur son palais, et dit d'un air de bravade :

— En route!

Sur le seuil de la mairie, à la distance des cent quarante mètres qui le séparaient de la guillotine, il parut avoir le vertige, il hésita.

Son visage était livide; il clignait des yeux.

Cette hésitation passa comme un éclair. Il s'élança.

Il avait fait à peine quelques pas que ses jambes s'abattirent. Il était évident que ses forces trahissaient sa volonté.

Dumollard s'affaissa sur lui-même. Il demanda par un geste, sans pouvoir articuler un son, les secours de l'aumônier.

Il ne tenait pas à laisser voir aux mille personnes qui le suivaient des yeux, son attitude piteuse et sa marche chancelante.

Il avait voulut jeter un dernier défi à l'échafaud; et sa vue, malgré lui, le rendait inerte.

Le terrible vengeur de cette famille de suppliciés n'était plus, à cette heure, qu'un pauvre diable malingre et chétif, à l'attitude sordide, courbé sous le poids de ses terreurs bien plus que sous le poids de ses crimes.

Était-ce bien là l'audacieux assassin qui avait fait un cimetière tout autour de sa maison?

La curiosité publique était déçue. La foule n'avait plus devant elle qu'un vulgaire assassin, aux yeux atones, au visage blême, suivant avec la docilité du mouton les sacrificateurs qui le conduisaient à la mort.

Devant l'échafaud, Dumollard ne releva pas la tête. Il gravit lentement péniblement, les marches de l'échafaud, sans regarder personne. Il se laissa conduire comme un automate jusqu'à la bascule; il s'y laissa choir et attendit le couperet.

Un coup sec, qui donne le frisson au plus hardi, annonça à la multitude attentive et émotionnée, que la tête de Dumollard roulait dans le panier.

En quelques minutes, les aides emportaient son corps pour le conduire, à l'aide d'un tombereau, dans la partie du cimetière réservée aux condamnés. Un médecin s'emparait soigneusement de la tête du supplicié pour en faire un sujet d'études physiologiques.

Francis n'était plus avec moi. Il venait de suivre le docteur, possesseur de la tête de Dumollard.

XIII

LA TÊTE DU DÉCAPITÉ

La maison du docteur était située aux confins de la ville, dans les vignes qui grimpaient le long d'un coteau. C'était une curieuse et mystérieuse habitation aussi impénétrable pour le vulgaire que son étrange propriétaire.

La nuit, on y entendait comme des hurlements plaintifs d'animaux ou des râles de chrétiens. Les rafales du vent, en faisant retentir les échos de ces bruits sinistres, en couvraient toute la ville. La nuit, les bonnes gens faisaient un détour pour ne pas passer devant la maison du *sorcier*, comme on la désignait; lorsqu'ils étaient obligés de se rendre vers son habitation, ils se signaient en courant.

La physionomie de son propriétaire n'était guère plus engageante. C'était un individu au corps maigre, dont les bras et les jambes n'en finissaient plus. Il avait un teint glabre, un nez proéminent qui s'effilait sur des lèvres minces et blanches. Une barbiche roussâtre, comme ses cheveux, allongeait sa physionomie osseuse. On ne lui voyait que des yeux, leurs prunelles avaient l'éclat du diamant.

Il avait un sourire amer, le sourire de Méphistophélès en face de Faust; et il avait de Faust le front rêveur et soucieux.

L'impassibilité de sa face de cadavre jurait avec ses yeux pleins d'ardeur; sa bouche, par les lèvres, accusait les aspirations de son âme, tournées au merveilleux, mais pour en expliquer les effets par la science.

C'était un Faust dont Marguerite était... la science! Enfin, un homme aussi mystérieux que l'asile où il se tenait clos.

La tête de Dumollard, dont la Faculté de médecine venait de se rendre maîtresse, était pour lui un objet précieux; il tenait à l'analyser au profit de ses doctrines Il ne l'aurait pas donnée pour un trésor.

Ce docteur avait fait de sa maison son sanctuaire. Il s'y livrait aux expériences les plus inhumaines. Pour se rendre bien compte des faits physiologiques, basés sur ses théories contre l'esprit, il soumettait les animaux en sa possession à toutes les tortures !

Ce savant n'avait qu'un but : prouver que le corps n'obéit qu'à l'organisme cérébral; conclure que, de la santé ou de l'infirmité du corps, dépend la volonté ou la non volonté de l'être. C'était un fataliste renversant les lois du libre arbitre réglées par la morale.

Aujourd'hui, ce savant a fait école!

Le vulgaire en avait peur, par instinct; les gens instruits le considéraient comme leur ennemi.

Les savants, dans les cas extraordinaires, avaient recours à ses connaissances très étendues, tout en répudiant ses théories.

Francis s'était mis d'abord à la poursuite du docteur emportant la tête de Dumollard ; il s'était arrêté dès qu'il avait été à la ruelle donnant sur l'entrée de son habitation.

Francis, malgré son état, n'était pas très hardi; du reste, l'étrange physionomie du docteur l'avait intimidé.

Malgré l'ardent désir de considérer de plus près la tête de l'assassin qu'il mettait de moitié dans les malheurs de sa femme et dans les siens, il n'osait prendre sur lui d'entrer dans la maison de cet homme étrange.

Avant de prendre une détermination, il avisa un cabaret pour chercher, au fond de plusieurs verres d'absinthe, la résolution qui lui manquait, et pour avoir des renseignements sur les habitudes du docteur.

Sur les informations que lui demanda Francis, l'aubergiste poussa des *hélas!* et des *oh! mon Dieu!* à fendre la muraille. Ce n'était pas fait pour rassurer Francis.

Enfin, après trois verres d'absinthe, qui envermillonnèrent son visage, enflammèrent ses yeux, il se raffermit. Il prit son courage à deux mains, ses jambes à son cou, il s'abattit devant la maison du docteur en sonnant avec violence.

Un homme, un paysan, moitié jardinier, moitié domestique, vint lui ouvrir. Lorsqu'il demanda à parler à son maître, le domestique fit mine de lui barrer le passage; il lui dit d'un air rogue :

— Mon maître est occupé. Il ne reçoit pas.

Mais de la cour à la porte de l'habitation, placée entre cour et jardin, une voix au timbre métallique, celle du docteur, lui cria:

— Demandez qui est là?

Francis dit son nom.

Le docteur répondit :

— Qu'il entre !

Le valet s'effaça en grognant. Francis passa.

Il lui fallut, pour traverser la cour, enjamber sur des chiens, des chats, et autres animaux. Les uns marchaient sur trois pattes, les autres n'allaient qu'à reculons; quelques-uns ne marchaient pas du tout, selon leur degré de paralysie. Ils paraissaient avoir oublié les fonctions de leurs

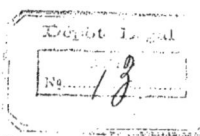

Il brandit le scalpel avec furie, menaçant la tête du mort. (Page 100.)

membres sous l'empire du scalpel qui leur avait enlevé une des cases du cerveau.

Ces martyrs de la phrénologie expérimentale expliquaient les hurlements plaintifs des sujets de ce fanatique de la science.

Francis poussa une porte qu'on ne lui ouvrait pas. Il se trouva dans un grand cabinet, aux parois, étaient plaquées de hautes vitrines. L'intérieur était froid, dallé, mais non vide.

Ce qui le remplissait fit reculer de surprise et d'horreur Francis.

Au milieu du cabinet, se tenait le docteur, le scalpel à la main; il était en face d'une table où était posée, sur une cuvette d'argent, la tête blanche du décapité qui y dégorgeait son dernier sang.

Dans les vitrines, on voyait, collés au bas de la muraille, des tronçons de corps humains; en haut, des têtes rangées méthodiquement sur des tablettes, têtes horribles ou bonasses, gouailleuses ou menaçantes.

Elles surmontaient, sous des rayons intérieurs, des bras, des jambes, des poitrines ouvertes et béantes,

Cette boucherie humaine eût fait pâmer d'aise un anthropophage ou attirer de vingt lieues à la ronde, tous les requins de l'Atlantique.

Cependant, ces morts, ou ces débris de morts, aux chairs sanguinolentes, aux veines bleues, aux lobes verdâtres, toutes ces chairs et toutes ces têtes n'avaient pas d'odeurs; elles étaient en cire.

Francis, terrifié par l'émotion que surexcitait encore son ivresse, prit cette fiction trop fidèle pour l'épouvantable réalité.

La tête de Dumollard, tête livide et grimaçante sous sa chevelure drue et noire, au milieu de ces têtes et de ces membres, lui produisit l'effet d'une tête de spectre dans une assemblée de fantômes.

Le docteur regarda Francis atterré, il parut jouir de sa frayeur.

Pour le punir de son indiscrétion, il tenait même à redoubler son épouvante.

Il lui dit d'une voix caverneuse :

— Que me voulez-vous ? que me demandez-vous?

Francis, hors de lui, les cheveux hérissés, la sueur coulant de son front, balbutia :

— Voir la tête du Dumollard ! de celui qui, dans le principe, a été la cause du martyre de ma femme et du mien.

Le docteur haussa les épaules, et lui répondit :

— Les malheurs de l'humanité sont personnels! L'homme ou la femme ne peut les imputer qu'à ses instincts. Il est commode d'attribuer aux autres le mal qu'on se fait à soi-même.

— Pourtant, reprit Francis, en roulant des yeux hagards du côté du décapité. Pourtant, les femmes tuées par ce misérable ont-elles été responsables de leur mort?

— Le hasard a tout fait! Et Dumollard, riposta le docteur, dans un sourire implacable, n'a obéi, dans ses meurtres, qu'à des besoins causés par son infirmité.

Puis, se rapprochant de la tête de Dumollard, il se remit à l'observer curieusement, et ajouta :

— Oui, sans cette tumeur à la lèvre dont les effets agissaient sur les muqueuses, peut-être Dumollard n'eût-il pas ressenti des ardeurs qui lui commandaient le viol, oui, le viol, qui lui imposaient aussi l'assassinat.

Le docteur semblait aussi se parler à lui-même; les yeux fixés sur le crâne de Dumollard, il ne voyait plus Francis. Lui, le considérait d'un air hébété.

Alors, le docteur, toujours une main posée sur la tête du décapité, ajouta en forme de démonstration :

— Après tout, qu'est-ce que ce Dumollard? Le vulgaire le pose comme un monstre, mais l'anatomie, par la conformation du cerveau, en fait un homme positif. La phrénologie y constate l'absence de *poésie*, de *religiosité*. En revanche, son cervelet très développé, les proéminences de la partie postérieure et supérieure de son oreille se continuant aux maxillaires, indiquent la *destructivité*, le *penchant à l'amour sexuel* et la *gourmandise*. Voyez encore plus loin, la bosse de l'*acquisivité*, c'est-à-dire du calcul et de l'avarice? Puis toujours plus haut, presque rien, ici l'absence de ce que Gall considère comme le siège de l'âme.

« Ainsi, vous avez un homme à la hauteur des idées actuelles, mais trop primitif dans sa façon d'agir! Cependant, il avait un certain génie! On ne *travaille* pas impunément le meurtre pendant dix ans, sans être un malin, aussi malin que l'administration est insouciante et routinière!

« Du reste, qui fait les coquins ou les grands hommes? Le hasard et surtout le milieu dans lequel ils vivent! Tenez, voyez Castaing, Lacenaire, Papavoine, Jansion et Avril, dont les têtes moulées et coloriées s'alignent sur ces rayons. Ils ont, dans l'encéphale, les marques des mêmes instincts, des mêmes sentiments, des mêmes facultés! Napoléon le Grand avait aussi la bosse de la *destructivité!*

Mais Francis ne l'écoutait plus; le docteur en était pour ses frais d'observation ou d'éloquence. S'il avait été moins absorbé dans sa méditation, le docteur eût remarqué déjà les changements qui s'opéraient chez son auditeur.

L'impression de terreur qu'il avait ressentie en entrant dans le cabinet des décapités, son ivresse qui se déclarait sous les effets de l'absinthe, lui donnaient des allures inquiétantes.

Son visage s'animait, passant du rouge pourpre à une pâleur cadavéreuse. Il roulait des yeux effrayants; sa poitrine se gonflait, son cœur battait avec force, les veines de son cou enflaient.

Les mâchoires se resserraient, la tête se renversait en arrière, ses bras, ses pieds se raidissaient; il agitait ses mains dans le vide comme se débattant contre des fantômes; puis il les portait à la gorge; on eût dit que les fantômes l'étranglaient.

Une première fois, il poussa un cri plaintif que, dans le feu de la conversation, le docteur n'entendit pas.

Un moment, le désordre parut se calmer, mais ce calme fut passager.

Ses yeux fixes ne se détachaient pas de la tête du décapité, il lui jeta des cris rauques, saccadés, suivis de tremblements nerveux!

Le docteur fut obligé de constater l'état d'exaltation où l'avait mis son discours inspiré par ses sujets d'étude et son amour pour le matérialisme.

Il se retourna du côté de Francis, il lui demanda d'un air interdit :

— Qu'avez-vous... et qu'éprouvez-vous ?

Sans lui répondre, Francis sauta comme un forcené sur le scalpel que le docteur venait de laisser sur la table à côté du décapité.

Il s'en empara, le brandit avec furie, et menaçant la tête du mort, il s'écria :

— Ah ! le misérable ! Le voyez-vous ? Après avoir voulu assassiner ma femme... il veut me tuer... Je le sens, il me prend, il m'enlace !... Il m'étouffe !... La voyez-vous, cette horrible tête ? Voyez-vous ? Après m'avoir mordu à la gorge, elle danse de joie !... Oh ! va-t'en ! va-t'en ! vilaine tête !... N'as-tu pas fait assez de mal ?...

— Elle n'est plus seule... C'est Lacenaire, c'est Castaing, c'est Papavoine, Jansion et Avril !... Voulez-vous me laisser, têtes homicides !... Non ! elles me raillent ! Elles rient de moi pendant que ce Dumollard, ce vampire me suce le sang !... Ah ! lâche !... tu ne m'auras pas ! A ton tour, tu veux ma tête... Eh bien ! encore une fois, j'aurai la tienne...

Brandissant son couteau, Francis allait, venait, dansant autour de la table, prêt à fendre le crâne.

Mais le docteur s'élança sur le forcené. Il tenait à sa tête de décapité.

Cette fois, dans la folie du forcené, le savant commençait à reconnaître les terribles effets du *delirium tremens*.

Francis, dont la puissance avait décuplé la violence de ses nerfs, faillit le terrasser.

Le docteur appela :

— Joseph ! Joseph ! à moi !

Joseph, le jardinier, l'homme de confiance de son maître, avait une des clefs du laboratoire.

Il ouvrit la porte, lorsque Francis allait avoir raison de son adversaire imaginaire.

Francis criait, tout en le frappant :

— Ah ! tu le défends ! ton décapité ? tu le défends, lorsqu'il en veut à ma vie ! Eh bien ! meurs, lâche ! Cela t'apprendra à te liguer aussi contre moi !

Mais Joseph était d'une force herculéenne. Il s'empara du scalpel de l'halluciné, d'un coup d'épaule il lui fit perdre l'équilibre. Se jeter sur le maniaque et le désarmer, ce ne fut pour le valet qu'un jeu d'enfant.

La porte était restée ouverte, on pouvait voir du dehors Francis acculé contre la muraille, à la merci du savant et de son domestique.

Après avoir regardé le malheureux aide dont l'irritation faisait place à

Je sortais de sa boîte triangulaire le couperet d'acier. (Page 103.)

un état de prostration indescriptible, Joseph jugea que son maître n'avait plus rien à craindre, et il sortit.

Francis venait de tomber sans pouvoir se relever. Maintenant, il tremblait de tous ses membres. Ses mains, ses doigts s'agitaient comme ceux d'un moribond.

Enfin dans le râle, Francis cria :

— Ah! le décapité m'a tué!... Le décapité se venge!... Le décapité me tue!

Ce fut tout, Francis s'affaissa, et resta étendu, sans bouger.

Le docteur se pencha sur lui. Il fit courir sa main du cœur à la tête. Il le retourna, le palpa, puis murmura :

— C'est fini! voilà les effets de la fièvre alcoolique provoquée par le *delirium tremens*. Encore un fou! Encore un précieux sujet à étudier comme cet insensé de Dumollard.

Le docteur le contempla quelques instants. Ensuite il se releva et rappela son domestique.

. . . .

Un quart d'heure après, j'étais averti de l'horrible accident survenu à Francis.

Quand je me transportai chez le docteur, je pus me convaincre que la vue de la tête du décapité, les émotions causées dans ce lieu sinistre avaient achevé la misérable existence de Francis.

Alors je me reprochai d'avoir consenti à l'emmener dans mon triste voyage, et j'imputai à ma faiblesse la cause de sa mort!

XV

LE BOURREAU

Après la mort de Francis qui suivit celle de l'exécuteur F..., je devenais définitivement le bourreau de Paris.

En 1858, je ne comptais pas moins de quarante années d'exercice quand je fus appelé à être le successeur de M. F... Je suis né, pour ainsi dire, sur les madriers de la guillotine.

Bien avant la double exécution provoquée par l'affaire des Bombes de l'Opéra, mon expérience, la vigueur de mon tempérament m'avaient valu le triste honneur d'exercer à Paris, dans les cas extraordinaires.

A cette époque, j'étais exécuteur à Rouen. Pourtant, comme pour les affaires Verger et Orsini, je fus appelé à devenir le bourreau de ces patients.

A Paris, bien souvent, on avait recours à moi, en raison de l'état maladif de F... En province, comme pour l'affaire Dumollard, on avait eu besoin de mes connaissances de mécanicien, afin de mettre en état une guillotine usée ou défectueuse.

Fils de bourreau, je débutais à seize ans comme aide, au bagne de Toulon, où mon père était exécuteur.

Mon père et moi, au milieu d'une population de forçats, nous n'exercions pas une sinécure. Plus d'une fois, nous fûmes en danger de mort en face des ennemis de la justice, dont nous étions représentés comme les plus implacables instruments.

Je porte les marques des tentatives de meurtre que plus d'un criminel faillit exercer sur ma personne avant de gravir l'échafaud.

Si le bourreau moderne ne donne pas une idée exacte du type imposant de l'exécuteur classique, tel qu'il est représenté au théâtre ou dans les romans, je puis dire que, par ma force, par ma prestance, je me rapprochais assez de ce type des anciens âges.

Comme M. F..., je suis d'une grande sensibilité. Pour moi, l'état d'exécuteur a été à la fois un métier et un sacerdoce : un métier devant le patient, un sacerdoce en face des magistrats.

Lorsqu'il fallait monter la guillotine sur la place de la Roquette, je n'étais plus qu'un ouvrier. Je surveillais toute la nuit, sous la grande porte de la prison, l'ajustage des pièces. Quand le dernier coup de marteau des charpentiers avait retenti, ce n'était pas sans une certaine émotion que je sortais de sa boîte triangulaire le couperet d'acier qui devait abattre une nouvelle tête.

Jamais je n'ai pu me défendre d'une vive émotion, d'un certain tremblement quand je mettais le premier les pieds sur la plate-forme qui devait me servir d'atelier public.

Je n'étais plus l'ouvrier de ma machine, j'étais l'exécuteur de la loi. Par respect pour la loi, je ne fonctionnais qu'en cravate blanche et en habit noir.

Ce n'était pas sans faire de sombres réflexions que je hissais, une heure avant l'exécution, le couteau fixé à l'aide d'un ressort au sommet des deux montants.

En me voyant, froid et calme, au moment de presser le ressort qui faisait retomber le couteau, on n'aurait pas reconnu, l'opération finie, le même homme. L'exécuteur disparaissait, l'homme revenait.

Après chaque exécution je me rendais invariablement à l'église de ma paroisse, je ne manquais pas de faire dire une messe pour le supplicié.

Une fois rentré chez moi, je prenais un bain, autant pour me purifier que pour me remettre de mes émotions et me débarrasser de mes fatigues.

N'en déplaise à Mercier et à Balzac, l'indifférence a été rarement la compagne ou la sœur du bourreau. L'existence, pleine de péripéties sentimentales et lugubres, de mon prédécesseur et de Francis, le prouve. L'origine de la famille des Sanson, exécuteurs de Paris pendant deux siècles, le prouve encore. Le premier de ces bourreaux, le fut par amour. Officier, il épousa la fille d'un bourreau; par dévouement, il prit la charge de son beau-père.

Toute la famille des Sanson vécut dans la piété. Elle continua la vie patriarcale de son ancêtre.

De père en fils, même pendant la tourmente révolutionnaire, on faisait la prière à la table du bourreau.

Voici ce qui amena en réalité, en 1847, la révocation du dernier Sanson :

A cette époque, le bourreau de Paris était criblé de dettes. De fausses spéculations ayant dévoré son patrimoine et ne voyant plus une seule exécution sur le chantier, il avait mis la guillotine en gage chez un prêteur d'argent : c'était à la fois une excellente affaire pour le prêteur et l'emprunteur. L'un savait bien qu'on ne lui laisserait pas son nantissement pour compte, l'autre ne craignait pas qu'on le vendît.

Par malheur l'État se mêla de l'affaire; Sanson, pour cette belle équipée, reçut sa révocation.

Depuis, l'État a pris sur son compte la propriété des bois de justice, qui était autrefois celle de tous les bourreaux.

C'est une erreur de croire que la guillotine date de la première révolution, et que le docteur Guillotin en fut l'inventeur. Il lui a donné son nom, comme Améric Vespuce a donné son nom à l'Amérique. La guillotine était connue en 1509, en Italie, sous le nom de *mannaia*. Jean d'Ausan en fait ainsi la description sommaire : « une corde fixée au haut de deux poteaux, où se trouve attachée un gros bloc avec un couteau ! »

XVI

L'ASSASSIN INNOCENT

En me rendant à Bourg, pour l'exécution de Dumollard, j'étais en même temps chargé de l'inspection des instruments de supplice du centre méridional de la France.

On l'a vu, pour la guillotine de Montluel, que j'eus tant de peine à mettre en état, je n'étais pas chargé d'une mince besogne. Moi et mon aide, il nous fallut passer la nuit entière pour la hisser et la faire fonctionner.

Le mort imprévue de mon aide m'entrava dans ma mission. Comme Francis était sans parents, sans amis depuis la mort de sa femme, il fallut bien que je procédasse au cérémonial de son enterrement et à l'exécution de ses dernières volontés.

En fouillant dans ses papiers, je découvris des notes particulières concernant l'assassin de l'archevêque de Paris, le prêtre *Verger* dont Francis avait *fait la toilette* et dont j'avais été l'exécuteur.

Je parlerai, sur ces notes, du caractère étrange de cet illuminé, de ce meurtrier qui fut aussi audacieux dans son assassinat contre Mgr Sibour qu'il fut lâche, au moment de l'expiation.

Son beau-père venait de jeter le moulinier dans la rivière. (Page 108.)

Après avoir rempli de funèbres devoirs, je revins à ma mission ; j'inspectai, avec l'autorisation des préfets, les instruments de supplice des principales villes des départements de la Corrèze et de l'Hérault.

J'arrivai à Montpellier, où je trouvai comme à Tulle, à Montluel et ailleurs, des échafauds dont la vétusté et le mauvais état ne le cédaient en rien à la guillotine du département de l'Ain.

A Montpellier, un fait étrange me frappa : l'instrument, qui nécessita toute une semaine de réparation, était déposé dans une grange isolée, en dehors de la ville.

Une bande d'assassins s'était chargée depuis longtemps de le dégrader.

Poursuivie par la justice, la nuit, elle s'était réfugiée dans ce lieu où chacun d'eux s'endormait insouciant près de la hache fatale et sur les morceaux de bois qui, assemblés, formaient l'échafaud.

Quand cette guillotine me fut donnée à réparer, les charpentiers ne purent en rassembler tous les madriers. Quelques-uns avaient été brûlés par les bandits. Ils se chauffaient avec les bois de justice en attendant qu'ils fussent saisis par le bourreau.

A Montpellier, je m'empressai de visiter la prison illustrée naguère par la captivité émouvante de l'héroïne du Glandier. Je visitai les cachots de Mme Lafarge, graciée par politique, à l'avènement du prince-président, protestant contre les décisions juridiques du précédent règne.

En visitant ce cachot où l'air et l'espace étaient trop ménagés à une captive poitrinaire, je fus surpris de trouver écrit au crayon, sur le mur, un nom presque semblable au sien. Au bas du nom de *Marie Capelle* — ce nom de famille de Mme Lafarge — j'y lus celui d'*André Capel*.

Ce double nom, écrit de la même main, je l'avais lu, dans le précédent cachot de Mme Lafarge, à Tulle, lorsque cette malheureuse épouse du maître de forges du Glandier séjournait dans cette autre prison.

Très intrigué par l'assemblage de ces deux noms inscrits sur les murailles des deux cachots de la captive, je signalai cette particularité au directeur de la prison de Montpellier.

Je lui demandai la cause qui avait pu faire mettre dans deux cachots différents les mêmes noms tracés de la même main?

Le directeur s'empressa de m'en donner l'explication.

Autrefois, à Tulle, Mme Lafarge avait trouvé, gravé sur la fenêtre de son cachot, le nom d'André Capel. Elle avait été frappée de ce nom se rapprochant du sien. Elle avait demandé ce qu'était ou ce qu'avait été cet André Capel.

On lui avait appris que André Capel avait été un innocent frappé par la cour d'assises de Tulle.

Il était mort sur l'échafaud, en expiation d'un crime qui, pourtant, n'était pas le sien.

En apprenant son histoire, la veuve Lafarge s'était empressée, en forme de protestation, d'inscrire le nom de cet innocent au bas du sien. Elle l'avait fait au cachot de Tulle; elle le refit au cachot de Montpellier.

Mme Lafarge était-elle aussi innocente que son homonyme? La question est restée sans réponse.

Son histoire est passée à l'état de légende de Saint-Flour à Tulle, où se sont déroulés tous les actes de la procédure de ce criminel innocent.

André Capel était innocent; on le sait aujourd'hui.

Mme Lafarge fut graciée, tandis qu'André expia le crime d'un autre.

Aujourd'hui, Mme Lafarge en mettant son nom retentissant au-dessus de ce nom obscur, a fait de ce cachot un sanctuaire.

Pauvre André Capel! C'était un homme tout simple, tout droit, un vrai paysan corrézien. Il n'avait qu'un défaut : l'amour de la bouteille.

Lorsqu'il était à jeun, il était bon, serviable, c'était surtout un rude travailleur. André aimait sa femme comme la prunelle de ses yeux. Il ne lui eût pas fait le moindre chagrin. Elle était un culte pour lui, il l'aimait comme il l'avait aimée la veille de ses noces.

Et ses enfants? Il les adorait! Il les aimait autant que sa femme; il ne pouvait pas les aimer plus, car il les confondait dans la même adoration.

Dans la semaine, il travaillait dur.

Par malheur, il avait aussi un trop vif penchant pour la bouteille. Une fois au cabaret, il oubliait sa maison, il n'était plus le même homme. L'hôte du cabaret effaçait, une fois gris, le père de famille.

Alors, il se souvenait trop des griefs qu'il nourrissait, même à jeun, contre les parents de sa femme.

Il se souvenait qu'une tache ternissait son bonheur conjugal; cette tache, c'était son beau-père. Il l'avait trompé, en lui donnant sa fille.

Le beau-père lui avait promis une dot, avant le mariage. Le mariage était venu, la dot n'était pas arrivée.

Il n'osait s'en plaindre à sa femme; mais il s'en plaignait à qui voulait l'entendre, au cabaret, surtout lorsqu'il était gris.

Une fois ivre, André, dans sa colère, ne s'en prenait pas seulement à tous les gens qui le plaignaient ironiquement d'avoir été joué par son beau-père; il allait jusqu'à chercher querelle au père de sa femme.

Amitié de gendre à beau-père ne tient qu'à un fil.

Le fil se serait rompu sans l'intervention de son épouse qui était là, toujours, pour le resserrer.

Un samedi soir, au cabaret, André s'était pris de querelle avec un moulinier ayant un intérêt particulier à détester le beau-père de Capel, et à exciter son gendre contre lui.

Le moulinier devait de l'argent au beau-père.

André, tout monté qu'il était contre le père de sa femme, ne se méprit pas sur la façon ironique dont il traitait à la fois son beau-père, sa femme et lui-même.

Des injures on en vint aux coups.

Après avoir terrassé le moulinier, il lui dit devant témoin :

— Brigand! que je ne te rattrape jamais! Une autre fois je ne me contenterai pas de si peu, je te chargerai sur mes épaules et te porterai à la rivière. Tu es averti!

Le moulinier, battu et mécontent, était parti le premier. Il était aussi

honteux que furieux d'avoir été terrassé par celui qu'il n'avait voulu qu'irriter contre son beau-père.

Les camarades d'André, qui détestaient généralement le moulinier,
un homme perfide, retinrent le vainqueur. Ils le félicitent, par de nouvelles rasades, de sa victoire sur le vaurien.

Minuit sonnait. Il fallait se séparer. Le cabaret fermait, chacun rentra
chez soi.

André, ému, aussi ému par la colère que par l'ivresse, une fois dehors,
ne vit plus rien. Les vapeurs de l'ivresse lui firent perdre son chemin.
Au lieu de rentrer au village, il s'égara dans la campagne, il se trouva
près de la rivière où il avait dit qu'il plongerait, un jour, le gouailleur
moulinier.

Tout en cherchant son chemin, il entendit précisément, à quelques pas
de là, le moulinier qui s'escrimait violemment avec le père de sa femme.

Celui-ci réclamait, avec force coups, le payement de sa dette.

Le moulinier, battu par le gendre, l'était plus encore par le beau-
père.

Ce dernier n'entendait pas raison sur l'argent. Autant il aimait à
garder le bien des autres, autant il aimait à rentrer dans le sien.

Lorsque André se rapprocha pour mieux entendre la vive discussion
de son parent avec le moulinier, l'effroi paralysa sa volonté. Il s'arrêta en
poussant un cri d'horreur. Son beau-père venait de jeter le moulinier
dans la rivière.

Dans sa précipitation à quitter cette rivière, un mouchoir, le sien, s'ac-
crocha à un buisson de la rive.

A l'aube, des paysans virent le cadavre du moulinier flotter sur l'eau.
On se rappela les menaces d'André. On vint le saisir dans sa maison. On
conduisit le malheureux sur le lieu du crime. On y découvrit l'empreinte
de ses pas. On lui montra le mouchoir marqué à ses initiales.

Toutes les preuves étaient contre lui.

Sa femme seule pouvait le sauver ; elle savait tout par son père. Placée
entre son père et son mari, elle ne savait de quel côté tourner. Cependant
sa conscience lui ordonnait de ne pas perdre un innocent, surtout lorsque
cet innocent était le père de ses enfants.

Sa honte ne devait-elle pas rejaillir sur eux ?

La veille du supplice de son époux, sa femme n'hésita plus ; elle fit
connaître à André son inébranlable résolution.

L'assassin innocent répondit à sa femme :

— Je n'ai rien ! En me perdant, femme, tu ne perds pas grand'chose,
tandis qu'un procès avec la justice ruinerait mon beau-père ! Il le ruinerait,

Rue d'Enfer, habitait un sorcier. (Page 110.)

avant qu'on lui tranche le cou. Qu'il me jure de te payer ta dot pour nos enfants, et je consens à faire, à sa place, le grand voyage.

L'épouse, désolée, ne voulut rien entendre ; le mari parla si bien, au nom de l'avenir de ses enfants, que la femme finit par accepter l'immense sacrifice de ce martyr !

Le meurtrier accepta le prix du sang.

Le lendemain, André Capel montait sur l'échafaud.

Durant de longues années, on crut qu'André Capel avait été coupable du crime commis sur le moulinier.

Mais à la veille de mourir, le beau-père fit, dans une confession publique, l'aveu du crime endossé par son gendre.

. . . .

Mme Lafarge a raconté, dans ses *Mémoires*, ce trait héroïque.

XVII

VERGER

En 1856, rue d'Enfer, habitait un sorcier. Ce sorcier était un prêtre renégat. Il s'intitulait l'abbé C... C'était un fou, c'était un érudit.

Il ne faut pas trop condamner les fous. C'est à eux que nous devons nos plus merveilleuses découvertes. Fanatiques du progrès, ils transforment l'humanité ; mais s'ils ne sont que des forcenés, ils aspirent à la détruire !

L'abbé C... avait une folie douce ; il n'avait jeté le froc aux orties que pour réhabiliter la sorcellerie. Adepte de théories surannées, il s'en faisait autant d'arguments contre les temps présents, au profit de l'avenir. Il refaisait le monde avec ce que le monde avait autrefois condamné.

C'était un être bizarre, plein de contradictions ; il prétendait aller au progrès en marchant à reculons. Il faisait de la science en remontant à Hermès ; il recherchait le mysticisme hermétique. Il ne niait pas Dieu ; mais il reniait son culte. Il ne niait pas la religion, mais il donnait raison à ses plus fougueux adversaires ; s'il chassait Dieu de son temple, c'était pour le remplacer par le diable.

Homme d'un autre âge, il ne trouvait de sacré que ce qui était considéré comme dangereux ou corruptible. C'était un esprit paradoxal. Il prétendait, par les lois de la magie, détruire les lois de la morale. Il appuyait ses théories sur des matériaux scientifiques capables d'édifier une nouvelle tour de Babel.

Tel était le caractère de la folie de l'abbé C...

Les chercheurs : artistes, poètes et hommes politiques, montaient chez l'homme de la rue d'Enfer, pour y découvrir des horizons nouveaux, ou un nouveau filon dans la mine qu'ils voulaient exploiter. L'abbé C... était un oracle. Son imagination était précieuse à ceux qui exploitent les pensées et les créations des autres.

L'abbé C... était l'apôtre des excentriques et des ambitieux. Sa science contribuait à la gloire des autres ; cela suffisait à la sienne.

Francis, un excentrique par excellence, un déclassé, voyait quelquefois l'abbé C... Il oubliait dans les études abstraites du professeur de magie son abrutissant et repoussant métier.

Son esprit, surexcité par les excès alcooliques, l'était bien plus encore par les expériences surnaturelles auxquelles il se livrait en compagnie de l'archimagicien.

Celui-ci l'accueillait avec empressement en sa qualité d'aide de bourreau. Tous ceux qui s'occupent de science cabalistique savent combien sont précieux, pour leurs exorcismes, des opérateurs comme Francis constamment en contact avec des cadavres de suppliciés.

Francis ne croyait guère à la science de l'abbé C..., mais il se complaisait dans la réalisation inexplicable de ses expériences. Il les recherchait par l'amour du merveilleux, qui le grisait comme il se grisait d'absinthe.

Un jour, il se présentait dans le cabinet de l'abbé C..., accompagné d'un homme de trente ans, un prêtre défroqué, que Francis avait connu dans un lieu suspect.

L'endroit où il l'avait vu, sa physionomie si en désaccord avec l'austérité de ses habits et de ses manières, avaient séduit l'excentrique Francis.

Sur les traits de cet individu, on lisait l'esprit de révolte, d'indépendance et de despotisme. Il avait la figure maigre, aux pommettes saillantes, des yeux glauques. Il avait le teint vert, les cheveux collés sur les tempes ; quoique ses traits fussent assez réguliers, empreints d'une douceur hypocrite, sa physionomie donnait le froid qu'on éprouve à la vue d'un reptile.

Cet homme, vêtu de noir, à la redingote râpée, boutonnée jusqu'au menton, avait un aspect étrange, railleur et méprisant ; il contrastait de plus en plus avec la modestie de son costume. Il ne pouvait que plaire à l'esprit curieux de Francis. Puis, c'était un dévoyé, comme lui ; il lui devait ses sympathies.

L'inconnu ayant appris que Francis, dans ses moments perdus, était l'opérateur de l'abbé C..., le supplia de le présenter à ce professeur de magie.

Il désirait le consulter, disait-il, pour une conjuration dont les effets devaient décider de son avenir.

Francis s'était empressé de le conduire chez l'abbé C..., après lui avoir annoncé sa visite.

Or, tous les trois se trouvaient, un matin, dans un grand salon obscur dont le singulier ameublement répondait au type et au caractère du mage.

Au-dessus d'une bibliothèque, composée de gros volumes reliés en parchemin, était un énorme crocodile empaillé. Sur la table, aux pieds des chaises et des fauteuils, s'entassaient des miroirs magiques, des crânes, des cartes où s'étalaient les signes les plus bizarres imaginés par la nécromancie.

Pour achever le tableau, des bocaux où nageaient des fœtus, des oiseaux à longs becs, des squelettes représentant tous les échantillons de l'espèce humaine, figuraient dans ce salon lugubre.

Après la présentation fort courte entre adepte et professeur, Francis ne figura plus entre eux que comme témoin.

L'abbé C... demanda à l'inconnu d'un ton assez sec, qui était loin d'être bienveillant :

— Que voulez-vous de moi, monsieur, que réclamez-vous ?

L'abbé C... était d'autant plus froid à son égard qu'il n'avait paru nullement interdit devant lui, pas plus qu'à la vue de son intérieur, préparé cependant pour frapper l'esprit des gens qui venaient le consulter.

L'inconnu lui répondit à peu près sur le même ton :

— Connaissant de longue date votre réputation et vos connaissances approfondies en magie, je viens vous demander n'importe à quel prix un livre qui m'est très précieux pour une conjuration que, faute de ce document, je n'ai pu faire : le livre du pape Honorius?

— Honorius!... Honorius! exclama l'abbé C..., en agitant de grands bras, d'un air de terreur et de dégoût. Un antipape, quoique pape !

— Monsieur l'abbé, lui riposta l'inconnu souriant et haussant les épaules : vous êtes bien, vous, comme moi, un antiprêtre quoique prêtre !

L'abbé n'aimait pas les leçons. L'observation lui déplut; cependant, il continua de lui parler d'Honorius, sans vouloir s'y arrêter. Tout en lui parlant, il agitait sur lui ses bras d'une façon particulière, les élevant, les abaissant tour à tour.

— Vous ne savez donc pas, — ajouta-t-il, — qu'Honorius est le plus épouvantable sorcier du monde des nécromanciens? Il a poussé ses exorcismes bien plus loin que Catherine de Médicis?

— Mais, dit l'inconnu avec impatience, tout ce que vous avancez là, ne répond pas à mon désir. Et cela ne fait que me prouver que j'ai frappé juste en m'adressant à Honorius!

Pendant qu'il parlait, l'abbé C... ne cessait de fixer son ardente prunelle sur les yeux glauques du néophyte.

Il était évident pour Francis que l'abbé C..., en présence de ce sujet d'une nature nerveuse et impressionnable, se livrait à des passes magnétiques.

Au nom d'Honorius, qui avait très intrigué le professeur, il était constant que l'abbé C... tenait à connaître le but que poursuivait son adepte. Se doutant qu'il n'aurait pu rien savoir de bonne volonté, il tenait à avoir par surprise le secret de cet homme.

Il enchaînait déjà sa volonté à la sienne, au moyen du somnambulisme.

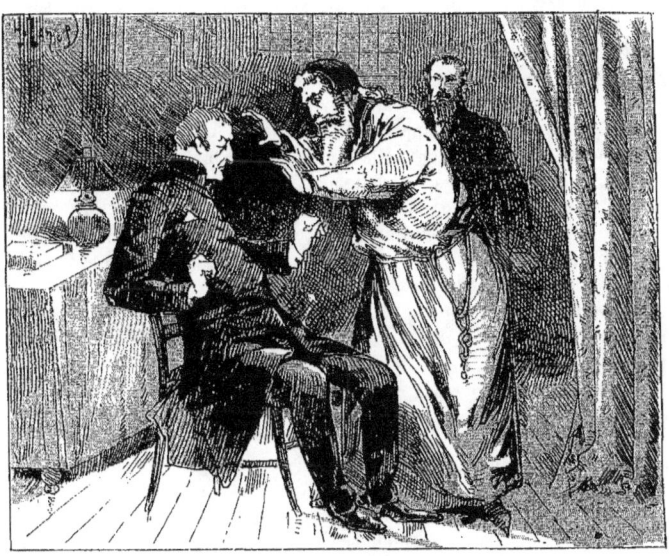

— Dites-le moi! je le veux! (Page 115.)

L'abbé C... dans la force de l'âge, possédait une grande puissance magnétique.

L'aspect de domination qu'il avait cru reconnaître dans cet individu, et que les réponses n'avaient fait qu'affirmer, était une raison de plus pour essayer sa puissance sur cet orgueilleux.

Après quelques passes, le visiteur ne s'appartenait plus. En vain voulait-il se dérober.

Francis, impassible, assistait au manège des deux abbés.

A chaque passe nouvelle de l'abbé C..., l'inconnu était pris de bâillements, de pandiculations. Il éprouvait comme des soubresauts, il dansait sur sa chaise, en proie à des mouvements convulsifs.

L'abbé C... continuait à le couvrir de son fluide. Pendant que l'inconnu luttait contre le sommeil, il lui disait :

— Savez-vous contre qui Honorius agissait dans ses opérations cabalistiques?

— Oui, répondait-il en balbutiant, en s'agitant péniblement sur son siège. Oui, contre les gens qu'il avait condamnés à mort !

Liv. 15.   15

— Et savez-vous de quel homme il s'accompagnait pour lancer ses maléfices contre le condamné?

— Oui — du bourreau — reprenait-il. Et c'est pour cela qu'en vous rendant visite, je me suis fait accompagner de l'aide de monsieur de Paris.

A ces mots, l'abbé C... poussa un cri de triomphe. Son sujet était retombé en pleine léthargie, il appartenait à celui qui l'interrogeait. Il lui était impossible d'opposer sa volonté à la sienne. Il n'avait plus qu'à la subir.

Alors le mage le contempla froidement. Il le regarda en abaissant les bras. L'inconnu ne bougea plus. Il était bien endormi.

Francis, de son côté, suivait cette scène avec avidité. Il ne quittait pas l'abbé des yeux, ou, s'il les détachait, c'était pour aller de lui à son sujet suspendu, pour ainsi dire, à sa volonté.

L'abbé C... lui commanda :

— Levez-vous !

Le sujet se leva.

Le maître lui demanda :

— Vous voulez toujours le livre d'Honorius?

— Oui.

— Je ne puis vous le donner.

— Pourquoi?

— Parce que, répondit l'abbé C..., je ne sais ce que vous voulez en faire. Pouvez-vous me dire quelle est votre intention en me le demandant?

— C'est mon secret !

L'abbé C... haussa les épaules; il fit quelques pas vers sa bibliothèque, en prit un gros bouquin en parchemin jauni et maculé. Il l'ouvrit, et lui demanda :

— Au moins, pouvez-vous me dire le livre que je tiens à la main?

— Oui, c'est le bréviaire du pape Honorius.

— Très bien, fit l'abbé C... en inclinant sa tête. Maintenant pouvez-vous lire, de votre place, les lignes que je souligne du doigt?

— Parfaitement, répondit l'inconnu debout, sans faire un mouvement. Ce passage a trait aux exorcismes de l'antipape. Pour avoir la vie de l'homme que l'on veut tuer — c'est Honorius qui parle — il faut boire, au moment du sacrifice de la messe, dans un calice rempli de sang humain ; il faut être assisté du bourreau ou de l'aide du bourreau, avoir pour prie-Dieu sur son bréviaire des ossements et un crâne de parricide. L'autel, durant le sacrifice, doit être éclairé par des chandelles de suif humain.

— Très bien, termina l'abbé, en fermant le livre. Maintenant, dites-moi le but de ce sacrifice?

— Pour mon compte, je ne puis le dire.

SCEAUX. IMP. CHARAIRE ET FILS

— Dites-le-moi, je le veux ! dit impérativement l'abbé C... revenant vers lui, après avoir remis le livre d'Honorius dans sa bibliothèque.

— Non, je ne peux pas !... je ne peux pas le dire !

— Dites-le, exclama l'abbé d'une voix tonnante. Je le veux !... je le veux !

Après des efforts inouïs, en poussant de profonds soupirs, il s'écria :

— Tuer l'archevêque de Paris, parce que je ne puis arriver au pape ! En finir avec le chef de l'Église et de l'idolâtrie qui, en m'opprimant, tient dans l'esclavage tout le bas clergé. Ici, je tue le plus haut représentant de la catholicité. Ah ! si je pouvais aller à Rome, ce n'est pas Sibour que je frapperais, ce serait le pape !

— C'est bien, j'en sais assez ! — fit-il avec un geste d'effroi et de dégoût. — Réveillez-vous ! Réveillez-vous !...

Le professeur de magie fit des contrepasses autour du magnétisé.

Les nerfs de celui-ci se détendirent. Il refit des soubresauts, revint à lui et se frotta les yeux.

Puis, comme sortant d'un rêve, il demanda à l'abbé C... indigné, à Francis épouvanté :

— Où suis-je ?... Qu'ai-je fait ? Ou plutôt, demanda-t-il : Que m'avez-vous fait, monsieur l'abbé ?

Celui-ci répondit froidement, en lui montrant la porte :

— Je vous ai fait dire votre secret, monsieur ; et c'est pour cela, qu'à aucun prix, entendez-vous, à aucun prix, je ne vous donnerai le livre d'Honorius.

L'inconnu lui riposta, avec aigreur, après s'être remis de sa première stupéfaction :

— Ah ! je devine, vous m'avez endormi, pour surprendre mon secret ! C'est une trahison ! Eh bien ! ce livre, je me le procurerai ailleurs. Maintenant je sais aussi ce que je voulais connaître. Au revoir, monsieur ! Avant peu, vous entendrez parler de moi !

. . . .

Quelque temps après, l'archevêque de Paris était assassiné par un prêtre, à l'église Saint-Étienne-du-Mont.

En voyant arriver de la Conciergerie à la Roquette le meurtrier de l'archevêque, Francis fut terrifié. Il reconnut dans Verger le prêtre magnétisé, quelques semaines auparavant, par l'abbé C....

Il courut comme un fou rue d'Enfer ; il se présenta chez le sorcier, et lui dit :

— J'ai vu l'homme qui a tué l'archevêque de Paris. C'est celui qui est venu, il y a quelques semaines, vous consulter. C'est le prêtre Verger. Il a tenu sa parole.

Par cette entrevue, relatée sur des notes intimes, mon ancien aide, Francis, avait surpris Verger aussi implacable dans sa résolution diabolique qu'il me parut hésitant et lâche devant l'échafaud.

Verger savait donner la mort, il ne savait pas l'affronter. On le verra à ses derniers moments.

XVIII

LE DEUXIÈME ASSASSINAT D'UN ARCHEVÊQUE DE PARIS

Stendahl, dans son roman le *Rouge et le Noir*, avait-il deviné le type de Verger? Comme son héros, c'est un prêtre ambitieux, dévoré de désirs, qui, sous d'humbles allures, cache un esprit militant, dominateur, irascible, poussant l'égoïsme jusqu'à la férocité.

Il se venge sur un chef de l'Église des déceptions qu'il ne doit qu'aux provocations de son caractère vindicatif. Orgueilleux et personnel, sorti du peuple par une grande dame qui a cherché l'oubli du monde dans la religion, lui, Verger, n'y entre que pour en sortir par le sang!

Son individualisme ne peut s'accommoder de l'humilité chrétienne. Il souffre de son obscurité. C'est un orgueilleux qui, dès le plus jeune âge, rêve les honneurs. Il ne méprise l'idolâtrie que parce qu'il n'est pas lui-même une idole. Infatué de son intelligence méconnue, souffrant de sa pauvreté, ne pouvant se faire un nom, une fortune par l'hypocrisie, il cherche la célébrité ou la notoriété par la violence.

Il ne rencontre que l'abandon et la misère; désespéré, il aspire à la célébrité dans le sang. Pour s'imposer au vulgaire, il attend sa victime et son heure.

Ce que Verger recherche avant tout, c'est de faire le plus de bruit possible autour de son nom.

Ce prêtre a les ardeurs de Claude Frollo et l'orgueil de Lacenaire.

C'est un ambitieux qui, au début, rêve d'être pape, et qui, devenu prêtre interdit, malgré l'indulgence de ses supérieurs, ses bienfaiteurs, se tourne contre eux dès qu'il a lassé leur profonde mansuétude.

Alors, de désespoir, devant sa carrière brisée, le prêtre se fit assassin!

L'assassin en profite pour frapper le prélat. (Page 120.)

Ce n'était pas un fanatique, ce n'était pas un fou proprement dit, à moins que l'égoïsme et l'orgueil poussés au point où les portait Verger, ne soient aussi de la démence.

Implacable comme les faux dévots, Verger avait la main aussi prompte que la tête.

L'histoire de sa vie dessine bien son caractère.

Fils d'un modeste tailleur de Neuilly-sur-Seine, il se fait remarquer à l'enseignement mutuel par sa piété et son intelligence. Une grande dame, la marquise de Rochefort, supérieure des filles de Saint-Vincent-de-Paul, s'intéresse à cet enfant précoce.

Elle le fait entrer, en 1841, au séminaire Saint-Nicolas-du-Chardonnet, dirigé à cette époque par l'abbé Dupanloup, l'ancien évêque d'Orléans.

Au séminaire, Verger, qui a obtenu le premier prix de sagesse et le premier prix d'instruction religieuse, vole une somme de soixante francs.

A quoi lui sert son larcin? à acheter les œuvres de Voltaire! Cette faute grave, qui donnait un démenti à sa sagesse et à sa piété, loin de motiver son expulsion, est passée sous silence, grâce à la protection de la supérieure des filles de Saint-Vincent-de-Paul.

Verger, en passant par tous les grades du noviciat, arrive à la prêtrise. Il dessert la paroisse de Guercheville.

Mais à peine est-il abandonné à lui-même que sa personnalité remuante et ombrageuse s'accuse. Il se plaint de n'être pas payé. On lui retire sa cure. Il devient premier vicaire à la commune de Jouarre ; là il se dispute avec le curé. On l'envoie à la cure de Bailly. Là encore, il fait un procès au voiturier qui l'a déménagé. Il perd son procès, et par-dessus en paye les frais ; il enrage de nouveau, et pour tout de bon.

Cette scandaleuse affaire, qui émeut le clergé de Paris, le force à l'exil Il se rend à Londres.

Encore une fois, sa puissante protectrice, la sœur Mélanie, supérieure des filles de Saint-Vincent-de-Paul, intervient ; elle le fait rappeler à Paris ; et, sur sa recommandation, il entre à Saint-Germain-l'Auxerrois.

A cette époque, c'est-à-dire en 1852, Verger est chargé de dettes. L'abbé Legrand lui avance une forte somme ; pour mieux se libérer, il lui offre une chambre dans son presbytère. Il devint porte-croix, au service de la chapelle des Tuileries.

Cette fois, près du soleil, Verger se croit sur le chemin de la fortune, mais ses antécédents sont contre lui. On lui a pardonné son passé, mais on ne l'accueille qu'avec méfiance. L'abbé Legrand pourtant a tout fait pour l'effacer. Verger édifie par sa pitié ceux qui l'entourent. Comme la récompense ne vient pas assez vite, il perd patience, il diffame l'abbé Legrand, son bienfaiteur.

Cette ingratitude lui retire la protection de la sœur Mélanie. L'abbé Legrand l'expulse de son église.

Verger est sur le pavé. En vain fatigue-t-il l'archevêché de ses réclamations, de ses calomnies contre l'abbé Legrand, on ne l'écoute plus.

Enfin, c'est le 2 février 1856, Verger va se placer dans l'église de la Madeleine. Il porte sur sa poitrine une pancarte sur laquelle sont écrites en latin ces paroles de l'Évangile :

« J'ai froid, et ils ne m'ont pas vêtu; j'ai faim, et ils ne m'ont pas donné à manger. »

Au bas et en français, Verger avait ajouté : « Je ne suis ni suspendu, ni interdit, pourtant on me laisse mourir de faim ! »

Verger est arrêté. On le conduit à la préfecture de police. Là, un médecin constate qu'on n'a pas affaire à un fou, mais à un homme dangereux.

Dès ce jour, Verger est placé sous la surveillance d'un agent. Cette surveillance ne fait qu'irriter son caractère vindicatif. Cependant, comme il fait peur, on lui donne, quoique avec répugnance, la cure de *Séris* en Seine-et-Marne.

Voilà un curé sous la surveillance de la police. Le fait est assez curieux pour le signaler.

En chaire, il se met à prendre la défense d'un homme condamné aux travaux forcés à perpétuité, il n'attaque pas que la justice, il s'en prend à la religion dont il est le représentant, à l'archevêque de Paris et même au pape. Il ne se contente pas, en chaire, de les accabler par la parole, il publie des libelles contre l'autorité et la discipline ecclésiastiques, il attaque ouvertement les mœurs du clergé!

Pour mettre fin à cet état de choses, l'archevêque de Paris le frappe d'interdiction. Alors, Verger quitte Séris pour se rendre à Paris, avec la ferme résolution de tuer l'archevêque de Paris, si l'on n'annule pas l'interdiction dont il est justement frappé.

On a vu, par la scène qui s'est passée précédemment, que cette pensée fatale était devenue la préoccupation de tous ses instants.

Cependant il ne faut pas croire qu'imbu des idées modernes, Verger voulait en finir avec l'Eglise du gouvernement. Non, il n'agissait que dans un but intéressé. Caractère absolu, il ne mettait rien au-dessus de la théocratie. Il ne se plaignait du pouvoir clérical que parce qu'il ne pouvait plus en gravir les sommets. Il avait attaqué la justice parce que, selon lui, elle se détachait trop du clergé. Il attaquait le clergé parce qu'il croyait avoir à se plaindre de ses rigueurs. En combattant les doctrines de ses supérieurs, il n'obéissait qu'à une vengeance personnelle.

Dès qu'il avait été sûr que l'archevêque ne pouvait lui pardonner ni lui rendre sa cure, il avait condamné l'archevêque de Paris.

Verger avait choisi le jour de la fête de sainte Geneviève, parce qu'il était désireux d'avoir pour spectateurs non seulement la population parisienne, mais tous les fidèles venus des points les plus éloignés de la France.

Le samedi 3 janvier 1857, Mgr Sibour, le matin, était inquiet, indisposé; il avait renoncé, comme mû par une vague appréhension, à l'idée de se rendre à l'église Saint-Etienne-du-Mont, pour présider la fête de la patronne de Paris.

Le temps était froid, brumeux. Dans la journée il se sentit mieux. L'archevêque dit à l'abbé Calodi, qui l'accompagnait dans les grandes cérémonies :

— Annoncez ma visite à Saint-Étienne-du-Mont.

Un instant après, il se disposait à partir avec l'abbé.

Pendant qu'on préparait son départ et qu'il cherchait, en présence de l'abbé Calodi, quelques papiers, sa main rencontra un paquet cacheté. Malgré lui, monseigneur tressaillit : c'était son testament.

— Ceci est mon testament — dit-il à l'abbé — vous voyez où je le mets : *On ne sait pas ce qui peut arriver.*

L'abbé sourit ; il lui répondit :

— D'où vous vient cette pensée, monseigneur ?

— Probablement parce que Mgr Affre, le jour de sa mort, avait officié dans la même église où je vais célébrer la fête de la patronne de Paris ; mais, une pareille pensée est un sacrilège ; n'en parlons plus.

En dépit du mauvais temps, la masse des fidèles encombrait l'église trop étroite pour elle.

Ce jour-là, Mgr Sibour se présente discrètement dans la sacristie pour se revêtir de ses habits sacerdotaux. On dirait qu'il veut éviter la foule, qu'il a peur de marcher et qu'il redoute jusqu'à son ombre.

Henri IV avait eu de pareilles appréhensions deux heures avant d'être tué par Ravaillac !

Lorsque la procession dépassa la chapelle gothique consacrée à la patronne de Paris, on remarqua un homme pâle, vêtu de noir, qui paraissait attendre avec recueillement la bénédiction donnée par l'archevêque.

Mgr Sibour passe, l'homme pâle se dresse devant lui.

Il s'empare violemment du bras gauche du prélat. Par un mouvement rapide, il le force à faire demi-tour, et de la main droite lève sur lui un long couteau catalan.

Le prélat, en se sentant atteint, pousse un cri de douleur ; il s'empare de la main qui vient de le frapper, mais sa douleur le force à lâcher prise. L'assassin en profite pour relever son arme et frapper de bas en haut. Il atteint sa victime au cœur.

Puis, retirant le couteau de la blessure, il le montre triomphalement, tout ensanglanté, à la foule, et s'écrie d'une voix vibrante sous la voûte sonore du temple :

— *Pas de déesses !... A bas les déesses !*

Au même moment, le corps de l'archevêque Sibour s'affaissa et tomba.

Un inconnu s'élance sur l'assassin, il le frappe au visage. Celui-ci répète :

— *Pas de déesse !... A bas les déesses !*

On arrête le misérable, on apporte un matelas, on y dépose le corps de l'archevêque qui ne peut prononcer une parole. Un médecin arrive. Il reconnaît que le couteau a perforé le cœur, en formant une plaie profonde et béante entre les côtes.

Conduit au poste du XIIe arrondissement, l'assassin répond avec sang-froid à ceux qui l'ont arrêté :

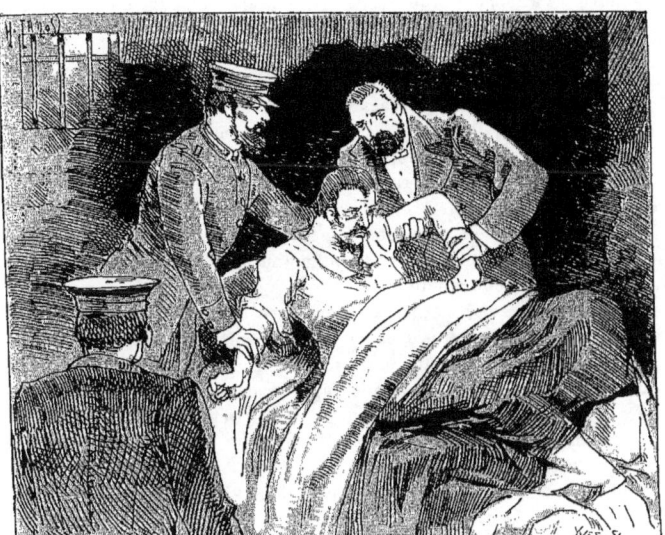

Il luttait contre Francis et les gardiens (page 124).

— Je suis prêtre, ennemi de l'idolâtrie. Je me nomme Jean-Louis Verger, âgé de trente ans, né à Neuilly, et je suis un prêtre interdit.

. . . .

XIX

LE PRÊTRE ET LE BOURREAU

Dès le commencement de l'année 1857, M. F... ressentait les atteintes du mal, qui le forçait, après l'exécution d'Orsini, de faire un voyage en Italie.

Vers le 10 janvier de cette année, je reçus une lettre de M. F... et une autre émanée du ministre de la justice; ces deux lettres m'enjoignaient de me rendre à Paris, pour procéder, en cas du rejet du pourvoi de Verger, à sa prompte exécution.

Je partis de Rouen en toute hâte ; j'arrivai à Paris le 10 janvier.

A cette époque, Verger était incarcéré à Mazas. Il fut conduit à la Conciergerie, en prévision des assises qui allaient s'ouvrir pour les débats concernant l'auteur de cet épouvantable assassinat.

Une fois à la Conciergerie, Verger écrivait à son avocat :

« Seul j'ai prémédité, j'ai réussi. J'ai porté le coup qui vient d'atteindre l'archevêque de Paris. »

Il n'avait pas besoin, dans son odieuse forfanterie, de s'en vanter. Des témoins comme l'abbé C... et ceux qui l'entouraient, auraient pu confirmer son étrange et cruelle bonne foi.

En cour d'assises, Verger se montra ce qu'il avait été durant son sacerdoce : violent, vantard et cynique. Comme toujours, il vomit des calomnies sur ses bienfaiteurs. Il accable d'outrages l'abbé Legrand et l'archevêque de Paris. Sa conduite fut si scandaleuse qu'elle entrava le cours de la justice. Il fallut le renvoyer de l'audience.

— Je me moque de vous, dit-il au président. Je me moque de vous tous, excepté de Jésus-Christ !

Il défia la magistrature comme il avait défié l'Église, et la magistrature décida qu'on passerait outre aux débats, et qu'on le jugerait en son absence.

Le procureur général renonça à prononcer son réquisitoire ; son défenseur n'excusa sa conduite qu'en la mettant sur le compte de la démence.

C'était ce que voulait Verger.

Rentré dans sa prison, sa fureur se calma. Lorsqu'on lui eut lu sa sentence de mort, son assurance l'abandonna. Un frisson s'empara de tous ses membres. Cependant, encore furieux, l'écume à la bouche, mais la voix brisée par la terreur, il s'écria :

— Allez-vous-en !... Je vous chasse !... Je vous chasse et je vous méprise... Allez-vous-en !

Une fois seul dans son cachot, il se frappa la tête contre les murs, de désespoir ; puis il retomba dans un état d'accablement qui faisait peine à tous ceux qui l'entouraient.

Le 16 janvier, Verger fut ainsi transféré de la prison de la Conciergerie à celle de la Roquette. En montant dans la voiture qui lui faisait faire le dernier trajet du Palais de Justice à l'échafaud, la peur de la mort le reprit. Il lui fallait l'aide des gardiens pour monter dans le lugubre équipage !

Il éclata en sanglots à la vue de sa dernière prison.

Mais une fois à la Roquette, il reprit courage, durant le délai que lui laissait son pourvoi. Il devint doux, résigné. Au moment de recevoir le terrible appareil qui paralyse les mouvements d'un condamné à mort, il supplia qu'on lui laissât libre la main droite.

Alors, il ne cessa d'écrire. Sa vantardise reprit le dessus.

Il disait à qui voulait l'entendre :

— Après mon renvoi de Saint-Germain-l'Auxerrois, j'achetai une hache avec laquelle j'avais l'intention de frapper l'archevêque et l'abbé Legrand.

Un autre jour, Verger, parodiant Lacenaire, disait effrontément, avec un sang-froid qui glaçait l'âme :

— Ce *pauvre monseigneur* de Paris, quand je l'eus frappé, ce ne fut pas du remords que j'éprouvai, ce fut comme un grand apaisement... Mon âme se détendit. Je laissai tomber les bras le long du corps *comme l'ouvrier qui a fini sa tâche !*

Mais si Verger avait la férocité de la bête de proie, il en avait aussi la lâcheté. Les jours s'avançaient, et comme son pourvoi n'arrivait pas, sa vantardise éclatait de moins en moins ; il manifestait une visible anxiété.

Lorsque son pourvoi est rejeté, il se livre à de tels actes d'extravagance, qu'on le croit réellement fou. L'empereur appelle une commission de médecins pour constater une fois de plus, après le scandale de son procès, l'état mental de Verger.

Le médecin de Napoléon III conclut que Verger jouit bien du libre exercice de ses facultés et qu'il joue l'insensé !

Son espoir est encore déçu et l'ordre de son exécution est donné pour le 30 janvier.

Je me présentai donc à la cellule du condamné, après avoir fait pendant la nuit dresser l'échafaud sur la place de la Roquette.

A sept heures du matin, j'entrai avec le directeur de la prison et l'aumônier, l'abbé Hugon, dans le cachot de Verger. J'étais accompagné du premier aide de F..., Francis qui, d'après ses relations avec l'abbé C..., connaissait particulièrement l'assassin de l'archevêque de Paris.

Après une nuit passée dans les agitations de la colère, Verger avait fini par sommeiller. L'aumônier s'approcha de lui et vint lui annoncer que le moment fatal approchait. Il était à côté du directeur, moi je me tenais derrière eux avec Francis.

A la vue de l'aumônier, le condamné fit un bond et s'écria :

— Mais, c'est une trahison, monsieur l'abbé ! Ne vous ai-je pas dit que je ne voulais pas de vos consolations. D'ailleurs, je ne veux pas finir ainsi. Non, je ne le veux pas !

Puis, se tournant vers le directeur, il lui dit avec un accent désespéré :

— Monsieur le directeur, je demande une heure ou deux pour écrire à l'empereur.

Ses traits étaient livides, ses yeux atones, sa bouche contractée. Il faisait peine à voir.

— C'est impossible, lui répond le directeur. Les ordres sont formels.

— Oh! encore une heure, monsieur le directeur. Une seule!... une seule!... implora Verger en pleurant.

Les assistants souffraient des tortures de cet homme, si affaissé après avoir été si arrogant.

Il se fit un profond silence. L'abbé Hugon retourna vers lui pour lui donner de nouvelles consolations.

Le condamné, à son approche, parut plus livide encore, et s'écria, plein de fureur :

— Non! pas de prêtre! Pas de reliques. Je n'irai pas à l'échafaud. Vous ne m'aurez qu'en pièces!

Voyant qu'il s'obstinait à rester dans son lit, je fis un geste à Francis pour qu'il se rapprochât de lui, afin de le forcer à s'habiller.

En reconnaissant Francis qui l'avait accompagné autrefois chez l'abbé C..., Verger devint plus effrayant encore. Ses cheveux se dressèrent sur son front, ses yeux hagards tournèrent dans leur orbite. Il s'écria en râlant :

— Ah! lui, cet homme encore!... car je devais le revoir... puisque c'est lui qui m'aidait à invoquer le bourreau!

Francis se contenta de prendre le condamné par le corps pour le faire sortir de son lit.

Verger faisait mal à voir. Il fallait en finir. Ses traits tirés, marqués, ressemblaient à ceux d'un vieillard.

Une sueur froide couvrait son front. Il s'enveloppait dans les couvertures, se cramponnant à son lit. Il luttait contre Francis et les gardiens.

— Otez cet homme-là de devant mes yeux, c'est un assassin! criait-il. C'est lui qui, il y a un an, m'a entraîné chez le sorcier pour faire ce que j'ai fait! Au meurtre! au secours! à l'assassin!

Le désespoir centuplait ses forces. Francis ne pouvait se rendre maître de lui; je m'avançai à mon tour. Je le regardai fixement, je lui criai d'un air menaçant :

— Eh bien! Verger?

Il fallut céder.

Porté dans l'avant-greffe par Francis et les gardiens, on procéda à la toilette.

Dès que Verger se sentit au pouvoir de Francis, qui lui rappelait son

Collignon lui déchargea à bout portant ses deux pistolets (page 126).

étrange visite à l'abbé C..., une réaction s'opéra en lui ; il tomba dans un
complet abattement.

Une fois ses cheveux rasés, il tourna des yeux suppliants vers l'abbé
Hugon et, de lui-même, se jeta dans les bras de l'aumônier.

Pour la première fois, l'assassin de l'archevêque de Paris déplora son
crime.

Ce fut l'abbé Hugon qui l'accompagna seul, chancelant, jusqu'au pied
de l'échafaud. Je l'assistais dans ce triste voyage.

Monté sur la plate-forme, Verger murmura :

— Agneau de Dieu, ayez pitié de moi! Amende honorable !

Sur l'échafaud, toujours aidé par moi et par l'aumônier, Verger est
tombé à genoux. L'abbé Hugon reste auprès de lui et je me place à l'un
des montants de la guillotine, prêt à presser le ressort. Verger se jette
encore une fois dans les bras de son confesseur et l'embrasse avec effusion.

Enfin, il tombe sur la bascule.

Quelques secondes après, la tête de Verger roule dans le panier.

XX

COLLIGNON

Sur les notes de Francis que j'eus en dépôt après sa mort, il est question de Collignon, de ce meurtrier célèbre qui ne servira jamais de modèle au parfait cocher.

Une année avant Verger, Collignon entrait à la Roquette dans la cellule des condamnés à mort, pour expier son assassinat sur un bourgeois.

Comme Verger, il se vengeait sur un supérieur de sa position brisée par son insubordination et son orgueil. Comme lui, il préférait la mort à la misère. Brutal, effronté et cynique, il avait comme Verger la même vanité. La brute et l'homme instruit se valaient.

La différence entre ces deux meurtriers est à l'avantage de Collignon. Le cocher est moins lâche que le prêtre ; le cocher sut au moins mourir.

Voici comment Collignon avait été amené à tuer un bourgeois pour lui *donner une leçon*.

Un jour Collignon *charge*, comme il le dit lui-même, *deux pékins*. Ils étaient venus à Paris pour faire un voyage d'agrément. Ils logeaient rue d'Enfer.

Le pauvre Juge, c'est le nom de la victime, eut une altercation avec son cocher. Collignon réclame, pour sa course au bois de Boulogne, deux francs en trop aux époux Juge.

Le monsieur est entêté. Il ne veut pas être refait. Néanmoins, sur les pressantes sollicitations de sa femme, il paye les deux francs que lui réclame le fougueux cocher, mais il prend le numéro de sa voiture, il se promet de se faire rendre les deux francs. Il adresse une plainte à la Compagnie ; la préfecture et la Compagnie contraignent le cocher infidèle à rendre la somme perçue indûment.

Collignon est mis à pied. Il jure, à son tour, de rendre la monnaie de sa pièce à son *bourgeois*.

Ces deux francs, tant disputés, sont cause de la mort d'un homme.

Condamné à rendre en personne cette modique somme, Collignon se dirige vers la maison de la rue d'Enfer, armé de deux pistolets. Pendant que M. Juge lui fait un reçu, Collignon lui décharge à bout portant ses deux pistolets en plein visage. Il regrette, dit-il à l'audience, au moment où est tombée sa victime, de n'avoir pas eu un troisième pistolet pour faire *aussi l'affaire de la bourgeoise.*

Après le crime, il s'échappe, au milieu des cris d'épouvante. Il tombe, à l'étage au-dessous, chez qui? Chez Proudhon, le célèbre économiste, l'auteur du fameux paradoxe : *La propriété c'est le vol.*

C'est chez Proudhon, sur sa dénonciation, que Collignon est arrêté.

Francis, très partisan de la phrénologie, eut le temps, à la prison de la Roquette, d'étudier la tête de Collignon avant qu'elle ne roulât dans le fatal panier. Voici ce qu'il constata :

Le derrière de la tête, très bombé, ses proéminences à la naissance de l'oreille indiquent chez Collignon, comme chez Lacenaire et Verger, un penchant à la dispute, à la provocation et à l'amour de la domination. Tous les trois ont la bosse de la *destructivité.*

Quels que soient les traits agréables, pleins de douceur, de Lacenaire et de Verger, leur âme est aussi noire que celle de Collignon, à la face bestiale.

Pour tous les trois, les mains sont mauvaises, hideuses et difformes.

Il est constant que M. Juge était un entêté. Il avait eu le tort de jouer avec la position d'un homme, pour quarante sous! Mais, ce qui était plus condamnable de la part de Collignon, c'était, sous prétexte de donner une leçon aux bourgeois, de tuer aussi un homme pour deux francs!

Collignon, les débats l'ont prouvé, fut toujours un être violent et emporté; il frappait sa femme à *poings fermés.* Il l'abandonnait, pour ne pas être gêné par sa *famille.*

M. Juge avait joué de malheur en s'attaquant à un cocher dont l'ambition était de donner un exemple aux bourgeois!

Vaniteux comme les grands criminels, ses prédécesseurs, Collignon s'irrite, il s'indigne lorsque son défenseur veut le faire passer pour fou, et il s'écrie :

— Non! non! Je ne suis pas fou; entendez-vous?

Lorsque le tribunal le condamne à la peine de mort, en lui faisant entendre qu'il a trois jours pour se pourvoir en cassation, il répond :

— Ce n'est pas la peine, allez!

Mais le premier mouvement d'orgueil passé, l'instinct de la conservation reprend le dessus. Il demande son pourvoi. Lorsque l'heure est venue de monter à l'échafaud, il regarde la guillotine d'un air de mépris et dit en levant les épaules :

— Ce n'est que ça!

Dans sa cellule, trois jours avant sa mort, Collignon ne cessait de jouer aux cartes ; il disait à ses gardiens :

— Vous êtes des ouvriers comme moi; et j'ai voulu corriger une bonne fois nos exploiteurs. On me coupera le cou; mais c'est égal! Les bourgeois y regarderont à deux fois maintenant avant d'exploiter les ouvriers!

Le 6 décembre 1855, le directeur de la prison, l'aumônier et le bourreau venaient le chercher dans la cellule pour le préparer à la mort; Collignon dormait profondément.

Cette fois F... fut l'exécuteur de Collignon. Je ne devais le remplacer qu'un an après, pour Verger.

Dès l'aube, une foule immense envahissait la place de la Roquette Mais en raison de l'humble condition du condamné, le public des *exécutions* était plus mêlé que de coutume.

Le public commença à s'impatienter une fois que le charpentier eut donné le dernier coup de marteau à la guillotine. Il attendait avec impatience, en battant la semelle et murmurant sur l'air des lampions :

— Colli... gnon!... Colli... gnon!...

Enfin, l'heure sonne. La grande porte de la Roquette s'ouvre, Collignon paraît avec l'aumônier qui lui présente le crucifix.

A sa vue, les chants s'arrêtent, le silence se rétablit.

Après avoir contemplé la guillotine d'un air de dédain, il s'avance d'un pas assez ferme, la tête haute, mais il est très pâle, il jette un regard circulaire sur la foule.

L'aumônier s'approche de plus près du patient. Il le repousse et lui dit :

— Laissez-moi donc tranquille, monsieur l'aumônier! Vous voulez me conduire, faire votre métier comme je faisais le mien en conduisant mes chevaux. Mais, moi, je n'ai pas besoin de vous, je tiens à *m'arranger* à ma façon.

Il saute sur la bascule, regarde avec un sourire de défi le couteau suspendu sur sa tête; il crie à la foule :

— Citoyens! Méfiez-vous des bourgeois!

Le couteau tombe, un bruit sourd se fait entendre. C'est fini!

XXI

JUD

En 1860, Jud faisait parler de lui. Par ses crimes, il dépassait Pieri, il égalait Lubani. Ces trois agents de la police étrangère ont formé, au profit des adversaires de la France, une épouvantable trinité.

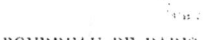

Étendu sur la banquette et baigné dans son sang (page 129).

On connaît Pieri et Lubani. Maintenant, Jud va se faire connaître.

En 1860, Jud n'est plus comme à Paris, en 1852, le faux comte de Matricore ; c'est un déserteur du troisième escadron du train des équipages militaires : mais soldat déserteur ou faux gentilhomme, c'est toujours un espion qui utilise, au profit de ses intérêts de bandit, les instructions secrètes de l'étranger.

Au mois de septembre, en Alsace, Jud prend le chemin de fer entre Tillischeim et Ilfurth. Il a pour voisin, dans le même compartiment, un médecin militaire russe. Lorsqu'on arrive à destination, on trouve dans le compartiment le médecin étendu sans vie sur la banquette et baigné dans son sang. Il a reçu à la tête deux coups de revolver. On croit d'abord à un suicide, mais les médecins constatent que cette mort est le résultat d'un crime. On recherche en Alsace le voyageur qui était avec le médecin militaire dans le train de Tillischeim-Ilfurth. Il a disparu subitement.

On s'informe, on ne tarde pas à découvrir, sur le signalement donné par des employés que l'auteur du crime est un déserteur, nommé Jud. Il est arrêté à Ferrette, son pays natal. Mais dans son pays, jusque dans la maison d'arrêt où il est conduit, le meurtrier a des intelligences. Il se sauve et on laisse supposer qu'il s'est échappé de la prison en y terrassant *trois* gardiens !

Plus de trois mois après, on revit Jud à Paris et sa présence est signalée tout à coup par un nouveau meurtre.

Dans la nuit du 6 décembre, un train express, venant de Troyes, s'arrêtait à Paris. Les employés visitant, à quatre heures du matin, un des wagons de ce train, découvraient le corps du président de la cour impériale, M. Poinsot. Il avait deux blessures à la tête, l'une près de la tempe, l'autre derrière le crâne.

Un instant, comme pour le médecin militaire, on crut au suicide ; mais en découvrant une quatrième blessure et en retrouvant le couteau qui l'avait faite dans le vêtement du mort, on fut convaincu qu'il s'agissait d'un crime.

Qui avait commis cet audacieux forfait ?

Sans doute l'homme que l'on avait vu avec lui sur la ligne, et qui ne l'avait quitté qu'à Nogent.

On découvrit sur la banquette où était étendu le cadavre, un cache-nez en coton couleur lie de vin, cache-nez qui ne se porte généralement pas à Paris.

Cinq jours après, sur les renseignements du parquet, le procureur impérial donnait le signalement du meurtrier ; il indiquait que l'assassin du président de la cour impériale était le même que celui du médecin russe, répondant à la fois aux noms de Moncalti, de Matricore et de Jacques Jud.

Ce double meurtre commis dans l'espace de six mois, par ce Jud mystérieux, se jouant des juges, des gendarmes et des geôliers, frappa tout le monde de stupeur.

Était-ce un assassin vulgaire, ce Jud ? Ne tuait-il ses victimes que pour les dévaliser ? Mais sur le médecin militaire russe comme dans la sacoche du président Poinsot, il y avait autre chose que de l'or.

Pour les gens qui étaient dans les secrets d'État, ils savaient qu'il n'y avait pas que l'appât du gain qui avait été le mobile de cet audacieux meurtrier.

Pour ma part, je me doutais, vaguement, de la mission occulte de Jud ; je connaissais par Francis l'étrange entrevue qu'il avait eue avec lui et Pieri, lorsqu'il tenait ce dernier sur l'échafaud, sept ans auparavant, dans l'atelier de la rue des Vinaigriers.

Comme Pieri, Jud n'était-il pas, ainsi que je l'appris plus tard, l'associé et le complice de Lubani ?

D'après la conversation secrète que Jud eut avec Pieri, en 1852, dans un cabinet des *Vendanges de Bourgogne*, l'espion alsacien ne continuait-il pas sa criminelle et sourde conduite tracée par une volonté impénétrable ?

Ainsi qu'on l'a vu, ce n'était pas la passion qui avait fait de lui l'amant de la servante qui passait pour être sa parente.

Jud, en embauchant Pieri, en 1852, pour le compte de nos implacables ennemis, avait livré à son complice une partie des desseins de ses maîtres d'outre-Rhin. Pieri avait payé de sa tête ces services intéressés. Jud, plus adroit ou plus audacieux, devait être moins malheureux.

Quelle que soit l'importance qu'on puisse prêter à ces espions, à ces assassins, il est certain que le médecin militaire russe et le président Poinsot possédaient des secrets d'État qu'ils devaient aussi payer de la vie.

On sait qu'après la paix de Villafranca, après l'abaissement de la maison d'Autriche au profit de la maison de Prusse, Napoléon III ne pouvait plus compter sur la reconnaissance de cette dernière. Le casque prussien se dessinait à l'horizon de l'Italie dégagée de l'Autriche ; et notre empereur ne devait plus concevoir l'idée d'avoir de bonne volonté les provinces du Rhin.

Fort de ses victoires, Napoléon III s'était tourné vers la Russie. Le czar, oubliant ou ayant l'air d'oublier la défaite de Crimée, envoyait en secret aux Tuileries un espion russe, chargé d'un message promettant l'appui moscovite à l'empereur français, si l'empire, de son côté, restait neutre dans les revendications de la Russie sur la Pologne allemande.

L'empereur attendait avec impatience le messager du czar.

Mais, le prétendu médecin militaire russe, un espion, ne devait pas se rendre aux Tuileries pour y porter son message. L'Allemagne veillait. A espion, espion et demi. Le pistolet et le couteau de Jud devaient arrêter le médecin au passage.

D'un autre côté, on sait que le président Poinsot, d'abord rebelle au coup d'État, puis rallié à l'empire, avait été choisi par le souverain pour occuper dans les futures provinces du Rhin la place de premier président de la cour qu'occupait son collègue Millevoye, dans les provinces annexées.

Jud, en faisant deux cadavres, devait anéantir ce plan. La mort du médecin russe et du président Poinsot entravait la marche du second empire. L'ère des déceptions morales allait commencer en attendant l'heure sanglante des défaites. Le travail souterrain de l'Allemagne se faisait déjà sous le trône de l'homme de Décembre, grâce à d'indignes subalternes, tels que les Pieri, les Lubani et les Jud !

Lorsque on apprit dans la magistrature la mort mystérieuse du président Poinsot, ce fut une stupeur qui alla jusqu'à l'effarement. La quatrième chambre dont il était le président remit, par l'organe de son remplaçant, toute les affaires à huitaine. Les circonstances graves, en partie cachées, qui accompagnaient cet assassinat, émurent tout Paris. Les magistrats de la quatrième chambre, revêtus de leur robe, assistèrent aux obsèques. Tout le barreau suivait le cercueil.

Les avocats qui vivaient autant dans les coulisses de la politique que dans celles du prétoire, ne s'illusionnèrent qu'à demi sur la nature de cet assassinat. Ils savaient que, depuis quelque temps, le magistrat Poinsot avait l'oreille de l'empereur et qu'à l'exemple de M. Troplong, lui aussi, l'avait *suivi jusqu'au delà du Rubicon.*

Comme l'avait laissé entendre autrefois Jud à Pieri, la Prusse ne pouvait plus permettre à Napoléon III d'aller trop loin, au delà de ce Rubicon. Elle lui défendait de passer le Rhin, comme il avait si bien passé les Alpes.

Lorsque j'appris la mort du président Poinsot par Jud, Francis revenait de la veille de son terrible voyage d'Italie.

Il était sous le coup de la mort de mon prédécesseur, provoquée ou tout au moins accélérée par l'odieux Lubani qui, en France, était parvenu à se soustraire à la justice et à éviter la peine capitale.

Quand j'eus appris à Francis le crime de Jud, il secoua la tête et me répondit avec amertume :

— J'ai bien peur que, comme Lubani, la justice, avec Jud, en soit pour ses frais de procédure. F... est mort sans avoir vu revenir Lubani à la Roquette ; c'est mon patron qui, en Italie, a été exécuté par lui. Ces grands scélérats se tiennent par des liens mystérieux qui leur font défier l'échafaud.

Francis avait dit vrai. On fit bien des procès à Jud ; mais l'inculpé, sauvé une première fois de la prison, à Ferrette, ne la vit plus s'ouvrir pour lui.

Avant comme après la mort de Francis, je ne devais revoir Jud ; car il resta aussi impuni que Lubani.

Pourquoi ?

Parce que, comme ce bandit célèbre, la politique protégea toujours Jud, devenu plus tard un assassin légendaire.

C'était Jud!! (Page 136.)

XXII

LE RENDEZ-VOUS D'UN ESPION ASSASSIN

C'est encore de Francis que j'appris la façon dont Jud entra en relations avec le président Poinsot, à sa propriété des environs de Troyes. Dans cette entrevue se décida la mort du magistrat. Francis en tenait les détails de sa femme expirante, compagne de Céline et maîtresse de Jud.

Or, par les premiers jours de décembre, au château de la Chaource, une jeune femme était assise pâle et rêveuse, dans le cabinet de travail de son maître, le magistrat Poinsot.

Les clefs dans la main, elle regardait avec une fixité effrayante la caisse de son propriétaire. Sa poitrine se gonflait. On sentait que la vue de cette caisse lui faisait mal. Elle se levait pour faire un pas vers elle, agitant fébrilement les clefs dans ses mains, puis elle retombait sur son siège en s'écriant :

— Mon Dieu ! mon Dieu ! que me force-t-il à faire là.

Cette femme, c'était Céline, c'était la servante ou plutôt la dame de confiance du président. La médisance suspectait une plus grande intimité entre Céline et M. Poinsot : mais la médisance avait tort.

Si on l'avait vue alors, son visage altéré par les larmes et exprimant la plus violente inquiétude, on aurait compris ce qui la préoccupait ; c'était Jud, son amant Jud qui se disait toujours son fiancé.

Pourquoi ces larmes, ces irrésolutions ? Parce que Céline avait entre les mains deux lettres, qui lui annonçaient l'arrivée de son maître et de son amant.

M. Poinsot lui disait qu'il viendrait prendre à Chaource les lettres de son fiancé alsacien, parce que ses confidences étaient vivement attendues en haut lieu. Jud, de son côté, la priait de lui rendre ses lettres, très compromettantes pour lui, et il lui annonçait qu'il viendrait les chercher.

La pauvre Céline, en cette circonstance et dans cette alternative, ne savait à quoi se résoudre. Elle ne pouvait abuser de la confiance de son maître, en lui volant les lettres de Jud. Elle ne pouvait non plus refuser à Jud de lui remettre ce qu'il disait si nécessaire à son salut.

Céline était très perplexe ; ou elle perdait la confiance de son maître ou elle perdait l'avenir de son fiancé.

— Que faire ?... Que faire ?... se demandait-elle en sanglotant, en se frappant le front de ses poings crispés, en arpentant la pièce à grands pas.

Un moment, elle courut à la caisse, essaya d'ouvrir la serrure ; mais, en entendant le grincement de la clef, son cœur se serra.

Elle retira la clef de la serrure et la rejeta violemment sur le bureau et s'écria :

— Non ! Tant pis pour moi, tant pis pour Jud ! Je ne suis pas une voleuse. Non, je ne volerai pas M. Poinsot, je ne tromperai point mon bienfaiteur. Je ne serai ni voleuse, ni lâche !

Après tout, M. Poinsot méritait bien ces égards de la part de Céline. Dans sa vie privée comme dans ces fonctions de magistrat, il jouissait d'une excellente réputation. La droiture de ses sentiments rivalisait avec la rigidité de ses mœurs et l'aménité de son caractère.

Ces qualités n'étaient altérées que par une ambition légitimée par ses mérites qui lui valaient la confiance de l'empereur.

C'était parce que la chancellerie allemande n'ignorait pas ces détails que Jud n'avait cessé d'entretenir des relations avec la trop confiante Céline.

Imprudente et étourdie, tel était le fond de son caractère. On a pu en juger au restaurant des *Vendanges de Bourgogne*. Jud ne tarda pas, en exploitant ses défauts, à posséder ses secrets, c'est-à-dire ceux de son maître.

Le magistrat Poinsot, séduit par la gentillesse, la pétulance et la sensibilité de cette enfant, l'avait presque élevée sous ses yeux, il ne s'était jamais séparé d'elle.

Lorsque Céline parvint à l'âge de femme, il ne voulut pas qu'elle restât vieille fille. Il lui avait trouvé autour de lui plusieurs fiancés, mais elle, de son côté, n'avait jamais voulu en entendre parler. Liée à Jud, elle les avait impitoyablement repoussés.

Son maître lui ayant formellement demandé, un jour, la cause de ses continuels refus, elle lui avait avoué la vérité. Elle lui avait dit qu'elle aimait un Alsacien. Sans lui dire ce que l'existence de Jud avait de louche, Céline avait appris au magistrat que son fiancé n'attendait qu'une occasion favorable pour devenir son époux. Cette occasion était subordonnée à l'annexion de l'Alsace aux provinces rhénanes.

Et de cette annexion, prétendait Jud, devait dépendre son avenir.

A cette révélation, le magistrat ne tint plus rancune à Céline. Non seulement il l'excusa, mais il l'encouragea dans ses projets de mariage. M. Poinsot avait son but. A la veille de devenir le premier magistrat des provinces annexées, il n'était pas fâché de connaître les dispositions d'esprit des populations limitrophes. Céline pouvait le servir par ses correspondances avec son fiancé.

Céline, ignorante des projets de son maître, aussi bien que des perfidies de l'espion, montra à Poinsot les lettres de son fiancé.

Dans ses pressantes déclarations Jud ne manquait pas de lui parler chaque fois de sa chère Alsace, travaillée par l'Allemagne.

Jud avait son dessein en parlant ainsi à Céline. Il provoquait de sa part, au profit de la chancellerie, les révélations de sa fiancée, et elle lui apprenait, l'imprudente ! l'intention du gouvernement français d'étendre les provinces du Rhin jusqu'au Luxembourg. Elle croyait rassurer Jud, au nom de son avenir, par cette future conquête.

Hélas ! la pauvre Céline ne se doutait guère du mal qu'elle faisait.

M. Poinsot, profitant des secondes vacances au Palais, s'était rendu un premier samedi de décembre, à Chaource. Il venait y chercher les lettres du fiancé de Céline, donnant une idée exacte de l'attitude de la population du Haut-Rhin devant l'Allemagne menaçante.

En même temps, par un singulier hasard ou par calcul, Jud se rendait également à Chaource.

Céline, près du bureau de son maître, était encore dans ses amères réflexions qui se terminaient par une révolte de conscience, lorsque le bruit d'un carreau brisé éclata derrière elle. La jeune femme se retourna avec effroi. Elle aperçut un bras qui passait à travers le carreau pour tourner l'espagnolette. C'était Jud. Il n'était plus mis en homme du monde, comme le jour où Céline le vit pour la première fois à Paris. Il était habillé en paysan, portait une grosse cotte de velours et un pantalon de même étoffe. Il s'était enveloppé d'un cache-nez qui lui cachait une partie du visage, il arriva droit à la jeune femme confuse et tremblante.

— Céline, ma chère Céline, lui dit-il, je n'ai pas une minute à perdre. Vous avez, n'est-ce pas, les lettres que je vous ai demandées? Rendez-les-moi.

Cette arrivée étrange de Jud, dans la nuit, ne fit que la raffermir dans sa résolution.

— Non, répondit-elle énergiquement, vous n'aurez pas vos lettres, avant de me dire l'usage que vous en voulez faire.

— Vous êtes folle, ma chère ! lui riposta Jud, qui n'avait plus à dissimuler avec sa maîtresse.

— Folle ou non, reprit Céline, vous ne les aurez pas, parce qu'elles ne m'appartiennent plus.

— Voyons, ma chère ! pas d'enfantillages, pas de faux scrupules ! Pourquoi me refuseriez-vous des lettres qui sont bien à moi? Au point où nous en sommes mes secrets sont les vôtres. Mais nos secrets n'appartiennent qu'à nous... Vous n'aviez pas le droit, fit-il avec une sourde colère, de les divulguer !

Cette fois, Céline regarda bien en face son fiancé. Elle fut frappée de son air farouche en lui adressant ce reproche. Elle lui répondit avec hauteur :

— Vous vous trompez, Jud. Mon maître, à qui je dois tout, a le droit de connaître mes pensées les plus intimes. En me contraignant à vous rendre ces lettres j'ai le droit de tout craindre pour mon maître ; j'ai surtout le devoir de vous refuser ce que vous me demandez !

— Au point où nous en sommes, s'écria Jud impatienté, vous vous arrogez un droit que vous n'avez plus. Ces lettres...? mes lettres?... je les veux, il me les faut !... Je suis venu d'Alsace pour cela... Je ne m'en retourne pas sans ces lettres... Et pour les avoir, prenez-y garde... Céline ! Pour les avoir... je ne reculerais pas même devant un crime !

Jud prit M. Poinsot au collet. (Page 139.)

Jud avait dit ces mots en se précipitant sur elle ; il lui pressait vivement le poignet, la menace à la bouche, le visage effrayant de colère.

L'attitude et les paroles de son amant devenaient pour Céline autant de révélations ; et, se débattant entre les mains de ce forcené, elle lui cria :

— Vous êtes un lâche ! Maintenant que vous avez jeté le masque, je vous comprends. Oh ! comment ai-je pu vous aimer ? vous qui me menacez, vous qui vous êtes joué d'une femme pour connaître les secrets de son maître ; oui, vous n'êtes qu'un lâche !

Jud avait compté sans l'énergie de sa maîtresse, qu'il avait connue autrefois si inconséquente et si légère. Voyant qu'il n'avait plus rien à tirer d'elle par la persuasion, il employa la terreur, il lui répondit :

— Eh bien ! non, vous ne me connaissez pas encore ! je vous ai dit que pour obtenir ce que je veux de vous j'étais capable d'un crime. Vous me croirez quand je vous dirai qui était cet homme sur le compte duquel vous m'interrogiez dans vos lettres, ce meurtrier d'un médecin militaire. Eh bien ! c'était moi !

Liv. 18   18

— Vous! exclama-t-elle. Oh! malheureux! malheureux! Et j'allais donner ma main à un assassin!

— Et, continua Jud en ricanant, à un assassin qui, depuis longtemps, ne vous donnait de galants rendez-vous que pour mieux connaître les pensées de votre maître. Voyons, finissons-en! Ces lettres, où sont-elles? Elles ne peuvent servir qu'à moi. Donnez-les-moi.

— Traître! espion! assassin! exclama Céline désespérée, en s'arrachant les cheveux. Vous me tuerez plutôt.

— Mes lettres? insista Jud, en prenant le bras de la femme et en la bousculant, où sont-elles?

— Plus un mot, misérable! exclama-t-elle, ou j'appelle, et je dis qui vous êtes, Pour vous c'est l'échafaud!

Pour toute réponse Jud se rua comme une bête fauve sur sa maîtresse, essayant de l'étrangler. La malheureuse se débattait en criant:

— Au secours!... A l'assass...

Tout à coup la porte du fond s'ouvrit avec fracas, un homme parut en habit de voyage, une valise à la main.

C'était M. Poinsot.

Le magistrat s'arrêta tout surpris. Il demanda à Jud qui venait de lâcher sa victime:

— Que se passe-t-il chez moi? Pourquoi êtes-vous ici, monsieur? Céline, que te voulait cet homme?

La jeune femme, à demi suffoquée, tremblante et nerveuse, ne fut pas en état d'articuler un son.

Jud s'avança vers le magistrat et lui répondit:

— Monsieur Poinsot, je suis Jud, celui dont vous avez pris les lettres du consentement de ma maîtresse. Je venais vous réclamer ces papiers dont vous voulez vous servir contre l'Allemagne.

— Pardon, riposta le magistrat, dont je voulais me servir au profit de la France.

— On de votre ambition? ajouta Jud.

— Et vous êtes Français, vous? riposta M. Poinsot avec un haut-de-corps exprimant le mépris. Allons donc!

Jud sourit et répondit:

— Avant tout, monsieur, je suis attaché à la chancellerie allemande. En pénétrant chez vous, grâce à l'amour que j'ai su inspirer à votre servante, je fais mon métier.

— Oh! Céline! oh! malheureuse! qu'avez-vous fait? demanda M. Poinsot, ne daignant pas regarder cet espion.

— Monsieur Poinsot — exclama-t-elle en se traînant à ses genoux —

pardon ! J'ai été la dupe, bien avant vous, de ce misérable ! Ne le menacez pas, ne l'irritez pas ! Donnez-lui les lettres qu'il vous réclame, et que je ne pouvais lui donner, moi.... Ne l'irritez pas... Oh ! si vous saviez qui il est ! Si vous saviez... si vous saviez...

Céline était affolée... Jud était impassible.

Le magistrat ne revenait pas de l'attitude de cet impudent personnage et apercevant la clef de sa caisse sur son bureau, il s'en empara, il alla à la caisse. Prêt à l'ouvrir, il dit à Céline craintive, à Jud menaçant :

— Il serait curieux d'obéir à ma servante et à un malfaiteur ! Ces lettres ? j'ai fait le voyage de Paris à Chaource pour les remettre à qui de droit. Nulle puissance humaine n'ébranlera ma volonté.

M. Poinsot allait ouvrir la porte de fer de son meuble, quand Jud se plaça entre lui et sa caisse. Puis il prit M. Poinsot au collet. Celui-ci poussa un cri d'effroi.

L'espion, d'une force herculéenne, poussa avec violence le magistrat vers la fenêtre. Il l'ouvrit toute grande. Il montra à M. Poinsot une masse noire le long du mur de clôture. C'étaient des gens amenés là par Jud. Ils veillaient sur ce qui se passait dans l'intérieur. Ils étaient prêts, à un signal de leur chef, à lui prêter main-forte.

— Un mot, un cri et vous êtes mort ! dit Jud.

M. Poinsot se recula.

— Que signifie tout cela ? demanda-t-il.

— Cela signifie, reprit l'espion que j'ai pris mes précautions pour ravoir ce que vous tenez tant à garder.

— Alors vous me tueriez ou me feriez tuer si je ne vous obéis pas ?

— Comme vous le dites ! fit-il, prêt à donner le signal.

Le magistrat lui répondit d'un air résolu.

— Eh bien ! tuez-moi ; mais demain l'on saura comment un émissaire de l'Allemagne tue dans sa propre maison un magistrat qui le gêne.

Jud s'arrêta à cette observation.

Après avoir réfléchi, il lui dit :

— Vous vous exagérez mes intentions. Je veux que mes lettres, dans l'intérêt d'une politique contraire à la vôtre. Je pourrais user, pour entrer en leur possession, de moyens violents. J'aime mieux employer la persuasion.

M. Poinsot, pressé d'en finir, riposta à Jud :

— Ni par la force, ni par la persuasion, je n'obéirai à nos ennemis !

Pour prouver qu'il ne craignait personne, M. Poinsot alla à sa caisse, l'ouvrit devant Jud, et il prit sur un rayon le paquet de lettres.

Une fois qu'il eut fermé sa caisse, le magistrat mit dans sa valise son or et ses papiers, puis il revint vers Jud.

— Maintenant, tuez-moi si vous le voulez, lui dit-il.

Mais Jud, qui ne s'attendait pas de la part du magistrat à autant de résignation et d'héroïsme, courba la tête. Il murmura sans daigner regarder Céline :

— Vous avez raison, monsieur, j'aime mieux vous convaincre. Je préfère reprendre mes lettres au moyen de la persuasion. Je sais que vous n'avez plus qu'un quart d'heure pour reprendre le train. Je pars, mais je vous rejoins pour vous accompagner en wagon. En route, je vous convaincrai de votre imprudence en ne me rendant pas mes lettres et en voulant les faire connaître. Au revoir, dans un quart d'heure.

Et Jud partit, comme il était venu : par la fenêtre.

Le magistrat et Céline restèrent en présence l'un de l'autre.

La jeune femme, pas plus que M. Poinsot, ne revenait de ce qui venait de se passer.

Céline se traîna aux pieds de son maître, lorsqu'elle le vit bien décidé à la quitter.

Elle lui cria :

— Oh! monsieur, ne partez pas avec cet homme. Jud est un assassin! Il fera là-bas ce qu'il n'a pas osé tenter de faire ici... Ne partez pas!

Mais le magistrat, sa valise à la main, la repoussa.

— Malheureuse! C'est à vous que je dois la visite de cet espion allemand. Si vous ne lui eussiez pas dit mes secrets, tout cela ne serait pas arrivé. Je veux retrouver Jud, non pour lui rendre ses lettres, mais pour apprendre de lui ce que vous m'avez caché...

Il sortit. Céline retomba sur le parquet, les larmes dans la voix et se tordant les bras de désespoir :

— Oh! le malheureux, s'écria-t-elle, il est perdu!... et je suis perdue avec lui!...

Céline disait vrai.

La nuit même, M. Poinsot partait avec Jud, afin de s'expliquer sur son étrange visite.

Pour mieux causer, ils prenaient tous deux un compartiment seul. Ils voyageaient, pour ne pas être dérangés, dans le wagon le plus près de la locomotive.

Que se dirent-ils durant la nuit? Personne ne le sut.

Mais à quatre heures du matin, à Paris, en ouvrant le compartiment où s'étaient installés Jud et Poinsot, les employés trouvèrent un cadavre!

La victime avait été entièrement dévalisée, l'assassin était loin !

Il est pris, conduit les yeux bandés dans un souterrain! (Page 144.)

Dès la découverte du cadavre, qui était encore chaud, il fut prouvé, dans une première enquête, que le meurtrier avait dû sauter du wagon sur la voie, une fois le crime accompli.

Dans sa précipitation à s'enfuir, Jud avait laissé son cache-nez. C'est ce qui le trahit.

Ce n'était qu'à Nogent, près de Noisy, à cet endroit où le train express ralentit sa marche, que Jud avait pu s'enfuir et gagner la campagne. Les précautions avaient été bien prises par l'assassin. Quand le wagon arriva en gare, les rideaux étaient fermés à l'intérieur.

C'était à quatre heures du matin, vers Nogent, que Jud avait dû accomplir son forfait.

L'Empire, qui a menti de toutes les façons, en politique comme en matière criminelle, démenti jusqu'à la nature du meurtre causé sur la victime.

Par ce mensonge, l'Empire couvrait encore la moralité du magistrat Poinsot.

Malgré ce silence sur la victime et sur son meurtrier, le public ne fut dupe ni de la faiblesse des juges ni du pouvoir occulte de l'incriminé.

Et Jud fit peur!

Son crime mystérieux commis sur un magistrat très estimé au Palais, très en cour aux Tuileries, était, après les bombes Orsini, le deuxième et sanglant avertissement donné au nouvel empire.

XXIII

OU EST JUD? CHERCHEZ JUD?

J'appris du directeur de la prison de la Roquette, que je voyais fréquemment, les vaines recherches de la police contre Jud.

Protégé par l'étranger, ce Jud était devenu introuvable.

Francis m'avait dit avec raison:

« — J'ai bien peur, comme pour Lubani, que la justice avec Jud n'en soit pour ses frais de procédure. Souvenez-vous que votre prédécesseur est mort sans avoir vu revenir à la Roquette Lubani. »

L'impunité dont a joui Jud a donné raison aux paroles prophétiques de mon aide. Je ne devais pas plus être le bourreau de Jud que mon prédécesseur n'avait été le bourreau de Lubani.

Le lendemain du crime commis sur Poinsot, le procureur impérial lança sur tous les points de la France le signalement de Jud, avec l'autorisation, aux officiers de police judiciaire, d'arrêter qui répondrait au signalement indiqué.

On trouva d'abord le frère de Jud qui, par sa ressemblance avec l'assassin, fut inquiété un des premiers. Un moment, on crut avoir mis la main sur le meurtrier.

Ce Jud répondait au signalement lancé par le parquet, mais il fut prouvé que, durant le crime, il n'avait pas bougé de chez lui. Il indiqua clairement comment son frère se faisait passer pour lui-même.

Depuis sa sortie de prison, c'est-à-dire depuis plus de six mois, il lui avait emprunté son passeport. Dans l'intérêt de sa mission secrète, il s'en était servi pour dérouter la police; et il s'était bien gardé, après son second meurtre, de le rendre à son frère.

Lorsque les agents revinrent pour retrouver le frère de Jud et pour avoir des renseignements sur l'incriminé, on ne le retrouva plus. Il était parti. Où? Personne ne peut le savoir.

On se rend ensuite au château de la Chaource. On interroge la servante de M. Poinsot, la pauvre Céline, qui a été la cause involontaire de ce meurtre. On presse de questions un domestique de confiance qui a vu rôder des hommes mystérieux autour de la maison pendant que M. Poinsot avait, avec Jud, un entretien d'un quart d'heure.

Mais Céline est presque folle depuis la mort de son maître. On ne peut tirer d'elle aucun mot raisonnable. Quant au domestique de confiance, il est muet. Il se croit toujours sous la domination des hommes mystérieux qui cernaient le château, alors que son maître s'apprêtait à rejoindre Jud au chemin de fer.

La police ne peut pas plus savoir ce qui s'est passé au château de la Chaource que dans le wagon du train express où a eu lieu la scène du meurtre.

On cherche Jud partout. On croit le reconnaître souvent à Bar-le-Duc, à Troyes, à Mulhouse. On arrête des gens qui lui ressemblent; nulle part le véritable Jud ne se montre.

La police est comme sœur Anne ; toujours sur le *qui-vive*, elle n'a que de fausses alertes. Les Jud suspectés et arrêtés sont relaxés sur les réclamations de leurs proches et en prouvant leur identité. Partout on se demande où est Jud? La police ne trouve rien.

Le chef de la sûreté avoue l'impuissance de ses agents qui ont en vain fouillé, dans Paris et la banlieue, les endroits les plus mal famés et ses souricières les plus sûres. Il se remet, de guerre lasse, à parcourir en personne la ligne de Troyes. Il ne découvre aucun indice de Troyes à Nogent, d'où l'assassin a dû quitter la voie.

Les piqueurs, les cantonniers interrogés par le chef de la sûreté et ses agents ne donnent pas de réponses satisfaisantes. Ils n'ont rien vu, rien entendu!

En vain le chef de la sûreté, pour être plus sûr de ses informations, se rend, déguisé en roulier, dans un cabaret des environs de Nogent, trinquant avec des cantonniers du chemin de fer. Il n'apprend rien et la police reste sur les dents. Il demande à la direction générale de se rendre avec un agent jusqu'à Ferrette, la ville natale de Jud. Là, il se croit sûr, dans la famille de l'assassin, de trouver une piste certaine, s'il n'y trouve pas le meurtrier.

Arrivés en Alsace, au delà de Mulhouse, lui et son agent sont arrêtés par des hommes mystérieux. Parmi eux devaient se trouver, sans doute, les hommes qui entouraient la maison de la victime, au moment du dernier entretien de Jud avec Poinsot.

Ces hommes, ces inconnus, entraînent le chef de la sûreté et son agent au fond d'un vieux château en ruine. L'agent se débat, il résiste; il tombe frappé mortellement. Quant au chef de la sûreté, il est pris, garrotté, conduit, les yeux bandés, dans un souterrain. Lorsqu'on lui rend la vue, il se trouve en face d'une espèce de tribunal où sont rangés des hommes vêtus ou déguisés en officiers allemands.

Ils font jurer au chef de la sûreté, terrifié, de rebrousser chemin.

« S'il sort du souterrain, pour continuer son voyage à Ferrette, il aura le sort de son agent, » lui disent les francs-juges improvisés.

Le chef de la sûreté se tient pour averti, il s'en retourne à Mulhouse et reprend le train de Paris.

Arrivé à la préfecture, il met au bas du dossier de Jud : « Rien à faire ! »

Depuis cette époque, on n'entendit plus parler de Jud, il passa à la longue pour un personnage chimérique, jusqu'au jour où un autre Alsacien, Troppmann, vint faire revivre son épouvantable incarnation.

XXIV

LES ÉTAPES DE LA MORT

Après l'exécution de Dumollard, je devais, quelques mois plus tard, rencontrer à la Roquette une ancienne connaissance dont la tête allait aussi rouler sur l'échafaud.

Avant de dire son nom, je dois parler du triste pèlerinage que je fis si souvent à la prison des condamnés pour aller dresser devant sa porte l'instrument de supplice.

A la fin de l'année 1863, je montais la rue de la Roquette. Cette fois-là, ce n'était pas pour une exécution; le directeur de la prison me mandait pour avoir avec lui et un autre personnage, le médecin de la prison, une entrevue assez désagréable.

Celui-ci prétendait que la camisole de force et les ligatures que j'avais imaginées pour remplacer cette camisole au moment de l'exécution du patient étaient nuisibles à son organisme.

J'avoue que cette critique humanitaire en faveur d'un condamné me semblait excessive, surtout de la part du docteur qui avait rédigé son rapport. Ce docteur, dont je dirai bientôt le nom, avait été autrefois mon obligé. Il est vrai que tout obligé se croit le droit d'être ingrat vis-à-vis de celui qui compte sur sa reconnaissance.

Le docteur parut, c'était un beau garçon. (Page 146.)

La camisole de force, objet des critiques du docteur, probablement parce qu'elle était perfectionnée par moi, consistait alors et consiste toujours en une sorte de sac de toile qui vient à mi-corps. La manche est liée à l'extrémité pour empêcher la main de sortir; des cordes passent des cuisses aux épaules, elles resserrent les bras contre le corps et paralysent les mouvements.

Le docteur en concluait que la camisole de force gênait ainsi les organes respiratoires et pouvait provoquer la phtisie. Il blâmait également le système fort simple que j'avais adopté pour remplacer, à l'heure du supplice, les ligaments de la camisole par trois courroies qui forcent le patient à marcher droit sous peine de trébucher.

Le docteur, pour flatter l'administration, ne se gênait pas de traiter ces procédés d'*inhumains!*

Connaissant de longue date mon personnage, j'avais alors ma vengeance toute prête; je lui préparais un coup de Jarnac.

A un heure, je me rendis à la prison de la Roquette, composée de trois cours formées par le *greffe*, le *préau* et la *cour de la chapelle*. C'est du côté de cette chapelle que se trouvent les cellules des condamnés à mort* dont je parlerai plus loin. En tournant à gauche, vers la cour du greffe, se tiennent les bureaux et le cabinet du directeur. Bien avant moi, dès midi, ce dernier attendait le critique de mon système. Il m'avait convoqué pour que je me défendisse contre le docteur, avant de se prononcer lui-même pour ou contre moi.

Le directeur de la Roquette terminait la lecture de son journal, lorsqu'on lui annonçait la visite de M. de la Pommerais.

C'était lui, c'était ce double empoisonneur de Mme de Pauw, sa maitresse, et de Mme Dubizy, sa belle-mère, qui avait en effet dressé son rapport contre moi.

En vue de l'emploi qu'il sollicitait comme médecin en chef des prisons, il n'avait pas craint de frapper sur celui qui l'avait aidé, dans la force de ses moyens, à se faire bien venir de l'administration.

Mais en 1863, les circonstances funestes qui pesaient sur lui allaient déranger ses intrigues. Mme de Pauw venait de mourir, après Mme Dubizy; ce qui fit planer des soupçons fâcheux sur lui. Le directeur ignorait ces soupçons qui commençaient à transpirer dans l'opinion publique; moi, grâce aux anciennes relations de feu Francis avec cet ambitieux, je ne les ignorais pas. Je tenais ma vengeance.

Lorsqu'un employé annonça M. de la Pommerais, le directeur interrompit la lecture de son journal et lui répondit :

— Faites entrer.

Le docteur parut : c'était un très beau garçon, jeune encore, aux traits affaiblis, mais aux regards durs. Il était très pâle; était-ce à la suite de fatigues ou d'abus des plaisirs?

Il serra la main au directeur; celui-ci lui parla d'abord de son rapport; il l'en félicita, sans lui dire qu'il m'avait convoqué pour le retorquer. Puis, après l'avoir entretenu de l'emploi qu'il sollicitait, il dit à son visiteur avec intention :

— Je suis sûr, mon cher monsieur de la Pommerais que vous n'avez fait votre critique contre le pauvre M. H... que dans l'idée d'obtenir plus vite votre avancement?

— En tous les cas, répondit-il, mon ambition ne serait dictée que dans un but d'humanité?

— Mais, répondit avec malice le directeur, avec les noms qui apostillaient votre demande, tels que ceux du maréchal Magnan et du docteur Conneau, vous n'aviez pas besoin de nous prouver votre mérite. Ces apostilles suffisent.

M. de la Pommerais comprit le sarcasme. Il se pinça les lèvres, il demanda d'un ton brusque au directeur :

— Enfin, suis-je nommé?

— Comme je vous l'ai dit — lui répondit-il — le décret qui doit vous désigner comme directeur du service de santé des prisons de Paris est entre les mains du ministre de la justice. Dans deux ou trois jours au plus tard, vous lirez votre nomination au *Moniteur*.

— Je vous remercie infiniment du zèle avec lequel vous avez appuyé ma demande auprès du ministre, repartit La Pommerais.

— Vous êtes trop modeste, docteur; votre célébrité et votre compétence ont seules influencé le choix de Son Excellence.

La Pommerais s'inclina en se rengorgeant. Le directeur continua, en regardant le journal qu'il venait d'abandonner :

— Et j'ai à vous apprendre une nouvelle qui sera fort utile pour votre entrée en fonctions. Je viens de lire, dans ce journal, qu'un crime mystérieux venait d'être commis sur une femme.

Le docteur, déjà très pâle, le devint davantage.

— Vraiment, fit-il, la voix étranglée par l'angoisse.

— Et voyez quel heureux hasard? reprit-il sans prêter aucune attention à l'agitation du visiteur. On soupçonne cette femme d'avoir été empoisonnée. Il y aura sans doute une autopsie à faire, et vous serez appelé à vous prononcer sur l'état de la victime. Du premier coup, vous deviendrez populaire!

— Il serait fâcheux, repartit le docteur avec un rire forcé, que ma popularité eût pour origine un cadavre!

— Ah! que voulez-vous! s'écria le directeur, dans notre monde, on a plus souvent affaire à des victimes repoussantes qu'à de petites maîtresses embaumées des pieds à la tête!

C'est à ce moment que je me fis annoncer.

Le directeur feignit la surprise, La Pommerais à ma vue, parut très contrarié. L'émotion que lui avait causée la nouvelle du crime annoncée à brûle-pourpoint redoubla dès qu'il me vit.

— Ah! parbleu, monsieur H..., dit le directeur, je suis enchanté de vous voir. Vous répondrez vous-même aux critiques de monsieur. Il prétend que la camisole de force imposée par vous aux condamnés à mort est contraire à toutes les lois de l'hygiène.

Le directeur, en disant ces mots, m'avait fait un clignement d'yeux. Encouragé par ces signes, je répondis à M. de la Pommerais d'une façon assez sèche :

— Monsieur n'est pas encore le médecin des prisons, pour que je prenne la peine de rétorquer sa critique. En tous cas, fût-elle fondée, M. de la Pommerais me produit l'effet, en ce moment, d'un empirique qui voudrait guérir les cors aux pieds à un homme qui va avoir la tête coupée?

A cette riposte, très peu parlementaire de ma part, le directeur jugea urgent de détourner la conversation et, se tournant vers moi, il me dit :

— Vous avez peut-être raison, mais brisons là!... Vous avez aussi peut-être entendu parler de l'événement du jour? de Mme de Pauw, de cette femme empoisonnée dont je m'entretenais il n'y a qu'un instant avec M. de la Pommerais !

Le directeur, par ces paroles, arrivait au but que je désirais atteindre.

Le docteur ne se possédait plus.

Je m'approchais de lui.

— Docteur, lui dis-je, vous devez savoir mieux que nous ce qu'il en est? Mme de Pauw n'était-elle pas une de vos clientes?

Au nom de cette victime, le docteur tressauta. Un singulier sourire passa sur ses lèvres. D'une voix presque inintelligible, il répondit :

— Je ne connais pas cette dame. Il m'est impossible de vous donner aucun détail sur cette affaire.

— Comment! répliquai-je, vous ne connaissez pas cette dame? Il m'avait semblé entendre dire que vous la voyiez fréquemment depuis quelque temps?

— On se sera trompé ! me riposta-t-il d'un ton sec. Puis, s'inclinant légèrement, M. de la Pommerais s'éloigna, plus encore pour se dérober à cet interrogatoire, si pénible pour lui, que pour se rendre à ses devoirs professionnels.

A peine eut-il disparu que je me tournai vers le directeur et lui dis :

— Ou cet homme est excessivement susceptible, ou c'est le plus audacieux coquin qui existe.

— Expliquez-vous, me demanda le directeur, ou je croirai que vous lui gardez rancune de son rapport.

Sans répondre à son observation, je continuai en suivant ma pensée :

— Il a complètement changé de physionomie au moment où mes paroles pouvaient faire croire que je l'accusais d'avoir commis un crime.

Mon directeur, qui croyait que je n'obéissais qu'à un mouvement d'amour-propre blessé, répondit :

— Cela n'a pas de sens commun. Vous avez l'air d'accuser d'un pareil crime un homme distingué, un docteur dont le nom est connu du grand public parisien et qui est patronné par la cour? C'est insensé !

Et à quel moment l'accusez-vous? Au moment où, par privilège impé-

Elle pousse un cri, et s'évanouit! (Page 152.)

rial, il va obtenir la place de directeur de santé des prisons de Paris !
Vous l'accusez chez moi, à la Roquette, où je suis destiné bientôt à le voir
tous les jours !

— Ce n'est pas moi qui l'accuse, ce sont les faits. Pourquoi M. de la
Pommerais a-t-il paru troublé lorsque je lui ai parlé de ce crime ? Pourquoi est-il devenu livide lorsque je lui ai demandé s'il ne connaissait pas
Mme de Pauw ? Pourquoi a-t-il saisi le premier prétexte venu pour terminer une conversation qui devait le mettre au supplice ? Parce qu'il n'a pas
la conscience nette.

— Oh ! s'exclama-t-il, vous allez très loin ! Supposeriez-vous sérieusement que le docteur fût un assassin ?

— Je le crois !

— Quelles sont vos raisons ?

— D'abord, pourquoi le docteur dit-il qu'il ne connaît pas Mme de
Pauw ?

— Mais sans doute parce qu'il ne la connaît pas ?

— Détrompez-vous. Il la connaît et il l'a connue intimement même. Il a été son amant.

— Et il a affirmé, reprit le directeur étonné, ne pas la connaître?

— Vous l'avez entendu, et c'est faux! rispostai-je.

— Mais, vous-même, qui prouve que vous n'êtes pas dans l'erreur?

— L'un de mes aides, un nommé Francis, mort aujourd'hui, m'a laissé, en mourant, un manuscrit de sa femme, dans lequel elle raconte sa vie... Il est question, dans ce manuscrit, de Mme de Pauw. Bien mieux, Francis m'a affirmé que lorsque le docteur est venu assister aux derniers moments de sa femme, il est reparti avec cette Mme de Pauw qui était présente à la mort de Mme Francis.

— Voilà qui est étrange, dit le directeur et avec une certaine gravité dans la voix.

Qu'allons-nous faire, maintenant?

— Nous n'avons qu'à communiquer au parquet — lui répondis-je — ce que nous avons découvert sur cet homme.

— Quant à moi, riposta le directeur indigné, je vais aller au ministère. Dans l'intérêt du gouvernement, il faut retarder, au *Moniteur*, l'apparition de la nomination du docteur au poste de confiance auquel il aspire.

Voilà comment la nomination de M. de la Pommerais n'eut pas lieu, et huit jours après, il était arrêté, conduit à Mazas, puis à la Conciergerie, enfin à la Roquette, sa dernière étape.

XXV

MONSIEUR DE LA POMMERAIS

Huit jours après, le prétendu comte de la Pommerais était arrêté. Il était dirigé sur Mazas dans des circonstances très originales. Il était vendu par les siens, par ceux-là mêmes qui avaient été d'abord ses dupes, presque ses complices. En dupant les autres, il s'était jeté, sans s'en apercevoir, dans les pièges qu'il leur avait tendus.

Avant de signaler la bizarrerie des circonstances provoquées par les intrigues de cet empoisonneur, il est utile de faire connaître la vie accidentée *du comte* de la Pommerais.

Edmond-Désiré Courty de la Pommerais, docteur en médecine, était né à Neuville-aux-Bois (Loiret), issu d'une famille honorable. Son père

était médecin. Il avait un oncle pharmacien. Quoique n'ayant aucun titre
de noblesse, il se parait depuis quelques années du titre de comte. Fidèle
à ses habitudes d'intrigue et de corruption, il avait gagné un employé des
Archives ; celui-ci lui avait délivré un parchemin, soi-disant emprunté
aux vieilles chartes. On n'y regardait pas de si près, sous le second
Empire.

Très pratique, La Pommerais s'était fait noble pour figurer avec avantage sur le prospectus de la société de secours de Saint-Thomas-d'Aquin.
Ancien athée, il s'était fait bigot, pour devenir docteur de cette société
pieuse dans laquelle il n'entra qu'afin d'en détourner les fonds.

Le parquet avait reçu plus tard d'un nommé M..., éditeur de médailles
commémoratives, sans contrôle du gouvernement, une plainte en escroquerie, dans laquelle figurait le nom de La Pommerais.

Celui-ci, dans le but de rendre service à un certain marquis Duprato,
avait endossé pour dix mille francs de billets souscrits au nom d'un sieur
Pichevin. Ni à l'époque fixée par les billets, ni plus tard, le noble Espagnol et le noble docteur n'avaient pu payer les dix mille francs.

La Pommerais avait la figure aimable. Ses traits réguliers étaient
d'une pâleur mâte ; son regard avait la dureté de l'acier. On ne pouvait en
subir l'effet sans être dompté.

M. de la Pommerais séduisait et faisait peur à la fois.

Couvert de dettes, il vivait d'expédients ; spéculant sur ses maîtresses,
il les quittait après avoir ruiné leurs amants, entre autres Mme de Pauw,
et il avait été obligé de quitter aussi cette dernière pour épouser
Mlle Dubizy.

Malgré la répugnance qu'avait éprouvée Mme Dubizy à marier sa fille à
un homme dont la fortune paraissait plus qu'équivoque, elle avait fini
par céder.

Contrainte par sa fille qui adorait La Pommerais, Mme Dubizy ne s'était
décidée à ce mariage qu'en voyant les actions de différentes Sociétés
appartenant soi-disant à son futur gendre. Ces actions devaient représenter
la fortune du docteur, elles n'étaient en réalité, qu'un prêt fait par quelques
individus voulant lui rendre service. La belle-mère avait exigé néanmoins
que les futurs époux adoptassent le régime de la séparation de biens.

Voyant que le seul obstacle à ses projets était Mme Dubizy, il n'hésita
plus à supprimer sa belle-mère ; homme du monde, noble, docteur, ami
des personnages les plus influents de la cour impériale, il ne pouvait agir
comme un vulgaire criminel. Il avait des précautions à prendre, il ne voulait pas tuer sa belle-mère avec un poignard, il s'arrêta au poison, et
il choisit la digitaline.

Du projet à l'exécution, pour un homme comme le docteur, il n'y avait pas loin. Il agit dès qu'il fut bien certain qu'il n'obtiendrait rien par la persuasion. Ce fut dans un repas de famille auquel il assistait avec sa femme, qu'il mit son projet à exécution.

Tout à coup, au dessert, Mme Dubizy devient pâle comme une morte. Elle pousse un cri déchirant, porte la main à son cœur qui semble sauter dans sa poitrine, elle s'évanouit. Les convives sont atterrés, M. de la Pommerais, qui a prévu les terribles accidents causés par la digitaline, se lève, il a l'air de partager l'effroi, la douleur des invités groupés autour de la moribonde et il s'écrie avec impudence :

— Un médecin! Je ne veux pas soigner seul ma belle-mère.

En attendant un autre médecin, il lui donne les premiers soins ; il observe les effrayants progrès du poison qu'il a mis dans les aliments.

A peine a-t-on le temps de la porter sur son lit que deux docteurs arrivent. L'un, déclare que Mme Dubizy succombe d'une attaque de choléra, l'autre d'une hypertrophie du cœur !

Dans cet épouvantable moment, que devait penser La Pommerais!

Le lendemain, Mme Dubizy s'éteignait entre les bras de sa fille. Au moment de sa mort, par un cruel hasard, l'amie de pension de Mme de la Pommerais, la femme du directeur de la prison de Mazas, se présentait chez elle, au sujet d'une quête de charité.

Elle assistait à son trépas et à l'affliction des gens qui l'entouraient.

Le noble docteur, tout en feignant le désespoir, se réjouissait de cette nouvelle rencontre. Elle augmentait sa satisfaction ; car il sentait qu'il n'avait autour de lui que des gens intéressés à son prétendu malheur.

XXVI

MADAME DE PAUW

Pour un criminel, il n'y a que le premier pas qui coûte. Le docteur La Pommerais en est une preuve. Possesseur du bien de sa femme que la mort de sa mère avait fait hériter, il était devenu riche. Il voulut le devenir plus encore.

Si pour tous les amis du docteur, Mme Dubizy était morte d'une attaque cholérique, la préfecture avait des raisons pour croire que la mère de Mme La Pommerais n'était pas morte naturellement.

Quelques mois avant sa fin inattendue, la belle-mère de La Pommerais

Il saisit le scapel prêt à frapper. (Page 156.)

avait porté plainte contre son gendre, dont les mauvais traitements et les menaces l'effrayaient. Le dossier judiciaire du docteur, sans être assez chargé pour le faire poursuivre, vu qu'on manquait de preuves, n'en était pas moins fort compromettant.

La préfecture avait appris que, depuis quelque temps, le comte se rendait fréquemment chez la veuve d'un artiste, Mme de Pauw, dont il avait été l'amant, bien avant son mariage avec la fille de Mme Dubizy. Qu'allait-il faire chez cette femme dont l'âge et les souffrances avaient flétri les traits, tandis que chez lui, il avait une épouse jeune, belle et aimante?

Ce qu'il allait faire chez Mme de Pauw n'était pas difficile à deviner pour celui qui connaissait le docteur. Il ne pouvait y aller par amour, il n'y allait donc que par intérêt.

La préfecture le fit espionner par un agent qu'elle plaça comme secrétaire auprès de lui, sans qu'il pût voir, dans celui qu'il employait, autre chose qu'un secrétaire... honorifique.

C'était un gentilhomme déchu, mais dont la noblesse, pourtant, était de bon aloi et de meilleure qualité que celle du docteur.

Si le docteur avait été pauvre, et Mme de Pauw riche, il n'y aurait rien eu d'étonnant, connaissant le caractère de cet intrigant, que M. La Pommerais se fût fait payer ses tendresses. Mais c'était le contraire. Le médecin était riche et son ex-maîtresse n'avait aucune fortune.

Tout d'un coup, on apprit la mort de Mme de Pauw, par une plainte de Mme Gouchon, sœur de la morte, et par des poursuites de plusieurs Compagnies d'assurances sur la vie.

Immédiatement, la préfecture ouvrit une enquête. Ce qui s'était passé était terrible, machiavélique, mais très simple et peu étonnant pour celui qui avait tué la mère d'une femme qui l'adorait.

En 1858, La Pommerais, déjà médecin, assistait à la mort du mari de Mme de Pauw, déjà sa maîtresse. Il quitta donc Mme de Pauw pour s'occuper de sa nouvelle épouse, ou plutôt de la mère de celle-ci.

L'ancienne maîtresse de La Pommerais fut fort étonnée de le voir revenir à elle, plus charmant, plus empressé que jamais.

Ah! si elle avait su ce qui s'était passé!

Alors une comédie sinistre avec une mise en scène de tendresse et d'attachement se joua chez la veuve. Petit à petit, il fit obéir sa maîtresse à tout ce qu'il souhaitait.

Mme de Pauw adorait ses enfants. Le docteur le savait. Du premier jour, il jugea que le levier le plus puissant dont il pourrait se servir, serait l'amour maternel de son amante. Il se promit de l'exploiter. Pour mieux tromper celle dont il venait faire encore sa victime, il dit, lui, l'homme sensuel, l'homme qui ne voulait, avant tout, que de l'argent, qui avait tout fait pour être riche, qui voulait tuer encore pour l'être davantage, il dit, que s'il l'avait quittée, c'était parce qu'il n'avait, dans le principe, rien à lui offrir.

Maintenant que son mariage l'avait enrichi, il revenait. L'amour est représenté avec un bandeau sur les yeux. Mme de Pauw aimait le docteur. Elle ne vit pas le piège qui lui était tendu.

Quand La Pommerais s'aperçut que celle dont il voulait faire sa complice était prête à lui obéir, il lui conseilla, au nom de ses enfants, de s'assurer pour une somme de 600,000 francs, exigible à l'époque de son décès. C'était lui qui se chargeait des fonds à verser. La somme devait être payée par annuités aux Compagnies qui passeraient l'engagement.

Cependant, cette combinaison, si claire qu'elle fût pour lui, n'étant pas très bien comprise par son amante, il ajouta : « que sitôt après avoir

conclu le marché et stipulé ses conditions avec les Compagnies d'assurances, Mme de Pauw simulerait une maladie, pour faire croire aux Compagnies qu'elle était en train de mourir. »

Sans nul doute les Compagnies devaient s'effrayer et envoyer des
agents auprès d'elle. Alors elle leur proposerait l'annulation des contrats
moyennant une rente de cinq à six mille francs.

Mme de Pauw qui, par un scrupule d'honnêteté qu'on comprendra, avait
hésité à accepter les premières offres du docteur, accepta dès qu'elle comprit que par ce stratagème, elle pouvait obtenir une rente qui la mettait à
l'abri de la gêne, elle et ses enfants.

La combinaison fut consentie de part et d'autre, et par l'intermédiaire
d'un courtier d'assurances, un nommé Desmidi, dont le passé n'était guère
plus irréprochable que celui de La Pommerais. Mme de Pauw signa huit
polices d'assurances faite par deux compagnies françaises et deux compagnies anglo-françaises, dans lesquelles elle s'engageait à payer annuelle-
ment pendant toute sa vie, des primes s'élevant à 19,000 francs, contre
remise à sa mort d'une somme de 600,000 francs à ses héritiers.

Le comte, par intérêt pour la mère, s'offrit de payer la première prime.
Il savait mieux que tout autre qu'il n'en payerait pas deux, et que seul il
aurait tous les bénéfices de l'opération. Sitôt en possession de ses titres,
Mme de Pauw simule une maladie, ainsi qu'elle en était convenue avec le
docteur, maladie qu'une soi-disant chute provoqua. Les prévisions du
docteur se réalisèrent.

Sitôt que les Compagnies apprirent la maladie simulée de leur assurée,
elles s'effrayèrent; elles crurent qu'après n'avoir touché que 19,000 francs.
de leur cliente, elles allaient être obligées de débourser 600,000 francs. De
suite, elles envoyèrent leurs médecins qui, non moins érudits que les
autres, constatèrent une maladie intérieure qui n'existait pas. Mme de Pauw
était ravie.

Elle comprenait parfaitement les plans apparents de La Pommerais;
elle ne se lassait pas de le remercier, se disant que, dans quelques jours,
elle aurait une rente, elle qui, quelques semaines auparavant, était sans
fortune.

Si la cliente des huit Compagnies d'assurances était joyeuse du tour
qu'elle leur jouait, le docteur ne l'était pas moins. Du jour au lendemain,
les visites du comte auprès de la prétendue malade devinrent plus fréquentes. Il s'agissait de lui donner une maladie sérieuse dont la malheureuse ne pût se relever. Le dénouement était proche. Quand La Pommerais vit que les médecins des Compagnies croyaient réellement à des lésions

intérieures, il jugea qu'il était urgent d'agir, et cela sans commettre une imprudence.

Il fallait, à son profit, faire mourir la malade. Il usa du moyen qui lui avait si promptement réussi avec Mme Dubizy : le poison, la digitaline.

Le lendemain d'un jour où il avait visité celle qui simulait une maladie pour tromper les Compagnies d'assurances, Mme de Pauw fut étrangement et douloureusement surprise de se sentir atteinte de vomissements. Le docteur ne quitta pas, durant toute la journée, le chevet de sa victime.

Si Mme de Pauw, non abusée par son amour, avait pu voir encore quel être elle aimait, elle aurait été effrayée et elle n'eût plus reconnu l'élégant docteur, le comte de La Pommerais.

Avant son mariage, il était dans la gêne; marié, il était à l'abri du besoin. Mme Dubizy morte, il était devenu riche; encore un peu de patience, et grâce à la mort de Mme de Pauw, il allait devenir millionnaire!

Les tortures que Mme de Pauw éprouvait étaient atroces, elle avait des soubresauts qui provoquaient des vomissements terribles.

A chaque convulsion de la moribonde, un rictus satanique plissait les lèvres du docteur. Il s'approchait de la couche pour voir si la patiente n'allait pas bientôt quitter la vie. Mais si faible que soit le corps humain, la lutte entre la mort et la vie est d'autant plus disputée que le corps est plus sain. La malade ne mourait pas assez vite au gré du docteur.

Alors l'homme correct disparut, l'assassin apparut en lui. Il saisit le scalpel qu'il tenait dans sa poche, prêt à frapper.

Mais si l'assassin commençait à perdre son sang-froid, le docteur avait calculé scientifiquement et il ne s'était pas trompé. Le dénouement était proche. La malade retomba sans force sur son lit. Elle était morte.

La joie qu'il éprouva ne lui fit pas perdre la tête. Il avait écrit à celle qui, maintenant, gisait sans mouvement sur le lit, pour redevenir son amant; il lui fallait ses lettres. Il fouilla dans tous les tiroirs et les reprit.

Il lui avait donné son portrait dans un cadre élégant; il reprit le portrait et le cadre. Il n'oublia rien, pas même une épingle de cravate qu'il avait laissée dans un vase de la cheminée, ni les gants qu'il avait quittés pour soigner sa maîtresse.

Tous les meubles furent fouillés. Quand il se fut bien assuré qu'il ne laissait aucune trace dans l'appartement de la morte, il partit en se disant :

— Maintenant je puis être honnête. Je suis riche!

La justice devait lui répondre, quelques jours plus tard :

— Tu n'auras plus le temps d'être honnête, car, bientôt tu ne seras plus!

_Il recevait la visite du commissaire et du chef de la sûreté. (Page 157.)

XXVII

L'ARRESTATION

Immédiatement après la mort de Mme de Pauw, le comte de La Pommerais recevait la double visite du commissaire de police de son quartier et du chef de la sûreté.

Ils étaient venus, soi-disant, pour des démarches à faire au sujet de l'emploi qu'il sollicitait comme médecin en chef des prisons. En réalité, ils devaient l'arrêter pour le conduire chez le juge d'instruction et de là, à Mazas.

La préfecture de police avait en mains assez de preuves pour se convaincre de la culpabilité de M. de La Pommerais.

Mais on n'arrête pas un docteur, connu, aimé, estimé, recevant l'élite

de la cour et de l'armée, comme on arrête un Cartouche ou un Alphonse.
Au lieu d'une arrestation bruyante, avec escorte d'agents en uniforme, elle
fit faire une arrestation sans bruit, presque à huis clos.

Le commissaire et le chef de la sûreté, chargés d'arrêter le criminel,
usèrent de stratagème.

— Docteur, lui dit le commissaire avec un entrain factice, la place de médecin des prisons que vous sollicitiez vous est enfin accordée. Je suis heureux
de vous l'apprendre devant témoin, devant mon ami, le chef de la sûreté.

Le comte pâlit un peu. Le commissaire, en compagnie du chef de la
sûreté, ne lui disait rien de bon. Sa femme, sans se douter encore de son
malheur, s'aperçut de l'émotion de son mari. Elle riposta d'un air aigre-
doux au commissaire :

— Monsieur, nous vous savons infiniment gré, ainsi qu'à votre ami, de
vous être dérangés pour nous apporter cette bonne nouvelle. Mais il était
cependant inutile de nous causer, ainsi qu'à vous, ce dérangement. Demain,
ou après-demain, nous le savons, la nouvelle paraîtra au *Moniteur*.

La Pommerais, qui n'était pas un sot, avait compris que sa nomination
n'était qu'un prétexte. Il se troubla. Une fois la première émotion passée,
il se calma, il dit au commissaire et au chef de la sûreté :

— Je gage, messieurs, que la nouvelle n'en est pas si certaine qu'il ne
faille que je vous accompagne.

— Vous l'avez dit, docteur, reprit à son tour le chef de la sûreté.

— Et à quel endroit?

— A Mazas, repartit brutalement ce dernier.

— A Mazas? balbutia La Pommerais en chancelant.

— Oui, docteur, reprit le commissaire d'une voix caressante, pour
atténuer les effets de la réponse du chef de la sûreté. Vous n'ignorez
pas que le directeur de Mazas est celui qui a fait le plus d'opposition à
votre nomination. Cette visite, de notre part, lui sera très sensible. Une
voiture est en bas qui nous attend.

La Pommerais qui avait enfin deviné la vérité, empêcha sa femme de
faire aucune observation. Avant de suivre le commissaire, il embrassa
tendrement celle qui l'aimait tant. Ensuite il se retourna vers le commissaire et le chef de la sûreté; il leur dit d'un ton ferme :

— Allons, messieurs, je suis à vos ordres.

Tant que le docteur supposa qu'il pouvait être vu de sa femme, il
affecta le calme le plus complet; dès que la voiture se fut mise en route, il
changea tout à coup d'attitude.

D'une voix qu'il s'efforça de rendre sévère, il demanda au chef de la
sûreté avec lui dans l'intérieur du fiacre :

— Que signifie, monsieur, ces agents escortant notre voiture?

Le chef de la sûreté prit son mandat d'amener et le présenta au docteur.

— Monsieur, je ne suis pas coupable, répondit La Pommerais. Je regrette que la justice ait fait erreur et je vous plains d'avoir contribué à mon arrestation.

— J'obéis aux ordres que j'ai reçus.

— Je n'en doute pas, continua La Pommerais. Aussi n'est-ce pas de vous que je me plains. Au contraire, je vous félicite et je vous remercie du stratagème que vous avez employé et qui a épargné à ma femme une vive douleur. Je vous sais gré, soyez-en certain, de votre courtoise délicatesse.

Le chef de la sûreté crut deviner une pointe de raillerie dans ces dernières paroles et lui dit :

— Pourtant, monsieur, j'aurais pu montrer mon mandat d'amener devant Mme de La Pommerais?

— Alors, moi, ajouta le docteur, j'aurais pris la première arme venue, et vous auriez été bien payé de la douleur que vous auriez causée à ma femme.

Une fois arrivé chez le juge d'instruction, l'ordre fut donné de conduire La Pommerais à la prison qui lui était destinée.

— On me mène à Mazas, disait-il ; singulière coïncidence! Ma femme et celle du directeur sont amies d'enfance. Longtemps séparées, ces dames, depuis mon mariage, se sont retrouvées et ont renoué connaissance. Nous avons dîné, il y a huit jours, à Mazas. Le mari, pour plaire à sa femme, m'avait fait promettre de revenir le voir. Je ne m'attendais pas à y revenir de cette étrange façon. Heureusement que mon arrestation ne peut être sérieusement maintenue plus de vingt-quatre heures.

Le faux comte, pour en imposer au juge instructeur, considérait son entrée à Mazas comme une *visite de digestion* faite à son directeur. Malheureusement, la visite se prolongea.

Il ne sortit que pour passer en cour d'assises et s'entendre condamner.

XXVIII

LE DERNIER JOUR DE LA POMMERAIS

Plusieurs mois après mon entrevue avec *le comte* de La Pommerais et le directeur de la Roquette, je devais le retrouver à la même prison. Cette fois, ce n'était plus dans le cabinet de ce fonctionnaire, c'était dans l'une des trois cellules des condamnés à mort.

Ce n'était plus à propos de ma camisole de force, contre laquelle ce médecin empoisonneur, à la veille de devenir le médecin en chef des prisons, avait fait une critique intéressée, que je me présentais devant lui; non, maintenant, les rôles étaient bien changés.

A la veille de son exécution, M. de La Pommerais, dès qu'il me vit entrer dans sa cellule, me reconnut tout de suite. Comme jusqu'à sa dernière heure, il tenait à ne pas se départir de son sang-froid, il me dit :

— Bonjour, monsieur H..., je vous revois, non pas avec un certain plaisir, je mentirais, et je *n'ai jamais menti*. Quoique forcé, bien malgré moi, de faire l'expérience de votre maudit appareil, je soutiens mon dire : votre système est détestable. Il nuit à toutes les fonctions du corps humain.

— Oh! fis-je sur le même ton, avec une cruauté très excusable après son sarcasme, oh! c'est pour si peu de temps!

Pour épargner des souvenirs trop pénibles de part et d'autre, je me résignai à laisser le condamné au soin de mes aides.

Ici, je dois ouvrir une parenthèse pour parler des trois cellules des condamnés à mort et de leurs tristes hôtes, que j'ai dû, tour à tour, conduire à l'échafaud.

Les trois cellules des condamnés sont situées à l'angle de droite de la troisième cour de la prison de la Roquette. Elles forment l'équerre entre la galerie de la prison et le bâtiment de face affecté à la chapelle.

Un étroit corridor s'ouvre sur les trois portes des cellules, portes peintes en jaune qui, l'imagination aidant, semblent s'offrir à la vue comme les trois portes de l'enfer du Dante.

Ces sépulcres anticipés donnent sur deux routes : l'une qui mène à la chapelle où le condamné, dans une loge grillée, entend la messe; l'autre qui conduit à l'infirmerie jusqu'à l'endroit marqué par l'échafaud.

De ces trois cellules dont les portes jaunes cernent le corridor, celle de gauche est le plus souvent affectée au condamné à mort.

Depuis 1858, c'est-à-dire depuis l'affaire des bombes Orsini jusqu'à l'année 1863, où entrait dans la cellule de gauche l'empoisonneur La Pommerais, ces trois cellules ne s'étaient plus ouvertes à la fois.

En 1858, elles avaient été occupées, comme je l'ai déjà indiqué, par Orsini, Pieri et Gomez.

La cellule de gauche, la plus fréquentée, est une chambre très vaste, plus longue que large, elle s'éclaire par une large fenêtre, percée dans le haut de la muraille. En regard de cette fenêtre, qui n'a pas moins d'un mètre de hauteur, s'élève un lit en fer. Il est placé contre la paroi opposée, vis-à-vis de la porte. Une table en bois, un poêle en fonte, trois chaises,

Ces derniers veillent de jour et de nuit sur le prisonnier. (Page 161.)

avec une tablette scellée dans la muraille, composent l'ameublement de cette cellule. Elle mesure onze pieds de long sur sept de large.

Les trois chaises sont pour le condamné, le surveillant de la prison et le soldat du poste. Ces derniers veillent de jour et de nuit sur le prisonnier; ils sont relevés de leur poste toutes les deux heures.

La tablette est à la disposition du condamné pour écrire, s'il le demande.

Les hommes de garde auprès du prisonnier ne portent aucune arme sur eux. Le règlement exige qu'ils n'aient pas même un couteau de poche.

Dès que le prisonnier entre en cellule, il endosse sa camisole de force. Elle le réduit à l'état d'automate; il ne peut agir sans la volonté et l'aide de ceux qui l'entourent.

Ce n'est qu'à l'heure du repas qu'on desserre un peu la manche droite de sa camisole pour lui permettre de manger à l'aide d'une cuillère de bois et porter à ses lèvres des aliments. A part ces précautions, à part cette surveillance de tous les instants, le prisonnier peut agir à sa guise, écrire, fumer, jouer aux cartes.

Pour une brute, pour un assassin vulgaire un pareil régime n'a rien d'humiliant ; mais pour un homme du monde comme La Pommerais, endossant la camisole de force, un pareil régime avait bien quelque chose d'anormal et de dégradant.

On comprend que, pour se donner une contenance devant moi, La Pommerais se fût plaint encore de cette camisole qu'il avait tant critiquée, à l'époque de sa notoriété, et qu'à son tour, il était forcé d'endosser. Dans sa cellule, le condamné à mort jouit d'une liberté relative. L'ordre formel est de ne le contrarier en rien depuis l'instant où les gardiens le lèvent et l'habillent, jusqu'au moment où ils le déshabillent et le couchent.

La Pommerais, en cellule, attendait la mort, sans paraître s'en effrayer. Était-ce bravade, était-ce indifférence ? Il faisait à ses surveillants des conférences d'hygiène usuelle ; il leur donnait des conseils médicaux que, vu ses précédents, les gardiens n'étaient guère disposés à suivre. Le seul regret qu'il semblait éprouver, c'était la peine qu'il avait pu causer à sa femme. Malgré tout, Mme de la Pommerais continuait de l'aimer. Elle persistait à croire en son innocence !

Au moment où il allait monter à l'échafaud, elle se rendit comme une folle éplorée au château des Tuileries. Elle tenait à solliciter la clémence de Napoléon III dans la personne de l'impératrice.

Mais l'impératrice refusa de la recevoir.

La Pommerais, la veille de sa mort, reçut une longue lettre de regret que lui écrivait sa fidèle épouse.

Avant de monter sur l'échafaud, il coupa une mèche de ses cheveux ; il l'approcha de ses lèvres et, après y avoir déposé un suprême baiser, il la remit à l'aumônier qui l'accompagnait en lui disant :

— Pour Clotilde !

Il n'avait pas achevé ce mot chéri, qu'il était jeté sur la bascule. Je poussai le ressort du couperet : une seconde après, sa tête tombait dans le panier !

La Pommerais aimait réellement sa femme. Si j'en puis juger par ce que j'ai vu, il n'avait qu'une pensée à l'heure de sa mort : celle de Clotilde. Elle ne l'abandonna pas un seul instant.

La tête du docteur, étudiée par les phrénologistes, présentait près du cervelet une protubérance représentant, selon le système de Gall, la bosse de la *concentrivité*, « c'est-à-dire la faculté qui permet de concentrer en soi ses émotions, ses idées, de manière que rien ne puisse distraire de l'objet dont on s'occupe ».

La Pommerais, en effet, n'avait eu qu'un but, en ruinant par ses escroqueries tous ses associés, en tuant sa belle-mère et sa maîtresse : faire fortune.

Sur son crâne, au-dessus de la bosse de la *concentrivité*, une autre indiquait la *philogéniture*, « c'est-à-dire l'affection pour les êtres faibles et tendres » : étrange contraste dans la cervelle de ce monstre et qui, cependant, expliquait bien sa vie.

La Pommerais, tout en immolant sa belle-mère et sa maîtresse, avait un culte exagéré pour sa femme ; il l'adorait jusqu'à la folie.

Son adieu à la vie ne fut-il pas encore un adieu à Clotilde?

L'amour existe aussi chez les fauves !

XXIX

CADET LE MANCHOT

Comme mon prédécesseur F..., je faillis à mon tour devenir la victime de celui dont j'aurais pu être le bourreau.

Cette interversion des rôles fut provoquée par des circonstances terribles.

Cela date de loin et me reporte à un souvenir de jeunesse. Comme je l'ai déjà dit : je suis fils d'un bourreau de Toulon.

A seize ans, j'étais l'aide de mon père. Quatre ans après mon sanglant apprentissage, le fils d'un condamné jurait de venger sur l'auteur de mes jours la mort de son père.

J'avais surpris par une circonstance que j'expliquerai bientôt le serment de cet enfant du bagne.

Le lendemain d'une exécution de forçat, mon père ne se doutait pas du danger qu'il courait dans sa propre maison.

Depuis la veille, il était revenu malade à son habitation. Il était affaissé, écœuré par les émotions. Dans ma sollicitude pour lui, je m'étais bien gardé de lui apprendre les projets de vengeance ourdis contre lui, mais j'étais résolu à veiller seul, en secret, dans notre demeure.

Le forçat qu'il avait exécuté se nommait Cadet; c'était un criminel endurci qui avait donné le jour à un monstre créé à son image.

En mourant, il lui avait légué le soin de le venger contre ceux qui avaient été les instruments de sa mort.

En 1829, le nommé Cadet expiait son homicide sur un garde-chiourme qu'il avait assommé à coup de boulet.

Au bas de la guillotine, son fils avait juré de venger son père. Il s'était promis de pénétrer dans notre maison, d'assassiner mon père, puis de brûler son habitation, après l'avoir dévalisée.

Notre habitation était à quelque distance de la ville de Toulon ; elle était isolée au milieu d'un vaste jardin, entourée d'une haie.

Si les gens paisibles ou timorés s'éloignaient avec terreur de la maison du bourreau, les malfaiteurs, en revanche, s'en rapprochaient avec un air de défi. On aurait dit qu'ils eussent voulu faire payer à son propriétaire la mort qu'il donnait, au nom de la loi, à leurs camarades.

Notre maison n'avait rien de particulier. Elle se composait d'un premier et d'un rez-de-chaussée. Au premier, étaient les chambres à coucher de mon père et de sa famille ; au rez-de-chaussée, la salle à manger, une salle de travail et la cuisine.

Comme animaux, nous ne possédions que quelques canards et un chien nommé *Poulot*. C'était un fidèle gardien ; maintes fois, il avait donné l'éveil, alors que d'audacieux chenapans étaient venus rôder autour de la maison.

J'arrive à l'événement de mon enfance.

Le lendemain de l'exécution capitale qui avait eu lieu à Toulon, sur la personne du vieux forçat, nommé Cadet dit *Nez-Creux*, mon père, comme je l'ai dit, était tombé malade. Je me promenais, en désœuvré, aux abords de la maison ; alors, le bruit d'une conversation partant d'un buisson voisin de notre haie, parvint à mes oreilles.

— Ainsi, disait une voix sourde et traînarde, c'est bien convenu ?

— Oui, répondit une voix plus claire.

— Tu nous rejoindras à l'heure.

— Oui, mais à quel endroit ?

— A la sortie des fortifications.

— Je t'attendrai.

— Surtout ne *flanche pas ?*

— N'as pas peur, le trac et moi, nous ne nous connaissons pas ! Et tu y seras aussi ? Pas de *blague*, au moins ?

— Je t'épluche que je te blague ! D'ailleurs, j'ai juré au *vieux* de rendre au *surineur* du gouvernement la monnaie de sa pièce.

— A la bonne heure ! car si je ne te voyais pas, Cadet, à l'heure dite, je te préviens, je me tirerais des pieds.

— N'as pas peur, que je te dis.

D'un coup terrible je tranchais le bras. (Page 168.)

— Ainsi, c'est entendu, nous nous rendons des fortifications chez le Faucheur ?

— Oui, c'est la volonté à papa. Il m'a fait jurer de le venger au moment où il allait *éternuer dans le son !* C'est le désir du vieux Cadet ! et son fils n'est pas *manchot,* tu verras.

— Surtout, reprit l'autre, pas de refroidissement, j'aime pas ça.

— Tu n'es qu'un gosse ! et si tu n'es que pour la *détourne,* j'aurai avec toi et moi un autre zig. Il se chargera de griller la cambuse et d'achever le divertissement que je promets au Faucheur, refroidi ou non. Enfin, puis-je toujours compter sur toi pour le coup ?

— Oui.

— Au revoir, l'Oreille.

— Bonsoir, Cadet.

Initié depuis mon jeune âge au langage des sacripants, j'avais compris que trois vauriens devaient venir, la nuit, faire une tournée vers notre maison pour *refroidir,* c'est-à-dire pour tuer mon père, qui avait *fauché,* c'est-à-dire exécuté Cadet, dit Nez-Creux. C'était son fils qui, pour le venger, se mettait à la tête de deux bandits.

Sans prévenir mon père malade qui n'aurait pu rien empêcher, je fis mettre aux aguets le jardinier, armé d'un fusil. J'en donnai un autre à un serviteur de la maison, que je plaçai également en embuscade ; je lâchai Poulot dans le jardin et moi je pris un prétexte pour veiller.

Mon père, souffrant, monta plus tôt que d'ordinaire dans sa chambre à coucher, ma famille le suivit ; je l'engageai, sous prétexte de ne pas fatiguer sa vue et de provoquer son sommeil, d'éteindre les lumières.

Je descendis ensuite dans le jardin, armé de deux pistolets.

A ce moment, deux individus, l'un portant une lanterne sourde, arrivaient de la Porte du Nord de Toulon, en se dirigeant vers notre habitation. Je me blottis contre la haie, j'observai, caché dans un taillis, les hommes se consultant et s'avançant de mon côté.

Le premier était l'Oreille ; l'autre n'était pas encore Cadet, c'était l'individu qu'il avait annoncé à l'Oreille, un nommé Tuture.

Neuf heures sonnaient lorsque le troisième personnage parut à la sortie de la ville. Celui-ci, c'était Cadet. Il siffla d'une façon particulière. L'Oreille lui répondit de la même façon en dirigeant sa lanterne sourde dans la direction de Cadet, le chef de l'expédition.

Les rayons obliques de la lumière éclairèrent en plein son visage et le montrèrent mes yeux : c'était un affreux voyou de seize à dix-huit ans, pâle et blème. Il avait le nez aplati aux cartilages, le front pointu, les cheveux jaunes plaqués sur les tempes.

Accroupi derrière la haie, je vis les deux vauriens rejoindre Cadet. Je n'étais séparé d'eux que par le taillis.

On était au mois d'octobre. Une pluie battante de toute la journée avait détrempé la terre et on y enfonçait à chaque pas dans les flaques d'eau.

Un vent venant du nord poussait des nuages noirâtres qui masquaient tour à tour la lune. Il agitait la blouse des vauriens ; il me rapportait des phrases de leur conversation. Voici ce que je pus distinguer dans leur colloque à trois :

Cadet disait à l'Oreille :

— Sais-tu ce que tu dois faire?

— Non, tu ne me l'as pas encore dit.

— Tu es chargé de tuer le chien.

— Voyons le truc?

— Il est *limpide*, ajouta Cadet, voici un morceau de viande, je vais l'attacher à cette ficelle. Tu le jetteras par-dessus la haie du côté le plus éloigné de la maison, de manière que la viande en tombant fasse du bruit,

et que le chien approche. Quand tu verras le *cab*, tu tireras la ficelle. Puis,
quand le chien sera assez près de toi, tu sauteras dessus, et tu lui serreras
la gorge.

Puis Cadet se tourna vers ses deux compagnons, et ajouta :

— Et vous attendrez avec moi, l'opération finie, pour enquiller la baie
et bourguiner dans la cambuse. Je sais que le zig y dort; nous verrons
bien s'il se réveillera !

Alors Cadet et Tuture se couchèrent à plat ventre le long de la clôture,
pendant que l'Oreille, sa viande et sa ficelle à la main, s'éloignait.

Blotti dans l'intérieur de la haie, j'avais saisi tout le manège; je les
suivais dans la nuit noire. Ils s'emparèrent du chien, comme ils avaient dit.

Puis tous les trois à pas de loup s'approchèrent de la maison.

Ils ne se doutaient pas que j'étais là, les épiant.

Je les connaissais tous trois; un seul était féroce, Cadet. Je savais que
les deux autres étaient plus capables de voler que de faire un acte où il
aurait fallu de l'audace.

Une fois que les vauriens m'eurent acculé jusqu'à la maison, je me
glissai dans le hangar par une porte dérobée. Je rentrai dans la cuisine.
Je connaissais l'appartement. Il me fut facile de m'orienter.

Pendant que je m'orientais, un silence de mort régnait autour de la
maison. Cependant l'inaction des maraudeurs m'inquiétait. Que faisaient-
ils ? Que complotaient-ils ? Je ne restai pas longtemps dans l'incertitude.
J'entendis une pince de fer grincer entre les volets d'une fenêtre du rez-
de-chaussée.

Immédiatement je saisis mon pistolet, je me dirigeai vers la fenêtre
menacée.

Malgré leurs efforts, la fenêtre tenait bon. Les gonds ne bougeaient
pas, la barre de fer transversale la maintenait dans une position stable.
On ne pouvait la sortir sans causer quelque bruit, ce que voulaient
éviter certainement les bandits.

J'entendis Cadet dire à ses camarades :

— Cherchons autre part. La gironde (la fenêtre) est trop bien *bouclée*.
Nous ne pourrons l'*enquiller* sans faire du *potin*.

J'entendis leurs pas se diriger vers le hangar. J'avoue que j'eus un peu
peur. Malgré moi, je pensai qu'il m'aurait été plus facile de me défendre,
s'ils étaient entrés par la fenêtre.

Je pris une ferme résolution ; hardiment j'entrai dans le hangar. Les
bandits essayaient de faire un trou par où l'un deux pourrait introduire sa
main pour faire jouer le pêne de la serrure.

Durant cinq minutes, je vis aller et venir la scie. Presque à chaque instant, les bandits la retiraient pour la tremper dans l'huile et par ce moyen l'empêcher de grincer.

Enfin le rond était fait. En frappant légèrement ils firent tomber le morceau de bois qui dégagea un trou de la grosseur d'un bras.

On peut penser si tous ces incidents m'avaient ému; néanmoins, quand je vis le rond de bois tomber à terre, j'éprouvai un serrement de cœur. Intérieurement, je me dis que dans quelques minutes, je serais ou mort, ou délivré de ces vauriens.

Celui que je redoutais le plus, c'était Cadet.

Je l'entendis dire à l'Oreille :

— Allons, passe ton bras dans le trou, et tu pousseras le pêne hors de la gâche.

— Pourquoi ne le fais-tu pas toi-même, Cadet?

— Ça ne te regarde pas, objecta Tuture.

— Allons! Fais ce que je te dis, reprit Cadet, ou gare aux *mistoufles!*

— Zut, riposta l'Oreille. Je consens à grincher; mais faire de la *détourne* avec effraction, il n'en faut pas.

— Tu renâcles?

— Oui.

La voix de Cadet prit une inflexion terrible, quoique basse; il reprit :

— Si tu ne turbines pas, l'Oreille, je t'écrabouilles la calebasse à coups de philosophes (pieds).

— Oui, si tu m'attrapes! lui cria l'Oreille en se sauvant; viens-y voir, malin !

J'entendis un bruit de pas qui s'éloignèrent de la porte. D'autres, l'accompagnèrent.

Sans doute, Cadet et Tuture couraient après lui; mais ils se disaient aussi sans doute que s'ils passaient la nuit à le chercher, ils ne pourraient plus accomplir l'acte qu'ils préméditaient. Plusieurs minutes après, ces derniers revinrent vers la porte. J'écoutais Cadet maugréer.

— Il me payera celle-là, le taffeur!

Je pensai que Cadet allait faire lui-même, en compagnie de Tuture, ce que l'Oreille n'avait pas voulu accomplir.

Je vis, bientôt après, une main passer par l'ouverture pratiquée dans la porte.

Les bandits allaient entrer. Je saisis une hache et d'un coup terrible je tranchai le bras qui passait par l'ouverture.

Un cri de douleur retentit dans le silence de la nuit.

J'ouvris brusquement la porte, mais je ne pus voir que deux ombres disparaissant dans les ténèbres.

Avis aux malfaiteurs! (Page 170.)

Néanmoins je déchargeai mes pistolets.

Au bruit de ces détonations, les serviteurs accoururent en déchargeant leurs armes.

Désormais Cadet ne devait s'appeler que *Cadet le Manchot*.

XXX

UN BRAS CLOUÉ SUR UNE PORTE

Le bruit des détonations avait réveillé mon père et ceux qui veillaient autour de lui. En revenant dans le hangar, vers la cuisine, j'entendis des pas au-dessus de ma tête.

Ce que je craignais arrivait. Mon père, déjà souffrant, était en butte à de vives inquiétudes causées par ces coups de fusils.

Il était à demi habillé, très en émoi par ce qu'il venait d'entendre. Il m'en demanda la cause.

— Père, lui répondis-je, ne craignez rien, recouchez-vous, dormez tranquille! Ce sont des maraudeurs qui venaient pour nous voler nos canards. Ils sont loin.

Le jardinier et son compagnon dirent comme moi.

Le lendemain de très bonne heure, je me levai. Ayant réveillé les deux serviteurs de la veille, je les conduisis au hangar; m'emparant du bras de ma victime, je priai mes compagnons de m'aider à tirer une longue échelle.

Armé d'un lourd marteau, de plusieurs clous, je plantai l'échelle contre le panneau de la porte et j'y montai.

L'un de mes serviteurs tenait le bras de Cadet. Il me le tendit, une fois parvenu au but de mon ascension. Frappant avec force de mon marteau sur les clous, je plantai le bras au seuil de la porte. Je l'accrochai bien en vue des passants, comme le font les habitants des campagnes pour les oiseaux de mauvais augure pris au trébuchet. — « Avis aux malfaiteurs! » m'écriai-je avec orgueil en descendant de l'échelle.

Ce bras cloué sur la porte de notre maison vouée à l'incendie, où mon père avait été condamné à mort, était pour moi un terrible trophée.

Je n'étais pas au dernier échelon, j'avais à peine prononcé ces paroles, qu'en me retournant je vis mon père derrière moi.

Il était pâle. Était-ce par le malaise qu'il éprouvait encore ou par les émotions que lui donnait l'acte que je venais de faire, dans ma trop vive affection filiale? Je l'ignorais.

En tous les cas, ce fut avec un geste indigné qu'il s'écria :

— Mon fils, remontez à l'échelle, déclouez ce bras sur-le-champ, je vous l'ordonne.

L'attitude de mon père, et surtout sa colère, me troublèrent. Habitué à ne jamais le contredire, j'obéis à son commandement. Je grimpai les échelons, en présence de ceux qui avaient été témoins de mon acte irréfléchi.

Lorsque mon père me vit en train de déclouer le bras de Cadet, il me dit sur un ton un peu radouci :

— Mon fils, il ne faut jamais défier l'outrage. Votre père verse assez de sang, au nom de la justice, sans le faire répandre autour de lui par les gens de sa famille. Le bourreau venge la société; c'est au nom de la société qui l'arme contre les meurtriers qu'il lui est interdit de se venger ui -même.

Je descendis de l'échelle, après avoir décloué le bras de Cadet; je le jetai à l'un de nos serviteurs.

J'étais dépité, confus, humilié.

Tout en obéissant à mon père, je considérais de sa part comme un acte de faiblesse ce qui était une preuve d'abnégation inspirée par le devoir.

Une fois que je fus à terre, mon père, en regardant ceux qui nous entouraient, me répondit :

— La maison du bourreau n'est-elle pas, pour tous les braves gens de la ville, un épouvantail? Vous savez que c'est avec crainte que les habitants de Toulon passent devant notre demeure. Quelques-uns ne le font qu'en se signant. Notre logis est un objet de réprobation ; n'en faisons pas un objet d'horreur.

Je courbai la tête. J'avais compris. Des larmes vinrent humecter mes paupières, des sanglots étouffèrent ma voix.

J'étais touché du grand caractère de mon père, je sentais tout ce qu'il y avait d'amertume dans son âme.

Je me souvins de sa leçon. Cadet le Manchot était aussi payé pour s'en souvenir, car on ne le revit plus à Toulon, ni lui, ni ses acolytes.

Trente ans après, ce misérable, devenu le pire des criminels, devait se dresser devant moi à la prison de la Roquette. Alors, il me prouva que les paroles de mon père, restées gravées dans ma mémoire, n'étaient pas de vains mots.

Lui aussi se souvenait que, s'il n'avait pu exécuter sa vengeance tramée contre mon père, il tenait à l'exercer contre moi. Je faillis payer, au péril de ma vie, la dette contractée par Cadet le Manchot, vis-à-vis de celui qui l'avait mutilé.

Mon père avait eu bien raison de dire :

— Il ne faut jamais exciter la haine des scélérats que la loi nous ordonne de punir !

XXXI

UNE EXÉCUTION AU BAGNE DE TOULON

Avant de parler de ma rencontre avec le *Manchot*, trente ans après la mutilation que je lui avais fait subir, je dois raconter l'épisode de son père, au bagne de Toulon.

C'était cette exécution, comme on l'a vu dans les chapitres précédents, qui avait motivé la vengeance avortée de Cadet fils.

En 1829, mon père avait été appelé au bagne de Toulon pour exécuter un forçat qui avait encouru la peine de mort, après avoir tué son gardien à coups de chaîne et de boulet.

Ce criminel endurci, c'était Cadet.

A Toulon, il s'était fait remarquer par son cynisme, par son indiscipline. Il n'était pas de tortures qu'il n'infligeât à son compagnon de chaîne. Son compagnon était-il fatigué, il l'obligeait à marcher avec vivacité. Dans les travaux du port, son compagnon était-il à bout d'épreuves, il lui faisait supporter les charges les plus lourdes.

On ne s'imagine pas à quelles souffrances sont exposés les galériens accouplés à des frères ennemis. Ce sont des supplices de tous les instants, le jour, la nuit.

Dante, dans son enfer, a oublié ces supplices de damné! Les punitions de Cadet, qui ne manquait pas de jouer des tours à la chiourme, étaient partagées par son camarade de chaîne. Son bonheur était de faire subir à son souffre-douleur les corrections que lui seul avait méritées.

A la longue, ces vexations vis-à-vis de l'autorité et de sa victime devinrent si violentes que Cadet se vit séparé de son compagnon qui n'en pouvait plus. Il resta isolé.

N'ayant plus sa victime sous la main, Cadet tourna sa rage contre le garde-chiourme.

Un jour, de concert avec quelques forçats de sa trempe, Cadet entraîna son gardien dans un endroit écarté; les forçats l'entourèrent, le cernèrent, Cadet se précipita sur lui et l'assomma avec son propre boulet.

L'arrêt est formel au bagne. Tout condamné qui frappe un agent est puni de mort.

Or, Cadet devait être exécuté une fois l'arrêt rendu. L'exécution capitale avait lieu avec un cérémonial épouvantable; elle rappelait, par sa terrible mise en scène, les exécutions sinistres du xvie siècle! On eût cru que le bagne, en 1829, se fût mis en dehors de tous les progrès de la civilisation.

Les punitions corporelles n'étaient pas ménagées aux galériens; si les menaces les faisaient rire, les coups de corde goudronnée, appliqués sur l'échine, leur imposaient une soumission affolée.

Il est vrai que, à l'exemple de Cadet, les forçats se vengeaient de la bastonnade qui, trop rudement appliquée sur les épaules, occasionnait souvent la mort à plusieurs d'entre eux. Alors ils donnaient à leur tour la mort à leur gardien.

En ce temps-là, le bagne de Toulon formait un immense parallélogramme. Un long bâtiment du côté de la mer, faisait face à de vieux

Les capucins portant le cercueil réservé au supplicié. (Page 174.)

navires, bagnes flottants où se rendaient les forçats pour être envoyés au port, sous la surveillance de leurs gardiens.

Ils travaillaient ensuite à tout ce qui était du ressort de leurs pénibles attributions.

Le port de Toulon est très malsain. Son curage entrait exclusivement dans le programme des travaux des galériens. Les miasmes qui s'exhalent de ses rives pestilentielles causaient bien des maladies mortelles. Aussi l'hôpital du bagne de Toulon était-il toujours plein. La mort y était en permanence, soit à l'hôpital où les capucins de la ville venaient apporter successivement le viatique, soit à la place de l'Arsenal où, pour des révoltés comme Cadet, l'échafaud se trouvait, pour ainsi dire, à demeure.

A Toulon, le métier de bourreau n'était pas une sinécure.

Or, la veille de la nuit où j'avais surpris le fils Cadet rôdant autour de notre maison, mon père avait été appelé par l'administration du bagne, à présider à l'exécution de son plus dangereux pensionnaire.

Tout était prêt dans la cour de l'Arsenal où s'élevait la sinistre machine.

C'était un repoussant spectacle de voir tous les forçats se précipiter comme un troupeau de fauves vers l'instrument de mort.

L'aube venait à peine. Les bras rouges de la guillotine se dressaient sur la foule des misérables, dans un épais brouillard.

Le major général se tenait au milieu de la cour. Les galériens se rangeaient en tumulte derrière lui. Entre le major et sa suite était un espace gardé par les chiourmes. Le vide aboutissait à un sillon où devait passer le patient pour arriver au but fatal.

Tous les forçats regardaient l'échafaud avec des yeux farouches. D'une main, ils relevaient les maillons de leur chaîne, rosaire infernal qui pend à leur ceinture; de l'autre, ils tenaient leur bonnet de laine, de nuances diverses, comme le vice dans ses variétés.

Tout à coup un frémissement court la foule. Les galériens se tournent vers l'Arsenal qui fait face à l'échafaud.

A voir toutes ces têtes inclinées du même côté, on aurait dit un champ de blé, dont les épis sont agités par l'orage.

C'est le patient, c'est Cadet qui paraît.

Cadet est un grand gaillard, aux membres solides, à la figure sombre et farouche. Il dépasse de la tête toute la foule. Il a l'air résolu, il regarde avec mépris l'instrument du supplice. Il n'écoute pas le prêtre qui est à ses côtés. Il hausse les épaules devant le crucifix, il regarde en ricanant ces sombres apprêts.

Les aides du bourreau sont occupés sur l'échafaud à allumer un réchaud; ils font rougir dans le récipient plein de charbon un long morceau de fer. Avant de placer sa tête dans la lunette, le patient doit être de nouveau marqué à l'épaule.

Pendant qu'il montait sur l'échafaud, des capucins passaient, portant sur leurs épaules le cercueil réservé au supplicié, encore debout, encore vivant pour quelques secondes!

A ce dernier et terrible spectacle, le forçat ne se posséda pas de rage. La peur fit dégénérer sa colère en folie. Il cracha sur le crucifix présenté par l'aumônier, d'un revers de main il renversa un aide.

L'aide fonça sur l'aumônier; celui-ci lâcha son crucifix.

A ce moment, j'étais toujours à côté de mon père : il me fit un signe. Je ramassai le crucifix. J'allais vers le patient pour le lui présenter à mon tour, il me frappa du pied.

Moi aussi je tombai.

Alors, deux aides le prirent par les épaules. C'étaient ceux qui avaient fait rougir le fer à marquer dans l'ardent récipient. Avant de le jeter sur la bascule, ils lui marquèrent de nouveau les chairs d'une fleur de lys, avec les T F traditionnels.

Ils poussèrent ensuite le corps sur la lunette.

Une seconde après, l'exécution avait lieu.

Le fils Cadet, par un raffinement de cruauté, avait été traîné aux pieds de l'échafaud pour assister au supplice de son père.

Alors il jurait, devant sa tête qui tombait, de la faire payer à son exécuteur.

On a vu comment je déjouai sa vengeance!

XXXI

TRENTE ANS APRÈS

Plus de trente années après, je devais retrouver, dans un moment très critique pour moi, mon ennemi intime.

Cadet le Manchot, après l'affaire Orsini, n'allait plus, sauf à quelques années d'intervalle, me quitter d'une semelle.

Lorsque les emprisonnements des trois agitateurs eurent lieu, j'étais devenu le suppléant de F..., et je faisais mon apprentissage de bourreau de Paris.

Je me rendais souvent *au dépôt des condamnés* pour me reconnaître avec le personnel de cette prison peuplée, toute l'année, de condamnés à mort.

Ce fut à la Roquette que je retrouvai le Manchot, dont les exploits lui avaient fait hanter depuis longtemps toutes les prisons centrales, avant d'aller plus tard encore avec le trop célèbre Poncet, dans les pénitenciers de Cayenne.

Ici je dois m'arrêter pour faire connaître un épisode de la vie du Manchot, à l'époque où je le retrouvai au milieu du personnel de la Roquette. En même temps, je vais donner quelques détails sur ce personnel.

Au *dépôt des condamnés*, le travail et la *récréation* sont en commun. Le prisonnier n'est plus isolé comme dans les maisons centrales.

A la Roquette, le prisonnier n'est plus solitaire.

Les internés sont vêtus d'une veste et d'un pantalon bruns. Ils travaillent et habitent dans les constructions situées à l'est et à l'ouest.

A la Roquette, ces constructions se composent de trois étages.

A l'un des deux étages supérieurs se trouvent les galeries des cellules. Les rez-de-chaussée sont occupés par d'immenses ateliers, trop petits pour la population toujours croissante des détenus.

Ici, à l'inverse des prisons cellulaires, tout a été prévu pour que le prisonnier ne soit pas seul.

Chaque cellule communique à sa voisine par une fenêtre barrée. Cette double cage n'est séparée que par une cloison, à travers laquelle le prisonnier peut entrer en relations avec son voisin.

Dès l'aube, les détenus quittent leurs cellules. Ils descendent en rang, conduits par un brigadier de section, prisonnier comme eux.

La chambre du gardien n'est ni plus ni moins qu'une autre cellule à l'image de celle des internés. Elle a pour unique ameublement un lit et une chaise.

Le gardien est fort occupé dans la galerie. Il ne peut que compter sur lui pour y maintenir l'ordre, le jour comme la nuit.

Il a beaucoup à faire, même pour sa sûreté. Son auxiliaire, qui l'aide à surveiller la section, est choisi parmi les moins mauvais des détenus.

Les moins mauvais, en apparence, sont souvent les pires.

Cet auxiliaire porte, pour se faire distinguer de ses subordonnés, un galon vert.

Chaque atelier est dirigé par un contremaître qui a pour marque distinctive un galon rouge.

Parmi les brigadiers de la Roquette, il y en avait un à cette époque qui, malgré ses vingt-deux condamnations, jouissait de l'amitié relative de ses supérieurs.

Cet homme était manchot. Le bras droit lui manquait : c'était Cadet ! Comme je viens de le dire, il avait subi vingt-deux condamnations.

La dernière, celle qui avait fait emprisonner Cadet, après un léger vol commis par lui sur la place de la Roquette, avait été accomplie dans des circonstances particulières.

Le Manchot avait été arrêté dans la foule accourue à l'exécution du prêtre Verger, volant un porte-monnaie ne contenant que quarante sous !

Le lendemain, il fut contraint d'avouer tout son passé et fut condamné. Il savait que le meilleur moyen de passer agréablement le temps en prison, c'était de se bien conduire. Il se conduisit bien et fut nommé brigadier.

A cette époque, c'est-à-dire un an après l'exécution de Verger, je visitais souvent la Roquette. Je commençais à me lier avec son directeur, non pas qu'il me plaisait d'être au milieu de ses étranges pensionnaires, mais parce que je tenais à voir de près ceux à qui, un jour ou l'autre, je devais avoir affaire.

Un homme armé d'un énorme clou se précipita sur moi!!! (Page 177.)

La première fois où le hasard me fit rencontrer Cadet, c'était le matin, à l'heure où les prisonniers descendent de leurs ateliers. En le voyant, je me rappelai le terrible épisode de ma jeunesse : ma vengeance et la leçon de mon père. Mais était-ce bien lui que je retrouvais maintenant sous les traits d'un homme usé par le vice, touchant presque à la vieillesse? A trente années d'intervalle, il me fut impossible de le reconnaître. Lui habitué depuis son enfance à bien connaître ses ennemis, lui m'avait, pour ainsi dire, deviné. Il avait conservé au fond du cœur ou de ce qui lui en tenait lieu, le souvenir de l'acte tragique auquel il devait son infirmité.

Lorsqu'il fut bien convaincu que je reviendrais à la Roquette, il mûrit son plan de vengeance.

Un soir que je sortais de la cellule d'Orsini, traversant les galeries, accompagné du directeur de la prison, un homme dissimulé derrière un pilier, armé d'un énorme clou, se précipita sur moi.

D'un mouvement brusque, j'évitai le coup. Une lutte s'engagea entre nous deux deux. Le directeur allait appeler du secours, quand je terrassai mon ennemi.

Cadet, redevenu souple comme un gant, me raconta ce que je savais tout aussi bien que lui. Il me dit que n'ayant pu venger son père tué par le mien, il avait juré de me rendre le coup de hache qui l'avait privé de son bras, au moment où il allait pénétrer dans la maison de celui qu'il voulait assassiner.

Quand le Manchot eut terminé, je le regardai attentivement. A travers les traits de ce misérable de quarante-sept ans, usé par les excès, je reconnus l'ignoble voyou d'autrefois.

J'eus pitié de lui, malgré l'agression dont j'avais failli être victime. Me rappelant la leçon de mon père, je voulus le sauver. Je savais que toute tentative de meurtre dans une prison est au moins punie des travaux forcés à perpétuité. Je voulais lui éviter un nouveau châtiment.

Me tournant vers le directeur, je lui dis :

— Monsieur, j'ai puni trop cruellement cet homme, il y a trente ans, pour lui causer encore un grand malheur.

« Je vous prierai donc de ne pas l'inquiéter pour la tentative de meurtre dont je devais être la victime. En étant clément, vous ne nuirez pas à la discipline, puisqu'aucune personne ne nous a vus ; et vous me rendrez service en n'inquiétant pas ce malheureux.

Le directeur ne me dit ni oui ni non.

Huit jours après, Cadet, sous un prétexte futile, fut cassé de son grade de brigadier.

Sa nature vindicative ayant repris le dessus, il tenta de se venger sur un gardien qui, selon lui, était cause de sa disgrâce. Il fut puni de sa rébellion, on le renvoya en jugement. Cette fois, on le condamna à la déportation, on l'envoya à Cayenne.

Quelques années plus tard, Cadet le Manchot devait me faire payer cette condamnation. Il se souvenait toujours de Toulon !

XXXIII

PHYSIONOMIE, DE LA PLACE DE LA ROQUETTE UN JOUR D'EXÉCUTION

En temps ordinaire, la place de la Roquette est un endroit calme et paisible où se regardent deux prisons ayant pour trait d'union les dalles de l'échafaud.

D'un côté, c'est la prison de Jeunes Détenus, de l'autre le Dépôt des condamnés : le point de départ et le point culminant de la guillotine! Les murailles de ces maisons pénitentiaires dissimulent à peine derrière des arbres rabougris leurs ombres trop éloquentes.

Après les prisons se continue la rue de la Roquette, flanquée de rustiques marbriers et de marchands de couronnes. Ces endroits sinistres, marqués par deux prisons, par un cimetière et un échafaud, ont leurs jours de fête : les jours où l'on guillotine.

La mise en scène de l'échafaud et du condamné qui se traîne, pâle, livide, hébété, porté par des aides, sous le couteau, est-il cependant un spectacle bien édifiant?

J'en doute.

En tous cas, c'est un spectacle dégradant pour l'humanité ; il n'est fait que pour la racaille.

Vis-à-vis des scélérats qui ne manquent pas une exécution, c'est une leçon de plus à leur donner pour leur apprendre à bien mourir.

A ce sujet, j'ai en ma possession les notes de mon ancien aide Francis. Dans ses nombreux loisirs, il a consigné des observations relatives à son sinistre métier.

Il a dépeint, d'une façon pittoresque, la physionomie de Paris le jour de l'exécution du prêtre Verger. On verra comment y figure encore Cadet le Manchot dont je devais peu après renouveler connaissance à la prison de la Roquette.

Je cite textuellement les observations de Francis :

Il est une heure du matin. Au boulevard des Italiens, les fenêtres de la Maison-Dorée resplendissent de lumières : gandins et gandines sortent du restaurant en chantonnant.

Les boulevardiers et les boulevardières se croisent par groupes sur le trottoir :

— Arthur, éclate une voix féminine d'un de ces groupes, passons-nous la nuit en attendant le souper? Viens-tu aux Halles?

— Tu t'en ferais mourir!

— Flûte pour la camarade! A propos, c'est ce matin que travaille la Faucheuse.

— Où ça?

— A la Roquette. Tu sais qu'on y raccourcit Verger?

— Alors on soupe, et v'lan à la Roquette!

— A la Roquette !... Pour une idée, voilà une vraie idée.

A la même heure, une masse de vagabonds se tient autour du bâtiment de la Rotonde, près du canal de la Villette.

Un affreux voyou, à la casquette plate, qui n'a qu'un bras, interpelle un camarade qui n'a qu'une jambe ; ce dernier est hissé sur deux énormes béquilles.

— Hé ! là-bas, Béquillard, y viens-tu ?

— Où ça, Cadet ?

— A la Butte.

— T'y vas donc ?

— Un peu ! Depuis que le faucheur de la veuve est celui qui a estourbi papa, dans les temps, je le contemple avec amour. Je ne manque pas une seule de ses *premières*.

— Zut ! pour la veuve ! Moi, ça me fait froid. Chaque fois que le grand couteau fait *floche*, j'ai comme des éblouissements !

— *Feignant !* Allons, suis-moi avec le camarade, c'est moi qui paye la *rinçade !*

— C'est différent, je te suis. Un ratichon qu'on estourbit, ça fait toujours plaisir à voir.

— A la bonne heure !... tu es un zig, et tu as raison ! Rien qu'à regarder un mangeur de bon Dieu flancher dans le mastic, ça paye la course.

Cependant le Manchot et Béquillard prennent la chaussée conduisant de la Villette à la Roquette.

Des groupes de déguenillés, de dépenaillés les suivent, s'appelant, s'interpelant, se sifflant les uns les autres.

Quelques enfants de douze à quatorze ans se consultent.

— Viens-tu, Polype ?

— Non ! c'est trop d'émoss...

— Propre à rien !... Monsieur a des vapeurs ? Mais viens-y donc !... Faut voir tout dans ce monde... L'échafaud forme la jeunesse... Quand on est appelé à embrasser la veuve, faut la connaître.

La phalange des jeunes goupeurs suit la file.

La place de la Roquette regorge de monde.

Il est trois heures du matin. Sur la place, l'échafaud est dressé ; le charpentier y donne les derniers coups de marteau, avant que les acteurs ordinaires entrent en scène : le prêtre, le patient et le bourreau.

Le public attend derrière les gendarmes ; c'est une masse noire dans la brume, une foule houleuse, turbulente.

Dans cette mer humaine, les flots sont composés de gommeux, de filles maquillées, de goupeurs qui reviennent de leur travail de nuit. On y reconnaît, pressés côte à côte, le bellâtre au col cassé, le souteneur en blouse, les petites dames, sans profession. Le jour où le bourreau opère, ce public-là est toujours le même : odieux et obscène.

Des groupes de déguenillés les suivent!! (Page 180.)

Pendant qu'on se place, qu'on se tasse, qu'on se hisse, que d'autres encore grimpent aux arbres, la foule impatiente manifeste ses émotions par des lazzis de toute sorte.

La grande porte de la Roquette s'ouvre. L'heure sonne. Plus de cris, de huées et de chants. Il se produit un grand silence.

Verger paraît. C'est une masse inerte, inclinée sur le crucifix que lui présente l'aumônier. Le bourreau se place à droite ; au moment où le patient tombe entre les deux poteaux, Cadet murmure au Béquillard :

— Le ratichon est un flanchard ! Il ne sait pas piquer une tête ! Ah ! si c'était moi, on verrait bien !

Le couteau s'abat, le drame s'accomplit, et Béquillard répond à Cadet en train de fouiller un voisin :

— Je voudrais bien t'y voir !

Une voix derrière eux, celle d'un sergent de ville, leur répond :

— On vous y verra peut-être. En attendant, suivez-moi au poste.

Pendant que le Béquillard et le Manchot sont cernés par les agents qui les entraînent ; la foule s'écoule en continuant ses commentaires et ses lazzis.

XXXIV

CADET, PONCET ET SON AMI GIRAUD DE GATEBOURSE

En 1866, j'étais appelé à Versailles pour assister à l'exécution de Barthélemy Poncet, l'assassin du vieillard d'Argenteuil.

Quarante années d'exercice dans ma pénible fonction, m'avaient donné auprès des exécuteurs de la loi une certaine notoriété.

Au moment de l'exécution de Poncet, j'étais requis au chef-lieu du département de Seine-et-Oise pour préparer les bois de justice. Il s'agissait, au profit de Monsieur de Versailles, d'exercer mon expérience de mécanicien, comme je l'avais fait autrefois pour l'exécution de Dumollard.

Je m'étais donc empressé, sur un ordre du ministère de la justice, conjointement avec mon collègue de Versailles, de dresser la guillotine sur la place de cette ville, après avoir fait réparer ses rouages usés et défectueux.

Je profitai des loisirs que me donnait mon séjour à Versailles pour aller visiter dans son cachot le fameux Poncet, récidiviste de Cayenne, dont l'épouvantable renommée émotionnait toute la France.

Je ne m'attendais pas, en allant au-devant de ce criminel, à trouver un homme qui devait m'entretenir encore d'un scélérat de ma connaissance, appelé à devenir le tourment de mes derniers jours.

Lorsque je pénétrai dans son cachot, je vis un homme de vingt-huit ans. Il avait le type gouailleur du vieux gamin de Paris, la voix traînante, le sourire sur les lèvres. La présomption se lisait sur ses traits effrontés. Il y avait en lui du troupier et du marin. Il avait la bouche grande, les yeux petits, très expressifs. Il avait la malice du singe, il en avait la vivacité.

Lorsque je me fis connaître à lui, il me répondit sans hésiter :

— Oh ! monsieur H..., je vous connais depuis longtemps de réputation, mais je ne croyais pas vous voir. Comment vous et Monsieur de Versailles vous vous mettez à deux pour me raccourcir, c'est beaucoup trop d'honneur, en vérité !

Pendant que Poncet me débitait ces paroles, il s'était tourné vers moi, délaissant un manuscrit qu'il était en train d'écrire, avant mon arrivée.

— Et comment me connaissez-vous ? lui demandai-je.

— Par Mayotte, me répondit-il.

— Qu'est-ce que Mayotte ?

— Mayotte, ajouta Poncet, mais c'est le gredin qui a tué l'homme d'Argenteuil et pour qui je vais porter ma tête à la *butte !* Mayotte, parbleu ! c'est Cadet le Manchot !

A cette déclaration, je pâlis. Je me reculai de Poncet, ne pouvant maintenir une exclamation de surprise et d'épouvante.

Poncet parut jouir un moment de mon émotion. Il me dit :

— Je comprends votre émoss... car je sais par Mayotte, ou plutôt par Cadet, ce qu'il vous doit depuis son bas âge où vous l'avez privé de son moignon ! C'est égal, pour un manchot, Cadet dit Mayotte n'est pas un maladroit. En attendant qu'il vous le prouve, il me l'a prouvé à moi, en me fourrant pour lui dans la lunette.

Je l'arrêtai en lui disant sévèrement :

— Je ne vous comprends plus.

— Bah ! monsieur H..., vous me comprendrez quand vous le voudrez. Pour ça, vous n'avez qu'à prendre la peine de lire mes *Mémoires*.

— Vous écrivez vos mémoires ? lui demandai-je d'un air d'incrédulité. railleuse.

— Un peu ! exclama-t-il avec suffisance. Et pourquoi pas ? Puisque l'on tait la vérité à l'empereur ? Puisque l'on s'obstine à prêter à Poncet ce qui revient à Mayotte, c'est-à-dire à Cadet, mon compagnon de Cayenne avec Giraud de Gâtebourse ; puisque tout le monde m'accuse ici par des mensonges, il faut bien que je fasse entendre la voix de la vérité ! Tenez, continua-t-il en me remettant son manuscrit, lisez-moi ça, vous connaîtrez ce dont Cadet est capable ! Demain, monsieur H..., en me rendant ce manuscrit, je vous compléterai mes mémoires. En attendant, lisez ce que j'écris sur les pénitenciers de Cayenne et sur leurs habitants. Je prouve que si des *malins* comme nous, étaient incorporés dans l'armée, ils feraient de fameux soldats. Il y aurait, avec ces *martyrs*, six mille hommes de plus sous les drapeaux, dévoués aussi bien à l'empereur qu'à la patrie. Ah ! si Sa Majesté savait ! En attendant, lisez, monsieur H..., ce que j'écris sur Cayenne. Il y a des détails que je crois très curieux. Ils ne peuvent que vous *intéresser, vous qui êtes de la partie.*

Je l'interrompis, en lui faisant observer que, vu le peu de temps qu'il lui restait à vivre, il devait bien avoir assez de penser à lui, sans songer à ses anciens compagnons de captivité.

— Bah ! bah ! ajouta-t-il en hochant la tête, — le brave aumônier m'a dit que j'avais encore deux jours de grâce ! C'est plus qu'il ne m'en faut pour compléter ce que j'écris à l'empereur. A bientôt, monsieur H..., en attendant le désagréable moment de vous saluer une dernière fois, en éternuant dans le son! A demain et au revoir.

Je m'en allai, en emportant son manuscrit. J'étais très désireux de connaître de nouvelles particularités de la vie de mon ennemi intime, Cadet le Manchot. Elles m'intéressaient bien plus que la vie de Poncet.

Je commençai à m'effrayer du hasard qui plaçait maintenant ce Cadet sur ma route. Était-ce un avertissement de la fatalité? Était-ce simplement une hallucination de mon esprit?

En rentrant à l'hôtel, je me mis à lire les Mémoires de Poncet. Ils me donnaient en effet, des détails très précieux sur Cayenne, sur la façon bizarre dont ce Poncet opéra son évasion, en compagnie de Cadet le Manchot, dit Mayotte, et d'un faussaire, Giraud de Gâtebourse.

Poncet, Cadet et Giraud avaient séjourné pendant trois ans à la Guyane; ils étaient payés pour la bien connaître, surtout en l'explorant en tous sens durant leur évasion.

Dans leur fuite, comme on le verra, Poncet et Cadet avaient laissé en route leur troisième compagnon, Giraud de Gâtebourse, mort dans les savanes, de la main de l'un d'eux.

Avant d'expliquer cette mort épouvantable, je dois signaler comment Poncet fait la description de Cayenne et de ses pontons. Après cette description prise sur le vif, j'arriverai, en suivant toujours les mémoires de Poncet, à parler de son évasion sur le plan de campagne tracé par lui et ses dignes amis : Cadet et Giraud.

Voici la description de Cayenne d'après les mémoires de Poncet.

Tout le littoral de la Guyane française n'est qu'un vaste pénitencier; les îles du Salut, situées à douze lieues en mer de la grande île de Cayenne, en sont les sentinelles avancées.

Les convois des transportés débarquent aux îles du Salut; ils sont dirigés, suivant leur aptitude, vers les différents points de la colonie.

A Cayenne, sont établis trois pénitenciers flottants, vieux navires de guerre, hors de service, dont le personnel est employé aux corvées du port et de la rade, au chargement et au déchargement des navires frétés par l'État, au nettoyage et à l'entretien des routes, aux ateliers du génie et des pontons respectifs.

Les pénitenciers sont commandés par des officiers d'infanterie de marine et sont soumis au régime militaire.

L'uniforme des transportés se compose d'une chemise et un pantalon de toile grise, d'un chapeau de paille. Le peloton de correction seul porte la chaîne et le costume traditionnel rouge et jaune.

Malheur au voyageur qui s'endort. (Page 186.)

L'effectif de la transportation est, depuis 1848, de 7 à 8,000. Les envois annuels de France n'ont fait que remplacer le vide que les évasions, les libérations, la mortalité opèrent dans les rangs des condamnés... C'est un mouvement de 5 à 600 individus par an.

Quoique l'île de Cayenne, par son contingent de prisonniers venus des îles du Salut, soit le point le plus peuplé et le mieux cultivé de la Guyane, il s'en faut qu'elle n'ait point de terrains perdus. Or, qui dit terrain perdu à la Guyane, dit terrain boisé.

A Cayenne, les habitations sont éparses, les taillis les enserrent, les bordent et les absorbent. Pour communiquer de l'une à l'autre habitation il faut faire des routes où l'on marche à la file indienne, c'est-à-dire en serpentant entre deux murs de feuillage.

L'île de Cayenne est enlacée dans le réseau hydrographique le plus étrange, par une suite de rivières qui la contournent avant de se jeter dans l'Atlantique.

Les petits avisos à vapeur peuvent seuls contourner les rives de

Cayenne et parvenir jusqu'à ses pénitenciers. Le cours de ces rivières est si étroit, il offre des coudes et des tournants si brusques que la navigation y est presque impossible.

Rien n'est plus étrange que la végétation exotique des Terres-Hautes.

Dès que les eaux des rivières de Cayenne ne sont plus influencées par les marées de l'Océan, les arbres nains des marécages font place aux géants de la forêt. Il arrive parfois que ces colosses se penchent l'un vers l'autre pour se tordre au-dessus des deux berges et pour ne plus former qu'une seule arche de verdure.

Du haut de ces branches enlacées, des paquets de lianes, des parasites pendent, se balancent au vent comme des girandoles de fleurs. Palmiers de toute essence, bois précieux, fleurs rares, s'embrassent au milieu d'une fastueuse exhibition, où la richesse s'unit à tous les caprices d'une végétation tropicale.

Mais malheur au voyageur séduit qui s'aventure sous cette arche de verdure, qui s'endort sous ce lit de fleurs odoriférantes : il a à redouter à la fois la morsure du serpent, la piqûre de la fourmi géante, le sucement du vampire.

Partout, dans ce pays ouvert aux réprouvés et aux forêts vierges, partout la mort est sous les fleurs.

Que de déportés, même dans leur île de Cayenne, après avoir longtemps tenté une évasion y renoncent, avant d'être sortis de leur résidence impénétrable. Quelques jours de courses forcées dans ces forêts dangereuses, leur démontrent qu'il vaut mieux regagner le pénitencier et subir leur châtiment que de s'acharner à poursuivre une entreprise presque insurmontable.

La côte de la Guyane ne vaut guère mieux que les hautes terres; elle est très mauvaise par le ras de marée si fréquent entre les îlots qui la défendent.

Néanmoins, la marine coloniale y déploie, par ses bâtiments à vapeur, une immense activité.

Les exigences de son service, sur un développement de quatre-vingts lieues, réclament l'emploi de six bâtiments à vapeur; ils suffisent à peine au mouvement constant de ce service.

Sur tout le littoral maritime de la Guyane, c'est un va-et-vient continuel de surveillants et de déportés. Ici, ce sont des soldats qui vont relever des gardiens; là, des surveillants changeant de résidence, voyageant avec leur famille, leur mobilier, et portant tout avec eux, comme le philosophe Bias. Oui, c'est tout un service de santé, venant des îles du

Salut, de l'hôpital ou du dépôt, pharmaciens, médecins, officiers de toutes armes, agents de tout grade.

Des religieuses de Saint-Paul de Cluny, des révérends de la Société de Jésus, des cantinières revenant du chef-lieu de la déportation et des îles du Salut, complètent ces équipages de transportés : marins noirs et blancs dirigés d'un point à un autre.

Mais cette activité ne dépasse ni le littoral ni les îles affectées à la transportation. Au delà des Terres-Hautes, ce ne sont plus que des savanes incultes, c'est-à-dire l'impénétrable, l'inconnu!

Sur les bords de Cayenne, comme aux îles du Salut, on ne voit que phares, clochers, pontons, maisons de refuge, hôpital et prison. A l'horizon, se dressent sur les rives des îles du Salut, des poteaux où viennent se fixer des prisonniers condamnés aux coups de corde, puis des maisons de bois surmontées de croix, où malades et moribonds attendent la mort.

Partout à Cayenne, de quatre-vingts lieues en mer, s'accuse l'image du travail forcé, de la sombre résignation et de la torture légale.

Cette torture, pour le transporté, ne finit qu'aux îles du Salut où se trouvent l'église, l'hôpital et les *piquets* des condamnés. En face de l'hôpital, un canot attend sur la rive le dernier râle du moribond. A Cayenne il n'y a pas de cimetière, la mer le remplace.

Quand un transporté est mort, il est mis dans un linceul de toile à voile, alourdi par quelques pierres. Un cercueil, le même pour tous, reçoit le corps; il est porté dans le canot qui l'attend à la pointe de l'île. Dès que l'embarcation a son funèbre chargement, elle prend le large; arrivée à une certaine distance, elle s'arrête; le cercueil s'ouvre, et laisse glisser à la mer son contenu.

La mer est l'unique et immense linceul réservé aux habitants de Cayenne. Encore ne l'ont-ils que pour un instant, car les requins sont toujours là pour guetter canot et bière au passage!

Après cette description de Cayenne, j'arrive à l'évasion de Poncet.

A l'époque où lui-même dépeignait ce lieu de déportation, Poncet était interné à l'île Royale; ses deux compagnons, Cadet et Giraud, étaient parqués à l'île de Cayenne.

On sait comment Cadet, après sa condamnation pour avoir voulu occire un surveillant de la Roquette, avait été envoyé à la Guyane.

Outre cette mauvaise affaire, Cadet comme Giraud avait été incriminé pour de nombreux faux. Entre Poncet, Cadet et Giraud, il existait, depuis longtemps, une association dont Giraud était le chef.

En faussaire émérite, il avait été condamné pour avoir imité pour plus d'un million de billets de la Banque de France. Ses complices, Poncet et

Cadet, avaient subi le même sort que lui, parce que non seulement ils avaient mis en circulation les faux billets, mais de la fausse monnaie.

Une fois tous les trois à Cayenne, ils s'étaient entendus pour travailler à leur évasion; leur but était de se rendre en Amérique, d'exploiter sur une grande échelle leur métier de faussaires où Giraud de Gâtebourse était passé maître.

Un jour Cadet et Giraud étaient parvenus à échanger leurs habits de forçats contre ceux de la colonie pénitentiaire, ils avaient pris un canot, ils attendaient au passage Poncet qui, à l'île Royale, avait imaginé un étrange moyen de rejoindre en mer ses complices.

Voici le moyen employé par Poncet, et qu'il décrit dans ses *Mémoires :*

Il avise, à l'île Royale, le cercueil qui sert à tous les morts voués aux requins de l'Atlantique, l'unique cercueil relégué au magasin de l'hôpital. Muni de quelques provisions, il se rend à ce magasin, en vue de la mer, et en sort la bière.

Pendant une nuit obscure, trompant l'œil des sentinelles, marchant ou rampant, portant ou traînant son cercueil, il le descend au rivage.

Là, il lance à la mer cette sorte de barque à Caron, s'y étend et se livre courageusement à la merci des flots.

Le lendemain, lorsqu'on s'aperçoit que Poncet manque à l'appel, aucune embarcation n'est absente; on suppose qu'il s'est noyé par accident ou volontairement. On ne songe pas à le poursuivre, parce qu'on ne croit pas à une évasion.

Poncet, en effet, faillit être noyé; lorsque ses deux amis, Cadet et Giraud, déguisés en marins, abordent, en pleine mer, la singulière caisse, elle est à demi submergée. Déjà deux énormes requins la heurtent par moments et semblent convoiter leur proie.

Ils y repêchent Poncet, à demi noyé, à demi mort et qui, pareil à Lazare, semble sortir de son tombeau.

Enfin, sa vie qu'il a mise pour enjeu dans sa fuite, lui est rendue. Et nos trois transfuges voguent à toutes rames vers la Guyane anglaise.

Malheureusement le courant les entraîne vers l'endroit qu'ils veulent fuir. Nos pauvres marins abordent, bien malgré eux, le littoral de l'île de Cayenne.

Bon gré mal gré, il faut que nos fuyards retournent dans ce lieu maudit. Pour ne pas être repris dans cet enfer, il n'y a qu'un moyen, s'aventurer dans les savanes. Mais, pour y arriver, il faut passer devant un gardien limitant les pénitenciers.

Les fuyards se concertent : Cadet, le plus déterminé des trois, n'hésite pas, après quelques instants de délibération, à tuer le gardien. Ils passent

Ce malheureux, sous le couteau du forçat, ne devient plus qu'un amas de chair. (Page 188.)

sur son cadavre, les voilà dans les savanes. On sait qu'elles sont pleines de dangers; après avoir erré dans des forêts inextricables sur des sables brûlants, ils sont aux prises avec des araignées crabes, monstres velus, gros comme des œufs de poule, dont les pattes ont six pouces de long. Elles courent sur eux. Pour s'en délivrer, ils n'ont qu'un seul moyen, mettre le feu à la forêt.

Ils s'avancent devant l'incendie, ils y marchent comme ils ont marché sur les sables. Quand ils croient être au but de leur voyage, Giraud tombe épuisé sur le sol. La faim, la soif les talonnent. Cadet, le plus vigoureux des trois, fait une horrible proposition à Poncet, épuisé comme lui de fatigue et de faim. Il conseille à Poncet d'en finir avec Giraud, de le tuer, puis de le dépecer pour être mangé par eux.

Poncet tressaille d'horreur, il déclare qu'il défendra, au péril de sa vie, celle du malheureux Giraud; bientôt il s'affaisse à côté de lui, Cadet profite de son évanouissement pour égorger Giraud, déjà inanimé.

Ce malheureux, sous le couteau du forçat cannibale, ne devient plus qu'un amas de chairs sanglantes, dépecées, triées, mises à part pour être dévorées.

Lorsque Poncet revient à lui, il voit l'horrible spectacle que lui offre le crime de Cadet ! Celui-ci lui propose de partager l'ignoble repas qu'il lui a préparé.

Poncet, à bout de forces, pour ne pas mourir de faim, mange son ami, il imite Cadet ! Une fois les cannibales rassasiés, ils enterrent les derniers restes de la victime qui passe pour avoir été mangée par les crabes !

Réconfortés par le cadavre de leur ami, les fuyards continuent leur route : mais Cadet seul parvient à se sauver. Poncet est repris, pendant que Cadet gagne l'Amérique septentrionale.

Malgré les tortures, malgré les horreurs de sa fuite, Poncet, ramené aux Pénitenciers, en a pour cinquante coups de corde, punition ordinaire de tout transporté qui essaye une tentative d'évasion.

Mais Cadet, une fois libre, pense encore à son ami Poncet; il lui fait recommencer par un de ses camarades évadés, une nouvelle fugue; cette fois elle est couronnée de succès. Poncet gagne les États-Unis par la Floride.

C'est au moment de la guerre entre les États du Nord et les États du Sud. Cadet fait engager avec lui son ami Poncet dans les troupes fédérales; tous les deux vendent leurs bras à la cause de la liberté.

Ils se battent comme des lions, du moins c'est ce que dit Poncet dans ses *Mémoires*; voilà qui confirme son opinion que, si les six mille forçats de Cayenne étaient incorporés dans l'armée, *ils feraient de fameux soldats*.

La guerre cesse, Cadet lui conseille de ne pas rester inactif. Il faut revenir en Europe. A défaut de Giraud, mangé par eux, Cadet reprend son emploi auprès de son ami Poncet, et se fait son chef de file.

Ils quittent ensemble l'Amérique pour gagner l'Angleterre. Ils fuient New-York, ils se rendent à Londres. Il leur faut une victime digne d'eux, capable de les faire riches pour le reste de leurs jours.

Cette victime, ils la rencontreront à Londres, c'est ou ce sera le vieillard trouvé assassiné à Argenteuil.

Là s'arrêtaient les *Mémoires* de Poncet, en signalant Cadet le Manchot comme ayant été dès son jeune âge son plus mauvais génie !

XXXV

L'ASSASSIN DU VIEILLARD D'ARGENTEUIL

Le jour suivant, je m'empressai de retourner à la prison de Versailles, pour revoir Poncet et lui rendre son manuscrit.

Il n'avait plus qu'un jour à vivre. Son pourvoi venait d'être rejeté. Je ne trouvai plus en lui cette assurance qu'il avait encore la veille.

Poncet était affaissé sur lui-même. Il paraissait très abattu. Il avait espéré jusqu'au dernier moment qu'il aurait été renvoyé à Cayenne pour y rêver encore la délivrance.

Maintenant l'heure de l'expiation était arrivée.

Les ravages d'une mort anticipée se lisaient sur ses traits tirés, presque cadavériques.

En une nuit, ses cheveux avaient blanchi.

Poncet avait vingt-huit ans, il en paraissait cinquante.

Ce phénomène, opéré par la peur de la mort plutôt que par le remords, s'opère presque toujours sur tous les condamnés, à l'heure de leurs derniers moments. Je l'ai observé bien souvent.

Quand Poncet me revit, il me dit en hochant la tête :

— Je viens de revoir l'abbé Falletz, l'aumônier, et je n'ai plus besoin de vous donner la suite de mes *Mémoires*; la presse et *la voix de la renommée* m'ont assez fait connaître. Maintenant ces *Mémoires* appartiennent au parquet. Je croyais qu'on aurait eu pitié de mes malheurs causés par *l'entraînement* et l'on *me butte!* C'est la faute à Cadet! C'est très malheureux pour moi et pour la *société*; j'aurais pu lui rendre les plus grands services. Enfin, n'en parlons plus !

Il passa la main sur son front en poussant un gros soupir. Puis se ravisant au moment où j'allais prendre congé de lui, il m'arrêta et ajouta :

— Tenez, monsieur H..., rendez-moi un dernier service. Veuillez vous charger vous-même, si vous le voulez bien, de porter mes *Mémoires* au parquet, après en avoir terminé la lecture. C'est le dernier vœu que vous adresse un condamné sur le bord de la tombe. Si je meurs si tôt, c'est la faute à ma mère et à Cadet. Je ne dis plus comme hier que Cadet a tué l'homme d'Argenteuil; mais je soutiens que, sans lui, le *vieux* serait encore vivant. Sans ma mère, ma *gueuse* de mère qui ne m'a pas pardonné ma première faute et qui m'a poussé dans les bras de Cadet, je ne serais pas ici.

En achevant ces mots, Poncet étouffa un sanglot; il me remit ensuite la seconde partie de ses *Mémoires*, qu'il joignit à la première que je venais lui rapporter.

Avant de les déposer entre mes mains, il les signa de ses noms : *Barthélemy Poncet*.

Il les précéda de cette phrase :

Fait dans la cellule des condamnés à mort à la maison de justice de Versailles, le 22 janvier 1866.

Poncet, comme tous les criminels, était un grand orgueilleux. Il se persuadait que le monde entier était en contemplation devant son odieuse personnalité.

En terminant la lecture de ces *Mémoires*, j'appris de nouveau que Poncet était un des nombreux élèves de Cadet, enrégimenté depuis son jeune âge dans sa bande de faussaires, où le Manchot n'était connu que sous le nom de Mayotte. Je sus qu'abandonné par sa mère, dès son adolescence, il s'était livré au vol, puis au crime, conduit par Cadet et sa bande de vauriens.

Poncet (Barthélemy) était né en 1837, d'un nommé Lacoche, capitaine adjudant-major du château de Saint-Cloud. Enfant naturel, il avait été reconnu par Poncet, qui avait épousé sa mère, une femme légère, tenant un cabaret au Petit-Gennevilliers.

La cabaretière n'était aimable, disait-on, que pour ses clients. Le père Poncet buvait son fonds pour s'étourdir. Le fils, à quinze ans, désertait le foyer paternel pour courir avec une troupe de jeunes drôles.

Poncet prétend, dans ses *Mémoires*, que c'était pour ne pas assister aux scènes de brutale jalousie entre sa mère et son père d'adoption, qu'il fuyait le foyer paternel.

Un jour, en se rendant au pont d'Iéna, il fit connaissance de Mayotte, le vieux Cadet flanqué de son inséparable Béquillard.

Ils étaient, tous deux, chefs d'une bande de rôdeurs qui, dans les moments difficiles, cherchaient un asile de nuit sous les ponts, ce qui les faisait dénommer sous le titre caractéristique : d'*Hirondelles du pont d'Iéna*.

Poncet plut à la bande et à ses chefs ; lui-même, par ses antécédents, ne pouvait que répondre favorablement à leurs avances. Poncet était très entraînant, très communicatif, très amusant par son entrain et ses saillies. Il devait être pour Cadet et Béquillard une précieuse recrue.

Le Manchot et le Béquillard ne pratiquaient pas que le vol à *la détourne;* ils faisaient en grand, l'émission de la fausse monnaie et des faux billets de banque. Cadet et Béquillard étaient les mystérieux émissaires d'un

Ils se trouvèrent en présence d'un vieillard. (Page 197.)

faussaire de province, le fameux Giraud de Gâtebourse. Celui-ci leur faisait parvenir, par des moyens détournés, les produits artistiques de son atelier de fausse monnaie.

Un jour, le jeune Poncet fut saisi par la police au moment où il essayait de mettre en circulation un faux billet.

Il n'avait encore que quinze ans. Une fois envoyé au Dépôt, sa mère refusa de le réclamer. Elle était heureuse de s'en débarrasser, comme elle venait de le faire de son second père. Poncet entra à la maison centrale de Gaillon. Il en sortit cinq ans après.

A peine dehors, il se retrouva nez à nez avec Cadet. Il n'avait cessé de s'inquiéter de lui, dans sa maison de correction, pour reprendre un si précieux auxiliaire, au moment de sa mise en liberté.

A sa sortie de la maison de Gaillon, Poncet alla retrouver son père, plus malheureux que jamais. Le cabaret tenu par sa mère avait été vendu par les créanciers.

Poncet se fit escroc, faussaire et voleur; en apparence, il était palefrenier dans les écuries de la maison de l'empereur et du prince Napoléon.

Il est pris une seconde fois dans l'exercice de son malhonnête commerce. Il est condamné à trois ans de prison.

Mayotte, ou plutôt Cadet, parvint à se soustraire à la justice avec sa bande et Giraud, le *Deus ex machina* de cette phalange de vauriens.

Cadet, en ce moment sous le coup de deux condamnations, ne tarde pas à être remis à l'ombre. Il entre à la Roquette, non comme le complice de Poncet, mais pour avoir commis un faux de cinq cents francs au préjudice d'un négociant de soieries.

Une fois ses trois ans accomplis, Poncet privé de Cadet *vole* de ses propres ailes. Il se met en rapport avec Giraud de Gâtebourse.

Poncet est pris de nouveau. Son arrestation est suivie de celle de son nouveau chef de file, l'artiste Giraud. A vingt-cinq ans, Poncet est renvoyé à la Roquette, en attendant de prendre le chemin de Cayenne en compagnie de Giraud et de Cadet. Ce dernier, qui subit la même peine que ses complices, est prêt à être dirigé comme eux au delà des mers, mais le Manchot peut dissimuler encore son prête-nom de Mayotte.

Cadet n'est accusé que d'une tentative de meurtre contre un de ses gardiens. Cadet, Giraud et Poncet feignent de ne pas se connaître.

On a vu par l'odyssée de ces trois coquins, comment s'effectua leur évasion de la Guyane. Une première fois, Cadet parvint seul à gagner l'Amérique septentrionale. Poncet, après des tortures atroces, est repris et ramené aux pénitenciers. Quant à Giraud, l'ordonnateur de la bande Mayotte, dont Poncet et Cadet sont les hommes d'action, on sait ce qu'il devient. Il est tué et bien mangé par ses compagnons cannibales.

Giraud mangé par ses amis, passe aux yeux de tout le monde pour avoir été dévoré par les crabes de la Guyane. Une fois Poncet et Cadet dans l'Amérique du Nord, une fois la guerre des États du Sud finie, ils rêvent par un nouveau crime le retour de la fortune.

Ils quittent l'Amérique, et ils se rendent à Londres.

Ils cherchent une nouvelle victime, ils la rencontrent en la personne d'un nommé Thomas Lavergne, un vieillard de soixante-dix-huit ans.

C'est Cadet qui combine, ourdit ce crime et Poncet en deviendra l'exécuteur.

Ce Thomas Lavergne partait pour la France, après avoir touché en Angleterre une pension de vingt mille francs comme ancien commissaire civil de l'île Maurice. Cadet avait appris ces détails d'un serviteur de l'hôtel où Lavergne avait l'habitude de descendre. Il savait qu'après avoir touché sa pension, il partirait en compagnie de son frère et d'un domestique.

Nos gaillards ne quittèrent plus de vue le vieillard, suivi de son frère, un fou, d'un domestique, un éclopé. Ils guettèrent son départ. Ils le suivirent, et prirent le paquebot où s'embarqua Thomas Lavergne.

Par un convention passée entre ces deux gredins, Cadet se tint à l'écart, et ne se montra pas au *désigné*. Ce fut Poncet, très communicatif de sa nature, qui lia connaissance avec le vieillard.

Il ne tarde pas à le charmer par ses lazzis, par ses histoires de l'autre monde. Poncet avait beaucoup voyagé. Le vieillard qui, de son côté, connaissait bien du pays, était enchanté d'entrer en relations avec un Parisien plein d'entrain, connaissant à fond la capitale et les bons endroits, lui qui, par son long séjour en dehors de France, était brouillé depuis longtemps avec le nouveau Paris.

Alors Poncet se proposa de devenir son cicerone; Thomas Lavergne accepta son offre avec empressement et devint le compagnon du vieux Lavergne. Ils arrivent à Paris le 4 octobre 1865. Poncet, pour ne pas y être inquiété, a pris le nom de Gabriel.

Il descend avec le vieillard, son frère et son domestique à l'Hôtel de Buckingham.

Mais le propriétaire de cet hôtel voit avec répugnance Thomas Lavergne en si mauvaise compagnie. Ce faux Gabriel ne lui dit rien de bon.

Il sait que M. Lavergne a le cerveau très faible, il porte toute sa pension sur lui. Il craint, avec le chenapan qui ne le quitte plus, et pour la fortune et pour les jours de son locataire.

Poncet prend rendez-vous avec son nouvel ami pour le surlendemain, à propos d'une partie de plaisir à Argenteuil qu'ils ont arrêtée en arrivant à Paris.

Et il prévient Cadet; celui-ci l'attend rue Saint-Honoré, dans une maison où il a loué pour lui une chambre garnie. Les deux complices se consultent. Il est convenu que Poncet viendra prendre Lavergne à l'Hôtel de Buckingham pour aller déjeuner ensemble à Argenteuil. Cadet le suivra pour faire l'affaire au vieux.

Le jour dit, Poncet part de la rue Saint-Honoré, il prend Lavergne qui l'attend avec impatience. Il est accompagné de loin par Cadet, flanqué de son inséparable compagnon, le Béquillard.

Ils partent; Lavergne, comme toujours, emporte avec lui toute sa richesse en billets de banque cousus dans la doublure de ses habits, ayant plus de trois mille francs en or, enfermés dans un étui.

Cadet et Béquillard attendent patiemment la fin d'un copieux repas entre la future victime et son prochain meurtrier,

Le repas dure longtemps, jusqu'à ce que le bon Lavergne soit tout à fait gris. Enfin Poncet et Lavergne sortent du cabaret.

Poncet entraîne son compagnon vers le bois voisin. Il le pousse dans un taillis. Ses complices lui font des signes pressants où la menace se joint à la prière.

Poncet ne s'illusionne pas sur les gestes de Cadet et de Béquillard. S'il ne tue pas Lavergne, c'est lui qui sera tué. Il sait, depuis longtemps, ce dont Cadet est capable.

Le vieillard et le jeune Poncet se perdent dans les taillis. Personne n'est sur la route. La lisière du bois est gardée par Béquillard et Cadet aux aguets.

Un quart d'heure après, Poncet, les yeux hagards, les traits bouleversés, sort du bois. Il court, affolé, vers Cadet et Béquillard, il leur dit d'une voix sourde, brisée par la terreur :

— Ça y est !... Ça n'a pas été sans peine ! En faisant *floche*, le vieux avait des yeux qui me rappelaient ceux de Giraud tombant dans la savane. J'ai eu peur. C'est égal, j'ai le magot.

— Imbécile ! Il ne t'a pas mangé ! Et cette fois, nous ne te mangerons pas comme Giraud ! Toi, moi et Béquillard, nous nous contenterons de croquer son magot.

Les trois monstres s'empressent de laisser derrière eux le cadavre de Lavergne. Ils retournent à la maison de la rue Saint-Honoré. Ils se partagent les vingt mille francs trouvés dans les habits de la victime. Le soir, ils vont au bal Favié avec deux filles de leur connaissance, sous la surveillance de la police, une blonde nommée Julia, une brune du nom de Félicia.

Les trois complices se séparent à la sortie du bal, mais Poncet éprouve encore le besoin de s'étourdir, pour ne pas voir toujours le vieillard qu'il a assassiné, et dont les regards lui rappellent ceux de son ami Giraud. Poncet passe le restant de la nuit rue du Vert-Bois, dans la maison où Julia et Félicia se livrent d'ordinaire à leur commerce de prostitution. Il paye les filles en shellings. C'est ce qui le perd. Le lendemain la justice est saisie du crime commis la veille dans le bois d'Argenteuil.

Depuis la veille, le propriétaire de l'Hôtel de Buckingham était très inquiet de l'absence de son locataire, surtout après l'avoir vu partir avec le faux Gabriel. D'un autre côté, le hasard se chargeait de faire découvrir le cadavre du malheureux Lavergne. Voici à la suite de quelles circonstances :

Dans la matinée du 6 octobre, les frères Saillard, traversant le bois d'Orgemont, commune d'Argenteuil, virent, sur le bord d'un taillis, un

Philippe l'égorgeur!!!

homme étendu, dont l'immobilité leur parut suspecte. Ils s'approchèrent, ils se trouvèrent en présence du cadavre d'un vieillard dont la tête baignait dans une mare de sang.

A la partie inférieure du cou, une plaie profonde, s'étendant à droite jusqu'à la colonne vertébrale, avait été faite avec un instrument tranchant et avait dû produire une mort presque instantanée.

Le cadavre fut reconnu pour être Thomas Lavergne qui, la veille, était sorti avec un jeune homme dont le signalement répondait à celui de Poncet, dit Gabriel.

Cependant il fallut huit jours à la police pour découvrir que le nommé Gabriel cachait le récidiviste Poncet, un évadé de Cayenne, revenu à Paris pour ajouter au nombre de ses méfaits, un crime odieux.

Poncet se laissa prendre dans son domicile de la rue Saint-Honoré. Quant à ses complices, qui avaient conduit son bras, ils ne furent pas inquiétés, n'ayant jamais été vus avec Thomas Lavergne.

Jusqu'au jour de la publication de ses *Mémoires*, Poncet n'avoua pas

son meurtre d'Argenteuil. Aux assises, sa parole, ses allures, son attitude
ne le trahirent pas une minute.

Transféré à la maison de Versailles, Poncet nia son forfait, il ne rompit
le silence qu'en écrivant ses *Mémoires*.

Je crois que l'aumônier et moi, nous avons été les seuls à recevoir ses
aveux. A ses derniers moments, il attribue la cause de son meurtre à Cadet
qui, sans contredit, l'a conduit par la main jusqu'à l'échafaud ?

XXXVI

UNE EXÉCUTION A VERSAILLES

En arrivant à l'échafaud, Poncet n'avait plus cette crânerie faubou-
rienne qui, aux assises, dans la prison, ne l'avait pas abandonné une
minute. Le patient apparut, le corps porté par l'aumônier et un aide du
bourreau. Sa figure était livide, ses petits yeux qui, naguère, pétillaient
d'intelligence et de malice, s'étaient effroyablement agrandis. Ses joues
s'étaient creusées. Sa bouche dessinait, sur ses traits amaigris, un rictus
étrange qui le défigurait.

Pour ne pas voir le sinistre couperet suspendu sur sa tête, il se cour-
bait sur le crucifix que lui présentait l'aumônier.

En face de la bascule, sur le point de mettre sa tête sur la lunette,
Poncet se redressa, en paraissant faire un violent effort sur lui-même. Un
tremblement convulsif s'empara de tous ses membres ; il se recula, puis il
fit un geste comme un orateur qui s'apprête à haranguer la foule.

Cette attitude emphatique, presque grotesque à cette heure solennelle,
me parut étrange.

Je me demandais qui pouvait la provoquer ? Était-ce la vanité ? voulait-il
poser encore devant la foule ?

En jetant les yeux autour de moi, je me rendis compte de la nouvelle
attitude de Poncet. Elle lui était imposée par la présence de deux individus qui, dans la foule, ne le quittaient pas des yeux, depuis qu'il était sur
l'échafaud. A la vue de ces personnages, de ces deux monstres, je sentis
une sueur froide couler de mon front. Un froid mortel me passa aussi
par tous les os.

En reconnaissant ces deux misérables j'éprouvais une sensation cruelle
comme celle qui agitait le patient. Je tremblais.

L'un de ces monstres était Cadet le Manchot, l'autre son éternel Béquillard.

Ils venaient assister aux derniers moments de leur complice pour l'engager à bien *mourir*.

Cadet ne cessait d'avoir les yeux rivés sur ceux du patient. Poncet, dans la foule, avait été forcé de reconnaître ses complices; c'était à dessein qu'ils s'étaient mis en évidence, en face de l'échafaud, de façon à être remarqués de Poncet.

Celui-ci, sans doute, se revoyait encore avec eux, comme au jour où il tuait le vieux Lavergne sur la lisière du bois d'Argenteuil.

Maintenant, il tenait à prouver à ses complices qu'il *était un homme*. Son cynisme s'évanouit à la vue du fatal couteau. Poncet courba la tête, puis se jeta dans les bras de l'abbé.

En me retournant vers la multitude, du côté où j'avais entrevu le Béquillard et Cadet, j'entendis ce dernier s'écrier en haussant les épaules :

— Fainéant, va!

Pendant que le monstre lançait cette parole de dédain à Poncet, celui-ci était pris par les aides et couché sur la bascule. Le couteau retombait avec la rapidité de l'éclair. Justice était faite.

Au moment où un bruit sourd annonçait sa décollation, ses complices disparaissaient de la foule.

M'avaient-ils aperçu? Craignaient-ils d'être dénoncés aux agents et de répondre, grâce à moi, aux questions posées par Poncet, au sujet du crime d'Argenteuil?

Je l'ignore. En tous cas, après l'exécution de Versailles, un horrible pressentiment m'envahit. Il était causé par la présence de Cadet, qui ne me quittait plus depuis mon entrée en fonctions à Paris.

Sa présence était-elle un avertissement du sort que ce monstre me réservait?

XXXVII

PHILIPPE, LEMAIRE, AVINAIN ET FILON

De 1866 à 1869, je vis passer successivement dans la cellule des condamnés à mort, quatre homicides, de véritables monstres!

Si, au dernier moment, ces êtres pernicieux n'expient pas tous sur l'échafaud leurs exécrables forfaits, si le plus jeune d'entre eux obtient grâce de la vie, ce n'est pas pour cela le moins féroce: son jeune âge est sa seule excuse.

Lorsque l'empire touchait à son déclin, les crimes s'accumulaient de plus en plus sur la société inquiète; ils semblaient faire pressentir la tempête qui allait pulvériser un trône.

A *Philippe*, à *Lemaire* à *Avinain*, à *Filon*, ces meurtriers cyniques qui plongeaient dans la terreur et dans le deuil tant de familles, allait succéder l'odieux Troppmann. Troppmann, cette bête féroce qui laisse derrière lui huit cadavres.

Philippe, l'assassin des filles publiques, sème par ses meurtres une véritable terreur dans le monde de la prostitution.

Lemaire, à vingt ans, confond par son cynisme les magistrats appelés à le punir. Ce meurtrier n'a qu'un regret, en tuant la future de son père : n'avoir pu être parricide et n'avoir pu anéantir d'un seul coup toute sa famille.

Avinain, le dépeceur de cadavres, aspire jusque dans son cachot à faire d'autres victimes, après avoir porté la mort dans de nombreux foyers. Il se vante de son procédé, qui consiste à dépecer les membres de ceux qu'il assommait ou assassinait, avant de jeter à la Seine leurs membres épars.

Filon, enfin, égorge sa bienfaitrice, la servante d'un membre de l'Institut, et il regrette aussi de n'avoir pu tuer son maître !

Je vois encore Philippe, l'égorgeur. C'était un homme de moyenne taille, à la face sombre, un peu grêlée, marquée d'une balafre qui le rendait hideux. Il avait les yeux d'une vivacité extraordinaire, sa bouche dessinait un rictus farouche.

C'était bien l'être sanguinaire et lascif, accusant tous les instincts de la bête, il tournait et retournait sans cesse dans sa cellule, en vacillant des pieds et de la tête, comme l'hyène dans sa cage. Sa figure ravagée, martelée et couperosée, indiquait que l'ivrognerie avait développé sa lubrique férocité. Il était horrible à voir avec sa face et ses allures de félin.

Philippe, très brun de visage, portait, pour ainsi dire, le deuil jusque sur sa peau. Comme pour ne pas tromper ceux qui tremblaient à son aspect, son bras gauche était orné d'un tatouage représentant une étoile au-dessous de laquelle étaient gravés ces mots :

Né sous une mauvaise...

Quant à Avinain, ce monstre était un autre type, moins répulsif peut-être, mais plus effrayant encore. Bien plus âgé que Philippe, — il avait soixante-huit ans, — Avinain avait conservé sa forte et puissante stature.

C'était la fille Mage, une nouvelle victime. (Page 202.)

Il avait une petite tête sur un grand corps, une tête d'oiseau de proie. Sa figure était rude d'expression, reevée par un front haut, énergique, un peu fuyant : son front était couronné de cheveux gris. Ses cheveux, encore abondants, faisaient ressortir d'épais sourcils noirs ; ils ombrageaient des yeux clignotants, enfoncés sous l'arcade sourcilière, et qui brillaient comme du diamant.

On ne pouvait soutenir l'éclat de ses petits yeux ressemblant à des yeux de vautour.

Lorsqu'il vous regardait, on comprenait le vampire ou la goule cherchant sur sa proie la place où ces êtres fantastiques prennent leur vie en donnant la mort. Il vous détaillait des pieds à la tête, ce dépeceur de cadavres ; il vous enveloppait de ses regards d'acier, aux reflets meurtriers, comme il devait envelopper ses victimes dont il dépeçait les membres, après les avoir assommés du premier coup.

Avinain, avec sa stature herculéenne, son cou de taureau, supportant sa tête d'oiseau, aux yeux sanguinaires, Avinain tenait de l'ogre, du tigre et du vautour.

Quant aux jeunes Lemaire et Filon, ils offraient les types de la dégénérescence moderne. Ils étaient bien l'image du voyou parisien : ils se rapprochaient de Poncet, avec beaucoup moins d'entrain et de crânerie.

C'étaient des garçons à la face glabre, au teint pâle et terreux. Le vice les avait dégradés avant leur maturité ; ils remplaçaient par le langage et l'allure cyniques, la force physique ; c'étaient des avortons du mal.

Ce fut dans la rue Sainte-Marguerite, que Philippe prouva sur le corps d'une fille publique ce dont pouvait être capable sa nature obscène et cruelle.

Oh ! cette rue Sainte-Marguerite ! Comme elle a servi de théâtre à des scélérats, imitateurs de cet égorgeur de prostituées. C'est la rue des mendiants, des chiffonniers et des filles. Il ne fait pas bon s'attarder aux environs de cette rue, la nuit venue.

Sur cette voie fangeuse, aux maisons lézardées quoique neuves, il y a autant de cabarets que de garnis, autant de garnis que de maisons de prostitution ; c'était là que Philippe, en 1866, opérait sa huitième œuvre de sang sur une fille.

Il ne travaillait jamais deux fois de suite dans les mêmes lieux. Pour s'assurer l'impunité, il savait choisir les bons endroits : les rues des *Filles-Dieu*, *Saint-Joseph* et *Sainte-Marguerite*, qui suent la misère, le vice et le crime.

Un matin, à cinq heures, des ouvriers descendent de leur garni de la rue Sainte-Marguerite. Ils entendent, de l'intérieur, pousser des cris lamentables ; puis, une voix d'enfant prononce ces mots avec des accents déchirants :

— Maman ! maman !

Un peu plus tard, une femme, cramponnée à la barre de la fenêtre, articule des cris rauques qui ressemblent à des râles. Le sang s'échappe de sa bouche, il coule le long de la muraille.

C'était la fille Mage, une prostituée, une fille-mère ; c'était une nouvelle victime de Joseph Philippe.

Après ce crime, la police ne put mettre la main sur ce tueur de filles. Pourtant la police constatait que c'était toujours de la même façon que l'inconnu assassinait ses victimes avant de les dévaliser. Il commençait par les étouffer ou les étrangler, il les achevait au moyen d'un instrument tranchant, le plus souvent avec un rasoir.

En 1866, Philippe étouffa et assassina encore la fille Bodeure, rue

Ville-l'Evêque, au-dessus des bureaux d'un commissaire de police! La fille Bodeure étant mariée, on incrimina un instant son mari, puis un vieillard, son protecteur.

Trois jours après, Philippe tentait d'étouffer, rue d'Erfurth, une dame artiste; mais la dame ayant mordu son assassin, celui-ci lâcha prise. Elle appela au secours. Le meurtrier n'eut que le temps de fuir. Arrivé rue Jacob, il fut pris par des voisins.

On trouva chez Philippe le rasoir qui avait tué les filles Bodeure, Mage et bien d'autres.

Plus tard, après que ce monstre fut arrêté dans la rue Jacob, il ne put nier ses crimes des rues Sainte-Marguerite, de Ville-l'Evêque, d'Erfurth, comme il nia les autres.

Lorsque j'allai trouver Philippe dans sa cellule, son impassibilité me frappa. En l'interrogeant sur sa tentative d'assassinat contre la dame de la rue d'Erfurth, il me répondit :

— Me croyez-vous assez bête, si je n'avais pas eu assez de la vie, pour m'être laissé pincer par cette péronnelle? Non, je suis plus malin que ça, mon passé le prouve. Mais, je le répète, la vie m'embête!

Ce monstre, comme tous les alcooliques, avait l'âme et le corps surmenés par tous les excès. Philippe fut un des rares patients envisageant le couperet sans trembler. Il monta sur l'échafaud sans le secours de mes aides. Il tomba sur la lunette sans forfanterie, sans peur, remerciant la mort qui lui tendait les bras.

Philippe avait trente-cinq ans ; Lemaire que je revis après lui, dans la même cellule, n'avait pas dix-neuf ans. C'était le même monstre, avec moins de mélancolie et plus de laisser-aller. Il avait assassiné sa future belle-mère, par jalousie.

L'acte d'accusation donne la mesure de la précocité de ce misérable, n'aspirant qu'à satisfaire ses plus ignobles passions. Son esprit étranger aux notions du bien et du mal n'était régi que par le matérialisme le plus révoltant. Il ne demandait qu'à jouir. Son esprit se révoltait contre tout ce qui entravait ses désirs ou sa cupidité.

L'acte d'accusation, prononcé en février 1867, donne bien la portraiture de ce cynique criminel. Le voici :

« Le père de Lemaire, dit l'acte d'accusation, serrurier en nécessaires, un veuf, habitait avec son fils, Charles Lemaire, une maison à la Chapelle, dont son père, âgé de soixante-neuf ans, était propriétaire.

« Charles Lemaire avait manifesté, dès son enfance, ses vicieux penchants. Il détestait l'auteur de ses jours qui le gourmandait sur sa paresse. Il lui répondait par des menaces. Celui-ci avait fini par en avoir peur.

« Le jour où mourut sa mère, il dit à son père :

« — Ça marchera mieux maintenant, nous avons une bouche de moins à nourrir !

« Lorsque son père, par crainte de son fils, voulut prendre une autre femme, dans la personne de la veuve Blainville, habitant aussi la même maison, Charles Lemaire s'opposa grossièrement à ce projet de mariage.

« — Le *collage*, dit-il un jour aux voisins, n'est pas encore fait devant l'autorité.

« Le 20 décembre 1866, un soir, Charles Lemaire ayant appris la décision formelle de son père, monta chez la veuve Blainville. Elle travaillait avec sa fille, de son état de blanchisseuse. Elle avait avec elle trois ouvrières. Il pria la veuve Blainville de descendre, en prétendant que son père la faisait demander.

« Ce soir-là, le vieil ouvrier était sorti ; dans la pièce où son fils attirait sa future belle-mère, il avait enfoncé un clou au mur. Il y avait attaché un nœud coulant pour y suspendre sa victime, une fois assassinée. Il avait préparé consciencieusement son meurtre.

« Dès que la trop confiante Blainville eut suivi Charles Lemaire dans la pièce du bas, des cris déchirants éclatèrent. La fille de la blanchisseuse reconnut la voix de sa mère.

« Avec trois ouvrières, elles descendirent jusqu'au rez-de-chaussée. Elles enfoncèrent la porte ; elles virent avec terreur Mᵐᵉ Blainville couverte de blessures, inondée de sang, qui tomba morte et comme foudroyée à leurs pieds.

« Charles Lemaire, les bras nus, couverts de sang, le couteau encore à la main, répondit aux quatre témoins pétrifiés et glacés de terreur :

« — Voilà comment j'ai arrangé celle qui voulait être ma belle-mère ! Je me venge et je regrette, après cette femme, de laisser trois autres personnes vivantes ! »

Le corps de la malheureuse ne formait plus qu'une plaie ; il était labouré de vingt blessures.

Lorsque ce monstre parait aux assises, il dit aux juges :

— Je ne regrette pas ce que j'ai fait ; et, si c'était à recommencer, *je ferais mieux.*

« La corde que j'avais attachée, ajoute-t-il, était destinée à y suspendre la Blainville. Je promettais à mon père la même cérémonie. J'avais à donner le compte à trois personnes, *mon père compris.*

Après sa condamnation, Lemaire, dans sa cellule, confond ses gardiens par son cynisme, comme il a confondu ses juges.

— Mon père, disait-il, en fumant constamment, mon père, ma future

Après l'avoir fait boire, il le tuait. (Page 206.)

belle-mère, la fille et son apprentie, c'était *Canaille et C*ie. En les tuant tous, je n'aggravais pas ma peine et j'en aurais eu *pour le même prix*.

Lorsque l'aumônier demanda à Lemaire s'il se repentait, il lui répondit :

— Jamais de la vie ! Je ne me repens que d'avoir été maladroit. C'est ma faute ! Je me suis trop pressé. En commençant par la blanchisseuse, j'ai raté mon coup ! Et papa qui me frustrait, en épousant la Blainville, papa, je le réservais *pour la pièce principale !*

Ce misérable ne posait pas en parlant ainsi ; il ne faisait que traduire ses instincts de bête fauve. Il ne recherchait que la satisfaction de ses appétits : l'amour du sang était une de ses plus irrésistibles voluptés.

— La société, en me tuant — disait-il souvent — aura peut-être son compte, moi qui ai manqué papa et sa concubine, je n'aurai pas le mien !

Avinain, le *dépeceur de cadavres*, qui le suivit quelques mois après, dans le même cachot, était un admirateur de Lemaire. Le vieillard assassin ne tarissait pas d'éloges sur cet enfant si sûr de lui, et qu'il avait connu à la Chapelle.

Avinain, le vieillard, Lemaire, l'enfant, étaient dignes de se comprendre.

Le système d'Avinain, le *dépeceur de cadavres*, était aussi simple qu'atroce. Il attendait aux environs de Paris, un voiturier, marchand de grains ou de fourrages, se rendant au marché; il lui demandait à acheter sa voiture. Il l'invitait à dîner en l'entraînant à son domicile qui se composait principalement d'un hangar ou d'une remise. Après l'avoir fait boire, il le tuait, en le frappant soit d'une grosse pierre, soit d'un marteau.

Avinain, je l'ai dit, possédait aux alentours de Paris, sur le bord de la Seine, quatre dépôts où il consommait ses tueries. Une fois le marchand de fourrages assommé, il opérait sur son cadavre la désarticulation des membres. Une scie, une hachette, après le marteau ou la grosse pierre, étaient *ses instruments de travail.*

Lorsqu'il fut envoyé à Cayenne, après six condamnations différentes pour vols, coups et blessures, il résolut, à son retour des pénitenciers, de profiter de son talent de découpeur de cadavres!

Une fois qu'il fut pris, après la découverte de deux corps mutilés par son terrible procédé, il dit à qui voulait l'entendre :

— On part voleur à Cayenne, on en revient assassin.

En effet, à Cayenne, il avait médité, entre forçats, sur l'art de tuer les gens sans laisser de traces.

Comme Lacenaire, Avinain avait rêvé au moyen de dérouter la justice, en dispersant, à divers endroits, les membres de ses victimes.

L'ancien boucher, le dépeceur des prisons centrales, assommait, découpait un chrétien comme il eût assommé et désarticulé un bœuf.

Pour ses atroces opérations, Avinain possédait, comme je l'ai dit encore, quatre hangars, le premier avenue Montaigne, le second à Asnières, le troisième à Levallois-Perret, le quatrième à Courbevoie.

A ces quatre domiciles, il était désigné sous quatre noms différents. Si l'on ne connaissait à l'actif de ce dépeceur de cadavres que trois victimes : les nommés Lecomte, Vincent et Duguet, tous les trois marchands de fourrages, il était évident qu'il y en avait bien d'autres dont les membres épars n'avaient pu être ni retrouvés, ni reconnus. Sans cela, pourquoi quatre domiciles?

Duguet, un vieillard de soixante-quinze ans ; Vincent, un jeune homme de trente ans, durent la mort au procédé de ce forcené.

Revenu de Cayenne dans le plus profond dénûment, après avoir subi depuis 1833 six condamnations, Avinain s'était bien promis, une fois en France, d'en finir avec la misère par des coups de maître.

C'était donc à Cayenne qu'il avait eu l'idée de jeter au vent et à la

Seine, les membres de ses victimes. Il s'était persuadé qu'on n'aurait pu jamais donner un nom, ni une forme à ceux qu'il devait tuer, décoller, découper, désarticuler.

Avinain se trompait.

Lorsque les membres du corps de l'une de ses victimes, encore sans tête, eurent été rapportés à la Morgue, ils furent reconnus par le fils de ce dépecé.

C'était le fils de Duguet. Il n'avait pas eu besoin de la tête de son père pour le reconnaître. Il l'avait deviné à ses mains qui étaient fort courtes.

Déjà, l'attention était très tendue sur le dépeceur de cadavres.

Un nommé Lecomte, également marchand de fourrages, au moment de conclure un marché avec Avinain, s'était refusé de remiser sa voiture dans son écurie. Les allures farouches de son acquéreur, son expression sinistre, la solitude qui l'entourait, le voisinage de la Seine, lui avaient donné à réfléchir. Il était parti sans conclure le marché.

Lecomte parla avec terreur de la dangereuse rencontre qu'il avait faite à la Chapelle. D'abord on le qualifia de poltron, dans sa localité. Lorsque, plus tard, Duguet et Vincent, du même canton, eurent disparu, lorsque le fils Duguet retrouva le corps de son père, à la Morgue, il fallut bien que la justice tînt compte des dépositions de Lecomte qui, lui aussi, avait failli devenir la victime d'Avinain.

Sur le rapport de ce Lecomte, qui avait raconté comment il avait pu lui échapper, après lui avoir offert l'hospitalité, le marteau à la main, la police découvrit le meurtrier dans un de ses repaires.

Il nia tout. Mais le marteau que l'on trouva chez lui, avec lequel il avait frappé Duguet et Vincent, fut reconnu par Lecomte; de plus la femme et la fille d'Avinain signalèrent cet instrument pour leur avoir appartenu.

Cette fois Avinain était bien perdu; il était découvert par les siens et par des preuves qu'il croyait introuvables.

Dans sa cellule, Avinain disait souvent à ses gardiens.

— Si Duguet avait eu la main plus longue, on n'aurait pu m'accuser; si ma femme et ma fille avaient eu la langue plus courte, elles ne m'auraient pas conduit ici.

Jusqu'au dernier moment, il n'eut pas de défaillance. Il monta avec aisance les gradins de l'échafaud. Mais sa provision de courage s'épuisa devant les préparatifs des aides qui ne terminaient pas assez vite les apprêts de son supplice.

Sur l'échafaud, il les traita de lâches.

Puis entraîné par eux, il porta avec résignation sa tête sur la lunette : sa tête tomba au moment où il murmurait :

— N'avouez jamais, messieurs !

Quant à Filon, ce quatrième scélérat que je revis dix-huit mois après, dans la cellule de la Roquette, c'était un affreux et ignoble voyou. Il rappelait, comme je l'ai dit, le type de la crapule parisienne. Il était le souteneur d'une actrice de banlieue ; il vivait de son gain aussi bien que des largesses d'une servante, sa bienfaitrice, s'obstinant, en mémoire de sa mère, à le considérer comme son fils. Il lui fit payer cher sa mansuétude.

Filon avait une physionomie hébétée par le vice, enlaidie par le crime ; il ne lui manquait que l'audace de Lemaire dont il possédait le cynisme. L'abbé Crozes sollicita sa grâce auprès de l'impératrice. Filon l'obtint, en raison de son jeune âge.

Pourtant, cette grâce, il ne la méritait guère.

Ce misérable était aussi lâche que cruel : il avait tué sa bienfaitrice, sa seconde mère, parce que, en voyant celui-ci dans un moment d'ivresse, elle lui avait refusé de lui donner cent francs.

Alors l'odieux gamin se rua sur elle ; et, s'emparant d'un couteau de cuisine, il l'en menaça.

Cette servante de M. T..., membre de l'Institut, demeurant rue Mont-Thabor, connaissait de longue date les habitudes déplorables de ce mauvais sujet. Elle le recevait en cachette, à l'insu de son maître.

En voyant Filon, ivre, la menaçant d'un couteau, elle prit en pitié son acte désespéré ; elle eut le tort de le défier, en lui disant :

— Tu es trop fainéant, trop lâche pour frapper même une femme !

Et Filon, hors de lui, l'avait tuée. Derrière son cadavre, avec le même couteau, il forçait le secrétaire du maître de sa bienfaitrice ; il le dévalisait.

Plus tard, se vantant de son crime, il avait dit dans sa prison :

— Si M. T... était venu au moment où je *travaillais*, après avoir *refroidi* sa bonne, M. T... y passait.

Filon était aussi lâche que vantard.

Une fois que le généreux aumônier eut obtenu sa grâce, Filon dit à qui voulait l'entendre, et en parlant de ses juges :

— J'étais bien sûr qu'ils ne me feraient pas sauter la capsule ! Ils m'ont trouvé trop jeune. Ce sont eux qui le sont, eux que j'ai si bien menés *en bateau*.

L'ingratitude est le moindre défaut des Avinain, Lemaire et Philippe. Filon, en plus, avait la lâcheté, en moins, l'audace !

Il s'était grisé avec des femmes de mauvaise vie. (Page 213.)

XXXVIII

FÉLICIA ET JULIA

Une grande douleur me frappa, à la veille de l'exécution de Poncet.

Ce n'était pas en vain que j'allais voir Cadet, aux pieds de l'échafaud de son complice.

L'horrible pressentiment qui m'avait envahi, au moment où je faisais tomber la tête de Poncet, devait amener dans ma famille une épouvantable catastrophe. Elle n'était que le prélude des dangers que je devais courir par les représailles du monstre acharné à ma perte.

Cadet, en se levant devant moi, à l'heure suprême de l'expiation de Poncet, avait un double but : encourager son associé à bien mourir, me défier en m'épouvantant.

Je n'allais pas tarder à reconnaître les effets de sa vengeance.

J'avais un fils que j'adorais. Le misérable qui me suivait en me considérant comme sa proie, qui essayait de m'éclabousser par le sang des victimes que la loi m'ordonnait de verser, devait me punir dans la personne de mon enfant.

En attendant que le vautour me retînt dans ses serres, il me tenait par les miens : il me faisait payer la mort de son père et le supplice que, jadis, je lui avais infligé.

Après l'exécution de Poncet, je lui dus ma plus vive blessure. Elle n'était pas encore cicatrisée quand je tombai à mon tour, sous le coup de sa dernière vengeance.

Voici à quel propos :

On se rappelle que Poncet, après son meurtre sur le vieillard d'Argenteuil, s'était étourdi dans l'orgie, en compagnie de deux filles de joie, les nommées Julia et Félicia.

Julia était une blonde, au minois agaçant. Elle avait le nez à la Roxelane, la bouche souriante avec des dents de perle, le teint coloré sur une peau de satin. Grande, replète, la taille fine, elle avait des attraits qui contrastaient avec ceux de sa compagne Félicia.

Celle-ci était une brune aux yeux d'ébène, aux lèvres de corail, aux cheveux crépus, d'un noir de jais ; la première séduisait par sa grâce, la seconde par sa fougue. L'une captivait, l'autre domptait quiconque se laissait prendre à leurs irrésistibles charmes.

Ces femmes, jetées sur la fange de la prostitution par la volonté de Cadet et de Béquillard, n'obéissaient qu'à ces misérables. Ceux-ci, qui faisaient école d'assassins, se servaient d'elles pour mieux enchaîner à leur char leurs horribles complices.

C'étaient Julia et Félicia qui avaient décidé Poncet à tuer le vieillard d'Argenteuil ; c'étaient elles qui avaient bénéficié du produit de ce meurtre pour que ce bénéfice retournât dans les poches de leurs odieux soûteneurs.

Là ne s'arrêtait pas la perfidie de Cadet; et les galants exploits de ces Phrynés devaient s'étendre plus loin.

A l'époque où Julia et Félicia, après le crime d'Argenteuil, se trouvaient avec le meurtrier au bal Favier, un autre amant de ces filles s'y rencontrait aussi.

C'était mon fils.

Hélas! le pauvre garçon, déjà perdu de débauches, honteux du nom que je lui léguais, avait cherché, dès son adolescence, dans les plaisirs les plus condamnables, à oublier le terrible héritage qui pesait sur lui.

J'avais cherché à faire de mon fils un garçon bien élevé, instruit. Par malheur l'éducation et l'instruction qu'il avait reçues par mes soins n'avaient abouti qu'à l'éloigner de moi.

J'avais rêvé voir dans mon enfant un homme accompli, c'est-à-dire réunissant en lui, au suprême degré, toutes les belles et bonnes qualités de l'homme du monde ; hélas ! je n'avais réussi qu'à m'en faire un ennemi !

Non pas que mon fils eût un mauvais cœur, loin de là ; c'était un cœur honnête, mais c'était une tête faible. Il n'envisageait dans les bons exemples qu'il trouvait, au sein de sa famille, que des actes de réparation et de contrition faits en vue de me faire pardonner mon épouvantable profession.

La malignité publique n'avait pas manqué de lui montrer l'opprobre attaché à son nom et au mien. Il en avait été affecté par le vide qui s'était opéré dans le monde où ses instincts, son éducation et son instruction le portaient. Il m'en voulut des dons que j'avais développés en lui par orgueil et par affection paternels.

A quinze ans, il s'en était ouvert, à ce sujet, à Francis, mon aide. C'était à l'époque où ce déclassé était sur la fin de sa carrière, quand n'était plus qu'un ivrogne, perdu par son vice, après avoir été perdu par la faute de son épouse.

Hélas ! Francis, dans son état, n'était pas homme à relever le moral de cette jeune âme si tourmentée. Ce fut lui qui, le premier, le corrompit, en lui donnant, pour le consoler de ses humiliations, des goûts et des habitudes d'ivrognerie !

Mon fils, par respect ou par affection pour moi, n'osait se plaindre, en ma présence, du cercle d'opprobre dans lequel sa naissance l'avait parqué. Il s'en plaignait à Francis ; celui-ci, pour le distraire du chagrin qui le minait, le faisait boire.

Insensiblement, il lui prit son défaut, il eut le goût de l'absinthe. Bientôt l'abus qu'il fit de cette liqueur traîtresse dégénéra en passion. On sait les effets qu'elle produit sur les esprits les mieux trempés : le dégoût de la vie, l'irritation des désirs les plus funestes, forçant l'homme à rechercher des voluptés qui amènent, avec leurs satisfactions, la satiété, le mépris de soi-même, finalement, le suicide !

Francis ne mourut pas assez à temps pour arrêter mon fils sur la pente fatale où lui-même l'avait lancé.

A vingt ans, mon fils était un *buveur d'absinthe*. Il ne s'appartenait plus. Le monde qui l'avait repoussé d'abord par instinct, le repoussait maintenant par dégoût. Il ne recherchait plus que des dévoyés comme lui, se livrant aux plus détestables penchants.

Mon fils qui s'était éloigné de sa famille par excès de sensibilité, s'en écartait de plus en plus, pour se livrer à tous les désordres. Il retombait dans la lie de la société d'où j'avais espéré l'éloigner, en faisant de lui un homme d'éducation.

Et à vingt ans, mon fils était tombé aussi bas que son ancien professeur, feu Francis.

C'était là où l'attendait mon ennemi intime, Cadet.

Avant de me frapper, il voulait me poursuivre dans la personne de mon fils, qu'il tenait à m'arracher comme autrefois je lui avais arraché un de ses membres !

Ce que Francis avait entrepris pour posséder un compagnon de débauches, Cadet l'entreprenait encore par vengeance. Il y réussit, et voici comment :

En revenant de Cayenne avec Poncet, Cadet n'avait pas médité que le meurtre du vieillard d'Argenteuil. De concert avec Béquillard, il avait conçu le projet de s'attaquer à tout ce qui m'était cher. Non seulement, il tenait à faire de Poncet un instrument et une victime de sa cupidité, mais il tenait à faire de mon fils une victime de ses passions.

Sitôt arrivé à Paris, Cadet avait appris, par ses camarades de prison, la vie désordonnée que menait mon fils traînant son existence dans les cabarets les plus louches, dans les endroits publics les plus mal famés.

Alors il avait placé sur sa route, deux femmes, ses âmes damnées, qui vivaient de prostitution et qui échangeaient avec lui les produits de ses crimes. Lorsque sur les conseils de Cadet, Poncet s'était lié avec la belle Félicia, cette femme, toujours sur les insinuations du Manchot, avait jeté sa compagne Julia dans les bras de mon enfant.

A l'époque où Poncet tuait le vieillard d'Argenteuil, mon fils fréquentait avec Poncet, avec l'amant de Félicia, le bal Favier, et il était devenu l'amant de sa compagne, la blonde Julia.

Sans connaître les sourdes menées qui avaient fait tomber mon fils dans les filets empoisonnés de l'odieux Cadet, j'étais à même de me rendre compte des désordres dans lesquels mon enfant se plongeait de plus en plus.

La plupart du temps il ne rentrait pas au logis ; s'il y rentrait, c'était à moitié gris. Par Francis, j'avais connu à quel genre d'ivresse il était en proie.

Ma colère, ma douleur contre lui seraient difficiles à décrire. Je lui faisais les reproches les plus amers ou les sermons les plus pathétiques ; mais ni reproche, ni sermon n'avait prise sur lui.

Sur le moment, lorsqu'il n'était qu'à moitié gris, mon fils me faisait le serment qu'il ne recommencerait plus sa vie de débauches ; une fois loin de

Des gens de police cernant la maison. (Page 214.)

moi il oubliait au fond du verre ou dans les bras d'une Circé du ruisseau,
tous ses beaux serments. L'ivrogne recommençait sa vie dégradante et
honteuse.

Je le répète, il ne s'appartenait pas. Il appartenait à la plus vile société
qui achevait d'étourdir sa raison, d'étouffer les derniers et généreux élans
de son cœur. Tout ce que j'avais mis de bon en lui, était parti. Il n'y restait que le venin que lui versait la débauche secondée par la haine mortelle de Cadet !

Mon fils était perdu. Une fois perdu, lui-même devait se condamner.

Le jour où il prononça sa sentence, lors de l'affaire Poncet, devait être
très proche. Ce fut, inspiré par le remords, par l'orgueil, par un restant de
tendresse pour moi, que le malheureux se condamna.

Ce jour-là, je n'avais pas revu mon fils de la semaine, il s'était grisé
avec des gens et des femmes de mauvaise vie. Je savais tout cela. Car,
dans mon désespoir, dans ma douleur de le voir se perdre de plus en
plus, je l'avais fait suivre par l'un de mes aides.

Voici ce que j'appris par ce serviteur :

Mon fils avait été au bal Favier, en compagnie de deux filles et d'un autre garçon que j'appris être Poncet et les filles Julia et Félicia.

Après le bal, ils s'étaient dirigés tous les quatre, vers la rue du Vert-Bois où ils avaient passé la nuit dans une maison de prostitution.

A l'aurore, Poncet en était parti, payant les deux filles avec les schillings qu'il tenait du vieillard assassiné par lui à Argenteuil.

Mon fils, qui n'était pas tourmenté par le remords comme son camarade Poncet, était resté avec Julia, à la maison de la rue du Vert-Bois.

Quand il voulut sortir à son tour et retourner au logis paternel, sa maîtresse le retint.

La jolie blonde avait sa leçon faite par Cadet; elle tenait à compromettre son amant, si la justice devait apprendre d'où provenait le gain de son compagnon de débauches.

En vain mon fils insista-t-il, en soutenant que le devoir l'appelait dans sa famille; Julia le plaisanta, elle lui dit, entre deux baisers :

— Nous avons peur de papa? c'est très aimable pour lui, mais très désagréable pour moi. Un intérieur de bourreau n'est pourtant pas si charmant, qu'on le préfère à l'alcôve d'une jolie fille! Après tout, ton père ne te donnera pas le fouet, ou ne te coupera pas le cou, comme il le fait si souvent pour ses clients?

— Oh! tais-toi, tais-toi, Julia, — lui cria-t-il avec rage, — tu sais bien, comme je te l'ai dit, que c'est la profession de mon père qui m'a fait ce que je suis?

— Alors, riposta la fille, ne m'oblige pas à te le rappeler en me quittant si tôt.

Ces paroles échangées entre mon fils et cette fille stylée par Poncet, me furent répétées par mon malheureux enfant, le jour même où il devait se condamner lui-même.

Obéissant à une fausse honte, il resta dans la maison de prostitution de la rue du Vert-Bois. Il s'abandonna à toutes les preuves de tendresse de cette Circé, jusqu'au moment où Félicia, sa compagne, vint, les cheveux ébouriffés, les traits altérés par la peur, les yeux hagards, l'avertir que des gens de police cernaient la maison.

Mon fils sauta, d'un air désespéré, au bas de l'alcôve. A peine eut-il passé un premier vêtement, qu'une escouade d'agents envahissait l'intérieur de Julia. L'un d'eux s'étant emparé de Félicia, désigna son compagnon, mon fils, et lui dit :

— Vous êtes le compagnon d'un assassin. Vous allez nous suivre avec ces femmes chez le commissaire.

A cette entrée des agents, à cette parole de leur brigadier, mon fils crut entendre résonner à ses oreilles comme le bruit d'un coup de foudre. Il poussa un cri déchirant et faillit se trouver mal.

Tout ce qu'il y avait d'honnête en lui se réveilla. Il voulut protester, se débattre au milieu des agents; mais comme les deux filles, il fut enlevé par ces agents, traîné avec elle chez le commissaire.

Celui-ci lui apprit qu'il était accusé, avec les prostituées, d'être le complice de l'assassin du vieillard d'Argenteuil, l'un des amants de ces femmes.

L'officier civil lui fit comprendre que la justice le soupçonnait d'être du meurtre, puisqu'il avait profité du gain du meurtrier ; mais en raison de la position de son père, afin d'éviter un scandale, on voulait bien ne pas l'arrêter encore; on se contentait de le tenir sous la surveillance de la police.

Mon fils pleura et protesta. Ses prières, ses protestations furent vaines. Le commissaire ajouta, en faisant conduire Julia et Félicia au dépôt, « qu'il devait s'estimer très heureux de ne pas les accompagner, jusqu'à nouvel ordre, à la prison de la Conciergerie ! »

Une fois libre, le désespoir de mon fils n'eut pas de bornes; lui qui s'était plongé dans le vice pour oublier la réprobation attachée à ma profession, il se voyait, porté par le vice, jusque sur les marches de l'échafaud, avec son compagnon de débauches.

D'une nature très exaltée, mon fils voyait grossir, par l'ivresse, ses dangers dans des proportions effrayantes.

Alors il se demandait quel aurait été son exécuteur et l'exécuteur de son camarade Poncet? Moi-même, son père !

Cette pensée lui donnait le vertige. Plutôt que de voir mon couteau le frapper et frapper son compagnon, il préférait se faire justice lui-même.

Un moment, chez le commissaire, mon fils ferma les yeux, il se demanda s'il pourrait marcher pour revenir jusqu'au logis paternel. Un nuage de feu brûla ses paupières. Son cerveau s'obscurcit : il s'appuya sur la balustrade du bureau de l'officier civil, pour ne pas défaillir.

Puis, comme un fou, sans avoir la conscience de ce qu'il faisait, il courut jusqu'à notre maison, poursuivi par les paroles du commissaire, comme Caïn fut pourchassé par les mots vengeurs de l'ange du Remords !

XXXIX

LE FILS DU BOURREAU

Depuis une semaine, je ne vivais plus, j'étais exaspéré. J'allais, je marchais comme si j'étais sur des charbons ardents. Mon fils qui ne revenait pas, remplissait mon âme de désolation, de dégoût et de colère!

Ma maison me semblait vide; cet enfant qui avait été, pendant si longtemps, l'objet de mon admiration, m'était devenu un objet de supplice; sa mère partageait, sans réflexion, mon excessive tendresse pour notre héritier. Elle lui pardonnait encore quand je ne lui pardonnais plus; et elle se désolait autant de mon chagrin que du départ de l'enfant prodigue.

Je lui cachais, autant que possible, l'abîme où il s'engouffrait de plus en plus depuis que l'absinthe paralysait son âme et son cœur; car son ivresse est terrible, plus terrible que les passions inavouables que l'on peut éprouver pour des filles de mauvaise vie.

La douleur de la pauvre mère pleurant l'abandon de son enfant, irritait encore mon désespoir, ma colère et ma rage.

Lorsque je vis revenir mon fils au logis, à la suite de la scène du commissaire, la face glacée, les yeux atones, les habits souillés et se tenant à peine, ma colère et ma stupéfaction n'eurent plus de bornes.

Je le regardai un instant, en frémissant d'indignation. Il ne semblait plus vivre qu'en dehors de lui-même. Il était comme un homme qui n'a plus la connaissance des lieux où il se trouve. Il s'avança vers moi, vers sa mère, sans manifester la moindre émotion.

Il ressemblait à un fantôme. Son visage inerte, ses yeux fixes n'exprimaient que l'hébétement.

Malgré ma colère, malgré la désolation de sa mère qui m'irritait, il me fit peur.

Les bras croisés, la voix enrouée par l'affliction et l'indignation, je lui demandai :

— D'où venez-vous, monsieur?

— Je ne sais pas! me répondit-il, en essayant de rattraper son équilibre.

— Vous ne savez pas?... Vous ne savez pas?... lui répétai-je avec une explosion de colère, pendant que sa mère élevait les bras au ciel; car la vue du piteux état de son fils la rendait folle de chagrin.

— Eh bien! moi, — ajoutai-je, en allant du fils à la mère, — eh bien

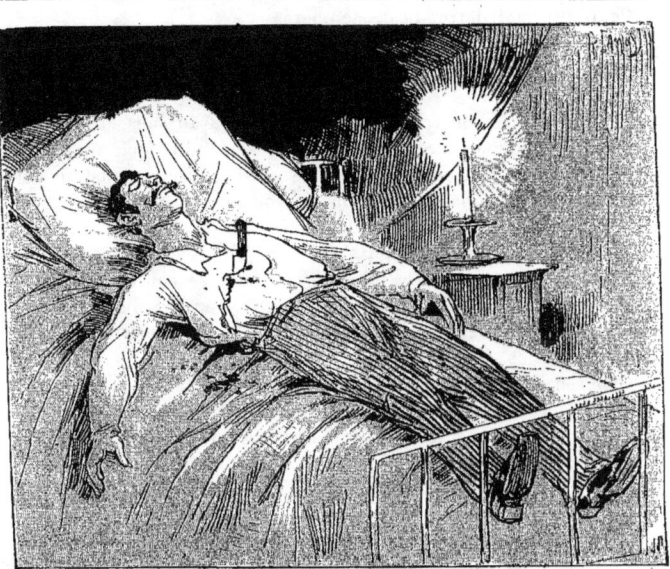

Le malheureux s'était frappé à la poitrine. (Page 219.)

moi, je le sais, misérable enfant! Car depuis deux jours, je n'ai cessé de vous faire suivre.

Mon fils courba le front. Un frissonnement convulsif courut par tous ses membres, une rougeur subite colora ses traits tirés et livides. Il porta la main à ses yeux. Il me répondit à travers des sanglots :

— Père! Ne me pardonnez pas, si vous le voulez, si vous jugez comme moi que je suis indigne, de pardon!... Mais, par grâce! embrassez-moi... embrassez-moi!

— Jamais, monsieur! me récriai-je avec mépris et en me reculant.

Devant mon indignation, il releva la tête, sortit la main de son front; avec des yeux fixes et suppliants, il me répondit :

— Prenez garde à ce que vous dites, père, prenez garde de vous repentir de vos paroles.

Je haussai les épaules et j'ajoutai :

— Quand vous aurez cuvé votre vin, quand vous serez en état de me répondre, je verrai ce que j'aurai à faire!

— Peut-être serait-il trop tard, mon père !

Sur ces dernières paroles, il me tourna les talons, conseillé sans doute par son entêtement d'ivrogne et comme un homme poursuivi par une idée fixe.

Le malheureux ! à l'heure où je lui parlais, il n'avait dans la tête que les menaces du commissaire ; son excessive sensibilité qui me l'avait éloigné de moi, ne pouvait plus admettre qu'après s'être soustrait par l'ivresse à la réprobation, il était sous le coup d'une réprobation bien plus terrible, bien plus avilissante encore.

Ne pouvant vivre depuis qu'il s'était compromis en fréquentant un assassin, il était revenu sous le toit paternel pour se soustraire à cette nouvelle honte. Il revenait au foyer paternel, ce refuge du devoir, de l'honneur, qu'il avait déserté par orgueil ; et il y revenait pour ne plus s'en éloigner par le vice.

Il comprenait enfin, un peu tard, la gravité de ses fautes.

Ah ! si j'avais compris ce qui se passait en ce moment dans cette âme orgueilleuse, aigrie et égarée, peut-être ne l'aurais-je pas tant rebutée et maltraitée !

Il semblait que la fatalité nous poussât, mon fils et moi, dans l'abîme ouvert sous nos pas par nos mystérieux ennemis.

Alors, mon fils me tourna brusquement les talons. Outré de son obstination que je considérai si insolente pour sa famille, je ne le retins pas, je n'allai pas à lui, je le laissai partir. Je me mis à la fenêtre que j'ouvris aussitôt, suffoqué par la douleur et la rage.

En ce moment, je me disais que mon fils était à jamais perdu pour moi. Je maudissais les sacrifices nombreux que j'avais entrepris en sa faveur pour en faire un homme accompli ; ce qui n'avait abouti qu'à le placer au niveau de la brute !

Hélas ! je ne savais pas voir si juste ; je ne pensais pas que, par mes rigueurs, j'accélérais les instants de sa perte en préparant moi-même le jeu de mon vengeur.

Pendant que j'étais à la fenêtre, frappant du pied, me mordant les poings de rage, le malheureux était couru au buffet. Il cherchait dans un tiroir, d'une façon fébrile, un objet qu'il ne trouvait pas.

Sa mère placée entre mon émoi et l'agitation singulière de son enfant allait du meuble à la fenêtre.

Son cœur était partagé entre ma colère et le désespoir calme, effrayant de son enfant.

Elle ne savait où aller, où courir, où se fixer.

Dans ces cruelles alternatives, mon fils était enfin parvenu à s'emparer d'un couteau. Profitant du moment où mon épouse était allée vers moi pour m'engager à ne plus tenir rigueur à notre enfant, celui-ci s'était emparé du couteau qu'il cachait sous son habit.

Lorsque pour m'attendrir, ma femme se rapprochait de la fenêtre, mon fils courait vers la pièce voisine, sa chambre; et le couteau à la main, il se jetait sur son lit.

Sans apercevoir la lame dont il s'était armé, je l'avais suivi de l'œil. Quand ma femme vint m'engager à répondre à sa prière, je lui répétai :

— Qu'il aille d'abord cuver son vin! Lorsque la fumée de l'ivresse n'obscurcira plus son cerveau, je verrai ce que j'aurai à lui dire, si, comme j'en doute, il lui reste dans le cœur un bon sentiment!

Je n'avais pas achevé que j'entendis derrière le mur un cri déchirant, comme un râle qui s'échappait de la poitrine de mon fils.

Ce cri, ce râle, je l'entends toujours ; son épouvantable écho n'a cessé de retentir dans mon cœur comme un glas funèbre. Il remplit encore mon cerveau. Il ne me quittera qu'avec le dernier jour de ma vie.

Ce râle était accompagné de ces mots qui sont restés gravés dans mon cœur ulcéré :

— Je meurs... Dieu, pardon! puisque mon père ne me pardonne plus!

Et ces terribles paroles accompagnant ce râle épouvantable, ma femme et moi nous nous étions élancés d'un bond spontané dans la pièce voisine.

Un horrible spectacle frappa nos yeux : Mon fils était étendu sur son lit, à peine défait, sa poitrine frappée par le couteau caché d'abord sous ses vêtements; le sang ruisselait de toutes parts, autour de lui.

Le malheureux s'était frappé à la poitrine en se jetant sur son lit.

Il s'était tenu parole; n'ayant plus trouvé de pitié ni chez le commissaire, ni dans sa famille, il s'était frappé chez ses parents pour éviter, en dehors d'eux, les rigueurs de la loi.

Ah! si j'avais connu tous les tourments de son cerveau affaibli, de son cœur perverti mais encore aimant; sans nul doute, je ne me serais pas montré aussi inflexible!

Ma femme et moi, nous nous jetâmes comme deux désespérés sur la couche sanglante de notre malheureux enfant.

La mère, égarée par la douleur, folle de désespoir, se roulait sur l'agonisant, elle se couvrait, en l'étreignant, du sang du suicidé !

Le pauvre enfant prit les bras de sa mère; ses lèvres décolorées les embrassèrent avec frénésie. Puis me donnant, dans son vertige, une vigoureuse poignée de mains, attachant sur moi ses yeux glauques et éteints, il exclama :

— Mon père !... adieu ! j'ai fait trop de folies, je ne pouvais plus vivre !

Il laissa retomber sa tête sur l'oreiller, sa poitrine se gonfla pour la dernière fois sous le couteau qui la traversait. Il jeta un soupir avec un nouveau flot de sang : il était mort !

Nous tombâmes à ses pieds en pleurant la perte de notre enfant, perte que j'attribuai d'abord aux détestables habitudes que lui avaient fait contracter mon ancien aide Francis.

Hélas ! je devais bientôt connaître la vérité et mesurer l'étendue de mon malheur. A la mort de mon fils devaient se joindre d'autres calamités. Je n'étais qu'au début de mes martyres réglés à l'avance par l'infernal Manchot.

XL

LE COMMISSAIRE ET LE BOURREAU

Lorsque le médecin que j'avais fait demander au moment où mon fils expirait, entrait à la maison, il était trop tard.

Je le répète, mon malheur ne devait pas s'arrêter là.

Le suicide qui venait d'avoir lieu dans mon intérieur devait être interprété d'une façon horrible.

Je n'allais pas être frappé que dans mes affections, j'allais l'être aussi dans mon honneur.

Le préjugé qui s'attache à ma sinistre profession n'a pu effacer l'horreur qu'elle inspire.

On exploita contre moi ce préjugé.

A peine le médecin des morts s'était-il rendu chez moi, en se faisant expliquer les terribles détails de ce suicide, que la justice se saisit de ce tragique événement pour s'en faire une arme contre ma personne.

Les funérailles de mon enfant furent retardées ; il fut procédé à une enquête motivée par la présence du commissaire qui se rendit à mon domicile, après la visite du médecin.

Qui obligea cette descente de l'officier civil dans ma demeure ? Une lettre anonyme, une lettre accusatrice qui ne pouvait provenir que des ennemis attachés à ma perte.

Cette lettre avertissait le commissaire que moi, le bourreau, exaspéré contre mon fils, je n'avais pas craint de m'en faire le justicier, continuant à mon foyer le rôle sanglant que j'exerçais, au nom de la loi, sur la place de la Roquette.

Je veillai toute la nuit à son chevet. (Page 224.)

C'était infâme, et plein d'invraisemblance. Mais les circonstances terribles de cette scène de famille pouvaient rendre, chez un bourreau, cette fable odieuse à peu près possible.

Ceux qui ne me connaissaient pas, qui gardent encore contre l'exécuteur des hautes œuvres, une opinion digne des anciens âges, pouvaient bien admettre une pareille barbarie.

Ce nouveau coup qui me frappait, ne pouvait provenir que de mes ennemis : ces ennemis, je pouvais les désigner par leur nom, ceux qui prenaient à tâche d'accumuler sur moi des accusations de toute sorte et des malheurs irréparables !

Ah ! Poncet, lorsque je le vis, pour la première fois dans son cachot, avait bien eu raison de dire qu'il me connaissait par Cadet ; et si mon fils n'était pas mort, peut-être lui aussi, eût-il été pris, comme ce Poncet, dans les trames sanglantes de Cadet, le faiseur d'assassins !

En se livrant à ses maîtresses, Julia et Félicia, mon fils n'avait pas eu

tout à fait tort, de craindre les ennemis qu'il s'était donnés à lui-même
en partageant leur dérèglement et leurs débauches.

Et moi, en leur devant la mort de mon fils, je devais aussi recevoir le
contre-coup de leurs visées criminelles !

Lorsque le commissaire entra chez moi, suivi d'un médecin légiste et
de son secrétaire, il me dit :

— Monsieur H..., excusez-nous si, dans des circonstances aussi pénibles,
nous avons un devoir encore plus pénible à remplir, en troublant ainsi
votre intérieur, déjà si attristé !... Mais nous agissons au nom de la loi.

— Au nom de la loi ! ripostai-je. Que voulez-vous dire, monsieur le
commissaire ? Qu'est-ce que la loi a à voir dans ma douleur ?

— Beaucoup pour moi, beaucoup plus pour vous qui êtes accusé injustement, j'aime à le croire ; cependant, comme la rumeur publique confirme
cette accusation, je suis bien obligé d'agir, au nom du Parquet.

— Je vous comprends de moins en moins, monsieur le commissaire.

— Vous me comprendrez mieux, repartit-il d'un ton sec, en me conduisant vers votre fils.

— Mais, monsieur, — lui ripostai-je sur le même ton, — avant de porter
mon pauvre enfant à sa dernière demeure, son corps n'appartient qu'à
moi ; la loi n'a que faire dans tout ceci, je pense?

— Vous voyez bien que si, puisque la loi, pour répondre aux accusations qui vous frappent, a retardé les funérailles.

Puis regardant d'un air d'intelligence son secrétaire et le médecin
légiste, il me dit sévèrement :

— Ne vous ai-je pas instruit que j'agissais au nom du Parquet? Laissez-
nous donc passer, en nous conduisant près de feu votre fils.

— A quel titre? lui demandai-je en le défiant.

— A titre d'accusé.

— Moi, moi un accusé ! le regardai-je, avec des yeux hagards.

— Oui, vous, un accusé ! reprit le commissaire en inclinant la tête, —
et si vous en doutez encore, — continua-t-il, en allant à la fenêtre d'où
j'entendis les rumeurs de la foule amassée sur la chaussée, — et si vous en
doutez encore, écoutez ce que crient les gens qui vous accusent comme
la loi.

— Mais de quoi, grands dieux ! De quel crime, suis-je donc accusé?

— D'avoir tué votre enfant !

— Moi !... moi ! — balbutiai-je en éclatant d'un rire forcé, en faisant
des gestes d'insensé ; oh ! c'est horrible, cela ! Moi qui donnerais ma vie
pour rendre les jours à mon fils, on m'accuse? On m'accuse d'avoir tué
mon enfant? C'est infâme ! c'est aussi odieux que ridicule ! Un père tuer

son enfant! mais c'est trop infâme, trop infâme, entendez-vous, monsieur
le commissaire, pour être vrai!

En disant ces mots, je bégayais, je riais, je pleurais; j'allais du rire
aux larmes en faisant des contorsions étranges. Mes sanglots aussi inco-
hérents que mon rire, témoignaient de mon délire. Ils finirent par toucher
le commissaire.

Lui et ses auxiliaires restèrent confondus devant ma douleur qui me
rendait fou, surtout par l'accusation qui l'irritait.

Enfin, me poussant vers la porte où le commissaire devinait que le
corps de mon fils reposait, entraînant ses aides avec lui, il reprit :

— Voyons, monsieur H***, soyez raisonnable! Dans votre intérêt,
laissez-nous faire notre enquête. Sinon je ne répondrais plus de vous !

Je courbai la tête, je m'avançai vers la pièce voisine, conduisant le
commissaire, le médecin et le secrétaire près du chevet du cadavre.

Aussitôt le docteur se mit à tourner, à retourner le corps en tous les
sens, il examina avec attention le couteau fixé dans la plaie. Le secrétaire
prenait des notes. L'officier civil considérait des pieds à la tête le corps
sanglant.

Pendant que le secrétaire écrivait, que le médecin regardait le couteau,
le commissaire ne cessait de fixer sur moi des yeux scrutateurs.

Je me croyais en proie à un épouvantable cauchemar, j'entendis le
commissaire me dire :

— Monsieur H***, votre fils a été frappé avec un couteau de table, chez
vous, avec un couteau semblable, sans doute, à bien d'autres que vous
possédez ; cela confirme la grave accusation qui pèse sur vous et dont je
suis porteur. Je veux bien croire que vous aimiez votre enfant; mais,
furieux de la vie désordonnée que menait votre fils, outré de le voir
répondre si mal à votre tendresse, à vos espérances, vous l'avez frappé,
peut-être à votre insu !...

A cette accusation, je poussai un cri qui traduisait l'indignation autant
que la douleur.

Le commissaire ajouta :

— Voilà, du moins, ce que certifie l'écrit anonyme qui vous accuse avec
la rumeur publique. Oui, peut-être l'avez-vous frappé dans un moment
irréfléchi, cédant à la violence de votre caractère! Et ce fils mort chez
vous, mort, frappé par votre couteau! tout cela donne plus d'apparence à
cette accusation. Répondez, monsieur H***, répondez donc dans votre
intérêt, dans l'intérêt de la justice dont vous êtes aussi l'agent impitoyable.
Répondez si vous ne voulez pas que nous soyons à notre tour aussi impitoyables pour vous-même!

— Que voulez-vous que je réponde ! hurlai-je en m'arrachant les cheveux de désespoir. — Que tout cela est affreux ! inhumain ! Accuser un père de tuer son enfant ! Ajouter à sa douleur une pareille torture ! Mais, c'est infâme ! infâme, entendez-vous ? C'est à douter de Dieu et des hommes ! pour avoir osé formuler une semblable accusation, il ne faut pas avoir d'entrailles !

— Disculpez-vous donc ! insista le commissaire, sans tenir compte de l'incohérence de mes paroles.

— Après tout, ripostai-je avec hauteur et rassemblant mes idées, qui m'accuse ?

— Cette lettre ? fit l'officier civil en prenant en pitié mon désespoir et sortant de sa poche une lettre dont je reconnus l'écriture.

— Cadet ! m'écriai-je, en dévorant des yeux l'écriture de ce papier. — Ah ! je m'en doutais. Il n'y avait que lui pour me ménager cette torture !

Puis regardant en face le commissaire, je lui dis :

— Eh bien ! continuez votre enquête ; pour qu'elle soit complète, allez interroger le directeur de la prison de la Roquette. Il vous dira comment j'ai sauvé la vie de l'infâme qui en voulait déjà à mes jours, avant de s'en prendre, par cette lettre, à mon honneur ! Oh ! cet homme se venge cruellement. Comme vous, en ce moment, en m'accusant d'être l'assassin de mon fils, il me fait bien du mal !... oh ! bien du mal !

Le commissaire me salua ; prêt à se retirer avec ses hommes, il me dit :

— Au revoir, monsieur H***, si cette lettre est de celui dont vous parlez, si M. le directeur de la Roquette confirme votre dire, j'en serai bien heureux pour vous.

— Soyez-en persuadé, monsieur le commissaire, lui répondis-je en le saluant à mon tour.

Une fois qu'il fut parti avec ses compagnons, j'oubliai ces hommes pour être tout à mon fils. Je me jetai sur son corps sanglant, déjà glacé et rigide. Je veillai toute la nuit à son chevet.

De temps en temps, en me dérobant à ma douleur, je pensai au bourreau de mon enfant, à Cadet, je me demandai quel nouveau châtiment ce misérable pouvait encore me réserver ?

Ce châtiment, je devais bientôt le connaître.

Troppmann fait descendre Kinck dans un château en ruines. (Page 228.)

XLI

TROPPMANN

En 1860, il existait entre la plaine de Pantin et les Buttes-Chaumont un étrange quartier : le quartier des Allemands. Il était habité par tous les prolétaires de la grande voirie : balayeurs, allumeurs et boueurs. Ils avaient pour compagnons de voisinage, des mendiants ou musiciens ambulants. Tous appartenaient à la patrie qui, depuis vingt ans, avait donné son nom à ce quartier singulier, rappelant, à peu de chose près, l'ancienne Cour des Miracles.

Une chapelle en bois dominait les nombreuses et basses cahutes qui s'étageaient sur son sol fangeux et inégal. Vagabonds et travailleurs de nuit y avaient dressé leur domaine. La police n'y pénétrait presque jamais.

Quoique les mercenaires du quartier des Allemands fussent en partie des salariés de la préfecture, la municipalité laissait à la police de leur pays, le soin de les surveiller. La police prussienne, surtout dans les derniers temps, n'y faisait son service qu'à bon escient et pour mieux encourager les siens à surveiller le pays ennemi qui les payait pour... le desservir.

Mais, à cette époque, notre incorrigible imprévoyance ne s'inquiétait guère de cette ruche allemande, devenue un foyer d'espionnage. Après tout, ces balayeurs, ces boueurs, ces allumeurs, tous ces serviteurs de la rue étaient d'utiles travailleurs. Ils ne boudaient jamais à la peine, marchant en escouades serrées pour exécuter leur rigoureux service, avec une régularité mathématique. Ils arrivaient en ligne, dès l'aube, ou à toute heure de nuit, leurs engins à la main, rangés comme les soldats les mieux disciplinés et les plus aguerris.

Soldats, ils l'étaient, en effet, ces milliers de balayeurs qui, pendant longtemps, nettoyèrent nos chaussées. Ils nous l'ont bien prouvé, quand ils sont revenus en France transformés en uhlans.

En 1869, et depuis neuf ans, Cadet le Manchot avait élu domicile au quartier des Allemands; ce qui expliquait pourquoi et comment il était parvenu à se jouer des rigueurs et des poursuites de la justice. Cet endroit était devenu pour lui, comme pour les criminels d'un autre âge, un lieu d'asile.

Ce n'était plus le cas de dire : « Autre temps, autres mœurs ! » Cadet, au quartier des Allemands, jouissait d'une inviolabilité absolue. Il la devait au double rôle qu'il remplissait vis-à-vis de ses compatriotes et de l'étranger.

Pour la police française, il s'était fait le mouton, c'est-à-dire l'espion de ses compagnons; pour la police allemande, il était devenu le délateur de ses compatriotes, si toutefois les forçats récidivistes peuvent prétendre à avoir une patrie.

Son ignoble et douteux métier lui permettait de narguer la surveillance qui l'entourait et qui se relâchait en sa faveur pour mieux lui laisser le libre exercice de ses nouvelles infamies. En servant, en apparence, la France et l'Allemagne, Cadet, en réalité, ne servait que ses intérêts.

Il se livrait à tous les méfaits imaginables au quartier des Allemands, de concert avec ses habitants les plus suspects.

Depuis quelques années, Cadet et Béquillard s'étaient mis en relation avec une famille de faux monnayeurs; ils faisaient passer d'Alsace à Paris les produits de leur mystérieuse et condamnable fabrique.

Cette famille, originaire d'Alsace, qui, pour les besoins de son dangereux métier faisait souvent le voyage de Paris à Strasbourg, c'était la famille Troppmann. Cadet et Béquillard en étaient les plus actifs intermédiaires.

Autant les chefs de la famille Troppmann, composée du père et de ses deux fils, étaient des gens invisibles, tant à Paris que dans leur province, autant Cadet le Manchot et Béquillard se montraient partout, aux endroits les plus fréquentés et les plus suspects de la cité parisienne.

Tantôt marchands ambulants, tantôt marchands forains, joueurs de bonneteau, saltimbanques, on les voyait se prodiguer sur nos promenades ou aux fêtes des environs pour passer leurs marchandises.

Leurs métiers ou leurs jeux servaient de prétexte pour faire aller de leurs poches dans celles de leurs dupes, la fausse monnaie de leurs patrons. Cette fausse monnaie, venue des Vosges, se répandait, grâce aux mains coupables de Cadet et de son compère, dans tous les débits de la capitale. Pour activer la circulation de leurs pièces de mauvais aloi, ils ne se privaient pas, dans tous les établissements publics, de provoquer la dépense et de faire orgie avec leurs complices ou leurs dupes.

Le quartier des Allemands possédait, dans différents centres de Paris, des établissements qui servaient de repaires à ses habitants : espions, voleurs ou assassins.

A Pantin, c'était la taverne du Chemin de l'Est. Au centre de Paris, rue Grange-Batelière, c'était la Taverne Britannique, tenue par la veuve B... Dans la première taverne se rendaient, d'ordinaire, les voleurs ou meurtriers qui méditaient un bon coup. Dans la seconde, les mêmes scélérats, après l'œuvre accomplie, allaient chercher un refuge.

Comme on le voit, le quartier des Allemands, au profit de nos ennemis, était toujours en éveil, prêt à déjouer la police française au profit de ses nationaux ; ils prenaient les devants pour dévaliser ou tuer un des nôtres, en attendant la prochaine guerre.

En 1869, nos hôtes s'apprêtaient à quitter leur repaire. Ils n'attendaient plus que la déclaration des hostilités.

Alors l'odieux Troppmann pouvait venir réaliser le plan de ses tristes assassinats, secondé par Cadet, Béquillard et d'autres habitants du quartier des Allemands, tous appartenant à la police prussienne, si supérieure à la nôtre.

Le père de Troppmann, meurtrier de la famille Kinck, et père du faux monnayeur qui, plus tard, fut condamné, était un inventeur distingué. Il était fort connu dans l'industrie manufacturière de sa province. Mais de mœurs suspectes, viveur et ivrogne, Troppmann père buvait tout ce qu'il gagnait. Il avait entraîné ses deux fils dans de condamnables métiers.

Troppmann, le père, n'avait pas eu grand mal à développer les mauvais instincts de son plus jeune fils, Jean-Baptiste. Celui-ci, en se rendant au quartier des Allemands avec l'auteur de ses jours, n'avait pas tardé à dépasser en scélératesse les agents Cadet et Béquillard.

Avant de retourner en Alsace avec son père, Jean-Baptiste Troppmann avait fait la connaissance, à Roubaix, d'un manufacturier nommé Kinck. Celui-ci, esprit très intéressé, s'était empressé de se lier avec le fils d'un inventeur dont les découvertes avaient enrichi son industrie. Il espérait par le fils prendre les secrets de fabrique du père.

De son côté, Troppmann n'hésita pas à répondre aux avances de père Kinck pour avoir sa fortune, soit par la force, soit par captation. Avant de retourner avec son père en Alsace, il fit part de ses criminels projets contre Kinck à Cadet et à Béquillard. Ils étaient dignes de se comprendre. Il les chargea de le seconder dans les trames qu'il se promettait d'ourdir contre cette famille Kinck.

Dès le commencement de l'année 1869, Cadet et Béquillard remplirent vis-à-vis du jeune Troppmann le même rôle qu'ils avaient joué vis-à-vis de Poncet.

Cette fois, Cadet le Manchot n'avait pas besoin de pousser Jean-Baptiste Troppmann sur la voie du crime. Il n'avait qu'à se placer à la hauteur de son gigantesque projet.

Ce projet consistait à anéantir toute une famille.

En retournant en Alsace, le fils Troppmann savait retrouver Kinck, qu'il avait vu une première fois, à Roubaix. Celui-ci l'attendait dans sa province pour bénéficier des inventions de son père.

Mais, en le retrouvant à Cernay, le jeune Troppmann lui dit :

— Il ne sagit plus de nous enrichir par des inventions chimériques, j'ai trouvé dans les montagnes des Vosges des filons d'or, qui nous permettront de réaliser une fortune immense.

Pour lui prouver ce qu'il avance, Troppmann fait descendre le confiant Kinck dans un vieux château en ruine au sommet des Vosges, où sont déposés quelque morceaux de métal.

Kinck est enthousiasmé. Il n'hésite plus à donner à Troppmann une procuration pour la vente de ses biens.

Il est convenu, devant cette prétendue découverte, que Kinck et Troppmann, sous prétexte de fonder en Alsace, à Guebwiller, un établissement industriel, exploiteront, en réalité, la mine d'or qui se trouve au fond des ruines du vieux château abandonné.

Troppmann fait jurer à Kinck de garder le secret le plus absolu sur leur découverte.

Tous trois étaient arrivés dans un champ désert. (Page 232.)

Ce fut ce secret qui le perdit.

Troppmann, muni de la procuration de Kinck, se promit de se débarrasser de ce dernier. Il exterminera ensuite toute la famille. Il commencera par Édouard Kinck, son fils, il terminera par les cinq autres enfants et leur mère.

Pour réaliser cet épouvantable et monstrueux projet, il lui faut des complices dont il soit sûr. Il ne peut les trouver qu'au quartier des Allemands.

D'Alsace, sur le premier théâtre de ses forfaits, il charge Cadet et Béquillard de préparer à Pantin, la nouvelle scène de sa terrible odyssée.

On va voir comment Troppmann agit à Cernay en tuant Kinck père; comment il suit un plan diabolique, en se rendant ensuite à Paris, pour tuer Édouard Kinck, le fils aîné de sa première victime.

Le fils Kinck tombe dans la plaine de Pantin, précédant les cinq autres cadavres de Kinck, accompagnés de leur mère!

En un mois se succèdent les péripéties de ce drame sanglant qui aboutit à l'anéantissement d'une famille. Troppmann traîne d'Alsace à Paris un long sillon de sang formé par huit cadavres.

Du reste, tous les meurtres du quartier des Allemands s'accusaient à cette époque, de la même façon, en laissant, sur le lieu du sinistre, une pelle et une pioche.

C'était, en ce temps-là, la signature symbolique, la marque de fabrique de ces épouvantables forfaits !

XLII

LES HUIT CADAVRES

La taverne de la rue Grange-Batelière, dite : Taverne Britannique, était tenue par une femme nommée Mme B..., une femme en lunettes, dont la figure placide et bonnasse était une vivante énigme. Âgée de quarante à cinquante ans, on la disait Anglaise ou Allemande. Elle parlait indistinctement, avec la même facilité, ces deux langues. Elle ne s'exprimait que fort difficilement en français.

La boutique était fermée par un double châssis vitré; elle laissait voir du dehors un petit comptoir de chêne où trônait, dans une désespérante immobilité, cette femme impassible, si impassible qu'on eût dit une figure de cire.

L'hôtesse, d'ordinaire, ne semblait prendre, en effet, qu'une médiocre attention à ses pratiques qui ne faisaient que passer dans l'établissement.

Tout était sinistre dans cet endroit mystérieux, sa tenture, ses meubles, son hôtesse et ses chalands.

La Taverne Britannique était le rendez-vous des filous étrangers : anglais et allemands que la municipalité de Paris ne voulait pas pour balayeurs, boueurs ou ramasseurs d'ordures.

Mais telle était la sollicitude du gouvernement prussien pour ses dévoués sujets, qu'il entretenait plusieurs établissements chargés de venir en aide aux futurs uhlans, en attendant que leur gracieuse souveraine leur fît construire un hôpital!

Or, le 8 septembre 1869, à huit heures du soir, Mme B..., qui n'avait jamais pu retenir le nom de son mari, causait à son comptoir avec un jeune homme de dix-neuf ans.

C'était un garçon à la figure candide, presque imberbe. Il avait les yeux doux et caressants, lorsqu'ils s'animaient, ils lançaient des éclairs sinistres. Sa bouche, qui se dessinait sous de fortes maxillaires, avait parfois un rictus effroyable, qui contrastait avec l'expression naïve de sa physionomie. Il rejetait avec coquetterie ses cheveux en arrière. Tout en parlant, il se tourmentait complaisamment l'oreille. Il avait les mains démesurées, hideuses, le pouce et les doigts trop longs. Ses membres musculeux donnaient un démenti à son attitude efféminée. C'était Jean-Baptiste Troppmann.

Derrière lui, à une table placée contre la porte, deux hommes qui faisaient semblant de boire, prêtaient une attention particulière à l'entretien de Troppmann et de Mᵐᵉ B...

C'étaient deux infirmes, à la tête ignoble, crapuleuse. L'un n'avait qu'un bras, c'était Cadet le Manchot. L'autre, placé à côté de lui, avec ses béquilles collées contre son corps, c'était son compagnon, son Pylade, l'inséparable Béquillard.

Alors Troppmann disait à Mᵐᵉ B... en regardant ses complices placés derrière lui :

— J'ai là derrière moi les hommes que j'attendais. Maintenant vous pouvez avertir les pays qui doivent me retrouver au Havre, vous allez les préparer à prendre leur billet pour la gare de l'Ouest.

— Très bien, répondit Mᵐᵉ B... en allemand. Je les verrai ce soir. Dès demain, ils vous attendront au Havre.

— J'y compte, fit Troppmann, en payant la consommation de Cadet et de Béquillard. Maintenant, il est temps de partir. Bonsoir !

Mᵐᵉ B... eut avec lui un geste d'intelligence en lui rendant sa monnaie. Troppmann lui tourna les talons.

Cinq minutes après, Cadet le Manchot et Béquillard quittaient avec leur compagnon la taverne de la rue Grange-Batelière.

Tous trois, prenant un fiacre, se firent conduire à Aubervilliers. Arrivés à cette commune, ils descendirent de voiture, chez un taillandier, un compatriote.

Troppmann et Cadet entrèrent chez l'industriel, laissant Béquillard à la porte.

— Monsieur, dit le compagnon du Manchot au taillandier, nous venons chercher les deux pioches et les deux pelles que je vous ai achetées il y a quatre ou cinq heures.

Le commerçant reconnut Troppmann et lui présenta les quatre outils, Cadet en prit deux et sortit.

Son compagnon l'imita.

Dès qu'ils furent dehors, Troppmann s'écria en entraînant Béquillard :

— Hâtons le pas, le train arrive à 10 heures 40, et nous sommes encore à une bonne distance de l'endroit où nous nous rendons.

Chemin faisant, tous trois causèrent à voix basse.

— Ainsi, demanda Béquillard, il y en aura six à refroidir, ce soir?

— Six, répondit Troppmann. Une femme, quatre garçons et une fille, six, c'est le compte.

— Il faudra commencer par le plus fort; la femme et les deux garçons? demanda Cadet.

— Naturellement, répondit Troppmann.

— Que ferons-nous des cadavres? ajouta Béquillard.

Cadet montra ses deux outils et se retourna vers Béquillard en disant:

Et ça?

— Compris, murmura ce dernier.

Tous trois étaient arrivés près de Pantin, dans un champ vaste et désert, limité par un long mur. Il faisait noir: un ciel orageux roulait de gros nuages poussés par des rafales de vent; les meurtriers marchaient à tâtons.

Troppmann s'arrêta devant un monticule de terre; il tressaillit, il se recula en s'appuyant sur le Manchot.

— Qu'as-tu? lui demanda-t-il.

— Nous venons de passer, balbutia Troppmann, sur un des membres de la famille Kinck!

— Tu dis? souffla Béquillard en frissonnant.

— Je dis que la famille Kinck a déjà deux personnes de moins. Le fils enterré ici, le père enterré là-bas, dans la future Prusse.

— Avec les six autres, dit Béquillard, ça promet!

— Qu'est-ce que c'est, reprit Cadet, que la nouvelle Prusse? je ne connais pas encore ce pays-là.

— L'Alsace! murmura Troppmann en s'arrêtant.

— Puis l'Alsacien éleva la voix et ajouta:

— Nous voici arrivés. Maintenant il s'agit de creuser les trous. A l'œuvre! Que les fosses soient faites lorsque je reviendrai.

— Sois tranquille! répondit Béquillard, crachant dans ses mains, avant de donner son premier coup de pioche.

Cadet, également armé, s'apprêtait, de son seul bras, à l'imiter.

L'assassin s'éloigna.

Les deux compagnons se mirent à l'œuvre. Ils commencèrent chacun à creuser une fosse qui mesura trois mètres carrés à la surface, sur quarante à soixante centimètres de profondeur.

Les assassins ivres de sang frappaient toujours. (Page 255).

Pendant que se préparait cette sinistre besogne, Troppmann arrivait à la gare du Nord.

Quelques instants plus tard Mme Kinck et ses enfants descendaient de wagon.

Troppmann s'était transfiguré. Il n'avait plus l'air d'un criminel préparant le plus lâche et le plus horrible des attentats.

C'était un ami de la famille envoyé par Kinck père à la rencontre de son épouse et de ses enfants.

Ce qu'il lui fallait, c'était amener ses victimes à l'endroit qu'il avait choisi. Il prit un prétexte qui lui servait depuis longtemps. Il dit à Mme Kinck que son mari était malade et qu'il l'avait prié de la conduire vers lui, à sa maison de Pantin. Comment ne pas croire les paroles d'un ami si complaisant? Comment se douter que cette main, qui se tendait pour faire descendre du wagon, la mère et les enfants, devait, quelques instants après, les prendre à la gorge, avant de les achever à coups de pioche?

Il héla un fiacre. Le cocher, un nommé Bardot, fit quelque peu la grimace en recevant sept voyageurs. La famille Kinck et Troppmann prirent place dans la voiture.

Durant le trajet de la gare à Pantin, rien entre les voyageurs ne se passa d'extraordinaire. Mme Kinck était avide de revoir son mari, Troppmann non moins pressé d'en finir. Il se montrait aussi charmant, aussi empressé, aussi rempli de prévenance que possible pour les enfants.

Arrivé près de l'endroit où l'attendaient Cadet et Béquillard, qui avaient achevé leur besogne de fossoyeurs, il fit descendre Mme Kinck et les deux aînés des garçons.

— Venez, madame, lui cria-t-il, en sautant le premier de la voiture et payant le cocher. Venez, Kinck vous attend ; nous sommes arrivés.

Il offrit la main à la mère, puis il prit les enfants dans ses bras ils s'éloignèrent.

A peu de distance du fiacre, tout changea de face, Troppmann venait de distinguer dans l'ombre ses complices qui l'attendaient.

Il se rua sur la femme, entoura son cou de ses larges mains. Il le lui serra comme dans un étau. La mère ne souffla pas, elle râla. Les enfants s'enfuirent.

Cadet en rattrapa un, l'étendit d'un coup de pioche à la tête et courut à l'autre avec Béquillard. Alors, Troppmann s'empara aussi d'une pioche, acheva sur place la malheureuse femme. En quelques minutes la mère et ses enfants furent horriblement mutilés et roulèrent dans les trous préparés par les complices de l'Alsacien.

— Aux autres ! souffla Troppmann, après sa première besogne achevée. Pendant que Cadet et Béquillard achevaient d'enfouir les corps dans les fosses, il prit les enfants qui, effrayés par la nuit et la solitude, se tenaient blottis les uns contre les autres.

Il saisit la petite fille. Il lui passa une de ses énormes mains sur la figure et descendit jusqu'au cou. Il lui appuya fortement le pouce sur le gosier. Il serra. Elle se débattit. Il serra encore. Elle cria comme ses frères :

— Maman ! Maman !

Il serra toujours. Elle se tut, muette, rigide, les bras contractés ; elle était morte.

— Et d'une ! cria Troppmann.

Mais ses deux derniers frères avaient aperçu Cadet et Béquillard. Ils se sauvèrent chacun d'un côté différent.

Ils se mirent à appeler, à crier aussi :

— Maman ! Maman !

Leurs cris furent entendus.

Alors au loin, tout au loin, venant d'une usine située à l'extrémité du champ, un chien hurla largement, de ce hurlement lugubre qui donne le frisson, de celui qu'on a nommé : « hurler à la mort ».

Pendant que les hurlements se prolongeaient, cette scène de cannibale se continuait. Les trois meurtriers frappaient à coups de talons, à coups de pioches les moribonds dans les fosses.

Les assassins, ivres de sang, frappaient, frappaient toujours, en ramenant la terre sur leurs victimes. La vue de ce carnage eût été terrible à voir, si la nuit sur la terre, si le ciel sans lune n'eussent couvert d'un double voile ce tableau hideux, impossible à décrire.

Le cocher, lui aussi, avait entendu les cris des enfants. Il s'était dit qu'il se passait un crime non loin du lieu où il se trouvait.

Il sauta de son siège, il courut dans la direction d'où partaient ces appels. Cadet entendit un pas pesant. Il se douta qu'il arrivait un inconnu.

Le cocher ne se doutait point qu'il était à deux pas d'un champ de carnage où trois assassins enterraient ou avaient enterré sept cadavres.

En entendant le pas du cocher, Cadet laissa Troppmann en train d'enterrer les corps et de les tasser. Il dit à Béquillard, qu'il poussa devant lui :

— Partons-nous ?

— Pourquoi ? répondit celui-ci.

Sans répondre à sa question, Cadet de son unique bras, lui envoya un vigoureux coup de poing, en lui criant :

— Tiens !

L'autre sentit le coup, mais ne comprit que lorsque Cadet lui dit :

— Crie donc ! animal ?

A deux cents mètres de la fosse, derrière, une scène lugubre entre toutes, se passa la lutte comique d'un boiteux avec un manchot.

Le cocher attiré par les cris que poussaient les deux combattants *pour rire*, arriva près d'eux pour les séparer.

— Pourquoi vous battez-vous ? leur demanda-t-il en les rejetant de côté.

Béquillard se gratta l'oreille. Instinctivement il porta la main à sa poche.

— C'est, répondit Cadet en comprenant le mouvement de son compagnon, c'est parce qu'il veut garder pour lui la recette de la journée.

— Quel métier faites-vous donc ? reprit Bordat.

— Nous ne pouvons travailler, répondit l'impudent Cadet. Nous sommes infirmes et nous mendions.

— Arrangez vos affaires comme vous pourrez! fit le cocher désappointé.
Il allait s'éloigner; il se ravisa :

— N'avez-vous pas vu passer un homme avec trois enfants? leur
demanda-t-il.

— Si, répondit Cadet. Il y a vingt minutes, ils doivent être loin. C'est
un bien brave homme, il nous a donné vingt sous.

Sur la réponse du complice de Troppmann, le cocher s'éloigna.

XLIII

L'ARRESTATION ET LA CONDAMNATION

Le lendemain de ces crimes, dont les victimes, enfouies dans le champ
de Pantin, en faisaient presque un cimetière, Troppmann ne songeait plus
qu'à jouir de ses forfaits. Il se disposait à gagner le Havre. Il voulait s'assurer si ses complices, tous au quartier des Allemands, l'avaient devancé
pour le faire partir sur un navire prêt à gagner l'Amérique. Il s'était
rendu à la taverne du Chemin de fer de l'Est. Là il avait appris que deux
de ses affidés, ses compatriotes, habitués de cette taverne, n'y étaient
plus. Donc Mme B... de la *Taverne Britannique*, la veille, ne l'avait pas
trompé. Ses protecteurs avaient été bien avertis par elle; ils étaient en
route pour aller l'attendre au Havre.

Troppmann n'avait plus qu'à se presser pour les rejoindre.

Maintenant il était maître de la fortune de la famille Kinck. Aucun
de ses héritiers enterrés au champ de Pantin ne pouvait lui réclamer une part de cette richesse. Le chef de cette famille n'existait pas
plus que ses héritiers. Ne l'avait-il pas empoisonné à Cernay, aux environs d'un vieux château où il lui avait montré comme appât les prétendus
produits de sa mine d'or et d'argent?

Désormais il s'agissait de déguerpir, avant la découverte du crime
qui ne pouvait tarder à avoir lieu en répandant l'épouvante dans Paris.

Un drame si habilement ourdi, de Roubaix en Alsace, d'Alsace à Paris,
n'avait jamais pu entrer dans le cerveau d'un garçon de dix-neuf ans qui
en avait été soi-disant l'auteur et l'exécuteur.

Une pensée collective avait dû concevoir le plan, l'agencement, la
perpétration de cette série de meurtres dont l'exécution avait lieu simultanément au Nord, à l'Est de la France, avant de s'achever d'une façon
aussi prompte qu'épouvantable, aux confins de la capitale.

Un gendarme lui demanda son passeport. (Page 237).

Encore Troppmann en a-t-il été réellement le seul exécuteur? Comme le dit Mᵉ Lachaud, son défenseur, « en eût-il été capable? Matériellement Troppmann n'aurait pu se trouver à la fois sur tous les lieux du meurtre. »

Il est inutile de rappeler comment, au Havre, le hasard se chargea de découvrir le meurtrier de la famille Kinck, quand, sous le nom de son fils aîné, il se préparait à s'embarquer pour l'Amérique.

Il fut arrêté dans un cas fortuit, par un gendarme qui lui demanda son passeport.

Tous les journaux de l'époque ont rendu compte des péripéties étranges qui amenèrent l'arrestation de Troppmann. On sait comment, après avoir été pris, il espéra se soustraire à la justice en se jetant dans le bassin du Havre. Sans un calfat qui se lança à la nage pour repêcher Troppmann, la mort l'eût ravi aux assises. Il n'était pas remis de sa chute qu'il fut ramené à Paris, au moment où l'on apprenait l'horrible massacre de la famille Kinck par un jeune homme de dix-neuf ans.

Une fois en prison, Troppmann joua la justice, qui attendait de lui des révélations pour découvrir le huitième cadavre enterré en Alsace.

Il voulait aller en personne dans sa province pour désigner l'endroit où avait été enterrée sa victime. En Alsace, il espérait par sa famille, et à l'aide de ses complices, s'échapper des mains de ceux qui le tenaient prisonniers.

Comme en haut lieu on connaissait l'intention de nos futurs ennemis, on chargea la police de faire ce que prétendait mieux faire qu'elle le rusé Alsacien.

La police ne fut plus entravée pour Troppmann comme elle l'avait été pour Jud. Elle trouva, après des recherches infinies, le huitième cadavre, c'est-à-dire le chef de la famille massacrée !

Ce dernier avait été au-devant de la mort en se livrant à son meurtrier. Dès que sa convoitise avait été mise en éveil, à la vue de la prétendue mine d'or signalé par Troppmann, Kinck était perdu.

Lui-même avait préparé son horrible destinée.

N'était-ce pas par les paroles qu'il avait dites à sa femme, à ses enfants, au sujet de la précieuse découverte du jeune Alsacien, que Troppmann avait pu composer une lettre par laquelle Kinck donnait rendez-vous à tous les siens à Pantin.

Alors Kinck prétendait, par l'intermédiaire de Troppmann, qu'il revenait d'Alsace riche et millionnaire. Il faisait partir sa femme et ses enfants de Roubaix à Pantin, où, soi-disant, il venait de fixer sa résidence. Là, toujours d'après le dire de Troppmann, il devait les entretenir de la brillante destinée qui les attendait.

On sait, en réalité, quelle était, pour l'assassin, cette destinée.

Le monstre avait bien suivi le plan qu'on lui avait tracé. Arrêté au Havre, il fut ramené à Paris et traîné à la Morgue. Il fut mis en présence de ses six victimes. Il ne se troubla pas ; et, avec un cynisme que nul ne surpassa, il les désigna toutes par leur nom au juge d'instruction qui l'interrogea.

Était-ce lui qui avait tué les six victimes ?

Alors qu'on lui fit cette question, Troppmann tressaillit. On crut qu'il allait nommer des complices.

Au lieu de dire la vérité, de nommer ceux qui l'avaient aidé à accomplir son multiple forfait, il répondit par une atrocité à la question déjà horrible qu'on lui avait posée.

— Est-ce vous, réitéra le juge instructeur, qui avez tué les six personnes ?

— Non, répondit-il, c'est M. Kinck et son fils.

Si habitué que fût le juge d'instruction aux réticences des criminels, il ne put maîtriser un mouvement de stupeur.

Quoi, ce n'était pas seulement un crime, c'était un parricide, c'étaient cinq infanticides.

— Vous mentez! s'écria le juge d'instruction.

— *Fous mendez!* ricana Troppmann. *Prouvez*-moi que je mens?

La première preuve qui lui fut présentée quelques jours plus tard, fut le cadavre d'Édouard Kinck, trouvé dans le champ de Pantin, à quelque distance de la fosse où reposaient les six membres de la malheureuse famille.

Lorsqu'on lui montra le corps du fils aîné de Kinck, Troppmann pâlit. On crut qu'il allait se trouver mal. Il n'en fut rien. A la question qui lui fut posée, il répondit :

— Eh bien! quoi, après tout, cela ne prouve rien. Sinon que le père aura tué son fils, après avoir tué sa famille.

Cette fois encore, il fallait lui mettre le cadavre du père sous les yeux, pour qu'il ne pût nier l'évidence.

On le chercha longtemps. Dans le champ de Pantin, dit « champ Langlois », qui fut retourné de fond en comble, on ne trouva rien, pas plus qu'à Roubaix.

Enfin, pressé de questions, le criminel finit par indiquer à peu près l'endroit où se trouvait le premier cadavre, aux environs de Guebviller.

Le crime et le criminel étaient connus. Il restait à découvrir les complices. Étaient-ils deux, quatre, six? Leur nombre égalait-il celui des victimes?

Mais des complices veulent une entente? et une entente, cela donnait lieu à des commentaires. Le gouvernement, battu en brèche par l'opposition, ne voulait pas en entendre parler. Des complices? C'est une communauté agissant par une unité; c'est l'organisation d'un chef, d'un lieutenant et de soldats? Si faible que soit la réunion, il y a toujours réunion. Le gouvernement tremblait devant toute une société armée en dehors de lui. Il ne voulait pas l'admettre, fût-elle celle de Troppmann, livrant une lutte inégale, terrible, sans merci, dans laquelle le plus audacieux, le plus cruel devait se croire le plus fort!

Les complices de Troppmann, c'était trop effroyable; les supposer c'eût été trop effrayant!

En dehors de la question d'horreur, il y en avait une autre : Troppmann était Alsacien, Troppmann avait assassiné en Alsace, et Troppmann, avait habité, à Paris, le quartier des Allemands!

Alors les populations des provinces riveraines du Rhin étaient trop mises en éveil par les agissements des étrangers qui levaient des plans en France. C'était faire voir clairement, distinctement, ce que s'efforçaient de cacher les discours impériaux : c'était montrer que Troppmann avait trouvé des complices dans les Allemands de Paris.

Pour ne pas effrayer l'opinion publique, il fallait cacher la vérité.

Troppmann était Alsacien, il ne devait pas avoir de complices parmi les Allemands qui nous menaçaient. On ne devait pas les rechercher; on ne les trouva pas!

Et Troppmann, un être de dix-neuf ans, qui n'était plus un enfant, qui n'était pas encore un homme, fut trouvé coupable d'avoir tué, seul, un homme de quarante ans, un jeune homme de vingt ans, une mère de famille et tous ses enfants.

Fait plus extraordinaire, il aurait tué dans le même soir, dans la même heure, une femme et six enfants sans que ni passant, ni cocher n'eût rien vu, rien entendu !

C'était absurde pour des gens sensés.

C'était faux pour des juges.

Mais allez donc faire parler des gens bâillonnés ! Allez donc demander à un gouvernement menteur de dire la vérité ! On était sous l'Empire ! Donc Troppmann fut reconnu seul coupable et condamné comme tel à la peine de mort.

La Providence, tant calomniée par notre souverain malade, se chargea de réduire à néant les précautions prises si maladroitement par la magistrature.

La nuit, par une soirée d'hiver, lorsqu'on condamna Troppmann, comme si l'on eût eu peur de prononcer sa condamnation, au grand jour, il se répandit le bruit d'un autre crime. Il était tout aussi imprévu, tout aussi épouvantable !

Le coup de pioche de Troppmann, en massacrant une famille entière, glaça la ville d'épouvante. Le coup de pistolet du prince Bonaparte, en tuant un enfant du peuple, terrorisa le château.

À ce premier coup de tonnerre en succéda un second qui devait faire vaciller le trône impérial élevé par le parjure et le crime de Décembre.

C'est à la lueur d'un falot que se fait l'inspection. (Page 243).

XLIV

AVANT L'EXÉCUTION

C'était le 17 janvier que l'exécution de Troppmann devait avoir lieu sur la place de la Roquette. Paris attendait cette exécution avec une fiévreuse angoisse.

On fut bien déçu lorsqu'on apprit qu'elle n'était pas fixée pour ce jour-là. Jusqu'à la dernière heure, l'imprévu et le mystère ont joué leur rôle dans la sinistre affaire de Pantin.

Qui retarda l'heure de l'expiation suprême ?

Peut-être l'épouvantable drame d'Auteuil qui défiait la société impériale comme l'affaire de Pantin terrorisait la population parisienne.

Ces deux coups de foudre frappant à la fois le château et les faubourgs pouvaient bien sortir en même temps de l'*internationalisme*. Maintenant, il ne s'agissait plus en haut lieu de nier les influences étrangères qui avaient si non inspiré, du moins préparé ces épouvantables drames.

Comme jadis pour l'*affaire Fualdès*, la cour était en cause, avec l'affaire Troppmann. Il fallait en atténuer les terribles effets, pour ne pas trop surexciter l'opinion.

La Taverne Britannique qui servait de repaire aux terribles héros du *quartier des Allemands*, et sa patronne Mᵐᵉ B*** qui devait faciliter le passage de Troppmann à l'étranger, allaient être mises en question par le ministre de la justice, garde des sceaux, le bras droit de l'empereur.

Le coup de pistolet qui tua Victor Noir, en visant les Tuileries, fit retarder l'exécution de Troppmann. Les deux causes criminelles se tiennent par la même idée politique : l'une vise le château, l'autre la nation.

La pioche de l'Alsacien qui extermine une famille entière précède, sur le sol français, la levée des lances de ses futurs compatriotes : les hulans !

Ce qu'ignorait le vulgaire, ce que cachait la justice, la cour épouvantée le voyait bien.

Pour elle, pour elle seule, elle tenait à connaître les complices de ces deux attentats dirigés contre l'empire français.

Voilà pourquoi le 17 janvier, l'expiation de Troppmann fut retardée, parce que les Tuileries ne savaient pas encore tout sur les assassinats du criminel alsacien.

Cependant, le 17 janvier, l'échafaud se dressait toujours sur la place de la Roquette.

Moi, son exécuteur, vêtu de noir, en signe de deuil de ceux que j'étais obligé de frapper, j'étais déjà au bas de l'échafaud, attendant l'ordre de me rendre à la prison pour en faire sortir le patient.

Ce jour-là l'ordre ne vint pas.

J'en fus pour mes lugubres travaux et, la foule qui m'entourait, en fut pour sa fiévreuse impatience.

Troppmann ne parut pas. Il eut encore un jour de grâce; il s'écoula entre l'arrivée de l'exécuteur qui avait terminé d'assujettir l'échafaud sur le lieu fatal et l'instant où il devait clore sa terrible besogne.

L'empereur le voulait ainsi.

En attendant, je vais décrire, à propos de l'exécution de Troppmann, les préparatifs que nécessite l'érection de la guillotine.

C'est par la visite obligatoire rendue au hangar de la rue Folie-Regnault que je commençais mes lugubres travaux.

A minuit, tout était installé sur la vaste voiture qui rappelle les fourgons des pompes funèbres. Mes aides étaient à leur poste, mes charpentiers aussi.

La promenade que fait la voiture portant les bois de justice sur la place n'est pas longue : cent mètres seulement, séparent le hangar de la Roquette.

Une fois les pièces de l'échafaud arrivées, je laissai aux charpentiers et à mes aides le soin de les ajuster. Ce n'était pas encore ma besogne. Je me contentai pendant le temps que les marteaux cognaient, que les vis grinçaient, que les chevalets étaient placés, d'arpenter de long en large le devant de la prison.

Il me suffisait de jeter quelques coups d'œil furtifs sur les travailleurs. Je n'étais pas à ma machine, j'étais à celui pour qui elle se préparait.

Une fois l'installation faite, une fois que le chef des ouvriers m'eut dit ces mots sacrementels : « Nous y sommes ! » je montai lentement, silencieusement, les marches de l'échafaud, attendant de les gravir en compagnie du condamné.

Alors j'étais tout à la machine ; à ce monstre inanimé devant en finir avec le monstre animé. Il s'agissait de m'assurer par moi-même que rien ne manquait à l'appareil, que les boulons étaient bien assujettis, que le couperet glissait suffisamment dans les rainures, que la bascule se tenait mathématiquement à la lunette.

Il faut, de la part de l'exécuteur, une attention de toutes les minutes et un soin rare. Ce n'est pas sans émotion que le bourreau examine avec minutie les diverses parties de la guillotine.

Ne tient-il pas entre ses mains la dernière minute du patient? N'est-ce pas de son devoir de l'abréger, pour en finir au plus vite avec une mort, méritée sans doute, mais qui répugne à l'humanité.

Quand on songe que c'est dans la nuit, vers les deux heures du matin, à la lueur rougeâtre d'un falot courant sur l'échafaud que se fait cette inspection, on conçoit l'effet effroyable que produisent sur la foule les visages de ces lugubres appareilleurs.

Cette inspection est aussi sinistre que le supplice en lui-même.

Voici la description, pièce par pièce, de la guillotine où est monté Troppmann :

La guillotine est divisée en cinq compartiments. La base s'appuie sur le sol, par les dalles qui sont marquées sur la chaussée de la place. Elle forme une estrade de 4 mètres de long sur 3^m, 80 de large. Autour du plancher est une balustrade à claire-voie, et, aux deux tiers de sa longueur, s'élèvent deux montants parallèles couronnés d'un linteau, c'est le *chapeau*. Les montants ont une hauteur de 4 mètres. Au chapeau est fixé le glaive : lame d'acier triangulaire emmanchée de trois boulons dans un mouton de plomb, ce qui donne un poids considérable.

A un mètre du parquet deux planches placées l'une au-dessus de l'autre, percées chacune d'une demi-circonférence, offrent, lorsqu'elles sont réunies, l'apparence d'une pleine lune. La partie inférieure est fixée au bas des montants, la partie supérieure mobile, adaptée aux rainures latérales, se hausse et se baisse à volonté ; c'est la *lunette*.

Entre les poteaux et la dernière marche de l'escalier, se trouve la *bascule*, planche étroite faisant directement face à la *lunette*.

Au repos la bascule est verticale, il suffit d'un geste de propulsion pour la rendre horizontale. En s'abattant elle tombe sur une tablette aboutissant aux planches de la lunette.

Par une action très rapide elle porte le cou du condamné sur la demi-lune inférieure, de façon à l'y emboîter.

Une fois le condamné placé sur la demi-lune fixe, l'autre moitié s'abat sur la nuque.

Et du côté de la bascule, et à l'aide de charnières, une planche inclinée prend son point d'appui sur le bord même d'un panier d'osier, doublé d'une caisse de zinc et rempli de son.

Sous la bascule et la lunette s'étend une auge afin que si, par un faux mouvement, la tête échappe à l'homme chargé de la tenir, elle ne roule pas sur l'échafaud et ne soit pas aperçue du public.

Une fois le condamné sur l'échafaud, il est debout devant une bascule verticale qui lui vient, d'une part, au dessus des chevilles ; de l'autre, à moitié de la poitrine. En face de lui est la lunette. L'exécuteur pousse la bascule, elle s'abat et il la roule. La tête semble se jeter d'elle-même dans la demi-lune. Un aide la saisit par les cheveux. Deux gestes restent à faire : l'un qui presse le bouton de la demi-lune immédiatement abaissé sur le cou du patient, l'autre qui, pressant le ressort du glaive, le détache aussitôt.

D'ordinaire la tête est séparée vers la quatrième vertèbre cervicale. Elle est lancée dans le panier au moment où l'exécuteur, d'une impulsion de main, fait glisser le corps sur le plan incliné.

Au moment de l'exécution de Troppmann, le personnel pour son exécution se composait ainsi :

1 charpentier-maître ;
2 aides charpentiers ;

Le ministre lui mit sous les yeux une lettre. (Page 248).

4 charretiers;

1 mécanicien;

3 aides;

L'exécuteur.

Dès l'aube, comme je l'ai précédemment indiqué, quatre personnes se présentent à la cellule du condamné à mort pour le livrer à l'exécuteur : le chef de la Sûreté, le directeur de la prison, le commissaire de service du quartier et l'aumônier.

Mais, le 17 janvier, ils ne se présentèrent pas.

Le moment n'était pas venu pour Troppmann de voir venir à lui ces quatre personnages qui, sur l'ordre du parquet, abandonnent le condamné au bourreau qui l'attend à l'avant-greffe.

Pour arriver de la cellule à l'avant-greffe, il faut passer par un escalier en vrille, qui compte vingt-six marches, par un couloir de 100 mètres qui le suit, puis 15 marches encore.

Cette promenade du condamné qui a tant de chemin à faire pour ne se trouver encore qu'à la *salle de la toilette* est quelque chose d'horrible.

Le 17 janvier, j'attendis en vain le moment de préparer le patient à la mort, en vertu de l'ordre suivant que je ne reçus que le lendemain. L'ordre était ainsi conçu :

COUR IMPÉRIALE   *Paris, le 18 janvier* 1870.
    DE PARIS

    PARQUET
        DU
PROCUREUR GÉNÉRAL.

> « L'exécuteur des hautes œuvres de la ville de Paris se transportera le 19, à six heures du matin, à la prison de la Roquette. Il se fera remettre, conformément au présent ordre, le nommé Jean-Baptiste Troppmann et lui fera subir la peine capitale à laquelle il a été condamné, par un arrêt de la cour d'assises de la Seine, en date du 30 décembre dernier.
>
> « *Le Procureur général près la Cour impériale de la Seine,*
>
> « *Signé :* GRANDPERRET. »

Le 17 janvier, cet ordre n'était pas venu et la guillotine était prête depuis deux heures du matin. Une heure se passa ; j'attendis d'abord au pied de l'échafaud, la foule s'impatientait ; mais au mois de janvier, l'exécution qui n'a lieu qu'au crépuscule ne pouvait avoir lieu avant six heures.

Je profitai, comme d'ordinaire, de l'entr'acte que j'avais à remplir pour songer à mon souper.

Mon Dieu, oui, le *souper de l'exécuteur !*

Pour être l'inflexible ministre du châtiment, on n'en est pas moins homme, et par une froide nuit, sans sommeil, comme celle que je venais de passer, le moment se faisait sentir où l'estomac réclamait ses droits.

En attendant l'ordre de rentrer à la Roquette, je m'acheminai vers une petite boutique de marchand de vin.

Elle était située, à cette époque, à l'angle de la rue la plus prochaine du dépôt des condamnés.

Je montai, suivi de mes deux aides, après avoir prévenu mon second, resté à l'échafaud. Il devait m'avertir au moment où le directeur de la prison m'aurait fait demander.

J'arrivai, avec mes deux autres aides, chez le marchand de vin, dans un petit cabinet qui m'était réservé de fondation pour chacune de mes funèbres agapes.

Ceux qui s'imagineraient que le menu y était raffiné se tromperaient fort. Mes aides se contentaient d'un peu de charcuterie, accompagnée d'un morceau de pain et d'une bouteille par homme.

Quant à moi, je ne prenais qu'une tasse de lait dans lequel je trempais des brioches ; quelquefois, comme pour l'affaire Troppmann, je vidais dans mon lait un verre de kirch ou d'eau-de-vie.

En raison de la vigueur musculaire du patient, je jugeai que l'instant du supplice serait rude.

Ce soir ou plutôt cette nuit-là, on ne parla guère en mangeant.

La conversation avec mes auxiliaires ne fut guère bruyante. Quelques recommandations professionnelles, puis à la longue, comme pour nous soustraire à ces images peu réconfortantes, nous parlâmes des événements du moment et de la politique.

Hélas ! la politique n'était guère plus rassurante que l'attente à laquelle nous étions soumis.

Cinq heures sonnèrent, nous finîmes notre repas quand l'aide que j'avais placé en sentinelle au pied de l'échafaud vint me prévenir que l'exécution, par ordre du garde des sceaux, était remise au lendemain.

Et le public, depuis vendredi, attendait le supplice ! A peine eus-je reçu cet avis que je m'empressai de quitter la place de la Roquette où la foule, déjà instruite de ce retard, sifflait et vociférait !

Je courbai la tête, en recevant ce contre-ordre. Je me demandai si l'Empire, après le crime d'Auteuil, n'avait pas peur du cadavre de Troppmann !

XLV

RETARD DE L'EXÉCUTION

La cause de ce retard, je vais l'expliquer : c'était l'entrevue qu'on tenait à ménager entre Mme B***, l'hôtesse de la Taverne Britannique, avec le meurtrier.

On se rappelle qu'après son crime, Troppmann avait été vu avec ses deux complices, Cadet et Béquillard, à la Taverne de la rue Grange-Batelière.

Quelques jours après le meurtre de l'Alsacien, dès son arrestation au Havre, Mme B*** avait reçu une lettre signée du nom de Henry précédé d'une croix.

Le signataire lui apprenait que le plus jeune des meurtriers, celui qui l'avait particulièrement interpellé, était Troppmann, l'assassin de Pantin.

« S'il vous a particulièrement adressé la parole, — écrivait M. Henry à Mme B***, — c'est que vous ressemblez à Mme Kinck. Vous exercez une *véritable influence* sur Troppmann. Tâchez d'aller le voir, parlez-lui en allemand, il vous révélera tout. »

Cette lettre écrite à l'encre bleue, avec la signature de Henry et sa même injonction, se renouvela jusqu'au jour de l'exécution.

Quel était ce Henry, qui le faisait agir? Évidemment c'était moins l'intérêt qu'il portait à Troppmann, que le but d'inquiéter la justice et d'émouvoir l'opinion. Ce Henry ne pouvait être qu'un des nombreux soldats de la légion du *quartier des Allemands*.

Cette lettre devait émaner de la police de Berlin. L'aventure dramatique dont je faillis être la victime, après l'exécution de Troppmann, m'en a fourni la preuve. Peut-être m'a-t-elle mis à même de connaître les auteurs de cette lettre se cachant sous la signature du mystérieux Henry.

Mme B***, qui avait tout à redouter de la police française, fit la sourde oreille aux injonctions de Henry. Alors celui-ci passa, dans sa correspondance, des conseils aux menaces.

On la menaça de mort, et, sur la fin, les mêmes lettres anonymes, écrites de la même main, parvinrent au chef de la Sûreté, au juge d'instruction, aux juges, aux jurés et aux témoins.

Les lettres furent si pressantes, si inquiétantes, que le lundi matin, Mme B*** reçut l'invitation de passer le jour même au cabinet du ministre de la justice.

Voici la conversation qui eut alors lieu entre le ministre et Mme B*** :

— Madame, lui dit le ministre une fois qu'elle fut assise devant Son Excellence :

— Non, monsieur le ministre, lui répondit-elle, mais je reçois des lettres d'un individu qui signe de ce nom.

— Serait-ce celui-ci ?

Et, ce disant, le ministre lui mit sous les yeux une lettre adressée à l'Empereur : même écriture, même encre bleue, même signature : une croix et Henry.

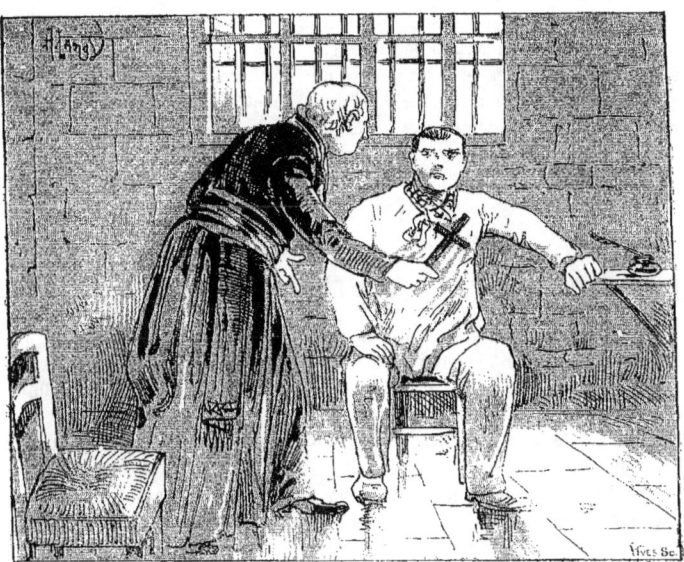

L'aumonier s'épuise à arracher une parole de repentir. (Page 252.)

— C'est bien le même qui m'a écrit.

— Est-ce avant ou après le procès?

— Avant, pendant et après. J'ai reçu *vingt-cinq* lettres.

— Vingt-cinq ! fit le ministre en reculant.

Mme B*** remit au garde des sceaux un petit paquet... Toute la correspondance.

Le ministre trouva la chose étrange. La lettre adressée le samedi à l'Empereur avait le même but que celle que recevait Mme B***.

Le signataire suppliait Sa Majesté de ne pas laisser exécuter Troppmann avant de l'avoir fait confronter avec la maîtresse de la Taverne Britannique, et c'était sur la lecture de cette lettre que le garde des sceaux avait voulu voir Mme B***.

— Une haute volonté, dit le ministre, désire que tout ceci soit éclairci.

Vous verrez aujourd'hui Troppmann si vous voulez vous mettre à notre disposition. Du reste, madame, termina le ministre, soyez rassurée, la justice sait protéger tout le monde.

Voilà pourquoi, ce jour-là, qui était le jour de l'exéction, je reçus l'ordre du garde des sceaux de la différer.

Et, à deux heures de l'après-midi, une voiture s'arrêtait devant la porte de la Taverne Britannique. Le chef de la Sûreté et son secrétaire en descendirent. Quelques instants après, ils remontèrent avec Mme B***. Le cocher fouetta son cheval et l'on partit pour la Roquette.

Lorsque Mme B*** entra dans la cellule de Troppmann avec le chef de la Sûreté et son secrétaire, Troppmann reconnut bien la dame, mais il n'avoua rien.

On comprend, par les relations qu'il y avait eues entre eux qu'ils ne pouvaient rien dire, on comprend par la tournure qu'avait prise le procès, que le gouvernement impérial était également intéressé à ce silence.

Évidemment cet Henry, ce policier allemand, peut-être, n'avait agi que dans le but de troubler tous ceux qui étaient intéressés à reporter sur Troppmann un crime dont les complices se trouvaient, par l'infernale duplicité germanique, en présence des uns des autres ?

Lorsque le chef de la Sûreté, devant l'obstination de Troppmann à se taire, lui dit :

— Voyons, si nous gênons, nous allons tous sortir... vous resterez seul avec Mme B***.

Troppmann répondit :

— C'est inutile ! J'écrirai demain à Mme B*** ; je nommerai deux complices : demain à dix heures, vous aurez une lettre. Écrivez-moi là votre adresse.

Le directeur de la prison, également présent, ajouta :

— L'adresse n'y fera rien. Et nous nous chargerons de faire remettre la lettre nous-même.

— Pourquoi ne pas la faire toute suite ? ajouta le chef de la Sûreté.

— Parce que j'écrirai mieux après une nuit de repos, dit Troppmann.

— Alors, lui demanda Mme B*** tout inquiète, vous ne voulez rien dire aujourd'hui ?

— Non répondit le meurtrier en la fixant des yeux ; non, les complices seraient tout de suite arrêtés.

— Avez-vous fait de la fausse monnaie ? insista le chef de la Sûreté.

— Je vous le dirai demain.

Il fut impossible d'en tirer davantage. Tous dirent adieu à Troppmann. Celui-ci leur répondit, et surtout en s'adressant à Mme B*** : *Au revoir !...* car *je vous reverrai*.

Telle avait été l'entrevue qui s'était passée entre Mme B*** et Troppmann à la prison de la Roquette et qui avait retardé d'un jour son exécution. Troppmann espérait-il échapper à la mort ?

Encore une fois, les mystères des crimes de Guebviller et de Pantin ne furent pas expliqués par ce nouvel incident.

Pendant ce temps-là, il fut question de démonter la guillotine pour la reporter au champ Langlois. Selon le vœu de la loi, c'était sur le théâtre du crime ou dans la localité où il avait été commis, que l'expiation devait avoir lieu.

La question de savoir si Troppmann devait être exécuté à Pantin fut soumise au ministre de la justice qui répondit d'une façon négative. On redoutait trop l'effervescence des esprits.

Le lendemain, le gouvernement devait être tranquille, Troppmann ne pouvait ni écrire, ni parler. Le lendemain, Troppmann était exécuté !

XLVI

L'ORGIE AU PIED DE L'ÉCHAFAUD

. . . .

Dix-neuf jours après l'étrange comdamnation de Troppmann, à quatre heures du matin, le quartier de la Roquette est en rumeur. Dans la rue, la foule roule, s'étend, se développe comme un long ruban noir, sur un sol fangeux. Des interstices de la prison masquée par la guillotine, des jets de lumière se projettent sur ses poteaux rouges et luisants.

On chante, on crie, on siffle dans la rue, on discute, on boit du champagne dans la prison !

On espère, cette fois, que la grande représentation de la peine capitale, ne sera plus remise.

Au dehors, les restaurants sont bondés de monde ; les gens du meilleur monde se heurtent, se croisent avec les plus ignobles voyous. Partout on rit, c'est l'orgie matinale en face de la guillotine attendant sa proie !

Il est quatre heures du matin. Dans cette rue presque aussi noire que la foule, on distingue, éclairés par la lueur rougeâtre des becs de gaz, des groupes discutant à haute voix ; on entend des cris sortant des boutiques, converties en buvettes. De loin, on perçoit, de nouveau, des bruits étranges, comme des coups de maillet frappant du bois.

C'est de la guillotine que partent ces bruits sourds ; c'est sa voix qui parle. Elle semble aussi réclamer sa victime, au milieu de ces clameurs pleines d'ivresse.

C'est la mort fraternisant avec l'infamie.

Là, comme je l'ai déjà tant de fois indiqué, c'est le grand mur en rocaille de la prison de la Roquette, avec son unique porte gardée par des soldats. En face, à gauche, c'est un autre grand mur avec une porte semblable, gardée pareillement par des sentinelles.

Ici, c'est la prison des jeunes détenus; là, celle des vétérans du crime. Au fond, tout au fond, c'est le Père-Lachaise attendant l'heure dernière de tous les vivants.

Bref, ce jour-là, 19 janvier, la place de la Roquette est en fête! C'est jour d'exécution! Quelle exécution? celle de Troppmann, presque un enfant, dont la férocité a dépassé la férocité des plus forcenés meurtriers et des plus horribles monstres de la création. A lui seul, dans la nuit, Troppmann a exterminé, au dire de sa condamnation, une famille : un père, une mère et leurs six enfants!

Aussi, quelle fête pour les amateurs d'exécutions, pour les amateurs de l'horrible, pour les fonctionnaires de l'Empire, vétérans du Deux-Décembre! Quelle fête pour les vétérans du vice, du vol et du crime!

A la prison de la Roquette, pendant que l'aumônier s'épuise à arracher une parole de repentir à ce monstre, le chef de la Sûreté, les journalistes, les fonctionnaires titrés, mangent et boivent, « à l'extermination de Troppmann »! On dirait que son exécution, son expiation, son supplice sont une trêve à la peur qu'ils éprouvent.

Dans la rue, c'est la même et funèbre allégresse. Les criminels attendent aussi le patient, les uns pour apprendre comme lui à ne pas avoir peur de la *veuve* et à la défier; les autres pour le venger.

Pour tous les spectateurs, une exécution est-elle un châtiment ou un supplice? Est-elle faite pour effrayer ou pour récréer?

On n'intimide pas des souteneurs, des assassins et des filles, au profit des honnêtes gens. C'est donc pour effrayer. Mais qui donc?

Peut-être les récidivistes? Mais regardez ces faces patibulaires, voyez ces cous trapus, ces bras charnus. Entendez ces cris, ces expressions de haine contre la force armée et la police? Entendez cette déification de celui qui va mourir?

Avec le jour, le 19 janvier, à l'exécution de Troppmann, on apercevait de plus en plus les montants de la guillotine.

Soudain une clameur éclate dans la foule :

— Le voilà, c'est lui, c'est Troppmann!

De la porte gardée par des troupes sort un cortège, mais ce n'est pas

Deux gendarmes à cheval partaient au galop. (Page 256.)

encore Troppmann. C'est l'escorte de l'assassin, plus nombreuse que de coutume. Elle devance le patient, c'est une foule de gens en habits noirs. Ce sont des privilégiés qui tiennent à assister aux derniers moments de ce monstre. Ils viennent de souper, en attendant le spectacle de son agonie.

Au greffe, dans le cabinet du directeur, des journalistes, des auteurs dramatiques ont trinqué, je le répète, à l'extermination de Troppmann.

Quelques-uns sortent du greffe, le cure-dents encore aux lèvres. L'un d'eux, en parlant de l'étrange souper qu'il vient de faire, s'écrie :

— La volaille était froide. Elle se ressentait du mauvais quart d'heure que nous allons passer.

Moi-même en revenant, le jour de l'exécution définitive, à mon modeste cabaret, où je prenais avec mes aides mon repas ordinaire, j'eus l'avantage de recevoir deux artistes. Ces amis du lugubre me demandèrent la faveur de pénétrer dans mon cabinet mystérieux.

L'un d'eux, un chanteur, me fit entendre la romance de Murger, la romance de *Musette!*

En ce temps-là, où la société vacillait sur sa base, tout le monde avait le vertige.

Il était quatre heures et demie. Je tirai brusquement ma montre, et je dis à mes hommes : — Il est temps de partir.

Cette fois, je n'avais pas reçu contre-ordre et il fallait que je me présentasse à la salle de la prison pour procéder à la toilette du supplicié.

A cinq heures, au plus tard, l'exécuteur doit en être revenu, si c'est l'hiver, et à quatre heures, si c'est l'été.

Lorsque je retournai sur la place, la troupe était sur pieds autour de l'échafaud. La foule attendait. A la porte de la prison je rencontrai le chef de la Sûreté, le commissaire de police du quartier avec lequel je pénétrai à la Roquette.

Là, aussi, des groupes de gens surexcités par le champagne parlaient, gesticulaient derrière nous. Tous trahissaient, par leur animation, un entrain voisin de l'ébriété.

Était-ce l'effet du champagne, ou les appréhensions de l'échafaud qui leur donnaient cette agitation?

Dans tous les cas, elle faisait peine à voir en un pareil moment.

Le jour allait poindre, toutes les autorités attendues étaient arrivées.

La porte de la prison s'était ouverte pour moi. La toilette, par mes soins, allait commencer.

Troppmann m'attendait. Je ne décrirai pas encore une fois la toilette du condamné, le lecteur la connaît. Le prologue allait se terminer, la tragédie allait avoir lieu et quelle tragédie!

Enfin Troppmann apparaît. Il est pâle, ses traits sont défigurés, hideux, menaçants. Depuis la veille, il a vieilli de trente ans. Cet enfant de dix-neuf ans a l'aspect d'un vieillard. Il regarde avec fierté cette foule composée en partie de bandits dont il est le roi, dont il va devenir le saint. Il tourne ses regards vers la place, et ses yeux brillent d'un éclair. Il semble inquiet. Il cherche quelque chose ou quelqu'un qu'il n'aperçoit pas.

Sans doute un secours imprévu au milieu de cette nombreuse assistance. Il fait un haut-le-corps, il trahit un mouvement de dépit à cause du secours qui ne vient pas.

Il ne voit que le carré des troupes garnissant l'échafaud. Alors il baisse la tête avec regret.

Tout sera fini, bien fini, hélas! Dans une minute, il aura cessé de vivre. Alors il se redresse en reculant; il tressaille, il vient d'apercevoir, entre la haie des soldats, un homme qui se penche au bas de l'échafaud, en face du panier où va rouler sa tête.

Cet homme a un bras de moins.

Il est là, à son poste, en face de Troppmann, son complice, comme il l'était, à Versailles, en face de Poncet qu'il avait poussé à être assassin.

A la vue du Manchot, Troppmann renaît à l'espoir ; sur le point de mourir, presque mort, en apparence, il sent ses forces lui revenir. A tout prix, il faut qu'il soit libre, car la liberté, c'est la vie ! Mais comment faire, comment fuir ?

Comment ? Les mains sont attachées, les troupes sont là ! Il n'a pas d'armes ?

C'est à ce moment que moi, l'exécuteur, masqué d'abord par le groupe des dignitaires impériaux, j'arrive pour remplir ma funèbre fonction.

Cravaté de blanc, en habit noir, comme les grands personnages qui m'entourent et qui me gênent, je vais me poster au poteau pour pousser le ressort devant faire retomber le couperet sur la tête de Troppmann.

Mais je m'aperçois du mouvement de recul du patient. A grand'peine mes aides le retiennent à l'extrémité de l'estrade. Je m'avance, je bouscule les assistants ; ce qui m'est facile à l'aide de ma haute taille et de la vigueur de mes muscles. Je saisis Troppmann. Je le couche sur la planche à bascule.

Troppmann se débat en s'écriant, les yeux hors de leur orbite :

— Oh ! mourir... Mourir !

Il est effrayant de désespoir et de rage.

Ainsi ce monstre avait tué, fait tuer ou assisté à la mort de huit personnes, et il tremblait, il avait peur ; il était lâche, comme le sont les bêtes féroces.

Mais Troppmann ne tremble pas longtemps. Il oppose la force de ses muscles à ma force. Il se tord sur la planche comme un serpent dont on tient la tête sous le pied. Il écume. Des jurons sortent de sa poitrine. Que pense-t-il faire, seul contre moi et mes aides, seul contre quatre hommes ? Lié, sans défense contre huit bras qui s'efforcent de paralyser ses mouvements désespérés, il succombe.

En voyant ses efforts vains, il jette la tête à droite. De toute sa force, de cette force que donnent la rage et le désespoir, il mord ma main gauche.

Je pousse un cri en regardant ma main meurtrie. Mais, en cet instant suprême, malgré ma lutte avec le patient, je fais appel à mon sang-froid et à mon énergie.

Je me relève, et me maîtrisant, j'avance la main droite sur le ressort.

Un éclair passe, c'est le reflet du couteau qui tombe ; c'est le baiser de la guillotine sur la tête du patient.

En ce temps-là, où la société vacillait sur sa base, tout le monde avait le vertige.

Il était quatre heures et demie. Je tirai brusquement ma montre, et je dis à mes hommes : — Il est temps de partir.

Cette fois, je n'avais pas reçu contre-ordre et il fallait que je me présentasse à la salle de la prison pour procéder à la toilette du supplicié.

A cinq heures, au plus tard, l'exécuteur doit en être revenu, si c'est l'hiver, et à quatre heures, si c'est l'été.

Lorsque je retournai sur la place, la troupe était sur pieds autour de l'échafaud. La foule attendait. A la porte de la prison je rencontrai le chef de la Sûreté, le commissaire de police du quartier avec lequel je pénétrai à la Roquette.

Là, aussi, des groupes de gens surexcités par le champagne parlaient, gesticulaient derrière nous. Tous trahissaient, par leur animation, un entrain voisin de l'ébriété.

Était-ce l'effet du champagne, ou les appréhensions de l'échafaud qui leur donnaient cette agitation?

Dans tous les cas, elle faisait peine à voir en un pareil moment.

Le jour allait poindre, toutes les autorités attendues étaient arrivées.

La porte de la prison s'était ouverte pour moi. La toilette, par mes soins, allait commencer.

Troppmann m'attendait. Je ne décrirai pas encore une fois la toilette du condamné, le lecteur la connaît. Le prologue allait se terminer, la tragédie allait avoir lieu et quelle tragédie!

Enfin Troppmann apparaît. Il est pâle, ses traits sont défigurés, hideux, menaçants. Depuis la veille, il a vieilli de trente ans. Cet enfant de dix-neuf ans a l'aspect d'un vieillard. Il regarde avec fierté cette foule composée en partie de bandits dont il est le roi, dont il va devenir le saint. Il tourne ses regards vers la place, et ses yeux brillent d'un éclair. Il semble inquiet. Il cherche quelque chose ou quelqu'un qu'il n'aperçoit pas.

Sans doute un secours imprévu au milieu de cette nombreuse assistance. Il fait un haut-le-corps, il trahit un mouvement de dépit à cause du secours qui ne vient pas.

Il ne voit que le carré des troupes garnissant l'échafaud. Alors il baisse la tête avec regret.

Tout sera fini, bien fini, hélas! Dans une minute, il aura cessé de vivre. Alors il se redresse en reculant; il tressaille, il vient d'apercevoir, entre la haie des soldats, un homme qui se penche au bas de l'échafaud, en face du panier où va rouler sa tête.

Cet homme a un bras de moins.

Il est là, à son poste, en face de Troppmann, son complice, comme il l'était, à Versailles, en face de Poncet qu'il avait poussé à être assassin.

A la vue du Manchot, Troppmann renaît à l'espoir ; sur le point de mourir, presque mort, en apparence, il sent ses forces lui revenir. A tout prix, il faut qu'il soit libre, car la liberté, c'est la vie ! Mais comment faire, comment fuir ?

Comment ? Les mains sont attachées, les troupes sont là ! Il n'a pas d'armes ?

C'est à ce moment que moi, l'exécuteur, masqué d'abord par le groupe des dignitaires impériaux, j'arrive pour remplir ma funèbre fonction.

Cravaté de blanc, en habit noir, comme les grands personnages qui m'entourent et qui me gênent, je vais me poster au poteau pour pousser le ressort devant faire retomber le couperet sur la tête de Troppmann.

Mais je m'aperçois du mouvement de recul du patient. A grand'peine mes aides le retiennent à l'extrémité de l'estrade. Je m'avance, je bouscule les assistants ; ce qui m'est facile à l'aide de ma haute taille et de la vigueur de mes muscles. Je saisis Troppmann. Je le couche sur la planche à bascule.

Troppmann se débat en s'écriant, les yeux hors de leur orbite :

— Oh ! mourir... Mourir !

Il est effrayant de désespoir et de rage.

Ainsi ce monstre avait tué, fait tuer ou assisté à la mort de huit personnes, et il tremblait, il avait peur ; il était lâche, comme le sont les bêtes féroces.

Mais Tropmann ne tremble pas longtemps. Il oppose la force de ses muscles à ma force. Il se tord sur la planche comme un serpent dont on tient la tête sous le pied. Il écume. Des jurons sortent de sa poitrine. Que pense-t-il faire, seul contre moi et mes aides, seul contre quatre hommes ? Lié, sans défense contre huit bras qui s'efforcent de paralyser ses mouvements désespérés, il succombe.

En voyant ses efforts vains, il jette la tête à droite. De toute sa force, de cette force que donnent la rage et le désespoir, il mord ma main gauche.

Je pousse un cri en regardant ma main meurtrie. Mais, en cet instant suprême, malgré ma lutte avec le patient, je fais appel à mon sang-froid et à mon énergie.

Je me relève, et me maîtrisant, j'avance la main droite sur le ressort.

Un éclair passe, c'est le reflet du couteau qui tombe ; c'est le baiser de la guillotine sur la tête du patient.

Un bruit sourd se fait entendre ; la tête contractée de Troppmann tombe dans le panier.

Tout n'est pas fini.

Un homme a rampé au pied de l'échafaud ; il s'est redressé au moment où des jets de sang ont jailli du tronc séparé de la tête.

Cet individu n'a qu'un bras ; ce bras est dirigé contre moi. Il me montre le sang que je viens de répandre. Il vient de tremper son mouchoir dans ce sang, il l'agite devant mes yeux avant de fuir.

Quand on veut l'arrêter, il est loin.

Cet inconnu n'en est pas un pour moi, c'est le Manchot !

Cadet a profité, pour s'enfuir, de ce moment de stupeur causé par cet horrible spectacle.

XLVII

LE CORPS

Aussitôt que le couperet eut fait sauter la tête de Troppmann, que l'un de mes aides l'eut jetée dans le panier, que le corps eut été poussé dans la manne, on plaça le tout dans le fourgon qui attendait au pied de l'échafaud.

L'aumônier de la prison, l'abbé Crozes, monta dans une voiture. Deux gendarmes à cheval partirent au galop le long des murs de la Roquette.

La foule s'écarta pour laisser passage au lugubre cortège composé du fourgon, du fiacre et de quatre gendarmes.

Le cortège poursuivit sa course grand train, jusqu'à la place de la Bastille, une double haie s'était formée devant le convoi du supplicié.

Les chevaux lancés au trot, par le bruit de leurs sabots, par le roulement sonore des voitures, produisaient une impression étrange dans le Paris qui s'éveille et qui, à cette heure, est encore silencieux.

De la Roquette au cimetière d'Ivry, gendarmes, corbillards et fiacre mirent une heure à peine pour arriver au champ du repos.

Dès que le cortège fut parvenu au cimetière, on en ferma les portes.

Le cortège traversa au pas le champ funèbre. A l'extrémité, il franchit une palissade en planches qui sépare le terrain réservé aux morts des hôpitaux, aux cadavres recueillis à la Morgue et aux suppliciés.

Dans cet espace qui a reçu la dénomination de *Champ des Navets*, tous n'y restent pas, comme on le verra dans le chapitre suivant.

Ces cadavres ont des contorsions terribles. (Page 261.)

A travers les haies et les broussailles qui envahissent ce terrain des réprouvés, de larges tranchées sont creusées pour recevoir les tristes épaves humaines qui leur sont destinées.

Ce fut dans cet endroit spécial, dans ce coin maudit attribué aux *décapités*, que le cortège de Troppmann s'arrêta.

Une fosse béante attendait son cadavre, mes aides descendirent aussitôt, ils retirèrent du fourgon la manne qui contenait le corps de Troppmann. Ils la mirent par terre et ouverte.

La tête du décapité était livide; les traits violemment altérés conservaient les traces du suprême effort que le criminel avait fait sur l'échafaud pour se cramponner à la vie.

Les yeux étaient grands ouverts.

On débarrassa le cadavre des entraves qui retenaient les pieds, les poignets et les bras. On ne put s'empêcher de contempler encore avec terreur la main de Troppmann, cette main terrible qui avait précipité ou fait précipiter dans la tombe tant de victimes et sur laquelle les hommes spéciaux avaient reconnu tous les indices de la cruauté.

Une fois la manne traînée au bord de la fosse, on l'avait soulevé obliquement, le cadavre était tombé en rebondissant.

Il n'avait pas encore la rigidité de la mort.

Le cadavre de Troppmann, ne devait pas rester dans le champ lugubre ; mais ce n'était pas, cette fois, pour être livré aux professeurs de l'École de médecine, puis à la spéculation.

Le corps de Troppmann, par l'abbé Crozes, avait été réclamé au nom de sa famille.

En attendant le fossoyeur sautait dans le trou, il plaçait le corps dans une position régulière, puis finalement mettait la tête entre les jambes.

Maintenant, il importe de dégager le caractère distinctif de cet homme dont les forfaits ont tenu toute une année, avec une persistance extraordinaire, la France entière sous la plus vive émotion.

Le journal le *Droit* publia, le lendemain de l'exécution, un portrait de Troppmann qui peut être considéré comme définitif :

« Troppmann n'a été ni un criminel de la grande espèce comme Lacenaire, ni un idiot sanguinaire, ainsi qu'on l'a dit ; il serait difficile de dire exactement ce qu'il était, car plus on l'étudie, cet être étrange, au physique, au moral et au point de vue intellectuel, plus on voit se produire les plus étranges contradictions.

« La figure était régulière. L'expression était la douceur et une sorte de candeur ingénue ; il avait les épaules étroites et chétives ; les mains étaient larges, épaisses, les doigts longs et gros, le pouce avait une étendue extraordinaire et atteignait la première phalange de l'index.

« On ne peut comprendre comment ces mains de colosse appartenaient à un corps si débile. Cette débilité n'était qu'apparente, car l'énergie, la force musculaire étaient considérables et les reins d'une merveilleuse souplesse. Dans diverses circonstances, Troppmann a donné des preuves d'une agilité extraordinaire. Il ne sautait pas, il bondissait. Sa démarche était étrange : le corps, au lieu de se maintenir droit, oscillait de droite à gauche et de gauche à droite, selon que la jambe droite ou la jambe gauche était portée en avant. La tête et les bras oscillaient dans les mêmes directions.

« Il existait dans cette organisation des contradictions telles que l'on pouvait croire qu'il y avait dans cette être de l'homme et de la panthère.

« Les résultats que Troppmann avait obtenus par suite de l'usage qu'il avait fait, dans diverses circonstances, de sa force et de son agilité, lui avaient donné l'espoir d'échapper par la fuite à la peine qui le menaçait :

ses demandes réitérées de transfèrement en Alsace pour y signaler le lieu où Jean Kinck avait été enterré, et, dans les derniers temps, pour indiquer la place où il avait enfoui le portefeuille contenant le nom de ses complices, n'avaient d'autre but que la réalisation de ses projets d'évasion ; malgré les refus qui lui ont été opposés, il n'en a pas moins conservé ses espérances même pendant les derniers jours.

« Troppmann appartenait moins à l'humanité qu'à la bête fauve, ses instincts féroces ont été surexcités par le spectacle du bien-être. Enfant du siècle, il a voulu conquérir, d'un seul coup, la fortune ; cette fortune que la famille Kinck avait péniblement amassée par le travail.

« Sa convoitise a grandi dans la solitude. C'est dans la solitude qu'il a mûri son crime. Au lieu de comprimer ses mauvais instincts, il s'y est abandonné ; il a trouvé un atroce plaisir dans l'exécution de crimes qui, par leur énormité, par les difficultés d'exécution, ont étonné le monde, ainsi qu'il s'était plu à l'annoncer ! »

Tel a été Troppmann dont le souvenir laissera des traces profondes dans toutes les mémoires.

XLVIII

LE CIMETIÈRE DES SUPPLICIÉS

Même après leur mort, les suppliciés sont tourmentés par les vivants. Dès que le couteau a séparé la tête du tronc des condamnés, un médecin s'en empare. Il va la porter à son cabinet d'études.

Là, il la garde avec la joie délirante et fiévreuse d'un avare avide de cacher son trésor.

Il étudie, dissèque, numérote les cases de sa *boîte osseuse*, heureux de découvrir les moindres indices de ses odieux penchants.

Plus le sujet a été un objet d'horreur pour la société, plus il devient, pour le savant, un objet d'admiration.

Voilà pour la tête du supplicié. Maintenant, voyons ce que devient son corps.

Une fois que le tronc est resté pantelant sur la planche sanglante, il est emporté dans un fourgon et conduit au cimetière d'Ivry.

Y reste-t-il ?

Pas plus que la tête, le corps n'a la chance de pourrir en paix dans le coin du cimetière réservé aux réprouvés.

Si le guillotiné n'est pas reconnu par sa famille, il ne fait que passer dans la fosse. Comme sa tête, son corps devient la proie de la spéculation. Ici, l'anatomie réclame son corps, comme là-bas elle a réclamé sa tête.

Non, le supplicié n'a pas grâce, même après sa mort.

En vain, au cimetière des suppliciés, voit-on des carrés de terre sans tombe, sans couronnes et sans croix, dont la désolante et piteuse aridité est un stigmate de plus sur ce champ de repos ; en vain leur nudité, leur solitude, indiquent-elles que c'est là que se dérobe le crime puni.

Pour la plupart, les corps des suppliciés ne font que passer sur cette terre maudite. On pourrait croire cependant qu'ils y sont relégués pour l'éternité.

Il n'en est rien.

Lorsqu'un condamné à mort est sans nom, sans famille, lorsque son nom et sa famille n'ont pas osé se prononcer devant son infamie, il devient la proie d'une étrange spéculation. Il est appelé, dans l'intérêt de la science et de la curiosité, à être l'objet d'une infernale manipulation. En un mot, le corps du supplicié devient un *objet de fabrique!*

C'est dans une fabrique de squelettes, située à deux pas de Paris, plutôt que dans le Champ des Navets, que se trouve le dernier cimetière des suppliciés.

Oui, il existe, tout près de la capitale, une usine de cadavres. Ces cadavres sont appelés à devenir des squelettes, par un procédé industriel. Cette infernale usine est alimentée par tous les corps des déshérités, ceux que la misère et l'infamie ont rendus, de leur vivant, étrangers à la société.

Je le répète, cette usine de cadavres est le véritable cimetière des suppliciés et des gueux !

Cela peut paraître incroyable, pourtant cela est. Rien n'est impossible à la spéculation, rien ne l'arrête! elle ne recule pas devant l'horreur et l'inhumanité !

Sous prétexte de donner à l'art chirurgical de nouveaux sujets, un fabricant s'est arrogé le droit de prendre au cimetière des suppliciés, comme aux cliniques, des cadavres innommés, destinés à devenir *des produits perfectionnés.*

Dans son usine se coudoient les débris des misérables, morts de misère ou morts d'infamie. La misère et le crime ne rapprochent-ils pas tous les parias !

Sur la rive gauche, près des fortifications, on voit de grands bâtiments sans fenêtres, clos de murs s'ouvrant sur une porte basse. C'est l'entrée de la fabrique de squelettes, ou, si l'on veut mieux, de l'usine des cadavres :

On se croirait en enfer. (Page 262.)

usine est le mot. Car le soir, du haut des fortifications, on voit flamber toutes ces hautes cheminées.

En temps ordinaire, cette fabrique reçoit, des hôpitaux, son contingent de corps. On les apporte dans une pièce vestibule, derrière laquelle se trouve une cour circulaire.

Dans cette première salle, sont déposés les bras, les jambes, les poitrines des morts des hôpitaux, coupés, divisés, charcutés de la veille par tous les carabins de Paris.

Ils sont destinés à être triés, passés, membre par membre, pour redevenir des corps présentables. Les femmes sont d'un côté du mur, les hommes de l'autre. Ces cadavres, plantés debout aux parois par morceaux assemblés comme dans un jeu de patience, ont des contorsions terribles, des marbrures de gris verdâtre sur le blanc mat de leurs chairs mortes. On est devant un véritable étal de boucherie humaine. Ces corps divisés, assemblés, tant bien que mal, effrayent l'âme la plus bronzée; ils ne pourraient ravir que les yeux d'un cannibale.

Une forte odeur de phénol combat l'exhalaison putride de ces chairs déchiquetées ou en décomposition. Cette *salle aux cadavres* est plus épouvantable que la salle de la Morgue. Ce n'est pourtant que l'antichambre d'une autre salle beaucoup plus vaste et plus effroyable.

Pour y arriver il faut traverser une cour circulaire ; après l'avoir passée, on entre dans une rotonde immense où se dressent de-ci, de-là, de gigantesques chaudières. Une épaisse buée, aux senteurs âcres et fades, voile cet intérieur. Des hommes presque nus circulent avec d'énormes cuillers qu'ils plongent dans ces chaudières chauffées à blanc ; ils retournent leur instrument comme le feraient des bitumiers dans un liquide en ébullition.

Ce qu'ils travaillent, ce sont des cadavres. D'autres ouvriers les leur apportent du vestibule, les uns sur des hottes, les autres sur des brancards. Ils les jettent dans ces vastes récipients où se groupent les épouvantables cuisiniers de ces monstrueux pot-au-feu !

Ces marmites de l'enfer alimentées par ces démons, glacent le cœur de dégoût et d'épouvante. Il faut être bien aguerri pour se faire à ce potage de cannibales où s'entrechoquent des torses déchiquetés, des tibias cherchant des fémurs, des mains courant avec des contorsions fanstastisques après des pieds dansant sur un liquide incandescent.

On se croirait en enfer, devant des démons faisant leur cuisine avec des corps de damnés.

Lorsque par la fusion, les os sont bien séparés des chairs, lorsque ces os sont bien dénudés, on le sort des chaudières. On les transporte dans une salle du fond ; la dernière de ce bâtiment octogone. Là, on refait pour ces os ce qu'on a fait dans le vestibule pour les chairs ; on reconstruit le squelette. Un contremaître est là scrutant, cherchant, examinant quelle ossature peut convenir à l'être humain privé de ses parties charnues, et l'on arrive à peu près à composer une carcasse homogène.

Cette dernière salle est l'atelier où s'opère le travail définitif des squelettes.

Le lendemain de l'exécution d'un condamné, cette fabrique a de la besogne. Le corps du supplicié livré à cette étrange usine, sert de type, après avoir été désossé dans une chaudière spéciale, à tous les corps soumis à la même préparation.

C'est aux plus habiles ouvriers que revient le soin de recomposer, sur le patron du squelette type, l'imitation de l'ossature du véritable guillotiné.

L'original reste à la fabrique. Les imitations reconstituées en divers exemplaires sont destinées à être expédiées à Paris, en province et à l'étranger. Elles sont appelées à orner le cabinet des savants, jeunes ou vieux, étudiants ou professeurs, heureux de posséder, *post mortem*, l'ossature d'un grand scélérat. Elles deviennent, pour ses propriétaires, le témoignage de notre néant et l'objet d'une étude personnelle.

Par cette étrange et mystérieux commerce, il se trouve que les Muséums de France et de l'étranger possèdent en même temps le prétendu squelette d'un criminel célèbre.

Ces squelettes ne sont pas plus authentiques que les nombreuses cannes de Voltaire et toutes les redingotes grises du grand homme !

J'ai vu autrefois, dans une baraque de saltimbanques, les squelettes de Cartouche, de Poncet et de Dumollard.

Sans doute, ils sortaient de la même fabrique. Elle seule peut se targuer de posséder au complet, moins la tête, les corps des condamnés à mort. En détenant les originaux de ses nombreuses imitations, cette fabrique de squelettes ne devient-elle pas le dernier cimetière des suppliciés ?

XLIX

LE PROLOGUE DE L'INVASION

Le soir de l'exécution de Troppmann, il m'arriva une aventure extraordinaire dont le drame lugubre semble du domaine du roman le plus sinistre et le plus invraisemblable.

Elle serait, en effet, invraisemblable, cette aventure, si elle ne s'était passée à une époque aussi tourmentée que celle de la fin du second empire, où la société était en désarroi; si elle n'avait été la conséquence de la chute prochaine d'un régime dont j'étais aussi l'un des plus humbles et des plus repoussés auxiliaires.

Ce jour-là, je me le rappelle comme si j'y étais encore, tout ému de ce qui s'était passé le matin, la main encore meurtrie par le patient, je m'étais rendu, ainsi que j'avais l'habitude de le faire après chaque exécution, à l'église Saint-Ambroise.

Après avoir pris un bain chez moi, autant pour me purifier que pour me délasser de mes fatigues, j'étais donc allé à l'église de ma paroisse, où j'avais écouté une messe en faveur du supplicié.

Après avoir été seul ou presque seul dans l'église, je m'en retournai l'âme navrée par tout ce qui m'était survenu. En rentrant à mon domicile, je me rappelai qu'à la Roquette la guillotine n'avait pas été démontée aussi vite que de coutume et que j'avais oublié de présider à son remisage.

N'étant pas sûr de mes aides, je tenais, avant de prendre un repos nécessaire, à m'assurer par moi-même du travail de mes ouvriers, à voir si tous les bois de justice avaient été bien placés à l'endroit qui leur était réservé.

La lutte que j'avais eue avec le patient, son vengeur qui, sur l'échafaud, m'avait menacé de son sanglant trophée, m'avaient fait perdre mon sang-froid.

Maintenant, plus calme, je tenais à remplir mon devoir jusqu'au bout. Je voulais revenir à la Roquette pour m'assurer du retrait de la guillotine et si rien ne s'y était égaré.

A peine retourné chez moi, je me disposai à repartir pour inspecter ce qui s'était fait en mon absence.

Le soir était venu lorsque je ressortais de mon domicile. J'habitais alors la rue de Ménilmontant. Cette rue, si fréquentée d'ordinaire, était devenue presque déserte, grâce à la pluie qui tombait à flots. C'était par une froide pluie d'hiver. La nuit était profonde. Un vent sifflait à travers un rideau de brouillard qui voilait les réverbères. Ils s'éteignaient par intervalles, à la file les uns des autres. De loin en loin, quelques passants, le plus souvent des ivrognes, longeaient les murs en titubant.

En descendant, j'envisageais ce temps affreux et les rares passants grelottant sous leur pardessus, disputant au vent leur parapluie que des rafales retournaient ou pourchassaient devant eux.

Un fiacre se tenait immobile à ma porte. Il semblait m'attendre. Je crus remarquer que le hasard, — était-ce bien le hasard? — avait mis ce même véhicule à ma disposition, lorsqu'une première fois j'avais quitté l'église Saint-Ambroise pour rentrer à la rue de Ménilmontant.

J'appelai le cocher. Il semblait dormir sur son siège malgré la pluie qui lui fouettait le visage. Je lui dis :

— A la prison de la Roquette.

Aussitôt le cocher cingla vigoureusement ses haridelles de son fouet, et brûla le pavé.

Arrivé au bout de la rue, le cocher au lieu d'aller à gauche, tourna à droite : il s'enfonça dans les quartiers de plus en plus déserts.

Surpris de cet itinéraire, je m'empressai d'abaisser la vitre, et, passant ma tête pas la portière, je criai au cocher :

— Où courez-vous? Ce n'est pas la route que je vous ai indiquée?

— Je connais mon chemin ! me riposta-t-il sans broncher, fouettant de plus belle ses chevaux qui prirent une allure vertigineuse.

Cette fois, je n'avais plus qu'à me résigner, si je ne voulais risquer de me tuer en sautant de la portière sur la chaussée.

Il fut enlevé du fiacre, garotté, bâillonné! (Page 267.)

Le fiacre ne courait plus, il volait, on aurait dit que la voiture avait des ailes.

Maintenant j'étais dans la plaine, tout près des fortifications, sur des terrains accidentés qui faisaient danser le fiacre; il bondissait sur les plaines, moitié buttes, moitié plateaux. Je reconnus, malgré la nuit, que j'étais derrière Belleville et que je me dirigeais vers les Buttes-Chaumont.

Bientôt, je distinguais dans les ténèbres une chapelle en bois bordant ces buttes, dont les excavations m'indiquaient les anciennes carrières de Belleville, si connues sous le nom des « carrières d'Amérique ».

Terribles carrières qui, à cette époque, servaient de refuge à tous les vagabonds et bandits de la capitale.

Évidemment ce n'était pas le hasard qui avait mis ce fiacre sur mon passage et son cocher me conduisait à la colonie des Allemands, puis aux carrières d'Amérique.

Un horrible soupçon me traversa l'esprit. En un instant de terribles pressentiments vinrent m'assaillir. Je me rappelai l'attitude de l'affreux

Liv. 34.   34

manchot, puis les paroles prophétiques de mon père. Je me souvenais de la menace de Cadet agitant sous la guillotine le mouchoir teint du sang de Troppmann.

Cette fois, je l'avoue, j'eus peur; je ne voulus plus aller plus loin. J'appelai, je sonnai, je criai.

La voiture s'arrêta; il était trop tard.

Lorsqu'elle eut terminé sa course, le cocher était descendu de son siège. Une foule ignoble, aux têtes patibulaires, couverte de haillons, vint se masser autour du fiacre, en proférant contre moi des menaces.

Je comprenais enfin l'horrible guet-apens dans lequel m'avait attiré ce cocher. C'était un complice, sans aucun doute, de Cadet qui, le matin, avait juré encore une fois de faire retomber sur moi le sang que la justice m'avait ordonné de verser.

Protester contre cette bande de forcenés qui m'entouraient, eût été aller au-devant de la mort.

Je laissais donc faire ces misérables qui se ruaient avec fureur contre la voiture, se hissant sur les roues, ouvrant avec fracas les deux portières, et débordant de tous côtés pour s'emparer de moi.

Je fermai les yeux et me laissai faire.

Un homme, un colosse, à la figure bestiale, au front carré, aux cheveux roux, un vrai type allemand, s'avança le premier contre ma personne, armé d'une lanterne.

Il dit à sa bande de truands dont les sombres figures rappelaient celles des mercenaires qui faisaient alors le travail des voiries :

— Qu'on le garrotte! et aux carrières! C'est là que l'attend Cadet. C'est là que le bourreau de notre compatriote recevra son affaire! Nous n'avons qu'à venger Troppmann en le lui livrant.

Ces paroles étaient pour moi une révélation. Elles confirmaient mes suppositions. Le cocher qui m'avait conduit, avait des ordres du quartier des Allemands pour se joindre aux représailles de Cadet.

Maintenant je n'avais plus qu'à mourir.

J'étais perdu; je n'avais même pas à protester... J'appartenais au Manchot. En servant la rancune des Allemands, en vengeant Troppmann, Cadet recommençait contre moi sa terrible mission. J'allais payer de la vie le bras que, jadis, je lui avais ravi.

Je comprenais le cruel retour de la destinée, je me résignai à mon sort.

Tout en réfléchissant ainsi, au milieu de mes terreurs, j'eus encore une ombre d'espoir.

Au moment où j'étais pressé par mes bourreaux, qui me tamponnaient la bouche, qui me bandaient les yeux, je levai un dernier regard au-dessus de ces misérables ; j'entrevis, aux lueurs de la lanterne de l'homme qui les commandait, un autre groupe derrière mes persécuteurs. Il était dominé par un cavalier ; celui-ci leur parlait avec vivacité.

J'entendis les paroles de ce cavalier, qui faisait piaffer avec intention son cheval pour jeter le désarroi dans les rangs des bandits.

— Non ! non ! mes amis. — leur disait-il, — le moment n'est pas venu. Il faut aller aux carrières pour empêcher cette maladresse de Cadet, *c'est trop tôt !* Attendons la *guerre* et l'*invasion !*

Le vent qui m'apporta ces phrases du cavalier, pendant qu'on me bâillonna, me rendit à l'espérance ; je me remis à respirer comme autrefois lorsque Cadet me manquait à la Roquette.

Encore une fois, je comptais, bien faiblement, il est vrai, sur un nouveau retour de la destinée.

Bientôt je n'eus plus la consolation de voir ni d'entendre celui que je considérais déjà comme un sauveur.

Enlevé du fiacre, garrotté, aveuglé, bâillonné, je fus porté par une foule nombreuse qui poussait d'épouvantables hourrahs. Ils criaient :

— Au poteau ! le bourreau ! au poteau ! Capout !... capout !... le bourreau !

Après un quart d'heure de course où je sentais qu'on me montait, qu'on me descendait sur un sol inégal où parfois trébuchaient mes porteurs, un air froid me fouettait au visage.

J'étais sous terre. Quatre hommes me remirent debout. Ils m'attachèrent par les pieds et par le cou à un pilier. Une fois bien garrotté, ils me délivrèrent du double mouchoir qui m'avait bandé les yeux et bâillonné la bouche.

J'étais dans un souterrain, ce souterrain c'était celui des carrières d'Amérique.

En recouvrant la vue, un horrible et infernal spectacle se déroula devant moi.

Je me vis au milieu d'une grotte profonde, ayant l'aspect d'une crypte. Autour de ma personne était rangée une foule hideuse : c'était un tas de mendiants, fumant, sacrant et blasphémant. Ceux qui n'avaient pas le brûle-gueule à la bouche tenaient de longs bâtons, au bout desquels se balançaient, dans d'opaques vapeurs, des lanternes aux lumières incertaines et vacillantes. Elles éclairaient cette légion de loqueteux, de pouillards, tels qu'en a dessiné Callot. Les visages de ces cagneux étaient aussi horribles que fantastiques. Pour le grotesque, ils rappelaient Quasimodo ; pour le hideux, Dumollard.

Les lambeaux de ténèbres déchirés par les lueurs des falots donnaient à cet antre immonde un carractère aussi sinistre que repoussant. Cette caverne était, je le répète, celle des carrières d'Amérique; cette crypte, où j'étais garrotté, bâillonné, était appelée le carrefour de la Croix; caverne ou crypte, avait été désignée, par les assassins, pour être l'endroit de mon supplice.

Les spectateurs de mon trépas étaient ceux que, d'ordinaire, les assises désignaient à mes exécutions. C'étaient, pour la plupart, des vagabonds, voleurs et meurtriers, hôtes familiers de ces carrières.

Cadet avait choisi son public. Il n'était que trop bien disposé à seconder sa vengeance.

A peine fus-je rendu à la lumière, à peine fus-je débâillonné et lié, au carrefour de la Croix, qu'un homme fendit la foule. Il était suivi de son éternel compagnon, le Béquillard : c'était Cadet. Sa face ignoble était rendue plus hideuse par la colère qui l'animait. Il brandissait, de son unique bras, une énorme hache. En s'avançant contre moi, son arme à la main, ses yeux lançaient des éclairs, sa bouche écumait.

D'un bond il sauta vers mon pilier. Béquillard l'imita, en trépignant de joie sur ses deux béquilles.

A la vue de ces démons qui allaient faire justice d'un bourreau, des cris d'allégresse retentirent dans la foule. Les lanternes s'agitèrent. Les pipes flamboyèrent en répandant un nuage plus opaque au-dessus de ces têtes affreuses.

Partout ce n'étaient que cris de joie, des battements de mains, dont le bruit se répercutait en échos sonores sous la voûte souterraine.

C'était un tapage, un tableau rappelant l'enfer.

Et partout ces cris répétaient :

— A mort! le bourreau... à mort!

Je faillis m'évanouir. Je n'avais plus conscience de moi-même, je me demandai si je n'étais pas le jouet d'un épouvantable cauchemar.

Cadet parut, il fit élargir le cercle qui m'entourait. Puis me regardant bien en face, il fit tournoyer au-dessus de ma tête sa hache énorme. Il dit aux assistants :

— Vous voyez ce bourreau? C'est celui qui, ce matin, a saigné un des nôtres, Troppmann, notre frère Troppmann, que j'ai juré de venger.

— A mort! répétèrent les misérables.

Tous ces cris se croisaient dans l'air; ils étaient accompagnés de gestes indescriptibles, odieux, menaçants ou obscènes.

— Écoutez-moi, dit Cadet, vous croyez, peut-être, qu'avec ce tranchet je vais simplement fendre le crâne de celui qui a déjà abattu tant de

Je suis Jud. le comte de Matricore! (Page 270.)

têtes? Non! Il faut que ce bourreau souffre, en cette nuit, tout ce qu'il a
fait souffrir aux autres; il faut aussi qu'il paye ce qu'il m'a pris. Si je suis
manchot, c'est par sa faute! Il m'a privé de mon bras; je vais commencer
par lui prendre le sien. Troppmann, ce matin, lui a mordu la main; je vais
achever son œuvre, en lui abattant le bras. Dent pour dent, œil pour
œil; après, nous procéderons à tous ses abatis.

L'horrible personnage, après avoir fait tournoyer sa hache au-dessus
de ma tête, allait la diriger sur une de mes épaules; c'en était fait de moi,
j'étais perdu.

De nouveau, je fermai les yeux.

Je l'avoue, je frissonnai de peur. Un froid mortel s'était emparé de mes
membres.

Au moment où la hache de Cadet allait s'abattre sur mon épaule, le
bruit du trot d'un cheval retentit sous la crypte. Le cavalier que j'avais vu
au quartier des Allemands cria de l'ouverture du souterrain:

— Arrêtez! vous me répondez du bourreau. Le premier qui le frappera
est un homme mort! Il faut qu'il vive! Nous le voulons!

Avant que Cadet, n'écoutant que sa vengeance, eût tenté de me frapper, trois hommes s'étaient rués sur lui et le terrassaient.

Plus prompts que l'éclair, quatre autres enveloppaient Béquillard. Ceux qui les suivaient, par les ordres du cavalier, se jetaient sur les misérables s'apprêtant à seconder les sanglantes représailles de Cadet.

Quelques minutes après, il n'y avait plus un seul de mes persécuteurs dans le souterrain. J'étais libre !

A peine remis de mes terreurs, à la suite de l'horrible danger que je venais de courir, je demandai au cavalier son nom.

Il me répondit en souriant :

— Monsieur H..., je suis Jud, le comte de Matricore... J'ai beaucoup connu votre prédécesseur. J'ai failli même faire votre connaissance avec ses bois de justice ; mais sauvez-vous ! Croyez-moi, ne restez pas une minute de plus au fond de ces carrières. Cadet peut y revenir. Nous ne serions peut-être plus en force, et je ne répondrais plus de vous.

Resté seul dans cet antre, je me sauvai épouvanté. Je rentrai chez moi encore poursuivi par les ombres de Jud et de Cadet !

L

APRÈS L'INVASION

Dans la même année, ma carrière se trouva suspendue. Dès l'année terrible de 1870, la guerre, l'invasion, puis la Commune, avaient dispersé tous les Français. La France ne s'appartenait plus ; plus d'ordre, plus de hiérarchie ! Du faîte à la base de l'édifice social, tout était bouleversé, anéanti.

La magistrature n'existait plus ; et moi, l'exécuteur de la justice, je n'avais plus qu'à attendre la fin de la tempête déchaînée sur notre malheureux pays.

Une épée de Damoclès était suspendue sur ma tête ! Une fois désarmé du glaive de la loi, la hache de Cadet, qui m'avait menacé, en pleine paix, ne devait-elle pas me menacer encore ?

Je me souvenais de la Roquette, du supplice de Troppmann, du quartier des Allemands, de Jud et des Prussiens !

Averti par les récents dangers que j'avais courus, je m'étais mis sur mes gardes. Si Cadet ne me perdait pas de vue, je le faisais serrer de près en ces jours d'épreuves et de calamités.

Après la guerre, dès les premières manifestations de la Commune, j'avais reçu du gouvernement, réfugié à Versailles, un ordre secret, mais formel. Il m'était enjoint de veiller nuit et jour, près de la Roquette, sur les bois de justice. Moi et mes aides, nous devions empêcher de laisser brûler l'échafaud, malgré le décret du gouvernement du Comité supprimant la peine de mort.

Mon poste à la Roquette, pour défendre la guillotine, n'en était que plus périlleux !

Chaque jour rendait la lutte plus atroce, chaque jour j'étais plus perplexe; et j'avais encore les yeux fixés sur Cadet, qui nedevai t pas manquer de réaliser ses projets de vengeance contre ma personne. J'étais à sa merci.

En montant le soir, le matin, la nuit, au quartier de la Roquette, je puis dire, sans trop d'exagération, que je montais mon calvaire. Je m'attendais, un jour ou l'autre, à laisser ma vie en y revoyant le Manchot qui, tant de fois, s'était promis de devenir mon exécuteur.

Heureusement que, dans ces jours de trouble et de sang, Cadet avait été occupé ailleurs. En tous les cas, j'avais pris les devants. J'avais dépêché auprès de lui, partout où il se trouvait, un de mes aides déguisé en chiffonnier. Ce dernier, qui m'était très dévoué, avait mission de ne pas quitter Cadet d'une semelle pour me mettre au courant de ce qu'il aurait pu tramer contre moi.

Cadet, par amour du pillage, devait être le premier à s'emparer de toutes les épaves apportées par la tempête sociale. Lui et Béquillard, grisés par l'amour du vol, n'avaient pas eu le temps de songer à leur vengeance. Ils y songèrent quand sonna l'heure de la défaite de la Commune.

Alors, ils voulurent en finir avec l'ancien exécuteur de la loi qui, après la défaite de la Commune, pouvait se dresser de nouveau contre les coupables.

Mon espion, le chiffonnier, m'apprit leur criminel dessein, au moment où la dernière semaine de la Commune allait finir.

Un soir, le 24 mai, B..., c'était mon aide déguisé en chiffonnier, arriva chez moi plus tard que d'habitude ; d'un air effaré, il me dit ces mots :

— Les Versaillais sont dans Paris ! Les portes de Paris sont ouvertes. C'est Ducatel, un employé des ponts et chaussées, qui conduit l'armée, de barricade en barricade, contre les fédérés.

Deux jours après, les hasards de la lutte ramenaient à la Roquette Cadet et Béquillard.

A la suite de la visite de mon chiffonnier, deux jours après cet avertissement du recul des fédérés, c'était le 24 mai.

Je me demandai si, en ce sinistre moment, je devais faire encore mon triste pèlerinage. La raison me disait : non. Mon devoir parlait plus haut que la raison.

Dès le 24 mai, Paris brûlait. La guillotine, dont mes chefs m'avaient confié la garde, pouvait avoir le sort de tout ce qui restait encore debout.

Il m'eût été permis de rester chez moi, de prétexter de mon impuissance devant les effroyables incidents qui se produisaient et de m'excuser auprès du gouvernement de Versailles.

En face de la mort qui me menaçait, je ne pouvais pourtant me résoudre à être lâche. J'étais décidé à affronter tous les dangers, Cadet fût-il à la Roquette?

Je le répète, c'était le 24 mai.

Du côté de Bercy, tout l'horizon était en feu. La batterie du Père-Lachaise, encouragée par le progrès des flammes, redoublait de violence ; de Montmartre à l'Hôtel de Ville retentissaient les bruits du canon et de la fusillade.

La veille, j'avais été aussi averti par un gardien de la prison de la Roquette, que son incendie avait été résolu. Ce dernier avait reçu l'ordre de Versailles de faire tout son possible pour que l'incendie n'eût pas lieu. Il était resté à son poste; moi, gardien de la guillotine, ne devais-je pas rester aussi au mien, dussé-je y rencontrer mes ennemis personnels!

Ah! il en a coûté, en cette semaine sanglante, à tous ceux qui sont restés à leur poste pour sauver ce qui devait être anéanti.

A cette époque, je me demandais si j'étais bien éveillé, si je n'étais pas sous l'influence d'un horrible cauchemar. Tant d'épreuves qui, depuis un an, m'avaient atteint, en frappant finalement la patrie, avaient épuisé mes forces. Elles ne me permettaient pas de résoudre ce problème.

Encore aujourd'hui, autant j'ai l'âme envahie d'une suprême pitié pour les ouvriers à quarante sous qui s'en allaient mourir avec des fleurs au bout de leur fusil, autant mon âme éprouve d'indignation contre certains de leurs chefs : bonapartistes déguisés, vendus à l'étranger, qui, au moment de la défaite, gagnaient les lignes prussiennes, se protégeant derrière leurs baïonnettes, pendant que leurs victimes mouraient sur les barricades, dans l'intérieur de Paris dévoré par les flammes.

Paris flambait, les monuments, les clochers, les églises se découpaient en noir sur la braise.

Un panache de fumée partait de la Bastille jusqu'à l'Arc-de-Triomphe, pendant que sur le ciel lourd voltigeaient les papiers calcinés du Ministère des finances.

— Citoyen, me cria un Garibaldien déguisé en capitaine. (Page 270.)

Dans cette gigantesque fournaise, les mitrailleuses crachaient leurs dernières mitrailles, partout montaient des rumeurs sinistres qui étaient comme les craquements d'une société qui s'effondre.

Tout en me désintéressant des luttes de la Commune, je m'étais fait délivrer une carte par le nouveau directeur de la Roquette. Jusqu'au mercredi, ce fonctionnaire et les employés m'avaient « toléré » en cette prison. On me laissait monter la garde dans le hangar où se tenait la guillotine, considérée par les fédérés comme un meuble inutile.

Mais un jour, en me présentant au greffe, je me trouvai en face d'individus qui n'étaient pas ceux de la veille. Quand je m'annonçai à eux, un formidable hourrah retentit à la salle du greffe.

— Citoyen! me cria d'une voix tonnante un garibaldien déguisé en capitaine, le « colonel » Cadet, qui depuis ce matin nous a installés ici, vous attendait. La guillotine, ce vieil engin des tyrans, ne peut plus exister. Au feu la guillotine, et vous devez finir avec elle! Veuillez signer cette liste et passer à la cellule qui vous attend. On va vous y conduire.

LIV. 35.   35

J'étais prisonnier. C'en était fait de moi! En revenant à mon poste, je m'étais dirigé vers la mort. Le nom de Cadet, prononcé en ma présence, m'indiquait le sort qui m'était réservé. Ce qui frappa mes regards, en signant la liste du greffe, ce furent les noms qui y étaient inscrits. On avait marqué d'un trait rouge horizontal les noms de ceux qu'on devait fusiller. Un trait vertical, formant une croix, était en regard de ceux qui déjà avaient été frappés.

Le gardien qui me conduisit, et qui était resté à la Roquette malgré la nouvelle recrue des fédérés conduits par Cadet, était précisément celui qui avait été chargé par Versailles de préserver la prison de l'incendie.

LI

LA PRISON DE LA ROQUETTE SOUS LA COMMUNE

Lorsque mon gardien fut loin des soldats, lorsqu'il fut seul avec moi, il me prit vigoureusement la main, il me dit avec un attendrissement mêlé de frayeur :

— Vous êtes revenu, c'est bien, monsieur. Ayez espoir et surtout bon courage!

Cette fois-là, j'eus véritablement peur.

Deux jours se passèrent sans que je fusse tiré de ma cellule pour aller grossir le nombre des otages.

Je ne savais à quoi attribuer l'inexplicable délai donné à mon supplice. Pourtant, Cadet était revenu. Pressé par un membre influent du Comité de Salut public, Cadet devait être tout au moins aussi désireux que ce dignitaire de la Commune, d'en finir avec les prisonniers.

D'heure en heure, les rapides progrès de l'armée s'indiquaient par le bruit plus rapproché de la fusillade. Les Versaillais avançaient à la fois par le boulevard du Prince-Eugène et la barrière du Trône.

On entendait dans la cour de la prison des bruits sourds et prolongés : c'étaient comme des coups de maillet frappant sur du bois.

Je me faisais à ce sujet mille réflexions, lorsque mon voisin de cellule s'approcha de ma cloison et me dit :

— Entendez-vous les coups de marteau qui partent de la cour?

— Oui, lui répondis-je, et je ne sais ce que cela veut dire.

— Eh bien! ajouta-t-il, je vais vous l'apprendre. Ce sont les ouvriers de Cadet; ils relèvent, à votre intention, la guillotine, confiée naguère à votre garde. Si, depuis deux jours, on a retardé votre supplice, c'était pour mieux le préparer et le rendre plus complet. On vous ménage un autodafé atroce, en sa présence.

Une minute après, une dizaine de soldats montaient à mon corridor. Pressé, bousculé par ces hommes, j'essayai de m'avancer d'un pas ferme entre leurs rangs, malgré la triste perspective du sort qui m'attendait.

Un spectacle nouveau, effrayant, se dressa devant mes yeux : la guillotine confiée à ma garde, sortie de son hangar, avait été hissée dans la cour comme au jour des exécutions.

Les coups que j'avais entendus étaient en effet ceux des ouvriers dressant, dans cette cour, l'échafaud à mon usage.

Pour les besoins de la cause, Cadet n'avait fait que déplacer l'échafaud, planté d'ordinaire à la chaussée, en dehors de la grande porte de la Roquette.

Devant la guillotine, rangé en carré, se dressait un bataillon de fédérés, l'arme au bras.

La cour était remplie par les détenus ordinaires de la Roquette. L'administration les avait fait sortir des bâtiments de l'Ouest pour jouir de l'exécution d'un bourreau. Ils étaient en proie à une surexcitation difficile à décrire.

A part le changement des rôles, c'était à peu près le même public des exécutions à la porte de la Grande-Roquette.

Ah! Cadet avait bien dressé sa mise en scène; du reste, il s'y connaissait.

Cette fois, Cadet n'avait rien négligé pour me faire payer, avec usure, les tortures que je lui avais infligées.

Arrivé à la guillotine, mes gardiens m'y hissèrent. Une fois sur l'estrade, deux détenus, remplissant les fonctions de mes aides, m'empoignèrent, puis me garrottèrent à l'un des poteaux.

Je remarquai que le couteau n'était pas dans sa rainure. Je ne devais donc pas être décapité?

Quel supplice me réservait-on?

Je ne tardai pas à le savoir, en apercevant ces misérables prêts à brûler, de leurs torches, les bois de justice et à faire de la guillotine un bûcher où j'étais attaché.

Je ne pus retenir un cri de terreur.

Cadet était au milieu d'eux, toujours là, en face de moi, avec son sourire implacable, jouissant de mes terreurs et de mes angoisses.

Il était heureux, bien heureux, de me retrouver à la place où il aurait dû être, et où avait été son père.

A mon exclamation de terreur, il répondit par un immense éclat de rire.

Une minute encore et les flammes des torches, en léchant les étais de l'échafaud, allaient m'entourer. Cadet ne pressa pas la besogne de mes exécuteurs. Il les modéra, pour mieux jouir de mes tortures, au moment où mes bourreaux se préparaient à attiser la flamme à mes pieds.

Un voile de fumée m'enveloppa, déchiré par les flammes qui m'envahissaient. J'étais asphyxié avant d'être brûlé. Je m'évanouis sous les liens qui me retenaient à mon bûcher.

Tout était fini. Dans quelques minutes, j'allais devenir la proie des flammes. C'en était fait du bourreau et de la guillotine.

Mais un cri formidable de sauve-qui-peut retentit tout à coup dans la prison.

Les fédérés étaient surpris par l'armée de Versailles. Au moment où je croyais que tout était fini pour moi, une main amie trancha mes liens. Elle me sauva du supplice préparé par Cadet.

Voici ce qui s'était passé.

Lorsque j'étais retiré de la prison pour être conduit à l'échafaud, les gardiens purent délivrer les malheureux emprisonnés avec moi.

Ils leurs procurèrent des armes.

Les plus courageux, entraînés par leur exemple, se portèrent à mon secours.

Les autres se barricadèrent dans la prison.

L'apparition des gardiens et de mes compagnons armés, au moment où la guillotine allait s'effondrer dans les flammes, arrêta la joie de Cadet et de ses bandits.

Après une courte lutte, je fus délivré.

Il était temps !

Je n'ai jamais été aussi près de la mort que ce jour-là. Sans cette miraculeuse intervention, j'aurais péri dans les souffrances les plus atroces.

Des flammes léchaient déjà le plateau de la guillotine sur laquelle j'étais attaché, lorsqu'on coupa mes liens.

Je m'évanouis. Ceux qui venaient de me sauver furent forcés de m'emporter dans leurs bras.

Ce ne fut que longtemps après, à force de soins, que je repris connaissance.

Je tombai malade ; une fièvre violente me retint plusieurs mois au lit, et l'on crut un moment que je perdrais la raison.

Mon gardien me prit vigoureusement la main. (Page 274.)

LII

MA RETRAITE

Je ne me suis jamais complètement rétabli des souffrances physiques et morales que m'avaient fait éprouver mes ennemis.

Sur la fin de ma carrière, la morale de mon père s'était tournée en prophétie !

Cette morale n'avait cessé de revenir à ma mémoire.

J'apprenais, à mes dépens, qu'il ne fait pas bon de se venger personnellement des bandits que la justice nous ordonne de sacrifier.

De son côté, Cadet, le manchot, Cadet, l'assassin, était mort sur les ruines d'une société qu'il avait réussi à terroriser, sinon à sacrifier ; moi, désigné par la société à devenir son sacrificateur, je ne valais guère mieux que lui.

A mon tour, j'avais la destinée de mon prédécesseur, mort après le sacrifice qu'avait tenté d'exercer sur lui un autre bandit qui, comme Cadet, était parvenu à éviter la guillotine !

Pourquoi la société use-t-elle aujourd'hui des mêmes représailles à l'égard des uns, qui narguent les lois, et des autres, qui sont chargés de les défendre ?

C'est le mystère de l'avenir !

En tous les cas, j'ai été assez éprouvé par les épouvantables péripéties de ma vie, pour savoir que le bourreau, à notre époque, est aussi à plaindre que le patient qu'il est appelé à exécuter.

J'en suis la preuve vivante.

A la suite de *mon rétablissement*, la vigueur de mon tempérament n'avait pu me rendre les forces d'autrefois. Ma figure était congestionnée ; j'avais des hallucinations. Mon corps tremblait, j'avais comme des attaques d'épilepsie. Ma main n'était plus assez sûre pour presser le ressort qui doit faire descendre le couperet de la guillotine sur la tête d'un condamné.

Je donnai ma démission de bourreau.

Je l'envoyai au ministre de la justice, en sollicitant ma retraite, en priant la magistrature de me donner un successeur.

C'est dans le loisir de cette retraite que j'ai écrit mes souvenirs.

Les contemporains jugeront, après les avoir lus, quel est le plus à plaindre, du patient ou du bourreau ; de celui qui reçoit ou de celui qui donne la mort, avec la même épouvante, presque avec la même douleur?

*
* *

Neuf mois après, au mois de mars 1872, l'auteur de ces souvenirs succombait à la suite de la longue maladie qu'il avait éprouvée. Il mourait, comme son prédécesseur, victime d'un bandit et victime du devoir !

LIII

LE SUCCESSEUR DE M. H.

L'explication et la cause de la mort de M. H*** ont été données par son successeur, M. R***.

Sur les derniers temps, son prédécesseur, M. R*** avait été l'aide de celui qui lui transmit ses souvenirs.

Le nouveau bourreau les eut en sa possession; M. H*** les lui légua avec sa terrible fonction.

Les quelques lignes qu'on vient de lire à la fin de ces *souvenirs*, sont peut-être les seules que M. R*** aurait écrites en vue de la publicité, uniquement pour enregistrer la date de la mort de son prédécesseur et celle de son entrée en fonction.

M. R***, à l'encontre des *Sanson*, n'a eu rien moins que l'ambition de passer à la postérité. Ses notes, que l'auteur a sous les yeux, n'ont d'autre prétention que de préciser les terribles travaux qui ont marqué sa sanglante carrière.

Ces notes, faites au jour le jour, datent de l'année 1870 jusqu'à l'année 1879, où finit la vie de M. R***.

Pour reconstituer l'histoire du successeur de M. H***, pour continuer, avec elle, l'épouvantable panorama des héros de guillotine, il a fallu que l'auteur écrivît sur la pensée de cet autre exécuteur.

M. R*** était la vivante opposition de M. H***. Autant l'un était gentleman, froid et solennel, autant l'autre était expansif et sans façon. Le premier était aussi compassé que le second était l'exécuteur sans gêne.

Comme son prédécesseur, M. R*** était d'une forte stature, mais d'une corpulence plus arrondie; il avait la même agilité, avec des allures moins imposantes.

Tous les deux avaient débuté fort jeunes; comme M. H***, M. R***, dès l'âge le plus tendre, avait aidé son père dans ses terribles fonctions.

M. R*** avant de devenir *le bourreau de Paris*, avait eu affaire à un grand nombre d'*exécutés*. D'après un registre qu'il tenait très régulièrement, il avait, comme aide de son père, prêté la main à vingt-sept exécutions; comme aide de divers autres exécuteurs, il en comptait vingt-quatre; comme bourreau d'Amiens, trente, comme aide de M. H***, dix; comme l'exécuteur chef de la France, quatre-vingt-deux; en tout *cent soixante-treize* exécutions!

R***, ainsi qu'il a été dit au début de ce chapitre, avait un tempérament tout différent de son prédécesseur. C'était un grand et gros homme; sa figure placide était encadrée de favoris ras et gris coupés au coin de la bouche.

Jamais il ne porta l'habit noir. Les jours d'exécution, à l'encontre du solennel H***, l'habit l'eût gêné. Il se contentait d'une large redingote à la propriétaire; sur son gilet pendait une énorme chaîne de montre qui lui battait le ventre. Avec de petits anneaux d'or aux oreilles, l'exécuteur R*** ressemblait exactement à un maître charpentier endimanché.

Ses mots — écrit un journaliste de l'époque — sont devenus légendaires. C'est lui qui, le jour d'une exécution, apprenant que le condamné voulait prononcer un discours, s'écria :

« — Je l'en empêcherai bien ! »

C'est encore lui qui, ligottant un condamné tremblant et blême, lui adressa ces paroles paternelles :

« — Voyons, mon garçon, un peu de courage ! On ne veut pas vous *faire de mal*. Du reste, ce sera sitôt fait que vous *n'aurez pas le temps de vous en apercevoir*. »

En 1833, R***, qui n'avait que vingt ans, était venu aider son oncle, l'exécuteur de l'Ardèche, pour guillotiner les trois assassins de Peirebeilhe. Aux termes du jugement, l'échafaud devait se dresser devant l'auberge où pendant vingt années la famille Leblanc avait assassiné les voyageurs.

— De quel côté faites-vous *saluer* les condamnés ? demanda le jeune R*** à son oncle.

Saluer, en terme de bourreau, signifie : faire tomber la tête.

— Mais, répondit l'oncle, sans hésiter, du côté de leur maison ?

— C'est comme chez nous, répondit le jeune homme. Du reste, c'est *plus poli*.

Ainsi que les bourreaux F*** et H***, l'exécuteur R*** avait des soins tout particuliers pour sa machine ; on pourrait même dire qu'il la soignait comme une mère soigne son enfant. Il l'appelait son *bijou*. Il l'astiquait, la frottait. Il essuyait avec son mouchoir les grains de poussière ou de boue qui s'y étaient fixés. Entendant parler du *sinistre bruit* que faisait le couperet, en tombant, il fit placer deux coussins de caoutchouc au bas des rainures : pour éviter au patient la sensation que produit la vue du couteau, il inventa un procédé qui sera détaillé dans le chapitre suivant.

Il avait pour son patient une sollicitude singulière, elle ne se démentait que par son rôle et son attitude professionnelle.

R*** s'intéressait vivement à ses suppliciés. Il adorait sa famille. Quand il allait « fonctionner » en province, son premier devoir, aussitôt l'échafaud démonté, était d'envoyer une dépêche à sa femme pour lui dire comment l'affaire avait marché, si l'on avait eu beaucoup de monde et l'heure du retour.

C'était l'homme du foyer, l'homme de l'intimité par excellence ; il idolâtrait ses enfants, et son épouse lui reprochait, pour eux, une faiblesse inconcevable ! Quel contraste avec les attributions de son métier !

Sous sa placidité, il cachait une compassion très grande pour ses sujets, il les appelait des *martyrs de la loi*.

Sur ses notes qu'il n'écrivait que pour lui, R*** s'exprime à peu près en ces termes :

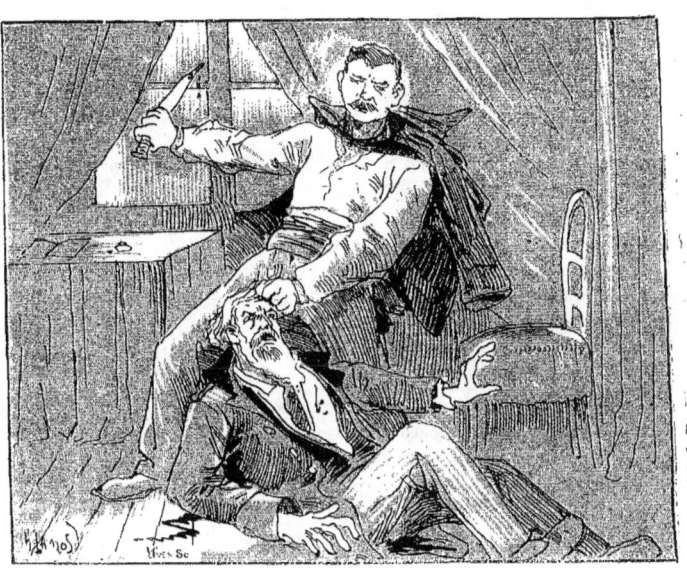

Il lui laboure le visage et la poitrine. (Page 284.)

« Chez le criminel à qui l'on vient dire : Il est cinq heures, à sept heures tout sera fini, vous aurez cessé d'être, votre âme connaîtra les mystères de la vie éternelle, il se produit une révolte immense, vertigineuse, de l'instinct de la conservation contre la pensée de l'anéantissement.

« Alors la terreur se mêle à la rage, la rage à la défaillance. Il s'opère des effets physiologiques d'un caractère effrayant.

« Ainsi Troppmann, Poncet, en une nuit, sont tellement ébranlés par la terreur et le désespoir que le corps perd de sa sensibilité, que le cerveau se congestionne et que, de l'extrême jeunesse, ils passent à l'extrême caducité.

« Troppmann, Poncet, à leurs derniers moments, avaient des figures de vieillard.

« D'autres, comme Avinain et Lemaire, sourient à la foule, en défiant l'échafaud. C'est toujours la souffrance qu'ils éprouvent en quittant la vie, qui leur donne ce dédain apparent de la mort. Il n'est que le masque de la dernière convulsion d'une mort sans agonie.

« L'abattement des uns, le défi des autres proviennent d'une même crise nerveuse ; ils sont produits par les mêmes effets physiologiques chez tous les condamnés. »

R*** avait une telle prédilection pour ses patients, qu'il ne tolérait pas qu'on les ternît trop devant l'opinion.

Lorsqu'on lui raconta que M. H***, son prédécesseur, avait été mordu à la main par Troppmann, au moment de l'exécution, R*** affirma que le fait était faux.

— Je n'en parle pas comme témoin, — disait-il, — car *je n'étais pas de Troppmann ;* mais on m'a toujours *démenti la chose !*

Tout en défendant ses patients, R***, sur le théâtre de l'action, n'était pas moins un fonctionnaire dévoué à la loi.

A ce sujet, voici ce que dit le journaliste que j'ai cité, en signalant les bizarreries de l'exécuteur R*** :

Fort jeune, R*** avait assisté à la fameuse exécution de Montcharmont, le braconnier. Cette exécution fit tant de bruit qu'elle fut le point de départ des théories contre la peine de mort.

Montcharmont s'était cramponné à la guillotine et on fut toute une journée sans pouvoir en avoir raison.

— C'était bien la faute de mon confrère de Chalon, disait R***. J'ai une manière à moi de lier le condamné qui ne m'a jamais fait défaut. Il ne voulut pas l'accepter. Le soir, il se décida à me laisser faire et *tout se termina à la satisfaction générale.*

R*** était un esprit méticuleux, très fort sur la statistique, il écrit sur ses notes quotidiennes :

Après la révolution de Juillet qui, par les circonstances atténuantes, permet d'abaisser la peine d'un ou deux degrés, les chiffres des exécutions capitales ont sensiblement décru, voici leur nomenclature :

De 1831 à 1835, 327 condamnations à mort n'entraînent que 154 exécutions ;

De 1836 à 1840 : 197 condamnations, 147 exécutions :

De 1841 à 1845 : 240	—	178	—
De 1851 à 1856 : 282	—	138	—
De 1856 à 1860 : 217	—	120	—
De 1861 à 1865 : 108	—	63	—
De 1866 à 1869 : 50	—	31	—

Ainsi, dans les huit dernières années, à partir de la mort de l'exécuteur H***, jusqu'à l'entrée en fonction de R***, cent trente-quatre condamnations n'ont été suivies que de quatre-vingt-quatorze exécutions. Ce qui ne fournit pas douze exécutions pas an sur une population évaluée à trente-huit millions d'habitants.

Il est vrai qu'entre la mort de l'exécuteur H*** et les débuts de R*** survint l'année terrible; elle devait donner de la besogne à son successeur !

LIV

LES DÉBUTS DE L'EXÉCUTEUR R*** ET SA NOUVELLE MACHINE

Immédiatement après l'exécution de Troppmann, M. R***, encore bourreau d'Amiens, fut mis en rapport avec M. H***.

Depuis le guet-apens *des carrières d'Amérique*, où il n'était que trop prouvé à M. H*** qu'il ne cessait d'être poursuivi par un vengeur aussi cruel que mystérieux, il semblait avoir hâte de quitter Paris, théâtre de ses exploits.

Avait-il le pressentiment de sa fin prochaine? Abreuvé de chagrins, essayait-il de s'étourdir en ne donnant aucune relâche à sa pensée, en l'occupant par les émouvants et terribles travaux attachés à sa profession?

Toujours est-il que, depuis 1870, M. H*** que M. R*** avait aidé dans la capitale, aux préliminaires de sa sanglante fonction, ne le quitta plus. Il le voyait souvent à Amiens, pour l'assister dans l'exercice de ses attributions.

A cette époque, deux exécutions devaient avoir lieu : l'une à Beauvais, l'autre à Laon; elles se suivaient à vingt jours d'intervalle.

La première se faisait contre un nommé Bellière, un manouvrier, âgé de trente-trois ans, condamné à mort pour parricide. La seconde contre un nommé Duchemin.

Ce dernier était un parricide doublé d'infanticide. Il avait entraîné dans la perpétration de ses crimes tous les membres de sa famille : son frère, sa sœur, sa femme, sa petite fille dont ce monstre avait tué les enfants issus de son commerce incestueux !

Certes, pour de pareils scélérats qui n'avaient pas craint, par leurs abominables forfaits, de défier la justice et la société, deux bourreaux n'étaient pas de trop.

A propos de l'exécution de Beauvais, un journal de la localité s'exprime ainsi :

« L'exécuteur de Paris, qui avait été appelé pour assister M. R***, son collègue d'Amiens, a beaucoup appelé l'attention de la foule qui remplissait la place du *Franc-Marché*. Il précédait la charrette du patient de quelques pas. On ne se montrait pas sans émotion l'homme qui, quelques jours auparavant, avait fait subir à Troppmann le châtiment suprême. C'est un très bel homme et il a très bon air ! »

Était-ce bien M. H***, l'homme de six pieds, froid, calme, les yeux clairs, les cheveux blancs, taillés en brosse comme ceux d'un officier en retraite, que les assistants remarquaient, ou l'attitude méditative, triste et solennelle de sa personne ?

Hélas ! depuis la mort de son fils, depuis les tourments et les appréhensions qui ne cessaient de l'accabler, M. H*** avait peine à se débarrasser, même dans l'exercice de sa fonction, des poignantes douleurs écrites sur son visage ravagé.

Personne ne se doutait encore que M. H*** n'assistait M. R***, son collègue d'Amiens, que pour lui laisser bientôt le poids de sa charge.

En tous les cas, M. R*** avoue plus tard, après avoir été en possession des *souvenirs* de son prédécesseur, le but de M. H***, sollicitant du ministère de la justice, la faveur d'assister son collègue d'Amiens, autrefois son aide.

Aux exécutions de Beauvais et de Laon, M. H*** uni à M. R***, n'avait donc qu'un désir : l'instruire au plus vite pour lui léguer plus vite encore son terrible héritage.

Et M. R***, qui avait d'incroyables dispositions pour le métier, qui avait été *deviné* par M. H***, date des exécutions de Laon et de Beauvais ses débuts dans sa fonction d'exécuteur de Paris.

Voici comment s'exprime M. R*** sur les parricides de Laon et de Beauvais : L'un Bellières, âgé de trente-trois ans, l'autre Duchemin, âgé de quarante-huit ans. C'étaient deux journaliers que la passion du meurtre ou la lascivité avait fait descendre au niveau des félins les plus féroces.

Un jour, Bellières est gris, il se rend dans sa commune, chez son père qui habite Saint-Germain-la-Poterie. Il lui réclame de l'argent pour boire encore. Sa mère accourt sur les explications très vives du père et du fils, elle est, à son tour, menacée par ce dernier.

Alors Bellières s'élance dans la cuisine et se jette sur un long couteau ; sans s'arrêter aux cris de sa mère qui essaye de le désarmer, il frappe son père ; il lui laboure avec son arme le visage et la poitrine.

Il ne se contente pas de le frapper ; il tourne et retourne dans les plaies la lame qui perfore le corps de la victime.

Une fois son père expirant et terrassé, il piétine dessus. La mère

Il a aux pieds et aux mains, des chaînes d'un poids formidable. (Page 286.)

tombe évanouie aux pieds du parricide, après avoir voulu défendre vainement son mari.

Le misérable ne s'arrête que devant ses victimes innanimées. Puis son
couteau entre les dents, comme un fauve altéré de sang et de carnage, il
court dans l'intérieur de la maison. Il va à son foyer, prend un tison
embrasé et s'écrie :

— Il faut que la vieille rôtisse à côté de son *birbe*. Ça sera pour elle
un joli réveil !

Il bondit à travers la campagne. Les voisins accourent aux cris des
mourants, au feu qui commence à se déclarer dans leur maison ; ils parviennent à s'emparer du monstre et à être maîtres de l'incendie.

Lorsqu'on arrête Bellières, lorsqu'on le place en confrontation devant
le cadavre de son père, il dit qu'il n'a qu'un regret, « celui de n'avoir pu
tuer son père et sa mère ».

Traduit devant la cour d'assises de l'Oise, il avoue avec un cynisme
révoltant : « qu'il réservait à sa mère les mêmes coups qu'il avait portés à

son père; puis, qu'il avait réfléchi, qu'il avait préféré la voir griller vivante à côté du corps de son époux ».

Un semblable monstre ne peut encourir que la peine de mort ! Comme en prison, on a tout à redouter de sa férocité, on le porte dans un cachot, au deuxième étage, réservé d'ordinaire aux récidivistes et aux fous furieux. Il a aux pieds, aux mains, des chaînes de fer d'un poids formidable.

Cependant, à la longue, grâce à son aumônier, Bellières s'est bien radouci.

Néanmoins, le jour de l'exécution, son cachot est toujours le même, au deuxième étage de la prison de Beauvais.

Ce jour-là, H*** et R***, les exécuteurs de Paris et d'Amiens, l'attendent au bas, avec leurs aides. Une fois le patient descendu de son deuxième étage, les bourreaux procèdent à la toilette pendant que le serrurier enlève les fers que le farouche Bellières gardait depuis sa condamnation.

Dès le petit jour, l'échafaud avait été dressé par les soins des exécuteurs sur la place du *Franc-Marché*. A deux heures moins dix minutes, la grande porte de la prison s'ouvrait et livrait passage à la charrette.

Bellières apparut aux yeux de la foule émue. Il était vêtu d'une chemise blanche, marchait nu-pieds, et la tête couverte du voile noir des parricides.

Il alla d'un pas ferme à l'échafaud. Un huissier donna à la foule lecture de l'arrêt de la condamnation. Les exécuteurs H*** et R*** enlevèrent ensuite au condamné le voile noir et sa chemise.

L'aumônier embrassa Bellières qui, par deux baisers chaleureux, lui rendit le suprême adieu. On le vit s'abattre sur la bascule.

En ce moment, bien des regards se détournèrent quand le glaive de la Justice fit son œuvre par un bruit mat et sourd.

Le parricide Duchemin, qui eut aussi le triste honneur d'avoir la visite de l'exécuteur de Paris et de l'exécuteur d'Amiens, était encore plus coupable que le parricide Bellières.

Ce misérable avait tué sa mère, une vieille femme de quatre-vingts ans, parce qu'elle avait eu le malheur d'être témoin de nombreux homicides commis par les membres de sa famille sur les enfants de sa petite-fille.

Et quel était le père de ces enfants ? Duchemin qui, assisté de sa femme, de sa sœur et de son frère, accouchait sa propre fille, pour tuer en naissant les fruits de son inceste.

Non seulement Duchemin tue ce qu'il engendre, mais il assassine sa mère qui se refuse, comme sa famille, à devenir sa complice.

Trois exécuteurs, M. de Paris, un de ses aides et M. d'Amiens, ne sont pas de trop pour rendre plus imposant, plus funèbre, le théâtre de son exécution.

Son échafaud est entouré par des détachements de toute la garnison de la ville.

Au moment de monter sur la guillotine, Duchemin n'a qu'un regret, c'est d'être séparé de sa femme qui se prêtait si bien à son commerce infâme avec sa fille.

Avant de porter sa tête à l'échafaud, Duchemin demande à voir son épouse et à l'embrasser.

C'est sur l'échafaud de Bellières et de Duchemin que R*** conçoit, d'après les observations de H***, un plan de réforme pour simplifier la guillotine et rendre son aspect moins effrayant.

Une fois que M. R*** a terminé avec M. H*** ses débuts en province comme aspirant à sa charge, une fois devenu, à Paris, exécuteur en chef, il fait l'expérience de sa nouvelle machine sur la place de la Roquette.

Ses innovations n'ont pas changé depuis. Maintenant le condamné arrive de plain-pied, sa tête à la hauteur du couperet. Au lieu de resplendir comme autrefois de la lueur de l'acier, ce couteau est peint en noir, la lame seule fraîchement affilée brille aux premiers rayons du jour.

La plate-forme à laquelle accédait autrefois un escalier de onze marches est établie au ras du sol.

Les attaches de la planche fatale sont supprimées, la plus faible pression suffisant désormais pour amener le patient sous le couperet; et, pour se servir de l'expression de l'exécuteur R***, le patient peut mourir maintenant *sans s'en apercevoir !*

LV

LES EXÉCUTIONS CAPITALES INTERROMPUES PAR L'ANNÉE TERRIBLE

Comme ses prédécesseurs, l'exécuteur R*** constate que la veille de l'*année terrible*, les exécutions capitales diminuent sensiblement dans toute la France.

Il semble, par une contradiction qui singularise les actions humaines, que plus la société est menacée d'un cataclysme formé par la rancune et la haine des partis, plus l'idylle voile les actes sanglants que la société est disposée à commettre.

Jamais on n'a tant abusé des mots : *philanthropie et fraternité*, qu'à la veille de 93.

Après les meurtres de Troppmann, après les tragiques péripéties qui accompagnèrent et suivirent son exécution, jamais le pouvoir ne montra plus de sollicitude envers les assassins !

Un peu plus, par amour de l'humanité, au moment d'une guerre barbare et terrible, à la veille d'une insurrection qui joncha Paris de cadavres, qui faillit l'anéantir par l'incendie, on eut donné tort à la guillotine et au bourreau !

Qu'on lise les journaux judiciaires de l'époque, on en jugera par la question qui se débattit en plein conseil du ministère de la justice, touchant l'*exécution des sentences capitales*.

Il ne s'agissait rien moins, sinon de supprimer la peine de mort, du moins d'en atténuer les effets, en ne permettant plus une exécution capitale que dans l'intérieur de la prison du condamné.

— Mais alors — s'écria un jurisconsulte démocrate — que devient le prestige de la justice, que *devient le bourreau ?*

Toujours la contradiction des principes dans les faits !

Un jurisconsulte royaliste n'eût pas mieux parlé.

En agitant cette question, l'élite de la magistrature avait-elle connaissance des souffrances intimes dont était abreuvé M. de Paris, poursuivi par la vengeance d'un fils de décapité ?

Voilà ce que se demande M. R*** sur ses notes personnelles. Il n'ose se prononcer sur ce fait. Il croit plutôt qu'à la suite de l'exécution publique de Troppmann, la population effarée avait été saisie d'une terreur si épouvantable qu'il fallait remédier, en remaniant la loi, aux funestes conséquences d'un aussi terrible spectacle.

En effet, des mois s'étaient passés depuis l'exécution du meurtrier de Pantin, que plusieurs cas de folie ne cessaient de se manifester dans la population parisienne.

A cette époque, il n'était pas rare de voir arriver au dépôt, des alcooliques qui dans leurs divagations se croyaient être Troppmann en personne.

En proie à leurs hallucinations provoquées par l'ivresse, ils menaçaient d'assassiner les gens les plus inoffensifs, se prétendant être Troppmann ou le vengeur de ce meurtrier.

Une mère qui avait assisté au supplice de la Roquette était tombée en démence à la suite de cette exécution.

Un jour, dans sa folie, elle était allée acheter à un magasin de confections des habits d'homme ; elle s'en était revêtue, ne craignant plus, disait-elle, « en déguisant son sexe, d'être prise par Troppmann pour une mère de famille ».

Il lui fait au cou une incision large et profonde. (Page 292.)

Après l'exécution de ce monstre, l'effroi fut tel dans toute la France que la magistrature s'inquiéta de la trop grande publicité donnée aux peines capitales.

Elle exposa, en conseil, les fâcheux effets que les exécutions produisent sur l'organisme humain.

Était-ce pour cette raison ou par le vertige qui s'empara de la société, à la veille de l'année terrible, que le ministère agita la question de l'*exécution des sentences capitales?*

Toujours est-il que, pour cette raison ou pour une autre, la magistrature, en ces temps de trouble et d'effarement, n'osa plus appliquer la peine de mort aux assassins.

Cet exemple se trouve confirmé par le meurtrier de Mme Lombard, dont le triple forfait se commit dans le faubourg Saint-Honoré, quelques jours après l'exécution de Troppmann.

Je le répète : était-ce par l'effroi général qu'avait causé cette exécution? Était-ce parce qu'on sentait venir les événements de la Commune, que l'arrêt de mort de l'assassin de Mme Lombard, avec beaucoup d'autres, fut suspendu, puis à jamais ajourné?

Voilà les réflexions que se fait l'exécuteur R***, un an avant de reprendre à Paris les fonctions de M. H***.

Et il raconte dans toute son horreur les crimes du meurtrier de Mme Lombard, crimes relatés dans le chapitre suivant.

LVI

UN VALET ASSASSIN

Un triple forfait se commettait donc dans le faubourg Saint-Honoré, quelques jours après l'exécution de Troppmann.

Un domestique belge, François Lathouvert, au service de Mme Lombard, femme de l'ancien consul général des Indes, rentrait, à six heures, le 28 janvier, dans un complet état d'ébriété.

Mme Lombard lui ayant fait quelques observations sur sa conduite, Lathouvert se saisit d'un long couteau de cuisine, puis se jette sur sa maîtresse comme une bête fauve.

Il la renverse, la prend par les cheveux et lui coupe le cou. Le misérable a frappé Mme Lombard d'une si terrible force que sa tête ne tient plus que par quelques vertèbres.

Pourtant le mari est là, dans la même pièce. Mais il est paralysé du côté gauche; il reste cloué dans son fauteuil, ne pouvant crier, ni tenter un seul mouvement pour secourir sa malheureuse femme!

Après ce crime horrible, l'assassin n'a pas achevé son œuvre. Il sort de l'appartement, les yeux hagards et ensanglantés. Il entre dans la chambre de la cuisinière Félicie. Il pousse le verrou intérieur, il se précipite sur elle; avec le même couteau qui a tué la maîtresse, il veut tuer la servante.

Elle aussi doit avoir le cou coupé; mais elle se garantit de ses mains, et elle ne reçoit qu'au poignet une large blessure.

Elle crie; une voisine accourt à son secours, l'assassin la frappe! D'autres voisins viennent. Ils s'emparent du meurtrier qui laisse enfin tomber son couteau; on le conduit au poste.

La foule s'empresse autour des victimes; la première, Mme Lombard, a déjà rendu le dernier soupir.

Le lendemain matin, Mme Lombard était étendue sur le parquet, recouverte d'un drap, et dans la même position où l'assassin l'avait tuée, en attendant les constatations de la justice.

Le mari de la victime, le pauvre paralytique était dans un état presque aussi lamentable : Il râlait !

François Lathouvert, l'auteur de ce triple assassinat, est un homme de vingt-huit ans, d'une taille moyenne, vigoureux et sans barbe. Ses yeux hagards et obliques sont faux, ils roulent la haine; son front est bas, ses mâchoires sont féroces.

Originaire de Belgique, il y a passé toute sa jeunesse. Il a été enfant de chœur jusqu'à dix-sept ans. Domestique dans une maison d'aliénés, il en sort pour entrer, au mois d'août 1869, au service de Mme Lombard, dont le mari paralytique avait besoin de soins assidus.

Lathouvert avait été recommandé par la supérieure d'un couvent, parente de Mme Lombard.

Par malheur pour cette religieuse sa parente, elle avait pris sur lui et trop à la légère ses renseignements. Il avait suffi que Lathouvert eût été enfant de chœur à dix-sept ans, et infirmier dans une maison d'aliénés, pour que cette religieuse crût à la profonde moralité de ce serviteur.

Il n'en était rien. En 1863, Lathouvert avait été condamné à deux années d'emprisonnement pour attentat aux mœurs. Enfin, ce serviteur avait apporté, à Paris, des habitudes d'ivrognerie qui l'avaient fait congédier plusieurs fois en Belgique des maisons où il servait.

Malgré ses allures hypocrites, Mme Lombard avait fini par s'apercevoir de son intempérance.

La cuisinière Félicie, très dévouée à sa maîtresse, parce qu'elle était douce et bienveillante pour ses serviteurs, avait averti aussi Mme Lombard des penchants du domestique de *monsieur*.

Lathouvert lui en avait gardé rancune. Depuis ce jour, il vivait avec la cuisinière en très mauvais accord.

Le 28 janvier, quand Lathouvert rentrait chez ses maîtres, Mme Lombard était absente. Lathouvert s'était renfermé dans l'appartement, restant seul avec le mari paralytique qu'il prenait plaisir à torturer en secret.

La cuisinière qui ne cessait de l'observer, dans l'intérêt de ses maîtres, prétexta ce jour-là qu'elle avait besoin d'entrer après lui, chez sa maîtresse. Elle sonna plusieurs fois. Lathouvert fut obligé d'ouvrir la porte, et Félicie fut frappée de sa brusquerie et de la coloration de son visage.

Lorsque Mme Lombard rentra à son tour, elle constata que son domestique était dans un état d'ivresse tel qu'elle crut devoir écrire à sa fille de lui envoyer son valet de chambre pour faire ce jour-là, auprès de son mari,

le service de Lathouvert. Elle appela Félicie ; elle se chargea de dire à ce
dernier d'aller reposer dans sa chambre.

Ces pourparlers n'avaient pas échappé au domestique. Il avait écouté
la conversation de sa maîtresse et de Félicie.

Il en éprouva une sourde colère.

Lorsque la cuisinière fut partie, lorsque Mme Lombard fut demeurée
seule après de son mari, il lui demanda sur un ton agressif :

— Me prenez-vous pour un ivrogne ?

Mme Lombard qui ne voulait pas l'irriter, surtout dans la chambre du
paralytique, lui répondit avec douceur :

— Non, mais je crois que vous n'êtes pas en état de donner des soins
à votre maître; je vous engage à aller vous coucher pendant quelques
heures.

Lathouvert sortit et ne répondit pas.

Sa résolution était prise. Il voulait à la fois se venger de sa maîtresse,
de la cuisinière, en leur donnant la mort.

Il se rend à la salle à manger, prend le grand couteau de table, le cache
le long de sa jambe droite et revient auprès de la dame Lombard.

— Ainsi, — lui dit-il, — vous prétendez que je suis ivre ?

— Oui, lui répond sa maîtresse impatientée.

— Eh bien alors, — réplique-t-il, — vous allez mourir !

Lathouvert saisit sa maîtresse. Une lutte s'engage, énergique, désespérée de la part de Mme Lombard. A deux reprises, elle mord les mains du
forcené.

La malheureuse femme cherche à gagner la fenêtre pour crier au
secours; l'accusé l'entraîne près d'un buffet; là, d'une main assurée, il lui
fait au cou une incision large et profonde.

La tête est presque séparée du tronc, la mort est instantanée.

Alors le misérable, avec un sang-froid surhumain, se retourne vers le
paralytique. Malgré son état d'insensibilité, il a pâli pendant cette scène
atroce, et son domestique lui demande avec une ironie sinistre :

« — Eh bien ? Qu'est-ce que monsieur en dit?

Lathouvert n'a encore commis que la moitié du crime qu'il a prémédité. Il se rend à la cuisine, tenant à la main son couteau ensanglanté. Il
ferme soigneusement la porte en dedans et s'adressant à la cuisinière
Félicie :

— Je vais vous tuer, — lui dit-il, — vous m'avez dénoncé.

En même temps, il la saisit, lui courbe la tête en arrière, s'efforce de
la lui couper comme il l'a fait pour la dame Lombard.

Félicie a pu saisir l'arme meurtrière; malgré les larges blessures pro-

Elle s'enfuit dans l'escalier; il se précipite derrière elle. (Page 293.)

duites sur ses mains par le tranchant de sa lame, elle peut empêcher
Lathouvert d'accomplir son dessein.

Les cris poussés par Félicie sont entendus de la maison. La dame Darve,
accourue la première, enfonce la porte. Elle trouve Lathouvert s'acharnant
à sa victime. Elle le saisit par les épaules, le tire avec force et permet à
Félicie de se dégager.

Lathouvert, surpris par Mme Darve dans l'accomplissement de son
crime, tourne sa fureur contre cette dernière.

Il lui crie :

— Ah! vous en voulez aussi, je vais vous en donner! aussitôt, il lui
porte un coup de couteau qui l'atteint à la main.

Elle s'enfuit par l'escalier, il se précipite derrière elle, il la rattrape, la
frappe à la nuque et lui fait une profonde blessure.

Aux assises, Lathouvert avoue son triple crime avec effronterie et un
sang-froid imperturbable. Il en raconte les moindres détails, froidement,
posément, sans en témoigner aucun regret.

— Il ne regrette pas, — dit-il, — ce qu'il a fait, ce serait à recommencer, qu'il le ferait encore. Il avoue qu'il en veut plus à la cuisinière qu'à sa
maîtresse qui, sans les dénonciations de Félicie, n'aurait cessé d'être bonne
pour lui.

Il termine en disant :

— Après tout, je sais que je serai condamné ; il n'y a pas de justice
pour les pauvres !

Lorsqu'on lui fait observer qu'il n'avait aucune raison pour s'acharner
après Mme Darve lui disputant sa deuxième victime, il répond au président
qui l'interroge :

— Que voulez-vous que je vous dise, monsieur le président ? j'avais
perdu la tête. Vous seriez venu vous-même, à ce moment-là, que je vous
aurais tué !

Ce tigre fait homme dont le cynisme égalait les forfaits, cet assassin
qui coupe le cou à une femme en présence de son mari paralytique, qui
essaye de tuer sa servante et son amie, méritait trois fois la mort.

En vain est-il condamné à la peine capitale, en vain son pourvoi est-il
rejeté, la peine de mort ne vient pas pour lui.

Sans qu'il y ait eu commutation de peine, ce domestique assassin n'est
envoyé qu'aux travaux forcés.

Pourquoi ?

Parce que la société a peur. Parce que, en ce temps de trouble et
d'ébranlement général, la société craque de partout, du faîte à la base.
Parce que, de nouveau, tout s'effondre avec le souverain qui, à une
époque presque aussi néfaste, avait eu la prétention de remettre la société
sur sa base.

A cette époque, l'exécuteur de la justice, sans emploi, se retrouvait
dans la même situation que le prédécesseur de M. H*** en face de l'odieux
Lubani.

Encore une fois, l'audace des meurtriers faisait reculer leurs justiciers.
Les relâchements de la justice devenaient les conséquences de nos défaites.
Les criminels en profitaient.

C'étaient eux, eux seuls, qui bénéficiaient de nos fautes. Lathouvert en
est un exemple, comme Lubani, dix-huit ans auparavant, en était un autre.

Le premier profite du coup d'État, le second de la guerre et de la
Commune qui préoccupaient les esprits et désarmaient la justice.

Lathouvert ne fut pas le seul criminel qui profita du désarroi social
pour jouir de l'impunité et pour recommencer de nouveaux forfaits achevant d'assombrir les premiers jours de l'année terrible.

Je vais le prouver.

LVII

LES ASSASSINS EXÉCUTEURS

Un jour, lors des événements de la Commune, on trouvait, dans une propriété des Champs-Elysées, le cadavre d'un homme mis avec une certaine recherche.

Lorsque la police découvrait son corps inanimé, il était encore chaud. Ses traits congestionnés, ses mains crispées, ses membres tordus, accusaient les tortures dans lesquelles ce moribond s'était débattu, avant de rendre le dernier soupir.

Avait-il été victime d'un crime? Était-il mort à la suite d'un suicide?

L'enquête, faite sous les yeux du commissaire appelé sur le lieu du sinistre, amena, en fouillant le cadavre, la preuve que le malheureux s'était volontairement donné la mort, qu'il n'avait obéi qu'à une pensée de suicide.

On trouva dans ses papiers le récit qu'il avait fait de ses derniers moments; il avait écrit heure par heure, seconde par seconde, les crises qu'il avait éprouvées pour passer de vie à trépas.

Avait-il obéi à une pensée de curiosité malsaine, afin de connaître, au moment de rendre le dernier soupir, le secret de la vie éternelle?

Était-on, à cette époque de calamité, en face d'un fou qui, désespérant de l'humanité, par le cataclysme de la patrie, par l'incurie de ses représentants, avait voulu connaître une vie meilleure?

A cette époque, de pareils fous n'étaient pas rares.

En continuant son enquête, l'officier civil finit par découvrir l'affreuse vérité avec le nom du suicidé.

C'était celui d'un homme bien connu, très estimé au barreau. C'était un juge d'instruction du tribunal de Chartres. Son nom venait d'être mêlé à ceux des meurtriers de la fameuse *bande de Limours* dont les crimes répandaient l'épouvante dans les départements limitrophes de la Seine.

Ne pouvant descendre du banc des accusateurs sur le banc des accusés, le malheureux, pour éviter cet opprobre, avait préféré se jeter dans les bras de la mort.

M. R***, le collaborateur de l'exécuteur de Paris, qui était à Versailles pendant que M. H***, à Paris, surveillait les bois de justice, apprit ce sinistre événement.

Sur le moment, il n'y attacha pas d'importance. R*** fut appelé à Chartres, pour exécuter un des plus farouches meurtriers de la bande de Limours, un nommé Poirier.

Ce complice des époux Plais, autres assassins de cette bande avait des accointances avec leur chef mystérieux, le vieillard de Limours.

Et ce suicidé, un juge d'instruction, venait de succomber victime de ces assassins exécuteurs.

Lui aussi, comme M. H***, devenait la proie de certains criminels qu'en temps de paix il était appelé à flétrir.

Avant de parler de ce suicide, R*** tient à compléter le récit de ce qui se passa à la prison de la Roquette, au moment où, séparé de son collègue, H*** gardait son échafaud sur lequel il faillit périr avant d'y être arraché pour ne voir retarder que d'un an son agonie.

On sait, par ce qui précède, par les dernières pages des *Souvenirs* de M. H***, comment M. de Paris, avec le juge d'instruction de Chartres, eut presque la même destinée.

On a vu comment les vengeurs de Poncet et de Troppmann s'étaient faits, après l'invasion, les meurtriers de celui qui aurait dû être leur bourreau.

Ce que ne dit pas M. H***, ce que dit M. R***, qui eut, à ses derniers moments, les confidences de son collègue, prend sa place dans ce chapitre.

Il prouve jusqu'à quel point était poussée l'audace des malfaiteurs, une fois que la révolution ne mettait plus de frein à leur cruauté; dès qu'ils pouvaient, en parodiant la justice, se venger de leurs exécuteurs en se faisant exécuteurs eux-mêmes.

Il y avait, au temps où M. H*** gardait les bois de justice à la Roquette, un homme placé par l'ancienne magistrature à la cellule des condamnés à mort pour y attendre sa peine.

L'exécution qui le menaçait était bien méritée; cet homme se nommait Pasquier. Il se disait sculpteur sur bois; ce n'était, en réalité, qu'un voleur doublé d'assassin. Condamné à mort sous l'Empire, le 4 septembre cassa son arrêt, tout en se réservant de consulter son dossier. Il était volumineux !

Avant la guerre, avant la Commune, Pasquier avait été le chef d'une bande de *Lingueurs*. Cette bande avait le mot d'ordre de son chef pour attendre et s'emparer des passants retardés et les dévaliser. S'ils faisaient mine de résister pour leur livrer ce qu'ils possédaient, *un coup de lingue*, c'est-à-dire un coup de couteau, faisait prompte justice de leurs cris ou de leurs protestations.

Ce que Pasquier et sa bande avaient envoyé de gens dans l'autre monde se chiffrait par douzaine. La guerre et la Commune ayant arrêté

Il l'étend inanimé contre le banc. (Page 301.)

aux assises le cours de son procès, la magistrature, avant de se transporter
à Versailles, avait abandonné à la Roquette son dernier condamné.

Au moment de l'entrée des troupes dans Paris, les chefs de la Commune aux abois avaient décidé d'achever les otages. On avait fait sortir
Pasquier de sa cellule; on l'avait armé comme tous les prisonniers de
l'ancien régime, pour en finir avec ces derniers otages.

C'était à l'époque où H*** , n'écoutant que la voix du devoir, était accouru
à la Roquette pour se voir traîné en cellule, avant d'être brûlé vif sur
l'échafaud !

En l'absence du colonel Cadet qui avait imaginé ce genre de supplice,
c'était l'assassin Pasquier qui avait été chargé de garder M. de Paris et de
lui préparer son autodafé.

On sait comment l'exécution n'eut pas lieu; comment, par l'arrivée des
troupes de Versailles et par la révolte des prisonniers de la Commune,
M. H*** fut délivré de ses bourreaux.

Le 27 mai, la cour intérieure de la prison de la Roquette avait été envahie par la foule de ses hôtes ordinaires : multitude abjecte qui venait as-

sister au supplice de celui qui, en temps ordinaire, aurait été leur exécuteur.

« Il eût été plus facile, écrit à cette époque un des otages de la Commune, l'abbé Lamazou, échappé par miracle à cette boucherie, il eût été plus facile de deviner que de traduire la physionomie et les menaces de nos nouveaux tourmenteurs.

« Au moment où les derniers otages se révoltaient, autant pour reconquérir leur liberté que pour secourir M. H***, le feu prenait à l'étage de leur cellule ; c'étaient les fédérés qui avaient allumé l'incendie, menaçant d'incendier le bâtiment, de le faire sauter avec des matières explosibles ou de diriger sur lui la batterie du Père-Lachaise.

« Du milieu de la foule, un jeune homme sommait, avec ironie, les otages de descendre ; il les couchait en joue avec un cynisme révoltant.

« C'était Pasquier, le dernier condamné à mort par la cour d'assises de la Seine.

« Le gardien de la Roquette qui avait été chargé à Versailles de préserver la Roquette de l'incendie, comme M. H*** avait été préposé à la garde de ses bois de justice, a fait connaître ce qu'avait imaginé Pasquier pour avoir raison des prisonniers.

« Voyant qu'au dernier moment les otages étaient décidés à se défendre dans leur section, Pasquier et les détenus ordinaires, tous armés de limes, de tranchets et de fusils, cherchèrent à les faire descendre par la persuasion. Ils crièrent aux soldats : « Vive l'armée, vive la ligne ! »

« Quatre des otages eurent l'imprudence de partir en se fiant à cette avance. Ils furent fusillés ! »

Pourtant, ce Pasquier, ce condamné à mort qui jusque dans sa prison se couvrit des meurtres les plus lâches et les plus abominables, ne subit pas sa peine, une fois la Commune vaincue et l'ordre rétabli. Pourquoi ?

Parce qu'il prétendit que c'était lui, un condamné à mort, qui avait arrêté les fédérés mettant en joue, à la Roquette, les derniers otages !

Au mois de septembre de la même année, la justice civile reprit son cours ; en raison de l'attitude prise par Pasquier durant la Commune, sa peine de mort fut changée en celle des travaux forcés !

Quand on songe aux pauvres diables, victimes de la misère, fidèles à la consigne imposée par leur solde de quarante sous, morts sous les coups de la justice sommaire des guerres civiles, quand on songe aux monstres qui les abandonnaient après en avoir tué tant d'autres, on doute de la justice des hommes, de quelque côté qu'elle vienne.

En temps de troubles, il n'y a que les passions mauvaises qui triomphent ! Les *crimes de Limours* et le suicide du juge d'instruction vont le démontrer encore.

LVIII

LE VIEILLARD DE LA BANDE DE LIMOURS

Ce fut un parricide qui amena le suicide du juge d'instruction de Chartres.

Voici d'abord les incidents qui amenèrent ce parricide exercé par un fils de vingt-neuf ans sur la personne de son père. Ce dernier était un vieillard de quatre-vingt-neuf ans, que ni l'âge, ni son surnom de patriarche, ne rendaient guère plus respectable.

Ce vieillard vivait presque isolé avec son fils, il possédait deux propriétés, l'une située dans le département de la Seine, l'autre dans Seine-et-Oise.

C'était un homme dont le corps était miné par les excès de toute nature, dont la vie mystérieuse n'avait rien d'exemplaire ; il faisait toujours seul son trajet de l'une à l'autre de ses propriétés.

On remarquait que ce vieillard, d'humeur sournoise et cruelle, ne se déplaçait jamais, de Limours à Rambouillet, de Rambouillet à Saint-Germain, sans laisser derrière lui de nouveaux crimes.

Ils avaient tous le même caractère. Ils avaient lieu sur des maraîchers qui, de Limours à Saint-Germain, se rendaient à Paris pour approvisionner les marchés de la capitale.

Depuis la guerre, chaque fois que ce patriarche se mettait en campagne, on était sûr que les pas de ce nouveau juif-errant marquaient son trajet par un nouveau cadavre.

A la longue, les habitants de la contrée terrorisée avaient fini par surnommer ce vieillard : le *Patriarche de Limours ;* car c'était toujours de la propriété de cette localité que cet homme néfaste laissait les traces ensanglantées de son épouvantable retour.

Depuis deux ans qu'avait lieu ce manège, la justice semblait encore fermer les yeux sur les mystérieux pèlerinages de ce sinistre vieillard.

Un jour, la justice fut bien obligée de s'occuper de ce triste personnage. Le vieillard fut trouvé mort dans sa propriété des environs de Saint-Germain, il avait été tué par le fils qui veillait auprès de lui.

De ses nombreux enfants, que l'intérêt, le crime ou la mort avaient chassés de son foyer, celui qui l'avait assassiné était le plus honnête et le plus obscur.

Son père, veuf de sa mère, comme de sa première épouse, loin des trois enfants qui lui restaient, et qu'il ne désirait jamais voir, avait été bien forcé, au déclin de sa vie, malgré son caractère égoïste, sournois et violent, d'accepter les soins de son troisième enfant.

Il les subissait plutôt qu'il ne les acceptait de bonne grâce, d'autant plus que le cœur honnête, la vie rangée de ce dernier faisaient honte à l'existence de ce vieux débauché. Il redoutait toujours, à la suite de ses fugues mystérieuses, de se trahir lui-même dans ses surexcitations provoquées par l'ivresse et par le remords.

· Après une nuit fort agitée qui avait été marquée dans l'Eure-et-Loir et Seine-et-Oise par de nouveaux meurtres, le vieillard de Limours était revenu furtivement à son logis. Il était tombé sur son lit, menacé d'une congestion cérébrale qui avait provoqué une paralysie.

Son fils, qui l'avait attendu toute la nuit dans sa propriété, ne l'avait pas quitté au moment où se déclarait cette paralysie bien naturelle chez un vieillard, usé autant par l'âge que par les excès.

Dans les convulsions de sa foudroyante maladie, il avait prononcé certains noms, certaines phrases incohérentes rappelant les noms des victimes, les épisodes où ces victimes avaient succombé sous les coups de leurs meurtriers.

Ces meurtriers, entre autres *Poirier* et les membres de la famille *Plais*, étaient précisément les assassins de Limours dont le chef, un nommé *Maillard*, était signalé à la vindicte publique.

Le vieillard, dans son délire, avait désigné ce Maillard comme étant son fils.

Ainsi, celui qui le soignait était le frère d'un assassin, son père ne valait guère mieux puisqu'il avait des accointances avec le chef des bandits de Limours.

Le lendemain, le malheureux jeune homme, très tourmenté par les terribles aveux de son père, s'en ouvrit à lui à ce sujet.

Le vieillard lui répondit brutalement : — Je ne sais ce que tu veux dire. Je ne connais pas ce Maillard ; toi qui parais si bien le connaître, n'es-tu pas toi-même de la bande de celui qui tue, chaque nuit, les voyageurs de passage de Limours à Paris ?

A cette sanglante riposte, qui n'était qu'une manière de donner le change à son fils, celui-ci courba la tête ; il ne répondit pas un mot, trop convaincu de l'épouvantable réalité ; il était le fils du chef des assassins de Limours.

Dans la journée, le Patriarche qui pouvait à peine marcher demanda son fils de l'emmener au jardin pour se réchauffer au soleil.

Son fils s'empressa d'accéder à ses désirs.

Une fois dans le jardin, le vieillard, toujours tourmenté par ce qu'il avait

— Misérable! lui répliqua le juge d'instruction! (Page 303.)

avoué dans son délire, lui recommanda de ne rien dire de ce qu'il avait entendu, puis il ajouta :

— Je dis cela dans ton intérêt, si tu tiens à n'être pas dénoncé par moi à la justice, car tu sais que j'ai le bras long!

Ce fils honteux de lui-même, honteux de son père, lui répondit :

— Si quelqu'un doit avoir peur de la justice, c'est celui qui a tué mes frères, ma mère, sa première femme et qui est aussi le père d'un assassin nommé Maillard.

A cette menace, le vieillard furibond ne se contint plus. Tant bien que mal, il court dans le jardin, attrape sur un banc un couteau pour en frapper son fils.

Celui-ci le prévient. Il s'empare d'une pioche déposée à ses pieds, avant de recevoir le coup de couteau que lui réserve son père, il le frappe à la tête et l'étend inanimé contre le banc.

Une fois son parricide commis, le malheureux court comme un insensé jusqu'à Saint-Germain; il va se dénoncer chez le commissaire. Il lui dit :

— Mon père voulait me tuer, je l'ai assassiné! Il voulait me frapper à coups de couteau, je l'ai frappé à coups de pioche. Arrêtez-moi, faites votre rapport. J'ai bien peur que ce crime de famille ne soit pas le seul que vous ayiez à enregistrer.

En parlant ainsi, le fils du Patriarche en savait-il plus long qu'il ne le disait? En tous les cas, lorsque la justice eut dressé rapport sur rapport concernant le parricide du vieillard de Limours, la magistrature fut épouvantée et très embarrassée.

On découvrit que tous les meurtres de Limours à Saint-Germain, et de Saint-Germain à Paris, avaient été ordonnancés par le fameux Maillard, fils du Patriarche, son complice. On reconnut encore que le juge d'instruction chargé de poursuivre à la fois les meurtriers de Limours et le parricide de Saint-Germain, était aussi le frère de ces deux assassins, puisqu'il était le fils du Patriarche, l'instigateur de tous ces crimes.

Pour l'honneur de la magistrature, les assises pouvaient-elles accepter comme juge instructeur le frère du parricide, le frère du bandit de Limours, issu du vieillard décédé?

La magistrature ne le pouvait pas. Elle comprenait, pour la première fois, pourquoi le juge instructeur de l'affaire de Limours avait depuis long-temps fermé les yeux sur les crimes d'Eure-et-Loir et de Seine-et-Oise; pourquoi celui-ci avait, tant de fois, laissé dormir dans leurs dossiers les rapports de police qui accusaient un *Maillard*, son frère, un *patriarche*, son père, devant la loi.

Sans le parricide de son second frère faisant justice de l'auteur de ses jours, le juge instructeur, portant le nom de ces bandits, eût laissé commettre bien d'autres meurtres dans son département.

Ne savait-il pas, depuis longtemps, que son honneur, sa vie dépendaient de l'impunité ou de la peine de ces misérables?

Pour ne pas être placé en face de son frère, un parricide, de son second frère, le chef des bandits de Limours, le juge instructeur préfère se donner la mort. Il se tue plutôt que de continuer la vie de tortures que lui infligeait sa famille improvisée!

D'où provenait l'origine de ces sinistres, de ces scandales, de ces hontes et de ces crimes?

De la première faute d'un vieux magistrat, ancien président des assises.

Quarante ans auparavant, ce jurisconsulte avait fait du Patriarche de Limours, autrefois un journalier sans feu ni lieu, un pauvre hère, ivrogne et batailleur, un propriétaire renté.

Cette fortune lui était venue avec une épouse, jeune et belle ouvrière qui, après avoir été fort remarquée de son protecteur, le magistrat, avait donné à son nouvel époux un enfant venu avant terme.

Cet enfant, ressemblait trait pour trait au jurisconsulte, il avait été élevé, après le mariage du Patriarche, dans la famille du protecteur de sa femme.

Et le Patriarche n'en entendit plus parler. Il ne s'en occupa pas plus que des autres fils qu'il eut de son épouse.

Bien en prit au magistrat d'élever ce premier enfant qui passait toujours pour celui du vieillard. Les autres périrent sous les mauvais traitements de ce complaisant ; ils périrent comme sa femme ; il n'en resta qu'un seul : le plus mauvais sujet, et qui devint, plus tard, le chef de la bande de Limours.

A une époque de pillage et de crimes, après la guerre et la Commune, le père et le fils étaient dignes de se rencontrer et de s'entendre.

Trois ans après la mort de sa première femme, le Patriarche, qui avait eu une partie de son avoir acquis par la honte, contracta un nouveau mariage.

Sa seconde femme eut le sort de la première, elle lui avait donné un fils qui devait être son vengeur !

On prétendit dans le pays que sa seconde femme était morte aussi des brutalités de son époux.

L'une était morte des coups de bâton que le mari lui avait lancés dans la poitrine, l'autre, après un suicide provoqué par l'inconduite et les crimes du patriarche.

C'était ce qui expliquait jusqu'à un certain point le parricide de son troisième fils, le vengeur de sa mère.

Quelques mois auparavant, les crimes de la bande Maillard, qui s'étendaient de Chartres jusqu'à Orléans, ayant ému le parquet de cette première ville, le Patriarche avait été obligé d'être appelé par le juge d'instruction.

Le vieillard s'était présenté à lui en priant ceux qui le gardaient dans le cabinet du magistrat de le laisser seul avec lui :

— *Mon fils* — lui avait dit le Patriarche — vous avez tort de ne pas étouffer l'affaire de Limours. Voulez-vous donc la tête de votre frère ? Et si vous ne le savez pas encore, si la justice l'ignore : Maillard est votre frère, comme moi, par la loi, je suis votre père ! Vous ne voudriez pas m'arrêter ? ce serait faire trop de peine à la mémoire de celui de qui nous tenons tout ! A défaut de mémoire, *faut* avoir du cœur, par respect pour vous-même et pour la magistrature !

— Misérable ! — lui répliqua le juge instructeur — c'est plus par respect pour la magistrature que par respect pour moi-même que j'hésite

à instruire l'affaire de Limours! mais rappelez-vous bien que si je suis
encore obligé de vous appeler ici, la mort me délivrera de l'opprobre de
votre présence, et de la honte de votre reconnaissance!

— Ainsi soit-il! — acheva le Patriarche d'un ton cynique. Il partit,
parce que, en effet, par le juge d'instruction, qui passait pour son fils, le
vieillard avait le bras long dans le prétoire.

Quand le parricide de son second frère dut amener le coupable devant
le juge d'instruction, on ne le trouva plus.

Le magistrat avait tenu parole. Sa mort avait devancé sa honte. Il
s'était empoisonné. On sait comment on retrouva son corps aux Champs-
Élysées.

Depuis le parricide du fils du Patriarche, depuis la disparition de ce
vieillard qui instruisait Maillard sur les victimes riches, *bonnes à tuer*, les
crimes de Limours n'eurent plus d'*éclaireur*, et ils s'arrêtèrent tout à coup.

Mais *Maillard*, le fils du Patriarche, qui en aurait dit peut-être trop long
à la justice, ne fut pas arrêté. A la longue, il finit par devenir un mythe
comme le fameux Jud.

On n'arrêta que les soldats de la bande de Limours : *Poirier* et les derniers survivants de la famille Plais ; ces chacals humains étaient les débris
féroces de cette sombre armée de pillards, de meurtriers qui marchèrent,
durant la guerre et après la Commune, dans le sang que leur fit verser
l'introuvable Maillard, le fils du vieillard de Limours.

LIX

POIRIER

De tous les grands criminels de Limours, un seul porta sa tête sur
l'échafaud, ce fut Poirier.

L'instruction des crimes de Limours fut l'objet d'une enquête un peu
molle par la pitié accordée aux malheureux héritiers des pères coupables :
le juge d'instruction qui se suicida, en expiant la faute de son chef de
famille, le fils du Patriarche qui, pour avoir tué son père, n'eut que cinq
ans de travaux forcés.

Comme on l'a vu, Maillard, l'associé de ce Patriarche, fut introuvable.

Pourtant c'était Maillard qui, sur les indications de son père, commandait les nombreux crimes dont Poirier et les Plais étaient les redoutables
exécuteurs.

Ils conduisaient les armées allemandes. (Page 303.)

Au moment de la guerre, les Poirier et les Plais, sous les ordres de Maillard, avaient trouvé l'occasion d'exercer leur cupidité et leur férocité.

Ils conduisaient les armées allemandes, en dénonçant aux Prussiens les habitants les plus riches de leur localité.

C'étaient eux qui les aidaient à les surprendre, et à les tuer; souvent, après la bataille, ils se chargeaient de dépouiller les cadavres, en laissant la plus large part de leurs rapines à l'ennemi.

De Paris en Beauce, de Chartres à Limours, ces vampires à face humaine, ces Poirier et ces Plais sont conduits, au profit des uhlans, par le patriarche et par son fils; ils leur préparent leur sanglante et ignoble besogne.

Après la guerre, ce n'est plus à l'armée qu'ils s'attaquent, c'est aux plus riches maraîchers des environs. cherchant leurs proies dans les habitations isolées occupées par des veuves, des enfants ou des vieillards.

Au mois de décembre 1872, un paysan de Nanterre est trouvé mort dans sa charrette; quelques jours après, de Chatou à Saint-Germain, on aperçoit une carriole dont le cheval marchait de côté et d'autre, ne paraissant plus être conduit.

On s'approche et l'on trouve dans la voiture un homme étranglé. Ses poches sont coupées et arrachées. On découvre au fond de la voiture un foulard noué qui a servi à la strangulation.

Plusieurs jours après, un troisième maraîcher n'évite la mort qu'en terrassant deux individus qui essayent de l'étrangler. Ce sont Plais et Poirier. Un troisième assassin lui échappe, c'est Maillard. Devant l'attitude du maraîcher, il conseille à ses acolytes de déguerpir.

Dans sa fuite, Maillard laisse sa casquette, il juge, en fuyant et en facilitant la fuite de ses associés, que le maraîcher n'est nullement disposé, comme ses devanciers, à être étouffé.

Toutes ces victimes ont connu intimement le patriarche très au courant de leurs excursions de Limours ou de Saint-Germain à Paris.

Et lui seul pouvait donner à ses bandits les indications de leurs parcours nocturnes.

Pourtant, lorsque, du parquet de Paris au parquet d'Eure-et-Loir, les plaintes courent de toute part, sur ces crimes qui se succèdent d'une façon effrayante, ces plaintes restent sans résultat; les enquêtes succèdent aux enquêtes sans que les coupables puissent être retrouvés.

Ces plaintes, ces enquêtes n'étaient-elles pas paralysées par le patriarche? Ne tenait-il pas entre ses mains la vie et l'honneur du juge d'instruction, leur détenteur?

Il fallut le parricide dont il a été parlé pour donner un peu de lumière sur ces horribles forfaits qui avaient lieu en moins d'une année, d'une façon aussi rapide qu'effrayante.

Jusqu'alors, il n'avait été découvert, de Maillard, l'instigateur de ces forfaits, que la... casquette!

Quant à la famille Plais qui s'était prodiguée, pendant la guerre, pour l'exécution de tous ces meurtres, la justice, une fois rétablie dans le pays, ne put plus l'atteindre.

Les Plais s'étaient fait justice; un jour, la femme de Plais, qui a accompagné son mari dans ses sanglantes excursions, dit à ses enfants :

« — Nous serions plus riches en tuant votre père. »

Et, à la majorité des voix, en conseil de famille, la femme empoisonne son mari.

Quelques jours après, les enfants se font la même réflexion, à propos de leur mère.

Ils l'empoisonnent à leur tour.

Comme elle ne meurt pas assez vite, son fils lui passe une corde autour du cou. Il tire sur elle *comme un cheval* pour l'étrangler !

Tant il est vrai que le crime appelle toujours le crime jusque dans la famille des meurtriers.

Après les meurtres de Limours dévoilés par leurs obscurs soldats, les Plais ne pouvaient plus être condamnés, puisqu'ils s'étaient condamnés eux-mêmes !

Quant à leurs dignes enfants, ils n'encourent, on ne sait pourquoi, que la peine des travaux forcés.

Les ombres de Maillard et du patriarche les protégeaient-elles toujours?

Il n'y eut que Poirier qui périt sur l'échafaud. Il paya de sa tête les crimes innombrables qui, de 1870 à 1872, formèrent comme un tourbillon de sang autour de la capitale.

Une fois Maillard disparu, une fois le patriarche tué par son fils, ce qui amena, en dernier lieu, le suicide du juge d'instruction, il n'y eut donc que Poirier qui resta sous le coup de la justice.

On arrive aux crimes de ce gredin. La justice les fait ressortir, en dehors des crimes de Limours.

Car la justice, dans son intérêt, savait, par la faute d'un de ses présidents, il ne fallait pas trop s'apesantir sur la vie de l'inspirateur de ses forfaits ; elle n'ignorait pas aussi, après le suicide du juge d'instruction, à quel degré de parenté appartenait ce magistrat, victime de ces scélérats.

C'est Poirier qui paye pour eux ; son procès est un tissu d'horreurs. Il rappelle par ses détails les procédés ordinaires employés par les soldats de la bande de Limours qui s'en prenaient de préférence aux vieillards, aux femmes et aux enfants.

En 1871, au mois d'octobre, deux femmes, la veuve Lecomte et la femme Riolet sont trouvées assassinées à la ferme du hameau de la Courfattières, situé dans le département de l'Eure-et-Loir.

Les victimes paraissent avoir été frappées par le même instrument. Toutes les deux sont trouvées inanimées à différents endroits de cette ferme isolée qui, depuis la veille, n'avait plus son personnel.

La nuit précédente, la veuve Lecomte, avec la dame tuée comme elle, l'habitait encore.

Avant de la quitter, la veuve Lecomte venait de vendre ses ustensiles de fermage et de congédier ses domestiques.

Poirier, un habitant du hameau voisin, avait assisté, dans la ferme de la veuve, à la vente de son matériel.

En examinant les lieux, il avait remarqué qu'une cognée de fer avait été oubliée dans un coin du cellier.

La vue de cet instrument lui inspire une pensée sinistre contre la veuve Lecomte qui, par la vente de ses ustensiles, est maintenant en possession d'une certaine somme.

Sitôt la nuit venue, Poirier, conseillé par sa cupidité et sa férocité, au lieu de retourner chez lui, revient à la ferme de la veuve Lecomte. Il se glisse au cellier, il s'empare de la cognée oubliée. Avec cet instrument, il force la porte du jardin, et du jardin il monte dans la chambre de la fermière.

Poirier est d'une force herculéenne. Il se contente, avec trois ou quatre coups de sa cognée, de faire sauter le loquet, le verrou et la porte qui protègent la veuve Lecomte.

La femme et l'homme armé se trouvent en présence.

La veuve est saisie de surprise et de terreur.

Elle lui demande, la bouche sèche, les yeux hagards :

— Que me voulez-vous et que me demandez-vous ?

— Ton argent, lui crie-t-il en brandissant contre elle son instrument de fer.

La veuve n'a que le temps de s'enfuir en lui répondant :

— Prends-le, il est sur le devant de la commode.

Pendant qu'elle se sauve, Poirier reste dans la chambre, se jette sur l'or et les billets déposés dans le meuble.

Lorsqu'elle est dans le jardin, la veuve se repent d'avoir été si craintive. Elle revient sur ses pas, remonte à sa chambre pour disputer son or au voleur.

Une fois revenue sur le seuil, elle lui dit :

— Mais je te connais. Tu es Poirier. Rends-moi mon argent, ou je te prédis que tu ne le porteras pas avec toi en enfer.

— Puisque tu m'as reconnu, lui riposta le monstre, en reprenant sa cognée, c'est que tu es lasse de vivre.

Aussitôt il lui assène un coup terrible sur la tête qui la renverse, l'étend inanimée à ses pieds.

Au même instant, paraît une autre femme, la dame Riolet, que la veuve Lecomte avait gardée chez elle pour avoir sa compagnie, en cas de surprise.

A la vue de ce témoin dont il ne soupçonnait pas la présence, Poirier entre dans une fureur aveugle. Il va sur elle, en brandissant sa cognée ensanglantée. Elle s'enfuit pour retourner dans sa chambre. Il la poursuit. Elle tombe en lui demandant grâce, les mains jointes.

Il ne lui répond qu'en frappant sur elle à coups redoublés. Son corps

Il referma l'écurie sur ce cadavre. (Page 310.)

n'offre plus qu'un horrible mélange de membres meurtris, sanglants, désarticulés.

Pourtant Poirier n'est pas satisfait. Il n'est pas sûr d'avoir achevé la
veuve Lecomte. Il revient vers elle ; elle respire encore ; persuadé
qu'elle n'a plus que quelques minutes à vivre, il la pousse dans sa chambre
en mettant à côté d'elle la cognée qui a fait deux cadavres !

Muni de l'argent de la vente des ustensiles de la veuve, Poirier s'en
retourne tranquillement chez lui.

Lorsque, le lendemain, les cadavres des deux femmes furent découverts
dans la ferme isolée, la désolation et la terreur se répandirent dans tout
le pays.

Mais Poirier ne fut pas inquiété, ses absences, qui se répétaient fréquemment à cette époque, le mettaient encore à l'abri des poursuites de la
justice.

Où allait-il? sans doute auprès de Maillard et du patriarche qui lui
signalaient de nouveaux crimes à commettre.

Deux ans après, vers les six heures du soir, une femme qui tenait, sur
la route de Bure, une auberge isolée, était trouvée assassinée près de sa
cheminée.

Elle avait été frappée à coups de bûches sur la tête.

Qui l'avait tuée? Poirier.

Il l'avait assommée au moment où, après boire, l'aubergiste, la veuve
Bezard, seule à son comptoir, lui rendait la monnaie d'une pièce de vingt
francs.

Dès qu'il s'était persuadé que sa victime était morte, il s'était emparé,
derrière son comptoir, dans une armoire à côté de la cheminée, de deux
boîtes contenant de l'argent et des billets de banque; puis il s'était sauvé
dans un bois voisin pour y enterrer le fruit de son larcin et de son meurtre!

Ce meurtre, qui rappelait celui de la femme des Courfattières, acheva
de répandre la terreur dans la contrée.

Cette fois, on incriminait bien Poirier, mais les témoins n'osaient pas
plus l'accuser que la justice n'osait sévir contre lui.

Pourtant il fallut bien que la justice se prononçât, lorsque, trois semaines
après, de nouveaux crimes vinrent jeter la désolation dans tout le canton.

Cette fois la mesure était comble, ce n'était plus à des femmes que
cette bête fauve s'en prenait, c'était à de jeunes enfants, à des innocents
sans défense qui succombaient sous les coups de sa lâche et bestiale
férocité.

Un soir, Poirier entrait furtivement chez les époux Travers, cultiva-
teurs au Tertre. Il savait n'y trouver que les deux enfants, un petit garçon
et une petite fille.

Il se rend à la ferme des époux Travers en prétextant de faire un achat
de bois. Il cause avec le jeune garçon qui lui propose de se rendre avec lui
à l'écurie pour y voir des poulains. Poirier le suit en cachant sous sa blouse
un lourd marteau. Il se précipite sur l'enfant lorsqu'il se dispose à ressortir de l'écurie. Il le frappe, le refrappe jusqu'à ce qu'il tombe, une
fois à ses pieds, il redouble de coups jusqu'à ce qu'il ne crie plus et qu'il
reste sans mouvement.

Puis il referme l'écurie sur ce cadavre; il retourne à l'habitation de la
ferme. Là, il rencontre sur le seuil la sœur de la victime. Poirier n'hésite
pas. Il la pousse dans l'intérieur de la maison, la frappe avec le marteau
qui ne l'a pas abandonné; il achève la pauvre enfant en lui enfonçant la
poitrine à grands coups de talon.

Une fois en possession de la maison, Poirier s'empare de tout l'argent
qui s'y trouve, puis s'en va.

Avant de retourner chez lui, il lave ses vêtements teints de sang dans un ruisseau voisin. Encore une fois, dès qu'il est rentré chez lui, il n'y fait pas long séjour. Il sait ce qui l'attend dès que les époux Travers seront revenus à leur ferme pour y trouver les cadavres de leurs enfants.

Il part à Châteaudun ; mais à Châteaudun, il apprend qu'il est signalé par la justice, il redoute la police et les centres où elle agit ; il gagne les bois et parvient à s'y cacher pendant trois jours.

Alors le père et la mère des enfants assassinés passent les jours et les nuits à traquer cette bête fauve. Une battue générale s'organise contre le tueur de femmes et d'enfants. Il est surpris, traqué derrière une haie dans un hameau voisin de son repaire.

Lorsque Poirier passe en cour d'assises, on comprend ses crimes. Jamais plus ignoble image ne rappela mieux la bête féroce.

Il a la tête basse, le regard morne, les cheveux drus et ras, les oreilles rouges et droites, les lèvres épaisses et sanguines. Doué d'une force d'hercule, il a les mains longues, des mains à forcer les armoires et à se laver dans le sang ; il a une tête de hyène et des membres de vampire.

Par la capture de Poirier, un coin du voile qui dérobe les crimes de Limours et les secrets de leur ténébreux inspirateurs est discrètement soulevé.

On dirait que la justice a peur de pénétrer trop avant sur un terrain où juges et coupables, accusateurs et accusés sont également compromis.

En audience, le président des assises ne peut s'empêcher de dire devant ce monstre à face humaine :

— Quel est cet homme ? Il n'est pas l'assassin de *Limours*, cependant il se préoccupait d'une façon toute *particulière* des crimes de Limours. Il ne fait pas partie des assassins de Limours, on l'a cru, soit ! Cependant ces coupables ne sont pas découverts, et Poirier prend la résolution d'opérer comme eux. Que Poirier réponde donc ?

Mais Poirier ne répond pas au président qui ajoute :

— Eh bien ! Poirier, dès que vous opériez comme les assassins de Limours, on doit vous mettre au niveau de ces mêmes misérables qui font du vol une industrie, de l'assassinat un moyen, et vous vous êtes rangé au nombre des plus grands *carnassiers* de France, au nombre de ces hommes, l'opprobre d'une nation qui a le malheur de les voir naître et surgir de son sein.

On voit par les Plais et par les Poirier : par les Plais qui se tuaient entre eux, par les Poirier qui tuaient les femmes et les enfants, on voit que le patriarche et Maillard avaient bien choisi leurs soldats.

Il y a dans les crimes de Limours un mystère inexplicable, aussi inexplicable que celui qui domine les crimes de Jud et de Troppmann.

Ce mystère restera, dans les annales du crime, comme ce lien invisible qui rattache en temps de guerres civiles les *compagnons de Jéhu* et la *bande des chauffeurs de Picardie*. Dans les crimes de Limours, comme dans les crimes des chauffeurs, les chefs véritables de ces épouvantables bandits seront toujours des personnages énigmatiques! Ils disparaissent aussitôt que ces bandits retombent sous le coup de la loi, une fois la paix rétablie!

Poirier est condamné à mort à une époque où l'exécuteur R*** a succédé, par le trépas de son bourreau en chef, à M. H***.

Il est appelé de Paris pour dresser à Chartres son échafaud, sur un nouveau modèle qu'il a amené de la capitale.

A cette nouvelle guillotine, les marches sont supprimées; le patient vient de plain pied de la prison à l'estrade funèbre.

Vers les deux heures et demie, l'exécuteur R*** et les aides dressent la guillotine sur la petite place Morand, située non loin du cimetière de la ville.

A trois heures et demie, les préparatifs sont terminés, à quatre heures, Poirier est traîné à l'échafaud.

A la longue, cette brute féroce était tombée dans la dévotion. En face de la mort qui l'attendait, il ne faillit pas un instant; il récita l'*Ave Maria* à côté de l'aumônier qui l'accompagnait.

Il but, avant de se mettre en route, une tasse de thé avec un peu d'eau-de-vie. Puis, pour continuer avec fermeté son terrible trajet, il demanda, sur le seuil de sa prison, un verre d'eau-de-vie pure.

En allant à l'échafaud, il marche trop vite, les liens qui le retiennent de la jambe à la nuque ont failli le faire trébucher.

La foule qui assiste à son supplice croit que Poirier recule devant l'échafaud. L'exécuteur le fait monter avec sollicitude. Il le soutient, pendant qu'un aide lui met la tête sur la lunette, et qu'il reçoit encore la bénédiction de l'aumônier.

L'exécuteur presse le ressort, la tête tombe. Justice est faite!

Une heure après, R***, avant de repartir pour Paris avec sa guillotine perfectionnée, écrit à sa femme :

« Poirier est monté bravement à l'échafaud. Il y est monté trop vite, sans se préoccuper des liens qui embarrassaient sa marche. On voyait bien qu'il *n'en avait pas l'habitude*. »

Germond et Quillou l'étranglèrent sur un tas d'orge. (Page 314.)

LX

UNE TRIPLE EXÉCUTION

Pour en finir avec les crimes de Limours, il faut citer trois misérables qui, sitôt la paix rétablie, portèrent leur tête sur l'échafaud.

Avant la guerre, c'étaient des mendiants d'un petit village d'Eure-et-Loir. L'invasion, sous les instigations de Maillard, les changea en oiseaux de proie.

Ces assassins de deux époux septuagénaires se nommaient Germond, Quillou, Proust et Guenard.

Guenard avait été entrepris par Maillard, conseillé toujours par le Patriarche, pour embaucher des mendiants comme lui, afin d'assassiner, à Bonneval, les époux Cheneau. Ces derniers passaient pour être très riches dans le pays.

Le lundi 19 septembre 1870, on signalait à Bonneval l'approche des armées allemandes.

Pendant que des patrouilles s'organisaient pour veiller tant bien que mal à la sécurité des habitants, Guenard se concertait avec ses complices pour tuer les époux Cheneau.

Ces complices regimbaient bien un peu, Germond surtout. Guenard ripostait à celui-ci :

— Que crains-tu, animal? Il n'y a plus de gouvernement, il n'y a plus de gendarmes, il n'y a plus rien. Et les Prussiens qui vont arriver, passeront pour avoir fait le coup.

— C'est vrai! riposta Germond, en regardant ses complices hésitant comme lui. Mais la garde nationale?

— Eh bien! reprenait Guenard, n'en sommes-nous pas? Et toi-même, en qualité de sergent, ne peux-tu pas nous conduire, pour le service de nuit, à quatre heures du matin, dans la maison des vieux?

Pour affermir leur courage, Guenard leur fit boire une bouteille d'eau-de-vie que Germond paya et fournit.

Guenard, était le familier de la maison des époux Cheneau, il entra le premier chez les vieillards qu'il était appelé à *garder* avec ses complices.

Il trouva le vieillard couché dans son écurie.

— Bonsoir! père Cheneau, lui dit Guenard. Il ne fait pas bien chaud et il fait bon dormir dans votre étable.

— C'est vrai, répondit Cheneau qui n'ose avouer que c'est la peur de l'ennemi qui l'a fait sortir de son lit, — c'est vrai! et je me suis mis à côté de ma vache pour n'avoir pas froid.

Il n'a pas achevé ces mots que, sur un signe de Guenard, ses complices, blottis derrière lui, sautent sur le vieillard.

Proust le saisit à la gorge, Guenard le lui abandonne. Il place Germond avec Proust pour étouffer le vieux Cheneau. Il emmène Quillou avec lui et se rend à la grange où s'était aussi réfugiée sa femme.

Germond et Quillou s'en emparent et l'étranglent sur un tas d'orge.

Une fois qu'il n'y a plus dans la maison que deux cadavres, les quatre meurtriers fouillent dans les malles et s'emparent de tout l'argent qu'ils y trouvent.

Puis, ils se retirent pour aller enfouir leur trésor dans le jardin du moins mendiant d'entre eux, dans celui de Germond.

Le vol et le crime passent d'abord à l'actif des Prussiens.

Après l'invasion, Quillou ivre dit un jour au cabaret :

— Ce n'est pas moi qui ai tué Cheneau, mais si l'on veut mettre ma tête sur la guillotine, je dirai tout.

Ces paroles font réfléchir les voisins. Ils s'étonnent, après l'invasion, de voir Guenard, Quillou et Proust, autrefois si misérables, devenir des gens presque à l'aise.

On les emprisonne; mais soit que la guerre ne permette pas à l'instruction de se faire en toute liberté, soit que l'influence du Patriarche et les hésitations du juge d'instruction paralysent l'action de la justice, le jugement s'arrête; les inculpés sont relâchés.

Deux mois après, les quatre misérables, malgré l'impunité dont ils jouissent, se font encore prendre.

Ils sont surpris par la police, au moment où ces bandits se livrent à l'orgie dans l'endroit où ils ont étouffé les propriétaires. Ils y étaient allés sous le prétexte de devenir les acquéreurs de la maison de ceux qu'ils avaient tués, puis dévalisés.

Cette fois, Guenard, pour s'assurer la bienveillance de ses juges, Guenard, l'instigateur de ce double meurtre, fait des aveux complets.

Germond, le moins coupable, devance la condamnation à mort prononcée contre eux; il se fait justice dans sa cellule.

Ce fut le 24 janvier 1872 que l'exécuteur R***, un mois avant la mort de son prédécesseur, fut appelé de Paris, pour procéder à l'exécution de la peine capitale prononcée par la cour d'assise d'Eure-et-Loir, contre Guenard, Quillou et Proust, derniers soldats de la bande de Limours.

Il s'agissait, à Chartres, d'une triple exécution. L'exécuteur était parti de la gare Montparnasse pour amener à Chartres ses terribles engins.

En présence de ces trois assassins qui auraient pu défier le bourreau et la guillotine, comme ils avaient défié la justice et l'opinion les autorités du département avaient pris leurs précautions.

Elles furent inutiles; malgré la force imposante déployée militairement autour de l'échafaud, le bourreau n'eut affaire qu'à des patients très dociles.

La peur de la mort, plutôt que le remords, les rendit insensibles, inertes, tout au moins hébétés.

Ils tombèrent, l'un après l'autre, sur la lunette, sans un mot, sans une plainte, comme des victimes déjà immolées.

L'exécuteur, une fois le supplice terminé, écrit à son épouse :

« Ces bandits se sont bien conduits. Ils sont allés à l'échafaud comme des moutons qu'on mène à l'abattoir. »

Telle est l'oraison funèbre prononcée sur ces derniers soldats de Limours, qui répandirent la terreur pendant trois ans, dans trois départements.

LXI

BOUDAS

Deux ans après, comme M. H***, au début de sa carrière, M. R*** allait chercher deux condamnés à mort, pour procéder, le même jour, à la même heure, à leur double exécution. .

C'étaient le bûcheron Boudas et le pharmacien Moreau, l'un l'assassin d'un brocanteur, l'autre, l'empoisonneur de ses deux femmes.

Le premier était aussi grossier, aussi trivial, que le second était douce-reux et bien élevé. Tous les deux, sous une enveloppe bien différente, étaient aussi perfides que cruels.

Celui qui aurait pu être le plus accessible aux remords, quoiqu'étant, à la surface, beaucoup plus farouche, c'était le bûcheron Boudas.

En marchant ensemble à l'échafaud, tous les deux protestèrent, avec une égale ténacité, de leur innocence.

Le pharmacien Moreau est un meurtrier spéculateur. Il procède pour son double meurtre de la manière de Lapommerais. Boudas, qui n'est pas non plus dépourvu de finesse, emploie les moyens de Poirier.

Tous les deux ont la même férocité. L'empoisonneur a plus de sang-froid dans le crime ; le premier est un serpent, le second un tigre.

Avant de parler de la double exécution de ces monstres, il faut faire connaître le meurtre de Boudas, comment il parvient, pendant un an, à se soustraire à son châtiment.

Le 2 décembre 1873, la justice était saisie d'un meurtre épouvantable commis dans l'intérieur d'un brocanteur alsacien, demeurant dans la maison n° 9 de la rue Audran, à Montmartre.

On trouva le cadavre de Fath, — c'était le nom du brocanteur, — ense-veli sous un matelas et un édredon. Son corps, horriblement mutilé, était lacéré de coups de rasoir. Il ne formait plus qu'une plaie.

Son crâne avait été crevassé par un instrument contondant.

Un énorme marteau et un vieux rasoir étaient déposés aux pieds du cadavre.

On eût dit que le meurtrier, par la présence de ces engins sanglants, eût voulu attester de quelle façon il avait assommé et assassiné sa victime.

D'après les constatations des médecins experts, le crime devait remonter à deux jours.

Son corps était lacéré de coups de rasoir. (Page 316.)

Il ne fut découvert que par son fils revenant le lundi au domicile paternel, après avoir quitté Fath le samedi soir.

Le dimanche, le brocanteur avait l'habitude de vivre seul. Il ne recevait jamais ce jour-là. Son fils, jeune architecte, excepté le dimanche, avait l'habitude de consacrer toutes ses soirées à son père.

On juge de l'effroi et de la douleur du malheureux jeune homme lorsque, le lundi, il est obligé pour entrer chez le brocanteur de se faire ouvrir judiciairement la porte, et lorsqu'il assiste à l'effroyable spectacle de son père assassiné et assommé.

Il tombe, suffoqué par les sanglots, sur le corps de Fath, labouré de blessures, gisant dans son sang déjà congulé.

Sur le théâtre du meurtre, règne un désordre significatif : Tous les tiroirs des meubles ont été forcés. Il est constaté, par le fils de la victime, que douze obligations de la ville de Paris sont disparues, avec une somme de deux mille francs.

Dans l'expertise, il est constaté qu'un morceau de journal et le coin d'une enveloppe de lettre traînent sur le parquet ensanglanté.

Le journal et le timbre de la lettre sont datés de Metz. Il est prouvé que ce morceau de journal et de lettre n'ont pu s'échapper que de la poche du meurtrier, puisqu'ils étaient à la même distance où l'on avait trouvé les instruments du crime.

Après l'expertise, le corps de Fath est transporté à la Morgue. Personne ne le reconnaît, parce qu'il est étranger à Paris, parce qu'il n'a quitté Metz qu'après l'annexion.

Donc, le meurtrier ne peut être qu'un homme de cette ville, fort au courant des habitudes du brocanteur.

A l'autopsie du cadavre, on reconnaît, par la violence des coups portés à la victime, qu'ils n'ont pu être faits que par un individu très familier au maniement de lourds outils.

Le concierge dépose que Fath, en dehors de son fils, ne recevait chez lui qu'un homme de forte taille à la figure farouche.

Son fils se rappelle avoir vu ce personnage chez son père, qui le désignait sous le nom de Boudas. C'était, lui avait-t-il dit, un Alsacien, qu'il avait connu à Metz, et qui l'avait suivi à Paris pour lui proposer un achat de bois.

Immédiatement, on recherche Boudas, on va à son domicile, mais il a pris la fuite, on ne trouve que sa femme.

D'abord, on ne peut tirer d'elle aucun renseignement. Quand on lui demande si elle n'est pas la femme de Boudas, elle répond en riant aux éclats; on s'aperçoit qu'elle est folle.

La police, malgré la folie de cette malheureuse, ne perd pas tout espoir de trouver le coupable. Quand on l'interroge de nouveau sur son mari, elle reprend avec épouvante : « Ne m'interrogez plus ! Je ne connais pas Boudas, c'est-à-dire, je ne le connais plus ! Il est parti, parce que je ne voulais pas laver ses habits remplis de sang ! Il est parti, parce que j'ai refusé son or taché de sang, comme ses habits et ses mains ! Je ne connais plus Boudas, parce que je ne serai jamais la femme d'un assassin ! »

Cet aveu, quoique venant d'une folle, était assez clair. Désormais, la justice savait que Boudas était le meurtre du brocanteur Fath.

En poursuivant ses investigations sur ce meurtrier, voici ce que la justice apprend encore :

Boudas était un bûcheron qui, autrefois, dans une prison centrale, avait subi sa peine pour vol et escroquerie. Parti d'Alsace où il était trop connu, il s'était rendu à Metz où il avait fait la connaissance de Fath. Dès les premiers jours de ses relations avec lui, il avait conçu contre lui de criminels desseins. Il l'avait suivi à Paris quand Fath était venu s'y fixer, après l'annexion, pour se rapprocher de son fils.

A Paris, Fath, d'humeur sédentaire, ne voyait que lui et son garçon. Encore Boudas ne venait-il que très rarement chez le brocanteur. Il avait soin, chaque fois qu'il y venait, de dissimuler son visage au concierge et de choisir le jour où son fils était absent.

Malgré ces indices et ces renseignements, Boudas, pas plus à Metz qu'à Paris, ne put être livré à la justice.

Où était-il? Tout le monde l'ignorait.

Pourtant la police, quelques mois après, fut sur la trace d'une nouvelle piste. On arrêtait deux filles qui se battaient sur la voie publique : l'une d'elle accusait l'autre d'avoir été *brouettée* par un assassin, pendant deux mois, de Paris à Bruxelles, et de Bruxelles à Metz, avant de revenir à *sa* maison.

On emmène les filles au Dépôt. Là, on apprend que l'une de ces filles, depuis le meurtre de Fath, était sortie de sa maison de Paris pour suivre un inconnu de Paris à Lille, de Lille à Bruxelles, avant d'être reconduite à Metz où cet inconnu l'avait abandonnée.

Au portrait que fait cette fille de son ancien amant, il est facile de reconnaître Boudas, l'assassin de Fath, le récidiviste condamné une première fois, en 1854, pour avoir soustrait, à cette époque, de fortes valeurs dans une maison de commerce.

Mais on ne trouve toujours pas Boudas.

Enfin, une autre fille publique vient le dénoncer à la police. Cet introuvable assassin, qui s'isolait de la société, ne pouvait cependant vivre seul; et il avait aussi traîné cette prostituée d'hôtel en hôtel.

Ne pouvant rien comprendre à ses paroles incohérentes, à ses marches et contremarches, cette fille s'était décidée à le livrer à la justice, dans l'intérêt de sa sécurité.

Quand on se rend à l'hôtel où cette prostituée prétend qu'on trouvera Boudas, il est loin. La fille court encore pour le rattraper et le rendre à la justice.

Tout en se jouant de la police, tout en retardant l'heure de son châtiment, Boudas n'est pas moins frappé par la loi divine.

Depuis le mois de décembre 1873, où il a assassiné Fath, le remords ne cesse de le poursuivre. Dès qu'il quitte la rue Audran où il a laissé un cadavre, il est allé de terreurs en terreurs.

Lorsque, après son meurtre, il s'est rendu chez sa femme pour qu'elle lui lave le sang de Fath, il a été assailli par de nouveaux remords.

En forçant sa femme à faire disparaître les traces de son crime, il l'a rendue folle !

Boudas s'enfuit terrifié de son gîte, aussi terrifié que lorsqu'il est parti du gîte de l'homme qu'il a assassiné.

Alors il espère noyer ses remords dans l'ivresse. Il racole des filles publiques qui, dans l'orgie et la volupté, doivent l'aider à étouffer les cris de sa conscience.

Il voyage avec elles ; ni l'orgie, ni les voyages n'apaisent les terreurs de Boudas.

Après avoir abandonné ces compagnes d'orgie qui l'importunent sans le calmer, Boudas, le bûcheron, retourne dans les bois. Il essaye de reprendre son premier métier.

Il recherche l'ombre et le silence dans lesquels se sont développés ses instincts de fauve.

Mais maintenant que Boudas n'a plus mis de frein à ses convoitises, il entend là, comme partout, la voix du remords qui lui crie : « Qu'as-tu fait de ton ami, presque ton compatriote ? Qu'as-tu fait de ta femme ? L'un est un cadavre, l'autre une folle !

Comme les voyages comme les lupanars, l'isolement des bois l'importune. Le silence lui fait peur comme le bruit. Il recherche alors ce qu'il a fui. Il rappelle la prostituée qui l'a dénoncé une première fois.

Mais pour ne pas être compromise avec lui, elle le dénonce encore.

Après cinq mois d'une vie de remords et de tortures, presque de lui-même, en revenant à sa dénonciatrice, Boudas se livre à la justice.

Mais en face des hommes, en présence du tribunal, il reprend son cynisme ; il redevient l'homme brutal et odieux qui a tué Fath à coups de rasoir et qui a rendu sa femme folle.

Il nie ses crimes. Lorsque le président des assises cherche à lui prouver par ses remords, par les désordres de sa physionomie, par ses dépenses exagérées avec des filles, qu'ils sont les conséquences de ses forfaits, Boudas répond :

— Il est permis de faire la noce, sans être pour cela un criminel. C'est ma physionomie qui m'a perdu ; il n'est pas permis à tout le monde de l'avoir belle !

Sur ces observations, qui détonnent dans le prétoire, le président l'engage d'un ton sévère à ne pas plaisanter, Boudas riposte :

— Je ne plaisante pas, monsieur le président, et je le répète : C'est ma physionomie qui m'a perdu ! lorsqu'on fait la noce, on n'est pas beau. Vous pouvez le savoir *par vous-même*, monsieur le président.

Malgré ses dénégations, Boudas, qui se croit fort parce que son crime

Boudas avait la mine d'un sanglier, Moreau la mine de la fouine. (Page 321.)

s'est accompli sans témoins, n'est pas moins condamné à la peine capitale.

Il est condamné en même temps que le pharmacien Moreau, le tueur de
femmes.

Jugé en même temps que Boudas, Moreau mourra avec lui, le même
jour, à la même heure, sur le même échafaud.

L'exécuteur, M. R***, en allant chercher Boudas avec Moreau pour
leur faire subir la peine capitale, a tracé ainsi les portraits des deux condamnés :

« Boudas avait une véritable tête de loup, sa physionomie bestiale
jurait avec celle de son voisin de cellule, autant l'un était réservé,
autant l'autre était véhément.

« Boudas avait la mine du sanglier, Moreau, la mine de la fouine. L'un
calme, l'autre furieux, s'exprimaient dans un langage bien différent, tout
en exprimant la même pensée :

« — C'est ma g... qui m'a perdu ! » exclamait Boudas en jurant.

Liv. 41.   41

« — Ce sont les apparences qui sont contre moi ! » répliquait le douce-
reux Moreau, en soupirant.

« L'un sortait des bois, l'autre du séminaire.

« — Que le tonnerre de Dieu m'enlève ! hurlait Boudas.

« — Que la volonté des juges soit faite ! murmurait l'hypocrite et cau-
teleux Moreau.

« Boudas avait les membres trapus, il était gros de corps, sa tête étai
petite comme celle de l'oiseau de proie. Il avait le front très fuyant, ses
maxillaires étaient cachées sous une barbe, aux poils hérissés et menaçants.

« Moreau, au contraire, avait la figure lisse, le front très développé ;
il était tellement bombé qu'il semblait ressortir de ses sourcils.

« Dans les allures arrondies et patelines du pharmacien, comme dans
les allures cyniques du grossier bûcheron, on sentait la même perfidie.

« Ces deux hommes d'un tempérament si différent, avaient la même
âme, perfide et cruelle.

« L'obséquieux et le brutal avaient au fond une égale férocité. »

Boudas, que l'éducation n'avait pas corrompu, avait peut-être dans un
coin du cerveau, ce qui manquait à l'autre : une sentimentalité relative. Ses
remords et tout ce qu'il avait fait pour s'y soustraire le prouvaient encore.

Chez Moreau, instruit autant que cruel, toute tendresse était bannie.
Il n'avait même pas la sentimentalité de Lapommerais, un autre empoisonneur comme lui, et qui, tout en tuant sa belle-mère et sa maîtresse,
épargnait au moins sa femme qu'il adorait.

Quand Boudas et Moreau sortirent de leur cellule, afin de rejoindre
dans la salle du greffe le bourreau qui les attendait, tous deux, en franchissant le seuil, firent le même faux pas.

Le bourreau, en les voyant trébucher de la même manière, ne peut s'empêcher de s'écrier :

— C'est un avertissement de la destinée qui les attend !

LXII

MOREAU

Moreau est un ambitieux sans scrupule ; c'est bien un enfant du siècle.

Lorsque le bourreau vient le chercher dans sa cellule contiguë à celle
de Boudas, son compagnon de guillotine, il trouve dans l'herboriste de
Saint-Denis la même âme cupide et basse.

L'homme d'éducation, au front vaste, vaut la brute, au front étroit et fuyant.

Moreau, l'ancien prêtre, l'ancien soldat, n'est pas plus intéressant que l'ancien bûcheron. L'âme et le cœur sont absents dans ces deux natures si différentes par les manières et le langage.

Tous les deux sont venus échouer sur les bancs de la cour d'assises, portés par l'amour des jouissances.

Boudas, en tuant son ami, en affolant son épouse parce qu'elle se refuse à s'associer à ses crimes ; Moreau, en empoisonnant ses deux femmes, ont le même but : monter, toujours monter sur l'échelle sans fin de leurs convoitises.

Dans l'herboriste qui s'intitule pharmacien et qui sous l'Empire se serait peut-être fait noble, il y a du Lapommerais et du Verger.

Prêtre, il renie son apostolat, parce qu'il n'y voit aucune issue à son ambition. Il se fait soldat ; comme le militarisme ne demande que de l'abnégation, il quitte aussi les drapeaux qui ne mènent à rien !

La science, voilà son idole, car dans les secrets des études positives, il peut trouver un vaste champ ouvert à la fortune.

Posséder et jouir, voilà son rêve. Lapommerais n'en avait pas d'autres.

Par malheur pour Moreau, un nouvel obstacle se dresse entre lui et sa volonté de faire fortune.

Mais comme Moreau est aussi un insoumis, il brisera l'obstacle placé entre sa personne et son ambition.

Cet obstacle, c'est sa première épouse pour laquelle il a jeté d'abord le froc aux orties : Mlle Aubry, nature tendre et délicate qui ne sait qu'aimer. Elle a attendu depuis six ans, Moreau son fiancé, qui, pour elle, a quitté la prêtrise et les drapeaux. Elle le croit du moins, puisqu'il lui a fait supposer que c'est à son intention qu'il a déchiré sa robe de prêtre.

Pourtant, il n'en est rien ; les ardeurs qui dévoraient le jeune séminariste n'étaient que celles de l'envie de faire figure dans le monde, de s'enivrer à toutes les jouissances promises par la fortune.

Et la crédule enfant reste longtemps persuadée que c'est pour elle qu'il a quitté les ordres, qu'il est entré dans l'armée ; son amour et son amour-propre en sont flattés.

En réalité, la femme n'avait été, pour cet ambitieux, qu'un moyen d'expliquer sa première désertion.

Moreau, un hypocrite, un sournois, tenait à mettre l'opinion de son côté. Il s'était servi de l'amour pour donner raison à ses détachements de l'Église ; et il rentrait de l'armée dans le civil pour se donner, en apparence, à sa fiancée.

Ces menées n'étaient qu'un calcul. Son ambition forcenée n'avait qu'un désir : sacrifier son amour à son immense désir de parvenir.

Moreau, homme sans cœur, n'avait, en réalité, qu'une idole : la fortune.

Pour parvenir à avoir ses faveurs, il n'avait qu'un culte, celui qu'il consacrait à la science ; il espérait trouver dans ses secrets les plus impénétrables la clef qui devait lui ouvrir les portes de la déesse aux yeux bandés.

En secret, Moreau caressait son rêve infernal comme un alchimiste d'un autre âge ; il l'entretenait avec l'astuce d'un usurier, l'audace d'un champardeur !

Moreau s'était juré de sacrifier tout ce qui aurait pu l'arrêter dans sa course sans frein vers l'opulence.

C'était à la fois un patient et un révolté ; Moreau était bien de son siècle !

Comme Verger, Moreau était sorti de la classe la plus infime par la protection d'une sommité ecclésiastique, séduite par la précocité de son intelligence ; et elle l'avait fait entrer au séminaire. Là, Moreau étonna ses professeurs par les progrès de son esprit ouvert et ardent. Mais les ardeurs qui enflammaient son crâne ne faisaient que jeter du fiel dans son cœur ambitieux et perfide.

Pour éviter une lutte inégale et dangereuse contre ses professeurs, contre tous ceux qui l'ont élevé et instruit, Moreau feint d'abord un amour violent, indomptable.

De prêtre, il se fait soldat ; puis il s'unit à celle qu'il prétend vouloir associer à sa destinée.

La famille de Mlle Aubry, guidée par un profond amour pour son enfant, hésite à la donner à un ancien soldat qui, déjà, a déserté l'Église pour arriver, par un chemin détourné, à l'état civil.

Elle considère, avec le caractère en dessous et sournois de l'ancien séminariste, son mariage avec Mlle Aubry comme un malheur.

La touchante fille ne le voit pas ainsi. Elle pense au contraire qu'en quittant, par amour, l'Église et l'armée, Moreau n'aura pour elle qu'amour et adoration.

Mais ses parents, en approfondissant cette nature envieuse, pensent que Moreau, sous le pouvoir de son ambition, pourra bien déserter, avec la même volonté, persistante et implacable, le foyer conjugal.

L'avenir ne tarda pas à leur donner raison.

Avant de s'établir, Moreau entre chez quatre pharmaciens. Tous lui reprochent son caractère sombre qu'ils attribuent à sa position précaire.

Son union, après son stage dans quatre pharmacies, n'allège pas ses

— Si vous saviez comme nous nous aimions ! (Page 327.)

charges, au contraire; lorsqu'il s'établit à Saint-Denis, après avoir épousé celle qui l'a attendu pendant sept ans, Moreau n'a que des dettes.

La Pharmacie Centrale, qui l'a aidé à payer son établissement, creuse encore un abîme sur le terrain de la fortune qu'il espère affermir par le travail.

Et à quel travail se livre-t-il au fond de son laboratoire? A l'étude des poisons.

Lorsqu'on découvre son second crime qui ne peut rester impuni comm le premier, la justice saisit chez Moreau un traité de pharmacie où sont décrits les effets produits par le sulfate de cuivre.

Ils sont marqués d'un signet à l'*image de la Vierge*.

Tartuffe empoisonneur eût agi comme cet ancien séminariste.

Moreau tue ses deux femmes au moyen du toxique de cuivre. On fait l'autopsie des cadavres : dans l'estomac du premier corps, on découvre 3 centigrammes et 10 milligrammes de cuivre, dans l'estomac du second, 2 centigrammes et 10 milligrammes de ce toxique.

Ces résultats de la science, donnés par les experts, prouvent qu'il y a eu empoisonnement, et que le mari des victimes est seul coupable de leur mort, puisque c'est lui seul qui a versé, à l'une comme à l'autre femme, le poison découvert par les experts.

Voici la constatation de la mort des deux épouses de Moreau : sa première femme décédait à Saint-Denis, le 18 août 1873, à l'âge de trente-trois ans, à la suite d'une courte maladie. Elle n'était que depuis trois ans et demi mariée à l'herboriste.

Sa seconde femme, qui n'était pas d'une santé aussi délicate que la première, était prise, le 15 mai 1874, des mêmes vomissements ; elle succombait, quinze jours après, de la même façon que la première épouse de l'empoisonneur.

Le premier empoisonnement passe inaperçu parce que tout le monde n'ignore pas que Moreau aimait sa femme parce qu'il n'avait rien négligé pour écarter les soupçons.

Le second empoisonnement se découvre presque aussitôt, parce que la victime a un caractère plus énergique, parce que son auteur agit avec moins de ménagements.

La raison en est simple. Moreau n'a épousé cette dernière que par intérêt. Il a hâte d'en finir pour contracter une troisième union qui doit définitivement l'enrichir.

Comment Moreau, qui prétendait aimer Mlle Aubry et l'adorer aveuglément, se résout-il à la sacrifier ? Parce que l'amour qu'il a pour sa femme ne peut que prolonger sa misère, parce qu'à tout prix, il faut qu'il devienne riche.

Avec sa première épouse, si simple, si dévouée et si bonne, il serait resté un misérable herboriste de campagne. La gêne, il n'en veut plus !

A la veille d'être reçu pharmacien, à la veille de réaliser ses plans d'ambition, il fait justice de son idole, qui est une barrière infranchissable à la fortune ; il faut abattre cette barrière et cette idole, dût-il faire ce sacrifice en pleurant.

Étrange contradiction du cœur humain ! Et c'est lui, en sa qualité d'élève en pharmacie, qui lui prépare ses médicaments ; il s'emploie avec sollicitude pour lui donner des potions qui, pourtant, vont la faire succomber.

Il ne la quitte pas du premier au dernier jour de sa terrible maladie. Il assiste, d'un œil stoïque, à tous ces vomissements qui se précipitent plus douloureux et plus répétés.

Moreau ne néglige pas de recevoir dans un vase les matières rendues par elle et qu'il s'empresse de vider, parce qu'il prétend que ces matières ne peuvent être conservées pour la sécurité de ceux qui la soignent.

Lorsque sa femme rend le dernier soupir, Moreau prétend qu'elle succombe d'une maladie d'estomac que, depuis longtemps, elle avait en germe.

A son chevet veillait, avec lui, sa belle-mère, Mme Aubry ; elle l'observe, malgré sa douleur, d'un œil scrutateur.

Moreau, qui la devine, se jette dans un fauteuil, et s'écrie, d'un air désespéré, en regardant sa parente :

— Ah ! si vous saviez comme nous nous aimions !... Et que vais-je devenir ?

Ce qu'il devient, la soupçonneuse belle-mère le fait savoir à la justice. Il devient l'amant d'une femme mariée.

Sa couche est encore chaude de celle qu'il a empoisonnée, qu'il reçoit sa maîtresse dans son alcôve ; c'est la femme d'un quincaillier que sa santé délicate retient aux eaux.

Moreau suit son idée. L'épouse ne pouvant plus faire aller son ménage, ni subvenir aux frais de son commerce, c'est sa maîtresse qui y subvient.

Parvenir par les femmes, telle est la pensée de Moreau. Maintenant qu'il a fait le premier pas dans le crime, il ne s'arrêtera plus en si beau chemin. La société n'est pour lui qu'une vache à lait.

Lorsque l'époux de sa maîtresse revient au logis, il conçoit un projet de mariage qui devra grossir son avoir. C'est le mari trompé, le cousin d'une femme entretenue, qui lui procurera *cette affaire*. Pour Moreau, tous les moyens sont bons afin de parvenir au but de son ambition.

C'est l'adultère qui, cette fois, lui procurera une dot. Un empoisonneur ne peut être scrupuleux.

Une demoiselle Lagneau vivait maritalement, depuis douze ans, avec un riche négociant de Paris ; ce négociant, qui avait un ménage légitime, tenait à en finir avec un intérieur qui menaçait de rompre l'équilibre de son double foyer.

Dans l'intérêt de son repos, il tient à se débarrasser d'une vieille concubine.

Il trouve dans Moreau le futur qu'il lui faut pour rendre la paix à son ménage et pour assurer une position à sa maîtresse.

Moreau accepte un marché passé entre l'amant et sa concubine.

Chose curieuse, c'est le quincaillier, le mari trompé par Moreau, qui devient l'entremetteur de ce honteux marché.

Mais que fait la honte à Moreau si elle rapporte, avec une maîtresse achetée par lui, une somme de vingt mille francs, une petite maison et un mobilier, propriétés personnelles de son premier amant.

Le cousin de cette femme a bien le soin de lui faire connaître la source impure de cette dot improvisée. Moreau lui répond :

— Que m'importe ! Dès que la cousine n'a eu qu'un seul amant, cela m'est égal.

Le président des assises est informé de ces détails fournis par la première belle-mère de Moreau. En pleine audience, il lui oppose son passé fangeux et son origine scandaleuse.

Moreau se récrie ; il proteste.

Mais les preuves sont là. Les détails fournis par la mère de sa première victime sont précis ; Moreau est obligé de courber la tête sous son infamie que sa seconde belle-mère a rendue plus odieuse par ses implacables dépositions.

Pour son second empoisonnement, l'herboriste prête le flanc aux accusations de la mère de Mlle Lagneau ; car dans son second crime, Moreau se montre aussi brutal qu'il a été circonspect dans le premier.

Cette fois, il force la dose du poison.

Comme Lapommerais qui a hâte d'en terminer avec Mme de Pauw, Moreau veut aussi en finir vite avec sa seconde victime, qui n'est que l'enjeu de ses méprisables calculs.

Dès que le médecin qui la soigne se trompe encore sur la véritable cause du mal qui la torture, Moreau, comme pour sa première femme, ne quitte plus son chevet.

C'est lui qui lui apporte ses aliments. Il n'a avec lui qu'une femme de ménage, mais il l'éloigne du chevet de son épouse, prétextant que sa maladie est contagieuse et que lui seul doit affronter les dangers qu'il y a à la soigner.

Il compte encore sans sa belle-mère. Elle arrive, le 28 mai, avec sa fille, sœur de Mme Moreau, chez le mari, mais le 28 mai, la belle-mère et sa cousine n'y trouvent plus qu'un cadavre !

D'effroyables soupçons courent dans les esprits de la belle-mère et de la cousine. Elles se rappellent la mort de la première femme de Moreau, dans des circonstances identiques, en proie aux mêmes vomissements et soignée de la même façon par son mari.

Elles apprennent que la moribonde, avant de trépasser, a eu de semblables soupçons ; elle a dit à une parente qui l'a assistée à ses derniers moments :

— Ma pauvre cousine, je crois qu'on m'empoisonne !

Le condamné assiste isolément à la messe. (Page 331.)

La parente avait répété ces paroles à la femme de ménage qui les avait répétées à l'herboriste.

Celui-ci s'était écrié, en haussant les épaules :

— Ma femme divague !

Mais avant que la victime eût rendu l'âme, elle avait redit à la femme de ménage :

— Ma bonne Mayeur, je meurs empoisonnée !

Telles avaient été les paroles qui avaient été dites à la belle-mère et à sa fille. Elles se trouvaient confirmées par l'attitude froide, presque indifférente, que Moreau garda en présence du cadavre de sa seconde femme.

La belle-mère, révoltée et sur le témoignage des voisins, adressa une plainte au parquet.

Moreau était arrêté lorsqu'il entamait des pourparlers pour convoler en troisième noce. Il était en train de choisir, à bref délai, une nouvelle victime de sa science infernale.

A l'audience, lorsque le terrible herboriste est en face de ses deux belles-mères, la première lui dit :

— Ma fille paraissait heureuse de votre mariage, moi, je ne l'étais certes pas !

La seconde reprend :

— Je suis venue après la mort, j'ai vu que ma fille était tachée de noir par tout le corps. J'en fis l'observation à Moreau, qui me dit : « Oh ! vous savez... la décomposition est faite maintenant !... » Et il ne versait pas une larme !

Moreau sourit.

Le président lui réplique sévèrement :

— Vous souriez ? Il ne le faut pas, vous n'êtes pas dans une situation à sourire.

— Monsieur le président, — répond Moreau, — ce qui me fait sourire, c'est l'ignorance de ces dames. On sait que dans l'état où se trouvait surtout ma seconde femme, sous l'empire d'une *angine diphtérique*, la décomposition se fait très vite.

Au besoin, Moreau se livrerait, comme le médecin Lapommerais, à un cours de chimie comparée en plein tribunal ; on ne lui en laisse pas le temps. Sur la démonstration, aux jurés, des effets du toxique de cuivre trouvé dans les deux cadavres, Moreau est condamné à la peine de mort.

L'herboriste de Saint-Denis est conduit à l'échafaud, sur les dépositions de ses belles-mères !

LXIII

ENCORE UNE DOUBLE EXÉCUTION

A peine deux années s'étaient-elles écoulées depuis que l'exécuteur R*** avait remplacé M. H*** comme directeur en chef des peines capitales, qu'il avait à opérer, à Paris, une double exécution.

Boudas et Moreau l'attendaient au fond de leur cellule pour aller expier leurs forfaits sur la place de la Roquette.

Ce jour-là, 14 octobre 1874, la foule était immense. Dès l'aube, elle montait encore dans le faubourg, pour assister au supplice des deux criminels qui, l'un après l'autre, devaient tomber sur l'échafaud.

Leur exécution ne devait pas être longue, avec la guillotine simplifiée par le nouveau bourreau.

La prestesse avec laquelle M. R'" opérait, devait faire prompte justice des angoisses du patient et des scènes scandaleuses qu'elles produisent.

Lorsque l'exécuteur reçut à l'avant-greffe, des mains du directeur de la prison, les deux condamnés pour leur faire *la toilette*, il vit deux hommes d'une nature bien différente ; pourtant leur langage était, au fond, à peu près le même.

Boudas, nature farouche et inquiète, paraissait en proie à une sorte d'effarement. Il était assiégé de terreurs, des spasmes gonflaient sa poitrine. Il écarquillait les yeux et ne semblait voir qu'à travers un brouillard.

On eût dit qu'il craignait d'être regardé et surtout deviné.

Il redit à l'un des aides se préparant à le ligotter. :

— Ce que c'est que d'avoir une vilaine tête ! Je suis innocent et c'est ma tête qui m'a perdu !

Moreau était plus calme que Boudas. Il était surtout plus réservé. Il avait dormi toute sa dernière nuit. En se réveillant, il s'était contenté de répliquer sur la nouvelle de sa mort :

— Je m'y attendais ! Que la volonté de la justice soit faite. Elle aura à répondre de ma mort, car je meurs innocent.

Puis courbant la tête, il s'était livré à l'aumônier, ne voulant pas, disait-il, « manquer *la dernière messe* ».

Les deux condamnés avaient été assis, l'un après l'autre, dans la logette de la chapelle, pour assister à la prière ; car si la Roquette possède trois cellules pour renfermer les condamnés à mort, elle n'a qu'une *logette* où le condamné assiste isolément à la messe.

A trois heures et demie, Boudas et Moreau, l'un après l'autre, avaient entendu la messe, franchi la galerie qui conduit à l'avant-greffe où se faisait leur toilette. Ils n'avaient plus qu'à voir s'ouvrir les deux battants de la grande porte menant à l'échafaud.

Ce jour-là, la foule était énorme. Une demi-escouade de la garde républicaine revenait en renfort sur la place, pour contenir le public qui affluait de toute part.

Les condamnés parurent encore l'un après l'autre sur le péristyle qui mène à l'échafaud.

Moreau se montra le premier.

A sa vue, un *Ah !* de satisfaction, une exclamation de réprobation s'échappa de toutes les bouches.

Cette exclamation résonnait mal devant la victime.

Cependant, un peu plus, on eût applaudi ! tant les crimes de ce lâche empoisonneur avaient fait d'impression sur ceux qui assistaient à sa juste expiation.

Moreau, très calme, s'arrêta comme pour protester contre cette intempestive et sauvage exclamation !

Poussé sur la planche, au moment où s'abattit le couperet, Moreau ne put que prononcer ces mots :

— Je meurs innocent !

A peine sa tête est-elle tombée dans le panier, que le couperet est relevé.

Boudas paraît à son tour.

Par une intention pleine d'humanité, on lui a fait éviter la vue du supplice de Moreau.

Quand l'heure du châtiment arrive, il ne sait pas que le couperet a fait justice de son compagnon de guillotine.

A la chapelle et au greffe, — pour la messe comme pour la toilette, — ni Moreau, ni Boudas ne se sont rencontrés.

La tête hideuse, féroce, de ce dernier contraste avec la figure belle et douce de Moreau.

Boudas s'écrie avec force gestes :

— On commet un crime, en m'abattant. Devant Dieu et devant les hommes, je suis innocent !

A peine a-t-il prononcé ces paroles qu'il est jeté sur la bascule ; le couperet, encore chaud du sang de Moreau, retombe sur sa nuque. Justice est faite !

C'est avec la rapidité de l'éclair que s'est opérée cette double exécution.

Après le supplice, le bourreau s'exprime ainsi dans un langage qui, chez une nature moins expansive que celle de R***, eût frisé le cynisme :

— Mes deux gaillards avaient bien envie de prononcer un discours pour prouver leur innocence ; je ne leur en ai pas donné le temps, je leur ai bien vite coupé... la parole !

LXIV

LES ASSASSINS MONOMANES

Deux années avant cette exécution, il arriva à M. R***, sur le chemin de fer de Paris-Lyon, une fâcheuse aventure qui donne raison à ce chapitre.

Appelé dans le Midi de la France pour présider à une exécution capitale et pour travailler à l'installation de la guillotine, l'exécuteur R*** avait pris

Bayon eut le temps de lui décharger deux coups de son révolver ! (Page 335.)

le train express. Installé seul dans un wagon-lit, il avait laissé ses aides dans un compartiment inférieur.

Vers les deux heures du matin, R*** reposait dans un demi-sommeil, lorsqu'il se sentit réveillé par un coup violent porté à la tête. Il sauta brusquement de son canapé-lit, malgré la vive douleur qu'il éprouvait.

Il se vit en face d'un homme de mauvaise mine, dans la force de l'âge, armé d'un marteau et d'un revolver, et qui se disposait à le frapper encore.

Il avait compté sans la force de tempérament et la souplesse des membres de l'homme qu'il avait attaqué dans son demi-sommeil.

Se jeter sur l'agresseur, lui retirer des mains son marteau et son revolver, furent pour M. R*** l'affaire d'un instant.

Sans plus se préoccuper de la blessure qu'il lui avait faite, il employa toutes ses forces à terrasser le criminel ; il le mit à ses pieds, le poing sur la gorge et il lui dit :

— On ne me tue pas facilement, mon gaillard ! et c'est moi, au contraire, qui, par état, suis habitué à tuer tes pareils.

Cet homme qui, par sa mise sordide et sa face patibulaire, avait bien l'aspect d'un meurtrier, lui demanda :

— Vous êtes donc de la partie?

— Pas précisément, lui répondit-il, en le tenant toujours en respect, je suis plutôt de la partie contraire.

— Alors, qui êtes-vous donc? ajouta-t-il en cherchant à le mordre pour se dégager.

— Qui je suis? termina M. R***, celui que tu retrouveras peut-être. Je suis le bourreau!

R*** n'avait pas achevé ces mots que le meurtrier, qui n'était pas non plus exempt de souplesse, était parvenu à s'échapper. D'un coup de coude, il avait poussé la portière entr'ouverte, et il partait comme il était venu.

Le train marchait toujours, quoique ralentissant de vitesse. En voyant le meurtrier s'enfuir, M. R*** se suspendit à la sonnette d'alarme, placée au-dessus de sa tête. En vain pressa-t-il le bouton, rien ne retentit, personne ne répondit à son appel.

Pendant que le train continuait sa course, rien ne bougeait autour de lui, ni loin de lui, rien que le meurtrier.

Il était parvenu, au moment où le train ralentissait de vitesse, à s'élancer sur la voie et à gagner la campagne.

Ce ne fut qu'au terme de son voyage que l'exécuteur put raconter sa mauvaise rencontre; comment il avait failli être *exécuté* par un misérable appelé, un jour ou l'autre, à être son patient.

Malgré les recherches de la police, le meurtrier, pour quelques jours, devait échapper à toutes ses investigations.

C'était la faute des administrateurs de la compagnie, et surtout du mauvais état de la sonnette d'alarme qui ne sonnait pas!

Quelques jours après, une autre tentative criminelle se renouvelait sur la même ligne, presque à la même station.

C'était le même assassin qui avait manqué le bourreau.

Cette fois, en frappant sa victime, il avait pris ses précautions; la sonnette d'alarme ne sonnant pas toujours, et la victime étant plus faible que le meurtrier, celui-ci était parvenu à la tuer et à la dévaliser.

L'assassin était un nommé Bayon, un repris de justice, sorti depuis huit jours seulement d'un pénitencier de Corse. Après avoir dépensé en orgie les cent quatre-vingt-onze francs qui lui avaient été remis à sa sortie de la maison centrale, il avait juré de tuer en chemin de fer le premier individu qui lui tomberait sous la main.

Coûte que coûte, fût-ce au prix d'un assassinat, il tenait à refaire son pécule ; il s'était dit qu'il ne pouvait trouver son homme que dans un wagon de première classe.

Bayon, en prenant un billet de première, en demandant un coupé-lit, avait eu la mauvaise chance d'y rencontrer d'abord le bourreau qui lui avait tenu tête.

La seconde fois, en recommençant le même parcours, dans le même wagon, il avait été *plus heureux*. On l'avait conduit vers un compagnon de voyage nommé Lubanski.

Bayon avait vingt-sept ans, Lubanski, trente-deux.

Averti quelques jours précédemment par son insuccès sur le bourreau, Bayon avait donc pris ses précautions.

Armé de son marteau et de son revolver, il avait attendu que Lubanski fût plongé dans un profond sommeil pour le surprendre. L'assassin était armé et la victime ne l'était pas. Il frappa, et le frappa si fort à la tempe, qu'une lutte ne put s'engager entre la victime et son meurtrier.

A peine si Lubanski eut la force de crier ! Ses cris ne furent pas entendus. Un wagon-lit est une prison bien close, ses murailles capitonnées étouffent le bruit ; et il n'y a pas de communication avec les autres compartiments.

La victime qui, malgré sa première blessure, avait encore le pouvoir de se mettre sur son séant, tentait un dernier effort pour agiter la sonnette d'alarme.

Encore une fois, la sonnette ne sonna pas ; Bayon eut le temps, pendant que la victime s'épuisait à vouloir faire retentir la sonnette, de lui décharger deux coups de son revolver dans la tête.

Une fois Lubanski bien mort, il l'avait dévalisé ; et il reprenait, comme la première fois, son élan sur la voie, sans attendre la prochaine station.

Depuis la dénonciation du bourreau, la police était en éveil ; elle ne tarda pas à mettre la main sur le meurtrier, dès que le cadavre de Lubanski fut trouvé dans le wagon où il l'avait abandonné.

En cette circonstance, la police fonctionna beaucoup mieux que la sonnette d'alarme, dont la transmission était si défectueuse, si préjudiciable à la sécurité des voyageurs.

Bayon, capturé au mois d'avril 1870, ne tarda pas à être condamné à mort par la cour d'assises de la Drôme ; peu de temps après il était exécuté sur une des places de Valence.

Les assassins de la trempe de Bayon sont généralement des monomanes. Ils frappent leurs victimes de la même façon ; ils calculent avec soin les endroits où ils doivent agir. Les assassins de chemin de fer emploient généralement un instrument contondant pour étourdir leur *sujet*, avant de les achever à coups de rasoir ou de revolver. Ainsi a procédé Bayon, après Jud.

Pour ceux qui se livrent aux meurtres en chemin de fer, il n'y a pas de précautions qu'ils ne prennent pour s'assurer l'impunité. Ils savent à quel moment il faut frapper, comment les compartiments sont disposés pour appartenir aux assassins. Ils font sur chaque station des remarques propices ou non à l'accomplissement de leur forfait.

Sur Bayon on trouva un carnet rempli d'annotations.

Pour les stations rapprochées, son carnet était muet. Il avait écrit de sa main : *Bon*.

Cette annotation était un *bon* pour l'assassinat, un *bon* pour la mort !

Pour ceux qui plaident la suppression de la peine capitale, la thèse soutenue ici : « que presque tous les condamnés à mort sont des monomanes », est un argument en leur faveur.

L'isolement de la cellule, le régime sauvage des pénitenciers, provoquent chez un grand nombre de condamnés les symptômes de la folie. Un médecin peut en reconnaître les diagnostics à l'immobilité, la concentration, la physionomie inquiète et défiante du mélancolique qui médite le meurtre ou le suicide.

Tel était Philippe qui, à la fin de ses crimes, tuait pour être tué.

Tels étaient Avinain et Poncet qui, de voleurs en entrant aux pénitenciers, en sortaient assassins.

Le délire mélancolique de ces possédés commence par l'assassinat et finit par le suicide.

Quand les assassins ne se tuent pas eux-mêmes, ils chargent le bourreau de cette tâche.

Pour citer un dernier exemple, il n'y a qu'à rappeler ici la mort du condamné Joly.

C'était un colosse. A peine âgé de vingt-quatre ans, il avait risqué déjà la peine capitale. Il était entré dans la vie par la porte de la petite Roquette, il n'en était sorti que pour courir à d'innombrables méfaits qui l'avaient fait aller à la prison d'en face : à la *grande Roquette*.

Voleur, souteneur, meurtrier, Joly ne vivait que du produit de ces infâmes métiers. Cet athlète, toujours armé pour le mal, avait fini par éprouver un profond dégoût de la vie et de lui-même.

Ce jeune homme, taillé en hercule, avait des appétits en rapport avec son fougueux tempérament ; en revanche, il avait une intelligence assez bornée.

Il attribuait à la justice, à la police, à ses gardiens, le tort qu'il s'était fait.

Un maçon trouvait ce magnifique oiseau. (Page 339.)

Son inconduite, ses crimes, résultats de son humeur farouche et de ses violents appétits, il les mettait sur le compte de la société qui, disait-il, l'avait traité en marâtre.

Il voyait en ses défenseurs autant d'ennemis personnels. Un jour, dégoûté de l'existence, il jure d'en finir avec elle. Auparavant, il veut faire payer cher à l'un de ses gardiens sa tragique résolution.

Sur le point de partir aux pénitenciers, Joly s'écrie :

— J'en ai assez des voyages avec la chiourme ! ce que je veux, c'est le grand voyage de *Monte-à-Regret !*

Voici comment il s'y prend :

Sur la réprimande d'un de ses gardiens, Joly choisit le moment où celui-ci lui tourne le dos, et où il s'y attend le moins, pour lui asséner un coup de bâton sur la tête.

Ce gardien, nommé Havener, tombe inanimé, l'assassin veut lui donner le coup de grâce, lorsque deux collègues l'empoignent, le lient, le garrottent, avant de le reporter en cellule.

Liv. 43.   43

Une fois là, Joly s'informe de l'état de sa victime. On lui apprend que Havener a survécu à sa blessure, il répond :

— C'est dommage. Après tout ! Qu'est-ce que cela me fait, *puisque j'ai mon compte.*

Dès ce jour, Joly, qui sait qu'il sera condamné à mort, porte un crêpe à son bras gauche.

Lorsqu'il retourne aux assises pour s'entendre condamner à la peine capitale, il salue les juges, les jurés et dit à la cour :

— Je vous remercie de ma sentence, et à l'avance, vous le voyez, je portais mon deuil.

Il montre son crêpe à son bras.

Pour ce trait singulier, qui caractérise cet assassin monomane, ses camarades de prison veulent en faire un héros. Dix prisonniers signent une pétition en faveur de Joly. Ils prétendent qu'il a été, le premier, la victime des brutalités de son gardien.

L'opinion publique s'émeut. La presse exagère, à ce sujet, la mauvaise organisation des prisons.

Mais Joly, qui est loin de poser, comme Poncet, en réformateur, détruit de lui-même le rôle qu'on veut lui donner. A la veille de mourir, il s'écrie :

— C'est moi qui ai voulu tuer Havener, sans un autre motif que de me faire tuer. Je regrette *ce malheur !* Mon dernier vœu est que M. le préfet de police donne de l'avancement au brave surveillant que j'ai frappé.

Joly était un monomane comme l'assassin Philippe. L'un portait le deuil sur sa peau, par un tatouage symbolique, l'autre à son bras, par un crêpe sur la manche.

Tous les deux, après tant de crimes, et n'ayant pas le courage de se tuer, ont cherché la mort sur l'échafaud.

A propos de Joly, l'exécuteur R***, voyant qu'il faut le soutenir pour le porter à la guillotine, ne peut s'empêcher de s'écrier :

— Joly était las de la vie. Il n'était pas assez brave pour se donner la mort et c'est moi qui lui *ai rendu ce service.*

Comme Avinain, Joly était un hercule dont le cervelet était plus développé que le cerveau.

A l'exemple de Dumollard, il avait la partie postérieure du crâne très proéminente, au-dessous de l'oreille. Comme tous les assassins, il avait le front fuyant, les maxillaires puissants.

C'était un colosse, avec une tête d'oiseau de proie, c'était un monomane ; le sang l'avait grisé, avant de l'empoisonner.

LXV

LA DAME AU PERROQUET

Dans une maison en construction s'égarait un perroquet. Un maçon, conduisant les travaux de l'habitation inachevée, trouvait ce magnifique oiseau d'Amérique blotti derrière une pierre ; il s'en emparait.

Ce conducteur de travaux n'était pas d'une moralité bien sûre. Il voulait, d'abord, profiter de sa trouvaille. Il avait fait le projet de s'approprier cet oiseau dont le plumage multicolore et la brillante prestance en formaient un oiseau de prix.

Sans doute un oiseleur lui en eût donné une forte somme.

Malheureusement, le langage de l'oiseau bavard ressemblait trop à son plumage ; et son vocabulaire était aussi varié que ses plumes.

Le maudit perroquet parle, reparle et babille. Dans son verbiage, il ne cesse de répéter le nom de sa maîtresse, le nom de Bonnerue.

A chaque interpellation du maçon, le perroquet crie comme pour se réclamer de sa propriétaire :

— Bonnerue, bonne maîtresse, Bonnerue !... Bonnerue !

Le maçon, devant ses camarades, ne pouvait, sans afficher son indélicatesse, ne pas s'enquérir de sa maîtresse : la dame Bonnerue.

Il était évident, par le bavardage du vert-vert, qu'elle était la propriétaire du perroquet perdu.

Il se décida à aller à sa recherche.

Pendant que le maçon, un nommé Gervais, trouvait le perroquet, sa maîtresse se désespérait. Elle pleurait la fuite de son oiseau, son compagnon, son consolateur. Elle ne cessait de l'appeler à tous les échos d'alentour.

Elle tenait d'autant plus à son cher oiseau qu'il avait appartenu à feu son mari. C'était le seul être vivant lui rappelant celui qu'elle avait perdu. A ce titre, elle ne se consolait pas de sa disparition.

Aussi quelle joie rayonna dans son âme et dans son cœur, lorsqu'elle vit apparaître Gervais triomphant, prêt à lui rendre son oiseau si cher.

La dame était aussi loquace que son perroquet, ce qui expliquait la richesse du vocabulaire de l'oiseau tant regretté.

Elle demeurait à deux pas de la bâtisse où le maçon travaillait. Elle l'engagea, après lui avoir témoigné sa reconnaissance, à venir la voir.

Gervais s'empressa de répondre à ses avances, lorsqu'il apprit que la dame au perroquet jouissait d'une certaine aisance.

Gervais, dont les convoitises n'avaient pas de bornes, était veuf aussi. En apprenant la position de la dame, il ne se repentit plus autant de lui avoir rendu son oiseau. Une pensée cupide s'empara de lui ; il se dit qu'à défaut du perroquet du défunt il pourrait bien prendre la femme avec l'oiseau.

S'il désirait faire oublier le défunt avec le perroquet, s'il voulait remplacer l'un et l'autre dans le cœur de la veuve, c'était moins pour elle que pour son bien.

Du jour de cette rencontre, le sauveur du perroquet ne cessa de rendre visite à la dame reconnaissante ; d'explications en explications, Gervais n'eut pas de peine à arriver à ses fins.

Une femme sur le retour est toujours flattée de croire qu'elle possède assez d'attraits pour attacher à son char un adorateur retardataire.

Gervais, en s'attaquant à sa coquetterie, avait juré de rattraper l'oiseau qu'il avait perdu. De son côté, Mᵐᵉ Bonnerue se figurait entamer une bonne affaire en s'attachant le galant maçon qui se disait propriétaire à Bois-Colombes.

Gervais, en feignant de s'égarer sur le chemin du tendre, tout en ayant soin de se dire très riche, n'était qu'un astucieux.

Et Mᵐᵉ Bonnerue, qui avait dépassé l'âge mûr, était une coquette qui nourrissait encore, malgré son âge, trop de prétentions.

En dépit de sa coquetterie, c'était une femme assez rusée quoique un peu naïve.

Gervais n'était rien moins que naïf. Il n'avait qu'un but, exploiter la veuve, vivre aux dépens de sa crédulité.

Ah ! si Mᵐᵉ Bonnerue eût mieux connu Gervais, elle n'eût pas écouté ses propositions en l'invitant à venir habiter avec lui dans sa propriété de Bois-Colombes.

Qu'était ce Gervais, que valait sa propriété ?

C'était un homme très mal famé dans sa localité. On disait qu'il n'était devenu veuf que parce que son épouse avait fini par succomber à force de mauvais traitements.

La propriété de Bois-Colombes était grevée d'hypothèques. Elle brillait par son absence de meubles, Gervais n'était pas fâché, au moment où il courtisait l'honnête veuve, de compléter son mobilier du surplus du sien.

La dame au perroquet vivait, avant de le connaître, d'un commerce assez lucratif. Elle meublait des chambres qu'elle louait en garni à des

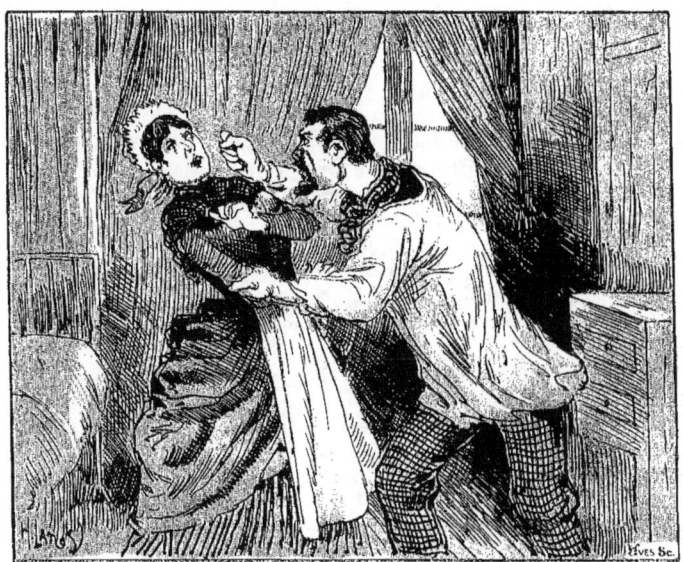

Gervais menaçait de la tuer. (Page 342.)

officiers de passage à des petites dames non moins nomades. Elle les louait en raison de la discrète opportunité de leur destination.

Ce commerce, très lucratif, lui procurait un assez beau revenu. L'âge venant, Mme Bonnerue rêvait, avec moins de mal, trouver un capital dont l'usufruit fût moins aléatoire.

Ce capital fait homme, elle avait cru le trouver dans Gervais qui se vantait bien haut de son titre de propriétaire et des *espérances* qu'il tenait de son père : « un vieillard, — disait-il, — aussi chargé d'ans que d'écus ! »

Le brillant avenir que Gervais faisait miroiter aux yeux de la crédule veuve, finit par la décider à le suivre dans sa propriété de Bois-Colombes. Elle vint s'y installer, y porter ses lares sans en excepter le perroquet du défunt.

Hélas ! la pauvre dame devait bientôt s'apercevoir qu'elle avait été la dupe de Gervais, et qu'elle avait quitté la proie pour l'ombre.

Les gens du pays avaient appris, depuis longtemps, à connaître ce que valait le mystérieux et dangereux propriétaire de la maison où Mme Bonnerue venait s'installer. Ils ne pouvaient comprendre son imprudence qu'ils taxaient de folie.

Gervais ne travaillait de son état de maçon que pour dérouter la police et donner le change aux honnêtes gens. Ce n'était, au fond, qu'un homme de rapines, un voleur vivant du bien des autres. Tous ses voisins avaient à se plaindre de ses vols commis à leur préjudice.

Sa maison, en réalité, était une caverne, un lieu de recel.

Si Gervais n'était pas sous la main de la justice, à la suite des vols commis par lui et ses fils, maîtres de ce repaire, c'est qu'on redoutait les représailles de ces bandits.

Voilà où la coquetterie et l'intérêt avaient fait fourvoyer la crédule Bonnerue.

Une fois chez Gervais, une fois qu'elle y eut porté son mobilier et ses bijoux, elle ne devait pas tarder à connaître à quel homme elle avait affaire.

Il était trop tard. A la moindre récrimination, Gervais qui ne se privait pas de vivre sur ses meubles, sur ses bijoux, sur ses économies, Gervais menaçait de la tuer !

Alors la pauvre désabusée errait dans la campagne ; elle confiait à la solitude ses plaintes, ses lamentations, et les confidences de ses amères pensées.

On la rencontrait, dévorant ses pleurs, ayant toujours au poing son perroquet.

Que de regrets elle exhalait devant ce confident ailé, dernier et vivant souvenir du pauvre défunt !

Ce perroquet, la source de la nouvelle fortune du bandit, ce même perroquet allait être, un jour, la cause de sa perte.

Il avait provoqué la rencontre de la femme qu'il devait sacrifier ; il était appelé à devenir la source de son châtiment.

LXVI

GERVAIS

Quel était donc ce Gervais qui était parvenu à faire tomber Mme Bonnerue dans ses filets? Un vrai gibier de potence.

Evidemment ce n'était pas par les séductions que la veuve s'était donnée à cet homme qui, en 1875, frisait déjà la cinquantaine. Il n'était pas beau il avait la figure blême, osseuse, les pommettes des joues étaient saillantes; ses yeux, quand ils s'animaient, avaient une expression de dureté féroce. Il avait les cheveux grisonnants, la moustache, la barbiche d'un rouge foncé, ce qui lui donnait un aspect étrange et farouche.

Mme Bonnerue n'avait cédé aux instances de ce séducteur que par une pensée d'intérêt. On va voir si elle n'avait pas fait un marché de dupe.

Gervais, appartenant à une honnête famille, avait successivement habité Auteuil, Passy, Vaugirard et Pantin, avant de se fixer à Bois-Colombes.

Il avait laissé dans ces différentes localités la réputation d'un homme brutal de caractère, fort peu régulier dans le travail, aimant à bien vivre.

En 1875, son père, âgé de soixante-douze ans, retiré dans le département de Seine-et-Oise, existait encore, mais à son grand regret; et il avait été obligé, en 1849, de chasser son fils de sa maison.

Après avoir subi plus d'une fois ses emportements et ses violences, il ne le recevait plus. Lorsque, par hasard, son fils le rencontrait, il ne lui envoyait d'autre souhait que celui d'une mort prochaine.

Gervais s'était marié en 1851; sa femme mourait à Colombes en 1872, des suites de ses violences et de ses débauches. Elle lui laissait cinq enfants. Les deux fils aînés étaient des repris de justice, sa fille s'était livrée de bonne heure au libertinage, sous les yeux de son père; au moment où il recherchait Mme Bonnerue, elle était sur le point de subir la conséquence de son inconduite par une mort prématurée!

Avant d'emmener Mme Bonnerue, alors âgée de cinquante-quatre ans, dans sa maison de Bois-Colombes, il y avait attiré une autre femme : la dame Claude, marchande de jouets d'enfant, et qui y avait aussi apporté son mobilier.

Cette dernière, comprenant bien vite le genre d'exploitation que Gervais voulait exercer sur elle, se décida à ne pas se laisser exploiter; elle emporta ses meubles; elle retourna chez elle à Paris.

Alors Gervais retomba dans la plus grande détresse, ayant à sa charge ses deux derniers enfants en bas âge. Poursuivi par de nombreux créanciers, il lui fallait, pour vivre, trouver de nouveaux expédients.

Vers la fin de 1873, Gervais confiait ses plus jeunes enfants, qui l'embarrassaient, aux soins de l'Assistance publique; alors il se mit à la recherche d'une autre femme qui pût, pour lui, remplacer la femme Claude.

Il l'avait trouvée dans la veuve Bonnerue ou, pour mieux dire, dans la fille Lutz, originaire de Saverne, qui avait vécu, pendant quinze années, avec un nommé Bonnerue, lequel, en mourant, lui avait légué tout ce qu'il possédait.

En 1874, lorsqu'elle fit, pour son malheur, la rencontre de Gervais, elle demeurait faubourg Saint-Denis, dans un appartement confortable. Son mobilier avait une certaine importance ; sa garde-robe était bien garnie ; de plus, elle possédait quelques bijoux et des valeurs de Bourse.

C'était bien la proie que Gervais convoitait. Il noua, ainsi qu'on l'a vu, des relations intimes avec elle ; finalement, il la décida à venir habiter avec lui.

Dans la même année, tous les meubles de la veuve Bonnerue furent transportés en deux voitures à Colombes.

Une fois que la malheureuse femme fut sous les griffes de cet homme de proie, les illusions qu'avaient fait naître dans l'esprit de la nouvelle dupe, ses mensonges audacieux, ne tardèrent pas à se dissiper.

La veuve Bonnerue vit dans quel piège elle était tombée.

Non seulement Gervais et ses deux fils vivaient à ses dépens ; mais elle avait encore à subir leurs injures et leurs violences.

Les deux enfants de Gervais, des repris de justice, quittèrent toutefois la maison de leur père, pour se livrer au vagabondage ; la situation de la pauvre femme n'en devint pas meilleure pour cela.

Dès cette époque, elle aurait bien voulu rompre une association qui lui était si onéreuse à tous égards et qui pouvait le devenir davantage. De jour en jour, Gervais se montrait plus exigeant et plus brutal, mais elle comprenait trop bien qu'il ne lui serait pas possible, si elle parvenait à s'échapper, d'emporter avec elle quoi que ce soit de ce qui constituait sa modeste fortune.

— Si je voulais m'en aller, ils me tueraient !

Voilà les paroles qu'elle répétait à plusieurs voisines en leur montrant sur son cou la trace des violences qu'elle avait subies.

Retenue ainsi par la crainte, elle restait à Colombes, elle laissait s'accomplir sa triste destinée.

Une circonstance imprévue vint en précipiter le cours.

Le 3 octobre 1875, Gervais avait rencontré à Clichy, dans une maison où il travaillait de son état de maçon, une jeune fille de dix-huit ans, Malvina Jacquin, qui devait avoir une dot de 1,600 francs.

En apprenant ce détail, Gervais n'hésita pas, malgré ses cinquante ans, à demander sa main.

Pour qu'il pût épouser Malvina Jaquin, à laquelle il s'était dit propriétaire de tout ce qui appartenait à la veuve Bonnerue, il était de toute nécessité que celle-ci disparût.

Et Gervais ne revint pas de huit jours à Clichy. Que fit-il durant ces huit jours ?

Elle poussa un cri qui ressemblait à un râle. (Page 347.)

Il fait disparaître la veuve Bonnerue, comment? On le saura bientôt.

Toujours est-il que lorsque Gervais reparaît, huit jours après, dans la famille de sa nouvelle fiancée, il a complètement changé d'attitude. Il est mis avec élégance; il a en sa possession une montre et des bijoux qu'il dit valoir quinze mille francs, une obligation de la Ville de Paris, cinq titres de rente italienne.

Le 11 novembre 1875, Gervais va trouver la mère de sa fiancée. Il s'excuse d'abord d'avoir tant tardé à revenir. Des travaux importants, des voyages, des tracas de toute sorte l'ont retenu.

Maintenant que rien ne s'oppose plus à son bonheur, qu'il est tout à fait libre, il n'est que plus pressé d'en finir; le mariage est fixé pour le 21 décembre.

Pendant ce temps, la disparition de la veuve Bonnerue était à Colombes l'objet de tous les commentaires.

Des voisines qui l'avaient encore vue, le 4 novembre, vers trois heures de l'après-midi, ne l'avaient plus aperçue depuis.

De graves soupçons pesèrent sur Gervais. Pendant qu'il préparait son mariage, une instruction judiciaire avait lieu dans le pays du nouveau marié.

LXVII

ENTERRÉE VIVE !

Que faisait Gervais, depuis les derniers jours d'octobre jusqu'au 4 novembre où la veuve Bonnerue ne reparaissait plus à Bois-Colombes.

Brouillé à cette époque avec la *vieille* qui, prétendait-il, n'était plus *bonne à rien*, il ne revenait que le soir à la maison, après sa journée faite. Il s'enfermait toute la nuit dans la cave.

Des voisins qui s'intéressaient à la pauvre femme restée solitaire dans la maison du sacripant épiaient ses allées et venues.

Une voisine, propriétaire d'une habitation d'à côté, ayant vu de la lumière dans la cave du maçon, s'était approchée pour chercher à distinguer, par le soupirail, à quel travail il se livrait pendant la nuit.

Elle ne put rien apercevoir, elle n'entendit que les coups de pioche donnés dans la terre par le vindicatif Gervais.

L'instruction judiciaire à la suite du crime atroce qu'il préméditait a éclairci ce mystère.

Il creusait une fosse de plus d'un mètre de profondeur sur deux de large. Pendant trois jours, la voisine entrevit la même lumière, elle entendit les mêmes coups de pioche, puis n'entendit plus rien.

Comme les autres habitants de Bois-Colombes, elle ne rencontra plus, dès le 4 novembre, la dame au perroquet.

Tout le monde signala avec terreur que Mme Bonnerue ne se promenait plus dans la campagne avec son fidèle oiseau, confident de ses douleurs.

Alors, la voisine de Gervais alla trouver le brigadier de la gendarmerie de Bois-Colombes, elle lui conta ce qu'elle avait entrevu dans la cave ; elle fit part de ses épouvantables soupçons, depuis la disparition de la veuve Bonnerue, au moment où le volage s'apprêtait à prendre, légalement, une autre femme.

De ce moment, la police, sur le rapport du brigadier au commissariat de Colombes, épia, suivit, ne quitta pas d'une semelle le fiancé, puis l'époux de Malvina.

Que s'était-il passé dans la nuit du 3 novembre après que Gervais eut donné à la fosse le dernier coup de pioche ?

SCEAUX. IMP. CHARAIRE ET FILS.

Une fois, la besogne achevée, il remontait au premier étage, il entrait, de propos délibéré, dans la chambre de la veuve, dont il avait une double clef.

Cette nuit-là, Mme Bonnerue, en chemise, s'apprêtait à se mettre au lit. A la vue de Gervais, les traits bouleversés par l'ivresse et la rage, elle se recula avec effroi.

L'aspect farouche de son visiteur nocturne lui annonçait trop qu'il allait lui faire subir de nouveaux outrages.

Avant qu'elle eût poussé un cri, le misérable lui asséna un coup de poing sur la bouche pour l'empêcher de crier ; il la prit violemment par le bras ; il la fit pirouetter jusqu'à sur le carré, en vociférant :

— Dans huit jours, je me marie. Il faut me vider les lieux ; je vous ai préparé un trou où vous ne me gênerez plus !

— Je ne demande pas mieux ! s'écria la pauvre femme ; auparavant laissez-moi m'habiller, donnez-moi jusqu'à demain pour retirer mes meubles ! après... oh ! après, je ne demande qu'à laisser la place à une autre...

Elle ne put achever. Pendant qu'elle parlait, le misérable ne cessait de lui asséner de violents coups sur la tête, hurlant, vociférant, et lui disant encore :

— Tes meubles ? tu n'en as plus besoin !... dans le trou où je vais te fourrer on n'a besoin de rien... Tu vas me ficher le camp les pieds devant !

Le monstre, tout en l'interpellant ainsi, lui tambourinait la tête de ses poings fermés. Il la poussait, à coups de pieds, sur le palier, la traînant jusqu'à la rampe de l'escalier.

La malheureuse se roulait avec effort, garant la tête de ses mains qui la frappaient toujours, lui martelant le front, le cou, la poitrine et les bras.

Bientôt la victime s'affaissa en ne laissant échapper que ces mots :

— Ah ! Gervais, tu me fais bien du mal !

Pour toute réponse, le monstre prit la femme à bras le corps. Il la souleva, la suspendit en l'air ; ensuite, il la jeta de toute ses forces du haut de l'escalier au rez-de-chaussée. Dans la violence de sa chute, elle se fendit la tête, du crâne à la nuque.

Elle poussa un cri qui ressemblait à un râle ; puis, son corps ne bougea plus, étendu sur le rez-de-chaussée dont la porte s'ouvrait sur la cave.

Une fois que Gervais eut vu la femme inanimée, il descendit quatre à quatre l'escalier. Il prit le corps, l'entraîna dans la cave pour achever son œuvre et l'enterrer dans la fosse qu'il lui avait préparée depuis trois jours.

Lorsque le forcené eut traîné sa victime jusqu'au trou où il se disposait à la jeter, un spectacle aussi affreux qu'inattendu s'offrit aux yeux de l'assassin.

Au lieu de l'attendrir, il le rendit plus furieux.

Le corps, toujours chaud, remuait encore. Les yeux se rouvraient en exprimant une dernière prière. Elle eût remué un cœur moins féroce que celui du meurtrier.

L'expression de prière, les mouvements convulsifs de la mourante, ne firent qu'exaspérer ce vampire.

Il prit de nouveau son corps noirci de coups, labouré de blessures ; il couvrit la figure congestionnée d'un linge noir, puis la rejeta dans la fosse.

Sans plus s'inquiéter de ce corps qui remuait, de ses regards qui l'imploraient, de sa poitrine qui se gonflait sous les affres de la mort, il la tassa avec rage dans le trou.

Comme elle essayait de se cramponner avant de tomber dans la fosse, il tomba avec elle, descendit avec sa victime, piétinant sur son corps, pour en faire définitivement un cadavre.

C'était horrible, hideux, repoussant ; Gervais n'était plus un homme, c'était un monstre, enterrant vive celle qui l'inondait de son sang, avant de léguer à une autre victime ses dernières dépouilles !

Lorsqu'il eut placé le corps à une profondeur de soixante centimètres, il dédaigna de s'enquérir plus longtemps s'il remuait encore. Il passa une partie de la nuit à le couvrir de terre, à bitumer cette terre qui, fraîchement remuée, était rebelle à ce bitumage comme à cette égalisation.

Une fois ces préparatifs terminés, il replaça sur le bitume une autre couche glaiseuse. Il n'acheva son travail qu'au matin. Bien malgré lui, il lui fallut laisser à la place où était enterré le cadavre un monticule qu'il ne put mettre au niveau du sol.

Le matin arrivant, à tout prix, la besogne devait s'achever, et ne laisser aucune trace de ce crime abominable.

Fort de son métier de maçon, Gervais effaça sur les murs les marques de sang qui y étaient imprégnées de la cave au premier. Il fit plus, il recrépit la muraille avec de la chaux. Cette besogne achevée, il n'en resta pas là. Il prit toutes les précautions imaginables pour effacer sur ses mains, sur ses vêtements, toute trace pouvant le faire soupçonner du meurtre qu'il venait de commettre.

Dès que la maison fut bien nette, lorsque ses vêtements furent bien lavés, il se disposa à faire l'inspection de la chambre de sa victime. Il prit dans les tiroirs des meubles, les bijoux et les valeurs qu'il pouvait y trouver.

Il lie connaissance sur le bateau-omnibus avec un vieux professeur. (Page 350.)

Ensuite, il s'habilla de neuf, avec un costume qu'il avait acheté de la veille sur les sommes déjà volées par lui.

Une fois ainsi transformé et muni des valeurs de la veuve, il se dit :

— Maintenant, Malvina est à moi. La vieille est morte, vive la jeune !... et ne songeons qu'à la joie.

Il ne songeait pas assez à ses voisins qui avaient l'œil sur lui. Il comptait sans la gendarmerie qui recevait, jour par jour, des rappors accablants.

Trois mois après la consommation de son deuxième mariage, Gervais ne pouvait plus faire de Malvina, ce qu'il avait fait de la veuve Bonnerne : une victime enterrée vive par ce vampire ; et il était arrêté.

LXVIII

UNE ÉPOUSE SUR UNE TOMBE

Gervais était aussi audacieux que cruel. Après son crime, il comprenait que pour se faire bien venir de sa fiancée il fallait qu'il eût autour de lui des gens consentant à répondre de sa moralité plus que douteuse, à affirmer ses récits mensongers, basés sur sa fortune improvisée.

Un jour, en allant voir Malvina, il lie connaissance sur le bateau-omnibus avec un vieux professeur; il lui raconte que, brouillé avec sa famille, il désire avoir auprès des parents de sa future un répondant pouvant attester de la légimité de sa fortune et de sa parfaite honnêteté.

Pour capter le vieux professeur, Gervais le fait boire. Il l'entraîne à sa maison de Bois-Colombes; il lui montre son mobilier, ses valeurs qui, la veille, étaient la propriété de Mᵐᵉ Bonnerue enterrée dans sa cave.

Le professeur, à moitié gris, est ébloui par les apparences de son nouveau et gai compagnon. Il ne tarde pas à faire ce qu'il désire, à s'employer à tout ce qui peut profiter à ses desseins.

Il voit les parents de Malvina. Il répond de Gervais. Celui-ci enhardi par le bon vouloir de ce complaisant, lui dit un jour :

— Je voudrais bien que vous me fournissiez aussi un père. Je suis brouillé avec le mien qui, sans compter sa fortune, est riche aussi de soixante-dix ans. J'en voudrais un au même prix.

Pour le coup, la conscience du vieux professeur regimbe. Gervais ne répliqua pas et ne lui parla plus de ce père d'occasion.

A Bois-Colombes, un voisin soupçonneux qui est au courant des menées de la gendarmerie, lui désigne son porte-monnaie bien garni, dont il fait tant parade. Il lui dit, en le goguenardant :

— Ah! çà, Gervais! Vous avez donc tué quelqu'un pour avoir tant d'or?

Gervais pâlit et ne répond pas.

Le voisin, qui l'observe et qui est très curieux de savoir ce qu'est devenue sa locataire Bonnerue, lui demande encore :

— Où donc est partie la Bonnerue?

Cette fois, il lui répond :

— La vieille est partie dans son pays pour faire le commerce du beurre.

Malgré son audace, ces questions semblent le gêner. Il a peur de ne plus être assez maître de lui ; il évite autant que possible de converser avec les voisins.

Tant que son mariage n'est pas conclu, il ne se montre qu'à de rares intervalles à Bois-Colombes, on ne le voit presque plus. Il donne pour prétexte qu'il est très occupé à faire sa cour à Malvina, une jeune fille de dix-huit ans, qui pourrait avoir presque le triple de son âge.

Obsédé par un autre voisin qui le raille sur son mariage disproportionné, il répond avec le cynisme qui le caractérise :

— Que voulez-vous ! Il y a trop longtemps que je tape dans les vieilles, maintenant, je vais taper dans les jeunes.

Grâce à ses manèges, à ses mensonges, à son ami improvisé, il parvient à épouser Malvina à être en possession de sa dot.

Gervais, malgré son âge, ne paraît pas un homme à dédaigner, il est riche, relativement à Malvina, et ses parents n'hésitent plus à la lui donner.

Malvina est une jeune fille douce et docile, issue d'un premier mariage. La mère n'est pas fâchée de la voir s'éloigner du foyer paternel. Elle craint qu'elle ne porte ombrage aux autres enfants qu'elle a eus de son second mari.

Dès que Malvina est bien établie, unie avec un homme d'un âge mûr et d'une position *honorable*, ses parents ne voient aucun obstacle à jeter leur fille dans ses bras.

Encore une fois, l'adroit maçon a bien jeté ses filets.

Du reste, il ne manque pas, auprès de la nouvelle femme qu'il désire, de faire le bon apôtre. Il se compose comme il s'était composé auprès de la veuve Bonnerue. Il dit qu'il ne tient pas à la fortune, qu'il est assez riche pour deux.

Il le prouve en offrant à Malvina tous les bijoux de la femme Bonnerue qui passent dans les mains de sa future. Il dit à la famille avec une double entente qui est affreuse sur ses lèvres :

— Ces bijoux sont bons. Ils m'ont coûté assez cher.

Il va jusqu'à faire cadeau d'une robe de soie qui a appartenu à la veuve et qu'il a fait rétrécir à l'usage de sa jeune et heureuse épouse !

Le misérable ne s'en tient pas là. Le 24 décembre, jour de son mariage, Gervais veut faire la noce dans sa maison. Il commande un copieux repas dans la chambre même de celle qu'il a tuée.

Ce jour-là, il est d'une gaieté folle. Les joyeux ébats des convives, surexcités par l'ivresse, retentissent dans toute la maison. Ils s'entendent jusque dans la cave où est enterrée la malheureuse femme dont l'argent a pourvu au festoiement des nouveaux époux ; on danse toute la nuit.

Il semble que Gervais veuille jeter un défi à la Mort, ou pour mieux dire au cadavre qui pourrait bien se réveiller pour l'engloutir à l'exemple de la statue du Commandeur.

Mais, en ce moment, Gervais se rit du spectre de la Bonnerue, comme don Juan se riait du fantôme de celui qu'il avait tué !

Aussi cynique que ce raffiné, pourri de vices, le grossier Gervais pousse aussi loin que lui l'impertinence. Il jette un défi à ses libertinages, à ses crimes, et arrive à insulter jusqu'à la Mort !

Sur la fin du repas et de la danse, lorsque les gens de la noce sont le plus en train, Gervais leur propose de visiter sa cave pour leur faire connaître, prétendait-il, les bons crus qu'elle contient.

Dans la cave, Malvina qui a la vue très basse, se heurte contre un rond de terre qui a été fouillée fraîchement.

L'épouse butte et manque de tomber sur la tombe de la veuve !

Gervais s'empresse de la retenir, en lui disant froidement :

— Prenez-garde, ne craignez-rien... ce n'est rien : c'est en arrangeant mes lapins que j'ai remué cette terre.

Mais le misérable n'a plus autant d'audace en voyant sa nouvelle épouse sur la tombe de sa victime ; il s'empresse de la faire remonter avec les gens de la noce.

Huit jours se passent ; l'incident du repas a jeté un certain froid chez les anciens convives. L'esprit de la douce et tendre Malvina en est encore troublé.

Elle ne s'explique pas l'air embarrassé de Gervais, lorsque, après avoir manqué de tomber dans la cave, Gervais, en pâlissant, lui a donné une explication qu'elle ne lui demandait pas.

Elle se rappelle les secrètes terreurs dont il paraissait agité.

A peine mariée, elle a peur de lui. Son exubérante gaieté, autant que sa farouche mélancolie, lui causent des appréhensions qu'elle ne peut surmonter.

A quelques jours de là, son époux croit lui faire bien plaisir, en lui donnant Coco, le perroquet de sa victime !

Coco mord fortement au doigt sa nouvelle maîtresse, probablement parce qu'il la considère comme une intruse dans la maison de Gervais.

Malvina irritée menace Coco de le renvoyer à Gervais.

Coco réplique, avec les paroles que lui a tant de fois répétées la pauvre Bonnerue :

— Gervais !... cochon !... maîtresse Bonnerue, bonne maîtresse... Dans la cave, bonne maîtresse !... Gervais, cochon !

On découvre le cadavre de la veuve Bonnerue. (Page 354.)

Les accents du perroquet retentissent aux oreilles de Malvina, comme un glas funèbre.

Elle se rappelle la chute qu'elle a faite dans la cave. Les invectives du perroquet lui ouvrent les yeux.

D'horribles soupçons pénètrent dans son âme, surtout après avoir recueilli du dehors les fâcheux propos qui se débitent contre son nouvel époux.

Elle se demande, pour la première fois, pourquoi, à la noce, il ne se trouvait aucun de ses parents ou voisins? Elle redoute, de leur part, des révélations que lui fait soupçonner le perroquet bavard.

Elle veut cependant en avoir le cœur net. Le soir, dans un commerce intime avec son époux, Malvina lui demande ce que signifient les invectives de Coco.

Au lieu de lui répondre, Gervais s'emporte et s'écrie :

— Cette maudite bête ne me pardonne pas d'avoir renvoyé sa maîtresse à son pays. Pour lui apprendre à trop parler, je vais lui couper le cou !

Un couteau à la main, Gervais s'élance contre le perroquet pour joindre le fait à la parole. La sensible Malvina, qui ne ferait pas de mal à un poulet, se met entre lui et Coco.

Cette défense de son épouse ne fait qu'exaspérer Gervais. Le couteau à la main, il le dirige contre Malvina, en lui criant :

— Retire-toi, ou je te caresse les côtes avec la lame de ce couteau.

Malvina, épouvantée, s'échappe des mains du furieux.

Elle est fixée désormais sur le caractère de Gervais. Elle craint de deviner ce que le perroquet ne lui a fait que trop entendre.

Le lendemain, Gervais se défait de Coco, non pas en le tuant, il redouterait, par cet excès de cruauté, d'exciter les soupçons de la police et de son épouse ; il le vend cinquante francs à un brocanteur.

Ce brocanteur n'est en réalité qu'un *mouton* appartenant à la police. Il suit de près le meurtrier de la veuve Bonnerue. Grâce à Malvina qui a porté des révélations de Coco, son acquéreur juge que le perroquet va devenir pour la justice un témoin très précieux.

A quelques jours de là, une descente de police a lieu dans la maison des époux. Sur les indices du perroquet, le commissaire aux délégations judiciaires fait faire une perquisition dans la cave de l'assassin.

On découvre à la place où est tombée Malvina, le cadavre de la veuve Bonnerue.

Lorsqu'on ouvre la tombe, le corps de la maîtresse de Gervais est tout tortillé, ses bras sont tordus. Ils indiquent les efforts désespérés de l'enterrée vive pour soulever le lit de bitume qui l'étouffait. On retrouve sur son visage la toile noire qui l'emprisonnait jusqu'au cou.

Malvina, avec les gens de justice, avec le coupable, est présente à cette exhumation. A la vue de tant d'horreurs, elle s'évanouit.

Avant de tomber, pour la seconde fois, au bord de la fosse, elle s'écrie :

— Voilà pourtant le sort que ce misérable me réservait ! Ah ! vous faites bien de l'arrêter, car il aurait pu aussi me tuer.

Et, pour la seconde fois, la pauvre Malvina a failli tomber sur la tombe de la veuve Bonnerue !

LXIX

LES DERNIERS MOMENTS DE GERVAIS

Gervais, au dire des médecins légistes, était atteint de la *névrose ;* ce qui expliquait, sans les excuser, toutes ses ardeurs. Elles le possédaient à tel point qu'à des moments donnés elles le rendaient fou ! Il passait d'une gaieté irrrésistible, à une tristesse insurmontable qui se terminait toujours par la fureur.

Ses crimes sont expliqués par ses immenses désirs ; lorsqu'ils sont satisfaits, il est le premier à répudier les moyens qu'il a employés pour assouvir ses passions.

Alors, l'objet de ses désirs devient un objet d'aversion. C'est ce qui explique le meurtre de la veuve Bonnerue.

Les hommes de sa nature ne craignent pas d'élever un échafaudage dangereux pour arriver à leur but, sauf à le voir crouler sous leurs pas, et à être broyés dans sa chute.

Autant ils ont été habiles et prudents pour édifier cet échafaudage, autant ils sont inhabiles à s'y maintenir.

Gervais le prouve dans sa défense aux assises. Il se défend mal devant les juges, tantôt en leur opposant d'énormes mensonges, tantôt en affichant une ironie et une grossièreté malsaines.

Il affecte aux assises une naïveté qui ne s'accorde plus avec l'habileté qu'il a mise à tromper la vieille et rusée Bonnerue. Il est d'une impertinence sans exemple lorsqu'il reçoit du tribunal sa condamnation à mort.

Il répond aux juges :

— Merci, messieurs !

Une fois que Gervais est entré à la grande Roquette, dans la cellule où il attend son exécution, il crie, il pleure, il se lamente. Il proteste, à haute voix, de son innocence.

Lorsqu'on lui parle du meurtre de la vieille Bonnerue, il répète à ses gardiens ce qu'il a dit aux juges :

— Elle est tombée sur mon palier, à la suite d'une vive discussion que nous avons eue. Si je ne l'avais pas poussée, elle ne serait pas tombée, c'est bien malheureux pour moi, qu'elle soit morte dans sa chute !

Lorsque dans sa cellule on lui demande comment il se fait qu'il ait enterrée vivante Mme Bonnerue, il répond :

— Que voulez-vous ? j'avais si peur !

On pourrait encore lui opposer les paroles du président qui lui répondait aux assises :

— Vous aviez peur de votre crime !

Cette nature *névrotique* n'épargne pas plus Malvina que la veuve Bonnerue. Il prétend que c'est par sa faute qu'il a été accusé, parce que cette *petite sotte* ne l'a jamais aimé, parce qu'elle ne l'a épousé que pour sa *position*.

Il dit, en se servant d'une expression qui lui est familière :

— Il y a eu *concentre* entre elle, le *perroquet*, les témoins et les gendarmes !

A son accablement, à sa mélancolie, succède une joie délirante, lorsqu'on lui fait espérer que son pourvoi ne sera pas rejeté.

Autant dans sa cellule il a été poltron, taciturne, autant il devient d'une joie expansive, quand il est persuadé, un moment qu'il ne montera pas sur l'échafaud.

Vivre et jouir de la vie, voilà le seul but de ce criminel qui, par la cruauté et la lâcheté, tient de la bête fauve.

On a fait des rapprochements entre Gervais et Dumolard, l'assassin des bonnes. En effet, c'est la même intelligence surexcitée par la lubricité et l'intérêt; c'est le même sang-froid, la même duplicité dans le crime; c'est la même indifférence dans la bestialité.

Comme Dumolard, Gervais si ardent au mal sur le théâtre de ses exploits, devient d'une apathie frisant l'idiotisme, après son forfait.

Ce fut un mois après sa sentence que l'ordre de son exécution arriva, le 11 août, au directeur de la prison de la Roquette, avec l'avertissement d'avoir à livrer le condamné.

Immédiatement, l'exécuteur R*** est requis pour dresser la guillotine dans la nuit.

Le lendemain, à quatre heures du matin, le chef de la police de Sûreté pénètre dans la cellule de Gervais ; il est assisté du directeur de la prison, du commissaire de police et de l'aumônier.

Gervais dormait d'un profond sommeil et l'on eut beaucoup de peine à le réveiller.

Jusqu'à la veille, il avait espéré sa grâce. Il avait parlé de ses espérances à tous les gardiens qui l'entouraient.

— Personne, disait-il, ne peut me prouver que j'ai tué la veuve Bonnerue. Personne ne m'a vu. Le témoignage d'un perroquet n'est pas *sérieux !*

Lorsque le chef de la police de Sûreté lui apprend que son pourvoi en cassation et que son recours en grâce ont été rejetés, que sa dernière heure est venue, il manque de tomber à la renverse.

Il exhale une exclamation profonde et lugubre qui tient autant de la rage que du désespoir.

Son visage se décompose ; il se dresse sur son lit, les yeux hagards ; il est quelque temps sans parler.

Le directeur de la prison l'exhorte à montrer du courage.

Un moment, il ne paraît pas comprendre ce qu'on lui dit.

Enfin, il s'écrie d'une voix étranglée par la frayeur :

Étouffé la figure meurtrie, au bout d'un champ. (Page 360.)

— Mais non, c'est impossible ! On m'a assuré que je serais gracié.
Vous voulez m'éprouver, vous voulez me faire peur. On ne tue pas un
homme comme ça.

On finit par lui faire comprendre sa situation. Il se lève avec peine,
tout en grommelant ; non sans difficulté, il se laisse habiller.

L'aumônier l'entraîne dans un coin de la cellule, l'abbé Crozes l'entre-
tient pendant un quart d'heure. Gervais finit par se rendre à ses exhortations.

Les assistants, pendant cet entretien, s'étaient tenus à l'écart. Ils
étaient allés chercher l'exécuteur, M. R***, qui achevait l'inspection de sa
guillotine.

Lorsque le bourreau met la main sur l'épaule de Gervais, celui-ci, sou-
pire, courbe la tête et dit :

— Décidément, c'est bien fini ! Puisque je dois mourir, je désire qu'on
donne à mes enfants ma montre et sept francs cinquante qui sont dans la
poche de mon pantalon.

On lui assura que ses désirs seraient remplis. L'exécuteur R*** s'exprime ainsi, en rendant compte des derniers moments de Gervais :

« Mes aides eurent bien de la peine à lui faire sa dernière toilette. En sentant le froid des ciseaux qui coupaient le col de sa chemise et ses cheveux de la nuque, Gervais tressaillit. Il essaya de parler, ses dents claquaient si fort, qu'il ne faisait entendre que des sons indistincts.

« A la longue, on finit par le comprendre.

« — C'est tout de même bien dur de finir comme ça..., à cause d'un perroquet et des bavardages de commères ! Remariez-vous donc ! Je suis innocent ! ce n'est pas moi qui ai mis la veuve dans la cave. Je suis innocent. En me tuant, c'est un crime qu'on va commettre envers un malheureux !

« Il était cinq heures du matin, quand les portes de la prison s'ouvrirent pour laisser passer le condamné. Je le soutenais dit M. R***, avec l'aumônier. Il marchait d'une façon automatique. L'esprit semblait avoir abandonné ses organes. Il fallait le pousser pour le faire avancer.

« Gervais, machinalement, sans avoir d'autre sentiment que celui de la conservation, balbutiait et murmurait :

« — Oh ! doucement !... plus doucement !... n'allez pas si vite... Oh ! pas si vite.

« Il paraissait se rattacher à l'existence et vouloir gagner encore quelques instants sur la mort.

« Au moment où je le saisis, l'aumônier vint lui donner le dernier baiser.

« Une fois qu'il l'eut embrassé, je le jetai sur la bascule, tout en me tenant au montant de la guillotine ; je poussai le ressort et, avec la rapidité de l'éclair, la tête fut séparée du tronc.

« Le coup sourd qui retentit, fut suivi d'une exclamation de la foule.

« La foule était peu nombreuse, termine R***, à l'exécution de Gervais. Jusqu'à la veille, on croyait que cette exécution n'aurait pas lieu. Il y a eu peu de monde sur la place de la Roquette — souligne M. R*** — ce qui du reste est plus moral ! »

LXX

LES ÉPOUX MARIN

Vers la fin de l'année 1876, M. de Paris fut appelé à Blois, afin de présider à l'exécution de l'assassin Marin.

Son dernier supplice avait été retardé par les hésitations de la justice et par la trop grande mansuétude des jurés. C'était pourtant un bien grand coupable que ce Marin. Non seulement c'était un assassin, mais encore faisait-il école d'assassinat?

Deux fois condamné à mort par la cour d'assise d'Indre-et-Loire et celle de Loir-et-Cher, Marin, le lundi 18 septembre, allait à l'échafaud monté au centre de la Grande-Place de Blois.

Maxime Marin était un homme de quarante-cinq ans. Il expiait son double meurtre commis sur sa femme et sur son beau-père, un vieillard qu'il avait étouffé, étranglé comme sa fille, avant de les achever par d'horribles mutilations.

Marin avait subi trois condamnations pour des faits de même nature. C'était un homme violent, haineux, ivrogne et redouté de tous les voisins.

Dans le pays de Cinais qu'il habitait avec sa femme et son beau-père, on ne le surnommait que sous le nom caractéristique de : l'*Étouffeur*.

Marin était un personnage fortement constitué, très vigoureux. Ses traits annonçaient l'intelligence et l'énergie. Il avait le teint coloré, l'œil extrêmement brillant et le regard assuré.

Il paraissait avoir grande confiance en sa force ; mais par son assurance, il ne semblait nullement avoir conscience de sa cruauté. Son beau-père, un nommé Vazereau, était un vieillard, presque aveugle, atteint de la cataracte, il habitait une chambre voisine de la sienne.

Depuis leur mariage, Marin et la fille du vieillard ne cessaient d'être en querelle. Le motif de leur dispute était que Marin ne cessait de tourmenter sa femme pour qu'elle l'aidât à se débarrasser du vieux qu'il *nourrissait !*

La fille protestait avec indignation. La vie du père Vazereau et de sa fille, à partir de cette proposition de Marin, ne fut plus qu'un long martyre.

Il ne cessait de les maltraiter, de les frapper. Ce martyre dura quinze ans !

Un jour, au commencement de leur mariage, un voisin osa s'interposer entre l'époux, l'épouse et le beau-père ; mal lui en prit.

On le trouva étouffé, la figure meurtrie, au bout d'un champ. On désigna bientôt le meurtrier. Personne n'osa dénoncer l'*Étouffeur* à la justice, tant Maxime Marin inspirait la terreur dans le pays.

Dans les dernières années qui précédèrent son autre et double meurtre, le beau-père et l'épouse se plaignaient des brutalités de Marin. Les voisins, terrorisés par son précédent crime, faisaient la sourde oreille.

Ils redoutaient la destinée du premier défenseur de la femme de l'*Étouffeur*.

Marin, sa femme et son beau-père avaient à Cinais (Loir-et-Cher), un logement composé de deux caves contiguës attenant à une cour commune. Le beau-père occupait l'une, Marin l'autre.

Ce dernier, charpentier de son état, ne revenait de son travail que pour battre comme plâtre le malheureux Vazereau s'obstinant à ne pas lui donner son bien.

Le 13 janvier 1876, Marin se rendit dans la soirée chez l'adjoint au maire de Cinais. Il vint lui déclarer que sa femme était morte.

L'adjoint, à dessein peut-être, négligea de faire constater le décès par un médecin ; il remit à Marin, qu'il redoutait, une autorisation de faire inhumer sa défunte. La cérémonie eut lieu dès le lendemain, Marin négligea d'accompagner la morte au cimetière.

Bien que cette absence eût dû éveiller les soupçons de la justice, elle se tut, malgré la rumeur publique qui accusait Marin d'avoir assassiné sa femme.

On avait de graves raisons à lui imputer ce crime. On savait que dans le courant du mois de décembre il avait frappé son épouse avec une violence inouïe.

Depuis plusieurs mois, il avait faussement répandu le bruit qu'elle était atteinte d'un érysipèle ou autre maladie grave.

Le jour de son décès, des voisins avaient vu Marin marcher avec agitation dans la cour. Il était une heure du matin.

A cette heure-là, une voisine se rendait chez lui pour y prendre du foin, Marin lui dit :

— Ma femme est bien malade ! elle va probablement mourir ; et je ne sais comment nous allons la trouver.

En effet, ils la trouvèrent morte !

Alors la voisine avait entendu dire par Vazereau à Marin, lui apprenant la mort de sa fille :

— Ce n'est pas étonnant ! vous l'avez si bien arrangée, avant de partir.

Elle court chez son père pour l'assassiner. (Page 363.)

Marin, qui faisait de vains efforts pour simuler la douleur, ne parvenait pas à verser une larme.

Ceux qui veillèrent la nuit près du corps, remarquèrent que le nez et la bouche de la défunte étaient noirs et gonflés.

Malgré les faits qui accablaient Martin, il ne fut pas inquiété par la justice.

Il fallut le décès du beau-père qui mourut, le 20 février, dans des circonstances aussi graves, pour que la justice intervînt.

Le 15 février, malgré la mort de sa fille, Vazereau avait institué son gendre légataire universel, le vieillard expliquait à l'adjoint son étrange résolution, après la mort de sa fille :

— Marin ne se conduit pas bien avec moi, mais j'espère qu'il sera moins brutal quand j'aurai fait tout ce qu'il désire.

Ce fut le contraire qui arriva.

Immédiatement après la signature du testament, Marin dit aux témoins instrumentaires :

— Le bonhomme n'a pas pour longtemps à vivre ! Quoiqu'il n'en ait pas 'air, il est très malade.

Quelques jours après, Vazereau était mort !

Martin allait déclarer son décès à l'adjoint. Cette fois, il ne reçut pas cette nouvelle, comme il avait reçu celle de la mort de sa femme.

Il fallait se rendre à l'évidence.

L'adjoint s'unit au maire pour occuper le domicile de Vazereau. Tous deux observèrent que le nez et la bouche du défunt étaient noirs et gonflés ; on défendit à Martin de déplacer quoi que ce fût dans l'intérieur de Vazereau. Un représentant de la justice veilla sur le corps.

A l'arrivée des magistrats, il fut constaté, dès les premières investigations, que Martin avait donné la mort à son beau-père, de la même façon qu'il l'avait donnée à son épouse.

Sur le premier moment, il s'écria :

— J'ai péché et je le reconnais ! Mais je regrette ce que j'ai fait.

Sur cet aveu, qui livrait Martin à la justice, les voisins osèrent parler.

L'un d'eux, qui avait occupé une cave contiguë à celle de Vazereau, avait avoué avoir entendu le vieillard appeler au secours. A travers les fentes de la porte, il avait vu Vazereau couché par terre, à l'entrée de sa cave.

Martin le frappait à coups redoublés avec ses pieds chaussés de sabots.

Vazereau disait :

— Ah ! mon cher ami ! laisse-moi. J'en ai assez, puisque je dois mourir là !

Et le vieillard, sans défense, incapable par sa cécité, de parer les coups que lui portait ce lâche meurtrier, succombait comme sa fille, par la suffocation.

L'*Étouffeur* continuait de la même façon ses crimes épouvantables, par la strangulation. Elle provoquait à ses victimes une congestion pulmo-monaire, Martin les achevait à grands coups de sabots sur le visage, sur toutes les parties du corps ; il s'assurait, de la mort de ses victimes qu'il avait d'abord paralysées par l'asphyxie.

C'était un monstre qui se grisait de meurtres. Le sang l'exaltait avec furie. La victime qu'il avait faite ne suffisait pas à ses instincts de bête fauve, il fallait qu'il lui fît subir toutes les atrocités.

Un vieillard aveugle qu'il tue ne satisfait pas sa rage sanguinaire. Il faut qu'il jouisse aussi de ses tortures. Ainsi se complaît la bête de proie qui joue avec l'agonie de celui dont elle retarde à dessein la mort qu'elle lui prépare !

Bien avant la mort de son beau-père, Martin, un jour qu'il avait grisé sa femme, lui avait dit :

— Il y a trop longtemps que je nourris ton père. Il finira par nous ruiner. Je te charge de lui faire passer le goût du pain.

Puis lui montrant un couteau qu'il lui place dans la main, il ajoute :

— Coupe-lui le sifflet. Ce sera bientôt fait. Le vieux n'y voit pas. Tu n'as qu'à choisir l'endroit pour en finir !

La femme indignée se révolte, elle lui répond :

— Misérable, épargne mon père. Tu lui dois tout. Mon père a du bien. Et si tu le nourris, tu le *bois*, toi ?

— Ah ! c'est comme ça ! riposte le misérable en grinçant des dents. Eh bien ! si tu ne fais pas l'affaire du vieux, j'expliquerai à Cinais la cause de la mort de l'homme qui, autrefois, a pris ta défense contre moi ; cet homme était ton amant.

Marin lui montre une lettre que lui écrivait sa femme, conseillant à son protecteur de ne pas prendre d'aussi haut sa défense, de peur d'être l'objet des représailles de son mari.

La femme courbe la tête ; elle s'explique maintenant la mort de son défenseur.

Elle n'ose répliquer à son époux. Avec le couteau qu'il lui a mis dans la main, elle court comme une folle chez son père.

Avant de prendre une détermination, avant de commettre son parricide, son mari de menaçant est devenu très doux. Il la fait boire encore pour lui donner du courage.

Lorsque, son arme à la main, les yeux hagards, le visage bouleversé, elle court chez son père pour l'assassiner, la fille n'a pas la force d'accomplir son forfait.

La vue de son père, ses paroles de reproches achèvent de lui mettre des remords dans le cœur. Elle se jette aux pieds du vieillard, elle lui demande pardon, elle lui avoue que son mari lui conseillait ce meurtre contre nature.

Elle retourne à son époux sans avoir commis son meurtre, elle lui dit qu'elle préfère mourir que de tuer l'auteur de ses jours.

— C'est bien ! lui réplique le monstre. Tu as prononcé ta sentence.

On a vu, au début de ce récit, comment Marin se préparait à l'exécuter. Quelques années avant de commettre son attentat sur Vazereau et sur son épouse, ils avaient sans cesse à se plaindre de ses brutalités ! elles devaient aboutir à la mort de celle qui s'était d'abord refusée à assassiner son père.

La terreur que le gendre inspirait à son beau-père et à son épouse avait fini par gagner le pays.

Depuis que l'épouse de Marin n'avait pas voulu accomplir le forfait

conseillé par lui, tout le monde savait que le défenseur de la femme du
brutal charpentier était mort parce qu'il avait été son amant!

La malignité publique donnait presque raison au mari outragé; elle se
montrait insoucieuse des mauvais traitements de Marin sur sa femme et
sur son beau-père.

On est si poltron et si méchant au village! L'adjoint qui, autrefois, avait
courtisé la femme du charpentier, avait été le premier à approuver les
atroces représailles de Marin.

Toute la localité, pour complaire à ce représentant de l'autorité, avait
fait comme l'adjoint.

Vazereau et sa fille, jusqu'au moment de leur mort, avaient été la fable
du pays, et le pays était pour l'époux *outragé*.

La peur que ce terrible Marin inspirait à Cinais était pour beaucoup
dans l'intérêt qu'on prétendait lui porter, au détriment de Vazereau et de
sa fille.

Voilà ce qui explique la condescendance de l'adjoint qui, sur la déclaration de Marin constatant la mort de sa femme, négligea d'envoyer un
médecin pour déclarer son décès.

Tout est étrange, illégal, en dehors du droit commun, dans l'affaire criminelle du charpentier.

Quoique le pays et les autorités sachent bien que Marin est le meurtrier
de sa femme, quoique l'on n'ignore pas depuis longtemps que le premier
défenseur de son épouse ait été aussi sa victime, il faut un nouveau
crime de sa part pour qu'il tombe sous les coups de la justice.

Ce crime, c'est la mort de Vazereau, le malheureux aveugle, tué de la
même façon que sa fille. Alors Marin, l'étouffeur, est traduit en cour d'assises après avoir laissé trois cadavres derrière lui.

Aura-t-il le châtiment de ses crimes? Il est permis d'en douter, malgré
l'évidence des faits monstrueux qui l'accablent.

Lorsque Marin paraît à la cour d'assises d'Indre-et-Loire, il est sûr de
l'impunité. Son attitude vis-à-vis des magistrats est presque impertinente. Jusqu'au moment de sa condamnation, il se flatte que les jurés en
atténueront les rigueurs.

Par l'influence des fonctionnaires de la localité, il espère qu'on trouvera
pour lui des circonstances atténuantes.

Il a raison d'espérer, son premier meurtre sur la personne du défenseur de sa femme ne figure pas d'abord dans l'acte d'accusation!

Aux yeux des jurés, égarés par cet esprit de cupidité qui est entré dans
les mœurs campagnardes, les crimes de Marin sont atténués par le mobile
qui les a fait naître. Le premier individu a été tué parce qu'il pouvait

Elle a couru les départements avec son beau-frère, un saltimbanque. (Page 368.)

être l'amant de sa femme ; son épouse est morte parce qu'elle était une adultère. Quant au vieillard, son père, il était considéré comme un meuble inutile ; c'était un entêté qui s'était obstiné à garder son bien tout en vivant du travail de son gendre.

Voilà comment on comprend la famille dans certaines localités de notre beau pays de France !

Comme le crime est toujours le crime, comme la justice ne serait pas la justice, si elle ne punissait pas de pareils monstres, la cour d'assises d'Indre-et-Loire, surtout par le cynisme que le criminel affecte en face des magistrats, condamne Marin à la peine de mort.

Ce n'est pas fini, Marin ira-t-il sur l'échafaud ?

Par des intrigues de clocher, on fait casser l'arrêt. Le motif, est que le procès-verbal des débats ne constatait pas que le verdict du jury avait été signé en présence des jurés, par le président de la cour et par le greffier.

Tout était à recommencer !

L'arrêt est renvoyé par la Cour de cassation, devant la cour d'assises de Loir-et-Cher.

Mais là, Marin n'est plus sur son terrain. Il se sent moins à l'aise. Il quitte l'air impertinent qu'il a affecté devant les premiers juges.

Autant il a été arrogant dans son département, autant il est humble, soumis, repentant, dans un autre localité. Le loup s'est fait agneau.

La cour de Loir-et-Cher, qui a affaire à des jurés moins complaisants, le condamne de nouveau, sans rémission, à la peine de mort.

L'exécution doit avoir lieu sur la place de Blois, dans le plus bref délai.

On fait venir de Paris l'exécuteur en chef.

M. R*** possède au suprême dégré l'amour de la famille. Il ne comprend pas les temporisations de la magistrature devant ce grand criminel qui a eu l'art de faire retarder l'heure de son arrêt, après tous les forfaits dont il s'était rendu coupable.

Le bourreau s'exprime ainsi, à propos du patient :

« Oh! les mœurs villageoises! Les paysans n'ont-ils plus de respect pour les traditions patriarcales? N'ont-ils plus qu'un respect, celui de la propriété? Sacrifient-ils tout sur l'autel de l'intérêt, tout, jusqu'au sang des leurs? »

Avec un certain soulagement, après l'exécution de Marin, l'exécuteur écrit à sa femme :

« Enfin! j'ai purgé le pays de ce monstre! »

Curieuse antithèse de la part d'un bourreau!

LXXI

BILLOIR

Il existe deux genres d'assassins, les uns par nature, les autres par suite de leurs excès. L'hystérie du sang anime les premiers, ils tiennent de la bête fauve, comme les Dumolards, les Gervais et les Marin.

Les seconds, tout en étant doués des meilleures qualités, n'arrivent pas moins, par leurs écarts, à tomber au rang des Dumolard et des Troppmanns.

Ils doivent cette odieuse et épouvantable transformation à l'*alcoolisme*.

Le *délirium tremens* s'empare des uns, la fièvre du sang s'empare des autres.

Rien d'étonnant à ce que ces derniers dévient de leur point de départ, en jetant un démenti à leur passé. Ils finissent aussi mal, et d'une façon aussi tragique que les assassins par nature.

Tel était Billoir.

C'était un ancien militaire. Il avait tout à fait la physionomie d'un alcoolique, son visage était flétri, fatigué, son teint livide. Il avait le nez rouge et portait la moustache en brosse. Il était âgé de cinquante-huit ans, quand il commettait son horrible forfait.

Il avait conservé, en quittant l'état militaire, les habitudes des garnisons, il aimait le vin et les femmes ; le jeu occupait ses nombreux loisirs. Ce furent ces funestes et coûteux penchants qui l'amenèrent à être un assassin et le pire des assassins.

Originaire du département du Nord, il se rend à Paris à quatorze ans, pour apprendre l'état de menuisier. En 1840, il entre au service et est incorporé successivement dans plusieurs régiments d'infanterie. Il ne sort de l'armée qu'en 1869, après avoir été retraité comme sous-officier.

A sa libération, il obtient un certificat de bonne conduite qui est justifié par sa médaille militaire.

Sa pension de retraite est fixée à 512 francs par an.

A la campagne d'Italie, il avait été signalé pour sa bonne tenue et sa bravoure ; il avait obtenu un certificat honorable entre tous du général de Geslin.

Entre Billoir le sous-officier, et Billoir rendu à la vie civile, il semble qu'il y ait deux hommes bien différents.

En 1848, sous les ordres du général commandant les Tuileries, Billoir reçoit la garde des appartements royaux ; sa conduite, en cette occasion, lui fait mériter les éloges de ses chefs.

Rendu à la vie civile, Billoir n'est plus le même. Il dissipe une somme de huit mille francs, recueillie de l'héritage paternel ; il vit à la charge de sa belle-sœur, après avoir joué à la Bourse son modeste avoir.

Une fois ruiné, il travaille, tour à tour, chez un banquier, dans les ateliers du chemin de fer du Nord, puis en dernier lieu, chez Godillot, entrepreneur d'équipements pour l'armée. Dans tous les endroits où Billoir est employé, il garde les fatales habitudes qu'il a contractées au régiment.

Elles ont des conséquences plus terribles dans la vie civile. Il devient un pilier d'estaminet, il boit outre mesure ; partout on doit le congédier à cause de l'irrégularité de sa conduite.

Ancien sous-officier, décoré de la médaille militaire, renté, avec des états de service très brillants, et des recommandations très puissantes, Billoir aurait pu avoir une existence assurée.

Mais, adonné à la boisson, paresseux et brutal, ses passions l'égarent et le font chasser de partout.

C'est de 1870 à 1873 qu'il vit chez sa belle-sœur dans la plus complète oisiveté ; sa conduite est telle que cette belle-sœur, la veuve Billoir, ne veut plus le revoir.

En 1875, travaillant chez Godillot, il fait la connaissance de la veuve Pellion. Effrayée de son caractère brutal, elle n'ose point, après l'avoir quitté, lui réclamer les objets qu'elle a laissé chez lui.

Adonné de plus en plus à la boisson, il devient pour tout le monde un homme inutile et dangereux. Sa maîtresse le quitte au moment où il est congédié de la maison Godillot.

Il reste avec sa modeste pension, toujours escomptée d'avance.

Alors, il est réduit à faire des courses et des écritures pour le compte d'une dame Moreau, qui tient, au faubourg Poissonnière, un bureau de placement.

C'est là qu'au mois de septembre de l'année 1875, il rencontre une veuve, en quête d'une position. Il va chercher aussi à l'exploiter avant d'en faire sa victime.

C'est Jeanne Le Manack.

Un jour, elle vient chez Mme Moreau pour obtenir un emploi. Elle rencontre Billoir, son employé indépendant. Elle lui dit qu'elle est en quête d'une place.

Aussitôt, Billoir, en sa qualité de représentant de la placeuse, lui demande si elle a des répondants.

Jeanne Le Manack, assez loquace, très encouragée par l'air avenant de l'ancien et beau sous-officier, lui fait sa biographie.

Elle a quitté ses parents à l'âge de treize ans, pour devenir servante chez une marchande de chiffons. Elle en est sortie pour épouser un honnête ouvrier qui lui a laissé sa petite fortune, 1,700 francs déposés en province chez les époux Chevreuil.

Depuis, elle a couru les départements avec son beau-frère, un saltimbanque ; son métier ne lui convenant pas, elle l'a quitté au Mans, elle est venue à Paris, pour chercher une place plus en rapport avec son caractère et ses habitudes.

Cette femme à la figure hommasse. Lourde de corps et d'esprit, aux mains pataudes, n'a rien de remarquable que sa magnifique chevelure. Elle a dû faire l'admiration des gens de foire, lorsqu'elle suivait, dans ses pérégrinations funambulesques, son beau-frère le saltimbanque.

Elle parle en grasseyant, toujours les jambes écartées, les bras en l'air comme si elle faisait la parade.

Il avait pris une carafe qu'il brandissait avec furie. (Page 373.)

Quel contraste avec l'ancien sous-officier qui, malgré ses cinquante-huit ans, a encore la prétention de toucher les cœurs! Quelle différence entre cette grossière nature et ce raffiné qui parle bas, qui ponctue ses paroles, à la mise correcte, quoique sous des habits rapés.

Tout cela n'est pourtant que le vernis de sa brutalité de caserne.

Le plus grossier des deux n'est pas celui qui écoute parler Le Manack pour la bien connaître.

Elle l'apprendra à ses dépens.

Pour le moment, en entendant sonner son petit capital, mis en réserve chez les Chevreuil, Billoir se pose en adorateur de l'ex-servante de saltimbanque.

Elle ne tarde pas à mordre à l'hameçon de ce pêcheur de veuves.

Séduite par lui, Le Manack sort de chez Mme Moreau; elle n'y revient plus, pendue au bras de son séducteur qui oublie aussi son ancienne patronne.

Le Manack partage sa chambre et son lit, ils logent rue de Clignan-

Liv. 47.   47

court, puis rue Christini, puis, en dernier lieu, en 1876, rue des Trois-Frères.

Durant ce parcours sur le sentier du Tendre, de nombreux emprunts sont faits par le galant à la bourse de sa maîtresse.

A mesure que la bourse se vide, à mesure que les Chevreuil, les dépositaires de ses fonds, voient diminuer le budget de la veuve, Billoir devient moins tendre.

Le Manack, au contraire, est plus aimante, plus soumise, lorsque son amant revient à sa nature cassante et brutale.

Il avait pris cette femme pour son argent, elle ne l'avait pris, elle, que parce qu'il était bel homme et décoré.

Au café Charles, situé boulevard Ornano, les habitués n'appelaient Billoir que le *décoré*; cela flattait Le Manack qui venait le relancer dans cet établissement, surtout lorsqu'il était parvenu à vider au fond du verre les derniers restes de ses économies !

Fatigué par cette femme, après avoir mangé ou plutôt *bu* ce qu'elle possédait, Billoir engage la veuve, qu'il ne peut plus exploiter, à se placer de nouveau.

La tendre Le Manack ne peut plus vivre sans Billoir, malgré les outrages, malgré les mauvais traitements qu'il lui fait subir, elle feint pourtant de se rendre à ses désirs.

Billoir ne tarde pas à apprendre qu'elle ne se présente même pas dans les bureaux de placement qu'il lui indique.

Billoir est furieux. Cette femme lui est insupportable, elle est plus qu'un embarras ; elle est, pour lui, un objet d'aversion !

A tout prix, il veut se débarrasser d'elle qui, répète-t-il partout, *sent mauvais des pieds* et *sent* toujours la saltimbanque !

Plus il l'insulte, plus il la bat, et plus elle est pour lui d'une tendresse désespérante.

Ne pouvant s'en débarrasser en la lassant, il s'en débarrassera par la force ; il la tuera !

Comment ? Par le crime !

Paris apprendra toutes les horreurs dont Billoir est capable.

LXXII

LE MANACK OU LA FEMME COUPÉE EN MORCEAUX

Le 8 novembre 1876, vers midi, des enfants qui jouaient à Clichy, sur le quai de la Seine, dans un lieu désert, à deux cents mètres d'une fabrique de bougies, aperçurent dans le fleuve, à cinq mètres environ de la berge, un paquet qui leur parut contenir le corps d'un nouveau-né.

Effrayés, ils appelèrent un passant. Celui-ci monta sur un radeau destiné à retenir les matières graisseuses qui s'échappent des égouts d'Asnières. Il put facilement saisir et ramener sur le bord l'objet qui lui avait été désigné.

C'était la partie supérieure du corps d'une femme dont les jambes et l'abdomen avaient été séparés.

La tête, entièrement rasée, était enveloppée d'une toile grossière et le tronc entouré d'un fragment de jupon d'indienne. Ce jupon était lui-même rempli de sciure de bois et de morceaux de papier d'emballage.

Les deux bras étaient ramenés en avant et repliés sur la poitrine ; enfin un pavé avait été attaché au cou par une corde, pour empêcher ces tristes débris de surnager et de suivre le courant du fleuve.

Quelques heures après, à trois cent cinquante mètres en amont, un pêcheur découvrait un autre paquet, enveloppé dans un morceau du même jupon, lié de la même façon, et retenu au fond de l'eau par une pierre.

Ce paquet contenait les membres inférieurs du corps, repliés sur eux-mêmes, maintenus dans cette situation par une corde plusieurs fois enroulée.

Ces débris humains, cette tête rasée jusqu'à la nuque, représentaient, pour qui la connaissait, les membres de la femme Le Manack.

Sitôt la police avertie de cette lugubre trouvaille, elle fait transporter à la Morgue les membres épars de la victime. Sa tête décomposée par de nombreuses cicatrices est fidèlement reproduite en cire, son masque représente, à s'y méprendre, la tête de Le Manack.

Sur le bruit de cette épouvantable découverte, des habitués du café Charles vont à la Morgue, ils reconnaissent la tête moulée de la maîtresse de Billoir.

Tous s'accordent à dire :

— C'est l'image de la femme du *décoré*.

Le chef de la police interroge ceux qui ont reconnu cette femme coupée en morceaux.

On se rend d'abord rue Christini, où demeuraient Le Manack et son amant, on ne les retrouve plus. De là, on va rue des Trois-Frères où Billoir habite encore.

On met la main sur lui, et, comme bien on le pense, il n'est plus avec sa maîtresse.

Interrogé, au sujet de son absence, Billoir répond avec une assurance qui déconcerte le chef de la Sûreté :

— Ma maîtresse est partie le 7 novembre, pour se placer ; depuis, je ne sais plus où elle est. Elle est partie à la suite d'une discussion que nous avons eue, et je n'en ai plus entendu parler.

La police ne s'en tient pas à cette réponse évasive ; on conduit Billoir à Mazas et l'on interroge les voisins.

L'un d'eux avoue que, dans la matinée qui précéda le 6 novembre. Billoir lui avait dit :

— Avez-vous entendu comme ma femme *gueulait* cette nuit.

Les investigations continuent. Un individu instruit la police que sur la berge de Saint-Ouen il avait vu, le 6 novembre, à cinq heures et demie du soir, un homme dont les allures lui avaient paru suspectes. Il observait attentivement les abords du fleuve et les bâtiments environnants. Cet individu le signalait comme ayant l'aspect d'un ancien militaire ; il avait, disait-il, la taille haute, les épaules larges et la moustache en brosse.

Il est conduit à Mazas où l'inculpé a été transféré. L'individu le reconnaît pour être l'homme de la berge. C'est donc Billoir qui, dès le 6 novembre, avait conçu le projet de donner la mort à sa maîtresse?

Les habitués du café Charles sont de nouveau interrogés. Ils apprennent à la police qu'une scène scandaleuse, des plus violentes, a eu lieu dans la journée du 6, entre Billoir et sa maîtresse.

Ce jour-là, elle était venue le relancer à son café. Pour la première fois, cette femme si docile, si soumise, lui avait reproché son inconduite devant les habitués du café.

— Il buvait, disait-elle, le dernier argent qui leur restait, quand leur propriétaire attendait l'acquittement du terme, quand Billoir avait mis au Mont-de-Piété jusqu'aux draps et aux couvertures de leur lit.

Alors, Billoir, outré d'être traité ainsi en public, était entré dans une violente fureur.

Il l'avait qualifiée de : *menteuse, de fainéante* ; en termes plus vifs encore, il lui avait demandé : « pourquoi elle ne s'était pas présentée dans

C'est tout éveillée que le Manack est éventrée! (Page 376.)

les divers bureaux de placement qu'il lui avait indiqués pour trouver de l'ouvrage ».

La pauvre Le Manack, sous le coup de ces outrages, avait éclaté en sanglots; elle lui avait répondu :

— Malheureux ! Après avoir mangé mon argent, pourquoi me reprocher des mensonges inspirés par l'affection. Si je ne me suis pas placée, c'est que je ne puis vivre sans toi, ni loin de toi.

Billoir, qui ne demandait qu'à s'éloigner d'elle, lui avait riposté en ricanant :

— Alors, ce n'est pas comme moi qui n'aspire qu'à te fuir. Va-t'en, *vache, tu pues*, tu me dégoûtes ! va-t'en, ou sinon...

Avec un geste menaçant, il avait pris, sur la table, une carafe qu'il brandissait avec furie.

Il la lui eût jeté à la tête, sans l'intervention des témoins qui la lui arrachèrent des mains, au moment où, afin d'éviter un coup mortel, Le Manack s'enfuyait du café, en pleurant, en proie au plus violent désespoir.

Pour Billoir, son parti était pris. Il n'avait plus à attendre pour en finir avec Le Manack !

Puisqu'elle ne voulait pas se détacher de lui, c'était lui qui s'en détacherait.

Par quel moyen ? par un moyen digne d'un cannibale !

Il était profondément humilié des paroles qu'elle lui avait jetées devant des voisins.

Aussi violent que présomptueux, Billoir était résolu à lui faire expier, par des tortures atroces, ses menaces aigres-douces.

Son cerveau, surchauffé par les ardeurs alcooliques, rendait plus terrible la violence de son caractère, aigri par les excès, aigri par la misère.

Il avait conçu, depuis quelque temps, contre Le Manack, le plan d'un crime odieux.

On en connaît les effets par la découverte du corps de sa maîtresse coupée en morceaux.

Bien décidé, après la scène du café, à accomplir son infernal projet, il s'était rendu, vers les cinq heures du soir, à la nuit tombante, sur la berge de Saint-Ouen.

Là, comme le tigre ou le chacal qui flaire sa proie et l'endroit pour l'enfouir après l'avoir tuée, il cherche la place de cet infernal enfouissement.

Alors, il se croit sans témoins, Billoir a des gestes horribles un rictus épouvantable en découvrant l'endroit solitaire où il croit pouvoir cacher son crime.

Mais, au moment où il donnait un libre cours à sa joie féline, il avait été surpris par un témoin qui, en le reconnaissant, devait achever de le perdre.

Ce témoin affirma qu'il était resté plus d'une heure sur la berge, étudiant la place où il devait jeter dans le fleuve, morceau par morceau, le corps de sa victime.

Une fois qu'il se fut bien rendu compte du lieu où il devait ensevelir son cadavre, il était retourné à son domicile pour se livrer à ses sinistres préparatifs.

Il était tard dans la soirée quand Le Manack, à la suite de la scène violente du café, rentra chez Billoir.

Tout était préparé pour le sacrifice.

Billoir avait eu la précaution, avant de revenir chez lui, d'acheter en route de la sciure de bois. Il prétexta au marchand qu'il avait un corps à ensevelir ; il se munit aussi de fortes cordes.

Une fois en possession du sac de sciure et de ces cordes, il les cache

BERAUX. IMP. CHARAIRE ET FILS.

sous le lit. Il prend, dans une armoire, un jupon de sa maîtresse qu'il déchire en deux.

Cette sciure de bois est destinée à éponger le sang, ces cordes à lier les membres, et ce jupon à envelopper les restes de sa victime.

Il ne néglige rien, jusqu'à la toile d'emballage qui doit recouvrir les paquets sanglants.

Une fois en possession de son matériel d'assassin, Billoir attend patiemment, comme un fauve, le retour de sa maîtresse.

On va voir le genre de supplice que le monstre lui réservait.

LXXIII

LE CRIME

Lorsque la femme Le Manack rentre sur le tard chez Billoir, il ne lui parle plus de la scène violente du matin. Il l'engage à se coucher de l'air le plus aimable et avec ses plus douces paroles.

Sa maîtresse qui lui est attachée, comme une servante ou un caniche, est heureuse de ce retour de l'homme qu'elle adore.

Ah ! si l'infortunée avait pu lire dans ses sombres regards ; si elle avait pu pénétrer sa pensée féroce, dissimulée sous une expression caressante ; si elle avait su deviner sous sa fausse tendresse sa rancune excitée par l'ivresse alcoolique et l'ivresse du sang, la malheureuse se fût éloignée de lui avec autant d'horreur que d'épouvante.

Mais Le Manack, aveuglée par sa passion pour ce monstre, ne vit rien, ne se doutait de rien.

Par une précaution qui ne peut entrer que dans l'esprit méthodique du troupier, il a caché avec soin ses instruments de tortures. Il les a mis bien en état pour mieux s'en servir au moment de l'exécution de ce meurtre horrible, sans exemple dans les annales criminelles.

Un rasoir, un ciseau de menuisier, un marteau étaient les terribles engins de son crime ; et il avait eu la précaution de les dérober sous son oreiller.

A peine la femme Le Manack est-elle au lit qu'il lui porte à l'estomac, au ventre deux violents coups de rasoir.

De ses mains, sans pitié pour les cris et les contorsions de la victime, Billoir lui élargit les plaies faites par ce rasoir.

De ses doigts, de ses ongles, il provoque une ouverture béante de la section verticale qui commence au sternum et finit au pubis.

Par l'ouverture commencée par le rasoir, les intestins lui sont arrachés. Il s'aide de son ciseau pour les détacher de son corps ouvert et purulent.

De son ciseau et de son rasoir, il découpe, il découpe toujours le corps tout chaud, qui ne cesse de palpiter sous les battements de la vie.

C'est vivante, c'est tout éveillée, que Le Manack est éventrée, découpée, vidée! C'est horrible!

La preuve de ce meurtre de cannibale est écrite sur les traits de la victime, qui traduisent après la mort une expression d'indicible terreur.

Évidemment, l'infortunée avait été surprise, livrée sans défense aux armes de l'assassin.

Et ce monstre, pour l'achever, se servait de ces mains, lorsque ses instruments tranchants ne le secondaient pas assez vite dans son œuvre abominable!

Jusqu'après la mort, le visage de Le Manack a donc conservé cette expression d'épouvante qui semble comme une accusation posthume.

Une fois le meurtre accompli, il faut d'abord effacer jusqu'aux traces de son accomplissement.

Avec ce même sang-froid, aussi épouvantable que prévoyant, il continue son œuvre.

Il fera deux parts du corps, deux paquets qu'il ira porter dans le fleuve, à l'endroit qu'il a choisi d'avance.

Dans l'eau, la longue chevelure de la victime pouvait surnager, il la coupe et il va la jeter dans la fosse.

Il en fait de même des intestins; Billoir n'ignore pas que par le ballonnement produit par le gaz de décomposition, les noyés reviennent à la surface.

Voilà pourquoi il arrache les intestins du corps, pour être aussi livrés à la fosse.

Tout n'est pas fini; il coupe le corps. Une longue section verticale lui permet de plonger les mains et d'arracher les entrailles. Une section horizontale doit former les deux tronçons. La colonne vertébrale résiste; il prend son marteau pour frapper sur le couteau.

Enfin, les deux parts sont faites; le sang qu'il vient de laver dans la chambre pourrait encore couler dans la route et trahir son fardeau, mais la sciure de bois est là. Il en remplit le corps, il en couvre les chairs. Les bras, les jambes, en tombant inertes, peuvent le gêner dans le transport? Alors, il procède à leur ligature, enfermant ces horribles amas découverts par les enfants de la berge.

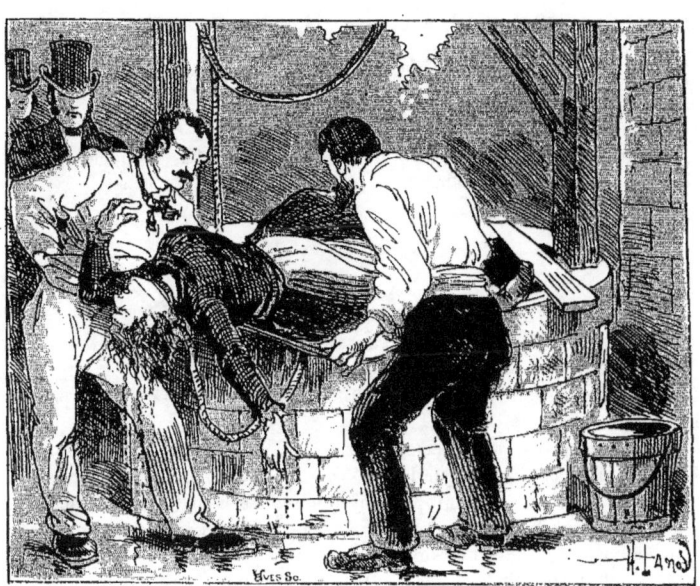

On sortit le corps du puits. (Page 384.)

Jamais crime plus odieux ne fut commis avec plus de férocité !

Au dire des experts, la section avait été faite presque en même temps que s'exhalaient les râlements de la moribonde !

Billoir n'avait pas attendu au lendemain pour commettre ce forfait sans exemple et en faire disparaître les traces.

L'exécution d'un pareil crime donnait la mesure du caractère de son auteur !

On a vu avec quel soin Billoir s'y était pris pour ficeler, empaqueter ces amas sanglants, trouvés sur la Seine le lendemain même de son meurtre.

Il avait compté que les membres de Le Manack resteraient au fond de l'eau. Il n'avait pas prévu l'encombrement des matières qui séjournaient à l'endroit du fleuve choisi par lui ; il avait compté sans les eaux stagnantes de ce bourbier.

Il avait oublié aussi les témoins qui l'avaient surpris sur la berge avant et après l'exécution du crime.

Liv. 48.   48

Devant les assises, Billoir inspire aux juges, aux jurés, à l'auditoire, une horreur indicible.

Son défenseur ne peut implorer pour lui que la pitié du tribunal, en criant au coupable :

— Pleurez, Billoir, pleurez !

Il pleure, en effet. Ses larmes de tigre n'apitoient pas les juges qui lui appliquent la peine capitale.

LXXIV

LE CHATIMENT

Dès l'accomplissement du crime de Billoir, son châtiment ne se fait pas attendre.

Si cet homme est sans remords, après avoir commis son horrible meurtre, il n'est pas sans orgueil.

Il a tué une femme qui était pour lui une esclave aveuglée ; Le Manack le considérait comme un être supérieur à elle ; elle lui permettait toutes ses invectives et tous ses outrages.

Elle était morte sans exhaler d'autres plaintes que celles que lui arrachaient les souffrances.

Son supplice horrible, renouvelé des temps les plus barbares, et des pays les plus sauvages, n'a peut-être pas excité chez la victime des idées de représailles contre son bourreau ?

Et son bourreau, de son côté, n'a-t-il éprouvé, en la torturant, que la satisfaction de se débarrasser d'une femme gênante, qui le dégoûtait dès qu'elle n'était plus bonne à être exploitée ?

Billoir est le parfait modèle du champardeur !

Si ce vantard, si cet exploiteur de veuves, se montrait insensible à leurs regrets et à leurs tortures, lorsqu'elles ne pouvaient plus satisfaire sa cupidité et sa paresse, il n'était pas invulnérable en face de l'opinion.

N'était-ce pas parce que Le Manack avait mis l'opinion contre lui, en dévoilant, à ses voisins, ses turpitudes et ses vices, qu'il avait conçu contre elle une haine implacable ?

Maintenant qu'il est arrêté, dès que Le Manack a connu, par un crime atroce, les effets de son dégoût et de sa rage, le tribunal se charge de frapper Billoir dans son orgueil, avant de lui faire subir son châtiment.

Après sa peine de mort prononcée, le président des assises lui dit :

— Billoir, avant de périr sur l'échafaud, vous devez mourir à l'honneur dont vous avez encore les insignes. Cette médaille militaire acquise à l'époque où vous serviez la patrie, vous en êtes indigne comme condamné ; désormais, vous ne la porterez plus !

Et Billoir qui n'a pas tremblé devant sa sentence, qui a plus pleuré sur les humiliations infligées par les justiciers de son crime que sur son crime, pleure maintenant comme un enfant. Il pleure sur sa décoration perdue, sur son passé qui s'en va.

C'est un glorieux !

Sa vie n'a été possédée que par un seul amour, l'amour de lui-même. Malheur à qui s'est révolté contre sa gloriole et son égoïsme, il en a été puni. Le Manack en offre un épouvantable exemple.

Lorsqu'il est conduit à la Roquette, il ne se lamente que sur la perte de sa décoration. Billoir ne parle pas de Le Manack ; sa victime lui paraît indigne de lui.

En présence de ses gardiens dont quelques-uns ont été d'anciens soldats, il oublie au milieu d'eux l'arrêt qui le condamne.

Le champardeur reparaît.

Délivré des préoccupations, des luttes de la vie au moment où ses jours sont comptés, il prend comme il vient le peu de temps qui lui reste à vivre. Il cause avec ses gardiens, en racontant les épisodes plus ou moins plaisants de sa vie militaire.

Il se croit encore au camp ; il reprend son insouciance de soldat.

Il évite de parler de son crime. Il serait presque heureux de l'avoir commis si les avantages que l'on procure à un condamné à mort, dans sa cellule, devaient se prolonger indéfiniment.

Quoique son crime fût le plus épouvantable des crimes connus, Billoir espère en son recours en grâce. Il appuie ses prétentions et ses espérances, sur son glorieux passé.

Cependant, M. de Paris, sur le rejet de son pourvoi, reçoit l'ordre de dresser, au plus vite, l'échafaud qui va faire justice de ce criminel inconscient.

M. R*** nous apprend qu'à deux heures du matin la guillotine, *toute montée*, était prête à recevoir Billoir.

— Pour cette exécution, — ajoute le bourreau, — quatre cents curieux, au plus, étaient sur la place, attendant l'arrivée de Billoir.

Lorsque le directeur de la prison, le commissaire et l'aumônier se présentèrent dans sa cellule, Billoir dormait d'un profond sommeil.

Il fallut pour le réveiller le secouer à plusieurs reprises.

« Quand je parus à mon tour, écrit M. R***, il devint très pâle, il demanda au directeur et à l'aumônier :

« — C'est donc fini ?

« Le directeur lui fit un signe de tête affirmatif, l'aumônier se rapprocha de lui, en lui présentant le crucifix.

« Encore sur son séant, il me regarda particulièrement, avec des yeux hagards, puis se levant il dit à ses interlocuteurs :

« — Me voilà, messieurs, je suis à vos ordres !

« Billoir se fit habiller, conduire à la chapelle, puis à l'avant-greffe où je procédai à sa toilette. Pendant tout ce temps-là, il nous suivit, se plia à tout ce qu'on exigea de lui sans prononcer un mot, sans exhaler une plainte.

« Seulement, Billoir était très pâle ; on voyait qu'il faisait de violents efforts sur lui-même pour réprimer une agitation intérieure.

« Une fois arrivé sur l'échafaud, une fois que je fus à mon poste pour pousser le ressort, l'aumônier lui dit, avant de voir tomber le patient sur la bascule :

« — Du courage, mon fils !

« — J'en ai, répond Billoir, la tête sur la lunette. — Au revoir, mon père !

« Et sa tête s'abat dans le panier. »

M. de Paris ajoute ce mot caractéristique, en parlant du patient :

« Après tout, ce monstre était *un brave !* »

LXXV

LES ASSOMMEURS DE LA TOUR MALAKOFF

En 1876, l'établissement public connu sous le nom de la Tour Malakoff, situé à Vanves, était resté en ruine depuis les événements de 1870-71.

La tour qui était un objet de curiosité pour les Parisiens était crevassée et béante. Démantelée par les bombes et les boulets, ouverte à sa base sur un puits abandonné, dominant un parc en pente sur des fortifications, la Tour Malakoff offrait le cadre le plus saisissant, le plus pittoresque du tableau de nos désastres et de nos malheurs !

On y respirait l'épouvante ; en 1876, cet établissement désert devenait encore le théâtre d'un crime aussi mystérieux que terrible.

A la fin du mois d'août, on découvrait dans le puits abandonné de la

Il a été le témoin involontaire de ce crime ! (Page 384.)

tour, le cadavre de la femme Peltier, concierge de cet endroit sinistre.

Lorsqu'on sortit le corps du puits, à la suite des investigations de la police, on s'aperçut que ce corps avait séjourné quelques jours dans l'eau. Il était couvert d'excoriations et présentait une large blessure au crâne.

Cette fracture avait dû être faite par une lourde pierre, un pavé sans doute ? Le cou portait des traces de strangulation.

C'était une femme âgée et robuste, elle n'avait pas pu mourir sous les premiers coups portés par les meurtriers. Il y avait dû avoir lutte entre eux et cette femme dont la corpulence, le tempérament indiquaient une force peu commune.

Qui avait commis le crime ?

Les premiers soupçons, depuis cinq jours que le meurtre avait été commis, avaient d'abord porté sur l'époux de la malheureuse Peltier.

C'était un peintre en bâtiment. Il s'absentait volontiers de chez lui, ne rentrant que fort tard à Malakoff dont sa femme était la gardienne.

Les nécessités de son état, les légers nuages qui assombrissaient le ciel conjugal, expliquaient les absences du mari.

Quoique les époux ne fissent pas absolument mauvais ménage, Mme Peltier était d'un commerce difficile, d'une humeur acariâtre, un peu trop absolue. M. Peltier, peintre en bâtiment, était, au contraire, malgré ses cinquante ans, d'un caractère assez jovial. C'était un loustic. Il reprochait surtout à sa femme d'être sale, de ne pas avoir assez de soin, ni d'elle, ni de lui.

Mais de là à lui être infidèle, et à devenir son meurtrier, il y a loin. La question était encore portée à l'état de problème.

Ce que Peltier préférait par-dessus tout, c'était la bouteille. Ses séductions l'éloignaient du toit conjugal bien plus que les pièges tendus par le sexe faible.

Cependant, dès la disparition de sa femme, dès la découverte de son cadavre dans le puits, les soupçons tombèrent sur lui, ils faillirent l'accabler au point d'être inquiété par la justice.

On l'accusait, après une vive discussion avec son épouse, au sujet de la maîtresse d'un nommé Albert, et qui lui faisait les yeux doux, d'avoir voulu sacrifier son épouse à cette maîtresse de son hôte.

En vain l'innocent Peltier voulut-il protester contre les intentions qu'on lui prêtait ; plus il se défendit, plus les présomptions l'accusèrent.

Le jour où devait avoir eu lieu le crime, on l'avait vu boire avec la femme d'Albert, on avait entendu celle-ci lui faire des propositions, en l'absence de son amant ; ces propositions n'expliquaient que trop la disparition, puis le meurtre de sa femme.

Pourtant, le malheureux Peltier, depuis son absence, à Malakoff, avait tout fait, tout tenté pour la retrouver.

Sur les indications de ses hôtes et des voisins, on lui dit que sa femme est allée voir une de ses amies, rue de Ménilmontant. Il court, rue de Ménilmontant ; l'amie de sa femme ne l'a pas vue. Il revient à Malakoff, il trouve la porte fermée et l'établissement désert.

Il vient y retrouver ses derniers hôtes, Albert et Hortense, qui ont annoncé que Mme Peltier est allée retrouver son amie Sophie ; depuis quelques jours, ils sont partis de Malakoff, on ne sait ce qu'ils sont devenus.

Peltier est désespéré. Malgré ses inquiétudes, malgré ses démarches, il est appelé chez le juge d'instruction. Devant le magistrat, il est accusé d'avoir attenté aux jours de son épouse, et, à l'appui de cette accusation, le juge lui rappelle les reproches qu'il adressait à sa femme au sujet de sa malpropreté.

Peltier répond d'un ton lamentable qui n'est pas exempt de comique :

— Mais ce n'était pas une raison parce qu'elle était sale, pour que je me décidasse à *la nettoyer!*

Lorsqu'on lui parle d'un coffret noir que sa femme avait en dépôt, et qui a été volé après sa disparition ; lorsqu'on l'accuse de ce larcin, Peltier se récrie :

— Voleur et meurtrier! C'est impossible! ce n'était pas pour me voler moi-même que j'aurais tué ma femme !

Le pauvre homme perd la tête. A sa douleur se mêle un profond désordre dans les idées.

Il est encore bien plus confondu lorsque le magistrat lui apprend par qui il est accusé : par le nommé Albert, par Hortense sa maîtresse qui avaient pris pension chez lui.

— Ces locataires de la Tour Malakoff ont prétendu, — ajoute le juge d'instruction, — que vous, Peltier, vous aviez proposé à la maîtresse d'Albert d'empoisonner son amant ; c'est dans ce but que vous étiez allé trouver, dit-on, en secret, Hortense, rue d'Argonne?

A cette dernière et odieuse accusation, Peltier, n'y tient plus. Il éclate en protestations énergiques, il s'écrie :

— Ah ! les brigands. Ce sont eux qui m'accusent? lorsque depuis long-temps, ils ne me payaient plus la pension du jeune neveu d'Albert ; et cet Albert, cette Hortense, qui sont venus loger dernièrement à Malakoff, pourraient bien être, au lieu de moi, les inculpés que l'on cherche.

Le juge d'instruction sent, dans les réponses de Peltier, qu'il a affaire à un innocent dans toute l'expression du terme.

Il n'a mandé le mari de la femme disparue et assassinée que pour avoir ces aveux sur Albert et Hortense.

Il n'est pas encore très sûr que Peltier ne soit pas le complice de ces derniers que sa femme logeait, et recevait en pension, jusqu'au moment du meurtre.

Les calomnies dont Peltier a été l'objet ont été si bien conduites par les locataires de Malakoff, elles ont été si habilement répandues chez les voisins, qu'il s'élève toujours un doute sur sa bonne foi.

Pour détruire ou corroborer ces soupçons, le juge d'instruction et le substitut se rendent à l'endroit du meurtre, ils visitent ses escarpements, sa tour démantelée où dans une chambre, en regard du puits, ont logé, à l'heure du crime, Albert et Hortense. Ils comparent la distance qui existe entre la cave et la cour. Ils s'assurent qu'une seule personne, en plein jour, n'a pu transporter sur un terrain aussi accidenté un cadavre de la corpulence de la femme Peltier, ni le jeter dans le puits.

Donc ils étaient deux, s'ils n'étaient pas trois? car au moment où deux individus transportaient le corps, presque sous les regards des voisins et des visiteurs, il fallait bien qu'une troisième personne fît le guet.

Ces réflexions aggravent les soupçons accumulés sur Peltier ; ce qui les rend vraisemblables, c'est qu'on a vu boire, le jour du crime, Peltier avec Albert et sa maîtresse.

Lorsque les magistrats se font part de leurs observations devant Peltier, celui-ci s'arrache les cheveux de désespoir.

— Ce n'est pas assez, — s'écria-t-il, — d'avoir perdu ma femme. Il faut, pour avoir connu cet Albert qui ne me payait pas, pour avoir nourri son neveu que nous élevions par charité, il faut encore que je passe pour un assassin !

Un hasard miraculeux, providentiel, vient rétablir, devant les juges, l'innocence du peintre en bâtiment.

C'est un enfant, un muet, le neveu d'Albert.

Il a été le témoin involontaire de ce crime commis presque sous les yeux des visiteurs de Malakoff.

Les magistrats interrogent comme ils peuvent cet enfant qui, à l'heure du crime, a aperçu la femme Peltier aux prises avec Albert. En voyant tomber la gardienne de Malakoff, l'enfant muet a poussé des hurlements affreux.

Depuis cet horrible assassinat, après la peur qu'il lui a causée, il s'est produit un phénomène dans l'organisme de l'enfant ; le petit muet peut parler.

Lorsque le juge d'instruction l'interroge, le neveu d'Albert répond tant bien que mal à ses pressantes questions.

Il dit ce qu'il redira aux assises.

— Qui a tué maman Peltier ?

— Oncle Albert.

— Qui encore ?

— Tante Albert.

— Qui est tante Albert ?

— L'épouse à mon oncle.

— Ainsi, — achève le juge, — tante Albert a battu aussi maman Peltier ?

— Oui.

Désormais le mari de la victime n'est plus inquiété. On connaît par un enfant, presque infirme, les véritables assassins, les deux assommeurs de la Tour Malakoff.

Maintenant, il ne s'agit plus que de les trouver.

Il est parvenu à dépister la police en assommant un des agents qui le filaient. (Page 389.)

LXXVI

ALBERT ET HORTENSE

Albert et Hortense, au physique comme au moral, étaient des amants bien assortis.

Le mal unissait ces deux êtres. Une communauté de perversité les liait à la même chaîne et les rivait l'un à l'autre.

Albert (Antoine) avait vingt-cinq ans, lorsqu'il commettait son meurtre sur la dame Peltier.

Sa complice, Hortense Lavouette, épouse d'un nommé Louit, qu'elle avait abandonné pour se livrer à la prostitution, était âgée de vingt-huit ans.

Albert était un grand brun, maigre et déhanché ; il avait la face au teint glabre, le visage sinistre, les yeux farouches.

Hortense était une petite femme, aux cheveux châtain foncé. Elle avait les traits grêles, sans délicatesse, une figure sans agrément. L'effronterie y rivalisait avec la méchanceté. Elle les voilait sous un air sournois qui affectait l'étonnement et la candeur.

Les deux amants étaient originaires du Nord. Hortense était des environs de Lille ; Albert était Belge.

Quoique Albert affectât une assurance allant jusqu'à l'impertinence, le plus cynique des deux, c'était sa femme.

Elle était d'une intelligence bien plus déliée que son amant qui ne voyait que par elle.

Albert, tout aussi cruel que sa maîtresse, n'était au fond qu'un poseur. Il n'agissait que sur les idées des autres ; il ne parlait que d'après des morceaux d'éloquence puisée à la source de la rhétorique des auteurs de mélodrames.

Albert déclamait, Hortense agissait. Cette dernière, aussi perverse qu'inventive, trouvait dans sa méchanceté native des plans ingénieux pour parvenir au but criminel qu'elle visait avec une patiente et une ténacité incroyables.

Hortense, toute sa vie, a marché dans le crime, avec une volonté bien arrêtée. Albert, aussi criminel que sa maîtresse, a suivi ses traces, à la suite de circonstances plus malheureuses.

Comme l'assassin Philippe, avec plus de prétention, Albert disait qu'il était né sous une mauvaise étoile ; en tous les cas, sa mauvaise étoile a été sa maîtresse qui l'a conduit au crime.

Cette femme qui change de garnis comme d'amants est née pourtant dans un milieu honnête. Elle est mariée, elle court gaîment à l'adultère ; elle brise volontairement, froidement, le lien conjugal pour affronter toutes les lois.

Cette criminelle n'a pas d'excuses. Son amant, au contraire, a contre lui jusqu'à sa naissance.

Albert n'a pas connu sa mère. Il a été abandonné par un père dénaturé ; sa belle-mère l'a envoyé aux Enfants-Trouvés.

A vingt ans, il a déserté.

Sa famille lui avait appris, à ses dépens, à s'affranchir de tous les devoirs ; et, de son chef, il s'affranchit à son tour de la loi commune.

Une fois réfractaire, il ne lui reste qu'à déclarer la guerre à la société dont il méconnaissait la solidarité.

Sa maîtresse l'entretiendra dans ce principe. C'est à vingt ans qu'il fait la connaissance d'Hortense qui, par l'adultère, a commencé à renier ses devoirs.

Libres tous deux, tous deux en dehors des lois, ces parias courent avec ardeur sur le champ ouvert à tous les vices, pour s'en procurer les profits.

Albert, l'ancien mineur, quitte son département, il se rend à Paris. Hortense, la femme adultère, abandonne le toit conjugal pour se réfugier dans la capitale. Paris est un refuge assuré aux criminels que la province désigne trop clairement à l'infamie.

C'est à Paris que les dignes amants se partageront les gains ramassés dans la boue dont ils se couvrent de plus en plus. Quand les charmes de sa maîtresse ne donneront plus assez de profits à son souteneur, il les augmentera par le vol.

L'origine de l'union de ces deux êtres était bien faite pour produire plus tard le crime de la Tour Malakoff.

Avant d'arriver à ce crime, conçu par Hortense et *opéré* par Albert, il faut voir comment cette terrible femme fit la connaissance de son complice. Elle part de Lille à Paris, en laissant une traînée de sang; elle continuera dans la capitale par son existence de prostituée et de meurtrière.

Hortense épouse à Lille un brave ouvrier, un nommé Louit. Il ne demande que le bonheur calme et la paix du ménage.

Cette honnête quiétude que recherche son modeste époux n'est pas du goût de sa nouvelle épouse.

Avide de plaisirs, amoureuse de l'imprévu, recherchant dans la coquetterie la plus condamnable, des émotions que ne peut donner la vie simple, Hortense n'attend pas la lune de miel pour se débarrasser de son mari.

Elle a remarqué, à la cérémonie de son mariage, le garçon d'honneur de son époux, qui paraît envier son bonheur.

Vite, elle va au-devant des secrets désirs de celui qui a paru jalouser son mari.

A la première dispute qui ne tarde pas à survenir au foyer conjugal, Hortense prend pour consolateur celui qui a été l'envieux témoin de son hyménée.

D'instinct, cette femme aime à jouer avec les plus détestables passions, à exciter des rivalités dont sa nature méchante et perverse espère bénéficier.

Le malheureux Louis ne tarde pas à apprendre à quelle sorte de femme il a condamné sa destinée.

Très désireuse d'échapper au milieu honnête où languit et souffre son esprit ardent et aventureux, Hortense fait tout pour en sortir; elle y réussit.

Un jour ou plutôt une nuit, elle apprend à son consolateur, au rival de son époux, que celui-ci est absent pour quelque temps de son foyer. Elle le prie de le remplacer, le fait dîner à sa table et, après un copieux repas, lui offre après la table... le lit!

L'effrontée coquine savait que son époux, retardé à l'atelier pour un travail pressé, devait revenir dans la nuit même.

La cynique comptait bien sur le retour de son époux pour provoquer un scandale qui, au mépris de son impudique personne, devait lui procurer des jouissances aussi vives que malsaines.

Ce qu'elle avait prévu, arriva.

Le mari confiant arrive au logis à deux heures du matin, pour occuper le lit conjugal. Son ahurissement égale sa fureur, lorsqu'il voit sa couche prise par son meilleur ami. Il le surprend entre les bras de sa moitié.

Il ne fait qu'un bond, du seuil à sa couche; il empoigne son rival qui n'a pas attendu son retour pour sauter au bas de l'alcôve et se mettre en garde.

Mais il était presque nu, à la merci de l'époux vengeur.

Sa femme, blottie sous les draps, jouit avec une joie de hyène de la lutte qui va s'engager entre les deux *Pâris*.

L'amant n'attend pas le châtiment du mari.

Celui-ci s'apprête à lui faire payer à coups de pied, à coups de poing, les plaisirs qu'il vient de goûter dans les bras de cette perfide Junon.

Mais l'autre s'empare d'une bouteille laissée sur la table; il riposte aux coups de poing qu'il lui porte, par un violent coup de bouteille sur la nuque; il lui fend presque le crâne.

Le mari tombe, baigné dans son sang, l'épouse n'attend pas la fin de ce terrible pugilat.

Au moment où le rival préféré gémit sur le drame épouvantable causé par cette adultère, Hortense s'habille à la hâte. Elle fuit le toit conjugal, elle fuit un meurtrier qui ne l'est devenu que par sa faute.

Elle sort de chez son époux mourant, dans l'intention bien arrêtée de ne plus revenir.

Hortense va passer le restant de la nuit dans un hôtel garni du voisinage.

Lorsque, le lendemain matin, l'amant très affligé de ce qu'il a fait, lui apprend que son époux est mourant, lorsque son rival la supplie de revenir au bercail, Hortense lui réplique avec mépris:

— Vous n'êtes qu'une pouille mouillée! Vous ne m'aimez pas!... Mon mari m'est insupportable. Qu'il *crève* et laissez-moi tranquille! Puisque

Ils rampaient comme des fauves ! (Page 392.)

par votre faiblesse pour cet imbécile, vous le préférez à moi, retirez-vous !
Il n'y a plus rien de commun entre vous et moi !

Voilà comment cette misérable reçoit l'homme qui, pour être tombé
dans les embûches tendues par ses vices, a trahi l'amitié, détruit le bonheur, peut-être l'existence d'un homme simple et bon.

La vertu n'est pas de mise chez cette nature perverse ; elle méprise
tout ce qui est respectable.

En quittant Lille où elle est devenue un objet de réprobation, elle rencontre Albert dans le chemin de fer ; elle en fait connaissance. C'est un
mineur qui est forcé de quitter son lieu de travail. Il a volé des effets militaires appartenant à l'un de ses camarades. Il est poursuivi par la police.
Il est parvenu à la dépister, en assommant un des agents qui le filaient.

Ces deux êtres, sans se raconter ce qui les fait fuir de leur pays, sont
dignes de se comprendre et de s'entendre.

Ils ne sont pas arrivés à Paris, qu'Albert a remplacé, auprès d'Hortense,

le rival de son époux. Les deux amants se valent. Le vol et le meurtre les
réunissent; plus tard, le vol et le meurtre les désuniront.

Mais à Paris, comme à Lille, il faut vivre. Hortense n'aime que la
vie facile, elle se livre à la prostitution. Albert qui n'aime qu'Hortense
voudrait bien lui voir faire un autre métier.

La perfide créature, pour le décider à s'associer à son infâme commerce, flatte ses mauvais instincts : sa vanité et sa paresse.

Elle lui dit :

— Imbécile, je n'aime que toi; moquons-nous du qu'en-dira-t-on.

Albert, vantard et paresseux, se laisse aller sur la pente funeste où il
n'a que trop glissé. Il se fait entretenir par celle qu'il appelle sa femme.
Elle ne le considère cependant que comme un *client* préféré.

Cette femme n'aime que le désordre et les crimes qu'il enfante. Elle a
trouvé dans Albert, dans ce vaniteux du ruisseau, l'instrument docile de
ses plus basses passions.

Elle le moule si bien à son image, qu'Albert ne peut plus se passer d'elle.
Il la mène et l'accompagne partout.

Il lui apprend qu'il a à Paris un neveu dont il s'est engagé à payer la
pension, à la *Tour Malakoff*, dont les époux Peltier sont les gardiens.

Hortense tient à voir le neveu d'Albert, « pour lui *servir de mère* », prétend-elle.

Il est muet, il est infirme, le pauvre petit aura besoin de soins. L'hypocrite a son dessein. Elle veut savoir si, à la Tour Malakoff, il n'y a pas un
bon coup à faire.

Albert présente *sa femme* à Mme Peltier.

Dès cette première visite, Hortense fait la cour à son époux, un vieux
drille qui ne demande qu'à rire. Le soir, il est convenu qu'Albert et Hortense prendront pension et logement à la Tour.

Cette détermination des deux chenapans n'enchante pas Mme Peltier.
Elle entrevoit, dans son instinct de femme, un malheur pour elle.

A la suite de cette première visite, Albert, sur les conseils de sa
maitresse, a volé déjà un couvre-pied à ceux qui prennent soin de son
neveu.

Une fois rentrés chez eux, Hortense se plaint à Albert de la froideur
que lui a manifestée Mme Peltier.

— Qu'elle prenne garde, la vieille, lui dit-elle, car si je me le mets dans
la tête, je lui enlèverai son homme.

Albert est très jaloux; il lui adresse, de son côté, des reproches sur ses
nombreuses infidélités et sur ses constantes coquetteries.

Il finit par lui dire :

— Prends garde aussi, Hortense ; si tu continues, je te jetterai par la fenêtre.

— Auparavant, lui répliqua-t-elle, sûre de l'affection sans bornes de son amant, je t'aurai quitté.

Loin de le quitter, Hortense, qui a son plan, vient prendre pension et logement avec Albert, à la Tour Malakof.

Ce n'est pour y rester qu'un temps, juste le temps d'étudier le terrain et de connaître les êtres de la maison.

Hortense fait remarquer à Albert que la dame Peltier a sur elle tout un arsenal de bijoux. Ils feraient bien mieux sur elle que sur la *vieille!* Ensuite elle possède en dépôt une petite malle noire qui doit renfermer des valeurs considérables.

Elle a appris par M. Peltier qu'elle appartenait à une voisine, la veuve Barbé. Il faut s'emparer, dit Hortense, de la malle de la veuve et des bijoux de la vieille.

— Mais, objecte Albert, pour jouir de tout cela, il faudrait *refroidir* la mère Peltier? C'est un crime que tu me conseilles?

— Eh bien! ajoute-t-elle froidement, puisque ce n'est pas un péché de tuer pendant la guerre, pourquoi serait-ce un crime de le faire maintenant?

Albert courbe la tête ; il paraît profondément réfléchir. Puis il s'écrie :
— C'est juste!

Le soir même, Albert et Hortense quittent la Tour Malakoff, en prétextant qu'ils ont trouvé pension ailleurs.

En réalité, ils quittent les époux Peltier, pour revenir à la Tour, après s'être concertés sur le crime qu'ils vont commettre.

Comme on le voit, l'idée de ce crime appartient bien à Hortense, *à ce suppôt de l'enfer à face humaine*, comme la qualifie plus tard Albert.

Ils partent de la Tour. Ils y retourneront pour y laisser un cadavre.

Albert n'attend que les ordres de sa maîtresse : l'un est le bras, l'autre est la tête. La perversité de l'un vaut la démoralisation de l'autre. Les événements sinistres dont la Tour Malakoff a été le théâtre vont le prouver.

LXXVII

UNE FEMME ASSOMMÉE DANS UNE CAVE ET NOYÉE DANS UN PUITS

Le 24 avril 1876, à trois heures du soir, deux jours après le départ d'Albert et d'Hortense, ils revenaient à la Tour Malakoff.

Ils savaient qu'à cette heure la dame Peltier, d'ordinaire, était seule à la Tour. Ils y revenaient furtivement à pas de loup, prenant par les escarpements des fortifications, suivant un sentier détourné à travers haies et broussailles.

Ils rampaient en marchant comme des fauves sur la piste d'une proie. Ils se cachaient dans les haies comme des gens qui craignent de se faire voir.

Albert, inquiet, tournait la tête de droite et de gauche, l'œil et l'oreille au guet ; Hortense le suivait, marchant avec résolution, tout droit devant elle.

La femme portait la main à sa ceinture, elle cachait sous sa jupe une corde enroulée. L'homme caressait dans sa poche un casse-tête qu'il tenait à bien dissimuler.

Ils arrivaient, toujours furetant, toujours se dérobant à la brèche du mur de l'établissement.

Ce jour-là, à trois heures, l'établissement n'était pas désert comme ils l'avaient espéré. Des gens du voisinage essayaient des fusils et tiraient à la cible.

Albert et Hortense, par des gestes d'intelligence, manifestèrent leur contrariété, en apercevant ces visiteurs.

Alors ils changèrent de contenance et d'allures. Autant ils avaient paru mystérieux, tout disposés à se dissimuler, autant ils prirent une attitude ouverte et communicative.

Sans plus se dérober aux personnes qui étaient dans le jardin, ils passèrent hardiment devant eux, ils se dirigèrent avec assurance vers l'endroit de la tour où ils savaient rencontrer Mme Peltier.

Lorque celle-ci aperçut Albert et Hortense, elle ne put maîtriser un mouvement de répulsion. Elle nourrissait des rancunes contre Albert qui avait oublié de lui payer sa pension et celle de son neveu ; elle méprisait Hortense qui ne cessait de faire des avances à son mari.

Quand ils se présentèrent, Mme Peltier leur demanda brusquement :

Albert la saisit par le cou pour l'étouffer. (Page 394.)

— Comment! encore vous, mauvais sujets? Venez-vous me payer votre pension?

— Oui, mère Peltier, répondit effrontément Albert, la main sur le casse-tête qu'il avait en poche. C'est pour cela que moi et ma femme, nous voilà, *pour vous payer*.

A ces paroles, le visage de la dame se radoucit. Elle était avare; Albert connaissait le côté faible de Mme Peltier.

Hortense ajouta :

— Lorsque nous venions ici pour régler nos comptes, nous avons aperçu vos lapins qui s'enfuyaient pour gagner la cave. Si vous ne tenez pas à avoir trop de dégâts ici, il n'est que temps de faire rentrer vos lapins. Pour ma part, je suis disposée à vous aider.

Hortense n'avait pas achevé, qu'une dame accompagnée de son enfant sonnait à la grille. Elle paraissait étrangère, elle disait avec un accent anglais très prononcé :

— Moi, *désirer* voir l'établissement Malakoff.

Liv. 50. 50

La gardienne s'empressa de complaire aux désirs de l'étrangère. Elle dit à Albert et à Hortense d'un ton affable dès qu'ils parlaient de la rembourser :

— Attendez-moi dans la cave. Je vous y rejoins, une fois que j'aurai expédié la dame.

Albert et Hortense ne se le firent pas dire deux fois. Ils l'attendirent dans le trou béant qui s'ouvrait sur un long couloir.

L'homme se blottit au fond de la cave ; la femme se plaça en sentinelle au bout du couloir. L'un avait la main sur son casse-tête, l'autre sur la corde lui serrant la taille avant d'entourer le cou de leur prochaine victime.

Cette fois, le plan des meurtriers avait été bien combiné. Albert devait assommer la dame Peltier dans la cave ; si elle ne mourait pas assez vite de son coup de casse-tête, Hortense devait l'achever au moyen de la strangulation.

La dame Peltier dans l'espoir de retrouver ses lapins, ne se doutait pas qu'elle courait au-devant de la mort préparée par ces bourreaux.

Une fois que la gardienne de Malakoff eut achevé d'accompagner sa visiteuse, elle s'empressa de se rendre à la cave, de rejoindre Albert et Hortense.

Tout en courant, tout en frôlant Hortense sans la voir, elle se baissa sous la voûte, et cria à Albert :

— Eh bien ! mes lapins sont-ils retrouvés?

Sans lui répondre, Albert la saisit par le cou pour l'étouffer. La femme se débat. Il lui applique sur la tête un violent coup de casse-tête ; il la frappe à la tempe. Elle est étourdie ; il la renverse. Elle se débat encore, sa face se déchire aux aspérités de la muraille.

Pour paralyser les efforts de cette femme dont la force égale celle de son assassin, Hortense bondit et s'élance sur elle.

Albert prend un pavé qu'il a trouvé à ses pieds ; Hortense détache la corde qu'elle a à sa ceinture. Pendant que l'homme va l'assommer de son pavé, la femme lui entoure le cou pour l'étrangler.

Mais, au-dessus d'eux, des cris perçants se font entendre : ce sont ceux du petit neveu d'Albert. Il jouait près de la cave ; de son couloir ouvert, il voit l'affreux spectacle qui se passe à ses pieds.

Hortense, effarouchée, oublie de serrer le cou de sa victime, Albert s'arrête, au moment de l'assommer ; Hortense s'écrie :

— Ah ! c'est ton neveu ! Le petit cochon va nous perdre !

En même temps, on sonne de nouveau à la grille ; on appelle à trois reprises différentes du dehors.

— Nous sommes pris ! — s'écrie Albert désespéré à Hortense.

Sa femme lui répond, en prenant sa place près de la victime et en le poussant dans le couloir.

— Va-t'en. Je me charge de mettre la vieille moins en vue, dans le coin de la cave; va-t'en, je me charge de tout.

Albert sort du couloir; il emmène son neveu terrifié, et laisse Hortense.

Une fois qu'Albert a conduit et enfermé l'enfant dans un réduit de la tour, il retourne à la cave.

Il était temps qu'il y revînt.

La personne qui avait sonné à la grille, lasse d'appeler, avait fait un long détour, et avait pénétré, par la brèche, dans l'établissement.

C'était un voisin, un restaurateur de Vanves. Il était venu à Malakoff pour y préparer une fête et s'entendre, à ce sujet, avec la dame Peltier.

Fatigué de l'appeler à la tour, il se dirigeait vers la cave, lorsqu'il se trouva nez à nez avec Albert.

Celui-ci va droit à l'importun, il l'arrête dans le couloir, et il marche au-devant de lui. S'il était entré dans le souterrain, Albert l'avoue, il était perdu.

Pendant que le meurtrier de la dame Peltier congédie le voisin, en lui donnant, vaille que vaille, des explications sur son absence, sur la fête projetée par le visiteur, l'odieuse Hortense, au fond de la cave, continue son horrible et monstrueuse besogne.

Deux heures se passent, depuis que l'amant d'Hortense a été *dérangé* par les cris d'horreur de son neveu, par l'appel réitéré du restaurateur de Vanves.

Durant ces deux heures, la misérable a eu le temps d'achever sa victime, lui écrasant la tête de son pavé, tirant de toutes ses forces sur la corde qu'elle lui a passée autour du cou.

Lorsqu'Albert revient à l'embouchure de la cave, la dame Peltier râle, Hortense ne cesse d'assister à son agonie.

La victime se débat sous les affres de la mort, Hortense la dépouille de ses bijoux et elle s'en pare!

Quand Albert revient, son amant, lui dit en lui montrant les bijoux de Mᵐᵉ Peltier:

— L'affaire est faite. Elle n'est pas morte; ça va venir!

Elle entraîne son complice dans la cave; la malheureuse, la face congestionnée, le crâne fracassé, souffle toujours; Hortense s'écrie en haussant les épaules et regardant Albert:

— Cette vieille garce ne veut donc pas crever?

Enfin elle expire.

Maintenant que la victime est morte, il s'agit d'enterrer le cadavre, avant d'achever de dépouiller les époux Peltier, de s'emparer du coffret noir qui contient les valeurs de la veuve Barbé.

Les meurtriers se consultent sur le corps ; ils veulent l'enterrer sur le lieu de leur crime, dans cette cave où elle a eu tant de peine à mourir.

Hortense, très soigneuse et très propre, balaye la cave. Elle désigne à Albert la place où la victime doit être enfouie.

Il se trouve que le sol est rebelle à la pioche dont Albert s'est muni pour procéder à l'enfouissement. Le sol est pierreux, le silex qui le recouvre résiste à l'acier. Ils renoncent à l'enterrer dans la cave.

Il faut procéder à un autre mode d'enterrement.

Pendant que les meurtriers se consultent, un nouveau coup de sonnette retentit à la grille.

Albert s'empresse d'aller ouvrir. Il est nuit. Il est sept heures du soir. Quatre heures se sont passées durant l'accomplissement de cet horrible meurtre.

Avant d'aller à la grille, Albert va trouver son neveu, il défend au pauvre muet, tout transi de peur, de parler de ce qu'il a vu, sous peine de mort.

Puis, il se rend à la grille.

Que voit-il en face de lui ?

L'époux de la femme qu'il a assassinée, il lui dit :

— Votre dame est partie.

Peltier demande :

— Elle reviendra ?

— Oui, ajoute Albert, mais tard ; elle est allée voir son amie, Mme Sophie. La course est longue, d'ici à Ménilmontant. Voulez-vous prendre quelque chose ?

— J'accepte, achève Peltier sans défiance.

Pendant qu'ils sont au cabaret, Hortense reste dans la cave, attendant le retour de son complice ; elle ne quitte pas le cadavre.

Une fois chez le marchand de vin, Albert commence à griser Peltier, avec de l'eau-de-vie ; il rentre avec lui à la tour. Là, il trouve moyen de le quitter pour rejoindre Hortense à la cave. Ils conviennent qu'on fera sortir Peltier, pendant qu'ils traîneront le corps de la femme au puits, pour le faire à jamais disparaître.

Albert revient avec Hortense à la tour. La meurtrière confirme à Peltier la nouvelle que sa femme est allée voir Sophie à Ménilmontant ; puis, Albert et Hortense envoient le confiant mari chercher un litre chez le débitant où Albert a déjà vidé avec lui plusieurs verres d'eau-de-vie.

Peltier y court.

Tirant de toutes ses forces sur la corde... (Page 395.)

Pendant l'absence de Peltier, les deux meurtriers traînent le corps de
la cave au puits. Le chemin est rude, la route est escarpée. Albert prend
le corps par les jambes, Hortense par la tête ; ils sont à peine à mi-chemin,
que Peltier reparaît, armé de son litre.

— Nous sommes perdus ! exclama Hortense, en l'entendant revenir.

— Quoi ! toi qui étais si résolue, reprend Albert, tu t'épouvantes pour
si peu ?

Ils déposent le cadavre près d'un talus et reviennent à Peltier.

Ils rentrent à la tour, ils boivent avec le confiant époux qui achève de
se griser. Une fois le litre vide, ils le renvoient en chercher un nouveau.

Pendant son absence, Albert et Hortense reprennent le corps, ils le
portent au pied de la tour et du puits. Ils le lancent par une fenêtre dont
la chambre domine ce puits.

A l'aide d'une corde de trois mètres, ils plongent le corps dans l'eau.
Ils ont préalablement fait passer cette corde sous les bras du cadavre qu'ils
descendent à une profondeur de quatre-vingts mètres.

Mais, le corps reste d'abord suspendu aux aspérités de l'orifice du puits. Il faut recommencer ce sinistre plongeon.

Sur ces entrefaites, Peltier revient avec un nouveau litre. Encore une fois, il faut ajourner cette sinistre opération.

Alors, on grise définitivement Peltier, en mettant un narcotique dans son verre. Il dormira jusqu'au lendemain.

Albert et Hortense rentrent dans la chambre. Ils recommencent leur terrible ascension; ils parviennent, à l'aide de la corde, à replonger le corps au fond du puits.

Bien assurés, après avoir relevé le corps et l'avoir laissé retomber, qu'il n'existe plus aucune trace de leur crime, ils ne songent qu'à jouir des bénéfices de leur meurtre.

Ils vont chercher la malle noire de la veuve Barbé. Ils la sortent de la tour pour la cacher dans un lieu sûr au fond du jardin. Ils se maquillent, Hortense se met du rouge et se pare; Albert en fait autant. Ainsi transfigurés, ils se rendent chez le marchand de vin où Peltier a trinqué avec Albert avant d'y chercher ses deux litres.

Là, pour leur salut, et en prévision des recherches de la police, ils disent le plus de mal possible des époux Peltier.

Une fois qu'ils ont bien déversé leurs calomnies, ils s'en retournent à la Tour Malakoff pour chercher, dans le parc, la malle noire qu'ils ont cachée. Cette malle, le mobile de leur meurtre, ne contient que des objets mobiliers d'une valeur de quelques cents francs.

Les voleurs meurtriers se reconnaissent volés; et l'on n'entend plus parler d'eux, durant une année.

LXXVIII

LA JALOUSIE D'UN ASSASSIN

Un an s'écoule. Albert, sous un faux nom, travaille à la Villette. Il a toujours Hortense pour maîtresse; elle continue sa vie de prostitution.

Albert a des remords. Il se range. Il voudrait bien que sa maîtresse en fît autant.

Celle-ci n'y songe guère. Tour à tour, hypocrite et cynique, c'est une femme qui sait prendre tous les rôles. Elle n'a qu'un but, jouir de la vie, dans ses écarts les plus condamnables, et en faisant le plus de dupes autour d'elle.

Albert est devenu un ouvrier à peu près rangé; il le serait tout à fait si Hortense le lui permettait.

Il lui dit, dans un moment d'expansion :

— Sais-tu que ce que nous avons fait à Malakoff est abominable ?

— Non ! réplique-t-elle avec une moue dédaigneuse, *c'est bête ;* tuer une femme pour un mauvais coffre qui ne contenait que la valeur de la boîte !... Ah ! dans mon pays, j'en ai fait bien d'autres !

Et elle commet encore bien d'autres méfaits au nez et à la barbe d'Albert.

Constamment il lui reproche ses infidélités, elle lui répond :

— C'est le métier qui le veut !

Quand Albert, plus épris que jamais de cette Messaline, lui fait des reproches, elle lui riposte un jour :

— Pourquoi faire tant le sucré, me prends-tu pour une *Rosière ?* Tu n'étais pas si susceptible lorsque je proposais devant toi, au vieux Peltier, de *faire ménage à trois ?*

Albert est humilié, outré du cynisme de sa maîtresse ; ce qui ne l'empêchera pas aux assises de prendre le rôle d'une honnête femme.

Hortense est une cynique et une hypocrite.

Albert l'apprend à ses dépens.

A son atelier, on lui fait savoir qu'Hortense a un autre amant, qu'elle partage avec ce dernier le prix de sa prostitution.

A cette nouvelle, Albert entre dans une rage indescriptible.

Étrange contradiction chez cet homme pourri de vices, couvert de crimes. Ce Desgrieux des faubourgs est encore capable d'aimer ; il aime avec ardeur cette Circée, *ce suppôt de l'enfer, à la face angélique,* comme il la qualifie.

Hortense n'adore que l'être qui peut la plonger plus bas encore dans le bourbier où elle s'est plongée avec les êtres dégradés qui se sont faits ses complices.

Lorsqu'Albert lui adresse de nouveaux reproches, en lui désignant le rival qui partage le prix de sa prostitution, Hortense rit à gorge déployée.

Elle le traite d'imbécile ! Elle est heureuse de son désespoir ; elle est fière de ses lamentations, comme lorsque, trompant son mari, deux hommes, autrefois, s'entre-tuaient pour elle !

Désormais, à l'exemple du rival de son époux, elle reconnaît Albert incapable de se placer au niveau de sa duplicité. Elle le raille et lui dit :

— Nous ne sommes que les *Paul et Virginie* du vice ! Au point où nous en sommes, au lieu de te plaindre à moi, tu n'as qu'à te taire !

Albert n'entend pas de cette oreille-là !

Il se révolte à l'idée de ne plus posséder celle dont il ne livre les charmes qu'à deniers comptant. Il ne tient à partager avec quiconque cette impure ; il veut marcher seul avec elle sur la route qu'elle lui a frayée, fût-elle celle de la honte et du crime.

Il n'aura pas d'autre associée qu'elle. Mais Hortense le raille comme elle avait raillé son mari et son premier amant ; deux benêts, incapables de la comprendre.

Comme les Messalines, Hortense n'aime que ce qu'elle désire ; elle dédaigne ce qu'elle possède. Ses affections ne sont que des caprices. L'inconstance est sa loi ; elle n'est fidèle qu'à la perversité et au crime.

Albert, au contraire, est un être très romanesque, qui s'est fait un idéal de l'inspiratrice de ses forfaits.

Il pose en héros. Son amante n'est qu'une calculatrice !

Elle le lui prouve bien, lorsque Albert, au paroxysme de la rage et de la jalousie, la menace de se venger d'elle.

— Bah ! lui riposte-t-elle, en hochant la tête, que peux-tu faire ?

— Je parlerai !

— Je t'en défie, lui répond-elle, parler, c'est porter ta tête à l'échafaud.

— Je parlerai, répète-t-il en lui montrant le poing, ne pouvant plus vivre avec toi, j'aurai du moins la satisfaction de te faire enfermer.

— Des bêtises ! termine Hortense, en riant de plus belle.

Cette fois, elle ne comprend plus la jalousie de son amant. Elle est trop sceptique pour croire à une vengeance qui lui coûterait la tête.

Hortense n'est qu'une femme habile ; Albert est un amant passionné.

La passion se loge partout, jusque dans l'âme d'un scélérat !

Albert ne peut vivre avec l'abandon d'Hortense, il est obligé de se rendre à l'évidence ; elle a pris pour amant un camarade d'atelier qui paraît s'accommoder de ses vices et qui en vit.

Albert est furieux. Il voudrait chercher querelle à son rival. Dans sa situation, il ne peut risquer un esclandre. Le moindre scandale éveillerait sur lui l'attention de la police.

Il tuerait bien Hortense ! Mais la tuer, c'est la perdre, et perdre surtout celle qu'il aime.

Que faire ? Il se grise.

Dans son ivresse, n'ayant plus la conscience de lui-même, il apostrophe un jour son rival.

Il l'emmène au cabaret ; et ne se possédant pas de rage, une fois dans le tête-à-tête avec cet ouvrier, il lui dit :

— Sais-tu ce qu'est cette femme ?

On découvrit dans cette malle un tronçon de corps. (Page 403.)

— Non, lui riposte ce rival qui est tout oreilles.

— Eh bien ! c'est la femme qui a assommé la mère Peltier, la gardienne de la Tour Malakoff !

— La possession de celle que tu m'as enlevée te mènera loin ! ce sera ma vengeance !

Mais, ce que ne sait pas encore Albert, c'est que ce prétendu rival n'est en réalité qu'un homme de la police. Le service de Sûreté l'a envoyé dans l'atelier de ce criminel, uniquement pour surveiller de près les meurtriers de la Tour Malakoff.

Depuis plusieurs mois, cet *indicateur* était sur la piste d'Albert et d'Hortense. Il ne s'était fait l'amant de cette femme que pour mieux la filer ; et c'est son amant évincé, éconduit, qui la dénonce de son plein gré.

Le lendemain de cette dénonciation faite par le coupable, après un an de recherches, de pistes et de contrepistes, Albert et Hortense sont envoyés à Mazas.

Liv. 51.   51

C'est le 1er juillet 1877 qu'Albert se livre de lui-même à la justice, cédant à la jalousie, au désespoir et à la vengeance.

Aux assises, Hortense prend un tout autre rôle que celui qu'elle a gardé vis-à-vis de ses nombreux amants.

C'est une habile comédienne! la femme cynique devient hypocrite.

Elle se pose en honnête femme qui n'a cédé qu'aux obsessions d'Albert.

Les deux coupables, selon elle, ce sont Albert et Peltier. Ils se sont entendus, prétend-elle, pour tuer, tous deux, la gardienne de la Tour Malakoff.

Elle continue, devant le tribunal, d'avancer les perfides insinuations qu'elle n'a cessé de répandre chez les voisins, au moment du crime.

Il faut les protestations de l'honnête Peltier pour détruire l'échafaudage de calomnies de l'adroite Hortense. Une *honnête femme* qui, selon elle, ne s'est livrée à la prostitution et au crime que pour nourrir le coupable Albert.

Celui-ci ne permet pas à sa maîtresse de lui retirer son côté intéressant. Jusque dans son attitude d'assassin, il tient à avoir des allures romanesques. Il dénonce l'hypocrite Hortense, il lui arrache son masque, et il prouve aux juges sa duplicité.

Il accable sa maîtresse; il innocente l'*innocent* Peltier; en disant la vérité sur son meurtre commis avec Hortense, il s'écrie : « qu'il n'obéit qu'à la *voix du remords!* »

Lorsque le petit muet, le neveu d'Albert, vient à la barre pour avouer au tribunal ce qu'il a vu dans la cave, Albert dit avec un élan tragique :

— L'innocence a parlé! la parole de cet enfant, c'est *la voix de Dieu!*

Après l'aveu de son crime pour lequel Albert ne demande aucune indulgence, le président lui dit :

— Albert, c'est la jalousie qui vous fait parler?

— Non! répond-il d'un accent inspiré, c'est le remords!

Hortense est condamnée aux travaux forcés à perpétuité. Albert, à la peine de mort.

LXXIX

LA FIN D'ALBERT

Albert, quoique moins pervers qu'Hortense, est aussi un habile comédien. Par son attitude repentie, en accablant l'inspiratrice de son crime, il espérait apitoyer ses juges.

Lorsqu'il était transporté à la Roquette, il croyait encore que son pourvoi ne serait pas rejeté.

Albert, dans sa cellule, continue son rôle de poseur. Il a toujours un langage emphatique et déclamatoire.

A la Roquette, il passe son temps à jouer aux cartes ou à causer avec ses gardiens.

A l'imitation de Lacenaire, plus récemment de Poncet, il écrit ses *mémoires*. Il se donne un rôle intéressant. Il prétend que l'amour l'a perdu, s'il n'avait pas rencontré Hortense ses mains, écrit-il, *auraient été pures de sang humain*.

En cette circonstance, il est plus romanesque que Lacenaire.

« La fatalité, écrit-il, a tout fait. C'est un cœur sensible. C'est sa sensibilité qui l'a perdu ! »

Mais il oublie avec quel sang-froid, avec quelle audace il a étouffé la dame Peltier dans la cave, avant de porter son cadavre dans un puits ! Il oublie qu'avant de connaître Hortense, il a presque tué un agent qui le poursuivait, après avoir volé des effets militaires appartenant à l'un de ses camarades. Il ne se souvient plus qu'il était déjà déserteur et meurtrier.

Tout au plus, Hortense, cette dangereuse et perfide créature, n'a-t-elle fait que développer ses mauvais instincts.

A en croire ses *mémoires*, Albert serait un agneau sans tache. Il ne faut pas se fier à cet Antony de la prostitution.

Albert est un mauvais gredin. Il ne cherche qu'à tromper ses juges, à égarer l'opinion pour satisfaire sa vanité et sauver sa tête.

Ses mémoires romanesques sont en retard de quarante ans. C'est un *romantique*... de l'assassinat !

Comme Lacenaire, il fait des vers, mais quels vers ?

Ils sont loin de valoir ceux du poète assassin qui eut jadis son heure de célébrité.

Comme Billoir, jamais il n'entretint les gardiens de son crime. Quand on lui en parlait, il changeait la conversation.

Le 26 octobre, à six heures du matin, l'échafaud était dressé pour son exécution.

Cette nuit-là, comme Billoir, Albert était profondément endormi.

Le directeur de la Roquette, selon l'usage, vint lui annoncer la terrible nouvelle.

— *Mon ami*, lui dit-il, voici le moment de montrer votre courage. Votre pourvoi en cassation et votre recours en grâce ont été rejetés.

— Alors, c'est pour ce matin ? demanda Albert, avec un tremblement nerveux, j'avais un pressentiment que c'était pour aujourd'hui. Une voix d'en haut me l'avait *murmuré*.

A six heures vingt-cinq minutes, Albert paraît en face de la guillotine.

« Il fait preuve, dit M. de Paris, d'un courage *voulu* et d'une indifférence affectée.

« Pendant tout le temps ajoute M. R*** qu'a duré sa toilette, Albert n'a cessé de fumer.

« Lorsqu'il monte sur l'échafaud, continue-t-il, il s'avance d'un pas ferme, jette des regards circulaires sur la foule qu'il semble commander au respect.

« Parmi les spectateurs, beaucoup d'hommes se découvrent, quelques femmes font le signe de la croix.

« Albert paraît fier de son importante et funèbre entrée.

« Quoique très pâle, sa démarche est ferme. Lorsqu'on le jette sur la planche, avant de mettre sa tête sur la lunette, il a un geste à *la Mélingue*. Avant d'expier son crime, il s'écrie à voix haute :

« Seigneur, mon Dieu, ayez pitié de moi et pardonnez-moi ! »

Albert, jusqu'à son dernier moment, se souvient encore du langage emprunté aux théâtres de mélodrames qu'il a fréquentés.

L'exécuteur R*** lui coupe la parole, et lui qui a toujours le mot de la fin, s'écrie en parlant de son guillotiné :

« Ce n'était pas Albert, c'était sa maîtresse que j'aurais dû pousser sur la bascule ! »

LXXX

UN CORPS DANS DEUX MALLES

Deux jeunes gens qui se ressemblaient comme deux frères se présentaient, le 22 mars 1878, au bureau d'un hôtel garni de la rue Poliveau. L'un deux était porteur d'une petite valise. Ils paraissaient venir de la province.

C'étaient deux jeunes gens à la physionomie assez douce, aux manières distinguées. Ils étaient de petite taille. Ils avaient les cheveux et la barbe châtain foncé ; leur visage était délicat et régulier. Ils étaient vêtus de noir. Leur mise était aussi correcte que leurs manières.

Celui qui portait la valise inscrivit son nom au bureau. Il prétendait s'appeler Émile Gérard, être étudiant et il présentait son compagnon comme son frère. Il paya huit francs pour huit jours de location de cette chambre située au deuxième étage.

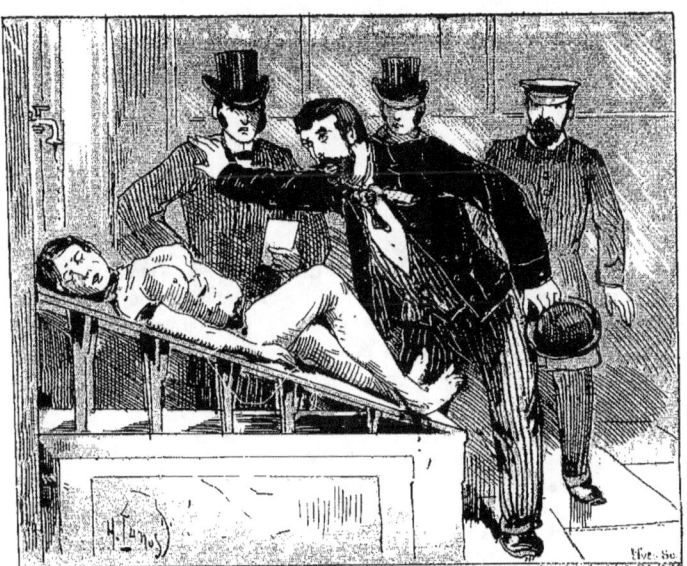

Gillot reconnaît ce corps mutilé ! (Page 407.)

L'hôtel garni de la rue Poliveau avait un extérieur qui ne répondait ni aux allures, ni à la mise de ces individus.

Dès qu'ils en étaient réduits à habiter un hôtel d'une apparence aussi sordide, il fallait qu'ils fussent bien à court d'argent.

Un étudiant n'est pas un millionnaire. Souvent, quand sa famille est lasse de subvenir à la dépense ultra-réglementaire de l'enfant prodigue, on le voit sortir d'un hôtel confortable pour être réduit à tomber dans un hôtel inférieur comme celui de la rue Poliveau.

Voilà ce qui expliquait sans doute la démarche de ces jeunes gens, en quête d'un hôtel de bas étage, à l'allée sombre et mystérieuse, aux chambres noires et sales, comme l'extérieur de cette triste habitation.

Une fois les jeunes gens en possession de leur chambre, ils en descendirent en disant qu'ils reviendraient apporter leurs effets.

Ils revinrent, mais, depuis, la logeuse ne vit plus ni l'un, ni l'autre. Quinze jours se passèrent. La logeuse, une nommée Jeanson, ayant eu l'occasion de louer cette pièce, se mit en devoir de la visiter. En la nettoyant et en la mettant en ordre, elle fit une terrible découverte.

Ayant ouvert un placard, elle trouva deux paquets, déposés par le prétendu Gérard, se disant étudiant.

La curiosité poussa la logeuse à ouvrir l'un de ces paquets. Qu'y trouva-t-elle? Une main et un bras désarticulés avec un soin accusant, chez son dépeceur, une certaine connaissance d'anatomie.

Tremblante d'effroi, la dame Jeanson accourt chez le commissaire, en y portant les membres accusateurs.

Une fois le premier émoi passé, la police, comme l'opinion publique, ne parut pas prendre au sérieux cette sinistre découverte. On supposa que ces débris humains pouvaient provenir des hôpitaux, découpés par des carabins facétieux comme pouvaient l'être les frères Gérard.

Ces débris humains, tels qu'ils étaient disséqués, ne pouvaient sortir que d'une salle de dissection?

Il fallut bientôt renoncer à cette version.

Quelque temps après, à la gare de l'Ouest, une autre malle de voyage, qui n'avait pas été réclamée par le voyageur, et qui avait été laissée au dépôt des bagages, était ouverte au Mans.

On découvrait dans cette malle un tronçon de corps, à la tête coupée. La victime avait eu l'os frontal fracturé, six blessures pénétrantes étaient marquées à la poitrine; le cœur avait été perforé, il avait dû provoquer une mort foudroyante.

L'infection répandue par cette malle avait nécessité son ouverture. On télégraphia à Paris, en annonçant au parquet cette terrible découverte.

Lorsque ce tronçon et cette tête furent renvoyés dans la capitale avec la malle qui les contenait, la justice ne tarda pas à reconnaître, sur le rapport des médecins légistes, que le tronçon s'adaptait aux membres trouvés dans les deux paquets de l'hôtel de la rue Poliveau.

Ainsi, ces débris humains qui avaient été déposés dans deux malles, l'une portée par des inconnus, rue Poliveau, l'autre expédiée au Mans, n'étaient pas une plaisanterie de carabins en gaieté.

C'était avec une intention réfléchie, bien arrêtée, que les coupables avaient fait deux parts du corps de la victime. La première avait été portée à la main, dans deux paquets, enfermée dans une malle de fantaisie; la seconde avait été expédiée au Mans, dans une malle de voyage hermétiquement fermée.

En envoyant le corps de leur victime dans des directions opposées, les coupables espéraient sans doute dépister la police et avoir le loisir de jouir, avec impunité, du bénéfice d'un forfait aussi audacieusement conçu qu'habilement organisé.

Ils comptaient sans le hasard, cette providence des gens intéressés à poursuivre les scélérats et à venger leurs victimes.

Aussitôt la nouvelle de la découverte d'un tronçon de cadavre dans une malle, aussitôt le raccord de ces membres trouvés dans un placard, il est reconnu que cette victime est le cadavre d'une femme. La presse ne tarit plus sur *les mystères de la rue Poliveau.*

Cette nouvelle répand la terreur dans la capitale.

Un nommé Gillet, ferblantier, âgé de vingt ans, lit dans un journal qu'un des bras de la victime porte les marques d'un cautère; il s'écrie avec un accent de douleur mêlé d'effroi :

— Tiens, si c'était ma mère?

Ces paroles sont rapportées à la police, on fait venir le fils Gillet qui, à la Morgue, reconnaît ce corps mutilé pour être celui de sa mère.

Le juge d'instruction interpelle le malheureux jeune homme; il l'interroge sur la profession et les habitudes de Mme Gillet.

On apprend que cette femme exerçait depuis seize ans la profession de laitière dans le quartier du Paradis-Poissonnière. Depuis quelque temps, ce fils fait connaître que sa mère, pour certains placements de fonds, était en relation avec un nommé Barré, agent d'affaires, demeurant rue Hauteville. D'après d'autres renseignements, on sait que cet homme était très lié avec un nommé Lebiez, préparateur anatomiste, qui, dans les loisirs de sa profession, se faisait le clerc de Barré.

On fait mander Barré chez le juge d'instruction, on ne le trouve pas. Depuis la disparition de la femme Gillet, signalée le 25 mars 1878, Barré a quitté la rue Hauteville, pour élire domicile rue Roquebrune.

Chez le juge d'instruction, l'agent d'affaires ne se trouble pas. Il répond d'une façon assez satisfaisante aux questions qui lui sont adressées.

Il a conseillé, en effet, à la veuve Gillet, de convertir en viager un capital représentant 600 francs de rente, mais ses relations avec cette dame ont été de simples relations d'affaires.

Il prétend que tous les hommes bruns qui ont eu des accointances avec la femme Gillet, ne peuvent être accusés de l'avoir tuée!

Il quitte le juge d'instruction sans être arrêté, mais il est à la disposition de la justice. On le fait revenir pour être confronté avec la femme Jeanson, la logeuse de la rue Poliveau. Elle le reconnaît pour être le jeune homme qui s'est fait inscrire comme locataire de la chambre où elle a trouvé, dans un placard, les débris du corps de la laitière.

On lui fait écrire le faux nom de Gérard; son écriture, quoique dissimulée, présente une certaine analogie avec celle du bulletin d'arrivée chez la dame Jeanson.

Deux jours après, les soupçons se grossissent. On trouve à son nouveau domicile, rue Roquebrune, une manche semblable à la chemise qui entourait l'un des paquets enveloppant une cuisse et un bras de la victime.

Les deux paquets contenant chacun un bras et une cuisse étaient entourés d'une même chemise d'homme, portant la marque L. M.

Chez la blanchisseuse de Barré, on retrouve la même marque ; elle est reconnue pour être celle de sa maîtresse.

Plus de doute, on a sous la main l'assassin qui, dans deux malles différentes, a déposé séparément les restes de la victime.

Maintenant que l'on connaît le criminel, ou l'un des criminels, il faut découvrir les indices pouvant faire connaître le mobile du meurtre de la laitière du quartier Poissonnière.

Ce mobile a été le vol de la petite fortune que la veuve Gillet désirait d'abord placer chez l'agent d'affaires.

Grâce à des bordereaux d'achat retrouvés à une maison de banque désignée par un agent inconscient du voleur assassin, on reconstitue, numéro par numéro, les titres qui formaient le modeste avoir de la laitière.

Après cette nouvelle découverte, Barré est confondu. Il avoue le vol commis par lui, il dit qu'elle a été assassinée à son domicile de la rue Hauteville ; il nie énergiquement avoir été son assassin.

Ce n'est pas lui qui a découpé le cadavre ; c'est Lebiez, son ami, son complice, qui était avec lui, chez lui, au moment du meurtre.

Ce Lebiez est le même individu qui accompagnait Barré au garni de la rue Poliveau, lorsque ce dernier se faisait inscrire sous le nom de Gérard, pour y déposer et cacher dans un placard les paquets accusateurs.

Barré indique son adresse, on arrête Lebiez à son garni de la rue des Fossés-Saint-Jacques. La logeuse de la rue Poliveau reconnaît également Lebiez pour être celui qui accompagnait Barré, prêt à déposer les débris humains, trouvés dans deux malles, en huit morceaux distincts.

On constate que leurs sections ont été découpées avec une netteté, une symétrie qui dénotent une connaissance de l'anatomie que Lebiez, par sa profession, était fort capable de posséder.

Alors, Lebiez, furieux d'avoir été dénoncé par Barré, avoue tout. S'il est un assassin, Barré ne l'est pas moins que lui. C'est Barré qui a dressé, mûri le plan de cet horrible guet-apens. Il n'en a été que l'exécuteur ; et, pour l'exécution du meurtre, Barré est aussi coupable que lui.

Par les confrontations des complices, les *mystères de la rue Poliveau* sont complètement dévoilés.

Lebiez prend le marteau et lui donne un nouveau coup. (Page 412.)

Barré et Lebiez sont deux déclassés. Ils ont reçu tous les deux une éducation et une instruction parfaites. Ils appartiennent chacun à une famille très honorable. Barré était destiné au notariat, Lebiez à une fonction scientifique.

Mais l'un et l'autre, par leur inconduite, sont tombés insensiblement dans les bas-fonds de la société. Criblés de dettes, ils ont eu recours pour vivre à l'abus de confiance et au vol ; ils devaient finir par l'assassinat.

Lorsque la veuve Gillet, sur la recommandation d'une de ses voisines, fait la connaissance de Barré, l'agent d'affaires est aux abois.

Barré doit à deux servantes, qui ont placé chez lui leurs économies, une somme de cinq mille francs qu'il a gaspillée à la Bourse, en jouant pour son compte personnel.

Il n'a plus un sou !

Lebiez, son ami, après avoir lassé la complaisance de ses anciens camarades, les a volés. Lui aussi est sans ressources. Les savants qui l'employaient comme préparateur anatomiste, ne l'occupent plus, à la suite de nombreux abus de confiance commis par lui, à leur préjudice.

Il est réduit pour vivre à faire les courses de son ami Barré.

Au moment où, par l'entremise d'une voisine, Mme Saurin, Barré entre en relation d'affaires avec la laitière de la rue du Paradis-Poissonnière, l'agent Barré et son ami Lebiez sont dans une position très perplexe.

Les domestiques qui ont versé leurs fonds chez Barré commencent à être inquiets. Ils ont des soupçons sur la gérance de leurs capitaux. Barré est incapable de les rembourser.

Quant à Lebiez, il court continuellement après la pièce de cent sous que son ami ne peut plus lui fournir.

Depuis longtemps, leur famille et leurs amis leur ont fermée leur porte et leur bourse.

La laitière de la rue Paradis-Poissonnière arrive à point pour devenir leur vache à lait.

Elle dit qu'elle a un capital à placer. Comme il ne suffit pas à la faire vivre, elle voudrait le convertir par un apport qui pût doubler ses rentes.

Barré s'empresse de lui conseiller de placer son argent dans son administration, en lui payant une rente viagère représentant le double de son capital.

Mme Gillet refuse d'une façon formelle. Elle a un fils. Elle ne voudrait à aucun prix le déshériter.

L'adroit agent, tout en caressant son égoïsme, ne peut combattre son affection maternelle.

Barré, à bout de ressources, espérait, en frustrant la laitière, réparer le tort qu'il s'est fait en prenant l'argent de ses premiers clients ; il n'a plus qu'un moyen pour rétablir son crédit, pour continuer son existence de libertin : tuer la laitière, s'emparer par un crime de son avoir.

Pour exécuter son horrible plan, il s'entend avec Lebiez, bien digne de le comprendre et même de le diriger.

Ils se rendront, un matin, chez la laitière, rue Paradis-Poissonnière, sous le prétexte de la décider à placer son argent en viager ; ce n'est en réalité, puisque Barré connaît ses intentions, que pour choisir le moment favorable d'en finir avec elle.

Barré et Lebiez savent l'endroit où sont placés chez elle ses actions et ses obligations. Une fois qu'ils l'auront mortellement frappée, ils s'empresseront de s'emparer de son avoir, en même temps de faire disparaître son cadavre.

C'est Barré, homme d'imagination, qui conçoit le crime et qui procédera aux préliminaires de ce drame ; c'est Lebiez, plus froid, plus tenace, qui achèvera la laitière.

En se rendant chez la veuve Gillet, Barré doit cacher dans sa serviette un marteau qui frappera le crâne de la victime. Lebiez, muni d'un grattoir à lame effilée, l'atteindra au cœur, une fois la femme étourdie par Barré.

Le plan du crime a été organisé, mûri, pesé quinze jours à l'avance. D'abord, Lebiez et Barré devaient se présenter chez la laitière, en forçant la serrure, à l'aide de crochets, puis la tuer en l'empoisonnant. Ils ne devaient sortir de chez elle qu'après avoir emporté ses valeurs.

Depuis, l'agent d'affaires et son âme damnée ont modifié ce plan. Ils l'assassineront. Une fois la veuve *finie* par Lebiez, celui-ci découpera son corps par morceaux ; c'est Barré qui se charge de les mettre dans une malle qu'il expédiera au Mans.

Barré monte trois fois avec Lebiez chez la femme Gillet, trois fois il la manque.

Il y a des importuns, des voisins qui les empêchent, au dire de Barré, de mettre à exécution leur tentative criminelle.

Lebiez n'est pas de son avis. Chaque fois que Barré descend du domicile de la laitière, il l'accable de reproches, il le traite de *couard*. Il met sur le compte de la peur ce que celui-ci appelle de la prudence.

Le fait est que Barré n'a que la ruse et la prudence du renard ; Lebiez, lui, a les impatiences, les appétits de l'hyène.

Ce manège des deux scélérats, dont ne se doute nullement la laitière désignée au marteau de l'un et au couteau de l'autre, dure depuis le 10 jusqu'au 22 mars.

Enfin Barré, pressé par la misère, traqué par ses créanciers, altéré de jouissances, abandonne un jour, son domicile de la rue Hauteville ; il va voir son ami Lebiez à son garni de la rue des Fossés-Saint-Jacques, pour le presser d'en finir !

Il trouve Lebiez couché avec sa maîtresse ; c'est le samedi 23 mars. Barré s'écrie brusquement, en entrant, et jetant avec colère son chapeau sur la table de nuit :

— En voilà assez ! Il ne faut pas toujours rester dans la *dèche* comme cela !

Lebiez, avant de se lever, lui lance des regards en dessous, où la curiosité investigatrice se mêle à la joie la plus féroce.

Il sourit, d'un air d'incrédulité, et lui demande :

— Est-ce pour de bon cette fois-ci ? Est-ce pour aujourd'hui l'affaire sérieuse ?

— Oui, répond énergiquement Barré.

Lebiez saute. d'un bond, de son lit, il s'habille à la hâte, il se met à suivre son ami, sans se soucier de sa maîtresse qui s'apprêtait à le presser de questions.

Une fois son complice revenu avec lui dans son domicile, Barré lui fait part de ce qu'il a résolu :

— C'est chez moi que nous attirons cette femme ; c'est chez moi que l'affaire va s'accomplir. Tout est prêt, je l'attends.

En même temps, Barré lui montre un marteau avec lequel il frappera le premier, la victime ; il lui présente un grattoir à la lame effilée. Il en arme Lebiez ; il lui désigne dans le fond de la pièce une malle destinée à recevoir le cadavre.

Lebiez jouit du spectacle de ces terribles préparatifs. Ses yeux brillent d'un éclat sinistre, ses narines se gonflent, ses lèvres se crispent dans un rictus effroyable.

On dirait qu'il sent déjà le cadavre.

Lebiez lui fait observer que la malle sera peut-être trop petite pour recevoir le corps ?

— Eh bien ! — répond Barré sur un ton déterminé qui ravit Lebiez, — si la malle est trop petite, nous couperons la veuve !

En ce moment, on sonne.

Barré reste dans la salle à manger. Lebiez, armé de son grattoir, se coule derrière la porte d'entrée. Un long corridor précède la pièce ; Barré le traverse pour aller ouvrir à Mᵐᵉ Gillet.

Elle entre, en heurtant Lebiez qu'elle n'a pas vu d'abord dans le corridor.

A l'instant où elle lui dit : « Pardon, monsieur. » Barré l'entraîne dans la salle à manger ; il lui assène un vigoureux coup de marteau sur le crâne.

Elle va crier, se débattre, Barré hésite de nouveau à la frapper ; alors, Lebiez reprend le marteau, il lui donne un autre coup à la place déjà visée par son complice.

La malheureuse femme, tout étourdie, n'a plus la force de crier ; Barré l'étreint fortement ; lorsque la laitière veut opposer ses mains aux coups qui vont la frapper, Lebiez, par le marteau, lui brise les os des doigts !

Elle est enfin bien tenue par les poignets de Barré qui parvient à lui mettre les bras derrière le dos, alors Lebiez s'arme de son grattoir.

Aveuglée par les jets de sang qui sortent de son crâne, la femme, à demi évanouie, ne peut voir la dernière et horrible torture qu'on lui prépare.

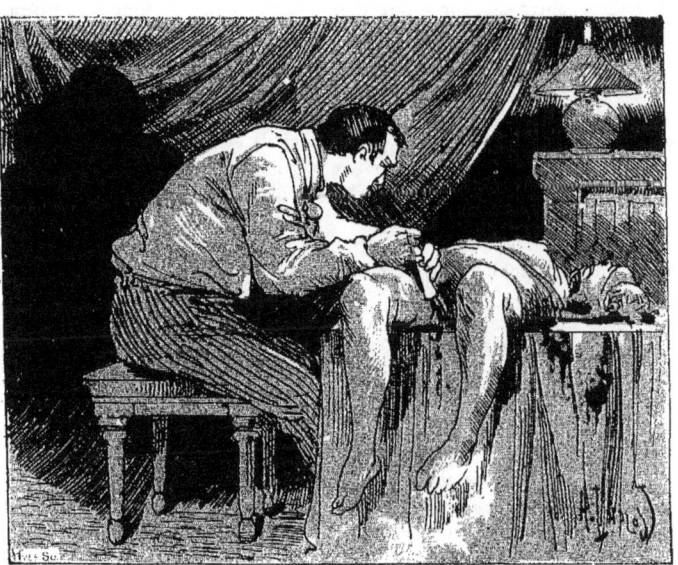

A l'aide d'un rasoir il fait huit morceaux du cadavre! (Page 414.)

Lebiez s'avance contre la poitrine de la victime, il lui plonge à plusieurs reprises la lame de son grattoir à la place du cœur. Il prend son temps; il atteint chaque fois avec une implacable précision l'artère vitale. Elle expire, sans agonie, dans une mort foudroyante.

— C'est fait! exclame Lebiez, la bouche humide, l'œil en feu.

Puis rejetant le cadavre au milieu de la pièce, il s'écrie avec une sombre ironie :

— C'était bien la peine d'attendre si longtemps une mort de cinq minutes!

Une fois la veuve Gillet étendue sans vie sur le carreau, les assassins la quittent; ils se rendent chez la laitière; la clef était dans la poche du cadavre.

Là, ils s'empressent d'y prendre ses valeurs. C'est Barré qui se chargera de les négocier, pendant que Lebiez remontera rue Hauteville pour se disposer à faire disparaître la victime.

Lebiez rentre seul rue Hauteville, chez Barré, et, à l'aide d'un rasoir, il fait huit morceaux du cadavre.

Lorsque Barré rentre, après avoir négocié, chez un nommé Hauffmann, les premiers coupons de la laitière, Lebiez a achevé sa sinistre besogne.

Il a découpé la tête qu'il a séparée du tronc, puis les deux jambes et les deux cuisses; il en a fait de même des pieds et des mains; il a *opéré ce travail* avec une précision qui témoigne autant de son sang-froid que de sa science de naturaliste; il a mis le tout dans la malle qui lui a été préparée.

Une fois Barré revenu pour ficeler la malle et pour se disposer à l'envoyer en gare, Lebiez sort à son tour. Il va chercher un commissionnaire du quartier.

Dans l'intervalle, Barré se ravise. La malle est disjointe, le sang coule à travers les fissures. L'on ne serait pas sans reconnaître aussitôt les débris humains qu'elle contient.

Lorsque le mercenaire, requis par Lebiez, arrive chez Barré, celui-ci va au-devant du commissionnaire, il lui dit qu'il n'est pas prêt; il le prie de repasser lorsqu'il le rappellera.

Lebiez n'est pas au courant de ces hésitations, il s'inquiète du départ du commissionnaire sans la malle.

Il lui renvoie un second commissionnaire. Nouvel incident : Le concierge, par erreur, lui dit que Barré est sorti. Lebiez le voit revenir comme le premier. Il l'interroge, il lui répond que Barré est parti.

Lebiez est terrifié. Serait-il volé par son complice? Voudrait-il pour lui seul le bénéfice de leur horrible guet-apens?

Alors, il remonte quatre à quatre le domicile de Barré, celui-ci lui ouvre; il lui explique la cause du départ du premier commissionnaire.

Il lui montre la malle couverte de sang. Lebiez se rend à l'évidence. Pendant que Barré va s'absenter encore pour porter à sa maîtresse cent francs dont elle a absolument besoin, Lebiez se met en devoir de *décharger* la malle.

Une fois Barré revenu, une fois les débris humains sortis de la première caisse, les assassins, toute la nuit, en fumant, font deux parts du cadavre mutilé. Le tronc et la tête sont mis dans une autre malle de voyage; les cuisses, les jambes, les mains et les pieds sont empaquetés dans une vieille chemise. Ils forment deux paquets qu'ils mettent dans une seconde valise.

La première est destinée au Mans; la seconde sera portée par les assassins eux-mêmes au garni de la rue Poliveau.

Dès leur sinistre besogne terminée, Barré et Lebiez sont encore indécis. Les travaux de vidange qui se font dans la maison, les empêchent de disparaître clandestinement. Ils attendent le petit jour pour envoyer la première malle au chemin de fer de l'Ouest et pour transporter la seconde au garni tenu par la dame Jeanson.

On sait ce qu'il advint, à la suite de ces *ingénieuses* combinaisons.

LXXXI

LEBIEZ ET BARRÉ

Lebiez et Barré sont bien les enfants de notre époque. Sous des allures correctes, ils cachent les plus violentes passions. Ils veulent les assouvir à tout prix, fût-ce au prix du sang !

La société est leur proie. Ils en sont sortis par le désordre, ils veulent y rentrer par la violence ; sauf, s'ils réussissent, à reprendre le rang qu'ils prétendent mériter dans la société : le rang des privilégiés.

Ce sont des envieux de bien-être, ils commettent un meurtre épouvantable, par nécessité, guidés par la position critique que leur a fait leur existence de désordre.

Si leur meurtre fût resté impuni, ils auraient demandé à l'intrigue ce qu'ils avaient pris à l'assassinat. Ils ne se sont faits meurtriers que pour arriver et arriver vite.

La vie régulière, le labeur quotidien, pesaient à ces impatients. C'est pour cela que tous deux, anciens amis de collège, ont abandonné leur province et se sont élancés vers Paris.

Au collège, Lebiez, dont l'orgueil est immense, se croyait supérieur aux professeurs qui dirigeaient ses études. Barré, dont l'avidité est aussi grande, courait après la fortune, comme Lebiez courait après les honneurs.

— Je veux de l'argent, il m'en faut à tout prix, disait Barré.

— Je veux de la gloire, et je l'aurai par tous les moyens, s'écriait sans cesse Lebiez.

Tels étaient les cris du cœur de ces ambitieux, ils les ont menés tout droit sur les bancs de la cour d'assises.

Cependant, ces jeunes gens appartenaient à des familles honorables. L'absence de tout frein, les sophismes d'une science fausse, les appétits grossiers que ne modérait aucun sentiment de respect pour ce qui est respectable, les ont conduits, insensiblement, d'abjection en abjection, à 'assassinat.

Paul Lebiez est fils d'un horloger d'Angers. Il n'a pour vivre et faire vivre sa famille que le produit de son industrie. Aimé Barré est fils d'un marchand de bois de la même ville. Ce dernier fait de grands sacrifices pour son éducation, bien que sa fortune fût très modeste. Lebiez et Barré suivent les mêmes cours, à Angers. C'est de cette époque que date leur intimité.

En sortant du collège, Barré devint clerc de notaire chez plusieurs notaires de son pays. Il en sortit une première fois, pour avoir détourné une domestique ; une autre fois, après avoir noué des relations d'adultère avec une nommée Léontine Morices, femme Lepin.

Cette femme, séparée de son mari, exerce une grande influence sur sa vie.

C'est elle qui le force à quitter sa famille, son pays natal, pour venir habiter Paris.

Dans la capitale, Barré, avec la femme Lepin, se livre à des opérations de Bourse, pour entretenir son ménage irrégulier.

Son père s'imagine que son fils n'est allé à Paris que pour compléter ses études de notariat. En réalité, Barré quittait sa famille et sa localité, parce qu'il ne pouvait plus souffrir, ni le joug paternel, ni le calme de la province.

A Paris, sa vie de dissipation, ses jeux de Bourse, le réduisent à la misère.

Alors, Barré, pour en sortir, renonce au notariat ; il fonde un cabinet d'affaires. Il loue un appartement de huit cents francs, rue d'Hauteville ; il achète un mobilier, s'y installe avec la femme Lepin qu'il fait passer pour son épouse.

C'est à ses débuts d'homme d'affaires qu'il détourne, au préjudice de deux servantes, une somme qu'elles lui ont confiée pour la placer en leur nom.

Lorsque les domestiques dont il a détourné les économies commencent à se plaindre, lorsqu'il est poursuivi pour d'autres dettes non moins inavouables, c'est alors qu'il conçoit l'idée de l'assassinat de la veuve Gillet. Il trouve chez son ancien camarade Lebiez un concours sans réserve.

Lebiez, lorsqu'il rencontrait Barré à Paris, était tombé dans un état aussi précaire que le sien.

Après avoir montré un goût prononcé pour les études anatomiques, Lebiez ne se signala plus que par des goûts de dissipation et de débauche. Élève, pendant quelques semaines, à l'École de médecine navale de Brest, il finit, par son inconduite, par lasser un vieux parent qui s'intéressait à lui.

Il vient à Paris pour chercher fortune ; partout où il se présente, comme

Barré se retire en chancelant, Lebiez sort la tête haute. (Page 420.)

professeur, comme préparateur naturaliste, il est congédié, pour ses actes d'immoralité et d'insoumission.

Lui aussi vit à Paris, avec une fille, Mathilde Lebeugle, dont il a fait sa maîtresse à Angers. Il loge avec elle dans un garni de la rue des Fossés-Saint-Jacques.

Barré et Lebiez se retrouvent et renouent leurs relations de collège.

Elles deviennent plus étroites et plus intimes que jamais. Barré était de l'étoffe du faiseur, ne recherchant que le plaisir. Lebiez était un homme plus dangereux, plus terrible, c'était un bohème qui, à l'encontre de Barré, se refusait à tout travail régulier. C'était un orgueilleux, fort de ses principes basés sur l'athéisme et les doctrines de Darwin ; il allait *naturellement* au crime par déduction scientifique.

Lorsque Barré eut conçu le plan de tuer la laitière Gillet, qui lui refusait son argent, Lebiez le pressa de mettre, avec lui, ce plan à exécution.

Quand Barré hésitait, Lebiez lui disait :

Liv. 53.   53

— Pourquoi t'arrêter devant des préjugés qui ne sont plus de notre époque, et qui causent notre misère?

Et cette âme de fer imprimait ainsi, de plus en plus, son empreinte dans cette âme de boue.

Le faiseur Barré était obligé de subir l'influence de ce *philosophe de l'assassinat*.

Après que la femme Gillet eut conféré avec Barré, pour la transformation de ses titres, ce fut Lebiez qui dit à son ami, une fois la laitière partie :

— C'est une honte de voir une vieille avare entasser sou par sou, pour se faire une fortune dont nous saurions si bien nous servir.

L'envie est le mobile des moindres actions de Lebiez. Il se fait volontiers le serviteur de son ami, mais comme le Méphistophélès de *Faust*, afin de le conduire sur un sentier de boue et de sang. Il méprise ceux qui lui jettent le mépris, sauf, après les avoir rendus aussi méprisables que lui, à compter avec eux, à devenir le maître de ceux dont il s'était fait le valet.

Lebiez est l'hypocrite du vice. Il n'en est que plus à craindre. L'escroc Barré, proxénète et tripotier, s'il n'eût rencontré son ami Lebiez, n'eût peut-être pas porté, avec lui, sa tête sur l'échafaud? Peut-être n'eût-il pas osé commettre le crime qu'il avait conçu?

Lebiez est un ambitieux qui compte sur l'inintelligence et les mauvaises passions des masses pour élever l'échafaudage de sa fortune.

Il fera des dupes par ses fausses théories, comme Barré fera les siennes par ses fausses spéculations.

Et, si Barré en dénonçant son ami, ne l'eût pas entraîné dans sa chute, il eût été appelé à devenir aussi la dupe de cet ambitieux, sans passion, de ce faux bohème, qui n'avait qu'un but : parvenir.

Du jour du meurtre de la laitière, il tenait Barré par son cadavre. De valet de Barré, il devenait son maître. Il comptait sans la délation qui lui faisait perdre cette terrible partie que Lebiez avait engagée avec la société.

Après le meurtre, Lebiez donne une preuve éclatante de sa liberté d'esprit et de son envie de parvenir.

Il fait des conférences à la salle de la rue d'Arras. Un de ses entretiens roule sur le *Darwinisme et l'Église*.

Dans sa violente diatribe contre la société, Lebiez expose la théorie de la *concurrence vitale*, d'après laquelle : « Chaque être lutte pour se faire une place au banquet trop étroit de la nature, où le plus fort tend à étouffer le plus faible. » C'est l'axiome, en politique, du chancelier de fer.

Lebiez, en exposant ces théories, doit se rappeler qu'il a appliqué, quelques jours auparavant, cet axiome contre sa victime, la laitière Gillet!

Après son meurtre, Lebiez, avec un entrain joyeux, étourdit tout son monde de la rue d'Arras. Il veut, dit-il, par la hardiesse de ses opinions, se faire *éreinter* par les journaux conservateurs et *commencer à se lancer*.

Lebiez devient un homme politique.

Il se met en relation, par un ami commun, avec un publiciste qui avait fondé un journal hebdomadaire : le *Père Duchesne*.

Il avait accepté la gérance de cette feuille; à ce titre, il avait signé une déclaration d'après laquelle il était intéressé jusqu'à concurrence de 300 francs dans le cautionnement.

Et qui faisait le plus fort cautionnement de cette feuille ultra-révolutionnaire?

L'instruction criminelle l'apprend par l'organe du président des assises :

« Une comtesse allemande fait les frais de ce journal. Détail instructif : sous l'Empire comme sous la République, avec Jud et Troppmann, comme avec Lebiez, toujours l'espionnage allemand est derrière un héros de cour d'assises. »

Après le meurtre, le prudent Barré vit moins bruyamment, il se contente de remettre à sa concubine la meilleure part de son butin.

Il envoie sa maîtresse à Angers, chez d'anciens amis, pour la mettre à l'abri des poursuites, dans le cas où lui-même serait inquiété au sujet du meurtre de la femme Gillet.

Il tient à ne pas compromettre sa maîtresse. Au moment de son départ, il lui remet 170 francs, trois obligations du chemin de fer de l'Ouest, qu'il place avec intention sous la couverture d'un livre. On n'est pas plus délicat, ni plus galant.

Demeuré seul à Paris, il quitte le 11 avril l'appartement de la rue Hauteville; il va demeurer rue Rochebrune; il n'oublie pas encore la femme Lepin, il lui envoie un bracelet, puis un billet de 500 francs.

Quelle différence entre lui et Lebiez! Barré fait deux parts de son existence. C'est autant pour sa maîtresse que pour lui qu'il s'est fait assassin. Barré est une nature toute d'expansion; c'est un être avide de jouissances et qui ne peut vivre seul.

Lebiez, au contraire, est une nature personnelle, froide, concentrée. Il ne s'associe qu'avec des gens qu'il veut duper et absorber. Il a pris Barré par captation. Il l'oubliera, comme le cadavre qu'ils ont fait ensemble!

Tant que Barré a travaillé, Lebiez est resté à l'écart; à mesure que Barré baissait, Lebiez le fréquentait davantage. Enfin, quand Barré a abandonné tout à fait le droit chemin, son compagnon ne l'a plus quitté, leur misère est égale. Quand Barré sera réduit aux extrémités, Lebiez en fera ce qu'il voudra, tout en ayant l'air de lui obéir, ou de ne céder comme lui qu'à la plus impérieuse nécessité.

Lebiez, comme Barré, est bien l'enfant de notre siècle. Tous deux sont le produit du matérialisme moderne. Barré se livre avec passion à ce matérialisme, Lebiez ne s'y abandonne qu'au profit de sa vanité, de son ambition personnelle.

Son attitude, vis-à-vis des juges, est la même que celle qu'il a prise en face de la société. A l'instruction, il suit avec intérêt les détails de l'autopsie de son cadavre.

Lebiez est un criminel *scientifique*. Il est de son temps comme Lacenaire était du sien, allant au crime en chantant une romance de poète incompris.

Si devant les juges Lebiez pouvait dire sa véritable pensée, il dirait :

« J'étais le plus fort, j'ai tué la femme Gillet ; c'est la loi de Darwin. Vous êtes les plus forts, faites de moi ce que vous voudrez ; c'est encore la loi de Darwin ! »

Pour ces élèves de l'athéisme et du matérialisme, tout se réduit à la satisfaction de leurs instincts. Ils se font un jeu de l'honneur et de la vie de leurs semblables ; tels devaient être Lebiez et Barré, les meurtriers de la femme Gillet.

Mais Barré, devenu criminel par nécessité, est moins calme devant le tribunal que l'impassible Lebiez. Lorsque leur sentence de mort est prononcée, Barré est livide, Lebiez est impassible. Barré se retire du tribunal, en chancelant ; Lebiez, le coude dans sa main gauche et le menton dans sa main droite, sort la tête haute, en jetant à toute la salle un regard de défi.

Il hausse les épaules devant le désespoir de Barré et de sa maîtresse ; il les enveloppe dans cette même haine, raisonnée et implacable, qu'il a vouée à la société !

LXXXII

CHERCHEZ LA FEMME !

Un jurisconsulte célèbre a dit : « Chez un assassin, cherchez la femme ! »

Le cas est rigoureusement vrai pour Barré. C'est d'abord sa maîtresse, la femme Léontine Lepin, une femme adultère, qui lui fait quitter sa province, le foyer paternel ; qui le contraint, pour le suivre, à voler son père.

Sa maîtresse l'abandonne pour entrer dans une brasserie! (Page 421.)

Lorsque Barré est à bout de misères, par son inconduite, lorsque sa maîtresse l'abandonne pour entrer dans une brasserie, Barré, par désespoir d'amour, se lie avec Lebiez, son mauvais génie.

L'homme d'affaires a bien conçu le crime; mais sans la perte de celle qu'il aime, sans les suggestions de *son ami*, il n'eût jamais tué la femme Gillet.

Et sans son désespoir d'amour, Barré ne se fût pas livré à Lebiez!

Pourtant, Barré était entré dans la vie avec toutes les conditions d'un homme heureux, dont l'avenir est tout tracé par sa famille.

Il la quitte, il l'exploite, il se plonge dans la misère, dans l'infamie et le crime, par la faute de deux êtres néfastes qui règlent sa terrible destinée!

Ses malheurs, il les doit à la femme Lepin, qui n'aimait que le plaisir, et qui, en flattant ses odieux penchants, le force à fuir la province.

D'abord, Barré n'obéit à sa maîtresse que pour suivre ses goûts d'indépendance; la femme Lepin a un but plus sérieux : échapper à la réprobation qui pèse sur elle. Plus tard, il lui devra sa liaison avec Lebiez, qui entretiendra ses ardeurs malsaines au profit de son égoïsme et de son ambition.

Lui, Barré, ne veut parvenir que pour complaire aux fantaisies d'une femme éhontée, abandonnant un mari qui répugnait à ses vices. Plus tard, la femme Lepin quittera Barré lorsqu'il ne pourra plus subvenir à ses coûteux désordres.

Barré était un débauché qui, en dehors de ses caprices et de ses indélicatesses, avait une passion sérieuse pour sa maîtresse. Sa maîtresse n'était qu'une courtisane qui n'aimait qu'elle, comme Lebiez n'était qu'un bohème qui n'aimait que lui-même.

Ces deux êtres malfaisants, se disputant la possession de Barré, devaient se jalouser et se haïr.

Un jour, dans son instinct féminin, comme si elle prévoyait le sort que Lebiez préparait à son amant, Léontine Lepin lui dit :

— Chasse-moi donc ce sale bohémien-là, il finira par causer ta perte.

Ce paroles que Léontine Lepin adressait en forme de conseils à Barré, elle pouvait se les adresser à elle-même. Ne l'avait-elle pas fait descendre la première, par le vice et par l'escroquerie, sur la pente qui devait le conduire à l'échafaud ?

Comme on l'a vu, c'est sa maîtresse qui le fait quitter Angers, pour forcer le père de son amant à lui donner le plus d'argent possible.

Elle lui fait renoncer à la carrière du notariat. D'accord avec son amant, pour mieux tromper la confiance paternelle, elle passe pour une dame Leroy qui, depuis la mort de son époux, a à céder un cabinet d'affaires, rapportant bon an, mal an, au dire de Barré, la somme de dix mille francs.

Le père crédule croit à cette fable que lui débite son fils ; une cliente de l'étude où il travaille vient de perdre son époux, et elle possède un cabinet d'affaires, rue Hauteville, qu'elle est obligée de céder.

Le père envoie à son fils une somme de dix mille francs, pour acheter le fond et la clientèle de la soi-disant dame Leroy.

Cette somme sert à le meubler avec sa maîtresse, et avec le reste de l'argent, Barré achète pour sept mille francs de brillants à la femme Lepin.

Cela ne suffit pas à l'insatiable et fausse Mme Leroy ! Barré ne cesse de demander de l'argent à son père qui, lui-même à bout de ressources, finit par faire la sourde oreille. Il s'aperçoit qu'à Paris, les gains de son fils sont loin de compenser ses pertes ; vers l'époque de l'Exposition, ce père, qui ouvre trop tard les yeux sur la conduite louche de l'enfant prodigue, se promet bien de le voir et de le ramener à Angers.

A cette époque, la maîtresse de Barré, dans une lettre écrite à une amie, commence à faire part de ses inquiétudes au sujet de la détermination de l'honnête père de famille :

« De toute façon, — écrit-elle, — je ne tiens pas à être avec Barré quand son père viendra pour l'Exposition. Il croit que son fils a beaucoup plus de fonds qu'il n'en a. C'est moi qui passerai pour avoir mangé son argent, et le bonhomme me priera de passer à la porte, *les deux mains dans mes poches.* »

On voit par cette lettre que Mme Lepin se rendait justice. Mais, à cette époque, la maîtresse de Barré exerçait une telle influence sur sa vie de débauches, que Barré ne pouvait plus se passer d'elle. Lorsqu'elle le quitte, par crainte de son père, surtout lorsque son amant ne peut plus rien lui donner, son désespoir est si grand, qu'à tout prix, pour revoir sa maîtresse, il lui faut de l'argent !

Il conçoit l'idée de voler et de tuer la laitière, et c'est Lebiez qui deviendra l'exécuteur de son plan sanguinaire pour forcer la fortune à revenir à lui.

Comme on l'a vu encore, Barré n'attend pas que le cadavre de la femme Gillet soit refroidi, pour porter, entre le moment de sa tuerie et le moment d'enfouir sa victime, une somme de cent francs à sa maîtresse.

Après le meurtre, Barré fait partir la femme Lepin à Angers ; il va la rejoindre le 14 avril ; il lui remet encore une somme de 800 francs.

Comme sa maîtresse sait parfaitement que, pour elle, son amant s'est ruiné et a ruiné son père, Barré lui fait une fausse confidence ; il lui dit que ces huit cents francs sont le produit d'un vol.

La courtisane croit son amant très capable d'un pareil détournement ; comme, de son côté, elle n'est guère plus scrupuleuse, elle fait écrire sous son inspiration une fille Chavereuil, qui reconnaît envoyer à Barré une somme de deux mille francs et ainsi de suite.

De cette façon, elle met à couvert sa responsabilité et sa complicité ; elle ménage à son amant un moyen de justifier ses dépenses postérieures au 23 mars, jour du meurtre. C'est le 14 avril, à Angers, que s'organise cette comédie entre les deux amants si dignes de se comprendre.

Lorsqu'on arrête la femme Lepin, à Angers, après le retour de Barré à Paris, cette femme est prise sur le théâtre même de ses exploits. Elle figure, avec une autre fille et un débauché, dans une scène d'orgie. Elle est encore nantie d'une obligation du chemin de fer de l'Ouest ayant appartenu à la veuve Gillet.

Chez le criminel Lebiez, il faut aussi chercher la femme ; mais Lebiez ne s'accommode que d'une compagne qui devient son esclave absolue. Il ne l'aime qu'à la condition qu'elle ne vivra que pour lui, et qu'elle s'associera à toutes ses dépravations. C'est une petite femme chétive, à la figure osseuse, plombée, plus laide que jolie, aux traits flétris par le vice.

Par le scepticisme dont elle est animée, elle est bien faite pour se laisser conduire dans tous les bourbiers où la plonge l'audacieux bohème. Ils ont la même effronterie. Lebiez n'a pas le sens moral, et sa concubine a été condamnée pour outrage à la pudeur. Ces deux êtres sont bien faits pour se comprendre et... s'aimer.

Pourtant, la fille Lebeugle lui dit un jour, avec son effronterie ordinaire :

— Je t'aime bien, mon petit chat-chat de Lebiez! mais je t'aimerais encore mieux si tu gagnais un tas d'or pour ta petite femme !

C'est afin d'avoir ce tas d'or, que Lebiez s'est associé à Barré pour assassiner la laitière.

Et le 23 mars, le jour où Barré est arrêté, la fille Lebeugle dit à son amant, bien indifférent, en apparence, à la nouvelle de cette accusation :

— Tiens, Barré est arrêté! Il paraît qu'il était dans l'affaire de la femme qu'on a coupée?

Alors, cette fille se rappelle que ce jour-là Barré est venu chercher, le matin, son amant, elle lui demande :

— Mais, n'y serais-tu pas aussi?

Lebiez la regarde dans les yeux ; tout en fumant tranquillement une cigarette, il lui réplique :

— Tu es folle ! Est-ce que si j'étais de cette affaire-là, tu me verrais aussi calme !

Pour changer la conversation, il lui lit une pièce de vers adressée à un crâne de jeune fille.

Lebiez n'est pas qu'un philosophe, c'est, comme Lacenaire, un poète de l'assassinat !

Lebiez et Barré sont bien les enfants de notre époque si ébranlée par nos continuelles évolutions et révolutions sociales.

L'un, Barré, en prenant au sérieux la revanche de la courtisane sur le fils de famille; l'autre, Lebiez, en appliquant les principes de Darwin, — la lutte pour la vie, où le fort tend à étouffer le plus faible, — l'un et l'autre ne sont encore arrivés qu'à porter leur tête sur l'échafaud !

L'illustre Lachaud ne peut s'empêcher de s'écrier... (Page 427.)

LXXXIII

DEUX HONNÊTES PÈRES DE FAMILLE DEVANT DEUX FILS INDIGNES

Pendant que se déroulaient ces terribles péripécies un homme en souffrait autant que les victimes ; cet homme, c'était le père de Barré.

Devant la honte et le crime de son fils, il n'avait pas la force de le maudire.

L'honnête père de famille s'accusait des immenses malheurs qui, en accablant son enfant, retombaient sur lui-même.

N'était-ce pas lui, par sa faiblesse coupable, en excusant les premières erreurs de son enfant, en les excitant par son aveuglement, n'était-ce pas lui qui l'avait mené à l'abîme ?

Comme bien des pères imprudents, il avait ri le premier de ses équipées de jeunesse. Lui, un homme de probité et de travail, il avait cru faire des concessions à son temps, en ouvrant à son fils une carrière brillante, au-dessus de la sienne, exempte des préjugés attachés à son obscure origine.

Et son fils avait eu l'art de faire entrevoir à ce père complaisant que, dans sa vie entraînante et facile, il ne pouvait s'astreindre, en vue d'une fortune rapide, à son existence obscure et pénible.

L'honnête homme n'avait vu dans ses premiers écarts que des peccadilles de jeunesse. Lui-même les avait encouragées, en l'envoyant à Paris, pour donner un plus grand essor à son intelligence qui souffrait dans le cercle étroit et borné de la province!

Sa vaniteuse crédulité servait à merveille les goûts de son fils, un enfant gâté!

M. Barré prit au sérieux cette cliente supposée qui vendait à son fils un fonds illusoire. Il donna dans les fallacieuses promesses de cette dame Leroy, qui n'était autre que la maîtresse de ce fils indigne, s'en-tendant avec elle pour mordre dans le patrimoine paternel.

Quand le père de Barré apprit toute la vérité, il était trop tard, il était à moitié ruiné.

Comme tous les esprits faibles, il fut exaspéré d'avoir été la dupe de son fils, alors il usa envers lui d'une rigueur excessive, il lui coupa les vivres. Il l'abandonna à toutes les fureurs, à tous les désespoirs de sa passion pour une courtisane.

Cette courtisane, comme on l'a vu, avait conduit Barré sur le chemin de l'escroquerie. Un bohème, Lebiez, devait le pousser sur la voie du crime!

Ô famille imprudente, qui faites de votre enfant votre idole, en le lan-çant dans un monde frivole, désœuvré, en dehors d'une existence de travail et d'honneur, voilà ce que vous faites d'un être que vous chérissez, que vous voulez faire un privilégié! Votre modeste fortune n'étant pas en rapport avec l'éducation et l'instruction que vous lui avez données, vous n'arrivez qu'à en faire un déclassé. Si cet enfant n'est pas assez équilibré par la droiture de sa conscience, il devient un paria. Il se venge plus tard du mépris que lui jette la société, en lui rendant ce mépris par la honte qui le conduit au crime.

Voilà ce qu'était devenu Barré. C'était l'ouvrage de ce père impru-dent. Il avait fait de son enfant son idole. Mais l'encens qu'il lui avait jeté s'était répandu en poison sur la société se refusant à lui rendre le même culte.

L'histoire de Barré est l'histoire, en noir, de notre génération ; c'est encore un signe des temps !

Aux assises, le défenseur de Barré fils, l'illustre Lachaud, ne peut s'empêcher de s'écrier pour apitoyer les jurés sur son sort :

« Ah ! je ne voudrais pas accabler un homme dont la douleur morale m'épouvante, mais, enfin, M. Barré père a manqué, envers son fils, d'une sévérité salutaire. »

Et le défenseur lit deux lettres adressées par M. Barré à son fils, dans lesquelles il le complimente des bénéfices réalisés par le jeu. Quand les pertes surviennent, il commence à blâmer. C'était trop tard ! Il l'abandonne à lui-même. C'était trop dangereux !

Dès que Barré père apprit la condamnation à mort de son fils, il se rendit en toute hâte à Paris. Il ne voulut pas quitter d'un instant cet enfant que la loi venait de condamner par une sentence capitale, et que la société allait lui ravir.

Aussitôt qu'il fut transféré à la Roquette, Barré père, qui avait assisté aux assises dans un état de désespoir indescriptible, courut retrouver son fils dans sa dernière cellule.

La reconnaissance du père et du fils fut des plus touchantes et des plus pénibles.

Ils s'adressèrent réciproquement des actes de contrition.

Le fils lui disait :

— Mon père, pardonnez-moi ! C'est elle, c'est cette femme qui m'a perdu !

Il faisait allusion à cette Léontine Lepin qui, après lui avoir fait quitter le foyer paternel, l'avait lancé dans cette vie de dépravation et de débauche qui l'avait conduit à la misère, avant de le jeter, par Lebiez, sur la voie du crime.

— Non, reprenait le père infortuné que l'éloquence du défenseur de son fils avait converti. Non, ce qui t'a perdu, c'est ma faiblesse pour toi ! Je t'ai laissé partir ! J'ai encouragé ta fatale passion pour le jeu ! Je me suis presque associé, par un sot orgueil, à ta folle ambition ! J'ai été coupable. Je suis puni, bien puni ! Le ciel me reprend un fils que je n'ai pas su garder !

Il fallut, au dernier jour, au moment où Barré allait expier son forfait, défendre au malheureux père l'accès de la cellule Jaune.

On l'emmena, on l'entraîna, à demi évanoui, loin du lieu du supplice. Dans son délire, il cria aux gardiens qui l'arrachaient de son enfant :

— Ah ! c'est vous, c'est vous qui êtes mes bourreaux ! Pourquoi ne voulez-vous pas me le laisser voir encore ?... Pourquoi me disputez-vous

ses derniers moments, à moi, à moi son père ?... Mais mon fils est à moi !...
Bourreaux que vous êtes !

Et M. Barré, en rentrant chez lui, fit une longue maladie. Il faillit
mourir de la mort de son fils.

M. Lebiez père, d'un caractère plus froid, se rendit aussi, tout
vêtu de noir, dans la cellule de son enfant. Sans s'adresser, comme le père
de Barré, des reproches mérités, il avoua à son fils qu'il avait trop écouté
les conseils de sa mère.

Lebiez était un orgueilleux, qui n'ayant pas trouvé, dans sa famille, les
soins et les caresses dont Barré avait été entouré, avait cherché ailleurs
des joies qu'il n'avait jamais connues dans sa famille.

Son âme s'était desséchée dans le milieu où il avait vécu ou pour mieux
dire, végété !

Jamais Lebiez n'avait trouvé, dans ceux qui lui avaient donné le jour,
des cœurs de père et de mère. Lebiez a été chassé de la maison paternelle
Pourquoi ? parce que sa mère ne pouvait supporter l'odeur des préparations
anatomiques que Lebiez était obligé de faire pour ses études.

A Brest, son grand-père subvenait à ses besoins les plus impérieux.
En trois ans, son père lui envoyait 100 francs.

Il retourne à Angers, sa ville natale, où il est à peine soigné dans sa
famille, à la suite des privations qu'elle lui avait fait endurer. A peine
guéri, sa famille le laisse partir pour la capitale. Il s'y rend avec une malheureuse fille, une déshéritée comme lui. Elle est phtisique. Ce couple n'a
jamais connu que la misère, et la misère noire !

Si Lebiez n'a ni foi, ni croyance, à qui la faute ? Aucun bon conseil ne lui
a été donné par son père ni par sa mère. Il a été abandonné dans son esprit
comme dans son corps. Il a rencontré à Paris des gens qui sont en révolte
contre l'état social, cela était conforme au désespoir de son âme.

Et l'imprévoyance de ces deux pères de famille a causé l'indignité
de leurs enfants !

LXXXIV

DEUX TÊTES DANS LE MÊME PANIER

La double exécution de Lebiez et de Barré a été racontée par leur
exécuteur, M. R***.

Elle a été marquée d'horribles accidents provoqués par la précipitation
avec laquelle fut montée la sinistre machine.

On l'entraîna à demi évanoui! (Page 427.)

Quand sonna l'heure du supplice, la foule était si nombreuse, si encombrante sur la place, qu'elle ne permit pas ses ouvriers d'assujettir la bascule avec la précision ordinaire. Son peu d'équilibre occasionna un manque d'ensemble qui ajouta à l'horreur du spectacle offert par la présence des deux patients, frappés en même temps par le bourreau.

La double exécution publique de Lebiez et de Barré a été comme une protestation faite par le peuple des faubourgs en faveur des deux condamnés.

Dès l'annonce du rejet de leur pourvoi, une foule considérable se réunissait, toutes les nuits, sur la place de la Roquette.

L'exécuteur R*** constate que dès son arrivée sur la chaussée de la prison, ce fut à grand'peine, malgré son renfort d'aides, augmenté pour la circonstance, qu'il pût se mettre en mesure de monter la guillotine.

Il déplore la façon bruyante dont s'est comportée la foule, composée en partie de tous les vauriens des faubourgs.

Il fallut en arrêter plusieurs, pour arriver à faire cesser les clameurs qui, de la place, devaient certainement être entendues par les condamnés.

Lorsque parurent les personnes qui ont le triste privilège d'assister de près aux exécutions, — c'est-à-dire les représentants de l'autorité et ceux de la presse, — il se produisit une nouvelle confusion.

Malgré les efforts des officiers de paix, les alentours de la guillotine furent de nouveau envahis.

« A cinq heures, — écrit l'exécuteur R***, — je pénétrais avec mes aides dans la prison, accompagné du secrétaire du parquet, du commissaire de police et du chef de la Sûreté.

« Le directeur de la prison nous fit d'abord pénétrer dans la cellule de Barré.

« Il était tout éveillé. Il avait commencé sa nuit avec calme ; mais vers quatre heures et demie, en entendant les clameurs du dehors, il s'était réveillé.

« A notre arrivée, le directeur lui annonça le rejet de son recours en grâce. Barré fut pris d'un tremblement nerveux. Ayant demandé un peu de vin vieux qu'il but avec avidité, il se remit ; il alluma une cigarette, il fut laissé seul, pendant dix minutes, avec l'aumônier.

« J'entrai dans la cellule de Lebiez, il était profondément endormi. A la fatale nouvelle, un tremblement involontaire l'agita aussi. Après s'être habillé, il remercia les gardiens qui l'avaient aidé, il resta quelques minutes avec l'aumônier de la prison des Jeunes Détenus.

« Dans l'entrevue qu'eurent les deux condamnés avec leur aumônier, Barré fit demander à Lebiez de lui pardonner ce qu'il avait dit contre lui. « Dites-lui que je lui pardonne, — répondit Lebiez. — *Nous étions unis « pour le crime, soyons-le pour l'expiation.* »

« On conduit les deux condamnés au greffe ; pendant les apprêts de leur toilette, les prêtres lisent à haute voix les prières des agonisants.

« A cinq heures vingt-cinq minutes, le lugubre cortège se met en marche.

« L'aide qui accompagne Lebiez et son aumônier essaye de lui masquer l'échafaud ; il le regarde d'un œil froid ; il est calme. Barré, à côté de lui, est horriblement pâle et défait. Il avance le premier, à grand'peine.

« Mais au moment — ajoute l'exécuteur — où Barré s'étend sur la lunette, où je presse le ressort qui fait tomber la tête dans le panier, la bascule ne fonctionne pas. Le corps pantelant reste sur la plate-forme, il frissonne dans des convulsions épouvantables.

« Un cri d'effroi s'échappe de toutes les poitrines. Il faut faire cesser ce spectacle si terrible pour le public.

« Je n'hésite pas. Je quitte le montant de la guillotine et par un prompt mouvement, je me précipite sur le tronc ; je le saisis à bras le corps ; je le jette dans le panier. Un énorme jet de sang inonde les vêtements de l'aide, la bascule elle-même en est teinte.

« Lebiez a vu cette horrible scène ; il se recule, mû par un sentiment de dégoût plutôt que par un sentiment de crainte.

« En cet instant, je me remets à ma place. Un de mes aides s'empare de Lebiez. C'est avec un sang-froid imperturbable qu'il se laisse mettre sur la bascule, encore teinte du sang de son complice.

« Devant son sang-froid, et son indifférence de la mort, une voix lui crie :

« — Bravo ! Lebiez !

« Cette exclamation fait courir un frisson de colère et d'indignation parmi les assistants.

« Lebiez, au contraire, semble se ranimer à ce cri.

« Il lui répond par ce dernier mot :

« — Adieu !

« Mais à mon tour, — termine l'exécuteur, — au moment où sa tête va tomber, je pousse un cri :

« — Arrêtez !

« Lorsque le corps est sur la bascule, les aides ont fermé le panier au moment même où la tête va y être jetée.

« De nouveau, je m'avance sur la plate-forme avant de pousser le ressort.

« Un nouveau frisson d'épouvante court parmi les assistants déjà si terrifiés.

« Le panier est rouvert, je me remets à ma place, la tête de Lebiez tombe à son tour.

« Enfin, les deux corps, les deux têtes sont dans le même panier.

« Toute la matinée un service d'ordre a dû être maintenu sur la place.

« Des groupes n'ont cessé d'y stationner. Ils se faisaient part de leurs pénibles impressions causées par cette double exécution dont l'horreur s'était accrue par les accidents qui s'étaient produits.

« En cette circonstance, — achève le bourreau, — comme en toute autre, les exécutions capitales ne sont qu'un fâcheux exemple à donner au public : exemple dangereux, qui ne fait qu'irriter les méchants, et qui n'inspire que du dégoût dans les âmes sensibles.

« Oui, le dégoût et la haine, voilà les conséquences du repoussant spectacle d'une exécution publique sur la foule qui y assiste.

« C'était la première fois, depuis plus de quarante ans, — finit M. R***, — que j'*opérais* si mal ! La faute en doit revenir au public qui me gêna dans l'exercice de ma fonction. Les incidents pénibles de cette double exécution ont donné, une fois de plus, raison aux partisans des exécutions capitales à huis clos ! »

Il faut ajouter, après les réflexions du bourreau, que la dédaigneuse attitude de Lebiez devant la mort en a fait un héros pour tous ceux qui, comme lui, ont jeté un défi à la société.

L'adieu suprême qu'il jette à l'homme qui, dans la foule, applaudit à son sang-froid, est aussi d'un dangereux exemple à offrir aux déshérités.

Il a donné la mort et il la reçoit. Lebiez n'est plus un coupable, c'est un lutteur frappé par ses propres armes. Il répond par un dernier défi à celui qui le salue comme un vaincu dans la lutte que Lebiez a engagée avec une société marâtre.

Oui, tout cela est d'un mauvais exemple pour la société organisée, dont les rouages se détendent de plus en plus !

Lorsque les deux corps furent portés au cimetière d'Ivry, ils ne restèrent pas longtemps enfouis au Champ de Navets. Barré réclama son fils. Un fourgon l'avait porté à la terre des réprouvés; un autre fourgon l'emporta pour le diriger vers le cimetière d'Angers, au caveau de sa famille.

Il en fut de même pour Lebiez. Son père, moins sensible que le père de Barré, accompagna le corps de son fils jusqu'à sa terre d'infamie ; ce fut sous ses yeux qu'il l'en fit sortir pour le ramener aussi à Angers.

Avec moins d'orgueil, plus de sensibilité, M. Lebiez n'eût pas évité à son fils de mourir sur l'échafaud, et, avec lui, le fils Barré, plus passionné et moins coupable que son sceptique complice?

LXXXV

LOUCHARD LE PARRICIDE

Dans la même année, avant la double exécution de Lebiez et de Barré, M. de Paris fut mandé à Évreux pour présider à l'exécution d'un nommé Louchard.

C'était un parricide. Il avait assassiné sa mère ; pour faire disparaître son cadavre, il avait emprunté les procédés de Billoir ou d'Avinain.

L'année 1877-78 s'est signalée, dans le monde criminel, par la disparition des femmes coupées en morceaux.

Huit jours après la comparution de Billoir aux assises, c'est le tour d'un meurtrier de Marseille; après lui vient Louchard, après ce dernier suivent Lebiez et Barré.

C'est ainsi que le condamné doit marcher à l'échafaud. (Page 434.)

On dirait qu'il existe entre certains genres de crimes, une mystérieuse connexité ; à diverses périodes, il semble que les assassins se donnent le mot pour présenter au public la même analogie dans la conception et l'exécution de leurs meurtres.

Or, au 15 du mois d'avril 1878, l'exécuteur R*** était envoyé de Paris à Évreux, pour y dresser l'échafaud et faire expier à Louchard son crime de parricide.

Cet homme qui avait tué sa mère, dont les tronçons du corps avaient été retrouvés au fond d'une marnière, devait mourir avec la plus imposante solennité, sur la place d'Évreux ; voilà pourquoi l'on avait convoqué, pour son exécution, le bourreau de Paris.

A trois heures du matin, l'instrument du supplice était dressé sur la place du Bel-Ébat, en présence d'une foule toujours grossissante.

Pendant ce temps, Louchard était visité dans sa cellule par le greffier et le commissaire central de police.

Louchard garda, jusqu'au dernier moment, un mutisme absolu, s'obsti-

Liv. 55.   55

nant à proclamer son innocence, disant qu'il ne pouvait être exécuté sur le seul témoignage de son chien.

C'était, en effet, cet animal qui avait fait découvrir, dans la marnière, les restes de sa mère, la veuve Louchard.

Au 16 avril, Louchard ne parut pas surpris de la visite du directeur de la prison et de l'aumônier, à cinq heures du matin.

Les gardiens aidèrent le condamné à s'habiller; pendant cette opération, Louchard eut des vomissements qui, du reste, s'étaient manifestés pendant la nuit.

Alors, l'aumônier se retira pour aller chercher le docteur de la prison, qui donna un réconfortant au patient, en lui conseillant de prendre patience.

Le condamné lui répondit :

— Vous avez beau dire, ce n'est pas commode, quand on y est pour soi-même.

« Conduit à la chapelle, — écrit M. R***, — Louchard entendit la messe, il communia, puis se rendit au greffe. Je commençai sa toilette qui, pour un parricide, n'est pas la même que celle d'un criminel ordinaire.

« Après la coupe des cheveux, le coup de ciseau donné au col de la chemise, on passe, comme on sait, au condamné un long peignoir blanc qui le recouvre entièrement, puis on lui jette sur la tête un voile de crêpe noir. C'est ainsi, pieds nus, que le condamné doit marcher à l'échafaud.

« Louchard, après ces formalités accomplies, fut conduit jusqu'à la voiture qui l'attendait à la porte de la prison. Il y monta avec son confesseur.

« Derrière étaient assis mes deux aides. Je l'attendais à deux cents mètres de l'échafaud, où une bière ouverte, contrairement aux usages, devait tenir lieu du sinistre panier et recevoir le corps du condamné.

« Louchard descendit de voiture avec l'aumônier, je rejoignis mes aides qui les suivaient, nous marchâmes jusqu'à quelques pas de l'échafaud.

« Puis, nous nous arrêtâmes encore pour la dernière formalité.

« Le greffier criminel s'avança, il donna lecture de l'arrêt de la cour d'assises d'Évreux, qui condamnait Modeste Louchard à la peine des parricides.

« Une fois la lecture finie, mes aides prirent le patient qui s'avança d'un pas ferme vers la lunette. A six heures, tout était fini. »

LXXXVI

LA DÉCOUVERTE D'UN CADAVRE DANS UNE MARNIÈRE

Voici comment on découvrait le cadavre de la victime de Louchard, le parricide.

A la Goupillière, petite commune de l'Eure, entre la ferme de la veuve Louchard et une marnière dont le puits était perdu dans les champs, un chien de berger ne cessait d'errer de la ferme à ce puits.

C'était le chien du fils Louchard, un chien qui l'accompagnait toujours quand il allait faire paître les troupeaux de sa mère.

Depuis, disait-on, que la mère du berger s'était absentée de la ferme, pour aller rendre visite, à Rouen, à l'une de ses amies, Louchard n'avait plus quitté la maison.

Les troupeaux ne sortaient plus ; le chien du berger était aussi désœuvré que ses maîtres.

Louchard était un homme de vingt-six ans, aux membres taillés en hercule, à la figure dure et sournoise.

C'était lui qui avait dit à tous les gens du pays que sa mère, dans ses plus beaux habits, était partie, le dernier dimanche, pour aller voir, à Rouen, une de ses amies.

Mais, à chaque personne qui recevait cet avis du fils Louchard, son chien semblait exprimer, par ses allures, par ses regards, le contraire de ce que disait son maître.

Une fois le visiteur parti, l'intelligent animal prenait le devant; il emmenait avec lui la personne avertie par le fils Louchard, de la ferme au puits de la marnière.

Ce manège ne tarda pas à éveiller les soupçons des gens de la localité. On savait, depuis longtemps, que la mère et le fils Louchard vivaient ensemble en très mauvaise intelligence.

La mère de Louchard ne revenant pas au pays, les voisins firent plus attention aux courses inquiètes et invariables du chien de berger, de la ferme la marnière.

Le 29 mars 1877, des paysans passant encore avec le chien, près de cet ancien puits, remarquèrent qu'on avait dû récemment remuer la terre qui bouchait l'orifice de ce puits. Ils l'examinèrent plus sérieusement; ils virent des traces de sang, ils aperçurent le sillon tracé par le passage d'une roue de brouette, allant de la marnière à la barrière de l'habitation de la veuve Louchard.

Les paysans prévinrent les gendarmes. On fit descendre trois puisatiers, ils découvrirent, dans le fond de ce puits, rempli d'eau et de vase deux bras d'un corps humain, coupés aux épaules.

Le lendemain, le procureur de la République et le juge d'instruction se rendirent, à leur tour, sur le théâtre du crime, ils trouvèrent en morceaux, au fond du puits, les restes du corps de la veuve Louchard.

La tête était détachée du tronc, broyée et informe; la face mutilée n'était plus reconnaissable, une jambe était coupée, comme les deux bras, près du tronc.

Un cri unanime s'éleva pour désigner l'assassin : Modeste Louchard.

La pauvre femme n'avait pas d'autre ennemi que son fils.

La justice s'étant emparée de cette affaire, les voisins, qui n'étaient plus intimidés par le terrible berger, osèrent parler. Ils dirent que le samedi soir, la veille du soi-disant départ de Mᵐᵉ Louchard, une vive discussion avait eu lieu entre elle et son meurtrier.

Louchard, emporté et cruel, était, en outre, très avare. Une dispute avait eu lieu au sujet de son frère et de sa sœur dont il était très jaloux.

C'était, sans aucun doute, à la suite de cette dispute que Louchard, cédant à son animosité, avait tué sa mère dont les restes avaient été retrouvés au fond d'un puits.

Louchard fut mis, immédiatement, à la disposition de la justice; et l'on continua les recherches jusque dans le foyer de la mère de ce parricide.

On trouva dans les cendres du foyer des fragments d'os calcinés; dans un four, on retire un sac de toile à demi consumé sur lequel était dessinée une empreinte sanglante de forme ovale, se rapportant bien à la dimension de la face arrachée à la victime.

Plus de doute, Mᵐᵉ Louchard ne pouvait être partie pour Rouen; et l'on retrouvait ses restes informes, aussi bien à son domicile qu'au fond de la marnière!

C'était chose bien connue que Louchard battait sa mère et la volait. On l'avait vu la frapper au visage, on avait entendu la malheureuse femme pousser ces cris : « Au voleur, à l'assassin ! »

Une fois le parricide conduit à la prison d'Évreux, les voisins ne tarirent plus sur la méchanceté de Louchard fils.

C'était lui qui, à dessein, avait éloigné son frère et sa sœur du foyer maternel, pour être le maître absolu de la ferme.

La veille du crime, un voisin avait entendu le fils Louchard, reconduisant sa mère à la ferme et lui parlant de son frère et de sa sœur.

Les paysans prévinrent les gendarmes. (Page 436.)

— Tu ne feras pas cela ? disait le fils à sa mère.

— Si, je le ferai, — avait-elle répondu.

— Je te dis que tu ne le feras pas !

— Si ! quand cela ne serait, — répliquait la malheureuse femme, — que pour me débarrasser d'un mauvais sujet comme toi !

— Si tu étais assez hardie pour ça, — avait-il ajouté, en la menaçant, — je te crèverais comme un chien !

Alors, un paysan qui marchait derrière eux, et qui avait entendu Louchard, lui avait dit :

— Mais, malheureux ! tu ne vois donc pas la guillotine ?

Louchard s'était tu.

Une fois rentré chez lui avec sa mère, il avait attendu la nuit pour réaliser son infernal projet.

Après l'expertise, on découvre des lavages précipités et imparfaits qui avaient laissé des traces plus que suffisantes de ce crime ; on trouve du sang partout : dans la chambre de la veuve, sur les murailles, sur les meubles, sur les matelas, sur les draps. On en trouve aussi sur ses vêtements, sur la brouette qui a servi à Louchard à transporter le cadavre à la marnière ; on en signale sur un marteau qui l'a frappée au crâne, sur la serpe à l'aide de laquelle il a coupé le cadavre en morceaux, avant de l'enfouir dans un puits de quarante mètres de profondeur.

Lorsque Louchard est traduit en cour d'assises, il cherche à détruire, comme il peut, les preuves accablantes qui pleuvent sur lui. Il prétend que les traces de sang que l'on a trouvées proviennent des moutons qu'il a tués à la date où on le suppose avoir été le meurtrier de sa mère.

Il ne conteste plus qu'il a devant lui les restes de Mme Louchard ; mais il jure ses grands dieux qu'il n'est pas l'auteur de sa mort !

L'hypocrite essaye de verser des larmes, elles ne seraient même pas des larmes de repentir.

— Mon frère, ma sœur, — dit-il aux juges, — ne sont pas meilleurs que moi. S'ils sont partis du pays, pour entrer en condition à Évreux, c'est qu'ils ne pouvaient pas vivre avec notre mère.

Il ajoute avec perfidie :

— Ah ! si je voulais parler, si j'étais aussi méchant qu'eux, peut-être seraient-ils avec moi sur ce banc !

Ni les juges, ni les jurés ne croient Louchard qui n'en est plus à son premier mensonge.

Dans le principe, Louchard ne prétendait-il pas que sa mère était partie pour Rouen, avec ses habits du dimanche ? et l'on a retrouvé chez elle tous ses effets.

C'est un garçon très mystérieux et très rentré. Il a conçu, après de longues préméditations, le meurtre de sa mère. Il l'a tuée pendant la nuit, dans sa chambre à coucher, au moment où elle était plongée dans le plus profond sommeil.

Louchard, à l'exemple de Billoir, s'était prémuni d'un marteau et d'une serpe qu'il avait aiguisée en prévision de son crime.

A l'aide du marteau, il lui avait fendu le crâne. Avec la serpe, il avait détaché la tête du tronc. Il avait essayé de brûler la tête dans le four de la maison ; puis il avait dépecé le cadavre. Une fois la tête bien défigurée, les membres dépecés, il avait mis le tout dans une brouette, et il était allé porter ces débris humains au fond de l'ancien puits de la marnière.

Il croyait ensevelir dans un impénétrable mystère, un forfait qui lui avait été inspiré par la crainte, la haine et la cupidité.

Lorsque le tribunal lui demande sur quoi il fonde ses soupçons, en soutenant que son frère pourrait être aussi bien que lui un parricide, Louchard ne répond plus.

Les juges ne peuvent tirer aucun aveu de lui. Il laisse aux témoins le soin de l'accuser.

L'un d'eux cite une de ses paroles qui caractérise l'esprit du coupable. Un jour qu'il avait été pris en flagrant délit, en faisant paître son troupeau sur le champ d'autrui, il avait dit :

— Quand même on me couperait le cou, si j'avais fait ce qu'on me reproche, je ne l'avouerais pas.

Avant le meurtre de sa mère, elle était l'objet des mauvais traitements de ce fils indigne.

Un jour, il l'avait frappée à l'aide d'un fléau ; un autre jour, en la terrassant, il lui avait tordu le poignet. Lorsqu'on découvrit, au fond du puits, ses membres épars, ce fut ce poignet tordu qui désigna la victime de Louchard aux voisins de la Goupillière.

Du reste, sa mère, sa sœur, son frère sont aussi mystérieux que lui.

Lorsque Mme Louchard a reçu de son fils un coup de fléau, un voisin lui dit :

— Il faut dénoncer votre fils à la justice.

— Je m'en garderai bien, — ajoute-t-elle. — Après tout, n'est-ce pas mon enfant !

A l'audience, ce sont les témoins, les voisins de la fermière, qui accablent Louchard aîné. Le frère et la sœur se réservent comme le coupable.

Aussi le tribunal n'a-t-il jamais eu l'explication de la querelle de Louchard avec sa mère, explication qui amena l'effroyable mort de la victime.

Lorsqu'on interroge le frère de Louchard sur la mort de sa mère, il ne dit rien qui puisse aggraver la situation de son frère.

Pourtant, au début de l'audience, il n'a pas été épargné par lui. Après, il s'est tu ; cela a suffi au frère comme à la sœur, pour ne pas accabler celui que l'opinion condamne avant l'arrêt de la justice.

Le frère de Louchard, après la mort de sa mère, se contente d'avouer :

— J'ai voulu entrer dans la chambre à coucher de ma mère, mais l'ayant trouvée fermée, je m'en suis allé. Et sans voir mon frère, je suis reparti pour Évreux.

En pareille circonstance, le départ du frère de Louchard n'était pas naturel. Pour que les deux frères s'évitent au moment où l'un d'eux est déjà désigné par l'opinion publique comme un parricide, il faut qu'un mystère les compromette l'un et l'autre.

Ce mystère ne fut connu que plus tard, après l'expiation de Louchard aîné. En effet, il n'y avait pas, entre eux et cette famille, que le cadavre de Mme Louchard qui les désunissait.

On va l'apprendre. Le public ne l'apprit qu'après la peine capitale de

Louchard aîné. Ce mystère donne l'explication du dernier entretien de la fermière de la Goupillière avec son fils devenu son assassin !

LXXXVII

UNE RECEVEUSE DES POSTES OUTRAGÉE, VOLÉE ET ASSASSINÉE

Comme il a été dit dans le précédent chapitre, ce ne fut que longtemps après l'expiation du parricide de Louchard, qu'on connut le véritable sens des paroles de la mère et du fils, prononcées la veille de la mort de cette femme.

Ces paroles faisaient allusion à un meurtre qui avait été commis quelques jours avant le crime de la ferme de la Goupillière par Louchard sur sa mère.

A Évreux, ce crime épouvantable, dont les auteurs restèrent longtemps inconnus et introuvables, avait eu lieu sur une jeune receveuse des postes.

C'était sur ce crime que roulait l'entretien de la mère et du fils Louchard.

A cette époque, la fermière, qui connaissait, par son jeune fils, celui qui avait été la cause première de ce meurtre, avait menacé son frère de le dénoncer à la justice.

Louchard aîné lui avait répondu :

— Tu ne feras pas cela !

— Si, je le ferai, avait-elle dit.

— Je te dis que tu ne le feras pas !

— Si, — avait-elle ajouté. — Quand cela ne serait que pour me débarrasser enfin d'un mauvais sujet comme toi !

Voici quel avait été le meurtre qui répandait à Évreux une panique et une réprobation générales.

Du jeudi au vendredi, le bureau de poste du principal quartier de cette ville n'avait pas été ouvert.

Les premières personnes qui s'y étaient présentées, soit pour y recevoir l'argent de leurs mandats, soit pour y envoyer des lettres chargées, avaient en vain frappé à la porte de ce bureau.

Personne ne leur avait répondu.

De guerre lasse, elles s'étaient décidées à se faire ouvrir par le commissaire de police.

Dès que les agents de l'autorité, à l'aide d'un serrurier, se furent

On trouva accroché le cadavre de la receveuse. (Page 441.)

introduits dans l'intérieur du bureau, un spectacle affreux s'offrit à leurs yeux.

Ce qu'ils virent avec les personnes qui les avaient requis ne tarda pas à être connu de la ville.

Tout avait été renversé, bouleversé, pillé dans l'intérieur de la salle. Les tiroirs avaient été forcés et ouverts ; ils étaient vides. L'or et les billets de banque qu'ils avaient dû contenir étaient loin !

Des paquets de lettres insignifiantes pour les pillards gisaient en tous les sens sur le parquet.

Au milieu du désordre, un spectacle épouvantable glaça de terreur ceux qui, après avoir exploré cet intérieur, eurent l'idée de regarder au plafond.

A la place où était suspendue une vaste lampe dont les rayons convergeaient sur le bureau de la receveuse des postes, était accroché le cadavre de la receveuse elle-même.

Elle était suspendue, inanimé, à une grosse corde retenue par un piton qui d'ordinaire accrochait la lampe.

A la première expertise faite sur le lieu du crime, on découvrit, reléguée dans un coin, cette lampe qu'on y avait jetée et qui était remplacée par le corps la de la victime.

C'était une jeune fille de vingt ans. Malgré ses traits congestionnés, on voyait encore qu'elle avait dû être remarquablement jolie.

Cette jeune personne était à peine connue dans la ville d'Evreux. Elle y était venue remplacer intérimairement la receveuse locataire. C'était une surnuméraire qui, en attendant d'être nommée dans un bureau auxiliaire, remplaçait temporairement la titulaire de ce bureau.

Lorsque l'on décrocha le cadavre du plafond, on remarqua que cette jeune personne, avant d'être frappée au cœur, avait été odieusement outragée !

On trouva un stylet, l'arme de l'assassin ou des assassins, dans un coin de la pièce. Dans une autre chambre attenant au bureau où avait eu lieu le partage du butin trouvé dans les tiroirs, on aperçut une table où étaient dressés trois couverts.

Donc, ils étaient trois qui avaient accompli, dans une nuit, ce rapt, cette volerie, ce meurtre épouvantable.

Une fois la justice saisie de ce crime mystérieux accompli dans des circonstances aussi odieuses qu'horribles, on fit revenir la receveuse locataire.

Elle expliqua comment, en raison d'un congé qu'elle avait demandé, elle avait été remplacée par une surnuméraire, sa parente, ayant un frère dans l'armée.

Elle avait laissé à son bureau son jeune domestique qui lui était attaché depuis quelques années. Ce domestique se nommait Louchard. C'était le frère du parricide.

Comment, la nuit du meurtre, le jeune Louchard n'était-il pas au bureau de poste ?

Il l'avoua lui-même en prouvant que, cette nuit-là, il l'avait passée loin d'Evreux, du consentement de la remplaçante de sa maîtresse, et il dit qu'il était allé retrouver sa mère, à la ferme de la Goupillière.

Ce fait fut prouvé par tous les voisins de la localité. Mais ce que ne dit pas à la justice le jeune Louchard, fut révélé deux ans après, par l'arrestation des meurtriers de la jeune receveuse des postes.

La veille du crime, c'était avec une intention bien arrêtée que ce serviteur avait quitté le bureau de la receveuse. Il avait été averti, par l'un des futurs meurtriers, du drame qui allait s'y passer.

Ces gens-là étaient des Italiens, ils avaient espéré faire de Louchard jeune leur complice. L'un de ces meurtriers était précisément l'amant de sa sœur, également en condition à Évreux.

À ce titre, l'Italien n'avait pas craint de confier au jeune Louchard ce qu'il préméditait avec l'un de ses compatriotes contre la suppléante de la receveuse des postes.

Il avait appris de son amante, ce qu'était à la receveuse, sa jeune surnuméraire.

Sans rien avouer à la fille Louchard, l'Italien avait conçu un plan abominable contre la suppléante.

Il s'était entendu avec l'un de ses compatriotes pour lui voler la recette de son bureau.

Les malfaiteurs avaient conçu le projet de se présenter à elle par l'intermédiaire de son domestique, pour l'avertir qu'après la fermeture du bureau son frère allait venir la voir; le domestique devait la prévenir que, pour se présenter à elle, il avait trompé la surveillance de ses chefs; aussi son entrevue avec sa sœur devait-elle être très mystérieuse.

L'un des deux Italiens, l'amant de la parente du jeune Louchard, n'avait pas craint de lui dire ce qu'il attendait de lui, ce qu'il préméditait avec son complice contre la jeune receveuse : voler sa recette; puis, si elle ne se laissait pas exécuter, la tuer après l'avoir dépouillée.

Le jeune Louchard n'était pas un criminel. Sans avoir la conscience irréprochable, son esprit se refusait à être de complicité, même avec ces Italiens, dans cette infernale machination.

Voler l'État, se faire le meurtrier d'une innocente, répugnaient à son caractère.

Il s'en ouvrit à ce sujet à l'un des Italiens qui lui répondit :

— Tant pis pour toi! La chose est résolue. Si cette nuit tu ne nous ouvres pas, nous arriverons sans toi au bureau. Si tu défends contre nous la donzelle, tu auras aussi bien ton affaire qu'elle aura la sienne!

Louchard jeune se le tint pour dit. Afin de ne pas rencontrer aussi le stylet réservé pour celle qui remplaçait sa maîtresse, il était parti pour la ferme de la Goupillière.

A la Goupillière, Louchard avait rencontré son frère aîné qui lui avait demandé ce qui le ramenait au pays. Son frère lui avait dit les scrupules qui l'éloignaient d'Évreux. Il lui avait raconté ce que des meurtriers attendaient de lui.

— Imbécile! lui avait répondu Louchard aîné, mais c'était toujours de l'argent à gagner !

De ce jour-là, un jeudi, Louchard aîné, jusqu'au samedi, ne parut plus

à la ferme. Où alla-t-il? A Evreux, remplacer auprès des meurtriers Ita
liens, son jeune frère, plus scrupuleux que lui.

Le même soir, lorsque Louchard jeune ne vit plus revenir auprès de
sa mère son frère aîné, il lui avait raconté ce qu'il avait conté déjà à ce
frère. Durant son absence, il fit part à sa mère de ses craintes, en lui
disant :

— J'ai eu tort de lui avoir fait connaître ce qu'attendaient de moi ces
Italiens. Mon frère est capable, en ce moment, de me remplacer.

— N'en doute pas, mon fils! avait repris la mère de Louchard, qui avait
appris par elle-même à sonder le fond de l'âme scélérate de son fils
aîné.

La mère et le fils ne se trompaient pas.

Louchard aîné s'était donc présenté à Evreux aux Italiens qu'il
connaissait aussi. Il leur avait annoncé que ce que son jeune
frère hésitait à entreprendre pour eux, il n'hésitait pas à le faire pour
lui.

Comme on le verra, il les seconda contre la malheureuse jeune fille, au
delà de leurs espérances.

Une fois le crime commis, il revint le samedi matin à la Goupillière, et
dit devant sa mère et à son frère :

— Maintenant, tu peux retourner à Evreux. Ce que tu n'osais y faire,
je l'ai fait pour toi. Dans notre intérêt à tous, il est de ton devoir de
retourner où je suis parti.

Le soir même, Mme Louchard, qui était une très honnête femme, eut
avec Louchard aîné la conversation racontée au début de ce chapitre. Cet
entretien de la mère avec ce Louchard décida du sort funeste qui l'attendait.

Mis en goût par le meurtre d'Evreux, il n'hésita pas, devant les menaces
de sa mère, à devenir aussi un parricide!

Voici comment avait procédé Louchard à Evreux. Après s'être mis en
rapport avec les deux Italiens, après leur avoir dit qu'il était tout disposé,
à la place de son frère, à exécuter leur plan infernal, il se mit à l'œuvre.

Louchard, à l'heure de la fermeture de la poste, se présente au bureau
de la jeune fille. Il lui annonce, en confidence, la visite de son frère, dans
les termes énoncés par les Italiens.

La jeune fille, qui adorait son frère, n'écouta plus, pour le recevoir, les
conseils de la prudence. Elle laisse entr'ouvert son bureau, après la fermeture de la poste.

Du reste, elle croyait n'avoir aucun sujet de suspecter les paroles du
frère du domestique de la receveuse.

Un puisatier descend dans l'abîme. (Page 448.)

Entre onze heures et minuit, la porte s'ouvrit; celui qui l'ouvrit, ce n'était pas son frère, c'était Louchard, suivi des deux Italiens.

Avant que la surnuméraire ait eu le temps de se remettre de sa stupeur, la porte se referme sur les trois inconnus.

La jeune fille veut crier, protester contre la violation de son bureau : les trois bandits s'élancent aussitôt sur elle.

Louchard la bâillonne ; les deux Italiens se jettent sur les tiroirs et les forcent à l'aide de leur stylet. Elle se détache brusquement de Louchard, prête à se jeter sur les voleurs; ceux-ci se moquent de ses efforts.

Après avoir pris les valeurs des lettres soustraites des tiroirs, ils reviennent contre la malheureuse enfant. Louchard la retient, l'un des Italiens vient aider ce dernier à tenir la jeune fille en leur pouvoir.

Louchard la prend d'un côté, l'un des Italiens de l'autre; alors le troisième bandit se met à exercer contre elle les plus indignes et les plus repoussants outrages.

La pauvre fille passe de la colère à la plus désespérante douleur; outragée, violée, elle demande la mort.

Avant de la recevoir, un deuxième Italien prend la place du premier, il recommence sur la victime ces odieuses violations.

Enfin ce fut au tour de Louchard, qui entreprit pour la troisième fois, sur la pauvre enfant, les mêmes outrages.

Puis après, le premier Italien acheva son œuvre infâme, en plongeant son stylet dans le cœur de la receveuse volée et violée.

Ces sauvages ne s'arrêtèrent pas dans leurs atrocités.

Une fois la jeune fille morte, ils défirent la lampe du plafond. Ils y pendirent leur victime.

Après les tiroirs bien vidés, la jeune fille bien morte, ils ne voulurent pas se retirer sans goûter au repas que la pauvre enfant avait préparé en prévision de l'arrivée de son frère.

Ils seraient restés à boire jusqu'au lendemain, sans Louchard qui les avertit qu'il ne fallait pas que le jour vînt les surprendre dans leur orgie qui avait commencé par le vol et le sang!

Ils écoutèrent Louchard, ils disparurent dans la nuit.

Le lendemain matin, la ville d'Evreux découvrit le passage de ces bandits qui avaient laissé derrière eux le vol, le viol et le meurtre.

L'arrestation de Louchard, le parricide, n'amena aucune révélation sur le secret de la mort de la jeune receveuse des postes.

Louchard fut muet sur le rôle qu'il avait joué dans cette terrible affaire, entreprise par les Italiens. Sa famille n'en souffla mot, de peur de recevoir les atteintes du scandale attaché à cette infamie !

Deux ans après, par l'arrestation des Italiens, on apprit, pour la première fois, la part qu'avait prise ce parricide dans l'affaire de la suppléante de la receveuse des postes outragée, volée et assassinée.

LXXXVIII

UNE ENFANT JETÉE VIVANTE DANS UN PUITS PAR SON PÈRE

Dans la nuit du 2 février 1877, une scène aussi horrible que déchirante se passait à Bagneux, à quelques pas de la route de Sceaux.

Dans une propriété déserte, tout à fait abandonnée, à peine close de murs, un homme retenait dans ses bras une petite fille ; il était debout sur la margelle d'un vieux puits.

Après de longues hésitations, il se décidait à lancer de toutes ses forces l'enfant dans l'abîme.

Avant de l'y précipiter, il l'avait pressée contre sa poitrine en la couvrant de baisers.

Puis, dans des gestes désespérés, après avoir fait tournoyer son corps au-dessus de sa tête, il l'embrassait encore dans des transports où la rage se mêlait à la douleur ; cet homme la précipitait ensuite dans le trou béant.

C'était le père de l'enfant sacrifiée. Était-il criminel ou fou ?

Il était l'un et l'autre.

C'était Moyaux, le père de la petite Jeanne.

Quelques jours auparavant, il avait dit à sa femme, dont il avait tant à se plaindre :

— J'aimerais mieux voir ta fille morte que de te la laisser.

Et Moyaux, la nuit du 2 février, accomplissait son épouvantable menace !

Séparé de sa femme, de son enfant, de sa famille, par un passé criminel, dû à des abus de confiance et à sa vie irrégulière, Moyaux avait juré de se venger de l'isolement auquel il avait été condamné.

Ce qui aurait dû rapprocher l'époux de la femme, les désunissait de plus en plus : la petite Jeanne !

Privé de ressources, avec un nom infamant, Moyaux ne devait plus espérer la garder.

Alors, ne pouvant plus posséder son enfant, il était bien résolu de priver aussi sa mère de ce qu'elle avait de plus cher en ce monde.

Mais en frappant la mère, le père se frappait lui-même.

Par sa haine aveugle contre sa femme, il venait de l'atteindre dans son enfant, en tuant aussi l'objet de sa plus pure affection.

Moyaux était, en réalité, aussi fou que criminel !

Ce qu'il dut souffrir après l'accomplissement de sa lâche vengeance est inénarrable.

Pendant trois heures, Moyaux resta immobile aux bords du puits, après y avoir jeté sa fille vivante ; pendant trois heures, il entendit ses cris de souffrance et d'effroi qui lui lardaient le cœur comme autant de fers rouges.

Il n'abandonna le puits que lorsque vint le jour ; et Jeanne, lancée dans une profondeur de trente mètres, les jambes brisées, le crâne fracassé, existait encore !

Il ne quitta le lieu où il avait précipité sa victime que lorsque l'aurore vint lui annoncer que des témoins de son crime pouvaient le dénoncer à la vindicte publique.

Il s'enfuit en entendant toujours du fond du puits les râles de son enfant !

Ce qui avait amorti la chute mortelle de la petite Jeanne, c'était le cadavre d'un chien putréfié sur lequel son corps était tombé.

Avec le jour, Moyaux est obligé de quitter l'endroit de son supplice et de son crime. En partant, il montre le poing dans la direction de Bagneux, et s'écrie en grinçant des dents :

— Oh ! ma femme me payera mes tortures et celles de ma fille : bientôt, je le jure, ce sera son tour !

Il court comme un insensé jusqu'à Montmartre, il s'y dérobe pendant dix jours pour y méditer sa nouvelle vengeance.

Il a tué l'enfant, il tuera la mère qui l'a réduit à ce sacrifice.

Durant le temps qui se passe entre le jour où il a jeté sa fille dans le puits de Bagneux et la réapparition de Moyaux dans ce village, on délivre la petite martyre. Les cris de plus en plus étouffés et plaintifs de la malheureuse enfant ne tardent pas à attirer les habitants du pays.

On parvient à distinguer que les soupirs partent du fond du puits de la propriété abandonnée. On y court. On avertit l'autorité de ce qui se passe. On va chercher un puisatier qui descend dans l'abîme.

Il en revient avec l'enfant.

Dans quel état son sauveur la retire-t-il !

Elle a les jambes fracturées, le corps jusqu'à la tête est rempli de plaies déjà tuméfiées. La terreur, la douleur provoquées par l'horrible drame dont elle a été la victime, ont frappé autant son esprit que son corps.

Elle ne peut parler. A peine rendue à la lumière, elle s'évanouit. Dans sa léthargie, comme dans les affres de la mort, l'enfant conserve les traces d'une touchante beauté.

L'intelligence, la douleur, sont peintes sur ses traits d'une pureté, d'une correction de lignes, qui laissent supposer que cette enfant appartient à des gens d'une grande famille.

Du reste, elle est vêtue avec une certaine coquetterie. Sa beauté, sa mise, les circonstances horribles qui l'entourent, redoublent l'intérêt qui se porte sur la jeune martyre.

On s'empresse de la transporter à l'hospice Cochin. En vain cherche-t-on à lui faire recouvrer la parole, les soins des docteurs sont superflus.

A peine à l'hôpital, elle y meurt.

Alors, son corps est relégué à la Morgue.

La découverte mystérieuse de cette enfant jetée dans un puits, est bientôt sue de tout Paris.

Moyaux se précipita en tirant !! (Page 450.)

Les journaux se livrent aux conjectures les plus romanesques sur le mystère de l'enfant trouvée dans le puits de Bagneux

La capitale est en émoi.

Pendant quelque temps, les journaux brodent mille thèmes sur la délivrance de cette enfant trouvée au fond d'un puits et morte à l'hospice Cochin ; ils font les commentaires les plus invraisemblables et les plus romanesques. Ils excitent dans Paris une insatiable curiosité.

Enfin, un coin du voile de cet impénétrable mystère est soulevé par l'apparition, à la Morgue, du sieur Minard, son grand-père. Il la reconnaît ; en même temps, il déclare que son gendre, un nommé Moyaux, peut seul être l'auteur de sa mort.

Moyaux est activement recherché. La police apprend, par le grand-père maternel, que Moyaux est un faussaire ; il a été chassé de la maison Crespin pour abus de confiance ; sa fille, sa femme, l'a quitté, pour ne pas s'associer à ses méfaits. Selon le dire de Minard, c'est pour se venger de sa femme qu'il a tué la petite Jeanne.

Malgré les recherches de la police, Moyaux parvient à cacher à Montmartre le lieu de sa retraite. On pense même qu'il est retourné en Belgique, lieu qu'il avait choisi quand sa femme l'abandonnait, après ses derniers vols, dans la maison Crespin.

Mais le 16 février, Moyaux révèle sa présence à Paris par de nouveaux crimes.

Depuis la mort de sa Jeanne, Moyaux n'a plus qu'un désir : celui de satisfaire sa vengeance en tuant sa femme.

Pendant huit jours, après le trépas de sa fille, Moyaux venait rôder chaque soir autour de la maison de Minard, son beau-père, qui, à Bagneux, avait recueilli Mᵐᵉ Moyaux.

Le 16 février, vers sept heures du soir, Moyaux s'était mis en observation sous un hangar attenant à la maison de son beau-père ; celui-ci était alors en train de souper avec sa fille.

A huit heures, le repas terminé, Minard sortit pour aller dans la cour. Moyaux le vit passer, et pensant trouver sa femme seule dans la cuisine, il y entra précipitamment.

Le mari s'était précautionné d'un revolver. La femme, à ce moment, remontait l'escalier de sa chambre, située au premier étage. Moyaux se précipita sur ses pas, en tirant sans la voir, mais dans sa direction, un coup de feu qui ne l'atteignit pas.

Au premier coup, sa femme avait gagné sa chambre avec précipitation, et elle s'y était enfermée.

Elle entendit briser la porte ; alors, folle de terreur, elle se jeta par la fenêtre et alla se réfugier chez un voisin.

Presque au même instant, Minard accourait au secours de sa fille ; il s'élançait dans l'escalier.

Moyaux se retourne vers lui, il l'ajuste et lui tire presque à bout portant un autre coup de revolver. Minard se sauve en criant au secours. Une servante donne l'alarme. De toutes parts les gens de Bagneux se rassemblent autour de la maison.

Moyaux, à la fuite de son beau-père, est resté au premier étage, après avoir blessé Minard à l'épaule.

Dans son exaspération, le meurtrier décharge, par deux fois, son revolver au milieu de la chambre, où il cherche sa femme dont il ignore la fuite.

Enfin, plusieurs personnes pénètrent dans la maison ; quand ils se montrent au pied de l'escalier, ils sont assaillis par deux coups de revolver qui les font tout de suite reculer.

Un instant après, Moyaux apparaît à la fenêtre du premier étage ; il tire deux autres coups de feu, sans atteindre personne.

Une attitude aussi déterminée, une défense aussi terrible, intimident les assistants, à tel point qu'ils oublient de cerner la maison.

Quand la gendarmerie arrive sur les lieux, il est trop tard : Moyaux a disparu.

Trois semaines se passent encore, et Moyaux parvient de nouveau à échapper à toutes les recherches.

Durant ces tragiques événements, on enterrait la petite Jeanne. Tout Bagneux était dans la désolation et la terreur.

Le signalement de la malheureuse enfant était publié dans les journaux ; son image avec celle du meurtrier, son père, était reproduite par de nombreuses photographies.

L'enfant était représentée avec la cuisse et la jambe gauche fracturées, avec les reins et le front portant les traces du siège de graves contusions.

La figure du meurtrier, tête pâle, expressive, au nez droit, au front élevé, surmontée d'une abondante chevelure, est aussi dans toutes les mains.

Et trois semaines après l'événement, le 9 mars, en traversant la rue Saint-Paul, Moyaux est remarqué et reconnu par un ancien collègue avec lequel il avait travaillé dans la maison Crespin.

Ce collègue le fait arrêter par un agent.

Saisi à l'improviste, Moyaux n'oppose aucune résistance. Conduit chez le commissaire, il ne nie plus ses crimes dont il doit rendre compte à la justice.

LXXXIX

MOYAUX

Voici ce qui avait amené ce crime épouvantable :

Deux jours auparavant, Moyaux séparé de sa femme depuis plus d'un an, l'avait rencontrée, lorsqu'il allait voir sa fille, à Bagneux.

L'épouse adultère et l'époux criminel s'étaient retrouvés par hasard dans la même voiture les conduisant à la même localité.

Ce qui avait redoublé la rage de l'époux outragé par cette rencontre de Mme Moyaux, c'est qu'elle n'était pas seule. Elle était accompagnée d'un jeune blondin, un nommé Centener, son amant, avec qui elle avait fait le voyage d'Amérique.

Mme Moyaux n'était pas sans agréments ; c'était une jeune personne, au visage pâle, aux cheveux châtain foncé, au nez droit, à la bouche fine, à l'ovale allongé, ce qui lui donnait un certain cachet de distinction.

M. Moyaux n'était pas sans connaître le passé de sa femme avec son amant.

En revoyant son infidèle avec l'homme qui, selon lui, était la cause de ses infortunes, Moyaux ne fut plus maître de lui.

Il bondit comme un furieux sur les coupables. A coups de pied, à coups de poing, il les force à se séparer. Il eût eu raison d'eux sans des témoins qui s'interposèrent entre lui et les jeunes gens.

Ces témoins étaient des gens de Bagneux.

Ils connaissaient, par ouï-dire, le passé peu recommandable du mari outragé.

Tous prirent fait et cause pour Mme Moyaux et son amant.

Sans eux, le mari leur eût fait passer un mauvais quart d'heure.

On sépara l'époux furieux au moment où il se jetait à la gorge de son rival, pour étrangler le blond Centener !

Moyaux avait bien d'autres griefs à démêler avec la justice, et il n'osa pas, en public, assouvir les désirs de sa légitime vengeance.

Une fois revenu à lui-même, son désespoir fut au niveau de sa rage. Il réfléchit, il se dit que dès que les gens de Bagneux, avec sa femme, l'avaient vu dans la voiture de la localité, la retraite de sa fille n'était plus sûre.

Une de ses représailles contre sa femme lui échappait encore ; il ne tenait plus son épouse par son enfant.

Immédiatement après la scène qui venait d'avoir lieu avec elle et Centener, il reprit une autre voiture.

Il était bien résolu à retirer la petite Jeanne du pays que sa femme habitait avec son beau-père.

A cette époque, il avait remis sa fille en pension chez une veuve, la veuve Marchais.

Moyaux pensait avec raison qu'après avoir été vu dans la voiture de Bagneux, l'endroit où il cachait la petite Jeanne étant connu, celle-ci ne tarderait pas à lui être disputée par sa femme.

Déjà, à Sens, celle-ci avait voulu revoir sa fille lorsque son mari la lui avait retirée pour la reporter chez cette veuve.

Ce que son épouse avait tenté, à son retour d'Amérique, elle devait tenter de le faire encore, étant placée à la porte de Mme Marchais, qu'elle connaissait aussi bien que lui.

Moyaux courut comme un fou jusqu'au milieu du pont! Page 455.)

Donc, après les vives explications du mari, de la femme et de l'amant, Moyaux ne voulut pas la laisser une heure de plus à Bagneux.

Il se rendit chez la veuve Marchais ; il lui redemanda son enfant ; il paya, avec ce qui lui restait d'argent, le prix de sa pension, puis il l'emmena.

Avant de la reprendre, il ne put s'empêcher de consoler la veuve qui aimait la petite Jeanne comme si elle était sa fille.

Pénétré des regrets exprimés par la veuve, il lui dit avec une franchise qui trahissait l'amertume de son âme :

— Hélas ! ma pauvre dame, vous avez bien raison de la pleurer ; peut-être ne la reverrez-vous jamais !

Lui-même avait des larmes dans les yeux, des sanglots dans la voix, en faisant à Mme Marchais cet aveu dont elle ne pouvait comprendre cependant le véritable et terrible sens !

Il partit avec Jeanne de Bagneux ; il se rendit à Montmartre. Là, un nouveau coup allait le frapper.

Depuis qu'il avait quitté sa femme ou que sa femme l'avait quitté, il vivait avec une fille qu'il avait ramenée de Belgique, une nommée Louise Ducrucq.

On ne la connaissait dans le quartier que sous la dénomination de la *Grande Louise*.

En la quittant le matin pour se rendre à Bagneux, Moyaux avait dit à sa maîtresse qu'il ne reviendrait que le soir, accompagné probablement de sa fille.

Cette nouvelle avait souri médiocrement à la courtisane. La Grande Louise n'avait suivi Moyaux de Belgique à Paris, que parce qu'elle partageait avec lui ses dernières ressources.

Maintenant, son amant n'avait plus d'argent; les revenus qu'il avait tirés de faux bons Crespin, fabriqués par lui, étaient épuisés; le prix de la maison dont il avait hérité, dans son pays, avait été mangé avec *la* Louise. Celle-ci ne voyait dans le retour de Moyaux avec son enfant qu'un embarras de plus. Elle aurait eu le père et la fille sur les bras? Elle préférait les quitter, retourner à sa terre natale, à la recherche d'un autre amant.

Elle aussi, avait mûri son plan, depuis qu'elle cohabitait avec Moyaux, à Paris, tantôt à Montrouge, tantôt à Bercy, où elle recevait parfois la petite Jeanne qui l'appelait sa *seconde maman*, tant que cette seconde mère pouvait encore vivre des largesses de son protecteur.

Maintenant que ce protecteur exigeait d'elle des sacrifices, la seconde mère disparaissait, elle fuyait le foyer de Montmartre!

En revenant de Bagneux, en apprenant par la concierge que Louise Ducrucq venait de le quitter sans retour, Moyaux s'affecta, moins pour lui que pour sa fille, de sa fuite précipitée.

— Maintenant, se demanda-t-il, que deviendra-t-elle?

Il pensait à Jeanne; il se demandait encore :

— S'il se séparait de Jeanne, elle retournerait avec sa femme?

Et il ajoutait :

— Mieux vaut qu'elle meure avec moi que de la savoir avec mon épouse.

De ce jour, son infâme dessein était mûri dans son esprit.

Abandonné de sa maîtresse comme il l'avait été de sa femme, Moyaux n'eut plus qu'une idée fixe : choisir bien le moment de faire disparaître à jamais son enfant.

Ce fut sous l'empire de ses infernales préoccupations que, le lendemain, il descendit dans Paris, pour revoir une dernière fois ses connaissances.

D'abord, il se rendit avec sa fille rue des Francs-Bourgeois, chez les époux Barreaux. Il leur annonça d'un air déterminé et plein d'entrain :

« Qu'il leur faisait ses adieux parce qu'il allait quitter la France avec sa Jeanne. Il avait, prétendait-il, trouvé à l'étranger une bonne place qui lui permettrait de vivre loin de sa coquine de femme et d'assurer un sort à son enfant. »

Après le dîner, il quitta les époux Barreaux ; il se rendit chez les époux Bergal.

Il leur conta la même histoire ; puis, Moyaux pria la femme Bergal de lui garder son enfant, pendant qu'il ferait une partie de billard avec son mari.

Il avait dîné avec les Barreaux, il achevait la soirée avec les Bergal.

Mais la partie de billard s'étant prolongée, la femme Bergal était venue relancer, vers les onze heures, son mari. Elle le séparait de Moyaux, en lui remettant, au café même, son enfant qui s'était endormie chez elle.

A onze heures du soir, Moyaux se retrouvait seul dans Paris, avec sa fille endormie, qu'il portait sur ses épaules.

Son parti était bien arrêté. C'était la dernière nuit qu'il devait passer avec sa fille.

Après avoir pris congé des Bergal, Moyaux, chemin faisant, se vit près du pont de l'Estacade.

Là, il s'arrêta. Puis emporté par la fièvre d'une surexcitation d'autant plus violente qu'elle avait été longtemps contenue, Moyaux courut comme un fou jusqu'au milieu du pont.

Arrivé au sommet de cette charpente titanesque, où les flots de la Seine grondent toujours à travers les piles de bois qui craquent aux rafales du vent, Moyaux frémit, tressauta.

Déjà il avait pris sa fille endormie sur ses épaules ; il s'apprêtait à la lancer avec force, en dehors du parapet, lorsque la peur, ou la douleur, l'arrêta.

Il avait cru voir des ombres qui, peut-être, le suivaient et l'épiaient. Il replaça son enfant sur ses épaules ; il reprit sa course, une course vertigineuse, jusqu'au bout du pont de l'Estacade.

Moyaux avait-il eu peur de ces ombres ? ou plutôt avait-il fait la même réflexion qui était venue à Dumollard : « que l'eau rend toujours les cadavres » !

En tous les cas, après avoir remis la petite Jeanne sur son dos, Moyaux courut le restant de la nuit, à travers Paris. Il arriva à Sceaux, vers une heure du matin. Il parvint à un endroit qu'il connaissait de longue date, à un puits désert attenant à une habitation détruite pendant la guerre.

On a vu comment Moyaux y réalisa son plan infernal ; on a vu les conséquences terribles qui s'en suivirent !

XC

LES ÉPOUX MOYAUX

C'est un premier faux pas dans le ménage des époux Moyaux, qui a placé le meurtrier de Jeanne sur la voie du crime.

Qui l'a fait le premier? Est-ce Mᵐᵉ Moyaux, l'adultère? Est-ce son époux, le commis infidèle de la maison Crespin?

Les débats, aux assises, n'ont pu bien établir le point de départ d'où se sont déroulés les terribles événements de Bagneux.

Un témoin dit à l'audience :

« Sans la conduite de Mᵐᵉ Moyaux, rien de ces affreux malheurs ne serait arrivé. Moyaux était un *honnête homme*. Il serait resté honnête si sa femme était restée fidèle à ses devoirs. »

Il ressort du témoignage de cet ami de Moyaux, que l'influence de la moralité de la femme aurait pu agir sur la moralité du mari ; c'est le contraire qui a eu lieu. La jeunesse de ce criminel est là pour l'attester.

Moyaux, jusqu'à son mariage, est un ouvrier laborieux. Ouvrier charron, il arrive à Paris vers 1867, à l'âge de vingt ans. Il devient à Bagneux l'ouvrier de Minard ; l'année suivante, il épouse sa fille.

Des trois enfants que lui donne son épouse, un seul survit, Marie-Jeanne, née en 1873.

Jusqu'en 1875, le mariage est uni ; mais vers la fin de 1875, Mᵐᵉ Moyaux fait la connaissance d'un marchand de café qui habite sa maison.

Une lettre anonyme lui apprend son malheur et jusqu'au nom du galant qui l'a supplanté ; c'est un nommé Centener. Dès lors, de violentes colères éclatent entre les deux époux.

Tant que Moyaux travaillait pour son ménage, il n'avait pas manqué de courage. Mais le jour où il n'a pas trouvé au foyer domestique celle qu'il avait aimée, il succombait ; il perdait le goût du travail. Il n'avait plus les notions du juste et du bien.

Ce fut d'abord par dépit qu'il livra à la cupidité son honnêteté première. Il imita les bons Crespin, avec la signature manuscrite de son caissier, et des détails nombreux qui semblent défier le faussaire.

Son épouse était adultère, lui se faisait faussaire. Mᵐᵉ Moyaux avait assisté à la frauduleuse contrefaçon de son mari, il lui avait enjoint de s'y associer.

Les habitants de Bagneux croient reconnaître Moyaux. (Page 461.)

Elle s'y était énergiquement refusée ; elle l'avait même menacé de le dénoncer.

— Si tu me dénonces, lui répliqua-t-il un jour, je te brûle la cervelle.

Les nuages qui s'amoncelaient au ciel des époux Moyaux, étaient grossis par les visites presque quotidiennes du galant Centener.

A cette époque, on voyait tous les matins, à neuf heures, Centener qui venait remplacer Moyaux parti pour travailler.

En 1876, Centener va aller en Amérique pour l'exposition de Philadelphie ; il propose à Mme Moyaux de l'emmner.

Alors elle fait une nouvelle scène à son époux qui, las de son indifférence, aigri de ses préférences pour un autre, la chasse de chez lui.

Mme Moyaux, qui lui abandonne son enfant, lui demande, en échange, de lui rendre entièrement sa liberté.

Moyaux lui donne cette autorisation par écrit :

« J'autorise ma femme, écrit-il, à voyager seule où elle voudra et à se faire délivrer tous les passeports dont elle aura besoin. »

Mais en lui donnant cette autorisation, Moyaux ignorait la secrète pensée de sa femme, de partir avec Centener.

« — Si je l'avais su, dit-il plus tard à ses juges, je les aurais fusillés. »

Une fois sa femme perdue pour lui, Moyaux se consacra à son enfant. Toutes les semaines il va la voir chez Mme Marchais, à Bagneux. Il la retire plus tard, parce que la pension est trop chère pour lui et il la place à Sens.

Moyaux a encore un autre but; à Bagneux, sa femme voyait sa fille; en la plaçant à Sens, chez sa nourrice, il espère dérober Jeanne à sa mère. La Haine est sœur de l'Amour. Maintenant, entre les deux époux séparés par un amant préféré, il n'y a plus que de la haine.'

Sitôt la femme Moyaux de retour d'Amérique, elle vient réclamer à Bagneux son enfant. On lui apprend qu'elle est à Sens, chez sa nourrice.

La mère y arrive avec son amant. Justement Moyaux se trouvait aussi à Sens. Les époux se rencontrent. Il y a entre eux une scène de violence. Moyaux frappe sa femme ; il refuse de lui laisser la petite Jeanne.

Elle repart. Mais elle écrit à son mari en le menaçant de le dénoncer comme faussaire s'il ne lui livre pas sa fille.

Cette imprudente menace ravive l'inquiétude de Moyaux ; elle exaspère ses craintes.

Quoi, cette femme coupable serait la maîtresse de son sort ! Elle lui imposerait, en traînant son amant après elle, toutes les conditions qu'il lui plairait de formuler !

Moyaux se révolte et s'irrite. La colère, la haine et la crainte ne lui inspirent plus que des idées de vengeance. Tous les crimes se tiennent. La première étape est franchie ; Moyaux ne pourra bientôt plus mesurer la profondeur de sa chute.

Moyaux écœuré, Moyaux dévoyé, voyage à Bruxelles ; il prend une nouvelle compagne, une fille ; c'est une nommée Louise Ducrucq. Elle l'accompagne à Paris. Pour narguer sa femme, il fait entrer la petite Jeanne dans son ménage irrégulier. Ce ménage vit presque convenablement à cause de l'enfant.

Cette vie ne peut plaire longtemps à la fille Ducrucq.

Son amante, pour ne pas être importunée par la petite Jeanne, la fait placer'à Montmartre, chez une femme Daviot.

Là Moyaux et la Grande Louise cohabitent jusqu'au jour où son amant épuise avec cette fille de plaisir ses dernières ressources.

C'est alors que s'accentue pour Moyaux une vie inquiète et fiévreuse.

Il a quitté Paris, il est allé à Bruxelles, moins pour vivre éloigné de sa femme que parce qu'il croit qu'on le poursuit, à cause des faux bons Crespin.

Moyaux a au flanc une double blessure : le mari trompé ne peut se venger parce que le faussaire se voit toujours poursuivi.

A Paris, Moyaux éprouve encore d'autres tortures ; Moyaux, qui ne peut plus payer, à Montmartre, les frais de pension de sa fille, la passe de main en main ; la pauvre enfant doit appeler la concubine de son père : *Maman Louise*.

Cependant, le père prétendait soustraire son enfant aux mauvais exemples de la mère ; et lui-même était obligé de la confier aux soins d'une prostituée !

Dès ce jour, Moyaux éprouve les tourments de l'enfer. Louise Ducrucq ne veut plus accepter les charges d'une enfant qu'elle ne peut nourrir. Elle est à la veille de quitter un amant qui ne peut plus payer ses caprices.

D'un autre côté, sa femme est sur le point de reprendre la petite Jeanne dès que son père n'est plus en état de subvenir à ses besoins.

De toutes parts il est traqué : par la police et par la passion.

Pourtant, pour garder sa fille, Moyaux, à Bagneux, à Sens, comme à Montmartre, s'est formellement engagé à payer la pension de Jeanne.

Mme Marchais, la veuve de Bagneux, l'avoue elle-même devant les juges :

— C'est Mme Moyaux, dit-elle, qui, au nom de son mari, m'a remis l'enfant à son départ d'Amérique ; elle m'a assurée que c'était son mari qui payerait la pension.

Mme Charles, à Sens, Mme Daviot, à Montmartre, qui ont aussi élevé et nourri la petite Jeanne durant l'interrègne de la Grande Louise, tiennent à peu près le même langage.

Ainsi Moyaux, nature aimante et passionnée, a été joué par sa femme.

Depuis qu'elle a pour amant M. Centener, elle n'a cessé de duper son mari. L'amant l'avoue également lorsqu'il dit au tribunal :

— Avant d'emmener Mme Moyaux à Philadelphie, je lui ai dit qu'il fallait une autorisation écrite de son mari ; elle est parvenue à l'obtenir sans trop de difficultés.

Dès que le cadavre de la petite Jeanne est reconnu à la Morgue, Moyaux est vivement recherché.

Pendant longtemps, grâce à des déguisements sans nombre qui montrent son habileté à changer d'aspect, il réussit à dissimuler sa retraite.

Désormais, c'est une lutte entre lui et sa femme, une lutte à mort. Il y succombera, mais elle succombera avec lui.

Comme le sanglier traqué par les chasseurs, Moyaux déjoue les pistes de la police. Il n'a qu'un objectif : sa femme, d'accord avec la justice pour le traquer et le prendre.

Il défie les embûches qu'on lui tend ; il se plie, en apparence, à tout ce que la force publique exige de sa résignation.

Mais il guette seul, malgré la police, contre tout le monde, sa femme qui le vise en plein jour, et lui, Moyaux, la vise constamment en pleine nuit.

Chasse contre chasse, piste contre piste. Moyaux surmonte tous les obstacles, il déjoue toutes les ruses de ses adversaires. Il en invente pour avoir raison de sa femme devenue son implacable ennemie, et il la vise dans le mystère, le silence et la nuit.

Ce duel inégal est engagé entre elle et lui, le jour où, sans ressources, abandonné de tout le monde, ne sachant plus à qui confier son enfant, M*** Moyaux lui écrit :

« Victor — c'est son prénom — si demain, à deux heures, Jeanne n'est pas rentrée à Bagneux, chez madame Marchais, je te dénonce à la justice. »

Et il la ramène à Bagneux. Il a l'air de se soumettre, mais ce n'est, en réalité, que pour mettre à exécution son infernal projet.

Dès que sa femme, par ce dépôt forcé, redevient la maîtresse de Jeanne, il l'a dit et il exécutera sa parole :

— Plutôt que de la savoir avec ma femme, j'aimerais mieux la voir morte.

Alors il va la chercher après avoir répondu à l'intimidation de l'épouse ; mais, par un malheureux hasard, il la retrouve dans la voiture de Bagneux, en tête à tête avec son amant.

Il se jette sur elle, sur Centener ; il les aurait tués, sans l'intervention des témoins de cette scène de violences.

On a vu comment il s'en tira, comment la petite Jeanne, à la suite de cette dernière scène, fut condamnée par son père !

Dès la mort de sa fille, Moyaux n'a plus qu'un but : la faire payer à sa femme ; la tuer à son tour, comme il a tué son enfant.

Pour dérouter la police qui protège sa femme, qui se place entre elle et lui, il écrit une longue lettre au *Petit Journal* ; il annonce qu'après la mort de Jeanne, la vie lui est insupportable.

« Sa soif de vengeance contre la mère, la cause de ses maux, ne le

Ce soir je m'embusquerai près du puits. (Page 462.)

soutient même plus. Il avoue que, lorsque la presse insérera cette lettre, le suicide aura fait cesser ses tortures. »

Cette lettre n'est qu'une tactique pour donner plus de liberté à sa femme et mieux la placer à sa portée.

Sur l'avis de Moyaux, son épouse, moins entourée de protection, est sur le point de devenir la proie du vengeur de sa fille.

Des habitants de Bagneux croient reconnaître Moyaux qui rôde autour de la maison de son père, où elle s'est réfugiée.

Ils en avertissent Mme Moyaux. Elle ne sort plus seule à Bagneux et se met sur ses gardes.

Moyaux, de son côté, apprend les défiances de son épouse ; elle a deviné que, malgré sa lettre au *Petit Journal*, Moyaux n'attend que le moment d'en finir avec elle, alors il lève le masque et change ses batteries.

Il lui écrit personnellement, et personnellement il ne craint pas de lui avouer qu'il veut la tuer.

Dans sa lettre, il lui dit :

« La mort de Jeanne est le chef-d'œuvre que vous avez fait faire. Vous vous êtes méfiée de la lettre adressée au *Petit Journal* et vous avez eu raison. Car je n'aurais plus rien à venger si je mettais fin à mes jours. »

Dans cette épître pleine d'ironie, où une haine aiguë perce à chaque ligne, Moyaux ajoute :

« J'avais annoncé mon suicide uniquement pour mieux vous prendre à mon piège. Je m'aperçois que vous me connaissez bien, car vous n'avez pas cru à ma mort. Cependant, lorsque ma petite Jeanne a été précipitée, j'ai voulu la suivre, mais je me suis arrêté et j'ai songé à vous ! »

Pour bien démontrer à sa femme que, malgré la police, il la suit pas à pas, il lui annonce :

« C'est la quatrième fois que je vais à Bagneux ; ce soir, je recommencerai. Hier, j'y étais encore. En voulez-vous une preuve? Hier, à dix heures, vous étiez en train de vous coucher. Ce soir, je m'embusquerai près du puits, je serai plus près, là, pour voir s'il y a lieu de faire feu sur vous.

« Vous pouvez, si vous croyez cela utile à votre sûreté, avertir ceux qui vous gardent; moi je ne les crains pas. J'ai trouvé moyen de me rendre méconnaissable. Hier, j'ai rencontré un ouvrier chapelier de mes amis ; il ne m'a même pas reconnu. »

Cette lettre était écrite à dessein par Moyaux ; c'était, de sa part, un raffinement de cruauté pour aiguillonner les tortures de celle qu'il voulait sacrifier.

Il croyait ne pas lui faire payer assez les tortures qu'il avait éprouvées en sacrifiant l'enfant qu'elle avait voulu lui arracher.

Il terminait sa lettre par un long post-scriptum où il disait encore :

« Malgré mon crime, l'opinion publique vous a jugée : hier, je dînais avec un marchand de vins, qui prétend me connaître. Cependant, après lui avoir caché mon nom et ma personne, il me dit, en parlant du meurtrier de Jeanne :

« — Je le connais bien ! C'est un homme de votre genre. J'aurais préféré que le crime eût été commis par sa mère, car c'est une femme de mauvaise vie. »

L'opinion se prononçait donc en sa faveur par un témoin inconnu comme ce témoin qui disait aux assises :

— Sans la conduite de Mme Moyaux, rien de cet affreux événement ne serait arrivé.

Lorsqu'on suit les détails de cette sinistre affaire, on sent que Mme Moyaux, épouse haineuse, qui n'a d'ardeur que pour ses caprices, a irrité sans cesse les passions de son époux; c'est elle, sans sortir de la légalité, qui a conduit Moyaux sur la pente du crime.

S'arrêtant dans la galanterie à l'extrême lisière de l'improbité, irritant, par ses calculs, l'homme qui l'aimait, elle l'a sinon conduit, du moins poussé dans le meurtre.

C'est elle, elle seule, par ses désirs, par ses menaces, par ses ruses, qui a réduit son époux à cette extrémité.

Moyaux ne pouvant plus nourrir son enfant, ne voulait pas la rendre à sa mère qui, sur son dire et le dire des voisins, menait une vie de fille publique, et il a préféré lui tuer son enfant !

Une fois en dehors de la société, par son forfait, Moyaux, déjà faussaire depuis que sa femme l'a trompé, Moyaux est poussé à bout.

Il déploie, par passion, autant de ruses qu'en avait employé sa femme par calcul. Il veut rayer du monde son épouse par la mort, comme il s'est rayé de la société par le plus épouvantable des crimes !

Dans son dernier attentat, Moyaux ne réussit pas. Il n'aboutit qu'à se rendre plus odieux.

Que la fureur d'un homme se rue contre la vie d'un autre homme, la société, pour sa propre sécurité, en doit la répression. Mais quand ce sont, non plus ses lois sociales, mais les lois de la nature qui sont brisées, alors éclate une horreur dont la conscience publique est saisie dans ce crime Bagneux.

Cependant, dans toutes les passions qui ont agité le faussaire et l'assassin, le mari et le père, le tribunal et les jurés dégagent ce qui a été le mobile de ce crime monstrueux , c'est-à-dire Mme Moyaux qui a inspiré à cet abandonné, à ce père infortuné, son assassinat contre nature !

XCI

LE JUGEMENT

On s'attendait dans le public à la condamnation à mort de Moyaux. Son crime le désignait à la peine capitale. L'exécuteur R*** s'apprêtait à en recevoir l'ordre du procureur de la République.

Mais le défenseur de Moyaux, Me Demange, par sa réplique aux conclusions de l'avocat général, opéra un revirement d'opinion. Il arrêta

dans les consciences l'arrêt qui était sur les lèvres des hommes du prétoire.

Il démontra que la peine la plus terrible, pour Moyaux, était plutôt de
le laisser vivre que d'abréger ses jours.

Voici la fin de cette éloquente réplique dont la vérité fait le principal
mérite :

« Moyaux,—dit Mᵉ Demange,—n'a médité la mort de son enfant, qu'a-
près la scène du 9 janvier, lorsqu'il rencontra son épouse, toujours accompagnée de son amant.

« Plutôt que de laisser sa fille entre les mains de la femme adultère, il
a préféré la voir mourir.

« Alors il se met à la recherche de sa femme. Il ne la trouve pas; s'il
ne la rencontre pas dans la journée du 2 février, il faut qu'il meure et
l'enfant avec lui.

« Ah ! si Moyaux a tué son enfant pour faire disparaître un embarras,
vous, juges, soyez impitoyables !

« Mais s'il a agi sous l'empire de l'amour de sa fille et de la haine de
sa femme, dans le paroxysme de passions qui l'aveuglaient, vous juges,
vous ne devez pas laisser mourir cet homme qui, du reste, veut mourir.

« Un père ne tue pas son enfant par de misérables questions d'intérêt.

« Et l'amour de son enfant, la haine de sa femme n'expliquent-il pas
son crime ?

« Sa raison a été brisée au choc de ces deux passions.

« A-t-il voulu mourir ?

« On ne conteste pas qu'il ne redoute pas la mort, puisque deux fois,
dans sa prison, il a tenté de se la donner.

« Aimait-il son enfant ?

« Les témoignages sont unanimes. Si la mère était morte, l'enfant aurait vécu. La mère a vécu, l'enfant est morte, hélas !

« Dès le lendemain, le père qui adore sa fille, et qui la tue par folie,
le lendemain, il se met de nouveau à la poursuite de sa femme. Par amour,
il a tué sa fille; par haine, il veut tuer sa femme.

« Cet homme a tué son enfant, pourquoi ?

« Voilà la seule question.

« Demandez-vous si le châtiment réservé à l'assassin qui tue pour voler
doit être appliqué également à celui qui sème la mort par amour et par
haine.

« Je vous demande donc pour Moyaux un châtiment plus terrible que
la mort.

Walker et lui volaient les mourants. (Page 467.)

« Et si vous appréciez tout ce que cet homme souffre de la mort de son enfant, eh bien! imposez-lui une vie d'expiation ; et qu'il se rappelle éternellement cette date fatale du 9 février, son malheureux enfant précipité et sa femme libre !

« Il n'est pas de souffrance plus terrible pour le cœur de ce père criminel. »

Ces arguments étaient une réplique victorieuse aux conclusions de l'avocat général ; ils étaient inspirés par les actes désespérés de Moyaux.

Par ses révélations, ils changèrent les décisions des jurés. Pour le coupable, ses plus violentes terreurs étaient moins sur l'échafaud que dans une détention perpétuelle.

Et Victor Moyaux est condamné à la peine des travaux forcés à perpétuité !

XCII

PIERRE VELKER

Par exemple, voici un monstre tout d'une pièce. Pierre Velker ne mérite ni la pitié qu'inspire le passionné Moyaux, ni l'indignation qu'excitent les Lacenaire et les Lemaire, ces adversaires de la société.

Velker est un être vil, bas et rampant, possédé des plus ignobles passions.

Rien que sa physionomie inspire le dégoût et l'effroi ; c'est un garçon de vingt-deux ans, aux traits grossiers, au teint glabre. Il a le front bas, les yeux petits, clignotants et chassieux, le nez fort et la bouche de raie.

Il a l'air hébété. On dirait que cet homme craint aussi bien la lumière du jour que l'approche de ses semblables appelés à condamner ses ignominies.

C'est l'homme de la nuit et de ses plus affreux mystères.

La peine de mort serait abolie qu'il faudrait la rétablir contre un pareil monstre dont la naissance est marquée au sceau de la réprobation et de l'infamie.

Pierre Velker a été jeté sur le pavé de Paris, après avoir été répudié de sa famille qui n'a pu avoir raison de ses ignobles instincts. Ses goûts contre nature en ont fait un fléau pour les siens, avant d'en être un pour la société.

Dès l'âge le plus tendre, il violait sa sœur. Il fallait que ses parents l'envoyassent dans une maison de correction qui ne put mettre un frein à ses viles passions.

A vingt ans, cet être abject, qui sait à peine lire et écrire, qui est dévoré d'idées malsaines et de désirs monstrueux, est employé dans la Compagnie des omnibus, pour conduire les chevaux de train.

Il fuit les hommes, il n'a pas un camarade. Le jour, il ne vit qu'avec ses chevaux ; une fois son métier terminé, il se livre à ses ignobles et épouvantables penchants.

Cet être appliquait sinon par théorie, du moins par instinct, le système horrible et dégradant du marquis de Sades ; une fois libre, il le mettait en pratique.

Il s'embusquait, au coin d'un carrefour, guettant les petites filles égarées ou faisant l'école buissonnière. Il les accostait et sur *ses économies*, il leur payait quelques friandises ; si elles ne repoussaient pas ses offres, si elles répondaient à ses avances, il poussait plus loin ses plaisirs de brute. Il les entraînait dans des cafés-concerts de bas étage, il prenait un soin extrême à leur faire comprendre le double sens des chants lubriques.

Si elles prenaient goût à cette dépravante instruction, Velker les faisait monter chez lui, dans son garni de la rue Nationale ; il les enivrait, finalement, il parvenait au but de ses ignobles désirs.

Pour se livrer à ses débauches, l'argent qu'il gagnait à son métier de conducteur de chevaux ne suffisait pas ; il s'était associé à un mauvais garnement qu'il avait connu dans la maison de correction.

Ce misérable, moins âgé que lui de trois ans, s'était fait, en sortant de la maison pénitentiaire, employé à l'hospice de la rue de Sèvres.

Dans la nuit, lorsque Velker n'était pas à l'affût des petites filles égarées, il se faisait l'aide de son camarade, veilleur d'hôpital. Il prenai la place d'un brancardier, moins dans l'intérêt des malades que pour les dévaliser avec son ami, à leurs derniers moments.

Oui, Velker et lui volaient les mourants ! On les vit, un jour, chercher dans les vêtements des malades confiés à leur garde, pour prendre ce qui leur restait dans leurs poches.

Tel était Velker !

Lorsque son sinistre complice dut rendre compte à la justice de ses vols monstrueux, il se contenta d'accuser ses camarades d'hôpital d'avoir été ses associés.

Il faisait allusion à Velker. Mais à ce moment-là, cet être abject était jugé à huis clos pour des méfaits bien plus monstrueux encore.

Ce voleur de *Machabées*, qui se faisait le complice d'*un corbeau* d'hôpital, pour se procurer de l'argent afin de satisfaire ses ignobles passions, avait bien d'autres crimes sur la conscience.

L'instruction judiciaire les énuméra sans détailler publiquement leurs cyniques et épouvantables circonstances.

Un jour, Velker était à l'affût de deux petites filles qui se refusaient de répondre à ses avances ; il avait appris que leurs parents étaient absents du logis.

Lorsque les enfants le fuient, lassés de ses obsessions, Velker se met à leur poursuite. Il monte avec elles jusqu'au logement de leur maison, où la concierge est également absente.

Ce soir-là, le misérable, possédé de passions érotiques, irrité de la résistance des deux petites filles, ne se possède plus.

Jusqu'au foyer paternel, il veut se livrer sur les enfants aux transports qui l'agitent et le grisent.

Il se rue sur elles. Après avoir employé la douceur, il se livre à la violence.

Velker, armé d'un couteau, leur crie que si elles ne cèdent pas à ses désirs, il les tuera.

Effrayées, les pauvres enfants s'élancent jusqu'à la fenêtre. Pour ne pas être les victimes des transports de cette brute, elles préfèrent la mort; elles s'élancent de la croisée dans la rue.

Le père et la mère de ces enfants demeuraient à un cinquième étage.

Le misérable a vu les petites filles tomber. Cet acte de désespoir le rend à la raison. Il fuit par la porte du logement où les enfants se sont précipités par la croisée.

Comme la concierge n'est pas encore rentrée, comme il fait nuit noire, personne n'a vu pénétrer ni sortir Velker.

En quittant la maison, il peut impunément traverser le trottoir, enjamber les corps de ses victimes, au crâne fracassé, aux membres broyés.

Personne n'a donc été le témoin de son acte de dépravation.

Il rentre à son garni, comme un innocent de la double mort de ces enfants !

Jusqu'au jour où Velker est arrêté, jusqu'à l'heure de l'instruction, ni sa logeuse, ni la famille des victimes, ne peut supposer que cet odieux personnage est la cause du trépas de ces innocentes. Il est mis sur le compte d'une imprudence ou d'un suicide.

Lorsque Velker est pris, après une nouvelle embûche préparée par sa passion contre nature, il explique à l'instruction la cause de la mort des deux jeunes filles qui ont préféré en terminer avec la vie plutôt que de céder à ses ignobles instincts.

Voici ce qui amena son arrestation. Dans son quartier, cette brute guettait depuis longtemps une autre petite fille, une nommée Joséphine, appartenant à la famille Eckerlé.

Il la surprend, près de son domicile, en train de sauter à la corde. Il l'interpelle, puis se met à jouer avec elle.

L'enfant, sans défiance, répond à ses avances. Puis après, il l'emmène à son logis et l'invite à se rafraîchir. Une fois avec elle, il la fait boire coup sur coup; dès qu'elle est grise, il l'étrangle avec sa corde à sauter.

A ce moment de l'agonie, alors que son corps pantelant tressaille dans les affres de la mort, il donne libre carrière à sa lubricité.

Une fois ses ardeurs assouvies, il rejette le cadavre sous son lit, s'y jette comme une masse repue et... s'endort !

Walker armé d'un couteau... (Page 468.)

La famille Eckerlé, ne voyant pas revenir, à minuit, la petite Joséphine, s'informe, dans le quartier, de ce qu'elle peut être devenue.

On lui apprend qu'on a vu jouer leur fille avec Pierre Velker dont la triste réputation n'est que trop connue.

Aussitôt le père et la mère, de plus en plus inquiets, se rendent à son garni. Ils somment sa logeuse, Mme Hurel, de leur dire la vérité.

Elle avoue qu'elle a vu Velker rentrer avec la petite Joséphine et que depuis, ni lui, ni leur fille n'est ressorti.

Immédiatement, les parents font requérir un sergent de ville. De par la loi, les parents pénètrent chez Velker; celui-ci, réveillé en sursaut, n'obéit qu'en tremblant aux injonctions d'un représentant de la force publique.

On ne tarde pas à retrouver sous le lit la nouvelle victime de ce lubrique bourreau d'enfants !

Conduit au Dépôt, Pierre Velker fait l'aveu de ces ignobles forfaits ; il est jugé à huis clos et condamné à la peine capitale.

Lorsque l'exécuteur R*** vint chercher Pierre Velker à la Roquette pour le conduire à l'échafaud, cet homme, perdu de débauches et de désirs hystériques, donna l'exemple d'une profonde résignation.

Il se contenta de dire à ceux qui le conduisaient au dernier supplice :
— Je savais bien qu'un jour ou l'autre, la justice me reprendrait.

Il alla à l'échafaud avec une certaine satisfaction. Il s'avança sur la lunette sans manifester ni regret, ni repentir.

Pierre Velker reçut le coup de la mort à l'exemple des convulsionnaires qui, sur la tombe du diacre Pâris, s'imposaient les supplices les plus atroces, en les recevant comme la plus grande somme de félicités !

XCIII

LE BEL AUBLIN

Un trio de coquins sema l'inquiétude et l'effroi, jusqu'à l'année 1877, dans les deux Flandres.

Longtemps on fut à démêler à travers l'inextricable réseau d'infamies, ourdi par ces trois scélérats, quels en étaient les véritables auteurs.

Des vols de toute nature, à Bruxelles et dans le département du Nord, étaient signalés de semaine en semaine. Il étaient exécutés avec une audace et une habileté extraordinaires.

En vain les douaniers, les gendarmes, les policiers de Belgique et de France, s'étaient-ils mis en campagne contre ces forbans. Ils se dérobaient à toutes les requêtes ; ils esquivaient toutes les poursuites.

Ces misérables ne répondaient à ces soldats de la magistrature qu'en recommençant de plus belle leurs ténébreux exploits. Ils les couronnèrent par l'assassinat du percepteur de Sivry, un vieillard de soixante-six ans, que ces scélérats tuèrent avec sa bonne, en lui emportant une somme évaluée à cent mille francs !

Ce percepteur, à Sivry, arrondissement de Charleroi, habitait seul avec sa domestique, une nommée Rosalie, âgée de soixante-neuf ans, une maison située entre deux chemins, à peu de distance du bureau de la douane et à l'extrémité du village.

Le lundi 26 juin 1876, un nommé Florimond, journalier à Sivry, étant venu, à six heures du matin, chez le receveur communal, afin de toucher le montant d'un mandat, trouva dans la cuisine le cadavre de la vieille Rosalie.

Il était criblé de dix-huit blessures qui avaient brisé des côtes, perforé huit fois le poumon et atteint le péricarde et le cœur.

Florimond découvrit ensuite, dans la salle à manger, le corps inanimé du receveur, nommé François Meurant.

Meurant était percé de dix-neuf coups, dont huit dans le dos et onze au côté gauche de la poitrine. La poche du pantalon de la victime était retournée. On y avait pris la clef du coffre-fort.

Le receveur était très estimé et très aimé dans le pays.

Sa mort tragique, celle de sa vieille servante excitèrent l'indignation publique. De nombreux témoins vinrent signaler comme les coupables deux étrangers qui étaient venus le 23 à Beaumont.

Le signalement de ces individus répondait à celui des bandits qui, depuis quelque temps, ravageaient et pillaient le pays.

C'étaient des repris de justice, deux Français; l'un se nommait Léonard Aublin, l'autre Aimable Crochon.

Le 25, on les avait revus avec un nommé Vital Bernard, également un repris de justice.

Ce Vital Bernard ressemblait à tel point à Léonard Aublin, qu'on les aurait pris pour deux jumeaux. Quand ils étaient séparés, il aurait été impossible de ne pas les prendre l'un pour l'autre.

Ayant la même physionomie avec la même perversité, Aublin et Bernard devaient se rencontrer pour profiter de leur ressemblance, afin de mieux déjouer la justice.

C'était cette ressemblance avec Léonard Aublin qui avait attiré un moment à Vital Bernard la sympathie du percepteur Meurant.

Bernard Vital, sabotier à Sivry, avait été remarqué par le vieillard millionnaire. Celui-ci, était l'oncle maternel d'Aublin, le fils de sa sœur, dont il n'avait pas entendu parler depuis dix-huit ans; il aimait à se rappeler, dans la personne de Bernard, son neveu si regretté. Il se complaisait à le retrouver sous les traits du sabotier de Sivry.

Qu'était donc devenu Aublin? Personne ne le savait à Sivry. Seulement on disait qu'après certaines peccadilles de jeunesse, qui l'avaient fait chasser de sa famille, Aublin était parti pour l'Amérique.

Après diverses aventures ou plusieurs mésaventures très malheureuses, l'enfant prodigue, — ajoutait-on, — était mort aux États-Unis.

Peut-être était-ce Aublin, hôte ordinaire des prisons centrales, chef de bande de flibustiers, qui avait fait courir ce bruit dans sa terre natale.

Car Aublin cachait alors son odieuse personnalité; il voilait ses nombreuses iniquités sous différents noms d'emprunt.

François Meurant, nature aimante et généreuse, avait fini par prendre en amitié le sabotier Bernard Vital; sa personne, malgré ses allures triviales et son langage plus trivial encore, lui rappelait donc, en dépit de son défaut d'éducation, ce neveu perdu et si regretté !

Pour le percepteur, cet Aublin n'avait été qu'un enfant gâté dont la famille avait contribué à la perte par ses complaisances blâmables pour cet enfant prodigue.

Bernard Vital, dont la conscience ne valait guère mieux que celle de son Sosie, résolut de tirer profit de cette ressemblance avec le neveu qui lui attirait les sympathies de l'oncle millionnaire.

Bernard Vital en profita si bien qu'il se mit à faire des faux, imitant, pour son compte, la signature du percepteur. Il lui extorqua d'assez fortes sommes; il fit des billets qu'il passa en son nom. Il n'attendit pas leur échéance pour quitter Sivry et pour aller se faire pendre ailleurs.

Avant de recourir à cette extrémité, Bernard Vital voulut aller à la recherche de ce neveu tant regretté par l'oncle qu'il avait si abusé.

Ce neveu, dans la position critique où s'était mis Vital.Bernard par ses nombreux abus de confiance, devenait sa dernière planche de salut.

Par malheur, l'ancien sabotier ne put mettre la main sur Aublin dans son monde d'escarpes où, sans doute, son Sosie avait établi son quartier général.

Cela se passait plusieurs années avant le meurtre de Sivry.

A cette époque, Aublin expiait, à la prison de Loos, certains méfaits qui l'éloignaient de celui qui le recherchait avec tant d'opiniâtreté.

Aublin, fils d'un ancien capitaine de douane, beau-frère du percepteur de Sivry, Aublin ne s'était servi de l'intelligence dont il était doué, de l'éducation qu'il avait reçue, que pour faire le mal.

A cette époque, quoique n'ayant que trente ans, il comptait seize con-damnations.

Vital qui, après avoir quitté Sivry, continua partout où il passa, sa vie de faussaire et de voleur, fut arrêté.

Condamné à passer deux ans à la prison de Loos, le hasard lui fit connaître Aublin qu'il avait tant cherché sur les grandes routes.

C'est dans la même prison que les deux Sosies se retrouvent.

Le personnel de cette prison est tellement frappé de la ressemblance des deux bandits qu'il en fait part à Aublin et à Vital.

On sait que dans les maisons centrales, les prisonniers ne se désignent plus par leur nom, mais par leurs numéros.

Vital, quand on lui annonce à quel numéro il ressemble, ne doute plus qu'il est enfin côte à côte avec le neveu du percepteur.

C'est dans les endroits les plus déserts que les trois coquins se réunissaient. (Page 476.)

Il tient à entrer en relations avec lui, et qu'une fois leur temps fini ils travaillent ensemble à l'affaire de Sivry.

Voici comment les deux prisonniers se connurent et entrèrent en relation.

Ils se communiquèrent, ils se parlèrent au moyen d'un même livre qu'ils réclamaient simultanément à la bibliothèque de la prison.

Dans ce livre, Vital mettait, à un endroit indiqué, un papier où était inscrit, par chiffres, les lettres du volume qui formaient leur correspondance.

Lorsque Aublin redemandait le même livre remis par Vital, il y lisait sa correspondance chiffrée.

Par cette correspondance d'un nouveau genre, Aublin apprit de Vital le rôle qu'il avait joué auprès de son oncle. Il sut à quel point il était cher à ce brave homme ignorant encore le métier que son neveu avait fait en fuyant sa famille.

Vital lui disait aussi que l'extrême ressemblance qu'il avait avec lui pouvait les aider dans le plan qu'il avait mûri pour *refroidir* son oncle et lui faire *cracher* sa fortune qui était immense.

L'adroit Aublin lui répondait que, tout en ne repoussant pas son offre, il éprouvait certains scrupules à tuer un membre de sa famille.

« Cependant, il ajoutait qu'après son temps fini il comptait sur le concours de Vital, autant pour cette affaire que pour une autre.

« Le hasard qui leur avait donné la même physionomie, était, disait-il, un atout de plus dans leur jeu pour abuser leurs dupes et dépister la police. »

Aublin, dans cette prison de Loos, avait fait la connaissance d'un nommé Aimable Crochon.

C'était un garçon de mœurs plus douces que Vital et Aublin ; c'était un escarpe de première force. Il avait, selon l'expression d'Aublin, des *aptitudes spéciales* pour décrocher les portes et ouvrir les coffres-forts.

A leur sortie de prison, Aublin et Crochon, tout en y laissant Vital qui avait encore un an à rester sous les verrous, quittent la localité.

Libérés tous deux, Aublin et Crochon se rendent à Amiens. Ils s'y signalent par un vol de mille francs qu'ils soutirent de la caisse de la veuve Vergeau.

Aublin, d'une parfaite éducation, d'un physique très agréable, s'est fait agréer auprès de la veuve Vergeau, une dame sur le retour. Il se déclare son prétendant.

Pendant qu'il lui fait les doux yeux, Crochon ne se prive pas d'en faire de non moins doux à sa cassette. D'un tour de main, il lui enlève mille francs pendant que le bel Aublin lui prend son cœur.

Les sacripants ne laissent pas à la veuve le temps de s'apercevoir que l'un d'eux en voulait plus à sa caisse qu'à sa personne.

Sitôt les mille francs enlevés, Aublin et Crochon partent pour Reims. Aublin s'installe chez la maîtresse de son complice.

Crochon est aussi lourd, aussi disgracieux, qu'Aublin est séduisant et fascinateur.

Le bel Aublin ne tarde pas à prendre la place de son associé dans le cœur de la *Souillard*. C'est le nom de la concubine d'Aimable Crochon.

Alors la part de son amant retourne dans la poche de celui qui le remplace de toutes les façons.

Crochon, en croyant dévaliser les gens au profit de sa maîtresse, ne travaillait, en réalité, qu'au profit de son associé, son rival.

Crochon a la peine, Aublin le profit.

Ils font un nouveau vol à Renoncourt ; là, comme à Amiens, la part de

Crochon passe dans les mains d'Aublin par la maîtresse de son complice.

A Renoncourt, les deux bandits retrouvent Vital Bernard. Il vient de finir son temps à la prison de Loos. Il reparle à ses associés du projet de meurtre qu'il a conçu sur la personne du percepteur de Sivry.

L'adroit Aublin s'aperçoit que c'est une idée fixe logée dans la cervelle de Vital, il hésite encore à tuer son oncle maternel.

Il sait que ces hésitations, exciteront les convoitises de Vital; il tient, tout en voulant partager les bénéfices de l'entreprise, à ne pas en être le héros principal.

Le lendemain, sans avertir Vital Bernard, Aublin part de Renoncourt, avec Crochon son âme damnée; il est accompagné de sa maîtresse qui lui est aussi dévouée qu'à Crochon.

Où va-t-il? Dans le nord de la France, vers la frontière de Belgique, près de Sivry.

D'abord, il s'est éloigné de Vital Bernard parce qu'il s'est aperçu que Bernard a deviné les rapports intimes qui existent entre lui et la maîtresse de Crochon.

Le bel Aublin, par une indiscrétion de Vital Bernard, ne veut pas perdre les profits que lui rapportent ses relations avec la femme Souillard, et il sait que Crochon est très jaloux.

Une fois Crochon et Aublin partis vers Sivry, ce dernier écrit à Bernard de venir les rejoindre.

Vital Bernard a réfléchi depuis le départ du bel Aublin. Il ne veut pas être sa dupe comme le confiant Crochon.

Il lui répond qu'il ne viendra les rejoindre que lorsque Aublin lui aura donné de l'argent pour faire le voyage; et une fois que l'affaire de Sivry sera conclue, il veut avoir la moitié des bénéfices.

Aublin n'est parti de Renoncourt que pour éviter les suspicions de Vital touchant la maîtresse de Crochon. Il consent, pour endormir les soupçons de son troisième complice, à accepter ses conditions.

Il lui envoie de l'argent pour venir les retrouver; en même temps, il lui annonce que c'est lui-même avec Crochon qui se présentera chez son oncle pour en finir.

Seulement, avant d'en terminer, Aublin a besoin des renseignements de Vital Bernard.

A cet appel, sur les engagements de ses futurs complices, Vital se décide à les rejoindre à Sivry.

Mais l'adroit Aublin a une arrière-pensée. Il jouera Vital comme il joue Crochon.

XCIV

LE DOUBLE MEURTRE

Enfin, les voici tous trois à Sivry.

C'est le 21 mai 1876 ; Vital Bernard vient de rejoindre ses complices, Crochon et Aublin.

Comme Vital, l'ancien sabotier de Sivry, est trop connu dans la localité ; il ne peut se présenter à eux qu'en se cachant dans le bois voisin.

C'est dans les endroits les plus mystérieux, les plus déserts que les coquins tiennent leurs conciliabules.

Il faut que l'affaire se dessine vite ; les gendarmes, les policiers, les douaniers ont les yeux fixés sur les trois repris de justice.

Ils ne se sentent pas à leur aise sur ce terrain brûlant.

Crochon, nature lourde, à la figure bestiale, aux manières triviales. n'a rien, par les allures, qui puisse le recommander auprès des honnêtes gens.

Quant à Vital, à Aublin qui se ressemblent à défier l'œil le mieux exercé, il ont un dossier judiciaire fort peu recommandable.

Ils se ressemblent au moral comme au physique. Il n'y a entre Vital et Aublin que l'éducation qui diffère. Ils sont aussi ardents au mal. Seulement l'instruction et l'éducation d'Aublin ont donné plus de souplesse à son imagination.

En concertant avec Vital et Crochon le meurtre de son oncle, Aublin en veut tous les profits.

On se rappelle qu'Aublin n'a rappelé près de lui son complice, qui lui a parlé de l'affaire de Sivry, que pour le duper, comme il dupe Crochon ; ce dernier est un praticien ayant plus d'adresse dans la main que dans l'esprit.

Aublin a pris l'un par l'amour ; il prendra l'autre par la vengeance.

Car ce Vital Bernard a personnellement à se venger de l'oncle d'Aublin après les faux dont Vital s'est rendu coupable, au préjudice du percepteur ; celui-ci ne les lui a-t-il pas fait expier par de la prison ?

Aublin se promet d'exploiter la rancune de Vital, comme il exploite la tendresse qu'a pour lui la maîtresse de Crochon.

Ainsi que les trois complices en sont convenus, le 21 mai, Aublin se présente, avec Crochon, chez l'oncle Meurant qui n'a pas revu son neveu depuis dix-sept ans.

Il succombe après avoir essayé de se traîner jusqu'à sa bonne. (Page 482.)

Fort des mensonges qu'il a fait courir à dessein dans le pays, Aublin s'annonce à Meurant comme revenant des Etats-Unis.

« Depuis dix-sept ans, dit-il au vieillard, qu'il a abandonné sa famille après certaines escapades, il a su mettre le temps à profit. Les voyages l'ont formé ; bref, il a fait fortune. »

Après ce préambule, il lui présente Crochon comme un riche capitaliste. Il l'accompagne, prétend-il, parce qu'il a sollicité de lui la faveur de le présenter à son oncle pour un achat de coupe de bois.

A la vue de son neveu qui lui est si subitement rendu, l'excellent homme oublie la présentation qui lui est faite dans la personne du vulgaire Crochon.

Il l'oublie lui et sa coupe de bois. Il ne voit qu'Aublin, il n'a des yeux que pour lui.

Il a trente-sept ans. C'est un fort joli garçon, à la prestance distinguée et aux allures caressantes.

Tout, dans sa mise comme dans ses manières, dénote l'homme de bon ton, aux formes exquises.

Meurant, enchanté et ravi, se jette dans ses bras ; il se promet de ne plus quitter le neveu prodigue.

Ah ! l'admiration du vieil oncle pour son neveu se serait bien refroidie, s'il avait pu deviner la secrète pensée de cet homme du monde dissimulant le bandit ; s'il eût vu dans ses poches le casse-tête, le couteau-poignard, le revolver qu'Aublin et Crochon tiennent en réserve pour l'assassiner avec sa bonne.

Mais, ce jour-là n'est pas encore marqué pour sa fin.

Aublin ne cherche qu'un prétexte, sans en instruire Crochon, pour que ce soit son Sosie qui devienne l'exécuteur du meurtre de son oncle.

Ce prétexte se présenta de lui-même ; Crochon, d'humeur moins déterminée que ses complices, en fut la dupe.

Ce jour-là, 21 janvier, Meurant n'était pas seul ; il y avait dans la maison quatre personnes, un neveu et la sœur de sa domestique.

Le percepteur Meurant, dans son effusion de tendresse, présente Aublin à son cousin ; la vieille Rosalie se joint à sa sœur, à son maître pour accabler l'enfant prodigue de soins et de caresses.

Quand ces épanchements sont un peu calmés, on pense à l'étranger prétendu, au faux acquéreur de la coupe de bois, au placide Crochon.

Le complice d'Aublin fait une étrange figure au milieu de ces scènes de tendresse et de reconnaissance.

Pour se débarrasser de l'importun, M. Meurant le fait monter avec son neveu dans son cabinet de travail.

Il ouvre devant eux son coffre-fort où sont déposés, avec des valeurs équivalant à cent mille francs, les papiers concernant les terrains sur lesquels est indiquée la coupe de bois à vendre. Le percepteur en fait à la hâte la lecture à Crochon.

Le futur acquéreur en paraît satisfait. Au fond, il l'est bien davantage par les billets de banque que contient le coffre-fort de l'oncle de son complice.

Meurant expédie Crochon pour rester avec son neveu.

Crochon regarde ce dernier ; il attend, en ce moment, le signal de son complice, pour frapper déjà le vieillard.

Aublin, après un coup d'œil qui n'est perceptible que pour Crochon, dit à Meurant :

— Avant d'être tout à vous, mon oncle, permettez-moi d'accompagner mon ami jusqu'à la sortie du village. Je pars pour revenir.

Une fois Aublin et Crochon hors de la portée de la maison du percepteur, le bandit dit à son associé :

— L'affaire est remise, puisqu'ils sont quatre à la maison. Pourtant notre présence n'y a pas été inutile, nous savons où se trouve le coffre-fort.

Ils vont rejoindre Vital Bernard qui les attendait dans le bois voisin.

Tous les deux lui font part de la remise de l'affaire, dès que Meurant n'était pas seul avec sa bonne.

Vital a hâte d'en finir avec un homme aussi riche, et qui, à Sivry, peut encore une fois le renvoyer en prison ; il leur répond :

— Vous n'êtes que des poules mouillées ! Après tout, nous étions trois contre un vieillard, un jeune homme et deux vieilles femmes ! L'affaire pouvait ne pas être remise. Pour qu'elle ne se remette plus, la prochaine fois, c'est moi qui irai chez *mon* oncle avec Crochon. En attendant, Aublin, retournes-y, dans l'intérêt des renseignements !

C'était précisément là où l'attendait l'adroit Aublin. Dès le premier jour où Vital Bernard lui avait parlé de l'assassinat de son oncle, il s'était bien juré de le faire son meurtrier, ensuite d'avoir tous les bénéfices de ce meurtre dont Vital et Crochon auraient là plus eu forte part de responsabilité.

Maintenant qu'Aublin avait attiré Vital à Sivry, Vital ne pouvait pas attendre longtemps l'heure du meurtre. Il fallait la faire sonner le plus vite possible.

A Sivry, les gendarmes, les douaniers, la police ne cessaient d'être sur leurs talons ; ils n'étaient pas faits pour être d'humeur aussi accommodante que le percepteur de Sivry.

Du reste, Aublin n'était guère plus rassuré que ses complices. Il savait que la fable du voyage d'Amérique n'avait cours que chez son confiant parent.

Quand il retourne chez son oncle, uniquement pour s'assurer des êtres de la maison, il ne s'y plait pas autant que le croit Meurant, car celui-ci lui raconte comment un coquin, nommé Vital Bernard, a profité de sa ressemblance avec lui, pour capter sa confiance et lui soutirer de fortes sommes !

— Mais, Dieu merci, avait-il ajouté, le sabotier de Sivry est loin aujourd'hui, il expie aux galères les tours infâmes qu'il m'a joués.

Hélas ! le sabotier n'était pas si loin que le pensait le crédule percepteur.

Aublin, malgré son assurance, et par son passé qui ne vaut guère mieux que celui de son Sosie, avait la mort dans l'âme; il écoutait avec impatience, de la bouche de sa dupe, ce qu'il savait, au moins, tout aussi bien que lui.

En quittant, ce soir-là, M. Meurant, Aublin se promit bien de choisir le jour prochain où il serait seul, pour décider Crochon et Vital à en finir.

Dès que Vital ne voulait plus attendre, dès que la police pouvait d'un jour à l'autre les reprendre, il fallait agir avec autant de célérité que de prudence.

Et par prudence, ils s'éloignèrent de Sivry; ils exercèrent aux environs quelques autres tours de leur métier, en attendant le meurtre du percepteur et de sa bonne.

Du 21 au 25 mai, jour où fut fixée la mort du percepteur, les trois complices s'étaient réfugiés à Charleroi.

Crochon a volé, chez une fille publique nommé Haas, une montre et une chaîne en or.

Il en fait présent à la Souillard, sa maîtresse. Naturellement elle les donne à son préféré, Aublin.

Un jour que Crochon demande à la Souillard ce qu'elle a fait de la montre de la Haas, elle se trouble; elle dit que dans un moment de gêne, elle l'a mise au mont-de-piété.

Cette interrogation de Crochon à sa maîtresse est faite devant Vital. Celui-ci a reconnu, le même jour, la chaîne et la montre au gilet de l'élégant Aublin.

Il se garde bien de surprendre la Souillard en flagrant délit de mensonge, mais il est résolu à profiter de cette découverte si jamais Aublin, son Sosie, veut le duper, comme il dupe son associé Crochon.

Enfin, le 24 mai, Aublin s'est décidé à rendre une seconde visite à son oncle; il apprend que le lendemain, il restera seul avec sa bonne, dans son habitation.

Le soir, il fait part de la résolution de M. Meurant à ses complices. Immédiatement ils quittent Charleroi, ils arrivent en prenant les bois à Sivry: le lendemain, ils sont tout disposés à entrer chez le percepteur.

Cette fois, c'est Vital et Crochon qui pénètrent chez le vieillard millionnaire; c'est le Sosie de Vital, le bel Aublin, qui fait le guet à la porte.

Il est six heures du soir; Vital et Crochon, par Aublin, connaissent les habitudes du vieux Meurant. Ils savent qu'à six heures, le percepteur, ce jour-là, est seul à dîner.

Alors Vital, tout armé, se dirige vers la salle à manger, pendant que Crochon va droit à la cuisine.

Tous les deux, armés d'un couteau-poignard et d'un casse-tête, fondent

Il cherche et découvre les valeurs. (Page 484.)

sur les deux vieillards; d'abord ils les étourdissent du premier coup, puis ils les frappent de leurs armes.

Crochon, dans la cuisine, s'est emparée de la bonne. Une fois à demi évanouie, il lui larde le corps de son poignard. Il lui fait huit blessures à la poitrine et au cœur.

La vieille servante râle sous les coups mortels de Crochon, pendant que Meurant, aux prises avec Vital, le prend encore pour son neveu, tant sa ressemblance avec lui défie l'observation la plus exercée.

Mais Vital, tout en le frappant dans le dos et au côté gauche, se fait reconnaître de celui qui l'avait envoyé en prison.

Le malheureux percepteur bénit le ciel de n'avoir pas pour assassin son neveu.

Vital, en le frappant toujours, a la barbarie de ne pas lui laisser cette illusion.

Il lui apprend qu'il le tue sur les indications d'Aublin; et que son neveu se tient à la porte, pour s'assurer qu'on exécute bien sa volonté.

Vital tue Meurant pour se venger de la prison qu'il lui fait subir, Aublin fait tuer son oncle pour jouir plus vite de son héritage.

En se grisant de son sang, de son désespoir, de ses tortures, Vital, le forcené, rit encore, il rit bien haut du tour horrible qu'ils ont joué au vieillard.

Avant qu'il jette son dernier soupir, Vital lui crie :

— Tu vois que moi et Aublin, nous n'étions pas si loin que tu le pensais, et nous sommes chez toi pour nous venger et te faire dégorger ton million !

Le percepteur expire sur la fin des paroles de l'ancien sabotier.

Il meurt comme sa vieille servante. Il succombe après avoir essayé de se traîner jusqu'à sa bonne, restée dans la cuisine, lorsqu'elle-même n'est plus qu'un cadavre.

L'arme de Crochon a fait de cette femme de soixante-neuf ans ce que l'arme de Vital a fait de son maître de soixante-six ans. Ils ne sont plus que deux êtres inertes noyés dans leur sang.

Le corps de la bonne gît dans la cuisine, percé de onze blessures ; le corps de son maître est labouré de dix-neufs coups de poignard, huit dans le dos, onze au côté gauche.

Crochon, qui en a fini le premier avec la servante, est monté, sur les indications d'Aublin, dans la chambre du vieillard. Avec son habileté ordinaire, il a ouvert plutôt que forcé le coffre-fort où sont renfermés les cent mille francs de billets de banque.

Une fois le coffre-fort vidé, les corps relégués, l'un dans le coin de la cuisine, l'autre dans un coin de la salle à manger, les assassins s'apprêtent à partir.

Crochon et Vital referment la porte de la maison isolée ; ils vont rejoindre, dans le bois voisin, l'ordonnateur du meurtre de Sivry, Aublin, le neveu du percepteur.

XCV

TROIS COMPLICES VENDUS PAR EUX-MÊMES

Maintenant qu'Aublin a fait tuer son oncle par son Sosie et son complice, l'adroit bandit va mettre à exécution ce qu'il a préparé avec Crochon pour jouer maître Vital.

Ce n'est pas sans dessein que l'ordonnateur du double meurtre de

Sivry a chargé Crochon de faire main basse dans le coffre-fort du vieux Meurant.

Crochon avait déjà le mot d'Aublin.

Une fois sorti de la chambre du haut, une fois qu'il eut placé avec Vital le cadavre moins en vue, l'un dit à l'autre :

— Il faut nous dépêcher, je viens d'entendre un voisin appeler son enfant, c'est ce qui m'a fait sortir de là-haut, plus vite que je ne le voulais ! allons, fuyons, nous ne sommes plus en sûreté ici.

Vital entend les cris d'appel d'un voisin. Il ne se méfie pas du prétexte que prendra Crochon pour cacher à son associé, sur le conseil d'Aublin, le butin recueilli à la suite de leur double meurtre.

Tous les deux sortent de la maison, d'un air indifférent qui cache les transes dont ils sont en proie.

Ils rejoignent Aublin.

Sur un signe de Crochon, il apprend que son associé a préparé le terrain pour cacher à Vital leur aubaine.

Ils s'en retournent à Charleroi ; là s'effectue le partage des bénéfices recueillis à la suite du meurtre du percepteur.

Triste partage, en apparence, parce que Crochon, d'accord avec Aublin, n'accuse qu'une somme insignifiante trouvée dans le coffre-fort de Meurant.

Alors Crochon dit pour mieux tromper Vital :

— Probablement les cent mille francs qui se trouvaient il y a trois jours dans le coffre-fort avaient été replacés dans le secrétaire. Il m'a été impossible de vérifier le fait, en entendant la voix d'un voisin appeler son enfant, ce qui nous a forcés, Vital et moi, à déguerpir au plus vite.

Vital soupçonne Crochon de mensonge. Il se demande s'il n'est pas volé par ses deux compères, si Aublin ne le fait pas chanter parce qu'il a exigé de lui le partage d'une somme dont il n'avait droit qu'au tiers !

Il pense qu'Aublin l'exploite par Crochon comme lui-même est exploité par sa maîtresse.

En questionnant insidieusement la Souillard, il arrive à se convaincre que ses complices l'ont trompé.

Il se vengera. Il sait Crochon très jaloux ; il démasquera devant lui ce qu'est la Souillard à son chef de file, il lui dira où passent les profits de leur association.

Mais Vital, tout en ressemblant à Aublin pour le physique, n'a ni son adresse, ni sa ruse.

Après le mince partage, Vital, dans un dîner entre ses complices et la

Souillard, fait allusion à la richesse du vieillard de Sivry; il parle des rapports intimes de la Souillard et d'Aublin.

Il excite ainsi la jalousie de Crochon. Aublin s'aperçoit que Vital devient un complice gênant, qu'il n'est pas aussi facile à duper que le premier.

Pour donner le change à Crochon ébranlé par le dangereux Vital, il propose à son premier complice d'aller tenter à Bruxelles la fortune qui leur a échappé à Sivry.

Aublin ajoute :

— Nous laisserons Vital à Charleroi, sauf à le faire revenir dès que nous aurons trouvé là-bas une nouvelle dupe à exploiter.

Vital comprend qu'Aublin veut l'éloigner.

Il le redoute, cela lui suffit. Ne le tient-il pas par le cadavre de son oncle?

Crochon ne sait encore rien refuser à Aublin. Il consent à le suivre à Bruxelles avec la Souillard, plus soumise en secret à Aublin qu'à Crochon.

Quant à Vital, il se résigne à se séparer de ses complices, mais de près comme de loin, il les observera, il les punira l'un par l'autre; s'ils l'ont frustré à l'affaire de Sivry, malheur à eux!

Pendant que Vital se recueille à Charleroi, aussi bien contre la police que contre les complices qui l'ont joué, ceux-ci sont à Bruxelles.

En vue de nouvelles dupes, ils prennent des rôles bien différents. Crochon et sa maîtresse, grâce à l'argent de Meurant, jouent les rôles de grands personnages. Ils se font touristes. Ils descendent dans les plus riches hôtels, où Aublin, sous différents noms, sur la présentation d'un certificat fabriqué par lui, s'est placé en qualité de garçon d'hôtel.

Aublin a une imagination intarissable; il prend dans chaque hôtel des noms variés; tantôt il s'appelle Barthey ou Py. Il se donne une position intéressante, il se fait passer pour un ancien soldat de la Commune.

Malgré son éducation, malgré une riche fortune qu'il a partagée dit-il, avec ses coreligionnaires politiques, le faux Barthey ou le faux Py a été obligé de fuir sa patrie, de vivre à l'étranger en prenant la plus humble des conditions.

Par ses prétendus malheurs, par ses soins obséquieux, par la souplesse de son caractère, il gagne les bonnes grâces de ses patrons et la confiance des voyageurs.

En faisant les chambres, il cherche et découvre les pièces qui contiennent des valeurs.

Une fois les chambres bien classées dans son esprit, il va avertir Crochon et la Souillard, sa maîtresse.

Il saute à son tour par la portière. (Page 487.)

Alors ses complices, déguisés en voyageurs de distinction, arrivent dans les hôtels désignés par Aublin ; ils ne passent pas en vain par les chambres confiées aux soins de leur complice.

Les valeurs qui y sont renfermés vont des malles de leurs propriétaires dans les malles de Crochon et de la Souillard.

Une fois les principaux hôtels de Bruxelles dévalisés par ces trois forbans, ils s'empressent de disparaître de la capitale de la Belgique. Ils retournent à Charleroi où Vital Bernard les attend pour réclamer le partage qui lui revient sur l'affaire de Sivry.

Dans la solitude, dans la misère où il vit, Vital a eu le temps de réfléchir sur l'ingratitude d'Aublin. Il s'est dit que ce n'était pas sans intention que le *fils de famille* le tenait toujours éloigné de lui, une fois qu'il n'avait plus besoin de son bras.

A Bruxelles, il a appris les dépenses extraordinaires auxquelles se sont livrés la Souillard et Crochon pour remplir leurs rôles d'élégants touristes favorisant les plans de l'ingénieux Aublin.

Vital est édifié.

Il s'est dit que c'est avec l'argent du vieux Meurant que la Souillard et Crochon ont pu faire si brillante figure.

Quand tous trois reviennent à Charleroi, Vital leur réclame la part qui lui est due dans l'affaire de Sivry ; ses associés se moquent de lui.

Crochon le premier ne lui ménage pas les railleries.

Celui-ci n'a-t-il pas tout intérêt à se mettre du côté d'Aublin, dont l'imagination sert si bien son adresse à ouvrir les coffres-forts que lui désigne son ingénieux associé?

Vital est las d'être la double dupe de l'adroit Aublin et de l'imbécile Crochon. Il se fâche tout rouge.

Une fois qu'il est bien convaincu que ses complices ne lui donnent pas la part qu'il leur réclame, Vital est décidé à tout.

Il dénonce Aublin en face de la Souillard et de Crochon, comme étant l'amant de sa maîtresse.

Il donne au jaloux Crochon une preuve indiscutable de ce qu'il avance : la chaîne et la montre de la fille Haas, volées par Crochon et qui, le soir même, passaient des mains de sa maîtresse dans celles de son rival Aublin.

Cette révélation de Vital équivaut pour Crochon à un coup de foudre. Fou de rage, il se tourne contre son chef de file, il l'invective et il avoue la vérité touchant l'affaire de Sivry. Il prend à partie la Souillard et Aublin qui va devancer l'orage.

Après cette dangereuse explication, Aublin abandonne à Charleroi ses associés. Avant de les quitter, il a fait une révélation au parquet, il dénonce Vital, indiquant à Charleroi l'endroit où l'on peut le découvrir et traîner en prison celui qu'il accuse d'être le meurtrier du percepteur de Sivry.

La police les suivait de près. L'information belge et l'information française rivalisaient de zèle pour s'assurer de la vérité depuis le départ des trois complices, le 25 mai, de la maison du percepteur.

Et l'instruction de Douai a constaté qu'après avoir commis leur double assassinat, ces trois meurtriers n'avaient fait que paraître et disparaître dans la localité. Néanmoins, il a fallu la division des misérables, division entretenue par l'amour et par la jalousie, pour que la police ait pu mettre la main sur l'un des trois : Vital Bernard.

Vital est pris à Charleroi sur la dénonciation d'Aublin, comme s'il était Aublin en personne, ce qui est faux ; comme étant le meurtrier de Meurant, ce qui est vrai.

Quant à Aublin, il a pu narguer la police. Il s'est enfui de Charleroi, déguisé en colporteur.

Crochon a également déguerpi sous un autre déguisement. Il jure de se venger d'Aublin, de la Souillard, sa maîtresse, qui, elle aussi, n'a pas attendu les gendarmes.

Vital, en prison, grâce à sa ressemblance avec Aublin, est pris long-temps pour celui qui l'a dénoncé. Il parvient à prouver son identité ; il ne peut parvenir à dissuader ses juges, lorsqu'il se défend d'être le meurtrier du percepteur.

De rage de voir sa vengeance tourner contre lui, Vital se suicide dans son cachot. Il n'attend pas un arrêt qui récompense si mal ses repré-sailles. Il recule devant la justice des hommes, il se fait justice lui-même !

Pendant ce temps-là, Crochon, désespéré d'avoir été trompé par son ami et par sa maîtresse, court après la Souillard. Celle-ci, dans le désarroi général, a eu la précaution d'emporter les profits du meurtre de Sivry et des vols de Bruxelles.

Elle se rend à Amiens. Crochon la suit. Il la retrouvera, il lui fera payer cher l'impunité dont elle jouit, les bénéfices qu'elle a acquis par ses doubles relations avec lui et son adroit complice.

Dans le dispersement des scélérats, que devient Aublin ? Toujours déguisé en colporteur, il est filé par la police ; on parvient à l'arrêter à Liverpool.

Il est traîné entre les gendarmes. Lié, garrotté, surveillé comme doit l'être un personnage aussi subtil et aussi dangereux, Aublin n'oppose aucune résistance à la force armée.

Il se contente de protester de son innocence. Après la traversée de Douvres, le captieux Aublin s'attire la confiance de ses gardiens ; et il est mis en chemin de fer avec un seul gendarme.

Durant le voyage, le maréchal des logis belge, nommé Meurts, tombe malade. Aublin se montre pour lui plein de sollicitude. Le gendarme en est si touché que, pour recevoir tous les soins de celui qu'il emmène, il lui retire les menottes.

Aublin n'attend que cet excès de complaisance, de la part de son gar-dien, pour sauter par la porte du wagon et prendre la clef des champs.

Le gendarme, n'écoutant que son devoir, veut le rattraper, il saute à son tour par la portière et il succombe en tombant !

Voilà Aublin libre encore une fois.

Sous divers déguisements, il traverse la frontière de Belgique, au nez et à la barbe des gendarmes, des douaniers et de la police.

Quoique son signalement soit donné partout, on est si sûr de l'arres-tation d'Aublin, qu'on laisse passer celui qui lui ressemble, mais qui ne peut être l'homme qu'on croit tenir.

Aublin se sauve à Lille; durant sa fuite, la police ne tarde pas à apprendre la fin malheureuse du maréchal des logis qui le gardait.

Aublin, à Lille, ne tarde pas à être arrêté quand, sous les modestes habits d'un garçon d'hôtel, il demandait, sous un faux nom, une place à un bureau de placement.

A Lille, son coassocié Crochon va le rejoindre dans la même prison.

Il a été arrêté au Havre, presque en même temps qu'Aublin, pris, pour la seconde fois, à Lille.

C'était la Souillard qui le dénonçait, elle le livrait à la police au moment où il se disposait à partir pour l'Amérique, muni, à son tour, des produits de son meurtre à Sivry et de ses vols à Bruxelles.

A Amiens, en suivant son infidèle maîtresse, il avait assouvi sa vengeance contre elle; comme il l'a plus tard avoué au juge d'instruction de Lille, avec une déclaration pleine de forfanterie : il avait fait maison nette chez elle comme *dans un véritable déménagement !*

Encore une fois, Crochon, pas plus que Vital et Aublin, ne devait profiter de ses méfaits. Lui aussi était vendu par sa complice.

Ces quatre scélérats se perdaient donc réciproquement les uns par les autres en aidant la police à leur capture.

Dans l'instruction qui eut lieu à Douai, Crochon continue de se venger d'Aublin comme Vidal, mort des suites de ses représailles.

Crochon rejette sur le neveu de Meurant sa mort qui pourtant a été l'œuvre de son Sosie.

La justice ne peut démêler entre Vidal et Aublin quel a été le véritable assassin du percepteur.

En tous les cas, il est bien prouvé aux assises, par les témoins de Sivry, qu'Aublin, le neveu de Meurant, a été l'ordonnateur de ce double meurtre.

Si Crochon, en chargeant Aublin, n'avait pas aidé la justice à lui faire connaître le crime de son complice, peut-être, en raison de son assassinat sur la vieille servante, eût-il eu aussi la peine de mort prononcée contre son associé.

En résumé, meurtrier ou non de Meurant, son neveu n'avait pas moins été l'ordonnateur du double meurtre de Sivry.

Crochon n'est condamné qu'à la peine des travaux forcés à perpétuité; Aublin est frappé de la peine capitale.

Le neveu du percepteur s'attend si peu à cet arrêt suprême, qu'il s'affaisse entre les deux gendarmes qui le ramènent évanoui dans sa prison.

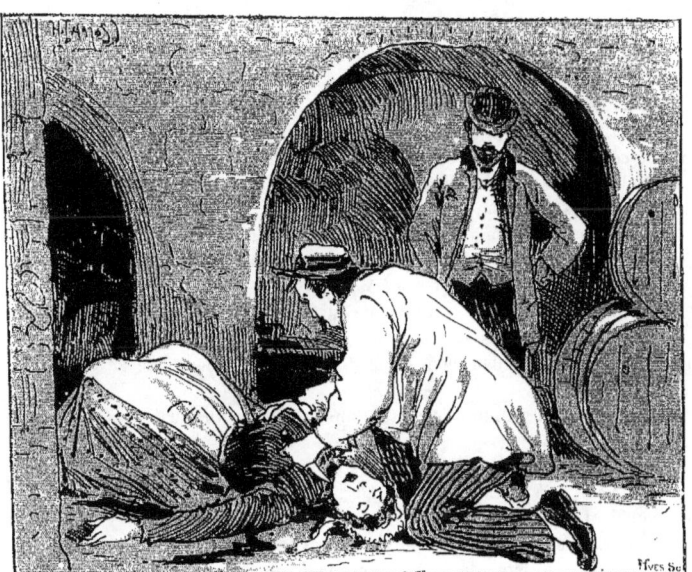

Ce n'est plus qu'un corps inanimé. (Page 494.)

XCVI

UN GUILLOTINÉ POUR UN AUTRE

Une fois en prison, Aublin se recueille, il médite sur sa triste situation, Il dément les fausses assertions du rancunier Crochon. Mais sa ressemblance avec Vidal le condamne. Il est impossible de démêler si c'est lui, Aublin, ou Vidal, qui a frappé le percepteur.

Les témoins, aux assises, ont certifié avec Crochon qu'ils étaient ensemble, dans la nuit du 25 mai, à la maison de Sivry.

Seul Aublin, comme on le dit à l'audience, pouvait bien connaître les habitudes de cette maison, et tous les trois, du 21 au 25 du même mois, ne se sont pas quittés d'une minute.

Sans lui, comme le prétend Crochon, ce dernier n'aurait pas connu le coffre-fort du percepteur.

Ah ! qu'Aublin, dans sa prison, devait se repentir d'avoir voulu jouer ses complices. C'est par trop d'adresse, c'est par excès d'astuce qu'il n'a plus les bénéfices de sa mauvaise action, qu'il va à l'échafaud pour un autre !

C'est Vidal qui aurait dû toujours le sauver qui le perd en se perdant lui-même. C'est Crochon, autrefois sa dupe, qui se charge de continuer, pour son compte, la vengeance posthume de Vidal.

Aux allégations de Crochon, il répond aux magistrats qui viennent l'interroger dans sa prison :

— Crochon me calomnie, excité par une rancune personnelle ! Lui qui a tué comme Vidal, c'est pour m'avoir chargé qu'il a bénéficié des circonstances atténuantes ; il ne les mérite guère ; et Vidal a eu raison de devancer, par le suicide, le sort terrible qui m'attend.

Aublin, par ses protestations, finit par ébranler un moment la justice. Son exécution est retardée ; on parle de renvoyer le coupable devant la Cour de cassation.

A tous ceux qui viennent le visiter dans sa cellule, Aublin tient ce même langage :

— Pourquoi voulez-vous que j'aie tué mon oncle? C'était un homme âgé dont je n'avais qu'à attendre l'héritage. Du reste, je suis de l'étoffe des Cartouches et non des Mandrins !

La Cour de cassation ne revint pas sur cette affaire criminelle. Il était prouvé que si Aublin n'avait pas frappé en personne le percepteur de Sivry, c'était lui qui, avec ses deux compagnons, en avait dirigé les coups ; c'était lui qui avait été l'organisateur de ce double meurtre.

Après bien des hésitations dans la magistrature, l'exécution capitale d'Aublin est fixée pour la fin de juin, près de deux mois après l'arrêt rendu.

Pour cette exécution, Monsieur de Paris est invité, par son collègue de Douai, à assister aux derniers moments d'Aublin.

Voici ce que Monsieur R*** dit de ce grand coupable, après l'avoir visité à sa prison de Loos :

« Sur la fin de son temps, Aublin avait renoncé à faire prévaloir ses arguties, tout en prétendant qu'il payait de sa tête les basses rancunes de ses associés.

« Dans les derniers jours, le coupable écouta avec respect les exhortations de l'aumônier.

« Au moment de l'exécution, Aublin ne manifesta aucune surprise. Il entendit la messe dans le plus profond recueillement.

« Il se livra sans résistance à l'exécuteur. A quatre heures, il monta à l'échafaud dressé à la porte de la prison. A quatre heures un quart, tout était fini. »

XCVII

ROUX

Vers la fin de juin 1877, l'exécuteur de Paris attendait un ordre de la magistrature pour venir en aide à Monsieur de Versailles, à propos d'une triple exécution.

Mais quelques jours avant leur supplice, un seul des trois assassins de la veuve Tabarin, vieille femme de 70 ans, cabaretière-épicière à Argenteuil, était appelé à être exécuté.

Il se nommait Roux.

C'était l'organisateur de ce meurtre; ses collaborateurs s'appelaient Dion et Lamoureux. Ces derniers condamnés, comme Roux à la peine capitale par la cour de Versailles, avaient obtenu la commutation de leur peine en celle des travaux forcés à perpétuité.

L'exécuteur de Paris n'assista que comme témoin à l'exécution de Roux.

Roux, Dion et Lamoureux étaient trois gamins de Paris; le plus âgé comptait à peine vingt ans.

Élevés dans la ville, abandonnés dès l'âge le plus tendre à leurs mauvais instincts, ces chenapans n'avaient jamais eu qu'un métier, le vol.

Ils passaient leur temps à vagabonder ou à boire; la nuit, ils réalisaient les mauvais coups qu'ils avaient médités le jour, excités par l'ivresse ou contraints par la nécessité.

Roux était le chef de ces goualeurs. Tous trois, nés vagabonds, étaient passés à l'état de voleurs avant de finir assassins.

C'étaient de dangereux noctambules, comme on en voit tant de onze heures à minuit, sur l'asphalte de nos boulevards : bohémiens à figures hâves, inquiètes, la plupart du temps sans linge et toujours mal vêtus.

C'étaient d'anciens habitants de cette fameuse route de la Révolte où les gendarmes n'ont qu'à faire un tour de ronde pour peupler toute une prison.

Ces vagabonds, à la suite de nombreux larcins opérés par leurs rafles quotidiennes, avaient quitté la route de la Révolte qui a hérité des malandrins de la cour des Miracles et des bohémiens de la Petite-Pologne.

Après bien des vols commis à tous les étalages, et pour éviter la rencontre de la police, ces bandits logeaient où ils pouvaient ; au hasard du trottoir, sur ou sous le pavé inhospitalier de la capitale.

Las de coucher, la nuit, dans des tuyaux de gaz en réparation, sous les bancs ou dans les *water-closets*, ils convinrent, à la suite d'une *razzia* à Saint-Denis, de couronner leur existence de filous par un exploit d'assassins.

Ils avaient remarqué, à Argenteuil, une petite boutique d'épicerie et de marchand de vin, tenue par une femme seule.

Roux désigna la veuve à ses camarades comme devant être leur future victime. Cette femme passait dans le pays pour être aussi avare que riche.

A la suite de ces informations, les trois vauriens vinrent boire plusieurs fois chez la vieille Tabarin ; ils eurent l'art de s'en faire bien venir.

Ils s'adressèrent à sa cupidité ; ils firent de la dépense dans la maison, ils purent se rendre compte ainsi des êtres de l'établissement et des rares habitués qui le fréquentaient.

Ils surent que la Tabarin habitait seule sa boutique d'épicerie s'ouvrant à droite sur un cabinet où elle donnait à boire. Ils virent au fond une cuisine qui, par un soupirail, donnait dans la cave.

Dès que les trois vauriens se furent bien rendus compte de la distribution de la boutique, Roux leur proposa de dévaliser la veuve, de s'emparer de son avoir, en l'assassinant.

Ils convinrent des moyens à prendre pour en finir avec la Tabarin. On va voir comment ils s'y prirent.

Or, le 9 décembre 1876, après avoir épuisé, à Saint-Denis, le produit de leurs derniers vols, Roux, Dion et Lamoureux s'étaient promis de rendre une dernière visite à la *vieille* d'Argenteuil.

Ce qu'ils firent.

Lorsqu'ils arrivèrent dans l'établissement de la veuve Tabarin, ils y trouvèrent du monde. Il y avait, entre autres, un nommé Sené ; celui-ci avait une sympathie toute particulière pour la débitante.

Il savait que par nécessité plutôt que par avarice, la veuve Tabarin exerçait, à 77 ans, son double commerce.

Ce ne fut qu'à une heure et demie que Sené se décida à quitter la veuve, après avoir remarqué ces trois jeunes gens de mauvaise mine, installés dans la pièce d'à côté, et qui, après de nombreuses libations, ne cessaient de jouer aux cartes.

Ces gens-là ne lui disaient rien de bon.

Sené partit, il se promit bien de revenir dans l'intérêt de la veuve.

Une fois tout le monde dehors, excepté nos vauriens, la Tabarin se retira dans sa cuisine.

(Ils fouillent dans tous les tiroirs! (Page 494.)

Elle s'apprêtait à déjeuner. Pendant qu'elle commençait à se couper un morceau de pain, les trois jeunes gens se consultaient.

Roux et Lamoureux allaient déjà se diriger vers la cuisine pour se ruer contre la femme, lorsque Dion ne bougea pas.

Devant ses hésitations, Roux lui prit vivement le bras, il le força de se lever pour rejoindre la veuve, puis Lamoureux, prêt à suivre Roux, dit d'un air méprisant à Dion :

— Quoi, tu hésites ? tu n'es pas un garçon, tu ne tiens pas ce que tu as promis.

Dion courbe la tête. Il ne répond rien, il boit deux verres de vin coup sur coup. Sans répliquer il suit ses compagnons.

Tous trois quittent la pièce adjacente à la boutique, ils entrent dans la cuisine où la veuve Tabarin achevait de couper son pain.

Ils se jettent sur elle. Lamoureux, qui avait préparé des mouchoirs, la bâillonne ; Roux la tient fortement aux poignets.

En vain essaye-t-elle de crier, les mouchoirs lui interceptent la voix.

Fortement retenue par Roux et Lamoureux, ils la jettent au milieu de la cuisine où se trouve le soupirail ; Dion l'ouvre, il la pousse dans la cave au fond de laquelle la pauvre femme roule et entraîne avec elle Roux et Lamoureux.

Une fois les chenapans dans la cave avec leur victime, Roux lui relève ses jupons sur la tête, il essaye de l'étrangler.

Mme Tabarin se débat avec une force qui n'est pas de son âge, mais que lui donne l'instinct de la conservation.

Roux dit à Dion resté dans la cuisine, penché sur le trou de la cave :

— Va chercher le couteau !

Dion quitte le soupirail ; il va au buffet où Mme Tabarin a laissé son couteau, au moment où elle venait d'être prise à l'improviste par les vauriens.

Lamoureux est remonté au soupirail, et il reçoit des mains de Dion l'arme qu'il lui présente.

Lamoureux jette le couteau à Roux qui, dans le souterrain, retient toujours la femme bâillonnée, étouffée sous ses jupons.

Lamoureux crie à Roux :

— Allons ! coupe-lui le cou !

Pour en finir avec la victime, Dion que les derniers verres de vin ont surexcité, est sauté dans la cave ; c'est lui qui reprend la malheureuse femme, lorsque Roux, sous ses jupons, la frappe de son couteau au bas du visage.

Elle tombe ensanglantée. Dion n'a plus besoin de la retenir, ce n'est plus qu'un corps inanimé baignant dans son sang.

Roux et Dion remontent de la cave, ferment le soupirail ; Roux dit à Lamoureux qui les attend dans la cuisine :

— Je viens de la toucher. La vieille ne parlera plus. Elle est morte.

Il est deux heures, la boutique est restée grande ouverte ; d'un instant à l'autre, il peut venir des clients.

Il faut que les bandits se dépêchent pour recueillir ainsi, en plein jour, le fruit de leur audacieux forfait.

A eux trois, ils fouillent, refouillent dans tous les tiroirs des meubles de l'établissement.

Ils vont du comptoir à la grande armoire de la cuisine.

Après avoir fracturé quatre meubles, ils trouvent pour toute fortune la somme de trente-cinq francs !

Ainsi ils ont tué une femme en plein jour, ils peuvent être pris d'un moment à l'autre, et ils ont risqué l'échafaud pour un aussi pauvre bénéfice !

Les assassins sont atterrés. Leur coup d'essai, pour être un coup de maître, ne les mènera pas à la fortune.

Avant d'empocher le faible produit de leur terrible meurtre, ils peuvent être empoignés par la police.

En effet, Sené, si dévoué à la débitante, retourne à deux heures à sa boutique.

Alors, les trois misérables viennent de laisser leur victime pour morte à la cave ; ils ont dévalisé la maison.

Et lorsqu'il rentre dans la boutique, Sené se trouve nez à nez avec les chenapans se disposant à en sortir.

Leurs traits bouleversés, après le meurtre qu'ils viennent de commettre, et après le dépit causé par leur modeste trouvaille, frappent Sené.

Celui-ci, ne trouvant plus au comptoir la vieille marchande, leur demande où elle est.

Roux lui répond avec aplomb :

— Vous ne nous l'avez pas donnée à garder. Elle est partie après avoir reçu le prix de nos consommations. Maintenant, nous faisons comme elle.

Sené, congédié par les vauriens sous prétexte que Mme Tabarin est absente, revient cinq minutes après.

Il ne trouve plus personne. Mais inspiré par un sombre pressentiment que lui a suggéré la présence des trois drôles, il cherche Mme Tabarin dans toute sa maison.

Il entend des gémissements sous ses pieds, ils partent de la cave. Il frémit de douleur et d'épouvante ; il croit reconnaître à travers ces plaintes la voix de la malheureuse Tabarin.

Connaissant toute la maison, Sené s'empresse d'ouvrir le soupirail de la cuisine, il se précipite dans la cave, il ne tarde pas à trouver la vieille Tabarin, bâillonnée, étouffée sous ses jupons et couverte de sang !

Il en sort, pour courir chercher du secours et requérir des agents.

Persuadé que les meurtriers sont les individus qui l'ont congédié, Sené vole avec les agents à la gare.

Roux, Dion et Lamoureux y attendaient encore le train de Paris qui ne devait pas tarder à passer ; Sené, à la gare, les fait arrêter avant qu'ils aient le temps de jouir des bénéfices de leur attentat.

Plus tard, lorsque les trois assassins sont traduits devant la Cour d'assises de Versailles, la malheureuse Tabarin est dans un état lamentable.

Outre le coup de couteau qu'elle avait reçu à la mâchoire, elle était couverte de contusions et d'ecchymoses.

Elle mourut le 21 février 1877, succombant à une affection de foie, conséquence inévitable des violences dont elle avait été victime.

Peu de temps après, ses meurtriers étaient condamnés à la peine capitale ; Dion et Lamoureux obtinrent leur recours en grâce. Il n'y eut que Roux, ainsi qu'il a été indiqué, qui paya de sa tête la mort de celle qu'il avait tuée.

R***, après avoir assisté, à Versailles, à l'exécution de Roux, dit au bourreau, son collègue :

— Roux et ses complices n'ont été que des apprentis de l'assassinat. Dion et Lamoureux se formeront en allant à la *Nouvelle !*

XCVIII

LA VEUVE GRAS

La peine capitale, dont l'application est de moins en moins fréquente, aurait dû atteindre la veuve Gras.

Sa puissance néfaste a frappé deux existences ; sa vie de galanterie, étayée sur la luxure et l'intérêt avait compromis bien d'autres, amants que les mystères de l'alcôve n'ont pu faire connaître.

La veuve Gras est le type de la courtisane moderne qui, à notre époque où tout s'égalise, tient à se mettre au niveau des hautes classes qu'elle exploite, en dégradant ce qui descend jusqu'à elle.

La veuve Gras est le revers de la médaille frappée en l'honneur des *Manon Lescaut* et des *Marguerite Gauthier ;* elle est le type authentique de la prostitution dorée.

L'auteur du *Paris horrible*, M. Georges Grison, a écrit en parlant de nos hétaïres :

« On a voulu poétiser la prostitution, on l'a rendue gracieuse et folâtre, intéressante et touchante : la *Dame aux Camélias, Manon Lescaut, Nana*, autant de récits de convention auxquels la vérité donne un démenti brutal !

« A quelque classe qu'elle appartienne, ou plutôt qu'elle semble appartenir par sa fausse élégance, la prostituée se ressent de sa fausse origine.

« Elle est brutale, grossière, matérielle, en un mot cette marchande d'amour reste *mal élevée*.

« Grattez la *cocotte*, vous retrouverez la *fille*.

Elle devenait la maîtresse d'un officier. (Page 499.)

« La plus éthérée en apparence ne demande qu'une occasion pour faire réapparaître son fond de caractère *voyou*.

« La caque sentira toujours le hareng.

« En dépit de l'auréole dont on ceint la tête de la courtisane, elle n'est, à son plus haut échelon, qu'une commerçante qui prend le soin de ne pas trop user sa beauté sur laquelle elle compte pour son avenir.

« Quelles qu'elles soient, l'espèce de protection qu'on leur accorde leur donne une audace qui inquiète les honnêtes gens. Avant peu, elles seront les maîtresses, les reines ; il faudra leur céder le pas. »

La veuve Gras, cette célébrité du turf, qui, sur les derniers temps de sa galanterie, essaya, par un double crime, de s'approprier la fortune de son dernier amant, est le vivant exemple de cette moralité.

Fille du ruisseau, elle éclabousse de sa fange ceux qui tentent de l'en faire sortir.

Elle joue, en galanterie, le rôle qu'a joué Verger en religion.

Une grande dame, séduite par sa gentillesse et son intelligence, la sort de l'abandon où la laisse une famille misérable et imprévoyante. Elle répond à ses bienfaits par l'ingratitude.

Elle ne revient à elle que pour être dotée et pour en recevoir un mari.

Elle quitte son mari comme elle a abandonné sa bienfaitrice, elle suit sa voie infâme où la portent ses mauvais instincts.

Elle rêve l'indépendance ; ses charmes ne sont que le masque de son âme perfide.

En allant au plaisir, elle s'en servira comme d'une arme au profit de sa nature cruelle et cupide.

Instruite et mariée, c'est un double avantage pour s'élever dans le monde des hétaïres sur sa clientèle riche, corrompue ou désœuvrée qui sera toujours des dupes.

Tous ses amants recevront ses coups inspirés par son ambition. Elle les compromet par le scandale. Elle ne les abandonne qu'après avoir été les jouets de sa cupidité. Si, parfois, elle est aussi leur dupe, c'est lorsqu'elle frappe trop fortement sur ses victimes.

Lorsque l'âge vient, elle se recueille. Elle ne s'attaque plus qu'à un esprit simple et grossier, et à un homme du monde, presque un enfant.

Sa nature vindicative et cruelle frappe encore si fort sur ses victimes, qu'elle risque de payer leurs martyres par l'échafaud !

Sa vie va le prouver.

En 1873, à Bougival, la veuve Gras, frisant la quarantaine, connue sous le nom de Jeanne de la Cour, rencontra un jeune homme, René de la Roche, originaire d'Anjou, et qui venait d'arriver à Paris.

Il n'avait pas vingt ans, et la veuve Gras était de quinze années plus âgée que lui.

Dès leur rencontre à Bougival, les relations du jeune homme et de la veuve courtisane devinrent très intimes.

Progressivement, de la Roche en arriva à lui témoigner une affection ardente, et une confiance sans limite.

Cette intimité dura trois ans.

Mais un jour la veuve Gras tomba malade. Elle comprit qu'avec les années, la passion du jeune de la Roche ne pourrait que s'affaiblir, puis s'éteindre.

Alors elle conçut un plan horrible, criminel, pour s'attacher son dernier amant avec la fortune qui l'avait toujours fuie.

Quoique Mme Gras n'eût cessé depuis vingt ans de lutter avec une âpreté infatigable pour arriver à s'enrichir, quoiqu'elle eût eu recours à tous les moyens, elle ne possédait ni valeurs mobilières, ni capitaux.

En 1873, ses ressources avaient sensiblement diminué. Elle entrevoyait avec terreur l'époque où son âge, sa santé débile lui interdiraient l'existence aventureuse qu'elle s'était donnée.

Dès son enfance, la veuve Gras avait préféré cette existence à celle que donne le travail. Quand elle naquit, sa mère concierge, son père homme de peine, avaient déjà quatre enfants à leur charge.

Une dame du voisinage adopta leur cinquième enfant, la fit baptiser et la mit en pension.

Mais, en 1848, à l'âge de quatorze ans, ses parents la reprirent à sa bienfaitrice. Jusqu'en 1854, elle erra d'atelier en atelier, jusqu'au jour où se trouvant sans ressource, elle revint solliciter l'assistance de son ancienne protectrice.

Elle l'accueillit de nouveau, elle lui donna un trousseau, la logea, et la maria, en 1855, à un nommé Victor Gras, âgé de vingt-quatre ans.

Alors elle reçut en cadeau de noces une somme de 3,000 francs avec laquelle elle monta un petit fonds d'épicerie.

Le mariage n'était pour elle qu'un moyen d'assurer son indépendance.

Après avoir essayé de s'enrichir trop vite dans son commerce, son mari la quitta.

Que devint-il ?

Elle ne chercha pas à le savoir.

De même qu'elle avait abandonné sans esprit de retour sa bienfaitrice, de même elle abandonna son mari, sans remords.

Dès que les deux époux eurent rompu, en 1856, la vie commune, la femme Gras, âgée de dix-neuf ans, devenait la maîtresse d'un officier en garnison à Vincennes.

Désormais elle entrait au rang des hétaïres qui sont l'ornement du Paris joyeux.

Pour la veuve Gras, le plaisir n'était pas le seul but de sa vie ; tous ses actes étaient constamment inspirés par une remarquable puissance de calcul et par une implacable ténacité.

De 1858 à 1864, elle essaya successivement de monter un commerce de parfumerie, passage Vivienne et rue de La Rochefoucauld. Elle débuta ensuite au théâtre des Folies-Marigny ; enfin, en 1865, elle s'installa avec un certain luxe, rue Saint-Georges. Là, elle fit la connaissance d'un riche propriétaire de Bretagne. Il lui donna un petit domaine dans l'arrondissement de Nantes.

Ils vécurent ensemble en Bretagne jusqu'en 1871 ; à cette époque, cédant aux instances de sa famille qui voulait le marier, il rompit avec la femme Gras.

Sa nature vindicative se révolta de son abandon. Elle résolut de s'en venger.

Au commencement de leur liaison, elle s'était fait passer, en son nom, l'achat de leur propriété où ils s'étaient juré un éternel amour.

Elle avait conservé le montant de la vente de l'habitation de Bretagne.

La veuve Gras résolut de s'en faire, une arme de guerre contre son ancien amant et contre sa famille qui avait contribué à briser son avenir.

Un jour, dès que son amant est bien marié, elle lui demande un rendez-vous pour affaire qui le concerne : dans ce rendez-vous, la veuve Gras lui dit effrontément que s'il ne reconnaît pas, pour le double de la somme, lui devoir le prix de l'achat de leur propriété, elle le dénonce à sa nouvelle famille.

Et il se reconnaît son débiteur pour 24,000 francs ! Une fois en possession de cette reconnaissance, la veuve Gras est un moment très satisfaite. Elle se dit avec une sorte de raison, qu'elle tient celui qui l'avait si brusquement abandonnée.

Elle revient à Paris.

La veuve Gras, dans les plaisirs où elle se lance de nouveau, n'oublie pas de faire valoir sa créance. Son ancien amant paraît un peu l'oublier. Il ne sait pas à quelle femme il a affaire. Bientôt cette épave ne lui parut plus suffisante.

Elle écrit à son ancien amant qui ne se souvient plus de ses engagement, que « s'il ne s'acquitte pas avec elle, elle viendra le relancer à Nantes ».

Il ne répond à ses menaces que par le plus méprisant dédain : le silence. Mais il a affaire à une nature intraitable, hautaine, agressive.

Après le mariage de son amant, elle avait fait découper dans un journal une notice qui fournissait sur sa famille, sur celle de sa jeune femme, les renseignements les plus circonstanciés ; elle profita de ces indications pour aller relancer son volage en province, auprès de ses nouveaux parents.

Ce chantage lui rapporta 3,000 francs.

Elle voulait plus, une rente viagère, elle ne l'eut pas !

Cette fois, la famille des nouveaux époux accepta le défi inspiré par le chantage de la dangereuse courtisane.

Il déjeunait à côté d'elle!!(Page 503.)

Cette famille la menaça de faire connaître publiquement l'odieux commerce auquel elle s'était livrée, pour exploiter son ancien amant.

La courtisane se le tint pour dit. Elle recula devant un scandale dont
elle eût été la mauvaise marchande !

En 1871, elle entre en relation intime avec un jeune homme de vingt
ans. Il paye son loyer et lui donne 3,000 francs par an.

En 1876, lui aussi va se marier. Alors la veuve Gras entre dans une
violente fureur. Elle lui adresse des lettres de reproche. Elle le menace
comme elle a menacé son prédécesseur. Elle veut aussi l'attaquer dans la
personne de sa nouvelle épouse et dans sa famille.

Il est obligé, pour répondre à ses lettres impérieuses de quitter sa
femme et de porter des fonds à son ancienne maîtresse.

Cette fois, la veuve Gras est contrainte d'agir avec plus de circonspection. Elle ne peut poursuivre jusqu'au bout ses représailles inspirées par
sa méchanceté.

Depuis 1873 elle n'est plus libre; elle se doit à sa nouvelle dupe, le jeune René.

Dès les premiers mois de l'année 1876, elle n'a plus de relations qu'avec René de la Roche. Cependant leurs rapports remontaient à deux années et demie.

Quand il l'avait rencontrée à Bougival, il connaissait à peine Paris. Il n'avait pas même fait son volontariat. Orphelin dès l'âge de neuf ans, émancipé à dix-huit ans, placé à la tête d'une fortune indépendante, sans occupation, vivant tantôt en Touraine, tantôt auprès de son frère et de sa belle-sœur, René avait loué un pied-à-terre rue de la Ferme-des-Mathurins.

C'est là que se rendait auprès de lui, la veuve Gras. L'oisiveté de son amant, l'isolement dans lequel il se trouvait, devaient le livrer sans défense.

Ce fut ce qui arriva.

Depuis deux années, René ne vivait plus que par la veuve Gras. Aussi astucieuse que perfide, aussi passionnée que réfléchie, l'adroite hétaïre avait mis toute son expérience au profit de ses intérêts contre le jeune homme.

Elle ne se livrait à lui qu'à de rares intervalles. Elle excitait sa passion pour elle en jouant la pruderie.

Presque du double de son âge, elle l'appelait *son enfant.*

Elle qui avait été mauvaise fille, qui n'avait répondu que par de l'ingratitude à ceux qui s'étaient intéressés à elle, que par des menaces à ceux qui l'avaient dédaignée, elle était devenue pour René, tendre, dévouée, affectueuse.

Elle l'entourait des soins d'une mère ; elle manifestait, près de lui, les ardeurs d'une amante passionnée.

Elle était maternelle dans l'intimité ; elle était passionnée dans ses correspondances. Elle était parvenue à prendre ainsi l'esprit et le cœur de son amant.

René, avant de la connaître, n'avait reçu ni les caresses d'une mère, ni les baisers d'une amante. La veuve Gras les remplaçait.

Elle était l'une et l'autre pour lui. Elle se disait tout à lui. Il se croyait tout pour elle.

Le passé avait instruit la méfiante et cupide hétaïre.

Elle se disait qu'elle approchait de la quarantaine. Elle connaissait par expérience les liens fragiles de la passion. Elle savait, en plus, que René avait un frère qui, d'un moment à l'autre, briserait encore une fois, par le mariage, tout son pouvoir.

Cette fois, elle prévint le coup funeste en associant à ses intérêts une nouvelle dupe qu'elle espérait enchaîner aussi par la passion.

C'était un homme aux allures d'ouvrier et qui venait, depuis un an, chez elle chaque dimanche matin.

Cet homme était un ancien ami d'enfance. Elle résolut de l'associer à ses intérêts en l'obligeant à forcer René à lui rester fidèle.

Comment? on le verra bientôt.

En attendant, cet ouvrier venait tous les dimanches lui scier son bois, tirer son vin à la cave, faire chez elle l'emploi de serviteur.

Une fois sa besogne accomplie, il déjeunait à côté d'elle, dans la maison, rue de Boulogne, à Neuilly, qu'elle habitait depuis 1873.

Elle avait son dessein.

Cet homme se nommait Gaudry; il était employé comme homme de peine, dans une fabrique d'huile de colza, à Saint-Denis.

C'était un très honnête homme, un ancien militaire. Il avait séduit, dans son jeune âge, une jeune fille dont il avait eu deux enfants.

L'honneur lui avait fait un impérieux devoir de l'épouser.

Maintenant il était veuf; son fils, âgé de vingt ans, était ouvrier à Amiens; son père n'avait quitté cette ville qu'après la mort de sa femme.

Gaudry était revenu à Paris. Il logeait chez sa mère qui prenait soin de son plus jeune enfant.

Ah! s'il s'en était tenu à cette vie patriarcale, les maux qui allaient l'affliger par sa passion pour son amie d'enfance ne lui seraient pas survenus.

Mme Gras savait ce qu'elle faisait en attirant chez elle cet ouvrier.

Veuf à l'âge de quarante ans, il était simple et loyal comme ces hommes qui, parvenus à la maturité, n'ont connu ni les calculs ni les orages des passions.

En se liant avec la veuve Gras qui, dès son extrême jeunesse, avait navigué à pleine voile sur les eaux du Tendre, il ne savait pas sur quelle galère il s'engageait.

D'abord son orgueil fut flatté d'être assis côte à côte avec une dame rapprochant entre elle et lui les distances, au nom de leur passé.

Gaudry était aussi bon, aussi tendre que la veuve Gras était impérieuse, calculatrice et perfide.

Elle lui fit entendre, dans ses confidences à Gaudry que, sans la perte de son mari, qui mourut à l'hôpital, en 1871, elle fût revenue à son époux.

Malgré les torts dont elle disait avoir à se plaindre du côté de ce mari, elle fût revenue à lui. « Car, ajoutait-elle, elle était lasse de cette vie d'humiliations qu'elle menait avec les hommes du monde, dont elle était l'enjeu ! Elle souffrait de cette existence, sans affection ; elle n'avait plus qu'un désir : retourner aux joies de la famille, se refaire un baptême dans l'affection d'un homme qui, par son dévouement, la vengerait de son passé.

L'astucieuse Gras, en parlant ainsi, avait des larmes dans les yeux, des sanglots dans la voix.

Son esprit calculateur en s'adressant au cœur sensible de Gaudry, le préparait à en faire, à son profit, un esclave absolu.

La veuve Gras, plus jeune que lui de quelques années, était encore très séduisante, dans l'animation de sa douleur.

Elle avait été comédienne, elle s'en souvenait. En parlant du passé à cet ouvrier, en regrettant, par des allusions très directes, de n'avoir pas suivi comme lui le sentier de l'honneur, elle se préparait à l'en faire sortir.

Belle et s'adressant à son cœur, elle travaillait au désordre de ses sens ; elle se disposait, en s'adressant à sa vanité, à le dévoyer.

L'astucieuse créature n'avait pas perdu ses droits à la coquetterie. Elle calcula, par ses manèges de coquette sentimentale, l'immense progrès qu'elle constatait chaque jour dans le cœur de sa nouvelle dupe.

Elle ne tarda pas à l'avoir sous sa puissance. Elle tenait l'obscure et simple mercenaire, comme l'inexpérimenté et tendre homme du monde.

Ces deux hommes lui appartenaient, et elle pouvait, quand elle le voudrait, les ruer l'un contre l'autre.

C'était tout ce qu'elle voulait.

Mais Gaudry, dans son honnêteté, souffrait cruellement de l'amour qui le brûlait pour cette courtisane.

Si jamais il se déclarait, c'était à la condition qu'il deviendrait son mari, et qu'elle renoncerait à son existence.

La veuve Gras, en apparence, l'entendait ainsi ; elle comprenait le parti qu'elle pouvait tirer d'un homme de cette classe qu'elle amenait insensiblement à lui témoigner un dévouement sans bornes, inspiré par sa passion pour elle, tout en lui refusant la moindre faveur.

A la suite d'un long tête-à-tête dominical, le but poursuivi par la Circé se dessina complètement.

Gaudry, le cœur bouleversé, n'osa lui déclarer de vive voix son amour ; il le lui écrivit.

Lorsque la veuve Gras reçut sa déclaration, elle s'écria avec une joie perfide :

Gaudry se résigna à faire le guet. (Page 507.)

— Je le tiens !

En femme expérimentée, elle lui répondit, sans faire aucune allusion à sa brûlante déclaration ; elle lui écrivit :

« Viens. J'ai besoin de toi, pour affaire qui nous concerne. Prétexte auprès de ton patron une affaire de famille. Le temps que tu emploieras pour moi, je te le payerai. »

La mère de Gaudry, en l'absence de son fils, reçut la lettre de la veuve Gras.

Dans son instinct maternel, la mère de l'ouvrier prévoyait un grave danger pour son fils ; elle lui conseilla, après avoir pris connaissance de la lettre de la veuve Gras, de ne pas répondre à ses avances.

Mais Gaudry ne se possédait plus ; il était possédé par la Circé, il n'écouta pas sa mère ; ce fut ce qui le perdit !

XCXIX

LES TERREURS D'UN HONNÊTE HOMME

Mme Gras tenait Gaudry. Elle pouvait faire de lui tout ce qu'elle allait concevoir pour parvenir au but qui avait fui devant elle, durant sa vie de galanteries.

Elle ne voulait pas devenir la femme de Gaudry; seulement elle tenait à faire de lui un instrument aveugle contre le dernier amant qu'elle avait en son pouvoir.

Avec Gaudry, elle espérait que René de la Roche ne l'abandonnerait plus comme l'avaient fait ses prédécesseurs, elle espérait que ce dernier serait à elle pour la vie.

Le terme fatal de toutes ses liaisons avait été le mariage de ses adorateurs. Elle voulait par Gaudry, qu'une union ne fût plus possible entre René et une demoiselle du monde que son frère ou sa belle-sœur n'eût pas tardé à lui présenter.

Quoiqu'elle eût imposé à René, comme un impérieux devoir, de lui écrire jour par jour tout ce qu'il faisait loin d'elle, elle savait, par expérience, combien sont fragiles les engagements d'amoureux vis-à-vis des femmes de son espèce.

Pour faire de Gaudry, l'exécuteur de son plan infernal, elle l'avait lié par la passion. Elle espérait que son dernier entreteneur, par Gaudry, ne l'abandonnerait plus, malgré les considérations du monde.

Si elle sacrifiait à ses vues un honnête homme, c'était tant pis pour lui ! Il ne fallait pas qu'il se mît sur sa route.

Elle l'appelait donc pour le faire l'instrument du supplice de l'homme du monde qu'elle ne pouvait posséder qu'en le mettant dans l'impossibilité d'être à une autre.

C'était Gaudry qu'elle chargeait de l'exécution d'un crime conçu sur René par son esprit tenace, impérieux et sordide.

Après le reçu de la lettre de son amie, le 19 novembre 1876, Gaudry demanda au directeur de l'usine où il travaillait un congé de deux jours ; il avait à régler, disait-il, des comptes de famille.

Il arriva chez Mme Gras, le 20 novembre. Elle lui remit vingt francs ; pour la première fois, elle lui parla de son passé et pour lui faire une fable.

Elle lui déclara qu'elle voulait se venger d'un homme qui lui avait fait perdre de l'argent, à l'époque où elle tenait un magasin de parfumerie, passage Vivienne.

Elle lui rappela des faits qui étaient à la connaissance de Gaudry et qui devaient dérouter ses soupçons :

— J'avais placé des fonds chez cet homme, — lui dit-elle. — En ma qualité de femme mariée, je n'ai pu les retirer, il les a gardés. Je veux me venger en faisant souffrir son fils. Si tu parviens à le frapper au visage, sans le tuer cependant, je te donnerai ce que tu demandes, je t'épouserai.

En même temps qu'elle lui tenait ce discours, elle lui remettait un coup de poing en cuivre doré avec lequel il pouvait frapper plus sûrement.

Gaudry ne connaissait pas le jeune homme qui était voué à cette vengeance. Mme Gras s'engagea à le lui faire connaître le soir même, quand il sortirait de chez elle. Elle convint que, pendant qu'il passerait l'allée de a maison, elle relèverait un coin du rideau de sa chambre, pour que Gaudry se mît en mesure de le frapper.

Mais Gaudry était un honnête homme. Un scrupule le retint. Il se souvint qu'il avait été soldat, qu'il portait la médaille militaire sur la poitrine.

Il fit des objections à la veuve. Il lui proposa de provoquer son ennemi en duel.

— Je préfère, — lui répondait-il, — le frapper à visage découvert en m'exposant moi-même à un danger.

Mme Gras, qui avait réponse à tout, lui riposta vivement :

— Oh ! non ! non ! Il n'est pas de ton monde ; il se refuserait absolument de se battre avec toi.

Gaudry, le soir même, se résigna à faire le guet à la porte de la maison de la rue de Boulogne.

Mais ce soir-là Mme Gras ne donna pas le signal. Éprouva-t-elle des remords, ou son amant de la Roche n'était-il pas venu la voir?

En tous les cas, Gaudry attendit en vain le signal de sa bien-aimée ! Puis il alla se coucher dans un garni de la rue de Clichy.

Le lendemain, 21 novembre, il retourna chez Mme Gras. Elle lui promit, cette fois, de lui montrer sa victime, à deux heures.

Mais Gaudry, à deux heures, attendit encore en vain le signal.

Lorsque Gaudry reparut chez elle, Mme Gras ajourna Gaudry à onze heures du soir.

Cette fois pour ne plus reculer l'attentat qu'elle voulait faire commettre à sa dupe, elle prit le parti de le conduire en face du grand café de la rue Scribe, pour lui montrer René de la Roche.

C'était dans cet établissement qu'il se rendait habituellement, car il était situé à la porte de la maison qu'il habitait, rue de la Ferme-des-Mathurins.

Tout était habilement combiné pour assurer la réussite des sinistres projets de la veuve Gras.

Frappé la nuit, à sa propre porte, défiguré par un coup porté en plein visage, le jeune de la Roche, sans parents, sans amis à Paris, se faisait infailliblement conduire chez sa maîtresse, il devenait facilement sa proie.

On voit le rôle odieux qu'elle avait donné à jouer à son complice.

Mais elle, qui avait tant hésité à faire exécuter ce lâche forfait, elle avait compté sans les hésitations, sans les résistances d'un honnête homme qui ne pouvait se façonner à ce métier de criminel.

Au moment d'exécuter son attentat, Gaudry eut peur.

Et le 22 novembre, au lieu d'aller à minuit faire le guet, dans la rue de la Ferme-des-Mathurins, il s'en retourna comme il était venu ; il reprit, à toutes jambes, le chemin de Saint-Denis.

Ses défaillances partaient d'un cœur honnête. En vain Mme Gras avait-elle subjugué son cœur et sa raison, sa conscience parlait plus haut que sa passion.

Au moment de frapper René qui passait pour le fils de l'homme qui avait trompé son amie, Gaudry se souvenait des avertissements de sa mère. Il avait peur de lui-même et de la veuve Gras !

Du 22 novembre 1876, jusqu'au jeudi 11 janvier 1877, Gaudry cessa d'aller chez la veuve. Il se sentait trop faible pour lui résister, trop honnête pour lui céder.

L'absence prolongée de Gaudry n'entrait plus dans les calculs de la maîtresse de René.

Au mois de décembre, n'entendant plus parler de lui, elle se décide à lui écrire.

Dans sa lettre, elle lui demande un peigne d'écaille qu'elle lui a prêté, durant les trois jours qu'il s'était absenté de sa fabrique. Gaudry comprend qu'elle lui réclame le coup de poing en cuivre doré. Il se rend chez elle.

Mme Gras se dit malade. Elle ne le reçoit pas ; Gaudry sort de sa maison, plein de regrets.

A l'atelier, Gaudry était morose, chagrin. Il répondait, à ceux qui l'interrogeaient sur son état, que depuis quelque temps il était fatigué et qu'il ne pouvait plus dormir.

Les confidences de la veuve Gras, le but sanglant qu'elle lui avait assigné, étaient bien faits pour troubler sa conscience et pour lui enlever le sommeil. Gaudry était rempli de désirs et de terreurs !

Gaudry trouva sa complice déshabillée !! (Page 542.)

C

LES EFFETS D'UN DOMINO ROSE

Une nouvelle année recommence et Gaudry ne revient pas.

La courtisane est inquiète.

Elle était pourtant bien certaine qu'en ne recevant pas, après sa dernière lettre, celui qu'elle était parvenue à attacher à elle, c'était un moyen de le faire accourir plus vite.

Pourtant, il ne revient pas !

Plus que jamais, elle a besoin de lui. Elle se sent malade. La vie à grandes guides qu'elle a menée a brisé ses forces. Elle ne tardera pas à flétrir sa beauté.

René fait de plus en plus des voyages en Touraine. Elle redoute son contact avec son frère et sa belle-sœur.

Mme Gras a appris que René vient de déplacer une partie de sa fortune, Dans quel but? elle l'ignore.

Elle tremble de le deviner.

De jour en jour, elle craint que René ne la néglige; et que son frère, conseillé par sa femme, ne l'oblige à s'établir auprès d'eux.

A aucun prix, elle ne veut se détacher de René. Dans l'état de sa santé si débile, et à son âge, ce jeune homme est devenu sa dernière planche de salut.

Il est vrai que par ses manèges de coquette expérimentée, par son attitude de mère de famille, Mme Gras est à la fois pour René une amante et une *sœur*.

Il ne cesse de le lui répéter dans ses correspondances.

Est-il plus sincère qu'elle-même qui l'appelle : *mon enfant!*

Elle a été trop payé dans sa vie aventureuse pour ne pas connaître la fragilité des sentiments de ses entreteneurs.

Depuis quelque temps, René va trop en Touraine ; il faut que sa maîtresse agisse, qu'elle agisse promptement, avec ou sans Gaudry.

Dans les premiers jours de janvier, Mme Gras reçoit la visite de son neveu. Elle lui remet un flacon, en le priant de le lui rapporter avec du vitriol.

Elle prétend en avoir besoin pour faire *ses cuivres*.

Cette commission n'est qu'un moyen de faire connaître à Gaudry qu'elle est plus décidée que jamais à réaliser son terrible projet.

Son neveu, apprenti chez un doreur, lui rapporte le flacon plein de vitriol.

Maintenant que Gaudry est averti, reviendra-t-il? Trois jours se passent, Enfin il revient.

Cette fois, Mme Gras le reçoit, elle n'est plus malade.

C'est avec l'air le plus enjoué, le plus gracieux qu'elle reçoit son *vieil ami*.

De son côté, Gaudry a réfléchi. Après avoir lutté longtemps avec sa conscience, après avoir refusé une première fois de seconder la prétendue vengeance de son amie, il s'avoue vaincu ; il consent à être tout à elle. Cependant il veut, de sa part, un gage de confiance et de tendresse.

Il n'est revenu que par ce qu'elle l'a indirectement rappelé ; il n'est plus l'homme timide et embarrassé des anciens jours. Maintenant qu'il ne lutte plus avec le devoir, il cherche à anticiper sur la récompense promise, il veut tenter de l'embrasser.

Mᵐᵉ Gras est très heureuse de retrouver Gaudry dans une telle disposition ; cependant, en femme habile, elle se contente d'aiguiser ses désirs sans les satisfaire ; elle se débat énergiquement et le repousse.

Gaudry va se fâcher. Elle redevient aimable, et dans le sourire le plus engageant, elle lui montre le flacon que lui a apporté son neveu, puis elle lui dit :

— Apaise-toi. Je suis encore malade. Laisse-moi ; mais fais-le souffrir et je serai guérie.

Gaudry qui n'écoute ni la voix de sa conscience, ni les conseils de sa mère, est bien résolu à s'associer à ses plus noirs desseins.

Sa passion est poussée jusqu'au délire : l'ouvrier qui s'est condamné, s'obstine maintenant à vouloir bénéficier du droit que lui donne son engagement.

Il l'attire contre sa poitrine ; l'adroite Circée, aussi tenace que son ami, lui dit, après l'avoir embrassé et en s'échappant vivement de ses bras :

— Fais ce que je te dis et je t'épouserai.

Gaudry est enivré du baiser de la perfide. Il se traîne à ses pieds, il lui crie :

— Commande-moi le plus tôt possible ce que tu exiges de moi, car je ne puis vivre plus longtemps sans toi !

Gaudry est fou.

C'est dans cet état que le voulait la veuve Gras.

Il ne devait pas tarder à lui obéir.

C'était le 13 janvier que le crime devait être commis.

Cette date avait été mûrement choisie par Mᵐᵉ Gras. Quelques jours auparavant, son amant était encore en Touraine. Elle lui avait écrit pour qu'il revînt à Paris afin de la conduire au bal masqué.

René avait résisté. Il avait quitté Mᵐᵉ Gras, malade : il ne voulait pas, par crainte d'une rechute, lui faire passer la nuit.

Mais Mᵐᵉ Gras, qui redoutait surtout les longs séjours en Touraine, avait insisté.

René qui se pliait à tous ses désirs, avait consenti à la rejoindre.

Et comme s'il avait été agité par un sombre pressentiment, il lui avait écrit, en lui annonçant son arrivée à Paris :

« Je suis sombre, ce soir ; et pour un peu, je me mettrais à pleurer. »

Ah ! si le malheureux jeune homme eût pu lire dans la pensée de son amante, il eût été bien plus sombre encore.

Voici pourquoi Mᵐᵉ Gras avait choisi cette date du 13 janvier :

Avant de partir pour la Touraine, René avait déposé, à la Caisse des

Comptes courants, vingt obligations de la ville de Paris, trente obligations égyptiennes, en tout des valeurs pour une somme de quarante mille francs ; il avait en outre trente mille francs dans sa caisse, rue de la Ferme-des-Mathurins.

La veuve Gras avait donc intérêt à savoir l'heure exacte de son arrivée à Paris et à hâter le dénouement fatal avant qu'il ait pu faire un placement de ses fonds.

Voilà pourquoi, du jour de son arrivée à Paris, le vendredi 12 janvier, sa maîtresse ne le quitte plus.

Elle l'attend, le 12, à son pied-à-terre, elle ne le quitte que pour aller donner ses instructions à Gaudry.

Le lendemain, après avoir passé la nuit avec René, elle retourne à la fin de la journée à la rue de Boulogne ; là, Gaudry l'attend aussi ; c'est pour recevoir de la veuve Gras l'avis de revenir à onze heures, lorsqu'elle s'apprêtera à se rendre au bal de l'Opéra avec René.

En attendant, il faut qu'il parte encore de chez elle ; elle a invité René à dîner et il va venir à cinq heures.

Avant de le congédier, elle lui donne l'acide sulfurique que contient le flacon remis par son neveu.

Pour convaincre Gaudry des effets effroyables qu'il peut produire sur le visage de l'homme dont elle prétend avoir à se venger, elle en jette une goutte sur le plancher.

Cette goutte ronge le bois, elle donne un aperçu du ravage que l'acide peut opérer sur les chairs de la victime.

Gaudry, en songeant qu'il va quitter la femme qu'il aime, qu'il la laisse en tête à tête avec René, voudrait devancer l'heure qui va sonner pour la vengeance.

Elle a bien de la peine à le faire partir pour revenir à onze heures, pour attendre, à cette heure-là, son retour du bal masqué.

Gaudry la prie, la supplie de rester le moins longtemps possible au bal.

La veuve le lui promet ; cinq heures sonnent, il faut partir.

A onze heures, Gaudry revient rue de Boulogne, il se glisse dans l'appartement de la veuve.

René, après le dîner, en est parti. Il est allé chez lui pour passer un habit.

A onze heures, Gaudry trouve sa complice déshabillée, en train d'essayer un domino rose.

En pénétrant dans son boudoir, en surprenant la femme qu'il désire, les épaules à demi nues, son corps tremble, son esprit est en feu.

Il a jeté l'acide sulfurique au visage de René. (Page 518.)

Le modeste ouvrier n'a pas été habitué à ces enivrants et pénétrants parfums que la femme du monde et la courtisane exhalent autour d'elles.

Devant le désordre de sa toilette, dans ce luxe voluptueux qui l'enveloppe, Gaudry éprouve des ravissements infinis.

Ce domino rose qu'elle essaye, relève l'éclat de ses chairs, il fait valoir les grâces de ses formes.

Dans le parfum, dans ce luxe où trône Mme Gras comme une déesse, Gaudry éprouve des étranges titillations.

Il a pour elle une adoration qui tient de la rage.

Il voit autour de lui, sur des chaises, sur sa toilette, une perruque blonde, des roses, des rubans, des bijoux qui vont orner sa divinité.

Et tout cela est fait pour briller au bras d'un autre !

A cette pensée, la rage de Gaudry devient du délire. Il s'élance sur cette femme qui le reçoit le sourire aux lèvres. Il l'embrasse avec frénésie ; elle se laisse embrasser.

Les yeux humides, la bouche souriante, mais le sourire triste comme celui d'une amante vaincue par la passion, Mme Gras lui crie, d'une voix éteinte, les membres languissants :

— Oh ! pas encore, mon ami, pas encore, je t'en supplie !

En restant penché contre lui, elle lui indique, en se défendant mal contre ses transports, un cabinet noir fermé par un rideau et dont la porte donne dans le boudoir.

Puis elle ajoute avec effroi :

— Il va venir. Je l'attends, cache-toi là.

Gaudry est fou, il ne subit que l'effet du déshabillé de son amie.

Il la suit tout en l'embrassant encore.

Elle qui a son but répond à ses caresses et continue à lui donner ses instructions pour l'accomplissement de leur crime.

A peine l'a-t-elle caché dans le cabinet où elle lui met un escabeau, pour qu'il soit plus à l'aise, qu'un bruit du dehors se fait entendre.

C'est René de la Roche qui revient chercher la dame Gras pour la conduire à l'Opéra.

Ils entendent le jeune homme s'arrêter sur le palier, à la porte de la maison.

Gaudry ne bouge plus dans sa cachette ; Mme Gras, dans son boudoir, achève sa toilette de bal.

Quand René y arrive il est étonné de ne pas trouver sa maîtresse plus avancée.

Il lui en fait un doux reproche.

— Oh ! les femmes, — lui dit-il, — elles ne sont jamais prêtes !

— Parce qu'on ne saurait jamais prendre trop de soins pour vous plaire... lui répond-elle tout en achevant à la hâte de s'habiller afin de réparer le temps perdu.

René est un jeune homme du monde qui ressemble à ces milliers de désœuvrés qu'un rien contrarie, qu'un rien met en gaîté.

Aussi ennuyés qu'ennuyeux, le plaisir, pour eux, est une habitude.

Sceptiques par ton, René était, comme tous les autres, aussi faible dans le tête-à-tête qu'arrogant et distrait dans le commerce du monde.

Avec Mme Gras qui, vis-à-vis de René, savait prendre tous les rôles, celui-ci ne s'ennuyait jamais.

Ce soir-là, à la veille d'aller à l'Opéra et de commettre le plus lâche des crimes, elle était vive, piquante, enjouée comme elle l'avait été lorsqu'elle était la pensionnaire du théâtre Marigny.

L'enjouement de l'hétaïre avait fini par gagner René.

Lui aussi éprouvait les effets du galant costume de sa maîtresse,

Soudain, la veuve Gras se rappelle l'homme qui, derrière eux, se tenait caché dans le cabinet du boudoir.

Elle comprit les tortures que l'ouvrier devait subir.

Elle eut peur et pour lui et pour elle.

Aussitôt elle se recula de René qui, lui, s'avançait pour l'embrasser.

Elle lui dit d'un ton sérieux, presque imposant :

— Laisse-moi donc tranquille ! Tu m'empêches de m'habiller !

René ne comprenant rien à ce revirement d'attitude, voulut continuer de badiner.

Mme Gras pensant à Gaudry qui l'entendait, lui dit avec impatience :

— Voyons, puisque tu ne veux pas être sage, je vais te donner un livre, pour que tu ailles lire dans la salle à manger.

René ne savait déplaire en quoi que ce soit à sa maîtresse. Il se laissa conduire par elle ; il prit machinalement un livre qu'elle lui avait donné au hasard, et que, lui-même, avait oublié la veille, dans son boudoir.

Ce livre était les *Essais* de Montaigne.

La veuve Gras remonta à son boudoir. Tout en mettant une dernière rose dans ses cheveux, elle alla au cabinet noir. Elle y trouva Gaudry qui souffrait le martyre après avoir entendu, bien malgré lui, les propos enjoués de René à sa maîtresse.

En le quittant pour repartir avec lui, elle dit à Gaudry, en l'embrassant encore :

— Du courage ! Fais ce que je te dis ; avant trois mois, je serai ta femme.

Une fois les deux amants partis, Gaudry avait encore trois heures à attendre pour l'accomplissement du crime que la veuve Gras lui avait ordonné de commettre.

Le malheureux Gaudry en avait vu, entendu assez pour vouloir se débarrasser de son rival.

Il doutait bien de la fable faite au sujet de ce gandin, de ce fils de l'homme dont Mme Gras avait prétendu se plaindre parce que ce dernier avait escroqué autrefois sa fortune.

Peu lui importait cette fable ! Ce qu'il savait, c'est que l'homme qui venait de le quitter, était l'amant de son amie ; et son amie, il l'adorait avec délire, il tenait à la posséder, fût-ce au prix d'un crime.

L'ouvrier, dans les dernières heures d'attente qu'il avait encore à subir, sentait encore sa conscience se révolter à l'idée du lâche guet-apens dont il allait être le sombre héros.

Mais la voix de sa conscience était étouffée par la voix de la vengeance.

Il revoyait cet homme, lorsque, dans le cabinet noir, il s'étonnait de la résistance de sa maîtresse.

Ce baiser qu'elle lui avait refusé devant lui, maintenant, sans aucun doute, elle ne le lui marchandait plus !

Rien qu'à cette pensée, Gaudry voyait rouge.

De nouveau, il comptait les secondes, les minutes, les heures, elles ne se précipitaient pas assez vite pour faire payer à son rival les tortures qu'il lui avait fait endurer.

Ah ! la veuve Gras était une femme adroite !

Elle était aussi habile que cruelle !

Elle n'avait rien ménagé pour conduire cet honnête ouvrier sur la voie infâme où elle avait voulu le traîner.

Désormais c'était Gaudry qui avait hâte d'en finir.

En attendant le retour de son rival, il descendit dans la salle à manger. Il déposa dans une boîte à lait l'acide sulfurique que contenait le flacon qu'il avait en sa possession.

Une fois l'opération terminée, il attendit l'arrivée de René.

Il était convenu que le jeune homme devait passer le premier dans l'allée, pendant que sa maîtresse aurait attendu, dans la voiture, la rencontre de Gaudry. Il se rappelait qu'une fois l'acide sulfurique jeté au visage de son rival, la grille devait rester ouverte, par la veuve Gras, pour faciliter aussitôt sa fuite.

Après s'être bien remis en mémoire les moindres détails de l'épouvantable guet-apens conçu par son amie, son complice s'apprêta à jouer sa terrible partie.

Dans son impatience, en attendant l'heure de la vengeance, Gaudry arpentait à grands pas la salle à manger.

Pour chasser l'idée mortelle qui l'obsédait, Gaudry, par distraction, prit le livre laissé par son rival.

C'était le livre des *Essais* de Montaigne. Sa vue s'arrêta sur le passage d'un chapitre, intitulé : de *Trois bonnes femmes*, où il était écrit :

« Je me suis contraint à vivre ; et c'est quelquefois magnanimité que de vivre ! »

Hélas ! c'était maintenant l'image de sa vie !

Les complices se rencontrent au milieu des tombes! (Page 520.)

CI

LE GUET-APENS

Deux heures du matin ont sonné. Gaudry entend le bruit d'un fiacre qui s'arrête devant la maison. Il éteint la lumière ; sa boîte d'acide sulfurique à la main, il s'élance de la porte de l'appartement dans l'avenue.

C'est une longue allée qui conduit, entre deux pavillons, au corps de bâtiment central dans lequel la veuve Gras occupait l'entresol.

René de la Roche descend le premier, il paye le cocher, sonne le concierge et s'introduit seul dans l'allée.

Sa maîtresse descend de voiture à son tour ; dès que René est loin de la grille, elle laisse ouverte la porte ; elle suit tranquillement René à environ cinq mètres de distance.

Lorsque de la Roche est presque arrivé à l'extrémité de l'avenue, des cris horribles retentissent.

Ces cris réveillent tous les voisins, ce sont des gémissements qui resemblent à des rugissements, puis à un râle d'un homme dont on arracherait les chairs !

Gaudry a accompli son crime !

Il a jeté l'acide sulfurique au visage, aux yeux de René, ensuite il s'est enfui.

Dans la précipitation de sa course, il a heurté la veuve Gras ; il est parti par la porte qu'elle avait eu la précaution de laisser ouverte.

Cette précaution devait dénoncer plus tard sa complicité.

Dès que Gaudry a pris le chemin de Saint-Denis, Mᵐᵉ Gras est tout à sa victime.

C'est dans les transports les plus tragiques, les plus désespérés qu'elle traîne sa dupe dans la loge de son concierge. Elle lui prodigue les premiers soins.

C'est elle qui le fait relever et soutenir par son concierge ; puis elle se précipite d'un air affolé dans l'escalier.

Elle arrive avant tout le monde à la porte de son appartement. Gaudry l'avait laissée ouverte, et il fallait laisser croire qu'elle venait seulement de l'ouvrir elle-même.

Au lieu de faire venir tout de suite un médecin, elle appelle l'herboriste de son quartier. Celui-ci fait, comme il peut, le premier pansement.

Ce n'est que le lendemain matin qu'elle appelle son propre médecin.

A son docteur, elle a bien le soin de dissimuler le nom de son amant ; elle obtient de lui qu'il ne sera pas désigné dans le certificat médical délivré au commissaire de police.

Enfin elle ne prévient pas la famille de la Roche, de l'horrible accident qui lui est survenu.

Cependant les douleurs, loin de s'apaiser avec le temps, deviennent plus atroces chaque jour.

Ah ! Gaudry a bien visé son rival.

Le 29 janvier, il est reconnu que l'œil droit est tout à fait perdu et que l'œil gauche s'entame de plus en plus.

L'état du malade arrive à ce point que dans les premiers jours de février, une affection purulente se déclare, sa vie est en danger.

Malgré les souffrances mortelles du jeune homme, son affection pour Mme Gras redoublait encore.

Elle ne quittait d'une minute son pauvre malade, *son cher enfant*.

Par reconnaissance, dans son intérêt même, le malade ne demandait qu'à rester avec celle qui paraissait le soigner avec le plus entier dévouement et ne songer qu'à lui !

Elle ne l'abandonnait ni jour ni nuit; de la Roche attribuait l'horrible accident dont il avait été victime à l'erreur d'un malfaiteur qui cherchait peut-être une autre vengeance.

Le frère de René apprend par un tiers son horrible catastrophe. Il en avertit la police, il dénonce la veuve Gras, il dénonce son passé. De jour en jour, la famille de René veille, elle fait mieux, elle agit.

Elle retire, par l'entremise d'un homme sûr, les reçus des Comptes courants, les valeurs en portefeuille de René, pour qu'elles ne deviennent pas la proie de sa maîtresse qui le tient en charte privée.

Mme Gras, qui a une oreille tendue au dehors, apprend la démarche de sa famille.

Dès que son amant va un peu mieux, elle l'engage adroitement à mettre ordre à ses affaires.

René possède chez lui une correspondance qui peut compromettre l'honneur d'une famille. Il s'associe à l'idée de sa maîtresse, dans un but tout différent du sien.

Aussitôt que le malade peut sortir de son lit, il fait porter chez elle son bureau.

Il n'y trouve plus ses valeurs, mais, en place, une lettre qui l'avertit que sa fortune est entre les mains de sa famille.

C'est la veuve Gras qui, la rage dans le cœur, lui lit cet avis.

Ce n'est pas ce que René veut avoir en ce moment, ce qu'il veut, ce qu'il ne peut chercher que lui-même, ce sont les lettres, qui compromettent l'honneur d'une famille.

Il les reconnaît au toucher. Il se traîne jusqu'à la cheminée, il les jette dans le feu qu'il ne voit pas, mais dont il sent la chaleur.

Pendant qu'il accomplissait ce qui était pour lui un devoir de conscience, la veuve Gras, fidèle à son rôle odieux et hypocrite, parvenait à en retirer une partie du foyer. Elle les cachait soigneusement pour s'en faire une arme terrible contre la famille de celui qu'elle avait l'art de duper encore !

Cette femme, cette comédienne qui a imaginé un crime épouvantable pour jouer la femme dévouée, sent de plus en plus le terrain lui manquer sous les pieds.

En dehors d'elle, l'opinion l'accuse et la police la traque. Il n'y a plus qu'à son foyer où son amant reste la dupe de sa tendresse basée sur le crime.

Et si jamais Gaudry acculé par la peur ou par le remords avoue le forfait qu'ils ont commis, Mme Gras sent qu'elle est perdue.

Un soir de février, elle se rend en cachette au rendez-vous qu'elle a assigné à son complice, dans un endroit désert, loin de Paris. Elle va voir Gaudry au cimetière de Charonne.

Sa lettre à son complice, en lui donnant ce rendez-vous, sera une arme contre elle.

C'est par la faiblesse de Gaudry qu'elle en a fait l'instrument de son exécrable forfait, c'est par sa faiblesse qu'elle sera perdue.

Voici la lettre qu'elle lui écrivait, au mois de février, pour l'engager à se maintenir dans une réserve absolue :

« Ne viens pas me voir ; c'est moi qui viens à toi. On arrête tout ce qui vient chez moi ; ta mère mourrait de chagrin, et moi, je vais me tuer, sachant que je perds la tête si je suis mêlée à cette affaire aussi terrible qu'imprudente ! »

Alors les complices se rencontrent, la nuit, au milieu des tombes. Mme Gras est pâle, défaillante ; les veilles forcées auprès de sa victime, les craintes qui la torturent lui donnent l'aspect d'un spectre sortant de l'un des tombeaux qui l'entourent.

Gaudry n'est plus aussi que l'ombre de lui-même. Il espérait trouver en sa complice plus d'énergie. Sa lettre l'accable ; car sa lettre n'était encore qu'un moyen de le circonvenir par la peur.

Cet homme qui n'avait été criminel que par la passion, commençait à comprendre que son amie n'avait été qu'une marchande avide pour qui l'amant est une proie pécuniaire.

Ses yeux s'ouvraient devant la réalité ; il sentait qu'il n'avait été que l'enjeu d'une horrible comédie et la dupe d'une habile comédienne.

En ce moment si critique pour tous deux, la veuve Gras fait encore de la diplomatie ; elle dit pour l'épouvanter plutôt que pour le rassurer :

— C'est horrible ce que nous avons fait là ! Et il faut faire disparaître jusqu'aux moindres preuves de ces horreurs.

Et elle lui donnait cent francs pour brûler ses vêtements qui avaient conservé des traces de brûlure de l'acide sulfurique, cent francs pour s'en acheter d'autres !

Elle pensait à tout, cette femme ; mais elle ne songeait pas que les mys-

Un galérien qui s'était attaqué à ses gardiens. (Page 527.)

tères dont elle s'entourait, que les précautions qu'elle prenait, allaient se tourner contre elle.

Gaudry est humilié de recevoir cent francs, pour désintéresser sa complice d'un crime qu'il n'a commis que pour elle.

Par crainte, il les accepte ; mais il est écœuré de voir que celle qui a pris son honneur et sa vie ne songe qu'à sa sécurité.

Il voit cette femme telle qu'elle est, astucieuse et perfide. Il reconnaît, trop tard, qu'il n'a été qu'une victime de sa cupidité comme l'homme qu'elle lui avait donné à sacrifier.

Il prend les cent francs, mais il garde ses vêtements, brûlés par l'acide sulfurique.

Il commence à mépriser celle qui l'a dégradé. Le temps est proche où il lui rendra les tortures qu'elle lui fait éprouver.

Lorsqu'ils se séparent au cimetière, la police n'a pas quitté d'un pas les complices ; elle les a suivis.

La police connaissait bien la veuve Gras, elle ne connaissait pas encore Gaudry ; maintenant elle le connaissait. Le lendemain elle va trouver

Gaudry qui, par mépris pour la veuve Gras, fait les aveux les plus complets.

Gaudry est mis en état d'arrestation. Par les preuves irréfragables que donne son complice au juge d'instruction, la veuve Gras est reconnue coupable.

Elle est conduite dans une prison préventive. René, son martyr, s'écrie dans un désespoir où il y a autant de regret que d'horreur :

— J'aurais compris que la veuve Gras me tuât. Elle a été bien plus cruelle en me laissant vivre dans les conditions où elle m'a mis et avec l'avenir qui m'est réservé !

La veuve Gras est arrêtée le 11 mars, après une entrevue qu'elle a, devant son amant avec le commissaire aux délégations judiciaires et le juge d'instruction.

Elle est conduite à Saint-Lazare.

A Saint-Lazare, elle sentait très bien que les faits allaient démontrer sa culpabilité, elle voulut échapper au châtiment en se donnant la mort dans sa prison !

CII

A SAINT-LAZARE

Mme Gras est entraînée à Saint-Lazare devant René de la Roche.

Le malheureux jeune homme n'a pas qu'à gémir sur sa pénible situation ; il pleure sur sa dernière illusion perdue.

La femme qu'il aimait le plus au monde n'a été qu'une odieuse spéculatrice ; et elle avait compté sur son infirmité pour le posséder à jamais.

Les preuves sont là pour le convaincre : la grille de sa maison restée entr'ouverte pendant que son meurtrier le martyrisait et l'aveuglait par ses ordres ; les lettres compromettantes qu'elle lui a volées, lorsqu'il croyait les avoir brûlées, son passé qui la lui montre comme une joueuse du sort, tout lui désigne cette femme telle qu'elle est : une courtisane qui n'encourage la honte de ses amants que pour s'en faire une arme agressive.

Ces crimes ne permettaient pas à René d'excuser leur auteur ! Il la méprisait ; cependant, au fond de son cœur, il l'aimait encore.

Il en était de même de Gaudry ; cet homme, pour échapper à de nouvelles lâchetés qu'aurait pu lui commander cette charmeuse, préférait mettre la loi entre elle et lui.

De cette façon, Gaudry se délivrait de ses criminels entraînements.

Comment expliquer cette lâcheté de sentiment de la part de ces hommes ? Elle ne s'explique pas, elle se constate.

Ces hommes étaient sous l'empire de cette femme qui, dès son plus jeune âge, avait subjugué tous les gens qu'elle avait connus.

Quel a été le but, quelle a été la raison, quel a été le mobile de son dernier crime dont Gaudry n'a été que l'instrument ?

Est-ce la cupidité ou l'ambition ?

Non, et le défenseur de la veuve Gras eût pu le faire comprendre au tribunal. Avant le crime, on était en face d'un cas pathologique étrange que la coupable n'aurait pu avouer, mais que son passé aurait avoué pour elle.

En 1865, avant d'échouer à Saint-Lazare, elle a passé dans une maison de santé; elle y a été traitée comme hystérique.

Dans sa jeunesse, elle n'avait pas opéré que son système de chantage sur les deux amants qu'elle avait connus, avant René. Son amour fatal avait provoqué la mort d'un homme qui n'avait que trop obéi à son caractère fantasque, irritable et violent.

Pour se garder de cette folle, et des influences fâcheuses de sa névrose, on l'enferma d'abord dans une maison de santé. Cette hystérique n'en sortit que pour faire de nouvelles victimes qui l'amenèrent à Saint-Lazare.

Voilà ce qui explique ses actes incompréhensibles qui en font, tour à tour, une nature dévouée et une odieuse criminelle. Et ce sont les gens qu'elle préfère, qu'elle frappe, pourquoi ? Parce que l'objet de ses affections ou de ses intérêts est pour elle un sujet de souffrances.

Chez elle l'amour dégénère en lubricité, l'intérêt en cupidité. Sous l'empire de sa névrose, elle commet les actions les plus épouvantables.

Une fois qu'elle les a commises, elle lutte avec une patience, un courage, une ténacité extraordinaires pour réparer le mal qu'elle a fait dans l'égarement ou l'inconscience de son esprit.

L'hypocrisie n'aurait pu expliquer tous les contresens de cette nature ardente et cupide, violente et résignée, passionnée sans frein, dévouée jusqu'au martyre.

Elle montre bien son caractère et les prédispositions de sa nature, lorsque, à Saint-Lazare, elle avoue presque l'idée qui l'a conduite à rendre aveugle son dernier amant.

En dehors de son ambition ou de sa cupidité, une coquetterie de femme, une coquetterie infernale entrait dans son esprit mal équilibré.

— Lorsque René fut frappé par Gaudry, et condamné à une éternelle cécité, elle eût voulu, disait-elle, rester dans le souvenir de de la Roche comme la dernière incarnation de sa beauté.

Elle est conduite à Saint-Lazare, à la suite d'un interrogatoire et d'une perquisition faite, à sa maison de la rue de Boulogne, devant le commissaire aux délégations judiciaires et le juge d'instruction.

D'abord M. de la Roche veut la défendre ; mais dans les perquisitions on retrouve les lettres qu'il croyait avoir brûlées. On les retrouve cachées dans une sacoche de Mme Gras, René ne peut nier à son tour la culpabilité de sa maîtresse.

D'abord il ne peut pas y croire ; on lui en lit les premières lignes. Alors René éclate :

— La misérable ! comment a-t-elle pu me tromper ! Profiter de ma situation pour dérober au feu les lettres que j'y jetais une à une. Ah ! si elle a commis une pareille infamie, je crois maintenant à sa culpabilité !

Et c'était si bien une infamie que la veuve Gras, devant le dernier homme qui croyait à son innocence, est obligée d'avouer sa mauvaise action.

En la commettant, son but était palpable ; c'était une arme de chantage qu'elle avait encore entre les mains.

Si de la Roche était venu à lui échapper un jour, si sa famille s'était montrée exigeante, quelles capitulations n'aurait-elle pas obtenues avec ses lettres ?

Le malheureux jeune homme souffre plus encore quand il sait que la main qui pansait ses plaies avec tant de tendresse, était celle qui avait préparé le vitriol donné à son rival.

Cependant, comme tout est contradiction chez cette femme, elle compose un long poème d'amour pour René, une fois qu'elle est renfermée à Saint-Lazare !

Ainsi la plus perfide des maîtresses envoie à l'amant qu'elle a martyrisé, des protestations de passion.

C'est la même femme qui, dans son prie-Dieu, gardait des écrits obscènes ; c'est la prisonnière de Saint-Lazare qui compose aussi des cantiques ; et son gros chapelet ne l'empêche pas cependant d'ébaucher trois tentatives de suicide !

Quand voulut-elle se tuer ?

Le lendemain du 1er mai après que Mme Gras et Gaudry se furent rencontrés dans les couloirs du Palais de Justice.

Alors, ils sont prisonniers tous les deux ; ils sont appelés devant le

Il l'avait assommée à coups de marteau. (Page 528.)

juge d'instruction ; la veuve Gras essaye de tromper la surveillance des gardes qui l'escortent ; elle s'approche de Gaudry, elle lui adresse une dernière supplication :

— Je t'en prie, lui murmure-t-elle, je t'en supplie, mon ami, ne m'accuse pas, sauve-moi, sauve les miens et *je te sauverai après !*

Mais Gaudry obsédé par le remords lui répond froidement :

— Il est trop tard !

En effet, n'avait-il pas déjà confessé toute sa culpabilité.

Alors Mme Gras ne peut échapper son châtiment à qu'en essayant de se donner la mort,

Sans les révélations de Gaudry, la veuve Gras eût espéré défier la justice, elle eût joué jusqu'au bout son rôle de protectrice de René, et d'adversaire de sa famille.

Mais Gaudry était là. Honteux d'avoir suivi les conseils de son ancienne amie qui l'avait joué, il éprouvait autant de répulsion qu'il avait eu d'amour pour elle !

Il lui en voulait d'autant qu'il savait le rôle de dupe qu'elle lui avait donné.

Il savait qu'il n'avait blessé son amant que pour le lier d'une façon plus indissoluble à celle qui lui avait menti en lui promettant le mariage.

Son idole qui, autrefois, avait bouleversé son cœur, ses sens, sa raison, n'avait plus aucun attrait.

Maintenant elle était usée, flétrie, vieillie. Il ne l'aimait plus, elle lui faisait horreur.

C'était le contraire qui se passait dans le cœur de René.

Pour lui, depuis qu'il était aveugle, sa maîtresse était restée la femme séduisante du bal de l'Opéra, que depuis, les veilles, les chagrins, les souffrances avaient vieillie!

Pour lui, c'était toujours la femme, la maîtresse séduisante et adorée.

Tant que Gaudry ne se fut pas placé, dans l'instruction et aux assises, entre la veuve Gras et René, le jeune homme eût pu se bercer de l'espoir que sa maîtresse n'était pas coupable ; Mme Gras, à Saint-Lazare, put l'abuser encore.

A Saint-Lazare, elle dit d'abord à qui voulut l'entendre et pour que ses paroles fussent répétées à son amant :

— Je suis ici, portée par la haine de la famille de René. Elle m'a atteint dans le principe même de ma vie, dans l'amour de celui que j'ai aimé comme une mère ! Je le jure, ce n'est pas moi qui ai conseillé cet épouvantable guet-apens, ce n'est pas moi qui ai frappé René ! Gaudry est l'instrument de sa famille. Quel intérêt m'aurait conseillée? L'intérêt de sa fortune? Allons donc! J'étais à lui comme il était à moi ! La seule faute que j'ai commise vis-à-vis de lui, c'est d'avoir lu, conservé des lettres que son honneur lui conseillait de brûler ! Je les ai gardées pour les lire ! C'est une mauvaise action ! Quelle femme est à l'abri de la curiosité? C'est un genre de faiblesse que toutes les femmes possèdent. Que celle qui en est exempte me jette la pierre !

En apprenant, de sa prison, les paroles de l'adroite Gras, René, après son arrestation, la plaint et la défend toujours.

Après la scène de sa maîtresse avec Gaudry, lorsque la veuve Gras supplie son complice de ne pas l'accuser, René est ébranlé de nouveau. Il ne lui est plus permis cependant de croire à son innocence.

Un moment René la répudie. Alors Mme Gras se sent bien perdue ; dès qu'elle est reniée de sa dernière dupe, elle veut devancer l'arrêt de la justice par le suicide.

En apprenant, à plusieurs reprises, que la veuve Gras a voulu se tuer pour lui, René redevient faible. Il n'ose plus la défendre, mais il pleure sur ses infortunes.

Ah ! bien différente est l'attitude de Gaudry ; il ne se pardonne pas à lui-même, pas plus qu'il ne pardonne à sa complice, le crime qu'elle lui a fait commettre.

Il l'accuse, il la dévoile en pleine cour d'assises ; il répète tout ce qu'il a déjà débité au juge d'instruction.

La courtisane est confondue. Accablée par son témoignage, par des faits qui démontrent toute l'horreur de son crime, elle n'a plus pour se justifier qu'à jeter un démenti à Gaudry.

C'est ce qu'elle fait. Personne n'est dupe de ce mensonge, excepté René qui, cependant, plie lui-même sous les charges accablantes qui pèsent sur ses bourreaux.

Et la veuve Gras est condamnée à quinze ans de travaux forcés, Gaudry à dix ans.

Après la condamnation de la criminelle, René fait faire des démarches auprès de la justice pour que sa peine soit commuée.

Il en est pour l'inutilité de ses démarches.

Alors René ne peut s'empêcher de s'écrier :

— La malheureuse ! sa santé débile ne pourra jamais supporter les souffrances de l'exil.

C'est le sacrifié qui plaide pour celle qui l'a condamné. C'est l'éternelle histoire des dupes de l'amour !

CIII

FRISON LE MAÇON, ET CHANGEUR LE GALÉRIEN

Au milieu de l'année 1877, la guillotine perfectionnée par l'exécuteur R*** fonctionnait pour deux patients d'un caractère très différent.

L'un était un nommé Frison, un maçon du département de l'Aisne, âgé de cinquante ans. Il avait tué sa fille à coups de marteau ; l'autre était un nommé Changeur, un galérien qui, par deux fois, s'était attaqué à ses gardiens dans les maisons centrales de Fontevrault et d'Angers.

Changeur était un jeune homme de vingt-deux ans, pâle, maladif, il offrait le type du vaurien des villes. Intelligent et cynique, il monta sur l'échafaud, comme un homme satisfait de ses crimes, sans éprouver le moindre repentir. Il mourut en lançant à la foule un dernier lazzi.

Frison, ouvrier campagnard, âgé de cinquante ans, avait, quoique parvenu à la maturité de la vie, un tempérament très vigoureux.

Frison mourut en chrétien, Changeur en athée.

Avant de parler de Changeur, un insoumis qui, dans les deux prisons, s'en prit à ses gardiens, il faut d'abord parler de Frison.

Cet ouvrier campagnard était arrivé, par l'ivrognerie, à commettre un crime abominable ; il était devenu le meurtrier de sa fille.

A jeun, Frison était très respectueux envers l'autorité. Il jouissait d'une certaine aisance. Possédant une femme, une fille qui étaient des modèles de vertu, il n'eût tenu qu'à Frison d'être heureux père et heureux époux.

Malheureusement il avait un caractère égoïste, impérieux, sournois et méchant. L'ivrognerie développa ses mauvais instincts, elle en fit le meurtrier de sa fille.

Changeur, le galérien, s'en prit à ses gardiens parce qu'il méprisait l'autorité ; Frison, le maçon, s'en prit à sa fille, parce qu'il prétendait qu'elle avait méconnu ses droits de père !

Ce fut un mois après l'exécution de Changeur, à Angers, que Frison expia son crime, à Laon.

La guillotine qui, à Laon, avait été dressée deux fois en 1877, à un mois d'intervalle, accomplissait pour Frison, le 13 septembre 1877, son sanglant office.

Frison avait été condamné à mort le 11 août ; il devait subir sa peine, le matin à six heures.

C'était à Beaumont, canton de Chauny, que Frison avait vécu en très mauvaise intelligence avec sa femme et sa fille. Il ne travaillait presque jamais, il buvait le peu qu'il gagnait, et le gain de sa famille passait encore au cabaret.

Sa femme, qui possédait une petite propriété qu'elle faisait valoir, avait couché son mari dans la grange, un soir qu'il était ivre mort.

Le lendemain Frison, très despote de caractère, en se retrouvant dans sa grange, avait dit à sa femme et à sa fille :

— Vous me payerez cet affront ! L'année ne se passera pas sans que je vous aie écrasées !

Et un matin, il était arrivé à pas de loup, dans la chambre de sa fille, il l'avait assommée à coups de marteau.

Arrêté, conduit en prison, le temps lui avait donné à réfléchir.

A la vue de l'exécuteur qui vient le chercher. (Page 530).

Comprenant les tortures atroces qu'il avait fait subir à sa femme, à cette mère, que par orgueil, par excès de jalousie, il avait tuée moralement en tuant sa fille, il ne demandait plus qu'à mourir.

Dans sa prison, Frison avait ouvert son cœur au repentir. Un dimanche, en entendant la messe, il avait dit :

— Jamais je n'ai tant pleuré !

Pourtant Frison n'était pas une nature sensible. Égoïste et despote, il ne souffrait pas qu'on lui résistât.

Une fois que sa rage, surexcitée par l'ivresse, était éteinte, il souffrait du mal qu'il avait causé.

En prison, ne pouvant plus boire, la douleur de sa femme l'importunait bien plus que le chagrin d'avoir tué sa fille.

La justice, par pitié pour lui, activa les apprêts de son dernier supplice. Un mois se passa avant son exécution.

Un matin, le mercredi 13 septembre, M. R*** arrivait par le train de Soissons, à Laon ; l'exécuteur était suivi de ses trois aides.

La lugubre tragédie, commencée le 15 juin à Beaumont, tendait à son dénouement fatal.

La machine avait été dressée de très bonne heure sur le champ Saint-Martin. Dès l'aube tout était prêt.

Frison, qui avait causé toute la nuit avec ses gardiens, avait fini par s'endormir en demandant la mort.

Lorsque le directeur de la prison entre dans son cachot, Frison ne l'entend pas. Il est cinq heures, Frison est assoupi, on le réveille.

Lorsque ses gardiens l'appellent, lorsque le directeur, le commissaire et le greffier lui font connaître que l'exécution est pour le matin, Frison paraît éprouver un grand contentement.

A la vue de l'exécuteur qui vient le chercher, il s'écrie :

— Je m'y attendais. J'avais bien dit, hier soir, que c'était pour aujourd'hui !

Il se livre avec aisance aux aides qui vont lui faire sa toilette. Il désire, durant ses funèbres apprêts, que l'aumônier ne le quitte pas.

— Si j'ai tué ma fille, — dit-il tout haut, — c'est la faute de mon amour pour la bouteille ; mais c'est aussi la faute de ma femme. Elle était trop *régnante*. Elle voulait être plus maîtresse que moi à la maison. Ma fille se prêtait trop à sa manie de me régler. J'ai frappé la fille pour frapper la mère. Je suis un grand coupable, j'en demande pardon au bon Dieu.

Malgré son repentir, malgré l'heure solennelle qui va sonner pour lui, les courroies qu'on lui passe des jambes aux reins semblent le gêner. Il s'arrête dans son repentir, et sa mauvaise humeur éclate. Il se refuse à marcher vers l'échafaud.

Cependant il est six heures.

Une blessure qu'il a eu autrefois à la jambe, gêne sa marche. La courroie qui frotte l'endroit de sa blessure le gêne ; il dit aux aides du bourreau qui ne semblent guère se soucier de sa soudaine préoccupation :

— J'aimerais mieux que vous ne m'attachiez pas. Je ne pourrai pas marcher ; je vous promets d'y aller *franchement*.

Mais c'est la règle. Il ne peut l'éviter. Frison reprend, en marchant et en boitant :

— Après tout, le voyage est si court !

Il dit à l'aumônier qui ne le quitte pas, son crucifix à la main :

— Vous allez écrire à monsieur le curé de Beaumont de dire un *Ave* pour moi.

Frison est un homme de précaution : après ces paroles, il pousse un soupir de soulagement. Sans vouloir d'aide, il se place le mieux possible sur l'échafaud, et regarde bien la lunette.

On voit qu'il s'arrange pour tomber avec précision sur la bascule. Une fois bien posé pour donner moins d'embarras à ceux qui l'entourent, il baise le crucifix, embrasse l'aumônier à plusieurs reprises, puis il se livre à l'exécuteur : le couperet s'abat, sa tête tombe dans le panier, Frison a expié son crime !

Frison, durant les assises, avait donné en face de ses juges, à peu près le même spectacle. Il n'avait pas cherché à excuser sa conduite. Il s'était montré tel qu'il était, une nature indomptable et indomptée.

Il n'avait su mettre un frein ni à son amour pour la bouteille, ni à son amour de la domination.

Dès qu'il s'était aperçu que ses faiblesses et sa paresse l'avaient mis à la merci de sa femme et de sa fille, Frison avait conçu contre elles une rancune mortelle.

Il s'était juré de se délivrer de leurs freins.

De plus en plus, lorsqu'il était gris, Frison se révoltait contre la force d'inertie que lui imposaient sa femme et sa fille.

Il ne pouvait se résigner à être sous leur domination. Il souffrait jusque dans ses excès qui le mettaient de plus en plus en leur puissance.

Aussi rancunier que sournois, il avoua, devant le tribunal, que depuis que sa femme et sa fille l'avaient mis à la porte de son foyer, en le faisant coucher dans une grange, il avait juré de s'en venger.

Un jour qu'il était gris, il leur avait dit qu'elles ne passeraient pas l'année ; un autre jour, dans un moment d'ivresse, il avait accompli son fatal serment.

Frison, quoiqu'il ne l'avoue pas à l'audience, avait prémédité son horrible meurtre.

Quelque temps auparavant, il avait placé un marteau avec lequel il devait tuer sa fille, dans sa propre chambre.

Un matin qu'il avait eu une vive explication avec sa femme, il était sorti furieux. Voyant que tout le monde lui donnait tort, à cause de ses vices et de sa paresse, il résolut d'en finir avec son épouse.

Devant le tribunal, voici comment l'ivrogne et despote Frison explique son meurtre épouvantable :

« J'étais sorti dans le jardin ; mais en rentrant dans la maison pour prendre un morceau de pain, j'ai vu ma fille.

J'ai pensé à sa mère, au mal que je lui ferais en tuant son enfant ; puis, en me retournant, j'ai aperçu un marteau et j'ai frappé sa fille comme si c'était du grès ou du bois. J'étais fou !

« Si j'avais eu ma raison, je ne l'aurais pas *buqué* avec mon marteau. Quand j'ai vu qu'elle soupirait, j'ai frappé jusqu'à ce qu'elle *ne bouge plus*.

Je l'ai abattue. Je ne me connaissais plus ! Après, j'ai été me laver dans la cuve. J'ai eu regret ; j'ai jeté de l'eau bénite sur la morte, puis j'ai été chercher de l'eau-de-vie que j'ai bue. Après, j'ai jeté ma bouteille d'eau-de-vie et je suis allé m'endormir dans le jardin, au bord du puits.

Ah ! ce n'est pas Changeur le galérien, exécuté un mois auparavant à Angers, qui eût éprouvé le moindre regret en frappant les gardiens de sa prison. Ce n'est pas lui qui eût jamais jeté de l'eau bénite sur ses victimes.

Dieu ! Il *ne connaissait pas ça !* Il *ne l'avait jamais vu !* Changeur était un voyou sceptique, corrompu jusqu'aux moelles. La misère n'avait fait qu'aiguillonner ses appétits. Il se vautrait, et avec une volupté cynique, dans la fange comme dans le sang.

Toute la hiérarchie sociale était l'objet de sa haine. Le désordre de ses idées subversives, nourries à la nouvelle école du pillage et du meurtre, l'avait conduit à renier les principes fondamentaux de la société.

Il enveloppait dans la même haine ou le même mépris le prêtre, le juge, le gendarme et ses gardiens.

L'insubordination était sa loi.

Condamné pour vols, au mois d'avril 1876, enfermé à la prison de Fontevrault, il conçoit avec un autre détenu l'idée d'assassiner un gardien de cette maison centrale.

A la suite de cette insubordination, Changeur est de nouveau traduit en cour d'assises ; il est envoyé à la prison d'Angers, en attendant son départ pour la Nouvelle-Calédonie.

Malgré la gravité de sa faute, ce récidiviste, en raison de son âge, n'a été condamné qu'aux travaux forcés à perpétuité.

En dépit de l'indulgence du tribunal, Changeur, au mois d'avril 1877, commet encore contre ses gardiens un crime du même genre.

Il ne veut pas attendre son départ pour la *Nouvelle*. Il veut la liberté ou la mort.

Pour jouir de sa liberté, il ne craindra pas de marcher sur le corps de l'un de ses gardiens.

Cette liberté qu'il n'a pu conquérir une première fois, dans son précédent cachot, il espère la retrouver à Angers, en combinant mieux ses coups ; cette fois, il agit seul dans son cachot.

La difficulté est d'autant plus grande que d'après, ses antécédents, Changeur est l'objet d'une surveillance très active.

Le gardien, à l'heure du coucher, n'arrive jamais isolément auprès de

Changeur se blottit dans l'angle de sa cellule. (Page 533.)

ui. Il est accompagné du gardien en chef ; tous deux ne pénètrent dans sa cellule qu'à l'heure de son sommeil.

Changeur a compris leurs manœuvres. Il se promet de les déjouer, après s'être entendu avec ses *camarades* du dehors, prêts à faciliter son évasion.

Un soir, il brise un siège d'aisance établi dans un coin de sa cellule, il enlève le seau qui s'y trouvait pour s'emparer d'un instrument appelé *chariot*.

Ce chariot est une forte pièce de bois fixée d'une armure de fer, agencée de roulettes, pesant quatre kilogrammes.

Une fois maître de cet instrument qui va devenir dans ses mains une arme terrible, il met le seau dans le lit ; il l'entoure d'un drap.

Armé du chariot, Changeur se blottit dans l'angle de sa cellule ; il attend patiemment, comme un fauve, l'arrivée de ses gardiens.

Ceux-ci regardent par le judas, ils croient, à l'aspect du lit, que Changeur est couché ; ils entrent dans la cellule, persuadés que leur prisonnier est bien endormi.

A peine le premier gardien, un nommé Delattre, était-il entré, que Changeur le frappe de toutes ses forces, avec le chariot qu'il tient en sa possession.

Delattre tombe sans connaissance ; en tombant, la lanterne roule sur le plancher et s'éteint.

Le gardien en chef veut voler au secours de son camarade ; il bondit sur Changeur.

Celui-ci pour échapper à son étreinte lui mord la main gauche ; le gardien en chef ne retire pas sa main qui retient Changeur. Il ne peut fuir de sa prison.

Changeur furieux de voir qu'il est retenu par le gardien en chef, au moment où, du dehors, on prépare son évasion, n'hésite pas à le vaincre par la souffrance.

Il le mord si fort à la main qu'il lui coupe le doigt avec ses dents.

L'héroïque gardien, malgré son doigt de moins, ne bronche pas. Il sait qu'il n'a qu'à attendre pour avoir du renfort, pour rendre inutile la tentative du prisonnier ; celui-ci, fou de rage, lui recrache son doigt, pendant que d'autres gardiens accourent pour délivrer Delattre assommé et le gardien en chef mutilé.

On réintègre Changeur dans son cachot avant d'en être sorti.

Pendant qu'on emmène les deux blessés, Changeur se jette sur son lit, en se disant avec insouciance :

— Cette fois, mon compte est bon !

Traduit pour la troisième fois en cour d'assises, Changeur, qui a tant de fois défié la peine capitale, ne sourcille pas lorsqu'il entend la sentence qui doit le préparer à l'échafaud.

Il reste impassible, il est presque narquois lorsque le président, après sa sentence de mort, lui dit, à peu près en ces termes :

— Vous en avez fini avec la justice des hommes, tâchez de vous préparer par votre repentir à paraître devant le juge suprême.

Changeur regarde d'un air étrange le magistrat ; il a l'air de n'avoir pas compris son exhortation.

Il murmure entre ses dents, en haussant les épaules, et regardant singulièrement le public :

— Eh bien ! quoi, c'est fini ? J'ai gagné le gros lot, voilà tout !

Après le temps révolu, Changeur, les fers aux pieds et aux mains, est conduit de sa prison à la guillotine dressée devant la porte.

C'est la guillotine perfectionnée par R***, l'exécuteur de Paris ; cette fois ce n'est pas R***, c'est l'exécuteur de la ville qui fait tomber la tête du galérien.

Seulement R*** envisage avec satisfaction la rapidité avec laquelle sa machine expédie son patient dans l'autre monde.

Changeur, n'a pas le temps de jeter un nouveau blasphème à la société ; sur la bascule, un bruit sec fend l'air ; en quelques secondes, le corps pantelant de Changeur s'abat dans le grand panier.

L'assassin des gardiens de sa prison, un homme de vingt ans, a expié ses crimes !

CIV

LES FRÈRES MOULUT

Dans le département de la Meuse, au commencement de l'année 1877, la guillotine, telle qu'elle avait été agencée par l'exécuteur R***, fonctionnait sur la place de la ville de Saint-Mihiel.

Elle avait été montée dans la nuit du 28 mars pour un bandit trop célèbre : Charles Moulut.

Ce patient avait un frère, contrebandier comme lui, un nommé Eugène. Les deux frères étaient très redoutés dans leur localité. A la fin de l'année précédente, ils avaient assassiné une veuve, la nommée Ragouget, aubergiste à Erize-Saint-Dizier.

Les circonstances effroyables dans lesquelles les frères Moulut avait assommé la veuve avaient achevé de répandre la terreur autour de ces féroces contrebandiers.

Ce n'était qu'en raison de son âge que le plus jeune des Moulut avait eu la vie sauve, car il avait autant mérité que son aîné la peine capitale.

Quoique le plus jeune, en cour d'assises, se fût accusé pour son frère ; quoiqu'il eût assumé, un moment, sous sa responsabilité le meurtre de l'aubergiste, un des témoins, à l'audience, vint prouver qu'il était, aussi bien que son aîné, le meurtrier de la veuve Ragouget.

Les frères Moulut, dont le plus âgé comptait vingt-trois ans, faisaient la contrebande de la France en Allemagne. Ils avaient fixé leur résidence à Ancy-sur-Moselle, sur la frontière du pays qu'habitaient leurs parents.

Ces derniers pouvaient bien être encouragés aussi par l'étranger pour faciliter à leurs fils des exactions, en France, qui profitaient à ses ennemis héréditaires.

Charles Moulut était un athlète, bien fait pour réussir dans les entreprises les plus périlleuses, Eugène, son frère, avait un caractère qui se reflétait sur sa physionomie sinistre.

Le plus âgé avait des allures d'un hercule ; le plus jeune, la figure d'un traître.

Deux ans auparavant, les frères Moulut, employés de chemin de fer, avaient volé à la Compagnie du chemin du Nord des valeurs équivalant à la somme de cent mille francs.

Depuis cette époque, ils n'avaient plus reparu à la Compagnie. Ils s'étaient retirés chez leurs parents, dépositaires de la somme volée ; ils ne rentraient en France que pour exercer sur les routes le métier de contrebandiers, et passer en fraude tous les produits de leur patrie

Surveillés par les douaniers et les gendarmes, ils s'étaient juré de faire payer chèrement leur vie à qui les arrêterait jamais. En raison de leur passé, et de plus en plus traqués par les gendarmes qui avaient fini par gêner leurs opérations, ils s'étaient promis de sortir, par tous les moyens, de la misérable situation que leur faisaient la douane et la police armée.

Ils en sortirent ou crurent en sortir par l'assassinat.

Deux années auparavant, ils avaient occupé, en leur qualité de chauffeurs, un emploi que les frères Moulut n'avaient adopté que pour s'entendre avec des complices d'Allemagne en volant la Compagnie qui les employait.

Voici comment les frères Moulut s'y étaient pris pour mettre leurs mauvais desseins à exécution.

Un jour l'administration centrale du chemin de fer du Nord envoyait à une administration auxiliaire la somme de cent mille francs, destinée à ses besoins.

Nos chauffeurs ont vu mettre dans un fourgon réservé une caisse renfermant les valeurs convoitées par eux. Alors ils ont le soin de poster dans le dernier wagon, voisin de ce fourgon, un de leurs complices, un complice prussien.

Celui-ci, une fois seul dans son wagon, donne le signal aux frères Moulut d'opérer leur soustraction.

Pour qu'ils puissent exécuter leur vol avec plus de sécurité, le voyageur étranger a eu le soin de donner la pièce au conducteur pour qu'on le laissât seul dans son compartiment.

Avant que le train arrive à la frontière, nos chauffeurs, ou plutôt nos bandits se glissent de chaque côté du wagon où se trouve leur complice sur le qui-vive.

Des coups de fusils répondaient. (Page 539.)

Ils parviennent jusqu'au fourgon aux valeurs, après avoir marché parallèlement sur les rebords du train.

Une fois arrivés au fourgon, l'un sort de sa poche un petit levier pour forcer son cadenas; l'autre sort un poignard qu'il lève derrière le conducteur, il est prêt à le lui enfoncer dans la gorge s'il soupçonne sa présence.

Pendant que l'un fait sauter le cadenas, l'autre tient le poignard levé sur le conducteur; leur troisième complice, le corps en dehors de la portière, a les yeux fixés sur les deux voleurs pour les avertir à la moindre surprise.

Alors le train file avec des ronflements retentissants. Les ronflements de la locomotive ne s'interrompent que par des soufflements aigus et perçants. Ils empêchent d'entendre le sciement de l'acier sur le fer.

Une fois le cadenas forcé, les frères Moulut plongent dans le fourgon, ils en retirent la cassette aux cent mille francs qu'ils jettent sur la voie.

Le train file si vite, et avec un bruit tel que le conducteur n'entend pas la chute de la cassette.

Quelques minutes après, le train touche à la station, c'est l'avant-dernière avant d'arriver à la frontière.

Le complice qui avait pris le wagon voisin du fourgon, sort de sa place il quitte la gare pour aller retrouver la cassette jetée sur la voie.

Une fois que le train reprend sa marche pour s'arrêter à la frontière, les deux chauffeurs, avant que ce train soit lancé à toute vitesse, imitent leur complice. Ils sautent du compartiment, ils courent à toutes jambes vers celui qui les a devancés. Ils le rejoignent ; tous les trois se dirigent vers la frontière et ils emportent leur butin.

Dès que le train arrive en gare, les administrateurs ne retrouvent plus la cassette aux cent mille francs. On s'empresse d'interroger le personnel confié à sa garde ; le personnel n'a rien vu.

Lorsqu'on veut aussi interroger les chauffeurs et les frères Moulut, on s'aperçoit qu'ils ont disparu avec la cassette !

On les soupçonne. Il est trop tard ; le tour est fait, la frontière se place entre les volés et les voleurs !

Malgré les lois d'extradition, les frères Moulut semblaient être protégés par une puissance occulte.

La justice française, malgré la gendarmerie, malgré la police, ne pouvait mettre la main sur les voleurs.

Pourtant la justice finit par apprendre que les bandits sont passés à l'état de contrebandiers.

Par leur hardi et ténébreux métier, on les sent partout, on ne les voit nulle part !

D'abord la police ignore leur nouveau métier, et comment les produits de leur localité deviennent, pour les frères Moulut, un nouvel aliment aux convoitises de nos voisins d'Allemagne.

Il n'est pas de trucs que les frères Moulut n'inventent, au détriment de la France, pour enrichir ses ennemis.

La résidence de leur famille, à Ancy-sur-Moselle, devient l'entrepôt des produits de leur contrebande, comme elle a été autrefois le lieu de recel de leur vol.

Plus tard la douane et la gendarmerie surprennent les frères Moulut, dans l'exercice de leur malhonnête métier; toujours ils ont l'air de faire la nique à la force armée et de placer la frontière entre elle et eux.

Pourquoi? parce que nos habiles contrebandiers ont eu l'adresse de se faire protéger implicitement par nos voisins.

Par surcroît de précautions, les frères Moulut ne se contentaient pas de porter nos produits à l'étranger, ils se livraient aussi à l'espionnage.

Ils renseignaient la Chancellerie prussienne sur l'effectif de notre armée, sur l'état de nos nouvelles forteresses.

En reconnaissance de leurs services, l'étranger ne rendait pas les bandits à la justice ; il faisait plus, il les protégeait sur la frontière de France, pour les besoins de leur contrebande.

Quand la force armée les surprenait dans leur indigne fonction, elle ne pouvait atteindre les frères Moulut.

Dans plus d'une circonstance, lorsque ces bandits allaient être pris par les gendarmes, des coups de fusil répondaient aux coups qui essayaient de les atteindre. On aurait cru qu'ils partaient tout seuls, dans le bois, derrière les taillis où les frères Moulut se réfugiaient avant de regagner la frontière.

C'était l'ennemi qui, par des mains inconnues, protégeait la fuite de ces misérables, devenus ses espions. Il assurait leur retraite au lieu de les rendre à la justice.

A la longue, ce duel livré par la justice à ces malfaiteurs avait fini par épuiser les frères bandits, à les mettre à bout de ressources.

Bientôt l'impunité dont ils jouissent ne leur donne plus à vivre.

Et plus que jamais la police les traquait avec une persistance qui devait les faire délaisser de leurs protecteurs inconnus.

Il fallait donc que les frères Moulut changeassent encore de métier.

Ce fut ce qu'ils firent.

Un jour, pressé par la nécessité, les frères Moulut abandonnèrent leur résidence d'Ancy-sur-Moselle. Ils s'enfoncèrent dans les bois ; l'aîné, Charles Moulut, s'était précautionné d'un formidable gourdin.

Tous deux étaient résolus de demander au vol ce qu'ils ne pouvaient plus tirer de la contrebande.

De contrebandiers, de voleurs qu'ils étaient, ils aspiraient à devenir assassins.

Depuis trois jours, les frères Moulut rôdaient autour d'une auberge située à Erize-Saint-Dizier.

A l'époque où ils faisaient la contrebande, ces bandits s'étaient souvent arrêtés à cette auberge qui se tenait en avant du village ; la maîtresse de l'établissement connaissait les frères Moulut comme faisant chez elle beaucoup de dépenses ; elle les connaissait comme ses meilleurs clients.

L'avant-dernière fois qu'elle les avait revus, ils n'étaient plus aussi brillants. L'inquiétude et la faim les talonnaient.

A cette époque, si la cabaretière eût connu le fond de leurs pensées, elle ne les aurait pas si bien reçus.

Leur présence chez elle n'avait qu'un but : la tuer pour la dévaliser.

Mais comme l'avant-dernière fois qu'ils la virent, la veuve Ragouget n'était pas seule dans son auberge, les frères Moulut remirent au lendemain leur sinistre projet.

La veuve Ragouget passait pour riche à Erize-Saint-Dizier. Les frères Moulut, à bout de ressources, avaient donc hâte d'en finir avec celle qui était l'objet de leurs convoitises.

Le lendemain, de dix à onze heures, ils revenaient à l'auberge, toujours avec le formidable gourdin qu'ils avaient emporté pour commettre leur horrible projet.

Cette nuit-là, la veuve était seule.

Et le lendemain, on ne retrouvait plus à l'auberge que son cadavre avec le gourdin des frères Moulut.

Un habitant du village reconnaît le bâton pour être celui de l'un des frères Moulut. Cet accusateur était un nommé Pernot, celui qui, la veille du meurtre, était à l'auberge avec les assassins, et qui, par sa présence, avait retardé d'une nuit la mort de la veuve Ragouget.

Le signalement des frères Moulut répandu de suite dans toute la contrée, amena l'arrestation des bandits que leurs antécédents, leur réputation signalaient d'ailleurs depuis longtemps à l'attention de la justice.

Ils furent obligés d'avouer leur culpabilité. Ils reconnurent qu'ils s'étaient présentés une première fois chez la veuve Ragouget, avec l'intention de l'assassiner pour la voler.

Ils avouèrent qu'une première fois ils en avaient été empêchés par la présence d'un nommé Pernot.

Ces aveux coïncidaient d'une façon très précise avec les dépositions de ce témoin qui, la veille du crime, était avec eux, à l'auberge, et qui avait remarqué l'énorme gourdin de Charles Moulut, le frère aîné de ces deux bandits.

L'idée de dévaliser ce voyageur et de le tuer lui-même avait été agitée un moment entre eux. Mais ils avaient craint, sachant Pernot armé, d'engager la lutte dans les conditions défavorables.

Ils remirent donc au lendemain l'exécution de leur dessein criminel.

Et, le 17 novembre 1876, après avoir encore erré dans les bois, ils arrivèrent, de dix à onze heures, chez la veuve Ragouget.

Cette fois, elle était seule dans son auberge comme il a été dit précédemment.

Les frères Moulut, en pénétrant dans l'établissement, prétextèrent qu'ils avaient froid et faim.

On ne retrouvait plus que son cadavre. (Page 540.)

La veuve Ragouget, pour les réchauffer, vint chercher du bois qu'elle jeta dans la cheminée, elle se pencha vers l'âtre ; elle prit la précaution de souffler sur les bûches qui n'étaient pas encore embrasées.

Charles Moulut, l'aîné, profitant du moment où elle se baissait pour attiser le feu, lui asséna un coup de son gourdin qui l'assomma.

La veuve essaya de se relever, de crier, ce fut en vain.

D'autres coups suivirent, portés soit par Charles, l'aîné des deux frères, soit par Eugène, le plus jeune. Les coups ne s'arrêtèrent que lorsque la pauvre femme ne donna plus signe de vie.

Les deux frères traînèrent alors le cadavre jusqu'à l'entrée de la cave.

L'aîné fouilla dans la poche de ses vêtements, il prit sur elle les clefs qui ouvraient les meubles. Tous deux pénétrèrent dans la chambre voisine où ils savaient que la veuve Ragouget plaçait son argent.

Dans cette pièce, ils s'emparèrent d'une somme de 600 francs, de divers titres, d'une bague et autres précieux objets.

Une fois la maison dévalisée, les armoires fouillées, les matelas éventrés, ils se disposèrent à partir.

Auparavant, pour qu'on ne voie pas du dehors le désordre qui régnait dans cet intérieur, ils placèrent devant la fenêtre une couverture qui interceptait les regards des curieux.

Dès cette précaution prise par les assassins, ils s'éloignèrent du théâtre de leur crime. Ils se rendirent à Hendicourt dans une maison mal famée, où ils se tinrent jusqu'au 24 novembre.

Ce fut dans cette maison qu'ils furent découverts.

Ils essayèrent bien de fuir; ils furent arrêtés par le maire, aidé de toute la population.

Lorsqu'on apprit, dans la contrée, l'arrestation des frères Moulut, ce fut un cri de soulagement qui alla jusqu'à la joie.

Ils répandaient dans le pays une terreur inexprimable, terreur d'autant plus redoutable qu'on les savait soutenus par une puissance représentée par des vauriens étrangers.

Les frères Moulut répondaient bien par leur physique à leur terrible réputation.

Charles Moulut, grand, solidement bâti, les épaules carrées, était doué d'une force herculéenne. Ses yeux ronds, profondément cachés sous l'arcade sourcilière, son nez crochu, son front bas, perpendiculaire et bombé, son regard mobile, perçant et *en dessous*, donnaient à sa physionomie une grande analogie avec celle d'un oiseau de proie.

Eugène Moulut, plus jeune que lui de quatre ans, rappelait par ses traits, mais d'une façon moins accentuée, le type de son frère.

Avec moins de férocité il avait l'air plus sournois.

Selon l'expression d'un témoin, M. Pernot, Eugène avait le caractère *noir*.

En cour d'assises, c'est Eugène qui prétend avoir frappé la veuve Ragouget du gourdin tenu d'abord par son frère.

Ce gourdin avait un mètre vingt-cinq centimètres de longueur. Quand on le retrouva dans l'intérieur de l'auberge, les cheveux de la victime y adhéraient encore.

Eugène prétendait qu'il avait pris le gourdin des mains de Charles pour frapper la victime, au moment où elle se tenait accroupie dans l'âtre.

Il se vantait de lui avoir jeté son bonnet dans le feu, une fois qu'il l'eut assommée sur place.

Il prétendait l'avoir ensuite portée avec son frère de la cheminée à l'extrémité de la chambre et l'avoir mise dans la position où on l'avait retrouvée : les jambes écartées, la partie supérieure du corps pendant sur les premières marches de la cave.

Cette déclaration à l'audience, de la part d'Eugène, qui se prétendait le principal instrument du crime, dément sa première déposition au juge d'instruction.

Elle lui était commandée dans l'intérêt de leur mutuelle défense.

Eugène qui n'avait que dix-huit ans espérait, en raison de son jeune âge, esquiver la peine capitale qui eût frappé son frère aîné.

Il est prouvé par les dépositions des témoins, que si Eugène a eu une part active dans l'exécution de cet exécrable forfait, Eugène n'en a été que le bras, tandis que Charles en était la tête.

En tous les cas, leurs déclarations, aux assises, se contredisent avec celles qu'ils avaient faites à l'instruction ; elle n'aboutissent qu'à produire l'effet contraire qu'en attendaient les coupables ; tous les deux sont condamnés à la peine de mort.

Au moment de leur pourvoi en grâce, Eugène Moulut qui n'a pu parvenir à sauver son frère de l'échafaud, est plus heureux pour lui-même.

Il est gracié : sa peine se trouve convertie en celle des travaux forcés à perpétuité.

Pendant qu'Eugène sera dirigé vers la Guyane, Charles va être transféré à la prison de Saint-Mihiel.

C'est dans cette prison que Charles Moulut attend sa dernière heure. Il l'attend avec calme. Il espère dans le secours de nos voisins.

Ténébreusement, ne l'ont-ils pas aidé dans ses déprédations ! Ne l'ont-ils pas protégé contre la police française ?

Dans la nuit du 28 mars, le directeur de la prison se présente à son cachot ; il lui annonce que le moment est venu de payer sa dette à la justice.

Charles Moulut se lève de son lit où il dormait profondément. Il répond simplement au directeur :

— C'est bien, je suis prêt.

Son sang-froid, son stoïcisme sont commandés par un dernier espoir ; cet espoir est soutenu par le concours d'une puissance occulte.

L'espérance qu'il nourrit est aussi un objet de crainte pour l'administration. A Saint-Mihiel, toute la garnison est sur pied pour assister et veiller à l'exécution du farouche contrebandier, assassin de la veuve Ragougel.

Lorsqu'il monte avec un prêtre dans la voiture qui doit le conduire à son lieu de supplice, un cordon de cuirassiers ne quitte pas le patient, de la prison à l'échafaud.

Lorsque Charles Moulut est sur la fatale machine, il jette des derniers regards éplorés et anxieux du côté de la frontière.

Mais rien ne vient de l'horizon, c'est en frémissant qu'il met sa tête dans la lunette ; une seconde après, elle roule dans le panier.

La voiture qui avait amené le patient est transformée en corbillard, elle conduit ses restes au cimetière !

CV

VITALIS

De 1876 à 1877, il existe un courant criminel qui, du nord au midi de la France, souffle la même pensée dans l'imagination trop fertile des assassins.

Dès cette époque apparaissent les Vitalis, les Billoir, les Lebiez et les Barré. Ils préconisent un nouveau genre d'assassinat, appliqué par Avinain et conçu par Lacenaire : les cadavres coupés en morceaux.

Il semble que ces crimes soient contagieux comme la peste. On sent que, tant qu'on n'aura pas trouvé un autre remède que l'échafaud pour détruire la race des assassins, les meurtres, sans la peine du tallion, ne feront que grandir et jeter de plus en plus l'épouvante dans l'esprit des honnêtes gens.

Le meurtre de Vitalis, l'assassin de Marseille, en offre encore un exemple.

Cette fois, sous le soleil ardent du Midi, c'est la passion, avec ses ardeurs les plus odieuses, qui inspire à Vitalis son crime épouvantable.

Vitalis n'est pas un Billoir qui n'écoute que sa paresse et ses dégoûts pour en finir avec une maîtresse abhorrée. Il n'obéit pas aux besoins ou à l'ambition comme Lebiez et Barré.

Non, placé entre deux femmes qui l'aiment à la frénésie, la mère et la fille, Vitalis n'hésite pas, avec sa fiancée, à sacrifier sa mère.

Cédant à sa passion aveugle, insurmontable, Vitalis parvient au but horrible que se donnaient, dans la même année, les Billoir, les Lebiez et les Barré.

Lui aussi devient un dépeceur de cadavre.

Vitalis fait de son amante une parricide ; et c'est l'amant de la fille, jalouse de la mère, qui prend cette fille pour complice dans le meurtre qu'il va commettre.

Les annales du crime n'ont jamais rien enregistré de plus monstrueux.

Il découvrit un membre humain. (Page 545.)

Voici l'exposé des faits qui ont été communiqués à l'exécuteur de Paris, M. R***, par l'exécuteur de Marseille :

Le 21 mars 1877, vers les six ou sept heures du matin, un sous-brigadier des douanes, à Marseille, passait sur les bords de la mer, au pied du cap Pinède.

Là, son attention fut éveillée par un paquet volumineux. Il a un aspect bizarre, il est entouré, par fragments, de lambeaux de vêtements.

Ces fragments étaient jetés sous un talus, à quelques mètres de la mer; ils étaient imparfaitement recouverts de sable et de pierre.

Voulant s'assurer de ce qu'ils contenaient, le sous-brigadier retira l'un d'eux.

Soulevant l'étoffe qui l'enveloppait, il découvrit avec horreur un membre humain.

Surpris autant qu'effrayé, il courut avertir l'autorité qui, sans retard, se transportait sur les lieux de cette sinistre découverte.

Liv. 69   69

Les divers paquets sont défaits. Ils présentent tous un spectacle horrible.

C'est un cadavre de femme, les quatre membres ont été séparés du tronc et enveloppés séparément dans de vieilles hardes.

La tête ne tenait plus au corps que par les vertèbres.

Dans le but évident de rendre difficile la reconnaissance de la victime, son visage avait été mutilé.

Le cadavre n'offrait aucune trace de décomposition, le sang qui tachait son enveloppe était très frais.

Autour de ces horribles fragments, l'empreinte de pas de femme était marquée sur le sable. On trouvait, à quelques mètres plus loin, des vêtements enfouis et maculés de sang.

A la suite de cette découverte, un préposé des douanes avait dit avoir rencontré, la veille au soir, vers neuf heures, un homme poussant un chariot sur lequel était posé un objet volumineux.

Il était accompagné d'une femme de petite taille, marchant auprès de lui.

Ce témoin leur ayant demandé ce qu'ils transportaient, l'homme lui avait répondu :

— C'est la malle d'un voyageur.

Et les deux inconnus s'étaient dirigés vers le point où le cadavre, le lendemain, était découvert.

Transporté à la Morgue, le cadavre ne tarda pas à être reconnu par des habitants de Marseille pour être celui de la nommée Marie Sabot, veuve Boyer.

C'était la propriétaire de deux magasins, l'un de fromage et l'autre de mercerie, situés à Marseille, rue de la République.

La veuve Boyer n'habitait la ville que depuis 1876. Précédemment, elle résidait avec sa fille, Maria Boyer, à Montpellier.

A Montpellier comme à Marseille, la mère et la fille n'avaient jamais inspiré à leurs voisins de remarques défavorables.

Mais un jour, un jeune homme, nommé Léon Vitalis, vint troubler l'accord qui paraissait exister entre la mère et la fille.

Léon Vitalis, bouquiniste, avait un caractère froid, concentré et très cupide.

Les relations qu'il noua avec la mère de Maria avaient pour but de rechercher la main de la fille et la fortune qui devait lui advenir.

La veuve Boyer parut d'abord encourager ses projets. La mère n'avait pas encore quarante ans ; elle n'avait pas abdiqué des prétentions dans l'art de plaire. Vitalis, pour mieux se faire agréer de la mère coquette, l'entoura de mille soins ; il manifesta envers celle une affection exagérée et qui n'était pas exempte de tendresse.

La veuve s'y laissa prendre au point qu'elle éprouva pour sa fille une jalousie qui la décida, un jour, à s'opposer au mariage de Maria.

Vitalis et sa fiancée en éprouvèrent une grande irritation ; elle ne tarda pas à se manifester entre les trois personnages.

Cela se passait encore à Montpellier.

A la veille de déménager pour se rendre à Marseille, la veuve Boyer s'aperçoit qu'il lui manque onze obligations du Crédit foncier.

Qui a pu les lui prendre ? Il n'y a que Vitalis qui connaissait où elle cachait ces obligations.

Et au moment où elle quitte Montpellier avec sa fille, Vitalis fait un voyage à Paris.

La veuve apprend qu'il y mène un assez grand train.

Enfin, la veuve Boyer vient se fixer à Marseille ; elle achète deux magasins, l'un de fromage, l'autre de mercerie, tenus par la mère et la fille.

Après leur installation, Vitalis revient de Paris et de Montpellier.

Il est reçu comme un parent, et Vitalis poursuit de nouveau son but, celui d'épouser la jeune Maria.

Il n'a plus pour la veuve Boyer les mêmes égards qu'autrefois.

Celle-ci, furieuse, lui reproche, à mots couverts, de lui avoir soustrait, en 1876, des obligations du Crédit foncier.

Il s'ensuit des scènes violentes entre la mère et Vitalis, dans lesquelles Maria intervient en prenant parti pour son fiancé contre sa mère.

Un jour, le 17 mars 1876, la veuve Boyer en vient à dire à Vitalis :

— Vaurien, je ne te veux plus. Il faut que tu quittes la maison !

Vitalis lui répond :

— J'y suis et j'y reste pour votre fille.

Et il ajoute des expressions de mépris, presque de dégoût.

Deux jours après cette scène, Vitalis conte à Maria, sa fiancée, le dessein de sa mère de le congédier.

Maria se révolte. Elle lui dit qu'il ne partira pas seul.

Mais Vitalis ne veut pas s'en aller en laissant Mᵐᵉ Boyer maîtresse de son bien. Alors il fait part à Maria du dessein criminel qu'il a médité depuis longtemps.

Il lui propose de se débarrasser de sa mère pour vivre tranquilles tous les deux.

Maria partage la haine de Vitalis.

C'est une fille sans cœur, d'un caractère froid en apparence, rebelle aux sentiments de religion qu'elle aurait dû puiser au couvent où elle avait été élevée.

Elle abonde dans le sens de son amant. Il est convenu que lorsqu'une nouvelle discussion s'élèverait entre sa mère et lui, Maria fermerait la porte du magasin et qu'on renverrait le garçon, « afin d'en finir ».

Le même jour, une scène a lieu dans la pièce qui sert de magasin de mercerie.

Et, comme il en a été convenu, Vitalis renvoie le garçon de peine.

Quand ce dernier rentre, à cinq heures, il voit les deux boutiques contiguës qui sont fermées.

Il frappe ; c'est Maria qui vient lui ouvrir ; elle lui dit que sa mère doit partir le soir même pour Montpellier et qu'on n'a plus besoin de lui.

Une fois le garçon éloigné, Maria s'était hâtée de fermer à clef la porte du magasin. Alors se produisit une scène horrible, à laquelle prirent part et la fille Boyer et Vitalis.

Celui-ci porta un coup violent à la poitrine de la veuve qui tomba près d'un canapé.

Vitalis redoubla ses coups. Pendant la lutte, Maria Boyer fait le plus de bruit possible pour empêcher les cris de sa mère d'être entendu des voisins.

Vitalis s'empare d'un couteau, il en frappe la victime.

Celle-ci se débat ; elle parvient à se saisir de l'arme qui déchire la main du meurtrier.

Alors Vitalis, interpellant Maria, lui dit :

— Donne-moi le couteau à gruyère qui se trouve dans le magasin d'à côté, car ta gueuse de mère me coupe les mains.

Maria y court ; elle prend le couteau réclamé par Vitalis, elle lui met dans la main ; l'assassin le plonge dans la gorge de sa victime.

Maria prend part à ce meurtre. Elle frappe sa mère à coups de pied pour paralyser ses efforts.

Vitalis l'achève et il s'écrie :

— Ah ! la coquine ! Elle ne veut pas mourir !

Vitalis est obligé de lui mettre son poing dans la bouche pour l'étouffer.

Elle se raidit et tombe inanimée, contre le canapé. Les deux meurtriers traînent le corps dans une pièce du fond qui relie les deux magasins.

On lui passe une corde sous les bras ; la parricide et l'assassin la descendent dans la cave, par la trappe qui se trouve dans le magasin à fromages.

Ils la descendent dans la cave. (Page 548.)

Ils pensent à l'enfouir là.

Vitalis s'empare d'une pioche, d'une pelle, pour enterrer la mère de Maria au fond de la cave.

Il faut y renoncer.

Le sol est résistant, inégal. On ne peut enfouir le cadavre dans le souterrain. On remet au lendemain la disparition du corps. Où, comment? On n'en sait rien encore ; avant tout, il faut aussi faire disparaître les preuves du crime.

Alors Maria passe la nuit à effacer les traces de sang. Quand le jour va venir, il faut continuer le commerce. Avant tout, il faut faire disparaître le cadavre. Vitalis conçoit l'idée de le dépecer. Il communique son projet à Maria. Elle n'hésite pas à s'y associer. La journée se passe. Maria et Vitalis servent comme d'habitude les pratiques ; le soir, Vitalis s'arme d'un couteau, et aidé de Maria, ils se mettent à la besogne, horrible travail!

Vitalis sépare du tronc les quatre membres. Il essaye à détacher la tête du corps et n'y parvient pas. Alors, à l'aide d'un couperet, il mutile affreusement le visage pour qu'on ne puisse pas le reconnaître.

Maintenant pourra-t-il enfouir les restes sanglants dans la cave ? Non, le sol est toujours trop résistant, ni la pioche ni la pelle ne peuvent l'entamer. D'une façon ou d'une autre, il faut pourtant se débarrasser du cadavre.

Ce soir-là ils vont se promener le long du quai du vieux port pour chercher un endroit propice à leur dessein. Mais en cet endroit il y a trop d'embarcations sur tous les points. Ils reviennent à leur première idée.

Un soir encore se passe, sans que les deux complices aient rien trouvé. Ils recommencent leurs recherches sur le port et découvrent enfin un endroit mystérieux près du cap Pinède.

Le lendemain, Vitalis va louer un charreton. Il l'amène, le soir, à l'entrée du passage qui relie les deux magasins. Les morceaux du cadavre y sont portés, entourés de vieux vêtements ficelés, mis dans des corbeilles fournies par Maria.

Pendant que Vitalis les transporte successivement sur le charreton, Maria reste constamment en sentinelle près du véhicule.

Enfin Vitalis pousse le charreton et son lugubre cortège. Maria le suit. Ils se dirigent au pied du cap Pinède.

Ils se figurent que, dans cet endroit désert, personne ne les aura vus et que le cadavre est hors de vue des indiscrets. Ils se trompent. L'homme qu'ils ont rencontré le leur prouve.

Le lendemain ils fouillent tous les meubles. Ils n'ont plus qu'une idée, fuir de Marseille après s'être emparés de tous les biens de la veuve. Ils prennent plusieurs titres de rente, puis une cassette contenant neuf mille francs.

Ils s'emparent des bijoux, des couverts et autres objets précieux. C'est un véritable déménagement.

Le tout est porté dans le magasin de mercerie. Mais comme au cap Pinède, leurs manœuvres sont surprises.

Une voisine les guette par le trou de la serrure comptant l'argent ; et le bruit des écus parvient jusqu'à elle.

La veille, le garçon de magasin, éconduit par Maria, avait eu aussi des soupçons.

Quand la jeune fille lui avait dit que sa mère partait pour Montpellier, le garçon s'était rendu à la gare, mais il n'avait pas vu Mme Boyer.

Et le soir, à la nuit, le même homme avait aperçu Maria emportant une corbeille très lourde.

L'homme et la voisine étaient allés faire leur déclaration à la police.

Pendant ce temps-là, Vitalis faisait des efforts désespérés pour réaliser avec Maria la vente des deux magasins.

Toutes ces manœuvres avaient éveillé les soupçons de la police ; elles se tournèrent en certitude lorsque, après les dénonciations de la voisine et du garçon de magasin, on constata, à la Morgue, l'identité du cadavre. On mit *haro* sur la vente des magasins de la veuve Boyer.

Le projet des assassins était de réunir le plus d'argent possible, de gagner l'étranger pour vivre ensemble des dépouilles de leur victime.

La justice ne leur laissa pas le temps de réaliser leur projet. Aussitôt le cadavre découvert, sa fille et son amant, qui avaient menti aux voisins, menti à l'opinion publique, en soutenant que la veuve Boyer était partie pour Montpellier, furent immédiatement arrêtés.

Ce qu'ils souffrirent, ce ne fut pas, l'une d'être accusée de parricide, l'autre d'être un assassin doublé de voleur, ce fut d'être séparés l'un de l'autre.

Ils s'aimaient avec frénésie, ces monstres qui avaient été conduits au meurtre et au parricide par un amour contrarié et sans frein.

CVI

UN AMOUR DANS LE CRIME

Vitalis était un jeune homme assez beau garçon, à la figure très intelligente ; sa cupidité était secondée par un esprit d'intrigue très développé.

Désireux de faire fortune, il avait fait d'un modeste fonds de bouquiniste, qu'il avait acheté à Montpellier, un magasin très achalandé.

Flattant les goûts de ses clients, Vitalis avait renouvelé son vieux matériel de librairie par des livres obscènes qui n'avaient pas tardé à mettre sa boutique très à la mode.

Mme Boyer, la mère de Maria, dont la légèreté valait la coquetterie, s'était achalandée chez le bouquiniste. Le galant marchand n'avait pas tardé à lui plaire autant que sa marchandise.

Libre, veuve, encore belle et très appétissante, elle voulut éprouver sur le jeune homme les effets des écrits pornographiques dont Vitalis, par cupidité, s'était fait le pourvoyeur.

En apprenant que la veuve Boyer jouissait d'une honnête aisance, qu'elle possédait une jeune fille, élevée au couvent, qui, à sa majorité, devait avoir une fortune assez ronde, le jeune Vitalis se laissa circonvenir par l'aimable veuve.

Il vit un jour la jeune fille ; il s'en prétendit amoureux et la demanda en mariage.

Comme il fallait une entrée dans la maison de la veuve, comme il fallait expliquer, pour désarmer la méchanceté, les visites quotidiennes du jeune bouquiniste, Mme Boyer accepta, par manière d'acquit, la demande en mariage de Vitalis.

N'était-ce pas le seul moyen de lui donner un pied dans la maison? Bientôt il en prit deux.

Pour que les commentaires n'allassent pas leur train dans la ville de Montpellier, on fit sortir du couvent la jeune Maria.

Pour tout le monde, le galant bouquiniste passa au foyer de Mme Boyer pour être le prétendu de Maria.

Dans le principe, elle ne servait que de plastron à la galante Mme Boyer; elle ne se contentait pas de le recevoir tous les jours chez elle, la nuit, elle ne se privait pas de partager son lit avec celui qu'elle appelait le prétendu de sa fille.

La veuve ne se douta pas, dans le principe, qu'elle jouait avec le feu.

La satiété ne tarda pas à arriver dans le commerce amoureux du jeune bouquiniste avec la veuve.

A mesure que la dame éprouvait plus d'ardeur pour le jeune Vitalis, celui-ci sentait sa cupidité augmenter avec le refroidissement qu'il ressentait pour cette veuve.

De plus en plus, il pensa à la dot de la jeune Maria ; il se mit dans la tête et dans le cœur l'idée de la posséder.

Il lui fit la cour en secret.

Maria était une jeune fille, d'allures discrètes et compassées; sous une attitude froide que lui avait donnée l'éducation religieuse, elle avait comme sa mère, des ardeurs d'autant plus vives qu'elles étaient cachées.

Sous des traits placides et corrects, sa figure était pleine de fraîcheur, ses yeux bleus exprimaient à la fois la hardiesse et la timidité, curieux mélange qui frappait, et qui indiquait sous un maintien apprêté et modeste, une grande force de volonté.

Les assiduités du jeune homme plurent à la jeune fille. Celle-ci, qui n'avait quitté son couvent qu'avec regret, qui n'avait éprouvé qu'un désir, être l'épouse de Dieu, n'aspira plus qu'à devenir l'épouse de Vitalis.

Comprenant sans peine, malgré son éducation religieuse, ce que Vitalis était à sa mère, elle en éprouva une profonde jalousie. Elle ne tarda pas à dégénérer en haine sourde et implacable contre sa mère.

Les criminels travaillent au dépécement du cadavre. (Page 556.)

De son côté, Vitalis, qui était jeune, devint la dupe de son jeu. Il s'éprit sincèrement de Maria ; dans l'amour comme dans la haine, elle avait une ténacité qui n'entrait pas dans l'âme de l'amant de la mère.

Après une année de commerce amoureux avec Mme Boyer, Vitalis était totalement possédé par sa fille.

Elle se mettait avec autant d'amour que d'amour-propre, dans l'idée de détacher Vitalis de sa mère.

La jeune fille et le jeune homme s'écrivaient en secret.

Chose curieuse, les deux amants, qui passaient en public pour deux fiancés, n'étaient pour cette mère que deux comparses. Leurs rôles n'avaient qu'un double but : endormir l'opinion, cacher l'inavouable passion de Mme Boyer pour celui qu'elle appelait *son enfant*.

Elle voulait tromper l'opinion : et c'était elle qui était trompée par les jeunes gens qu'elle croyait ses dupes.

Ils s'écrivaient des lettres débordant de passion, dans un style énigmatique. Quelquefois Vitalis se plaignait à la jeune fille de n'être pas assez aimé par celle qui lui en voulait d'être encore trop à sa mère.

C'est qu'en effet, Maria, parfois, était désespérée de voir son fiancé tant chéri de sa mère rivale.

Par dépit, elle cherchait à l'oublier dans le plaisir ; mais lorsque son fiancé lui adressait des reproches, elle lui répondait :

« Je suis dissipée et coquette, mais non corrompue. »

Puis elle ajoutait au bas d'une de ses correspondances dans lesquelles elle dissimulait sa passion et son écriture :

« Je contrefais mon écriture à votre adresse », et elle signait en travestissant son nom pour que sa mère, si elle eût surpris sa correspondance, ne devinât pas le secret de son cœur.

Comme on le voit, la trompeuse était trompée. Mais un jour la mère coquette surprit une des lettres de sa fille. Elle devina ses subterfuges; elle lut sous les lignes tout ce qu'elle cachait de tendresse pour son amant, qui n'était que de nom le fiancé de Maria.

Il s'ensuivit, entre Vitalis et Mme Boyer, une scène violente, à la fin de laquelle il y eut un tendre raccommodement.

La nuit qui se passa après cette réconciliation, Vitalis sortit du lit de la veuve en lui emportant quatre-vingt-dix-huit obligations qu'elle tenait cachés sous son traversin.

C'était la première vengeance de Vitalis. Il lui faisait payer le plaisir de son raccommodement.

Si la veuve, dans les bras de son amant, avait tout oublié, il n'en était pas de même de Vitalis qui, en sachant Mme Boyer sur la piste de son amour, se voyait de plus en plus séparé de Maria.

Alors, muni de 11,000 francs, redoutant avec la veuve de nouvelles démonstrations de colère ou de tendresse, il prit le parti de quitter Montpellier et d'aller se réfugier à Paris.

La veuve, furieuse, déposa une plainte à la police ; Vitalis, de Paris, lui écrivit une lettre si tendre, qu'elle retira sa plainte, et elle le supplia de revenir auprès d'elle.

Mais, d'une autre part, Maria lui écrivit : *Restez !*

Elle préférait le voir loin d'elle que de le savoir trop près de sa mère ; Vitalis, jusqu'à la consommation des 11,000 francs, vécut très largement à Paris, sur l'argent de *sa* veuve.

Lorsqu'il revint à Montpellier, il apprit que Mme Boyer et sa fille en étaient parties. Il sut bientôt que les deux femmes avaient gagné Marseille pour s'y installer, en achetant deux magasins, l'un de fromage, l'autre de mercerie.

Immédiatement Vitalis, qui n'a pas oublié la dot de sa fiancée, et le cœur plein de son image, repart pour Marseille.

Déjà son amour pour Maria a fait un premier pas dans le crime ; il a volé 11,000 francs à sa vieille maîtresse pour lui faire payer sa séparation avec sa fille.

Maintenant il ne s'arrêtera plus en chemin. Si la veuve veut retenir encore Vitalis en charte privée, sa fille est là pour secouer avec lui le joug honteux qu'elle leur impose.

En arrivant à Marseille, Vitalis ne dissimule pas auprès de la mère de Maria le dégoût et le mépris qu'elle lui inspire.

Maria est ravie de ce revirement de sentiment dans l'esprit de son amant.

Elle l'encourage, elle l'excite dans sa nouvelle attitude. Vitalis emploie tous les moyens pour chercher querelle à Mme Boyer ; il lui reproche l'acha de ses deux magasins, achat qu'elle a fait sans le consulter « et qui la conduira à la ruine », prétend-il.

Vitalis, très intelligent, et qui connaît le prix de l'argent, n'a pas de peine à prouver à la veuve qu'elle a fait, par ce nouvel achat, une mauvaise spéculation.

Maria est ravie de l'attitude que prennent entre eux les deux amants.

Il y a bien de la part de la veuve pour Vitalis quelques retours de tendresse ; ils durent peu, car Maria est toujours là pour souffler la discorde.

Dès que tous deux ont levé le masque, ils ne se gênent plus pour s'avouer leur tendresse et l'avouer à tout le monde.

Un jour Maria dit à qui veut l'entendre :

— Ma mère aime Léon ; mais Léon ne veut pas de ma mère ; moi, je suis jeune et Léon me préfère !

Voilà Mme Boyer supportant la peine de sa faute. Elle est à la merci de sa fille, à la merci de Vitalis.

Un jour, l'instruction le fait connaître, Vitalis donne à lire à Maria l'histoire de l'empoisonneuse célèbre, la marquise de Brinvilliers.

Mme Boyer l'apprend ; elle se méfie tant de son amant et de Maria, qu'elle ne peut prendre d'aliments présentés par eux.

C'est Maria, à son tour, qui étaye son amour sur le crime !

Mais la pauvre femme, malgré la haine de sa fille, malgré le dégoût de son amant pour elle, est toujours possédée par sa passion.

Les tribunaux font connaître jusqu'où elle pousse, pour garder son amant, ses condescendances odieuses et criminelles.

Une fois, sa fille furieuse la surprend couchée dans son lit avec Vitalis.

C'était à la saison d'hiver, la mère ne craint point de dire à Maria :

— Eh bien ! viens te coucher avec nous, ma bonne, nous te réchaufferons !

On voit que la lecture des livres obscènes, fournis à Mme Boyer par Vitalis, avait profité à la malheureuse femme !

A la suite de cette proposition infâme, le cœur de Maria est révolté. Elle a honte d'elle-même, de son amant et de sa mère.

Quelque temps après, elle prend Vitalis à part, elle lui dit :

— Il faut en finir avec ma mère et le plus tôt possible. Il faut choisir la première querelle venue pour nous en débarrasser.

Vitalis ne demande pas mieux.

Quelques jours après, a lieu cette querelle qui amène de la part de Vitalis l'assassinat et le dépècement de la veuve Boyer.

On a vu, dans le précédent chapitre, comment Vitalis et Maria s'y prirent pour en finir avec cette mère lubrique qui les défiait par sa lubricité même !

Dans les débats de cette affaire, on voit avec quel sang-froid les deux amants ont accompli leur meurtre épouvantable.

Pendant que Maria entendait craquer les os du corps de sa mère, sur l'acier qu'elle avait fourni à son amant, elle faisait tout son possible pour hâter l'accomplissement de ce meurtre.

Vitalis avoue qu'il obéissait à une sorte de rage en la tuant ; il lui faisait payer, disait-il, les tortures qu'elle lui avait infligées en le contrariant dans son amour pour sa fille !

Une fois le meurtre accompli, les deux amants vont coucher dans le même lit de la victime ; ils ont entre eux des rapports intimes que la victime ne peut plus contrarier !

Et leur amour éclate, après le plus odieux des forfaits !

Quand le jour est venu, Maria et Vitalis, après avoir relégué provisoirement le cadavre dans la cave, ouvrent les deux magasins comme de coutume.

On sait comment ils croient expliquer l'absence de Mme Boyer en disant à tout le monde qu'elle est partie pour Montpellier.

Chose atroce, un des couteaux qui a servi au crime sert à débiter le fromage aux clients jusqu'à la fermeture du magasin.

A cinq heures, les criminels travaillent au dépècement du cadavre, pour le traîner, morceaux par morceaux, à l'endroit qu'ils ont choisi pour son enfouissement.

On sait qu'il n'y resta pas longtemps, comment les coupables furent découverts, grâce à une voisine et au garçon de magasin qui avait suivi, depuis le meurtre, les agissements des meurtriers.

Il est mis avec élégance, pommadé et parfumé! (Page 559.)

En cour d'assises, si les amants cherchent à se défendre l'un l'autre et l'un par l'autre, ce n'est pas par remords, non; c'est pour que tous les deux ne soient pas séparés par la mort.

Ni l'amante parricide, ni l'amant meurtrier et voleur ne regrette ce qu'il a fait. Ils n'ont peur que de la peine capitale qui terminera leur amour fatal.

Vitalis avoue aux juges qu'il n'a courtisé Mme Boyer que par affection pour sa fille; et dès qu'elle lui avait défendu de l'aimer, il fallait ou sa mort ou la mort de la mère coupable.

— De sorte, — lui répond le président des assises, — que pour arriver à Maria et pour la posséder, vous avez passé par la mère?

Vitalis réplique avec une audace qui révèle l'énergie atroce de ces terribles amoureux:

— Ce que nous avons fait, nous l'avons fait parce que les circonstances nous y ont forcés!

Une pareille réponse ne pouvait pas disposer le jury en leur faveur.

Maria est condamnée aux travaux forcés à perpétuité, Vitalis à la peine capitale.

En vain Vitalis réclame son pourvoi en grâce, il est repoussé comme celui de Maria.

Vitalis ne regrette la mort que parce qu'elle deviendra le tombeau de son amour.

Maria pleure moins sur son parricide que sur la perte de son amant.

Ils eussent été encore heureux de se retrouver dans les colonies pénitentiaires, unis dans les bras l'un de l'autre.

Ces monstres, qui avaient cimenté leur amour dans le sang, eussent préféré encore mourir ensemble, soit sur l'échafaud, soit sous le climat meurtrier de la Guyane.

Leur plus grande torture était de se survivre l'un à l'autre !

CVII

LES DERNIERS MOMENTS DE VITALIS

Vitalis, durant les débats des assises, n'a qu'un objectif, sa complice Maria qui, par amour pour lui, l'a aidé à la débarrasser de sa mère.

Le point de départ qui l'a amené au plus abominable des crimes et qui l'y a fait conduire, celle qu'il appelle toujours sa fiancée, n'existe plus.

Il a perdu de vue le but intéressé de ses intrigues. La passion l'absorbe tout entier. Il n'est possédé que par celle qui a partagé son infamie.

Sans Maria, sans cette parricide, Vitalis n'eût peut-être pas été conduit à l'échafaud.

Il est vrai que cette mère coupable, par sa lubricité, en se faisant la rivale de sa fille, est allée au-devant de son épouvantable trépas.

Il ne faut jamais jouer avec l'amour. Maintenant ce que Vitalis redoute le plus, c'est l'échafaud, non pas par crainte de la mort, mais parce que la guillotine va devenir entre elle et lui, une barrière éternelle.

C'est une idylle dans le sang.

Et par amour pour Vitalis, on a vu que Maria n'a pas craint de devenir parricide.

C'est sa mère, sa mère seule qui a couvé les ardeurs de ces épouvantables amoureux.

Dans le principe, Vitalis, esprit retors et intéressé, ne visait que la fortune de cette famille, et Maria Boyer, élevée au couvent n'aspirait qu'à y rester.

Les feux de la jalousie, sur lesquels la mère, omnipotente et lubrique, n'a cessé de souffler, ont provoqué cette tempête qui a amené le plus horrible des assassinats.

Pour l'amour de Vitalis, Maria s'est faite parricide !

Quelle effroyable tragédie inspirée sous le soleil phocéen. Aussi faut-il voir Vitalis, aux assises. Constamment il cache son visage à tous les yeux. Le monde l'importe peu. Pourtant, il se présente au tribunal, le visage frais rasé ; il est mis avec élégance, pommadé et parfumé.

Il tient à comparaître en face de sa fiancée, comme s'il était dans une stalle de spectacle, et en présence d'une de ses étoiles. Il n'a de regards que pour sa maîtresse.

Peu lui importe la foule qui encombre le prétoire, qui le contemple avec une avide curiosité.

Il dédaigne l'horreur ou l'intérêt qu'il provoque ; il dédaigne l'attention qui se suspend à ses lèvres. Il ne parle, il n'agit, n'existe que pour sa maîtresse.

Son attitude, ses moindres inflexions de voix, inspirées par la crainte, l'espoir ou la douleur, ne sont que l'expression du sentiment profond qu'il éprouve pour sa complice.

Il la regarde avant de parler à ses juges, il la suit des yeux.

C'est à tel point qu'un moment, il faut séparer ces deux êtres unis par le crime et par la passion, pour faciliter la lucidité des débats.

Lorsque le tribunal fait connaître sa sentence sur la délibération du jury, Maria, pas plus que Vitalis, ne peut se contenir.

Vitalis manque de se trouver mal, sous sa sentence de mort; il faut emporter Maria qui, toute défaillante, s'écrie :

— Ah ! pourquoi ne m'a-t-on pas donné la peine de Vitalis?

Tant de tendresse dans l'âme de ces monstres, confond la raison.

Le public nombreux qui se pressait dans le prétoire, est surpris de voir ces amoureux si faibles devant la séparation, après avoir été si forts dans le crime.

L'un des assistants ne peut se défendre de cette réflexion :

— Maintenant je comprends la mort de Mme Boyer en face de monstres qui s'aimaient avec autant de force qu'ils haïssaient leur victime.

Il n'y a que les passions du midi pour engendrer autant de scélératesse.

Devant l'attitude de cette parricide et de son amant, on oublie la mère coupable pour plaindre les victimes de la jalousie qu'elle avait engendrée. Son supplice a été aussi atroce que leurs tortures !

Lorsque Vitalis est ramené dans sa prison, il ne parle que de Maria. Il attend avec anxiété son pourvoi en grâce ; il fait des châteaux en Espagne ; il est presque gai en songeant qu'il ne sera pas conduit à l'échafaud.

Que lui importe l'infamie !

A un pénitencier, il saura bien retrouver Maria. Ils s'uniront, ils seront encore heureux.

Pas une seule fois il ne prononce le nom de Mᵐᵉ Boyer ; pas une seule fois il n'éprouve le regret d'avoir commis son meurtre épouvantable.

Un jour, on lui en parle et il s'écrie avec dégoût :

— Ne me parlez pas de cette femme ! je la méprise ! Dans les derniers temps, lorsqu'elle-même me parlait, je lui *rotais* à la figure ! cette femme méritait le supplice que je lui ai infligé. Moi et Maria nous avons fait ce qu'elle nous a forcé de faire. La justice de l'Éternel nous absoudra, en dépit de la justice des hommes !

Depuis lors, Vitalis se taisait devant ceux qui s'obstinaient encore à lui parler de Mᵐᵉ Boyer.

Lorsque son pourvoi en grâce est rejeté, il s'écrie :

— C'est bien, maintenant je suis mort, avant de monter à l'échafaud.

Il ne demande plus qu'une grâce à ceux qui l'entourent, revoir Maria, fut-ce une heure.

On lui refuse cette dernière faveur. Alors Vitalis répond sur un ton méprisant :

— Je croyais qu'on ne refusait rien à un condamné à mort.

Jusqu'à l'heure de son exécution, Vitalis rentre dans un mutisme presque absolu.

On sent qu'il en veut à la société entière de lui avoir refusé la seule joie qu'il pouvait espérer encore dans ce monde.

Lorsque l'heure est venue d'expier sa peine, Vitalis monte avec fermeté les degrés de l'échafaud. Devant le public nombreux qui se porte sur la place de son supplice, il jette ce dernier cri à la foule :

— Je meurs pour Maria !

Sa voix expire sous le couteau. Justice est faite.

Il embrassa galamment la main de sa fausse épouse. (Page 565.)

CVIII

GAUTHIER L'ASSASSIN

L'année 1877, si fertile en meurtres atroces, a connu les exploits d'un jeune assassin, nommé Paul Gauthier : Ses crimes servirent à masquer l'un de ses complices qui échappa, pour toujours, aux poursuites de la justice.

Le complice de Gauthier n'était autre que le second assassin de Mme Pélissier, la brocanteuse de la rue Blondel.

Après son crime, le complice de Gauthier était parti de France, laissant des fonds à son associé. Il était allé s'établir en Amérique. Un commerce très important le rendit millionnaire.

Gauthier fut moins heureux. Après avoir mangé sa part, à la suite de l'assassinat de la veuve Pélissier, il commit encore trois meurtres ; les deux derniers qu'il opéra dans le département de la Seine-Inférieure, eussent suffit pour le conduire à l'échafaud.

Ses meurtres connus ne sont peut-être pas les seuls à l'actif de cet assassin, Gauthier avait l'amour du sang. Plus jeune de dix ans, de son associé, il avait ainsi que lui de la ruse et de l'adresse, il n'avait pas autant de chance.

L'histoire de Gauthier se trouve dans les notes de l'exécuteur R***, et il croyait bien que son dénouement se terminerait aux pieds de l'échafaud.

Le jury en disposa autrement. Peut-être parce que les jurés et les juges n'étaient pas assez édifiés sur la vie de cet assassin.

Les péripéties étranges de l'existence de ce meurtrier, ouvrent une éclaircie dans les sombres imbroglios des fastes criminels.

Gauthier qui avait vingt ans, se disait en avoir vingt-cinq, en 1877.

C'était à dessein qu'il s'était donné cet âge.

Après le meurtre de la femme Pélissier, Gauthier s'était servi de la part acquise dans ce meurtre, pour s'établir commissionnaire en marchandises.

Pour inspirer à ses commettants une plus grande confiance, il s'était donné un âge qu'il n'avait pas.

Après une année de commerce plus que douteux où, à l'aide de son modeste capital, il était parvenu à obtenir un crédit illimité, Gauthier ne put faire face à ses engagements.

Son crédit était tout à fait ébranlé.

Après avoir vendu, à vil prix, des marchandises impayées par lui, Gauthier voit ses billets protestés. Il est à la veille de faire banqueroute.

Mais Gauthier n'est pas à bout de ressources ; son imagination lui inspire un nouveau truc pour faire patienter ses nombreuses dupes.

Un jour il laisse dire qu'une jeune fille émancipée, jouissant d'une grande fortune, est amoureuse de lui, et que, séduite par sa bonne mine, elle tient à l'épouser.

Comme les gens auxquels il doit paraissent assez incrédules, sur la nouvelle de son mariage, Gauthier ne balance pas à donner une apparence de vérité à son gros mensonge.

Il invite ses créanciers à son repas de noces qu'il donne officiellement au restaurant Véfour.

Les créanciers arrivent en foule, au restaurant en renom, aussi bien pour participer aux agapes des nouveaux époux que pour se convaincre d'un mariage qui doit faire rentrer de l'argent dans leur caisse.

Chez Véfour, ils sont convaincus de cet hymen, en présence du futur, qui, en cravate blanche, dans la tenue de rigueur, fait face à sa jeune épousée, tout de blanc habillée.

Personne ne se doute que la fiancée n'a aucun droit à porter la fleur d'oranger. Sa mine égrillarde, un peu effrontée, donne bien un démenti à sa parure de vierge ; c'est une émancipée !

Qu'importe aux clients de Gauthier la tenue de sa nouvelle épouse, si sa dot efface les taches qui ont pu se produire sur sa robe d'innocence.

Il est vrai que parmi les convives qui ne sont ni les parents ni les alliés des conjoints, personne, à l'église, n'a été témoin de la bénédiction nuptiale.

Cette particularité peut s'expliquer. On connaît les principes de Gauthier.

C'est un esprit fort ; il est reconnu comme tel dans le quartier du Sentier.

Le champagne aidant, le repas est des plus animés, des plus joyeux.

Les convives, convaincus que leur amphitryon fait un riche mariage, s'empressent à l'envi de fêter son union dont ils doivent ressentir les fortunés effets.

Du reste, la mariée est très avenante, très jolie, et des plus aimables. Elle fait un entraînant accueil aux clients de son époux, à ceux qui ont surtout sur leur livre de caisse, les plus gros chiffres de ses dettes.

Cependant, une fois le repas terminé, Gauthier paraît inquiet ; son front se rembrunit.

Serait-il jaloux de l'accueil chaleureux de sa fiancée à ses nombreux témoins ?

Non, car ce manège de coquetterie entre dans le programme des prétendus époux.

Et tout, dans ce mariage, n'était que fiction.

Il n'y avait de vrai dans cette comédie que les lettres de faire part et le repas de corps.

La comédie avait été imaginée par Gauthier et sa concubine pour amadouer les créanciers du mystificateur, pour se faire renouveler ses billets, en prévision d'une riche fortune basée sur les brouillards de la Seine !

Mais Gauthier, dans la même soirée, n'avait pas que cette difficulté à vaincre.

Il n'avait pas qu'à apaiser des créanciers impatients, il avait à compter avec un des complices de l'affaire de la rue Blondel.

Tant que Gauthier, dans le commerce, avait pu payer son silence, ce complice n'avait pas soufflé mot de la part que Gauthier avait prise dans l'assassinat de la brocanteuse.

Maintenant qu'il ne pouvait plus acheter son mutisme, ce complice montrait les dents.

Ce dernier était une nature vulgaire, un vrai gibier de bagne, avec ses instincts rusés et brutaux. Loin de faire fructifier sa part de butin comme le principal auteur de l'assassinat de la rue Blondel, ou comme son complice Gauthier, ce troisième larron avait gaspillé son gain en orgies !

Une fois sans le sou, le misérable s'était bien promis de faire chanter ses anciens associés.

Par malheur pour lui, le premier habitait l'étranger.

Il ne restait que Gauthier.

Il ne se priva pas d'en faire sa vache à lait, tant qu'il eut des fonds dans son commerce.

Une fois Gauthier à bout de ressource, son complice l'avait menacé de le vendre à la justice.

Or, le soir même où Gauthier avec sa concubine leurrait ses créanciers dans un prétendu repas de noce, il avait reçu un avis foudroyant de cet ancien associé.

Il lui disait que « si ce soir-là, à dix heures, il n'avait pas remis à la « fille de Mme Pélissier, une somme de cinq mille francs, le lendemain, la « même enfant qui *ne savait encore rien*, serait la première à avertir le Par- « quet qu'il avait été autrefois l'un des assassins de sa mère ».

L'avis ajoutait que l'enfant l'attendrait à dix heures, en face la maison de sa mère, au numéro 3 de la rue Blondel ; et que s'il ne s'y rendait pas avec l'argent, il agirait auprès de la justice.

C'était ce billet qui tourmentait si fort le jeune Gauthier au moment où il était parvenu à duper ses créanciers, à les griser de champagne et... d'espérances, au restaurant Véfour.

Pendant que ses créanciers escomptaient ces espérances tout en faisant les doux yeux à la mariée, Gauthier ne songeait qu'à les esquiver pour courir au rendez-vous assigné par son exigeant complice.

Non pas qu'il voulût lui donner cinq mille francs, cela lui eût été impossible ; mais il ruminait une autre ruse pour jouer encore ce terrible associé.

Cette ruse devait être moins gaie que le simulacre de noce chez Véfour.

Les deux ombres se rejoignent. (Page 568.)

La mariée ou plutôt celle qui n'en était que la déguisée, était au courant des préoccupations de son faux époux.

A dix heures, elle devait feindre d'avoir oublié sa mante ; elle allait prier son époux d'aller la lui chercher pour la reconduire, après la noce, au logis conjugal.

Les convives pouvaient alors excuser l'absence du jeune époux, surtout à l'heure du dessert, où chacun s'empressait de plaire à la belle épousée.

La mariée qui se doutait des transes de son faux époux, se faisait plus aimable auprès des convives, pour faciliter l'exécution de sa nouvelle ruse.

A dix heures, la future feignit de se plaindre de l'oubli qu'elle avait fait.

Elle ne pouvait, la nuit, sortir sans sa mante. Elle pria donc son mari de courir à l'endroit où elle l'avait laissée, dans la journée.

Gauthier s'excusa auprès de ses invités ; il leur promit de revenir, embrassa galamment la main de sa fausse épouse, et partit.

Les moins galants de cette noce improvisée se demandèrent si le futur reviendrait, si, en raison de ses antécédents, il ne leur laisserait pas aussi pour compte les frais de son repas de noce ?

Mais à défaut du futur, ils tenaient sa future ; ils attendirent.

Une fois parti, Gauthier prit une voiture, il se fit conduire rue Blondel où l'attendait la fille de son ancienne victime.

Gauthier savait que la police qui avait recherché en vain l'un des meurtriers de la brocanteuse Pélissier, serait sans pitié pour ses complices.

Fût-ce au prix d'un nouveau crime, il tenait à se débarrasser de ceux qui étaient en pouvoir de le dénoncer.

Voilà à quoi il songeait en se faisant conduire à la rue Blondel.

Quel était l'homme qui le tenait en son pouvoir et qui lui avait écrit cet avis menaçant ?

C'était un des parents de la brocanteuse assassinée. Avant l'exécution de ce meurtre, ce parent habitait le numéro 30 de la même rue où Gauthier et son complice, un nommé Justin, avaient tué la veuve Pélissier.

Ancien repris de justice, ce parent de la Pélissier, avait donné à Justin et à Gauthier, les indications nécessaires pour occire la veuve, pour lui prendre ses nombreuses valeurs, sans participer à cet assassinat dont Justin et Gauthier avaient été les exécuteurs.

C'était Justin qui s'était chargé, dans l'appartement de la brocanteuse, de régler le meurtre. Sur les données de son parent resté en observation, au bas de la maison, Gauthier coupait le cou de la veuve, Justin s'emparait de ses valeurs se montant à un chiffre de cent mille francs.

Voici comment les journaux de cette époque rendirent compte du crime de la rue Blondel et des incidents qu'il produisit :

« Vers les premiers jours du mois de mars 1874, la veuve Pélissier, brocanteuse, était trouvée assassinée dans son domicile de la rue Blondel, à la maison du numéro 3.

« La pièce où était étendue la victime, était inondée de sang. Une profonde blessure au cou indiquait la nature du crime, autant par le rasoir trouvé dans la chambre, que par la carotide tranchée avec cet instrument.

« Depuis longtemps, le corps était froid. Mais par l'expression tranquille de sa face, on devinait que la veuve Pélissier avait reçu la mort instantanément.

« Dès que le commissaire de police, par l'appel des voisins, fut appelé sur la scène du crime, la victime fut transportée à la Morgue.

« Là des agents furent postés pour écouter et pour retenir les propos des curieux.

« Le lendemain, une dame ne put s'empêcher de s'écrier, en approchant des dalles de la Morgue :

« — C'est la Pélissier ! et il n'y a que *lui* qui ait pu l'assassiner !

« Ces imprudentes paroles furent recueillies par les agents postés près du cadavre de la victime.

« La dame fut invitée à venir s'expliquer à la Préfecture.

« Elle avoua, non sans restriction, qu'elle pensait que c'était son frère, maintenant hors de France, qui avait pu tuer la brocanteuse.

« Elle se garda bien d'avouer ses complices, ni de dire que le vol avait été le mobile de son assassinat.

« Elle prétendit que la brocanteuse Pélissier joignait à sa profession celle de procureuse, qu'elle avait été tuée par son frère pour se venger de l'amant qu'elle lui avait donné.

« Elle dénonça le nom de son frère ; c'était Justin ; elle n'en dit pas plus. »

Justin fut recherché par la police, mais il avait pris la fuite. Il était loin de France.

Plus tard, en Amérique, lorsque Justin était en train de faire fortune avec l'argent de la brocanteuse, il eut le soin de renseigner, lui-même, la police de ce qu'elle savait déjà par sa sœur, dans quelle circonstance ? on le verra.

Il ne se gêna pas pour railler la police française sur toutes ses démarches inutiles, tant sur son territoire que dans les Deux-Mondes !

En France, les deux complices de Justin, le récidiviste et Gauthier, se contentèrent de se faire la guerre entre eux.

Le récidiviste, parent de la brocanteuse, savait que Gauthier, encore un adolescent, avait donné le coup de rasoir à la femme Pélissier. Tant qu'il avait eu de l'argent sur la part de ce meurtre, ce parent n'avait pas hésité à le faire *chanter ;* maintenant qu'il n'en avait plus, il le menaçait de le dénoncer à la police.

Son ancien associé avait pris à l'avance toutes ses précautions.

La veuve Pélissier avait une fille. Pour se livrer sans retenue à son double commerce de brocanteuse et de procureuse, sa mère l'avait laissée à la campagne.

Après son assassinat, le parent de cette femme, pour dérouter les soupçons, avait fait venir chez lui son enfant ; il l'avait recueillie rue Blondel, à peu de distance de la maison habitée autrefois par sa victime.

Tant que Gauthier, pour faire taire son complice, avait pu lui fournir de l'argent, il n'avait pas mis son dessein à exécution : instruire l'enfant que Gauthier avait été l'un des assassins de sa mère.

Maintenant que Gauthier n'avait plus le sou, son ancien associé levait le masque ; il l'avertissait, un samedi du mois de mars qu'il le ferait attendre par l'enfant de sa victime pour s'exécuter de cinq mille francs, ou pour que son troisième complice lui dise, devant l'enfant, qu'il était l'assassin de sa mère.

C'était dans ce but que le récidiviste, trois ans auparavant, avait fait revenir, chez lui, la fille de la victime.

Trop compromis lui-même par son passé, le complice de Gauthier tenait à faire agir cette enfant à la Préfecture, n'osant s'y présenter en personne.

Dût-il après, si Gauthier eût voulu le dénoncer à son tour, fuir la France et imiter Justin !

Telle était la situation assez délicate des deux complices, lorsque Gauthier, au milieu de sa prétendue noce, était déjà fort embarrassé devant ses nombreux créanciers.

Le tour que leur jouait l'assassin de la brocanteuse n'était qu'une scène de vaudeville ; celle qu'il méditait à la rue Blondel allait tourner à la tragédie.

Dans l'avis que son ancien complice lui avait fait parvenir, il lui avait donc dit : que la fille de Mme Pélissier l'attendrait à dix heures, à la maison du numéro 3, pour le conduire, en cas où il n'aurait pas d'argent, à son domicile au numéro 30.

Gauthier avait réfléchi, sur cet avis, après son départ de chez Véfour. Il était bien résolu, avant de retourner à ses convives, d'avoir raison de l'instrument inconscient de son complice.

Dans la voiture qui le conduisait rue Blondel, l'assassin de la veuve Pélissier, en songeant à son ancien associé, se disait : — Décidément, mon complice n'est pas fort, il dépêche la fille de la Pélissier pour me dénoncer devant elle, si je ne réponds pas à son chantage ; c'est me mettre sur mes gardes. Il le veut ? tant pis pour l'enfant ! Je ferai d'elle, ce que j'ai fait de la mère; et si mon copain veut encore parler, je saurai bien le faire taire pour ne pas aller avec moi à Mont-à-Regret.

Son parti était pris ; il était plus de dix heures, il voulait agir avec autant de promptitude que de mystère.

Gauthier fait arrêter la voiture au coin de la rue Blondel. Il descend sur la chaussée, et voit au milieu de la rue l'ombre d'une enfant de dix ans qui semblait l'attendre en face de la maison du numéro 3 ; les deux ombres se rejoignent.

Il la lance dans l'espace. (Page 570.)

L'enfant demande à Gauthier :

— Est-ce vous, monsieur, qui devez me remettre l'argent réclamé par mon second père, ou venir avec moi, au numéro 3, pour vous expliquer avec lui ?

— Oui, mon enfant, — lui répond Gauthier sur un ton affectueux. — J'ai de l'argent à vous remettre. Je ne puis cependant vous le donner dans la rue ; montons ensemble au numéro 3.

— C'est que... balbutia l'enfant, en se reculant avec appréhension.

— C'est que c'est là, — lui dit tout bas à l'oreille le perfide Gauthier... c'est que c'est là qu'a été assassinée votre malheureuse mère...

— Je le sais, raison de moins pour y monter.

— A ce sujet, j'ai beaucoup de choses à vous dire.

L'enfant intriguée, craintive et tremblante, se laisse entraîner par Gauthier, elle monte avec lui jusqu'au cinquième étage.

Il n'y a pas de concierge dans la maison, l'escalier est noir comme la rue. Gauthier pousse l'enfant sur le palier de l'étage supérieur, près d'une fenêtre restée ouverte.

Gauthier, à dessein, a laissé la porte extérieure de la maison entre-bâillée. Il n'a pas le temps de réfléchir sur l'acte criminel qu'il a conçu tout le long du chemin.

Arrivé au palier, il prend l'enfant par le cou, par les reins ; avant qu'elle ait le temps de pousser un cri, il la lance de la fenêtre dans l'espace. Il descend quatre à quatre l'escalier, après avoir regardé si l'enfant est bien tombée du cinquième dans la rue.

L'escalier est désert, la rue est sombre, la porte de la maison ouverte, il s'élance d'un bond vertigineux du cinquième étage pour gagner la porte.

Il se heurte en courant contre un locataire qui montait ; mais il n'a pu distinguer Gauthier enveloppé dans un long manteau qui le dérobait avec ses habits de marié.

Quand il est dans la rue, pour arriver à sa voiture, il est obligé de faire un détour sur la chaussée pour ne pas passer sur le corps de l'enfant tombée morte sur le coup, le crâne fracassé.

Il regagne sa voiture où était déposée depuis le matin la mante réclamée par la prétendue fiancée.

Il fait courir la voiture à toute vitesse ! une fois loin du théâtre de son nouveau crime, l'assassin se dit :

— Me voilà débarrassé du témoin accusateur que voulait me donner mon maître chanteur. Maintenant qu'il s'avise de me dénoncer à la Préfecture, je l'attends.

Gauthier, avant de descendre de voiture, consulte un petit miroir de poche. Il répare avec soin les désordres de sa toilette ; puis il remonte chez Véfour, la bouche en cœur, la joie dans les yeux.

Il montre triomphalement la mante soi-disant oubliée de sa fiancée, puis il donne à tous ses invités le signal du départ.

Quelque temps après, les créanciers apprennent qu'ils ont été joués par Gauthier. Les mystifiés le font mettre en faillite. Pour le tour qu'il leur a joué, il est condamné à un mois de prison et à cinquante francs d'amende.

Ah ! si la justice avait connu le crime qu'il avait commis durant le cours de ce dîner chez Véfour ! Si elle avait appris la mort de l'enfant de la veuve de la rue Blondel, à la maison où avait été assassiné la mère, par le même Gauthier ! ce n'eût pas été qu'un mois de prison que la justice eût donné à ce double assassin !

Gauthier avait donc visé juste en tuant l'enfant de sa victime. Maintenant son complice ne pouvait le frapper qu'en se frappant lui-même. Pour son salut, il préféra se taire.

Et le lendemain du trépas de la fille de la brocanteuse, morte sur le coup d'une fracture à la tête, les journaux disaient :

« Nous devons signaler une circonstance singulière au sujet de la mort de cette enfant : C'est dans la même maison, rue Blondel, n° 3, qu'a été assassinée sa mère, la brocanteuse Pélissier, chez qui un vol important n'a jamais été découvert. On recherche aussi l'auteur de ce nouveau crime. »

CIX

LES EXPLOITS DE GAUTHIER

Gauthier était originaire du département de la Seine-Inférieure. Il était orphelin. Jusqu'à l'âge de dix-sept ans, il avait été élevé par son oncle maternel, un fermier, vieux garçon dont il avait fini par lasser la mansuétude.

A dix-sept ans, il le volait; muni d'une assez forte somme, prise dans la caisse du fermier, il s'enfuyait de la ferme située près d'Elbeuf-en-Bray.

Il en était parti pour connaître le monde, après avoir fort mal édifié son pays par ses mauvais penchants.

Son parent, un nommé Daniel, après le vol dont il l'avait rendu victime, n'avait pas été fâché de son départ; il l'avait vu partir sans regrets, préférant qu'il se fît pendre ailleurs!

Paris est le centre de tous les mauvais sujets qui viennent y cacher leur dangereuse existence, et Gauthier n'avait pas hésité à se rendre dans la capitale.

Avec l'argent volé à Daniel, il entra, dans la nouvelle Babylone, en relation avec des femmes et des hommes du monde interlope. Il n'y manqua pas d'achever sa mauvaise éducation.

Il se lia avec un nommé Justin qui, plus âgé que lui, trouva dans cet adolescent toutes les aptitudes au vol et au meurtre. C'était le complice qu'il lui fallait pour l'affaire qu'il méditait, en 1874, contre la brocanteuse de la rue Blondel, la veuve Pélissier.

Gauthier, à dix-sept ans, avait tenu, pour le compte de Justin, le rasoir qui tranchait le cou de la brocanteuse, pendant que son complice lui volait sa fortune.

On sait, par ce qui précède, à l'aide d'un récidiviste, parent de la brocanteuse, avec le concours de sa sœur, comment Justin parvint à entrer en
relation avec cette entremetteuse.

Une fois admis chez elle, Justin y vint avec son ami Gauthier; ils
ne furent pas longtemps à connaître où Mme Pélissier mettait son
argent.

Le jour où ils surent où étaient relégués ses titres, l'assassinat de la
brocanteuse était résolu. Gauthier la tuait avec un rasoir appartenant à
Justin: celui-ci, en même temps, lui volait ses cent mille francs, pendant
que le parent de la victime faisait le guet dans la rue.

Depuis, Gauthier, l'homme de l'assassinat, ne fit que suivre le chemin
du crime, où l'avait lancé le perfide Justin.

Après la débâcle de Gauthier, à la suite du mois de prison qu'il avait
fait à Paris pour sa mauvaise plaisanterie jouée à Véfour, à ses créanciers,
ce scélérat était retourné dans son pays natal.

Il s'était ressouvenu de Daniel, son oncle. Le brave homme se serait
bien passé du retour et du souvenir du neveu prodigue.

Ah! s'il avait su ce que la justice ignorait, son dernier crime commis
contre l'enfant de la veuve Pélissier, Daniel n'eût pas écouté ses doléances;
il ne l'eût jamais revu.

Quoique Gauthier affectât un repentir très vif, Daniel était Normand, il
se méfiait.

Comme il venait très souvent le voir, son parent se décida à mettre en
sûreté, loin de chez lui, toute sa fortune.

Afin de capter sa confiance, Gauthier avait dépouillé l'ancien gandin
parisien pour redevenir le paysan normand; mais Daniel se mettait de
plus en plus en garde contre lui. Ses visites très fréquentes lui faisaient
peur.

Le brave homme avait raison; Gauthier n'avait que des intentions coupables.

Sa peur était très légitime; son neveu n'était revenu à lui que pour le
voler encore une fois.

Mais à Normand, Normand et demi; depuis le retour de son neveu à
lui, le fermier Daniel, en secret, ne faisait plus que des courses chez son
notaire.

De son côté, Gauthier observait de près et de loin son cher oncle.

Or, le 4 octobre 1877, Daniel quittait sa ferme pour aller, disait-il,
chercher des tourbes à Mésanqueville. Il allait en réalité chez son notaire
déposer ses fonds à Elbœuf-en-Bray.

Gauthier le vit passer sur la route avec sa voiture. Il avait calculé, en

Mourant de froid et de faim au fond d'un bois. (Page 576.)

se rendant à Mésanqueville, qu'il ne pourrait être de retour chez lui qu'avant le milieu du jour.

Dès lors, il avait conçu la pensée de le voler en son absence.

Il n'ignorait pas qu'il trouverait chez lui sa servante ; mais un crime de plus ne l'épouvantait pas, il entra dans la ferme avec l'intention bien arrêtée de la tuer.

Il arriva chez Daniel vers neuf heures.

Il y éprouva une déception, en entrant dans la ferme en même temps qu'un couvreur ; celui-ci venait pour faire des réparations au toit de la maison, et pour y prendre son repas.

Lorsque Gauthier fut dans la ferme, il trouva la servante en train de laver du linge ; elle aussi n'était pas seule. Elle était aidée par une femme de journée, sur la présence de laquelle Gauthier, non plus, n'avait pas compté.

Mais Gauthier était un esprit très ingénieux. Ces obstacles imprévus,

loin de lui faire abandonner ses desseins criminels, ne firent que l'exciter
à les accomplir.

D'abord, il partagea son repas, à la ferme, avec le couvreur.

Le bon apôtre, qui avait son dessein pour faire filer l'ouvrier, lui raconta
une histoire impossible. Il reparut à ses yeux tel qu'il était. Un mauvais
garnement capable de tous les forfaits contre quiconque le gênait dans ses
ténébreuses entreprises. A l'appui de son dire, Gauthier lui raconta un
meurtre imaginaire dont il avait été l'auteur vis-à-vis d'un gêneur.

Rien moins que rassuré par le ton peu cordial de sa conversation, le
couvreur se hâta de retourner à ses travaux, sans oser achever son
déjeuner.

Une fois seul avec la servante et la femme de journée, Gauthier ne
songea qu'à exécuter son horrible dessein.

Pour prévenir toute défiance, il se mit à plaisanter et embrassa la servante de Daniel.

Elle se regimba. Elle prévint l'impertinent que s'il recommençait, elle
le mettrait à la porte.

— Oh! oh! — riposta Gauthier, — vous n'êtes pas aussi farouche avec
l'oncle Daniel?

— Je ne vous répondrai pas, — riposta-t-elle, — et si vous continuez
sur ce ton, je vous ferai sortir.

— Pour que vous preniez avec moi cette autorité ajouta-t-il, il faut que
vous soyez bien sûre que mon oncle ne vous donnera pas tort. On sait ce
qu'on sait au pays!

La servante haussa les épaules, elle continua de battre son linge sans
lui répondre.

Alors Gauthier s'avança vers un endroit où, depuis la veille, il avait
remarqué un large et effilé couperet.

Le couperet était appendu à la muraille. Il le décrocha avec l'intention
de s'en faire une arme.

Les deux femmes le regardèrent faire avec des yeux exprimant l'épouvante.

Après s'être amusé de leur terreur, il le remit en place, en faisant, d'un
air de dédain, cette remarque :

— Il ne coupe pas beaucoup.

Alors il se remit à badiner avec la servante.

Lasse de ses familiarités, elle lui enjoignit de sortir.

Mais Gauthier avait son dessein. Il ne bougea pas. Les mains dans
ses poches, il se mit à siffler un air en vogue.

Après s'être reculé de la servante, qui reprit son travail, il attendit qu'elle fût bien actionnée. Pendant que sa compagne, occupée comme elle, ne le voyait pas, il décrocha le couperet qu'il avait replacé à la muraille.

Il profita de ce qu'elle était baissée sur le baquet où elle lavait maintenant sa vaisselle pour s'armer du coutelas; il fit un fit un bond vers la servante; d'un mouvement aussi prompt que l'éclair, son arme à la main, il lui en porta un coup violent sur la tête. Elle s'affaissa en s'écriant :

— Mon Dieu, je suis perdue !

A ce cri de détresse, la femme de journée, qui lui tournait le dos, se retourna.

Aussitôt Gauthier, toujours armé du couperet ensanglanté, lui en applique un coup si furieux derrière l'oreille qu'elle tombe sans proférer une parole.

Tout cela s'est passé en un clin d'œil; les deux femmes sont tombées sans pouvoir appeler du secours.

Le couvreur travaille toujours sur le toit; il a entendu le premier cri de l'agonisante. Encore l'esprit préoccupé du récit sanglant de Gauthier, il se décide, en tremblant, à descendre du toit pour voir ce qui se passe dans la cuisine.

Alors Gauthier achève ses victimes étendues à ses pieds. Toujours armé de son couperet, il s'acharne à leur porter de nouveaux coups.

Lorsque le couvreur entre dans la cuisine pour voir le spectacle affreux des deux femmes assassinées, Gauthier n'y est plus ! Et le couvreur reste atterré de terreur. Il doute encore de ce qu'il voit.

Une fois les deux femmes sans mouvement, Gauthier est entré dans la pièce contiguë à la cuisine; il a ouvert les armoires, mais il n'a pas trouvé l'argent qu'il convoitait.

Il monte à la chambre à coucher de son parent ; il n'y trouve qu'une montre en argent.

Gauthier redescend désappointé ; il se retrouve face à face, dans la cuisine, avec le couvreur, qui commence à peine à se remettre de l'horrible spectacle qu'il a devant les yeux.

A la vue de Gauthier, le couvreur, malgré sa pusillanimité, se jette sur l'assassin; il lui crie :

— Misérable, d'après ce que tu m'as dit tout à l'heure, c'est toi qui as tué ces deux femmes ?

— Tu es fou ! — lui riposte l'assassin ! — Mais si tu soutiens ton dire, j'en fais autant de toi que de ces deux femelles !

Gauthier s'enfuit et le couvreur n'ose le retenir.

Déjà la femme de journée ne respire plus. La servante, malgré les secours immédiats du couvreur, ne peut recouvrer le sentiment de l'existence. Elle va succomber, à la suite des effroyables blessures qui l'ont condamnée.

Dans l'intervalle, Daniel revient. Il reste aussi confondu de terreur devant l'affreux spectacle qui s'offre à ses yeux.

Il interroge le couvreur, aux pieds des agonisantes et qui leur donne tous ses soins.

L'ouvrier lui raconte ce qui s'est passé durant son absence.

Daniel s'écrie :

— Ah ! le misérable ! Je m'en doutais, c'est mon infâme neveu qui a fait ce coup double ? mais il ne m'a pas ravi mon argent avec la vie de ces deux pauvres femmes. Ah ! le coquin, je le connaissais bien ! Il faut purger la société d'un pareil monstre !

Sans retard, Daniel met à exécution ses paroles. Il court chez le maire, pour y faire avec son ouvrier sa déposition contre son neveu.

Quelques jours après, Gauthier ne tarda pas à être arrêté. Les gendarmes le traquèrent de toutes parts dans le département. Un jour, il était surpris, mourant de froid et de faim au fond d'un bois.

A cette époque, ce quadruple assassin n'avait plus aucune ressource. Il avait compté sur la fortune de son oncle pour recommencer ses exploits de bandit.

Alors, trop connu dans sa patrie, Gauthier, par son nouveau vol, espérait sortir de France et gagner l'étranger. Il voulait aller rejoindre Justin, son ancien complice, et travailler ensemble à leur fortune.

Encore une fois, il avait perdu la partie. Son audace n'avait pas couronné son espoir.

Lorsqu'il paraît aux assises, il nourrit une dernière espérance.

A Paris, pour exercer avec plus de succès ses nombreuses escroqueries, il s'est donné un âge qu'il n'avait pas. En province, aux assises, Gauthier compte que, grâce à sa minorité, il esquivera la peine capitale.

Les deux meurtres qu'il a commis chez Daniel et qui sont, par eux-mêmes, assez épouvantables, sont les seuls connus par la justice.

Aux yeux de la loi, il ne compte à son passé que des délits d'escroquerie ; on ne lui connaît pas le meurtre de la veuve Pélissier, ni celui de son enfant.

Par son art de se grimer, par son don d'ubiquité, personne aux assises ne pouvait reconnaître, dans cet homme de ferme, l'ancien Parisien d'autrefois, l'entraînant amphitryon du restaurant Véfour.

Gauthier n'est pas un homme ordinaire ; s'il n'avait pas été toujours emporté par sa fièvre de sang, s'il eût eu aussi bien les notions du bien,

Il la frappa au visage à coups redoublés. (Page 596.)

comme il était imbu des notions du mal, son intelligence en eût fait une
nature d'élite.

Nul mieux que lui ne savait s'approprier les airs, les coutumes, le langage des gens au milieu desquels il se trouvait. C'était un meurtrier doublé d'un comédien.

En province, Gauthier redevient l'enfant du terroir, le paysan des
environs d'Elbeuf.

Du reste, Gauthier est resté un jeune garçon de la campagne qui,
même à la ville, sous des habits élégants, avait encore des allures rustiques.

Gauthier est surtout un garçon retors ; il joue devant ses juges un
rôle d'homme repenti, après avoir laissé supposer que son oncle ne s'est
tant indigné du meurtre de sa servante que parce qu'il en était l'amant.
Ce coupable, qui joue le repentir, n'est qu'un monstre.

D'apparence robuste, large d'épaules, les lèvres pincées, les yeux
sournois, les traits réguliers, mais d'une expression dure et d'une insen-

sibilité absolue, Gauthier pouvait se donner à Paris bien plus que n'accusait son âge.

Mais, aux assises, il compte sur son âge véritable, sur son extrême jeunesse, pour esquiver la peine capitale. En effet, il n'est condamné qu'aux travaux forcés à perpétuité.

Là ne finit pas l'odyssée de Gauthier.

Embarqué pour Nouméa, afin d'expier éternellement la peine de ses forfaits, il n'y reste pas longtemps.

Il fait parvenir à Justin, son ancien complice, l'endroit de sa déportation.

Alors Justin est un riche armateur; il possède des correspondants dans tout le nouveau monde.

De longue date, il a su apprécier les aptitudes de Gauthier; il lui a gardé une vive reconnaissance de la part qu'il a prise dans le meurtre de la revendeuse de la rue Blondel, meurtre qui a été la source de sa fortune.

Sur l'avis de Gauthier, il fait appareiller un bâtiment qui se dirige sur Nouméa. Son équipage n'a qu'un but : travailler par tous les moyens possibles à l'évasion de Gauthier.

Un jour que le forçat travaille sur la rade, il est enlevé par des matelots du bâtiment de Justin. Ceux qui le gardaient ont été grassement payés pour fermer les yeux sur cette évasion.

Lorsque le canon d'alarme signale au large cette évasion, le bâtiment a levé l'ancre; il est hors de vue de la rade.

Le bâtiment se dirige vers l'Australie centrale, où les lois d'extradition ne sont pas en vigueur.

Gauthier est libre et libre de retourner auprès de Justin. Son navire fait voile vers une terre du nouveau monde, la terre promise de tous les aventuriers.

C'est dans ce pays que Justin est parvenu à devenir millionnaire, grâce à son commerce de coraux et aux fonds qu'il a placés sur des mines de l'Équateur.

Une fois Gauthier réuni à Justin, celui-ci en fait son associé pour l'exploitation de sa mine; et un jour, les deux complices du meurtre de la brocanteuse de la rue Blondel se donnent le malin plaisir de se moquer de la police française.

Gauthier et Justin envoient au procureur général une lettre collective dans laquelle ils lui font part des moindres détails du crime de la rue Blondel.

Justin avoue ce que la police ignorait encore : « Que c'est à onze heures du matin que les deux assassins ont commis leur meurtre. Gauthier tenait le rasoir appartenant à Justin ; Gauthier lui a tranché la tête, pendant que Justin lui volait sa fortune dans sa caisse. »

Justin ajoutait :

« Ma sœur a dit vrai, lorsqu'elle a dit à la Préfecture que la vengeance était le premier mobile de mon crime. »

Gauthier complétait cet aveu, en continuant :

« Moi, je n'ai aidé Justin que par cupidité dans l'accomplissement de ce meurtre. »

Il terminait en remerciant la justice qui, pour deux autres meurtres, ne l'avait condamné qu'aux travaux forcés, dont il s'était évadé pour recommencer sa fortune avec son ami Justin.

Tous les deux terminaient en mettant leurs noms et leur adresse au bas de cette épître. Elle était datée d'un pays où les lois françaises ne pouvaient les atteindre.

Mais Gauthier ne devait pas jouir longtemps du malin plaisir d'avoir joué la police et la justice de son pays.

Il allait à la fin être puni par un de ses complices de tous les meurtres qu'il avait commis.

Pendant que Gauthier se rendait coupable de ses deux meurtres à Elbeuf, pendant qu'il avait été condamné et envoyé à Nouméa, le récidiviste, parent de la brocanteuse, qui avait fait chanter Gauthier à Paris, était aussi retourné chez Justin.

Sa fortune n'étant plus liée à celle de Gauthier, le récidiviste était revenu à son ancien complice devenu millionnaire.

Justin qui avait besoin d'un homme sûr pour être à la tête de ses mines de l'Équateur l'avait placé directeur de son administration.

Mais le récidiviste, fidèle à son mépris de tous les devoirs, même avec des forbans comme lui, ne se gêna pas, une fois en possession de sa gestion, de voler Justin.

Celui-ci se laissa faire tant qu'il n'eut pas Gauthier avec lui. Il savait bien qu'il était la dupe de son ancien copain ; mais il savait aussi qu'en s'en plaignant trop haut il ne se priverait pas de lui reprocher son passé.

Cela pouvait lui nuire, auprès de ses commettants. Alors l'idée vint à Justin de placer Gauthier, conjointement avec le récidiviste, à la tête de ses mines.

Justin était un habile homme. Il savait que la haine que nourrissait Gauthier contre son ancien *chanteur* le servirait au mieux de ses intérêts.

Ce fut ce qui arriva.

Gauthier ne lui pardonnait pas le tour qu'il avait voulu lui jouer à Paris, et auquel il avait répondu en sacrifiant l'enfant de la revendeuse.

Alors Gauthier, dans l'intérêt de sa vengeance bien plus encore que dans l'intérêt de Justin, se mit à éplucher les comptes du récidiviste.

Une fois que Gauthier eut la preuve de ses nombreux détournements, il vint sur le chantier accabler d'injures son associé.

Il s'ensuivit, aussitôt, un duel au couteau.

Il eut lieu sur les champs du travail, tout à côté d'une excavation faite récemment par les ouvriers mineurs.

Le récidiviste était placé derrière le trou béant de la mine, Gauthier poursuivait son adversaire jusqu'à l'orifice du puits; mais avant de l'y faire tomber, le récidiviste lui plongeait son couteau dans le cœur.

Gauthier s'affaissa, il était mort.

Le récidiviste ne put jouir de sa victoire; en même temps le pied lui manqua sur le bord de l'abîme. Son corps roula dans un trou de quarante mètres de profondeur.

On releva le corps du récidiviste qui avait le crâne fracassé; quant à Gauthier, l'administration ne reçut que son cadavre.

Pour une fois que Gauthier faisait un acte d'honnêteté, au profit de son patron, il en était puni pour toujours.

Justin n'eut pour Gauthier que cette oraison funèbre :

— Il m'a débarrassé de mon complice en me débarrassant !

Voici comment termine l'exécuteur R***, en racontant la fin tragique de Gauthier :

— Après tout, cet assassin méritait bien sa mauvaise chance !

CX

YDEN LE FLAMAND

L'année de 1875 à 1876 ne présente plus le même caractère d'assassinats. On croirait que les souvenirs de la Commune vont s'effacer ! que les meurtriers de cette époque n'obéissent qu'à des passions intimes et à des intérêts privés.

C'était un misérable estropié ! (Page 599.)

Mais ainsi qu'on l'a vu, par l'année 1877, ce n'était qu'un temps d'arrêt, marqué dans la progression des crimes. Depuis, nos héros de cour d'assises se sont accrus d'une façon plus effroyable dans notre société mal équilibrée.

Les crimes de Billoir, de Moyaux, de la veuve Gras, sont dus au relâchement des mœurs contre lequel la rigueur des lois est impuissante à donner un frein durable !

De 1875 à 1876, l'année est moins terrible. On y voit un Isnard, employé de la Compagnie d'assurances la *Nationale*, qui tue Onrroy, son directeur, parce qu'il l'a renvoyé à la suite de déprédations qu'il faisait payer à son personnel ; on y voit la femme Boyon, condamnée à Cahors pour infanticide et exécutée sur la place de Boug ; puis c'est Riaux, à Rennes ; de Caux, à Toulouse ; Yden, aux environs de Lille. Tous sont guidés par la passion et la cupidité, tous obéissent à des considérations personnelles qui ne mettent plus en cause la société.

Mais ces criminels n'ont indiqué, aux assises, qu'un moment de sus-

pension ; ils ont précédé des héros plus sinistres, engendrés par nos idées
subversives. Les crimes de Billoir, de Vitalis, de la veuve Gras en font
foi. Ils indiquent une menaçante extension provoquée par le désordre de
nos idées, par nos appétits sans frein qu'excitent des ambitions sans
limites.

Avant de parler des quatre assassins qui, à l'exception d'Isnard, sont
morts sur l'échafaud, il faut signaler Yden, le Flamand. Il fut décapité
à Douai.

Comme de Caux et Riaux, il fallut que le Flamand fût triplement coupable pour devenir la proie du bourreau.

On va en juger par les faits de sa criminelle existence.

Dans la nuit du 2 avril 1876, de onze heures à minuit, un violent incendie se déclare dans la ferme de la veuve Oudoire.

Cette ferme était située en plein champ, dans l'immense campagne
qui se développe de Lille à Douai.

Par l'intensité des flammes dont le foyer était dans la grange, l'incendie menaçait les bâtiments adjacents. Il a embrasé la récolte qui repré-
sentait une valeur de 11,000 francs. Il va dévorer les habitations privées.

Est-ce le hasard, est-ce une main criminelle qui a dirigé cet incendie ?

Il est permis de s'adresser ces questions devant les désastres qu'il
cause.

La récolte, en quelques heures, a été la proie des flammes ; leurs reflets s'étendent de la terre au ciel ; ils n'en font plus qu'un miroir de feu
à tous les horizons.

Les flammes tourbillonnent autour de la maison principale ; leurs
langues s'allongent vers les croisées des chambres à coucher de la mère
et de la fille Oudoire ; elles sont cernées par cet effroyable incendie.

Au moment où les deux femmes terrifiées et éplorées vont se précipiter
de la fenêtre dans la cour, une échelle est posée sur le mur. Un homme y
monte, après être brusquement sorti de la foule en train de constater les
ravages de ce désastre.

Cet homme, c'est Yden, autrefois domestique de cette ferme, aujour-
d'hui propriétaire.

C'est Yden, que les victimes auraient eu peut-être plus de raison de
considérer comme l'auteur de leur malheur, que de le voir apparaître
comme leur sauveur !

Cet homme dont le pays se défiait, pouvait-il être capable de dévouement, lui qui n'avait reçu que de désobligeantes paroles de la part des
fermières ?

Dernièrement encore, Yden, ancien domestique de la ferme incendiée, propriétaire à la suite de son veuvage, avait demandé en mariage la fille de Mme Oudoire.

Il avait été éconduit d'une façon humiliante ; c'était, peut-être, pour se venger de ce refus, qu'il avait mis le feu à la ferme.

Maintenant, après avoir travaillé avec furie à la ruine de ces deux femmes, peut-être travaillait-il avec une égale ardeur au salut de leur vie !

La passion pouvait expliquer cette contradiction.

Voilà ce que se disaient bien des témoins de ce sinistre ; ils ne pouvaient s'expliquer autrement l'attitude du sauveur des fermières.

La veille encore, Yden, en raison de sa nouvelle fortune, avait donc demandé en mariage la fille de son ancienne maîtresse.

Il avait éprouvé un refus méprisant. Mme Oudoire lui avait répondu :

— Vous n'êtes pas encore assez riche pour faire oublier ce que vous étiez ici, avant votre mariage.

Yden, sous des allures pacifiques, avait un esprit réfléchi ; il possédait une âme vindicative, dévorée par la passion et la cupidité.

Il s'était dit :

— Eh bien ! je me rendrai digne de vous, en vous mettant à mon niveau, en vous appauvrissant.

Il s'était tenu parole.

Avant d'accomplir son infernal projet, Yden qui possédait, avec l'envie de devenir riche, une grande passion pour la fille Oudoire, s'était encore une fois présenté chez les fermières.

Il avait renouvelé sa demande à la mère, en lui disant :

— Est-ce votre dernier mot ?

— Oui, lui avait-elle répondu.

— Vous le regretterez ! avait-il riposté en se sauvant parce qu'il ne tenait pas à laisser voir le fond de sa pensée.

Le soir même, à l'heure où la campagne est déserte, le Flamand se glisse à pas de loup le long des pâtures ; il arrive, sans être vu, à la grange de la ferme. En sa qualité d'ancien journalier, il connaît les êtres de la propriété.

Ne pouvant pas la posséder avec la fille de la propriétaire, il est décidé à l'anéantir.

Il met le feu aux fourrages contenus dans la grange, et il a le soin de le porter aux quatre coins de l'intérieur.

Quand le feu a commencé à prendre, Yden se sauve comme il est venu. De retour chez lui, il attend, à sa fenêtre, l'œil fixé sur la ferme, le moment où il apercevra les flammes ; puis il se joint aux autres habitants du village pour porter secours.

La façon héroïque avec laquelle il s'est conduit en sauvant la vie de la mère et de la fille, après avoir voulu les perdre dans leurs biens, fait détourner les soupçons.

Plus tard, lorsque le tenace Yden revient à la charge, lorsqu'il redemande pour la troisième fois la main de la fille de la fermière, les deux femmes ne peuvent s'empêcher de se rappeler le mot qui l'a trahi, la veille de l'incendie :

— Vous le regretterez !

La mère se demande si le perfide Yden n'espérait pas, en voulant les réduire à la misère, arriver enfin à son projet de mariage.

En réfléchissant ainsi, la mère pensait juste.

Du reste, le caractère d'Yden était bien connu dans le pays. C'était une nature dévorée d'orgueil ; son flegme cachait des ardeurs indomptables. Ce n'était ni un furieux, ni un monomane ; il n'en était que plus dangereux.

Lorsqu'il avait subi une offense, il ne pardonnait jamais à qui la lui avait faite. C'était un esprit prudent, calculateur. Il se préoccupait du profit immédiat de ses calculs et il s'assurait de toutes leurs chances d'impunité.

Devenir riche, par l'intrigue, sans le secours du travail, telle avait été la préoccupation de toute sa vie.

Les antécédents d'Yden avaient donné raison à ces odieux projets. A l'époque où on le retrouve, incendiaire, il avait été le meurtrier de sa première femme ; il l'avait sacrifiée dès qu'il s'était bercé de l'espoir d'en épouser une seconde plus fortunée.

Cette fois, il s'était trompé. On a vu comment il fut accueilli par les fermières, lorsque veuf, depuis un an, riche par la mort de sa première femme, Yden avait demandé la main de Pauline Oudoire.

Cette jeune fille demeurait avec sa mère, elle exploitait avec elle la ferme importante d'où Yden était sorti domestique ; elle avait été très mortifiée de la demande en mariage de son ancien serviteur.

L'orgueil est partout, à la ville comme au village. On a vu comment la mère avait répondu aux prétentions de son ex-journalier ; on a vu de quelle façon celui-ci avait répondu à l'affront de son ex-maîtresse.

Yden était aussi tenace qu'ambitieux ; et il aimait ou croyait aimer celle que son ambition lui faisait désirer.

Donc, il ne se tint pas encore pour battu après avoir incendié le domaine de ces orgueilleuses.

Lorsque, pour la troisième fois, Yden osa se présenter pour offrir sa

Yden attend derrière un buisson (Page 586.)

main à Pauline, ce ne fut plus sa mère qui le reçut, ce fut sa fille en compagnie de son prétendu.

Celui-ci avait vingt-cinq ans à peine ; à cette époque Louis Yden frisait la quarantaine.

La jeune fille n'ignorait pas plus que sa mère ses fâcheux antécédents ;
elle soupçonnait, malgré son dévouement, la main qui avait allumé l'incendie de leur ferme.

Elle dit à Yden, en le congédiant à son tour :

— Il est fort inutile de vous présenter ici. Quoique vous ayez égalisé
les chances, en nous appauvrissant, vous n'avez pu me mettre à votre
niveau. Vous n'avez pu retarder pour vous les années, comme vous nous
avez retiré la fortune ; et voici votre remplaçant.

Elle lui désigna son fiancé et elle termina :

— Maintenant vous pouvez être aussi riche que nous; vous n'êtes pas
aussi jeune que celui que je vous préfère. Retirez-vous, sinon, nous ou-
blierons le salut que nous vous devons pour ne nous souvenir que du mal
que vous nous avez fait !

Ces paroles étaient plus qu'imprudentes : 'elles étaient dangereuses vis-à-vis d'un homme aussi vindicatif que le Flamand.

Yden, après avoir appauvri les deux fermières, avait espéré les mettre à sa merci ; il se voyait à jamais déçu par le franc aveu de Pauline Oudoire.

A la vue de son prétendu, Yden vit rouge. Un voile de sang passa sur ses yeux. Par prudence, il ne répondit pas aux sarcasmes de celle qui possédait ses secrets.

Il s'enfuit, en lançant à la dérobée de farouches regards aux amants.

Ah! s'ils avaient pu lire au fond de sa pensée, ils eussent été effrayés des projets de meurtre qui roulaient dans son cerveau.

En quittant Pauline, Yden murmura :

— Ah! puisqu'elle ne veut pas être à moi, elle ne sera pas à un autre. Je ne lui ai sauvé la vie que pour la lui reprendre... Elle verra! elle verra!

Yden était homme à accomplir son terrible projet ; il en avait accompli d'aussi sinistres.

Cette scène se passait à la fin de juillet 1876 ; immédiatement, il se rend à Lille, il veut acheter un fusil ; il veut en finir avec Pauline, il est bien résolu à la tuer.

Mais l'arme qu'il cherche, qu'il marchande à un arquebusier de Lille, ne le satisfait pas. Il revient au village, sans avoir fait son acquisition.

Cependant il est bien décidé à tuer Pauline, à la disputer, par la mort, à son rival.

Il se résigne à emprunter à l'un de ses voisins un fusil à deux coups sous prétexte de tuer un lièvre.

Le voisin consent à lui céder son arme, Yden la charge devant lui ; puis il se dirige vers la ferme des Oudoire placée à quatre cents mètres de son habitation.

Le matin du 6 août 1876, Yden, l'arme en joue, attend, caché derrière un buisson, la sortie de Pauline.

Il ne tarde pas à la voir ; elle vient de son côté, elle est au bras de son prétendu. Elle rit avec lui, elle paraît souriante ; elle ignore qu'elle est tenue, en ce moment, au bout du fusil de son meurtrier.

Fou de douleur et de rage, Yden la vise ; il lui tire deux coups de fusil qui lui font deux larges blessures au côté gauche.

Pauline tombe, elle pousse un cri déchirant. Yden s'apprête à fuir, les paysans l'ont aperçu. Ils l'arrêtent avant qu'il ait le temps de jeter son arme meurtrière et de courir à travers champs.

Yden est pris, emmené par les gendarmes ; ils le conduisent chez le maire.

Cette fois le prétendu de Pauline et la famille Oudoire n'hésitent plus à faire connaître le Flamand : un incendiaire doublé d'assassin.

Il est conduit à la prison de la ville. L'instruction commence sur le meurtrier. Pendant que sa victime, qui jouit d'une forte constitution, se rétablit de ses blessures, le Flamand se voit traqué par la justice.

Il n'a pas donné la mort à celle qu'il voulait posséder; à son tour, la mort l'attend.

Pourtant Pauline a failli payer de sa vie les défis qu'elle a jetés au dangereux Yden. Les blessures qu'il lui a faites eussent été mortelles s'il l'eût frappée un peu plus bas, à la région du cœur, où Yden la visait.

Mais aveuglé par la rage, le Flamand a manqué son but. Pauline vivra et lui recevra le châtiment de ses crimes.

Pour posséder Pauline, le Flamand n'a pas été que l'incendiaire de sa ferme, avant d'essayer de la tuer. Non, l'année précédente, il avait encore tué sa première épouse.

Durant l'instruction, il avait fait au magistrat chargé de l'interroger l'aveu de son meurtre sur la personne de sa femme.

Comment avait-il été amené à faire cet aveu?

Yden qui, dans le cours de sa vie criminelle, avait toujours été fidèle aux pratiques religieuses, avait confessé son premier crime à l'aumônier de la prison.

Interrogé par le magistrat instructeur, croyant, par certaines allusions, que le secret de la confession avait été dévoilé à ce magistrat, Yden n'hésita plus à révéler de quelle atroce façon il était parvenu à se débarrasser de sa femme.

En 1863, encore domestique à la ferme des dames Oudoire, Yden épousait une dame Catherine Catfoen, plus âgée que lui de douze années.

Elle possédait une petite fortune qui avait permis à Yden de se libérer de la domesticité; il était devenu propriétaire de la maison de sa femme, située dans le voisinage avoisinant la ferme des Oudoire, où il avait été journalier.

Le ménage d'Yden alla assez bien pendant dix ans, jusqu'au jour où Catherine, sollicitée par Yden, obtint de son épouse une donation de ses biens.

Lorsqu'il eut, par-devant notaire, cette donation, Yden, qui voyait grandir sous ses yeux la fille de son ancienne maîtresse, éprouva pour elle une forte inclination.

Dans son violent désir de la posséder, il y avait autant de passion que de cupidité.

Mais un obstacle se dressait entre la jeune fille et lui.

Yden était marié. Il n'avait pas de fortune personnelle. Ce fut alors qu'il sollicita de son épouse cette donation qu'il obtint en 1873.

Dès cette époque, Yden avait résolu la mort de sa femme.

Il fallait trouver un genre de mort ne laissant pas de trace. Il le chercha par l'asphyxie.

Avant de tenter le crime qu'il méditait contre sa femme, il fit l'expérience sur lui-même du mode de trépas qu'il lui réservait.

Il voulait l'étouffer, la nuit, entre deux draps, non par la strangulation, mais en interceptant par les narines, par la bouche, l'air nécessaire à la vie et en appliquant fortement un linge mouillé sur les organes respiratoires.

Un jour il se mit sur la bouche, sur les narines, un mouchoir mouillé. Il le noua derrière la tête.

Lorsqu'il sentit l'asphyxie le gagner, il attendit le moment où il pouvait encore se retirer le mouchoir lui-même.

Fort de son expérience, Yden pouvait désormais faire l'application de ce genre de supplice sur la personne de sa femme.

Une nuit qu'il la croit endormie, il lui place les bras hors des couvertures, il lui applique le mouchoir mouillé sur la face.

Mais Catherine se réveille brusquement, elle rejette loin d'elle le linge; elle lui dit moitié fâchée, moitié railleuse :

— Que fais-tu? Est-ce que tu veux m'étouffer?

Yden laisse supposer à Catherine qu'il voulait lui faire une simple plaisanterie.

Pour qu'il ne la renouvelle plus, Catherine intime à son époux l'ordre de faire lit à part avec elle.

L'épreuve est à recommencer.

Elle recommence, avec plus de succès, le 8 novembre 1875.

Cette nuit-là, le Flamand, guidé par la clarté de la lune, quitte sa chambre à coucher. Il gagne, muni de son linge préparé, la chambre de sa femme.

Il la trouve endormie, les bras hors du lit.

Il juge qu'elle n'est que trop bien disposée à subir les tortures qu'il lui réserve.

Comme un chacal, Yden bondit sur sa couche; il lui applique le mouchoir mouillé sur la bouche et lui comprime les narines.

Encore une fois Catherine se réveille. Elle se débarrasse avec effort du mouchoir mouillé. Elle reconnaît son mari. Elle lui crie avec épouvante :

— Est-ce vous, Louis? Grâce!... Jésus!... Marie!...

Un homme évanoui baigné dans son sang. (Page 590).

Mais le Flamand ne veut plus lâcher sa victime. Il tient à ne pas la manquer. Il reprend le mouchoir, remonte sur le lit ; les membres collés contre les siens, Yden lui serre fiévreusement le mouchoir qu'il lui colle sur la bouche et sur le nez.

Il reste ainsi un quart d'heure. Des gouttes de sueur perlent sur son front menaçant. Il retient sa femme asphyxiée comme le vautour retient une proie dans ses serres. Il la garde tant qu'elle s'agite dans les dernières convulsions de l'agonie.

Il ne la lâche, ce monstre, que lorsqu'elle ne remue plus !

Dès qu'elle n'est qu'un cadavre, Yden, pour bien s'assurer de son insensibilité, lui passe une bougie allumée devant la bouche. Elle ne vacille pas ; sa femme est bien morte !

Alors Yden la jette hors du lit. Il la traîne au milieu de la chambre, il l'asseoit sur une chaise.

Aussitôt commence une comédie que le meurtrier avait préparée à l'avance. Il jette des cris à réveiller les voisins.

On accourt à ses lamentations. Yden dit à tous les témoins que son épouse a été prise subitement de syncope, qu'il n'a eu que le temps de la porter sur une chaise pour la voir expirer dans ses bras.

Un vétérinaire de l'endroit, médecin par occasion, constate que sa femme est morte d'une hypertrophie du cœur; Yden, très bon catholique, fait appeler le curé qui, par précaution, lui donne l'extrême-onction.

Le lendemain, Yden s'empresse de se rendre chez le notaire ; il en sort, très satisfait de la donation que lui a faite la défunte.

On l'enterre. Personne ne soupçonne le crime d'Yden jusqu'au jour où il en fait lui-même la révélation auprès du juge instructeur.

Huit jours après la mort de sa femme, Yden revoyait les fermières Oudoire ; c'est par leurs dédains qu'il commet une série de crimes inspirés par la cupidité.

La jalousie, la passion le mènent tout droit à l'échafaud.

En cour d'assises, Yden, le Flamand, qui comprend à peine le français, répond à ses juges, dans le langage de sa région. Il paraît assez calme. On dirait d'un joueur résigné à payer les dettes d'une partie fortement engagée. Il professe à l'endroit de ses forfaits la sincérité d'une forte indifférence.

Il a réservé sa sensibilité, son repentir pour son aumônier. Celui-ci ne le quitte pas de son cachot jusqu'à la guillotine.

Le théâtre de son exécution a lieu à Douai sur la place d'Hazebrouck. Il monte à l'échafaud avec un calme stoïque, après avoir donné toutes ses larmes à son confesseur, tous ses regrets à la jeune fille qu'il avait voulu tuer.

Il meurt devant une foule nombreuse, en demandant à Dieu pardon de ses crimes, en pleurant la femme qui les lui a fait commettre!

CXI

JULIEN DUCOS

Un jour du mois de septembre, près du canal d'arrosage de Saint-Martory, aux environs de Toulouse, on découvrait dans les vignes un homme évanoui, baigné dans son sang.

Cet individu paraissait âgé de trente à trente-cinq ans. Il avait une forte blessure à la jambe. Il était petit, maigre et nerveux. Le visage cadavérique du blessé gardait, sur ses traits osseux, une expresion très énergique.

Il fallait pour qu'il fût tombé là, par le sang de sa blessure inondant le sol, que ses forces eussent trahi sa volonté.

Il était six heures du matin.

Les ouvriers qui se rendaient dans cet enclos de vignes, pour y commencer leur journée, ne s'étaient pas attendus à y cueillir un...
... moribond.

Grande fut leur surprise, plus grand leur effroi, en y découvrant le blessé.

Immédiatement, les vendangeurs s'empressèrent de soulever son corps inerte, d'appuyer sa tête sur un échalas et de le poser sur un talus.

Ils appelèrent tous les travailleurs qui se rendaient à leur besogne.

Après les premiers soins, le moribond commença à ouvrir les yeux; quelques-uns reconnurent le personnage.

L'un d'eux s'écria :

— Mais c'est Julien Ducos? Le mari à la Guillaumette?

Un autre reprit :

— Bien sûr, il aura eu encore une discussion avec sa femme; et c'est elle qui l'aura mis dans cet état !

Pendant que s'échangeait ce colloque dans la foule amassée, une nouvelle scène vint changer ses impressions de sympathie inspirées par la vue du moribond.

Deux hommes, courant en sens contraire, arrivèrent pour se mêler aux spectateurs intrigués.

L'un était un tout jeune homme, presque un enfant, l'autre un individu dans la maturité.

Tous les deux étaient animés d'une profonde agitation où l'indignation égalait la terreur.

L'enfant, désignant le blessé, s'écria d'un accent déchirant :

— Ah ! le misérable, il a tué ma mère !

L'autre reprenait :

— L'infâme, il a tué sa femme et ma fiancée !

Ils bondirent aux pieds du blessé.

Le moribond, devant ces deux hommes, referma les yeux; il détourna la tête, s'affaissa de nouveau, en proie à un second évanouissement.

Tous les spectateurs se reculèrent dans une indicible stupéfaction ; ils firent cercle autour de ces individus qui, oubliant l'état du blessé, n'obéissaient qu'à leur colère.

Ces derniers ne songeaient qu'à devenir les vengeurs du bourreau de
ceux qu'ils aimaient si profondément.

Les travailleurs, au comble de l'émotion, se reculèrent devant les
arrivants et les gendarmes, requis par le maire du village où le blessé
avait été un triple assassin, accoururent sur les lieux.

Aussitôt, un brancard y était apporté, on y hissait Ducos évanoui. On
le transportait au village voisin, à Villeneuve-les-Cugnaux où l'accusé,
avant de se faire justice, avait exécuté chez lui trois victimes : sa femme,
sa belle-sœur, l'épouse de son propriétaire.

Des deux hommes qui venaient de démasquer l'assassin, l'un était le
fils de Mme Lacroix, la propriétaire de Ducos, l'autre était le futur
gendre et le futur beau-frère de la femme et de sa sœur, également
assassinées par ce meurtrier.

Les deux hommes étaient accourus dans les vignes pour le dénoncer
à la foule après avoir averti l'autorité !

Lorsqu'on arriva à Villeneuve-les-Cugnaux, un épouvantable spectacle s'offrit à tous les yeux.

Au rez-de-chaussée de la maison Lacroix habitée par la famille Ducos,
on glissait dans le sang. Dans le lit des époux, la femme de Ducos, la
Guillaumette Maurat, avait cinq blessures à la tête. Son crâne était fracassé,
ses yeux étaient crevés.

Quand on monta au premier étage, on trouva la propriétaire, la dame
Lacroix, qui avait deux blessures, l'une au front, l'autre à la poitrine.

Etendue aussi dans son lit, en proie à des souffrances atroces, elle
râlait encore.

A côté d'elle, gisait le cadavre de la sœur de la femme Ducos, Marie
Maurat. Elle avait six blessures à la tête et était complètement défigurée.

Du premier au rez-de-chaussée, ce n'était qu'une traînée de sang ; les
murailles et l'escalier en étaient couverts.

L'assassin Julien Ducos fut porté dans la chambre à coucher du rez-de-
chaussée ; on le sortit du brancard pour le coucher à la tête du lit de la
femme qu'il venait d'immoler.

La maison du village de Villeneuve-les-Cugnaux n'était plus qu'une
maison de cadavres, c'était repoussant et horrible à voir.

L'une des premières personnes qui avaient découvert le sanglant spectacle, ce fut le mari d'une de ces victimes : M. Lacroix qui, dans une
autre maison, vaquait d'abord aux soins des vendanges avec son fils.

L'enfant, avec son père, ayant voulu aller réveiller sa mère ; ce fut lui
qui, d'abord, la trouva assassinée.

Le récidiviste lui plongeant son couteau... (Page 586.)

Quand le père, après son enfant, eut devant les yeux cet horrible tableau, il tomba foudroyé par la douleur.

L'enfant courut comme un insensé à la recherche de l'assassin de
sa mère. Il ne douta plus, par l'absence de Ducos, en raison du vif ressen-
timent qu'il nourrissait contre sa mère, contre toute sa famille, qu'il n'eût
été leur meurtrier.

Presque en même temps, le fiancé de Marie Maurat, accourait à la
maison Lacroix, et lui aussi se trouvait en face de l'épouvantable
tableau !

Il connaissait les divisions qui existaient, à cause de lui, dans cette
famille, il n'hésita pas à soupçonner aussi Ducos, l'auteur de ce triple
assassinat.

A l'exemple du fils Lacroix il abandonna ce théâtre sanglant, pour
courir après le meurtrier.

On a vu comment le fiancé de Marie et le fils Lacroix retrouvèrent
Ducos, au fond des vignes, sur le point de succomber, après avoir fui la

maison où il venait d'immoler trois victimes à ses idées de vengeance et de meurtre !

Qui les lui avait inspirées ? Et pourquoi n'était-il guère plus valide que celles qu'il venait de sacrifier ?

C'était un mystère que la situation de Ducos, vis-à-vis de sa femme, de sa belle-sœur et de Mme Lacroix, pouvait seule expliquer, sinon excuser.

Ducos, ancien domestique, sans fortune, s'était marié avec Guillaumette Maurat. Elle lui avait apporté un certain avoir. Alors il avait abandonné le service pour faire valoir le bien de sa femme avec celui de sa sœur Marie Maurat.

Vivant, tous les trois ensemble, Ducos s'accommoda de ce régime jusqu'au jour où sa belle-sœur voulut imiter son beau-frère, et reporter à son futur sa part de bien que Ducos exploitait avec celle de sa femme.

Ce projet de mariage, qui le dépossédait, ne parut pas du goût de Ducos.

Il considéra cette union d'un très mauvais œil. Sa cupidité en souffrit autant que sa jalousie.

Le prétendu de Marie était un domestique servant dans la même maison où Ducos naguère avait été employé, avant d'épouser Guillaumette. On prétendait qu'il était sorti de chez ses anciens maîtres, parce qu'il n'avait pas voulu continuer d'être en contact avec ce collègue qu'il détestait profondément.

Pourquoi cette haine ?

Les mauvaises langues du village expliquaient chez Ducos son antipathie contre le fiancé de Marie ; elles disaient que Ducos aimait les deux sœurs. Elles soutenaient qu'après son mariage, Guillaumette n'avait pas tardé à s'apercevoir de la préférence que Ducos semblait accorder à Marie, sa rivale.

On disait encore que c'était pour écarter un pareil danger que Guillaumette avait encouragé le fiancé de sa sœur à l'épouser le plus tôt possible.

En tous les cas, l'épouse de Ducos désirait aussi ardemment le mariage que son mari paraissait le redouter.

Et ce que Guillaumette exigeait, par-dessus tout, c'était la séparation de sa sœur du foyer conjugal.

De ces divergences d'opinions entre les époux, naquirent de violentes querelles, toujours provoquées par Ducos où la jalousie prenait autant de place que la cupidité.

Ces querelles s'envenimèrent à tel point, à mesure que le projet de mariage de Marie prenait plus de consistance, que celle-ci ne put attendre le jour de son union pour abandonner Ducos.

Un jour elle quitte le rez-de-chaussée où elle loge avec sa sœur et son beau-frère ; elle va demander l'hospitalité, au premier étage, à la femme de son propriétaire, Mme Lacroix.

Les Lacroix qui connaissaient par Guillaumette, l'odieux mobile de Ducos, s'empressèrent de donner l'hospitalité à la vertueuse Marie.

Ducos conçut contre ses protecteurs une haine qui égalait celle qu'il nourrissait contre sa femme, depuis qu'elle travaillait à se séparer de sa sœur.

Quelques jours avant le terrible événement qui amena l'extermination de Guillaumette, de Marie et de Mme Lacroix, Ducos avait tenté d'empoisonner sa femme et le fiancé de Marie.

Ducos, nature jalouse et passionnée, ne pouvait se faire à l'absence de sa belle-sœur. Il se disait que si sa femme mourait, Marie serait bien forcée d'être à lui, et que si son fiancé avait le même sort, il n'aurait plus à lui donner une part du bien de la communauté.

D'abord il avait médité un empoisonnement. Deux fois, il s'était rendu au bourg voisin, pour demander à un pharmacien du poison destiné, disait-il, à tuer son chien.

On le lui avait refusé.

Alors Ducos possédé par son idée fixe met dans leur boisson du phosphore mélangé au soufre et au vitriol ; il en fait une eau saturée qu'il verse dans le vin destiné à sa femme et au fiancé de Marie.

Ce matin-là, Guillaumette attendait le fiancé de sa sœur. Ils devaient arrêter définitivement le mariage de Marie, tout en déjeunant en famille.

Ducos, pour ne pas participer à ce mortel repas, avait prétexté une légère indisposition.

Ce prétexte pouvait s'expliquer par les incessantes querelles que ce projet de mariage suscitait entre les époux.

Mais Marie, sur le qui-vive, depuis qu'elle logeait à l'étage supérieur, ne cessait d'épier, par un judas, les moindres faits et gestes du perfide Ducos. Elle l'avait surpris, le matin même, en train de composer son terrible breuvage.

Au moment où Guillaumette et le jeune homme allaient trinquer, devant Ducos, au bonheur de la future, celle-ci bondissait comme une lionne au milieu de la chambre d'en bas.

Elle regardait de ses yeux étincelants Ducos qui souriait d'un air satanesque, à la vue du jeune homme et de Guillaumette qui choquaient leur verre de poison !

Marie avait tout vu du judas où elle était placée.

Et renversant les verres sur la table, ne cessant de darder de ses prunelles l'empoisonneur, elle dit à sa sœur et à son fiancé :

— Ne buvez pas !... c'est la mort !

Marie ne cesse de fixer ses regards sur Ducos, colère et confus ; d'abord il ne bronche pas, se contentant d'envisager Marie d'un air de menace.

Puis il quitte lentement la chambre, laissant Marie, frémissante d'indignation, son fiancé et sa sœur stupéfaits de terreur.

Une fois entre eux, Marie leur dit ce qu'elle avait vu du judas où elle guettait Ducos. Elle prie, elle supplie son fiancé de goûter, mais seulement du bout des lèvres, au breuvage empoisonné. Il peut se convaincre, par son goût étrange, du crime que méditait le perfide et cruel Ducos.

Ce crime pour être différé ne devait être que plus épouvantable.

Après cette scène, Ducos ne rentra pas chez lui de deux jours.

Il y revint, dans la nuit du 30 septembre, bien résolu d'en finir avec sa famille liguée contre lui.

Ducos était une nature violente, basse et farouche. Il ne souffrait pas qu'on résistât à sa volonté. Lorsqu'on le bravait, il se livrait à toutes les extrémités pour la faire sentir.

Passionné jusqu'au délire pour la sœur de sa femme qui s'était placée devant lui comme une adversaire implacable, il s'était juré d'en avoir raison.

Quant à son épouse, il lui en voulait autant pour l'avoir ruiné par ses calculs, que pour l'avoir déjoué dans sa passion. Il englobait dans la même pensée de vengeance Mme Lacroix qui avait couvert de sa protection sa femme et sa belle-sœur.

Dès que Ducos avait été démasqué par Marie, il avait condamné ces trois femmes qui savaient tout ce dont il était capable.

Or, la nuit du 30 septembre, Ducos, une pioche sous ses vêtements, était déterminé à provoquer un holocauste conçu dans son âme haineuse et désespérée.

Lorsqu'il frappe à sa porte, à trois heures du matin, sa femme, qui est couchée, va lui ouvrir. Elle lui demande imprudemment :

— Est-ce que vous revenez pour me tuer, comme vous avez tenté de le faire, il y a deux jours ?

Ducos ivre de colère, avide de sang, ne lui répond pas. Il attend qu'elle soit rentrée dans son lit, pour lever sa pioche sur elle ; il la frappe au visage à coups redoublés.

Il met le feu aux fourrages contenus dans la grange. (Page 582.)

La malheureuse femme ni le temps de se débattre, ni de pousser un cri. Il l'assomme avec une telle violence que son sang jaillit au plafond avant d'inonder le parquet. Il lui fait cinq blessures à la tête ; elle succombe au premier coup.

Lorsqu'il est bien sûr qu'elle ne remuera plus, le forcené, toujours armé de sa pioche pleine de sang, escalade le premier étage, il enfonce la porte. Il court au lit où sont couchées Marie et Mᵐᵉ Lacroix.

Encore ivre de rage, il bondit sur Marie. Avant que les deux femmes aient le temps de faire un mouvement, il laboure de sa pioche le visage de sa belle-sœur. Il lui fait six blessures à la gorge, à la bouche, au crâne, aux yeux. Mᵐᵉ Lacroix veut arrêter ce forcené, elle reçoit de lui un coup dans la poitrine, un autre qui lui enfonce le crâne.

Elle retombe, agonisante, à côté de Marie, qui n'est plus qu'un cadavre défiguré !

Lorsque l'assassin a achevé sa tâche, il redescend au rez-de-chaussée. Il rentre dans la chambre de sa femme. Il va prendre dans une armoire un rasoir, puis il se fait à la veine de la jambe gauche une large blessure. Il prend la bouteille où était encore déposé le breuvage à l'usage de sa femme et du fiancé de Marie, il boit un quart du litre de poison qu'il leur réservait deux jours auparavant.

Il veut mourir à l'endroit où il a opéré son massacre. Ne pouvant se donner la mort, il commence à avoir peur des crimes qu'il vient de commettre.

Ducos se sauve comme un fou, comme Caïn pourchassé par le remords. Il court à travers la campagne, jusqu'au canal Saint-Martory, et il s'abat aux pieds des vignes.

On a vu comment Ducos fut découvert par les gens du pays ; comment il fut pris par la gendarmerie accourue à la place où il s'était réfugié, après les dénonciations du fiancé de Marie et du fils de la dame Lacroix.

Ducos, une fois guéri de sa blessure et sauvé d'un commencement d'empoisonnement, ne nie pas la cause de ses terribles forfaits : l'intérêt ; mais il n'avoue pas la passion honteuse qui les lui a fait commettre.

Il ne peut éviter la peine capitale, après ses trois meurtres qui ont jeté l'épouvante et le deuil dans les environs de Toulouse.

L'exécuteur de Paris qui a enregistré l'exécution de Ducos, opérée par l'un de ses confrères, constate comme pour Yden, que la passion, bien plus que l'intérêt, a été la cause de ce triple assassinat !

CXII

LE BARBE-BLEU BRETON

En 1875, aux environs de Rennes, un journalier, un mendiant de la commune des Quatre-Vents, battait, en plein champ, sur le bord d'un fossé, une femme, son épouse ; puis il la renversait dans le trou, à grand renfort de coups de bâton.

La malheureuse criait à réveiller les échos ; mais plus elle criait, plus les coups de bâton pleuvaient sur l'infortunée.

Le bourreau et la victime disparaissaient dans le fossé en se ruant l'un contre l'autre. La victime s'épuisait à lui arracher le gourdin qui la frappait.

En vain se débattait-elle, en poussant des cris, des soupirs et des imprécations, le misérable lui infligeait toujours ses tortures.

Au bout du champ bordé par ce fossé, deux paysannes venaient d'apercevoir l'homme et la femme se colletant, et tombant dans le trou qui les séparait de la route.

Le mari de cette malheureuse était bien connu aux Quatre-Vents pour les tortures quotidiennes qu'il lui infligeait.

C'était une pauvre idiote devenue depuis longtemps son gagne-pain et son souffre-douleur.

Son mari était aussi repoussant au physique qu'au moral.

C'était un misérable estropié de la main gauche, au teint glauque, aux cheveux grisonnants. Il avait le corps maigre, débile, affaibli par la misère et par la débauche.

On avait peine à comprendre que sa moitié, d'une forte constitution, se laissât infliger de pareilles corrections par son époux, un être infirme et rachitique.

Mais la femme était abrutie, hébétée par les mauvais traitements ; l'ivrognerie avait anéanti ses facultés, elle avait appris à subir, depuis longtemps, les violences de son époux qui la traitait en bête de somme.

Les villageoises qui avaient été de loin les témoins de cette lutte presque quotidienne entre ces créatures, étaient la mère et la fille.

Malgré l'épouvante que le mari de la victime avait répandu dans la commune, cette fille n'avait pu s'empêcher de vouloir s'élancer entre l'époux et la femme luttant dans le fossé.

Mais la mère l'avait retenue. Cependant la fille se sentait la force d'affronter les fureurs de l'époux barbare, de résister à ses menaces pour porter secours à sa victime.

Le cruel époux, qui s'était aperçu de l'attitude de la jeune villageoise, avait précipité sa femme dans le fossé, pour être plus libre de battre comme plâtre son souffre-douleur.

Ce jour-là, le coquin venait de rencontrer sa femme. Elle s'en retournait au logis après avoir cherché un de ses enfants dans la campagne.

Armé d'un lourd bâton d'un pouce d'épaisseur, le mendiant lui avait demandé :

— Drôlesse, d'où sors-tu ? Tu viens des Pins, avec un homme ?

— Non, lui avait-elle répondu. — Je viens de chercher mon enfant. Et je rentre aux Quatre-Vents.

— Voilà pour ton mensonge, garce !

Le misérable lui avait lancé son bâton dans la figure.

La pauvre femme, en recevant le coup, avait la joue en sang. Elle avait poussé des cris déchirants.

Ces cris avaient fait lever la tête aux deux femmes travaillant dans leur champ, au bout duquel avait eu lieu cette scène.

Marie Vaillant, la fille de la femme à qui appartenait ce pré, avait reconnu celui qui frappait la pauvre créature ; c'était un nommé Riaud, ancien boucher, violoneux de la commune, passant sa vie à mendier et à boire.

— Ah ! s'écria Marie, hors d'elle, — voilà encore Riaud qui bat sa femme. Il va faire de celle-ci ce qu'il a fait des deux autres.

Cette fois, elle s'élança pour voler au secours de la victime.

Mais la mère, par prudence, la retint par sa jupe et lui dit encore :

— Ce sont leurs affaires ! Nous n'avons pas à nous mêler de querelles de ménage !

— Il faut pourtant, — reprit la courageuse fille, — les empêcher de se battre ?

La mère, lâchant sa fille, haussa les épaules, et lui répliqua :

— Tu empêcherais plutôt la Seine de couler !

— En tous les cas, — objecta-t-elle, — il faut essayer !

Durant ces pourparlers entre la mère et la fille, Riaud et son épouse se roulaient toujours dans le fossé, l'une criant, l'autre la battant.

Les misérables s'enroulaient avec douleur et furie ; Riaud commençait à être las de frapper, sa femme n'avait presque plus la force de crier.

Marie Vaillant arrivée sur le bord du fossé, dit au bourreau :

— Vilain scélérat ! tu n'as pas honte de frapper ainsi une femme ?

— Elle n'en a pas encore assez ! lui hurla le forcené, lançant des regards sournois aux deux femmes qui le regardaient, au bord du trou : l'une pour faire cesser ce combat, l'autre redoutant, pour son enfant, un retour de fureur du mendiant qui, par sa férocité, était devenu la terreur du pays.

Riaud, en plein jour et en plein champ, redoutait un mauvais parti, en apostrophant les deux femmes, il s'enfuit avec sa victime.

A moitié assommée, elle le suivit clopin-clopant.

La mère et la fille les quittèrent en prenant un chemin opposé ; elles avaient cru avoir arrêté Riaud dans l'élan de sa rage contre sa femme.

Mais une fois les villageoises parties, le misérable entraîna son épouse près du cimetière. Il recommença à la battre. Une fois que la patiente fut retombée sous son bâton, il lui attacha au cou une étrille.

Au moindre mouvement qu'elle aurait pu faire, les dents de l'étrille menaçaient de lui perforer le cou, de le lui déchirer, avant de l'étrangler.

Ce fut de la sorte que le lâche la traîna jusqu'à son domicile.

Une fois rentré chez lui, il fit mettre à genoux la pauvre créature, empêtrée dans son carcan. Il lui attacha les mains derrière le dos, tandis que la malheureuse lui criait d'une voix enrouée par la douleur :

Son corps ne présentât plus que des plaies... (Page 603.)

— Mais, tue-moi donc !...

— Ne sois pas si pressée,—lui répondait le misérable,—et sois tranquille, tu vas y passer !

Alors Riaud reprenait son lourd bâton qui avait déjà couvert de plaies le corps de la patiente. Il la fit mettre à genoux, le cou toujours dans son carcan, et les mains liées.

L'infâme s'apprêtait à donner à sa femme ce qu'il appelait le *coup* de grâce, lorsqu'on frappa à sa porte.

A ce fâcheux contre temps retardant l'exécution de sa victime, le meurtrier se mordit les lèvres.

Mais, dans le village, Riaud défiait quiconque aurait pris fait et cause pour son épouse qu'il considérait comme *une chose bonne à pendre et à s'en débarrasser !*

Il alla ouvrir se disposant à donner le même sort à celui qui aurait osé se placer entre lui et sa femme.

L'homme qui entra était précisément celui qu'il donnait comme amant à son épouse et pour qui il lui faisait subir les dernières tortures.

Et cependant qui eût voulu de la mendiante de ce mendiant? Elle était sale, hébétée, repoussante. Depuis longtemps, elle n'avait plus qu'une satisfaction, celle de boire pour s'étourdir des mauvais traitements de son féroce époux.

Cet homme se nommait Jouaud.

Une nuit, il avait trouvé la malheureuse accroupie et à demi nue, à la porte de son logis. Riaud l'avait jetée en dehors de sa maison. Après l'avoir battue, il l'avait chassée du foyer. Jouaud en avait eu compassion, il avait forcé Riaud à reprendre sa femme.

Depuis ce temps, l'humeur farouche de Riaud s'était complue à considérer Jouaud comme son rival.

Après avoir repris sa femme, Riaud lui avait dit un jour :

— Si tu avais voulu avancer, en justice, que c'était Jouaud qui t'avait battue à ma porte, tu m'aurais toujours fait gagner quinze francs.

Jouaud n'éprouvait qu'un sentiment de commisération pour la malheureuse ; de son côté, la victime ne voulait pas lui faire payer son acte de générosité.

Cependant Riaud, depuis cette époque, ne cessait de dire à qui voulait l'entendre que Jouaud avait été l'amant de sa femme.

Comme il se plaignait une autre fois devant lui de ses calomnies intéressées, le cynique Riaud lui avait répondu :

— Si tu veux me donner trente francs, je te laisserai tranquille.

Il repoussa le propositions de ce misérable, parce qu'elles n'eussent fait qu'accréditer ses calomnies.

Or, à l'époque où Riaud préparait le supplice de sa troisième épouse, Jouaud avait encore surpris, comme les femmes Vaillant, les dernières tentatives de ce scélérat contre elle.

Il se rendait chez lui pour tenter encore de les déjouer.

Mais en entrant, Jouaud recula devant le tableau qui s'offrit à ses yeux.

Il vit Riaud, le visage enflammé, les yeux pleins de colère, le bâton à la main, prêt à en finir avec sa femme. Il vit la malheureuse, accroupie, haletante, le carcan au cou, la tête meurtrie, les membres affaissés et pantelants.

Avant de s'enfuir avec autant d'horreur que de crainte, Riaud le retint pour lui montrer sa victime à moitié immolée, puis il lui dit :

— Entre donc ! viens voir !

Puis lui lâchant le bras, il ajouta :

— Regarde-la, ta bien-aimée, je l'ai mise en pénitence !

Mais Jouaud n'était rien moins que brave; il s'esquiva. Riaud referma la porte, il commença sa sanglante exécution.

Avant de frapper sa femme, de l'achever de cinquante coups de bâton, il lui cria :

— Maintenant si tu sais ton acte de contrition et ton *Confiteor*, tu n'as qu'à les dire.

La malheureuse, la tête contre terre, balbutia quelques phrases inintelligibles, puis il la frappa; il frappa jusqu'à ce que son corps, de haut en bas, ne présentât plus qu'une horrible plaie. Une fois qu'elle ne respira plus, il la repoussa du pied; toujours son bâton à la main, il sortit de son logis qui ne contenait plus qu'un cadavre. Il alla dans un cabaret voisin, pour s'enivrer, avec plusieurs pots de cidre.

Il dit à qui voulait l'entendre, en montrant son rondin à ses voisins :

— Je suis bien content, ma femme a son affaire! Je ne voudrais pas recevoir les coups qu'elle a reçus pour vingt mille francs. Si elle n'en crève pas, il faut qu'elle ait bon cœur!

Ces paroles furent répétées, le soir, au maire de la localité. Les femmes Vaillant et le nommé Jouaud dirent aussi ce dont ils avaient été témoins dans la journée. Immédiatement, on procéda à une enquête. La gendarmerie fut requise en même temps que les autorités judiciaires de la ville de Rennes.

Cette fois Riaud ne pouvait plus jouir d'une impunité qui l'avait préservé de la justice, grâce à la terreur qu'il avait répandue dans le village.

Il fut arrêté sur le théâtre de son crime. On constata, au domicile du mendiant, que sa femme, sa dernière victime, avait sept plaies à la tête; qu'elle était morte des suites de ses blessures, après avoir reçu cinquante coups de bâton sur le corps.

Ce n'était pas le seul crime de Riaud. Depuis vingt-huit ans, cet homme n'avait cessé de spéculer sur ses trois femmes. Il ne les avait successivement épousées que pour leur faire endurer mille tortures et les tuer dans d'atroces supplices.

Riaud était un véritable Barbe-Bleue.

Paresseux, lâche et cruel, il épousait à Bain, en 1848, une nommée Marie Nou. Il l'envoyait mendier pour lui. Lorsqu'elle ne lui rapportait pas assez d'argent, fût-ce au moyen de la charité, fût-ce en donnant ses faveurs à des libertins, Riaud la faisait mettre à genoux devant lui. Les mains liées derrière le dos, il lui appliquait le châtiment qu'en dernier lieu il avait fait subir à sa dernière femme.

Elle finit par succomber à ses mauvais traitements.

A l'instruction, un fossoyeur avoua que lorsque, en 1852, il mit Marie

Nouc dans la bière, elle avait au cou une large blessure qui teignit de sang son linceul.

Était-ce à la suite d'une blessure faite par un instrument contondant, ou par l'effet du supplice du carcan qu'il faisait subir à toutes ses femmes? L'instruction ne put résoudre ce problème ; les gens du pays qui, à cette époque, redoutaient de parler, avaient gardé trop longtemps ce secret, jusqu'au moment de la mort de la troisième femme de ce Barbe-Bleue breton.

Riaud avait pris sa seconde femme dans le même but : dans celui de vivre de sa mendicité et de son libertinage.

Ayant une santé très chancelante, elle ne put résister à cette vie d'épreuves ; elle mourut, après quelques mois de mariage.

Six semaines après, Riaud qui considérait une épouse comme une femme de rapport, se mariait avec Marie Chenais. C'était une idiote. Avant de l'épouser, elle avait eu deux enfants, on ne savait d'où ?

Riaud qui passait sa vie à ne rien faire, espérait que ces enfants et leur mère deviendraient de nouveaux instruments de sa paresse.

Pour la contraindre à obtempérer à ses désirs, on a vu comment il la traitait, avant de la tuer.

Son cynisme était à la hauteur de sa lâcheté féroce.

Lorsque sa seconde épouse mourut, en lui laissant un peu de bien, on le trouva ivre et endormi à côté du cadavre de sa femme !

Quant à Marie Chenais, sa troisième femme, elle n'était qu'idiote, et et n'aimait qu'à boire. Elle n'était pas licencieuse, malgré les encouragements que lui donnait Riaud dans un but de luxure intéressée.

C'était un grief de plus qu'il nourrissait contre elle ; c'était ce qui l'excitait à s'en débarrasser comme il l'avait fait avec ses deux autres épouses.

Par son jugement, on voit que la vie de ce monstre n'a été qu'une longue suite de violences contre ses trois femmes.

Un témoin, le même Jouaud, certifie aux assises, que Marie Chenais lui a fait cet aveu :

— Mon pauvre Jouaud, mon mari me tuera. Il me passe la main dans le corps pour m'arracher mon enfant !

Riaud est le même être cynique et féroce qui dort et ronfle à côté du cadavre de sa seconde femme.

Sa jeunesse décelait bien ce qu'il serait à un âge mûr.

Jeune homme, il battait son frère, sa mère et sa sœur.

Un jour que sa mère est mourante, il lui lève les couvertures, lui jette sur le corps une écuelle d'eau froide en proférant des paroles obscènes.

Son grand bonheur est de courir après les enfants. (Page 605.)

Une autre fois, que sa sœur était en train de se chauffer, il prend un tison ardent, lui relève les jupes et lui brûle le ventre.

Il n'hérite du fonds de boucher de sa femme que pour le manger et le boire. De maître, il passe garçon boucher.

Les jours où il travaille, quand il travaille ! son plus grand bonheur est de courir après les enfants de l'école, son large couteau à la main.

Il a toujours ressenti une certaine volupté à répandre la terreur autour de lui.

Quand il allait tuer des moutons ou des bœufs, il disait avec amour :

— Je vais me refaire dans le sang !

Sur la fin de sa vie, cet homme sanguinaire n'est pas exempt d'une certaine gaieté ; gaieté plus factice que réelle. Devenu mendiant, il s'était fait violoneux. Il éprouvait une grande joie à faire danser les filles, une joie plus grande à leur procurer des galants.

C'était autant pour le plaisir du mal que pour augmenter ses profits qu'il agissait ainsi. Il ne vivait que du gain de la prostitution, afin d'entretenir ses penchants de paresseux et ses goûts d'ivrogne.

Lâche, licencieux et féroce, tel était Riaud, le Barbe-Bleue breton.

Cependant l'attitude de Riaud change complètement, lorsqu'il est à la veille de payer sa dette à la société.

Le 5 janvier, au moment de monter à l'échafaud sur la place de Rennes, ce n'est plus l'homme cynique qu'on a vu aux assises.

L'exécuteur R***, qui a assisté à ses derniers moments parce que l'exécuteur de Rennes expérimenta aussi son nouveau système de guillotine, constate l'étrange retour de ce monstre.

Avant de mourir, Riaud s'inquiète des deux enfants de sa dernière femme. Il regrette de ne pouvoir les embrasser, de ne pouvoir les *exhorter au bien*, en leur montrant par son terrible exemple où mènent l'inconduite, la paresse et le crime.

Il fond en larmes. Il se livre à son confesseur. Il récite à son tour l'acte de contrition et le *Confiteor* qu'il imposait à ses victimes.

Riaud demande publiquement pardon à Dieu et aux hommes des assassinats qu'il a commis.

Avant de tomber sur la bascule, de mettre sa tête sur la lunette, il étreint dans ses bras l'aumônier ; il voudrait mourir, avec son christ sur la poitrine.

Riaud a vécu en criminel. Il meurt en chrétien et... en Breton !

CXIII

LES INFANTICIDES

Aujourd'hui les infanticides sont nombreux. L'échafaud devrait être en permanence contre les mères infâmes qui détruisent leurs enfants, les unes par excès d'orgueil, les autres par excès de misère.

Les exemples abondent de ces odieuses femmes anéantissant, de leurs mains, le fruit de leurs entrailles par les tortures atroces qui révoltent les cœurs les plus endurcis.

La peine capitale les épargne, soit par indifférence, soit parce que la misère semble une excuse à leur cruel désespoir.

L'espèce d'absolution qu'elles reçoivent du jury est la condamnation de la société.

Que de mères, pour ne pas donner à leurs enfants, la vie d'épreuves qu'elles ont eu à subir, préfèrent les détruire pour qu'ils n'aient pas la même destinée qu'elles.

C'est du moins l'excuse qu'elles donnent à leurs juges.

Telles sont les remarques de l'exécuteur R***, en analysant, sur ses notes, les infâmes mégères qui, de 1875 à 1876, ont martyrisé et détruit leurs enfants.

Un écrivain très compétent en pareille matière, M. Grison, s'exprime ainsi pour le crime commis envers l'enfance :

« C'est pour ce crime, écrit-il dans son *Paris horrible*, qu'on est modéré. Or, c'est pour ce crime que je serais sévère, implacable. Il est des meurtres qu'on comprend, qu'on explique. L'homme qui tue par jalousie, par colère, par ivresse, par faim, par envie même, a sinon une excuse, du moins un mobile explicable.

« Dans le siècle où nous sommes, on peut dire à chacun, comme sur le champ de bataille, ou comme au pays des bêtes fauves :

« — Garde-toi et défends ta peau !

« Mais les enfants, ces petits êtres sans défense, qui n'ont que leurs larmes contre les bourreaux, n'est-il pas doublement lâche et odieux de s'attaquer à eux, la répression ne devrait-elle pas être deux fois plus terrible, quand elle est en présence de crimes contre ces mignonnes et frêles créatures?

« Aussi ne puis-je me défendre d'un sentiment de colère et d'indignation, quand je vois des parents protecteurs nés des enfants que Dieu leur a donnés, les maltraiter, les séquestrer, les torturer et recevoir pour cela, de la justice, une condamnation d'un, deux ou trois ans de prison.

« Quoi, l'an dernier, une mégère avait tenu sa fille, une innocente de quelques jours, dans un toit à porcs où la pauvre petite était dévorée vivante ; et à cette odieuse marâtre, on infligea quelques années de prison? »

M. R***, par ses notes, fait connaître le nom de cette fille-mère. C'est une nommée Anna Miolet, une domestique de seize ans, née au Puy-de-Dôme.

Un jour, son maître, le propriétaire de la ferme d'Ioze, va voir ses porcs ; il les trouve en train de dévorer un enfant nouveau-né.

On s'informe qui a pu commettre une action aussi atroce, on acquiert la certitude qu'elle est l'œuvre de la servante, Anna Miolet, dont la conduite, plus que légère, était bien connue du personnel de la ferme.

Le lendemain où elle avait accouché dans la grange, elle allait jeter son enfant en pâture aux pourceaux !

Et après son acte abominable, la fille Miolet se livrait à ses occupations habituelles.

Traduite en justice, elle ne fut condamnée qu'à huit années de travaux forcés !

M. R*** signale, en cette même année, dix infanticides commis dans des circonstances aussi atroces. Une seule de ces mères infâmes monte sur l'échafaud. C'est la femme Bouyou, exécutée à Cahors sur la place de Bourg.

Il est rare, de nos jours, que l'on guillotine les femmes, plus rare celles qui commettent des infanticides. Avant de citer Mme Bouyou, un monstre, une ogresse dont la férocité égalait le cynisme, M. R*** énumère, de 1875 à 1876, le nombre de ces sortes de criminelles. Leurs infanticides, si ces ogresses augmentent encore, finiront par dépeupler nos villes et nos campagnes.

C'est d'abord, aux environs de la ville de Meaux, la fille Marguerite Hartrait, une fille perdue de débauches. Elle accouche dans une grange et va jeter son enfant dans un puits. Elle n'est condamnée qu'à trois ans de travaux forcés.

Ce sont les filles Sidonie Hénon, Collet et Comminet. La première enterre son enfant presque vivant dans un jardin, la seconde le jette dans une fosse d'aisances, la troisième lui serre le cou et l'asphyxie !

Ces trois filles-mères ne sont condamnées qu'à quelques années de travaux forcés.

Il en est de même de la femme Boursiant. Abandonnée par un mari ivrogne, elle court les provinces avec tous les galants qui veulent d'elle. Ils la prennent, la délaissent, chaque fois que sa grossesse laisse des traces compromettantes de sa vie licencieuse.

Pour avoir fait disparaître les fruits de sa vie de désordre, elle aussi n'est condamnée qu'à une peine légère. Au tribunal, son époux renie cette adultère qui, par ses irrégularités, l'a conduit à l'ivrognerie et à la misère.

La malheureuse hébétée, souffrante à la suite de ses nombreux avortements, paraît en face de ses juges, sans paraître même avoir la conscience de ses crimes contre nature.

Le désordre moral et physique de Mme Boursiant montre au tribunal une pauvre atrophiée que la nature a condamnée autrement que ses juges. Le tribunal la condamne à quelques années de prison ; peine trop légère pour son infamie : un signe des temps !

Les trois derniers infanticides qui sont encore à signaler dans cette année ont eu pour complices les maris de ces mégères. Ce sont les époux Lambert, les époux Giraud, et les époux Brest.

Les époux Lambert, dans un département du centre de la France, ne jouissaient pas d'une très bonne réputation.

Lambert était un récidiviste. Il traitait son épouse en esclave. Il vivait

Il brûle sa petite fille dans son four. (Page 610.)

à grand'peine du prix de ses recels. La plupart du temps, il recevait chez lui des gens de mauvaise mine, des clients qui lui vendaient à vil prix des objets, ne leur coûtant que la peine de les avoir volés à des voisins.

Un jour, sa femme devient enceinte. Lambert voit d'un mauvais œil la perspective d'un héritier.

Il a bien de la peine à vivre ; il considère comme une charge au-dessus de ses forces, la nécessité de nourrir un enfant.

Il conseille à sa femme de se faire avorter. La femme repousse la proposition de son mari.

Lambert se tait, mais il a son projet. Il attend avec résignation le terme de la grossesse de son épouse.

Lorsqu'elle lui annonce le moment de sa délivrance, lorsqu'elle prie Lambert de lui amener une sage-femme, Lambert enferme sa femme.

Il se dresse devant son épouse et attend sans bouger.

Lorsque Mme Lambert lui demande la signification de son attitude, il lui répond :

— C'est moi qui vais être ton accoucheur!

L'épouse craint de connaître les sinistres projets du misérable. Elle veut aller à la porte pour la rouvrir, il lui retient les mains, la terrasse, et court mettre les verrous à la porte.

Puis il retourne vers sa femme terrassée et lui dit le poing sur la gorge :

— Laisse-toi faire ou je te tue!

En ce moment sa femme est prise des douleurs d'enfantement.

Et c'est Lambert qui reçoit l'enfant dans ses bras et qui l'étouffe.

Le soir, le misérable enterre le cadavre de l'innocent dans un jardin attenant à son habitation.

Après l'infanticide, il ordonne à sa femme de simuler sa grossesse pour dérouter les voisins trop curieux.

Mme Lambert, habituée à subir les moindres volontés de son époux, obéit à ce qu'il lui impose.

Quelques jours après son accouchement clandestin, elle se montre au voisinage avec une ample taille qu'elle s'est faite à grand renfort de jupons.

Un nouvel incident se produit dans le ménage Lambert, la justice s'empare de l'époux ; il est condamné pour vol et recel.

Mme Lambert, qui feint toujours sa grossesse, va le voir dans sa prison. Lorsqu'elle retourne à son habitation, elle n'est plus enceinte.

Des voisins indiscrets lui demandent comment elle a été délivrée et ce qu'elle a fait de son enfant.

Elle répond à qui veut l'entendre :

— Je suis accouchée en route et mon enfant est mort!

Les voisins ne sont que médiocrement édifiés par les paroles de la femme du récidiviste.

Bientôt ils retrouvent l'enfant des Lambert bien mort, mais enterré dans le jardin de ces misérables.

Lambert, pour cet infanticide, est sorti de sa prison ; il reparaît aux assises ; il est condamné. La mère qui a laissé tuer son enfant, la mère complice de ce crime, est acquittée!

Mais voici un mari bien plus barbare encore. C'est un nommé Brest, un boulanger du Havre. Il brûle sa petite fille dans son four, il la tue lentement avec des tortures atroces que lui fait partager la mère, un monstre comme ce boulanger.

Ces misérables qui, du reste, faisaient très mauvais ménage, étaient originaires de Marseille : ils n'étaient d'accord que sur un point : sur le meurtre de leur petite fille.

Pour donner une idée de la barbarie de ces boulangers, il suffit de reproduire le rapport des tribunaux :

« Depuis la nouvelle, au Havre, de l'horrible événement, d'une petite fille brûlée vive par les époux Brest, boulangers, une foule considérable se pressait devant la boutique, rue Saint-Jacques, boutique fermée depuis le décès de l'enfant.

« C'était une petite fille, revenue depuis six mois de Marseille. Elle avait été l'objet des plus mauvais traitements de la part de son père et de sa mère ; et le médecin du parquet, sur les rumeurs populaires, ordonna le transport du cadavre à la Morgue. Vu l'état des blessures de l'enfant, Brest était conduit en prison ; la mère était laissée libre, ce qui ne faisait que surexciter la population.

« L'aspect du corps de la petite malheureuse était effroyable.

« Les deux pieds étaient entièrement brûlés ; la peau du corps enlevée à toutes les extrémités des membres. Les poignets et les bras étaient également couverts de brûlures. Ce qui semble confirmer que les brûlures avaient dû être causées par de la braise enflammée, c'était que les reins, les cuisses jusqu'aux jarrets, ne formaient plus qu'une plaie à vif et horrible à voir. Le dos était également brûlé de place en place.

« Les auteurs de ce meurtre odieux sont les époux Brest, originaires des Bouches-du-Rhône. Brest est âgé de vingt-sept ans. La femme Brest, née à Tesras, âgée de vingt-huit ans, appartient à une famille aisée !

« Le ménage a eu quatre enfants. Deux étaient restés à Marseille, entre autres Anastasie, la victime des époux Brest, qu'on lui retourna.

« Dès son arrivée au Havre, Anastasie devint l'objet des plus mauvais traitements.

« A peine était-elle entrée chez ses parents, depuis une semaine, que l'on constatait sur son corps des marques de violences. La mère, peu soucieuse de la défense de son enfant, aidait au contraire à la brutaliser. »

Voilà ce que disait succinctement le rapport du greffier du tribunal, sans entrer dans les détails des tortures infligées à leur enfant par ces époux barbares.

Les époux Brest ne se contentaient pas, comme on l'a vu, de battre leur petite fille ; ils la brûlaient vive et à petit feu.

Une fois qu'il avait fait son pain, et son four encore chaud, le boulanger prenait une pelle à *fournil*, il y plaçait la petite Anastasie, fortement garrottée par sa mère.

Brest la tenait suspendue et exposée dans le trou encore brûlant, pour y sécher, disait-il, la *cuisson* des blessures qu'elle venait de recevoir à la suite des coups infligés par ces monstres.

Les cris déchirants que poussait la malheureuse avaient fini par éveiller la compassion des voisins.

Malgré les mauvais traitements auxquels elle était en butte, la petite Anastasie était restée une belle enfant. Sa physionomie régulière, sympathique et touchante, avait éveillé la pitié de tout le monde.

C'était à qui voulait l'adopter. Mais le père et la mère tenaient à leur proie.

Un jour on ne revit plus Anastasie dans le quartier.

On s'informe, on s'inquiète de la cause de sa disparition.

Tout le monde a peur de la deviner.

Les époux Brest, l'expliquent à leur manière aux curieux ou aux compatissants :

— Elle est, — disaient-ils, — dans une école payante.

Mais les voisins connaissaient les affaires embarrassées des boulangers du Havre.

Ils savaient, par les caquetages du quartier, que c'était parce que cette jeune fille était une charge de plus pour ces négociants obérés, qu'ils se livraient contre elle à toute sorte de mauvais traitements.

Lorsqu'on ne revit plus la petite Anastasie la police vint à s'émouvoir de cette absence. Elle apprit des alentours des détails horribles.

Dès l'arrivée au Havre de la petite Anastasie, les époux Brest l'avaient séquestrée, en la laissant presque mourir de faim. Ils ne la sortaient de sa retraite que pour la battre. Ils la battaient jusqu'au moment de tomber sans connaissance.

Tout cela n'était que le prélude de tortures que les époux s'apprêtaient à lui faire subir.

Dès que Mme Brest, l'horrible mégère avait sanglé sa fille sur la pelle de son mari, celui-ci se jetait avec furie sur Anastasie évanouie.

Armé d'un couteau d'une main, sa pelle de l'autre, l'infâme s'acharnait sur sa victime.

Comme un cannibale, il lui faisait des incisions sur les parties déjà tuméfiées ; puis il lançait sa fille dans le four incandescent.

L'enfant sortait de son évanouissement par les horribles douleurs qui se ravivaient de ses blessures.

L'ignoble père avait une manière à lui pour étouffer les cris de sa victime : il lui introduisait des charbons ardents dans la bouche.

Et le bourreau continuait à faire griller les plaies de sa fille !

L'odeur des chairs brûlées se répandait au dehors, c'était ce qui avait éveillé les premiers soupçons des voisins.

Tenant un paquet enveloppé de linges. (Page 615.)

Lorsque la police fit une descente chez ces boulangers, on laissa libre Mme Brest ; on n'arrêta que son complice.

La multitude ne fut pas aussi débonnaire que la justice. Elle rendit responsable Mme Brest des atrocités commises par son mari sur Anastasie, et elle avait raison.

Tant que Brest fut dans sa prison préventive, sa femme, de peur d'être lapidée par la foule, ne quitta pas sa boutique.

Aux assises, lorsque l'hypocrite créature charge son époux, pour s'innocenter, lorsqu'elle rappelle la scène de tortures où son mari brûlait vive les plaies saignantes d'Anastasie, un de ses frères s'écrie :

— Mais tu oublies, maman, de dire à monsieur que c'est toi qui liait ma sœur et la mettait en croix, avant d'être mise au four par papa ?

Malgré le terrible aveu de cet enfant, Brest est seul condamné, et la mégère est acquittée.

La population du Havre est indignée de l'étrange indulgence du jury.

N'ayant pu avoir par la justice, satisfaction de son indignation, elle voulut se faire justice elle-même sur Mme Brest.

Il fallut la force armée pour protéger cette criminelle. Toutes les mères menaçaient de la tuer au sortir du Palais de Justice.

Le vulgaire, pour cette femme monstrueuse, était plus juste que les lois humaines.

CXIV

UN MARI TUÉ PAR SES CRIMES

Voici un mari qui, dans les nombreux infanticides de sa femme, a été aussi son complice. Il n'attendit pas la justice pour être puni de ses coupables condescendances à l'égard de cette marâtre.

Le époux Giraud étaient des fermiers de la Vienne. Ils habitaient le village de l'Imbre, et ils jouissaient d'une honnête aisance.

Mme Giraud était une femme au cœur sec; son esprit était dévoré d'avarice et d'ambition. Elle voyait, non sans appréhension, chaque année, sa famille sur le point de s'augmenter.

La fermière maudissait sa fécondité menaçant de réduire sa dot; elle ne cessait de reprocher à son mari les gages trop fréquents de sa tendresse :

— Vous finirez, lui disait-elle, en augmentant notre famille, par nous mettre sur la paille !

L'époux de Mme Giraud était un esprit faible. Il éprouvait un véritable chagrin de ses reproches, à propos des résultats obtenus par son trop grand amour pour elle.

L'époux était aussi avare que sa femme. Ils en vinrent à concevoir un moyen radical pour réduire à néant leur postérité.

Comme Mme Giraud, le mari voulait bien d'un enfant, il n'en voulait pas deux.

A sa seconde grossesse, Mme Giraud qui avait beaucoup de résolution dit un jour à sa belle-sœur et à son mari :

— C'est assez d'un ! je n'en veux pas d'un second.

« Il faut m'en délivrer et m'en débarrasser.

Lorsque le terme de la grossesse arriva, Mme Giraud fit venir sa belle-sœur, la femme Froissard, en même temps que son époux. La première, par idiotisme ; le second, par sa faiblesse, ne savaient que plier à l'esprit impérieux de la fermière.

Mᵐᵉ Giraud leur ordonna de l'accoucher ; la femme Froissard reçut le nouveau-né ; le mari le prit de ses mains, l'étrangla. Il alla le porter et l'enterrer dans un coin du jardin de sa ferme.

Cet horrible manège dura quatre ans ; pendant quatre ans, la femme Froissard et l'époux Giraud devinrent les accoucheurs de la fermière et firent passer de la vie à trépas, les quatre nouveau-nés !

Le pays où habitaient les fermiers s'étonnait de voir la fermière toujours grosse sans résultat.

Lorsqu'on l'interrogeait à ce sujet, la fermière répondait d'un air de tristesse :

— Que voulez-vous, c'est ma nature ! Je suis vouée aux fausses couches ?

Les uns la plaignaient ; les médisants, il y en a toujours au village, disaient que son avarice pouvait bien avoir provoqué ces accidents par trop souvent répétés.

La langue des médisants finissait par en dire plus long encore. Elle soutenait qu'un soir, on avait surpris la femme Froissard et l'époux Giraud tenant un paquet enveloppé de linges qu'ils étaient venus enterrer dans un coin du jardin de la ferme.

Le bruit de ce méchant propos prit plus de consistance, à la quatrième grossesse de Mᵐᵉ Giraud, lorsque la fermière perdit encore l'ampleur de sa taille.

Alors un homme du pays dit à qui voulut l'entendre :

— En voilà encore un qui doit être enterré dans le cimetière des innocents.

Ce *cimetière des innocents* était l'endroit du jardin où l'on avait surpris, un soir, la femme Froissard et Giraud porter une de leurs victimes en terre.

Le père Giraud était très avare comme sa femme et, comme Saturne, il anéantissait tous ses enfants, avait une sensibilité à sa manière. Dès qu'il avait reçu de Mᵐᵉ Froissard le nouveau-né, dès qu'il l'avait étranglé, le misérable n'avait pas encore achevé sa besogne.

Il coupait la tête de l'enfant. Ainsi séparée du tronc, il la mettait dans un pot à part, pour, disait-il, garder un souvenir du pauvre petit.

Une fois la tête conservée, il faisait bouillir le reste du corps à la flamme de sa cheminée pour que l'innocent prit encore moins de place dans le coin de son jardin.

Lorsqu'il avait réduit par la cuisson le fruit de ses légitimes amours, il mettait les os en paquet et il allait les enterrer.

Lorsque la justice fit une perquisition chez les fermiers Giraud, elle trouva dans leur grenier quatre pots à la file des uns des autres, dans lesquels était déposée chaque tête des victimes.

C'était la manière de Giraud de conserver ses enfants qu'il livrait à l'expérience de la crémation avant d'aller jeter leurs os dans son jardin.

Comment la justice put-elle apprendre ces horribles détails que le procès-verbal du greffier ne donne que sous toute réserve, tant ils sont affreux ?

Elle les a connus par Mme Froissard, une idiote qui tombait du haut mal, et qui avait été la complice de ces monstres, sans discernement. Elle les avait vendus comme elle les avait servis, sans avoir la conscience de ses actes.

Giraud était très avare, parcimonieux. Sa femme qui le menait, comme elle l'eût fait d'un serviteur, n'était pas moins avare que lui.

Un paysan lui devait depuis longtemps une assez forte somme; Giraud, sur les inspirations de sa femme, lui fit vendre son champ pour rentrer dans son argent.

Alors le propriétaire dépossédé lui dit, en grinçant des dents :

— Ah! vous m'avez pris mon champ. Moi, je vous prendrai tout : l'honneur, la liberté et la vie ; on verra.

Cet homme tint parole.

Cet individu, ruiné par les Giraud, connaissait par les *on dit*, les mauvais propos qui couraient sur leur compte.

Il avait recueilli, pour s'en servir, les sinistres renseignements des envieux des fermiers, sur ce qu'on appelait le *cimetière des innocents*.

Il n'ignorait pas que les grossesses de la fermière, qui n'aboutissaient jamais, avaient une cause criminelle.

Pour se venger plus sûrement des fermiers, pour les dénoncer à la justice, le paysan tenait à avoir des données certaines et positives. Il se mit dans la tête de les posséder par l'une des trois complices de ces infanticides.

Il se mit à rôder aux environs de la ferme, pour y attendre la femme Froissard.

Il ne dissimula qu'à demi aux voisins le but qui le faisait agir, en épiant les Giraud. Ceux-ci n'étaient pas aimés au village, d'abord parce qu'ils étaient riches; ensuite parce qu'ils étaient durs pour le pauvre monde.

Et tout le monde s'accordait à dire que si jamais Mme Giraud était coupable de ce dont on l'accusait, Dieu et la justice auraient raison de la flétrir et de la punir.

La punition n'allait pas tarder à se faire sentir.

Elle écume, elle a les yeux hagards, la voix rauque. (Page 618.)

A sa quatrième grossesse, l'individu ruiné par les Giraud ne cessa de chercher par tous les moyens possibles à se venger d'eux.

Ses amis l'excitaient dans sa sourde vengeance, surexcités encore par l'orgueil et le cynisme de Mme Giraud.

Lorsque la fermière, à sa quatrième grossesse, s'était fait voir quelques jours après, avec sa taille ordinaire, un paysan lui avait demandé avec malice :

— Eh bien! c'est venu?

— Oui, — lui avait-elle répondu d'un air de hauteur et de dédain, — oui, c'est venu, mais c'est mort!

Cette réponse mit le comble à l'exaspération des paysans de l'Imbre. Elle révolta le cœur de toutes les mères. On laissa à celui qui avait été dépouillé par les Giraud le soin de devenir le vengeur de l'opinion publique.

Quelque temps après, le voisin exproprié par acte judiciaire ramasse, aux environs de leur propriété, la dame Frossard; elle vient de tomber du haut mal.

Aussitôt il la prend dans ses bras, l'enlace, la ramasse pour la transporter dans son habitation.

Cette femme est encore en proie à d'effroyables agitations. Elle écume, elle a les yeux hagards, la voix rauque.

On dirait qu'elle veut éloigner de ses yeux une vision terrible qui est la répétition du sombre et odieux tableau où elle a été actrice et témoin.

Le paysan devine par ses gestes désespérés, par ses phrases hachées et incohérentes, qu'elle est possédée de l'horrible et repoussant spectacle d'un nouvel infanticide commis sur la femme Giraud.

Cet homme tient sa vengeance.

Loin d'amoindrir, par compassion pour la victime, les effets de sa maladie nerveuse, il les excite par la menace et la terreur. Il lui dit ce qu'il sait par les dit-on du village.

La femme devient plus affolée. Alors elle lui avoue, dans des hurlements surhumains, dans des spasmes effrayants, ce qu'il ne faisait jusqu'alors que de deviner.

Elle lui retrace les scènes d'accouchement de sa belle-sœur, les scènes de barbarie de son beau-frère. Elle lui avoue comment elle faisait passer de ses mains dans celles de Giraud le nouveau-né qu'il étranglait.

Elle lui indique l'endroit du jardin où tous deux allaient enterrer les corps, ainsi que la place du grenier où Giraud allait déposer ensuite dans des pots de terre les têtes de ses enfants.

Le récit de l'épileptique sur ces crimes exécutés d'une façon aussi atroce, remplit le cœur du paysan d'une joie infernale.

Dès qu'il en sait suffisamment, il donne les premiers soins à la femme en délire. Avant qu'elle reprenne ses facultés et qu'elle revienne à la raison, il ramène Mᵐᵉ Froissard à l'endroit où elle est tombée du haut mal.

Des gens du pays surprennent l'individu qui remettait la dame Froissard à la place où elle était étendue. Ils se doutent du but qui l'a fait agir, en recueillant chez lui l'insensée ; ce but était sans doute de lui arracher son secret ?

Ils ne se trompent pas. Le lendemain le parquet est instruit, par les révélations inconscientes de Mᵐᵉ Froissard, des crimes de sa complice, la femme Giraud.

Une descente de la justice ne tarde pas à avoir lieu dans la ferme de l'Imbre. Sur les accusations du paysan qui a tant à se venger des Giraud, on découvre les cadavres des fils des fermiers enterrés dans leur jardin.

Ils sont tous sans tête ; là ne se bornent pas les découvertes de la justice.

Le paysan qui a instruit le parquet conduit les juges instructeurs au grenier; il leur indique les pots de grès qui renferment les têtes des nouveau-nés.

Tous les gens du village ont été ameutés à la vue des magistrats se rendant chez les fermiers. Tous reculent d'horreur à la vue de ces victimes mutilées.

D'abord on ne découvre dans le jardin qu'un amas d'os calcinés, squelettes sans tête ; au grenier, on retrouve les têtes de ces squelettes ; elles sont placées dans des pots soigneusement étiquetés à la date où sont nés et occis ces innocents.

La foule amassée dans la ferme réclame la mort de leurs bourreaux. Mᵐᵉ Giraud paraît, calme, impassible, prête à tenir tête à l'indignation générale ; elle se laisse conduire sans mot dire par la force armée.

Giraud n'a pas autant de sang-froid.

Plein de fureur, il veut se jeter sur l'homme qui a éclairé la justice et qui a guidé les magistrats dans leurs recherches.

Il devine qu'il n'agit, d'après ce qu'il lui avait dit autrefois, que sous le coup d'une vengeance intime.

Giraud l'eût tué, sans l'intervention des gendarmes qui l'arrêtent avec sa digne moitié

Alors le fermier se contente de dire à son dénonciateur, avant de suivre sa femme en prison :

— Nous nous retrouverons !

Quant à la dame Froissard, l'idiote, l'épileptique, la cause involontaire du dénouement de ce drame, elle se demande encore :

— Mais, qu'est-ce que tout cela veut dire ?

On la reconnaît insensée et on ne l'emmène pas.

Durant le cours de l'instruction, Giraud sollicite de ses juges l'autorisation d'être libre sous caution, sa liberté lui est accordée.

Il a son idée : en finir avec celui qui l'a dénoncé.

L'époux de la fermière fait maintenant bon marché de sa vie comme de celle des autres.

Arrêté, ruiné, séparé de sa femme, la vie lui est insupportable. S'il a désiré la liberté, c'est pour exercer une dernière vengeance contre celui qui n'a que trop accompli ses promesses.

Le crime appelle le crime ; le mari de l'infanticide sera tué par les crimes que sa femme lui a inspirés.

Dès que Giraud est libre conditionnellement, il se rend, la nuit, dans le domicile de celui qui l'a dénoncé. Il pénètre, une arme à la main, dans la chambre où il repose ; il le poignarde dans son lit.

Une fois ce dernier crime accompli, Giraud n'a plus de raison pour traîner sa misérable existence. Il est séparé de sa femme qu'il a aimée autant que sa fortune. Dès qu'il n'a plus ni l'un, ni l'autre, la mort lui est préférable.

Mais il n'a pas voulu mourir sans se venger de l'auteur de tous ses maux. Et il ne se dit pas qu'avant lui, il y a sa femme qui a condamné son existence par les crimes abominables qu'elle lui a fait commettre.

La nuit même où il a poignardé son dénonciateur, il court à la rivière voisine et il se jette à l'eau.

Le lendemain, on repêche son cadavre, en même temps que l'on retrouve, poignardé dans sa chambre, celui qui l'avait dénoncé.

Tous les habitants de l'Imbre sont plongés dans la désolation ; ils prétendent que leur localité est maudite.

Ils se disent que c'est la Giraud qui a attiré cette malédiction dans leur contrée.

N'est-ce pas elle, cette femme froide, implacable, ambitieuse qui, par amour du lucre, s'est fait quatre fois infanticide ?

N'est-ce pas elle qui a été la cause de la mort du paysan tué dans son lit par son mari condamné par ses crimes et surtout par les siens ?

Par sa faute, le village de l'Imbre, où elle a fait un cimetière avec les cadavres de ses enfants, n'est plus qu'une hétacombe !

Pourtant cette horrible femme, en présence de ses juges, reste indifférente, presque railleuse, elle a réponse à tout ; elle ne néglige aucune circonstance qui puisse pallier ses odieux forfaits.

Cependant son âme est trop sèche pour chercher à se rendre intéressante. Elle ne veut ni inspirer la sympathie, ni se retrancher derrière des faux-fuyants.

La mort de son mari, pas plus que le sacrifice de ses enfants, n'a su lui arracher une larme.

Toujours maîtresse d'elle, elle se possède aussi lorsqu'on lui rappelle ce qu'il y a de plus douloureux ou de plus poignant pour elle.

La mort de son mari lui sert encore, elle le calomnie ; elle veut laisser croire que c'était lui qui lui avait inspiré les infanticides et qu'il s'en est puni par une condamnation anticipée.

Cette femme n'a que de la tête. La nature lui a refusé un cœur.

Elle est impertinente, lorsque, serrée de près par le président, Mme Giraud est convaincue de contradictions et de mensonges.

Ainsi elle prétend, au tribunal, n'avoir sacrifié que trois enfants dont deux n'étaient pas arrivés à terme.

Elle ne se souvenait plus des têtes de nouveau-nés gardées par une sen-

Il le poignarde dans son lit. (Page 619.)

siblerie étrange de leur père, dans le grenier de la ferme. Elle ne comptait pas sur le rapport du médecin légiste.

Lorsque le président la confond, elle répond avec aigreur :

— Les médecins ! laissez-moi donc tranquille ! Ce sont peut-être eux qui ont porté mes enfants dans le ventre !

Le président est obligé de la rappeler aux convenances, au respect qu'elle doit au tribunal et à son auditoire.

Cette horrible mégère qui a tué ses quatre enfants, qui a fait verser tant de sang autour d'elle, cette femme riche, mariée, la plus odieuse des criminelles, parce qu'elle ne voulait qu'un enfant ! cette froide furie qui a condamné sa postérité et son époux, n'est pas condamnée à la peine de mort.

Elle méritait l'échafaud ; on ne lui applique que la peine des travaux forcés.

CXV

L'OGRESSE DU BOURG

Le 4 janvier 1876, à sept heures du matin, sur la place du Bourg, quatre mille personnes assistaient, dans la plus vive anxiété, à l'exécution de la femme Bouyou, condamnée à mort par le tribunal de Cahors.

Une femme à la guillotine, le cas était rare. Il fallait qu'un pareil monstre, par ses crimes successifs, eût lassé la mansuétude des juges et provoqué l'horreur des jurés.

Toute la vie de cette femme n'avait été qu'une suite interminable de crimes : fille, épouse, mère et grand'mère, chaque pas qu'elle avait fait dans la vie, était marqué par le meurtre.

Elle terminait sa criminelle carrière en tuant sa petite-fille à coups d'épingles, après avoir envoyé à la mort, par le même procédé, *onze de ses enfants*.

Jeune, elle avait été lascive; vieille, elle avait été criminelle; jeune et vieille, la nature lui avait donné tous les vices, pour les exploiter au profit de son vice primordial : la cupidité.

Adultère et infanticide, elle montait à l'échafaud la tête couverte du voile des parricides; elle eût mérité de subir toutes les tortures du moyen âge, pour venger une famille que cette ogresse avait détruite, pour donner une légitime satisfaction à la société dont cette femme était l'opprobre.

Voilà, sans doute, les pensées qui germaient dans l'esprit de toutes les mères assistant à l'exécution de cette épouse, de cette mère et de cette grand'mère infâme.

Les quatre mille personnes se pressant autour de l'échafaud, attendant la patiente qui, par ses crimes, avait fait aussi un cimetière autour d'elle, trouvaient sa mort encore trop douce!

La foule récapitulait avec horreur tous les crimes de cette femme qui avait tué son mari, ses enfants et petits-enfants.

L'exécution de l'arrêt de Cahors qui l'avait condamnée à la peine de mort devait avoir lieu le 4 janvier au Bourg, à l'endroit où avaient été commis tous ces infanticides.

L'échafaud, dressé dans une nuit, avait été placé à dessein à peu de distance de la maison autrefois habitée par la condamnée.

A sept heures du matin, sur la route qui mène de Cahors à Bourg, la voiture entourée de soldats de ligne et de gendarmes, avait amené la femme Bouyou.

Elle était partie de la veille de la prison de Cahors.

Son confesseur et le directeur de la prison l'accompagnaient.

Arrivée à Bourg, le procureur de la République se dirigea au-devant de la voiture pour lui annoncer que son dernier moment était venu.

Elle reçut cette terrible nouvelle avec calme et répondit :

— Je puiserai mon courage dans mon repentir.

Elle entra à la mairie où le bourreau procéda de suite à sa toilette; ses bras furent attachés derrière le dos; un voile blanc fut jeté sur sa tête.

Son front était étroit; ses traits étaient anguleux et pointus, ses cheveux noirs et rebelles.

Ses mains longues et amaigries, son nez crochu, ses membres osseux, les pommettes de ses joues rougies par l'insomnie et la fièvre, ses lèvres minces et ses yeux creux formaient un ensemble peu sympathique, presque effrayant.

Pourtant on prétendait qu'elle avait été jolie. Elle avait plus de quarante-cinq ans; depuis sa condamnation, elle en paraissait soixante, le crime l'avait vieillie et flétrie avant l'âge.

Lorsqu'elle sortit de la mairie pour se rendre à la place de l'échafaud, presque en face de sa demeure, elle ne put se défendre d'un moment de faiblesse et de terreur.

Il fallut que son confesseur et un aide du bourreau la tinssent chacun par un bras pour la porter de la mairie à la guillotine.

Pourtant Mme Bouyou avait prétendu qu'elle aurait du courage en face de la mort.

Mais les épreuves qu'elle avait à subir étaient au-dessus de sa volonté.

Cette nature hypocrite n'était qu'un composé de mensonges. Tout en cherchant, à sa prison de Cahors, à puiser sa résignation dans les secours de la religion, cette femme astucieuse n'avait pas moins essayé de devancer son arrêt en se donnant la mort.

Les tortures qu'elle avait infligées à ses victimes, elle se les était appliquées à elle-même. Avant d'être traînée à l'échafaud, Mme Bouyou s'était enfoncé dans le sein, dans diverses parties du corps, une série d'aiguilles.

Mais redoutant la mort, au moment même de se la donner, elle avait eu le soin de retenir par un fil les aiguilles dont elle s'était lardée !

Singulière précaution pour une femme qui voulait se suicider et qui n'attaquait que les parties du corps inaccessibles à la mortalité.

Mme Bouyou, dont les nombreux crimes n'ont peut-être pour excuse que des accès hystériques, était une grande comédienne; c'était parce

qu'elle avait abrité ses nombreux forfaits sous le manteau de la religion
qu'elle avait joui d'une sécurité absolue, presque inexplicable.

Voici sommairement la nomenclature des crimes de la femme
Bouyou.

Dix-sept ans avant le dernier meurtre qu'elle avait commis sur la
jeune Élisa, sa petite-fille, elle avait empoisonné son premier mari, un
nommé Colombe, dont elle avait eu dix enfants. Sept étaient morts de
sa main, percés par des aiguilles dans les régions abdominales ou au
cœur!

Là ne s'étaient pas arrêtés ses infanticides. Quatre enfants de son
second mari étaient morts de la même manière : Célestine Bouyou, presque
en naissant, Louise et Albert Bouyou, âgés de vingt-cinq jours, et Marie
Bouyou, ayant à peine vingt-trois jours.

Pourquoi cette horrible mégère commettait-elle ces infanticides? Pour
se dérober aux charges d'une maternité tardive qui aurait pu gêner sa vie
de débauches.

Son auberge était la mieux achalandée de la petite localité du Bourg ;
car Mme Bouyou, depuis sa jeunesse, malgré les apparences d'une dévotion
outrée, avait des mœurs très dissolues. Au cours de ses deux mariages,
elle se prostituait aux clients de son établissement.

Un jour, Colombe, son premier mari, après avoir joui des bénéfices des
infidélités de sa femme, essaya de la rendre à ses devoirs ; il eut des accès
de jalousie tardive.

— Coquine, lui dit-il en lui montrant le poing, après l'avoir encore
surprise en conversation criminelle avec un client, si tu ne changes pas
de conduite, je te préviens que je te dénonce à la justice.

L'aubergiste du Bourg haussa les épaules, elle lui répondit :

— Mes coquetteries ne sont que la conséquence de notre état. Si tu
commettais cette lâcheté, mon pauvre homme, tu en serais pour ta honte.
Le pays te montrerait au doigt ; tu n'aurais que le ridicule pour toi.

— Et toi, lui riposta-t-il, tu deviendrais l'horreur du pays! Car ce n'est
pas comme adultère que je t'attaquerais. Ce serait comme infanticide, toi
qui as tué tous nos enfants ; toi qui ne m'as laissé que l'aîné pour me remplacer en cas où je succomberais aussi de ta main? Oh! je te connais, j'en
ai assez de tes crimes! Je ne veux plus que tu agrandisses le cimetière
que tu as fait autour de nous!

Mais Mme Bouyou ne tint aucun compte des menaces de son époux.

Elle se contenta d'aller plus souvent à confesse ; elle continua de vo-
guer à pleine voile sur la rivière du Tendre.

Les pèlerins de l'amour ne désemplirent plus de son cabaret.

Elle versa à boire à son mari... et attendit. (Page 626.)

Colombe, las, honteux et furieux des excès de cette Hébé, lui réitéra ses menaces :

— Puisque tu n'as pas tenu compte de mes paroles,—lui répéta-t-il un soir, en dînant avec elle,—je te préviens que demain je vais me rendre à la ville pour dénoncer tes infanticides à la justice.

A ces mots, Mme Bouyou bondit comme une furie contre son époux. Elle lui répondit :

— Lâche ! après avoir partagé les bénéfices de nos relations, tu voudrais seul en jouir et m'envoyer à l'échafaud ! Ce serait trop commode ! et tu sais bien ce dont je suis capable pour t'empêcher de commettre cette lâcheté !

Mais l'astucieuse cabaretière se ravisa. Elle était aussi captieuse, aussi intrigante que dissimulée. La tigresse rentra ses griffes. Elle se changea tout à coup en bacchante.

Par de vives protestations, par des caresses sans nombre, la perfide promit à son faible époux de ne plus recommencer ses scènes.

Liv. 79. 79

On était à la fin du repas. L'astucieuse créature sortit, sous prétexte de monter de la cave une nouvelle bouteille de vin ; elle y mit un poison foudroyant qu'elle portait sur elle. Elle versa à boire à son mari, elle ne but pas et attendit.

Elle avait tenu parole à son confiant époux. Le lendemain, le malheureux ne pouvait plus se rendre à la ville pour dénoncer sa femme.

Dans la nuit, il souffrait du ravage du poison que lui avait versé sa cruelle épouse. L'ogresse continuait son œuvre. Colombe mourait, presque foudroyé, sans avoir eu le temps d'accuser son bourreau qui le renvoyait au cimetière où elle avait porté la plupart de ses enfants.

A la nouvelle de la mort de son époux, tout le pays qui la soupçonnait, s'était dit :

— C'est encore l'œuvre de l'ogresse !

Mais elle parut si affligée, elle se confessa avec tant d'ardeur ; elle fut à la fois si pieuse avec les gens d'Église, si aimable avec les habitués de son cabaret, qu'on ne songea pas à l'inquiéter. Elle continua ses débauches et ses tueries.

Pour les exercer avec plus de sûreté, elle prit un second mari, Bouyou, son ancien garçon. Il avait été son amant, du vivant de son premier époux.

Celui-ci était plutôt un complaisant qu'un époux. Au commencement de son mariage, Bouyou se plia à toutes les exigences de sa femme, il se soumit à ses fantaisies libertines. Il resta, vis-à-vis des chalands, l'ancien serviteur de sa maison.

L'ogresse du Bourg profita de la situation que Bouyou gardait en apparence vis-à-vis d'elle pour lui faire endosser les produits de son licencieux commerce.

Et Mme Bouyou ne se priva pas, lorsque le malheur lui donnait encore un rejeton de son nouveau mari ou de sa clientèle, de le renvoyer au cimetière où reposaient ses victimes.

Elle eut de Bouyou, ou plutôt de l'endosseur de ses produits adultérins, quatre enfants qui, dans l'espace du mois suivant la délivrance, allèrent du berceau au tombeau !

La misérable préparait avec un art aussi raffiné qu'atroce leur terrible agonie.

Elle leur enfonçait des aiguilles à tricoter de onze centimètres dans la colonne vertébrale, dans les reins et dans le ventre.

Après les avoir bien affaiblis par des blessures internes, elle terminait par leur donner une mort foudroyante en leur traversant le cœur de sa terrible aiguille.

L'ogresse jouissait avec une âpre volupté de la mort qu'elle préparait à ses enfants, avant de la leur donner définitivement.

La femme de proie tenait à se repaître de l'agonie de ses victimes.

Bouyou, en voyant aller, un à un, ses enfants au cimetière, avait l'air de fermer les yeux sur la façon atroce dont ce monstre faisait de nouveaux cadavres,

Bouyou était un sournois. Nature plus basse, plus vindicative, plus avisée que son ancien patron, ce second mari de l'ogresse n'avait pas voulu, comme Colombe, l'attaquer en face. Il savait trop ce qu'il lui en aurait coûté.

Que fit-il pour se venger d'elle de la mort de ses enfants? Il mit dans ses intérêts le seul fils qui restait du premier lit de sa femme, Louis Colombe, récemment marié.

Bouyou, pour mieux se l'attacher, fit la cour à sa jeune épouse. Colombe succombait d'une phtisie pulmonaire. Le mari de l'ogresse n'eut pas de peine en excitant la cupidité de la femme du poitrinaire, à devenir le remplaçant de son beau-fils.

La femme Bouyou, aussi jalouse que cruelle, s'aperçut de l'infidélité de son jeune mari avec sa bru. Elle résolut de s'en venger.

Avertir son fils était inutile, Colombe était entre la vie et la mort. Il succombait de la phtisie. En mourant il laissait une petite fille.

Aussitôt l'ogresse forma le dessein d'en finir avec cette petite fille, de la tuer comme elle avait tué tous ses enfants.

Deux causes l'excitaient à agir ainsi : la première, pour que la petite Élisa n'héritât pas de son fils ; la seconde pour frapper son mari qui pouvait être le père de cette enfant.

En tuant sa petite-fille, son intérêt était d'accord avec sa vengeance. Elle chassait sa bru de sa maison, elle prenait l'héritage de son fils, elle anéantissait les menées intéressées de son second époux.

Le 22 juin 1875, une scène doublement lugubre avait lieu à l'auberge du Bourg. Dans une chambre au-dessus de la salle du rez-de-chaussée, se mourait le jeune Colombe.

Deux heures avant d'expirer, sa fille Élisa agonisait aussi dans son berceau, placé près de son lit.

Mme Colombe ne savait où aller, où courir ! du chevet de son époux expirant au berceau de sa fille mourante.

Mme Bouyou était aux aguets, dans la même chambre. Elle ne perdait pas de vue les moribonds. Elle gardait son sang-froid, son esprit d'investigation devant ces deux agonies. Elle n'avait qu'une pensée inspirée par la vengeance et la cupidité ; faire mourir sa petite-fille avant la mort de son fils, parce que le trépas de cette enfant, avant celui de Colombe, la vengeait de sa bru et de son époux.

Au moment où l'on désespérait de son fils, où l'on croyait qu'il allait passer dans une dernière crise, Mme Bouyou profitait de ce moment d'émoi et de douleur, pour emporter la petite Élisa.

Déjà, dans son berceau, elle lui avait percé le corps de deux aiguilles à tricoter.

Au moment où la femme Colombe se jette désespéc sur le lit de son mari agonisant, Mme Bouyou emmène Élisa dans une autre pièce.

Elle donne pour prétexte de ne pas montrer à l'enfant le terrible spectacle de l'agonie de son père. A l'abri de tous, elle reprend sa longue épingle et la lui enfonce dans le cœur.

La petite Élisa pousse un cri plaintif et meurt. Lorsqu'elle succombe, les râles du père répondent au soupir de la fille. Il meurt deux heures après elle.

Pendant que son fils agonisait, l'horrible femme préparait donc froidement la mort de sa petite-fille, elle la visait au cœur.

A deux heures d'intervalle, le père suivait son enfant au tombeau.

Ce devait être la dernière œuvre de l'ogresse !

L'indignation des gens du Bourg est à son comble lorsqu'ils apprennent la double et sinistre scène du père et de sa fille expirant sous les yeux de l'ogresse.

On se souvient que, dans la même année, elle a tué sa dernière fille, Marie Bouyou, qu'elle était allée chercher chez sa nourrice à Anglars, pour la tuer aussi chez elle à coups d'aiguilles !

On tient la nouvelle de cet autre crime, de la bouche de la nourrice d'Anglars. Alors les plaintes au parquet de Cahors abondent, elles partent de tous les points du Bourg.

Au moment de l'enlèvement du corps du fils et de la petite-fille de l'ogresse, un rassemblement de gens indignés a lieu autour de l'auberge.

La cérémonie mortuaire terminée, des gendarmes descendent dans la maison : il emmènent la propriétaire pour la conduire en prison.

Aux assises, ce monstre, cette ogresse qui a fait tout un cimetière avec les restes de sa famille, répond par des paroles animées et des gestes fréquents.

Il semble qu'elle n'ait pas la conscience de ses odieux forfaits. Elle inspire autant d'horreur que de dégoût, lorsque le tribunal lui demande de qui elle tenait la façon de tuer ses enfants ?

Elle répond :

— Des Bretons qui visitaient mon auberge.

Le jeune homme se sentit marcher dans le sang. (Page 631.)

Les Bretons, dans son pays, signifient des ouvriers étrangers à la localité.

Faut-il la croire?

Non, car tout est comédie, chez cette femme, chez cette hystérique : ses paroles, ses actes, son simulacre de suicide.

Lorsqu'elle monte à l'échafaud, dans les larmes et dans le repentir, lorsqu'elle embrasse son confesseur, peut-être n'a-t-elle qu'un regret : celui de ne pas récolter les fruits de ses monstrueux forfaits.

Les quatre mille personnes qui assistent à son supplice, en se rappelant les crimes de Mme Bouyou, paraissent plus indignées que touchées.

Lorsque l'ogresse du Bourg, devant sa maison, sur le théâtre de ses crimes, vient porter sa tête à l'échafaud, un soupir de satisfaction s'échappe de tous les cœurs.

A sept heures du matin, sa tête tombe, les crimes du Bourg sont vengés !

CXVI

BAQUET

A la fin de mars 1875, l'assassin Baquet occupait, à la prison de la Roquette, l'une des trois cellules des condamnés à mort. Il y attendait l'exécution de son arrêt, son pourvoi en grâce venant d'être rejeté.

Baquet était l'assassin d'un commissionnaire en marchandises, M. Rocher, occupant rue Hauteville un petit bureau composé de deux pièces, non loin de son appartement situé rue Lafayette.

M. Rocher avait eu la tête tranchée par ce Baquet, l'ancien homme de peine d'un tourneur en cuivre.

Le jour du crime, l'assassin n'était sorti que depuis la veille de la prison de la Roquette, après y avoir fini son temps pour vol et abus de confiance.

Il connaissait M. Rocher, il s'y était rendu souvent, en sa qualité de garçon de magasin de M. Granet, tourneur en cuivre, en relation d'affaires avec ce commissionnaire en marchandises.

A la Roquette, Baquet avait mûri son crime contre le client de son ancien patron.

Le lendemain de sa sortie de prison, ce récidiviste louait, rue Oberkampf, une chambre garnie, puis il allait retrouver sa maîtresse, la femme Cailleux, dite veuve Senard.

Il revoyait ensuite son ancien patron. Il venait le retrouver moins pour y reprendre son emploi que pour s'assurer qu'il était resté en relation d'affaires avec M. Rocher.

Et, immédiatement, il se rendait chez le commissionnaire en marchandises, pour aller l'assassiner et le voler en plein jour.

Cela se passait à la fin de décembre, le lendemain de la sortie de Baquet de la Roquette.

L'idée de son meurtre l'avait obsédé durant toute sa captivité. Il était bien résolu à l'accomplir une fois en liberté.

Baquet était une nature aussi ingénieuse qu'énergique. Il n'eût pas manqué de réussir dans son crime, si le hasard et des circonstances imprévues n'eussent déjoué ses combinaisons.

C'était un homme de quarante ans, de taille moyenne. Il était blond, portant moustaches et barbiche, ses yeux gris semblaient éviter l'éclat du jour, ses maxillaires étaient très saillantes, elles donnaient à sa physionomie un caractère d'étrange férocité.

Si dans ses actions énergiques, si dans ses violences spontanées, il avait une ligne de conduite bien arrêtée, elle se brisait par des actes inconsidérés qui provenaient de ses accès d'ivresse.

Baquet buvait ; c'était un alcoolique.

Sous le pouvoir de l'ivresse, il avait des moments d'incohérence qui donnaient un démenti à son énergie et à son habileté.

Il fit preuve de cette énergie et de cette habileté durant les assises.

A la prison de la Roquette, après un premier moment de faiblesse, il montra une grande fermeté.

A la Roquette, Baquet occupait la cellule que Boudas avait quittée le 19 octobre précédent en même temps que l'herboriste Moreau, pour marcher à l'échafaud.

Comme Boudas, Baquet tuait M. Rocher, le commissionnaire, dans les circonstances analogues à celles qui se présentèrent à Boudas contre le brocanteur de Montmartre.

Comme pour Boudas, Baquet fut dénoncé par le fils de la victime ; comme ce premier assassin, Baquet eut affaire à une maîtresse qui se refusa d'être sa receleuse et sa complice.

Enfin, comme pour l'affaire Boudas, le fils de M. Rocher découvrit le premier le cadavre de son père.

Le jour de ce meurtre audacieux qui répandit l'épouvante dans tout Paris, il avait fait un temps désastreux. Un verglas, qui rendait la marche impossible, recouvrait la chaussée et les trottoirs de la capitale.

Ce jour-là, M. Rocher, qui venait d'être assassiné par Baquet, ne rentra pas rue Lafayette dîner comme d'habitude dans sa famille.

On mit d'abord son retard sur le compte du verglas. A neuf heures moins un quart, son fils ne le voyant pas revenir, se décida à aller à sa rencontre, à son bureau de la rue Hauteville.

D'abord le concierge prétendit que M. Rocher n'était pas chez lui ; puis ne voyant pas sa clef à son casier, il laissa monter son fils qui avait la double clef de son bureau.

A peine eut-il ouvert la porte, que le jeune homme, dans la nuit, se sentit marcher dans le sang. Il se baissa, il reconnut le cadavre de son père.

Sa tête ne tenait plus au cou que par quelques fibres. Entre ses jambes on trouva un couteau de marchand de vin, fraîchement aiguisé, et un chapeau mou.

Le couteau et le chapeau avaient dû appartenir à l'assassin.

Dans la seconde pièce, les meubles avaient été renversés et fouillés.

Une pendule à terre s'était arrêtée à trois heures trente minutes, heure à laquelle le meurtre et le vol avaient été consommés.

On trouva au pied du cadavre un papier sanglant, froissé, signé Granet.

Une fois ces horribles constatations faites, le concierge fit connaître que dans la journée, vers les trois heures, un individu dont il donna le signalement était venu demander M. Rocher et qu'il avait attendu près d'une heure pour lui parler.

Grâce à ces indices, Baquet fut arrêté. Après son jugement, au moment de l'expiation suprême, lorsque M. R*** vint le chercher dans sa cellule avec le directeur de la prison, Baquet les reçut avec le plus grand sang-froid :

— Bon, dit-il, je sais ce que c'est.

Il se leva, prit sa pipe et se mit à fumer. Il attendit sans sourciller qu'on l'habillât pour le préparer à sa toilette et à monter à l'échafaud.

Après avoir reçu la visite du directeur de la Roquette et de l'exécuteur, il n'accueillit pas aussi bien l'aumônier.

Lui tournant le dos, Baquet pressa les mains du directeur de la prison et lui dit en faisant allusion à la dure surveillance dont il avait été l'objet :

— Oh! je ne vous en veux pas! Vous avez fait votre devoir!

Puis franchissant le couloir, il se dirigea tout à coup vers la cellule d'en face, après être resté à l'écart dans l'angle de la sienne. L'aumônier l'accompagnait. Alors il tira les verrous de la cellule voisine, suivi de l'aumônier; il s'enferma avec lui.

Il n'avait qu'un but, gagner du temps. L'instant de la funèbre toilette étant venu, il marcha vers l'avant-greffe.

M. R*** et l'un des aides voulurent le prendre chacun par un bras pour lui faire monter l'escalier qui conduit à l'avant-greffe; mais les bousculant toujours la pipe aux dents, Baquet se raidit contre ceux qui le pressaient; il leur dit avec brusquerie :

— J'irai bien tout seul, je n'ai pas besoin qu'on me soutienne.

Une fois dans l'avant-greffe, il se plaça de lui-même sur l'escabeau où, dernièrement, s'étaient assis avant lui, Boudas et Moreau, pour se préparer à leur toilette.

Baquet fumait toujours.

Lorsque les aides de l'exécuteur R*** se disposèrent à le ligoter en le serrant de la jambe au cou, il pria poliment les aides de lui retirer la pipe de la bouche. Puis se sentant lié trop fort, il leur cria :

— Oh! vous me serrez trop, je n'ai pourtant pas envie de m'en aller!

Il saute sur lui et lui tranche le cou. (Page 634.)

Ces précautions extrêmes étaient inspirées par l'énergie dont Baquet avait fait preuve depuis son crime jusqu'au moment de son expiation.

On ne savait trop user de vigilance contre un homme qui n'aspirait qu'à déjouer ses gardiens.

Baquet savait ce qu'il disait lorsque, serrant la main du directeur de la prison, il lui avait répliqué :

— Oh ! je ne vous en veux pas pour avoir fait votre devoir.

Baquet faisait allusion au triste service que le directeur lui avait rendu lorsqu'il avait essayé dans sa cellule d'en finir avec les jours qui lui restaient à vivre.

Un jour, il avait voulu se pendre aux barreaux de la Roquette, à l'aide de son mouchoir. Un inspecteur l'avait sauvé à temps de la pendaison. Depuis, par ordre du directeur, un renfort de surveillants ne le quittait plus ; ces gardiens veillaient jour et nuit pour qu'il ne recommençât pas ses tentatives de suicide.

Esprit résolu et cynique, tel se montre Baquet, depuis qu'il quitta une première fois la Roquette, pour y rentrer trois jours après, à la suite de son assassinat contre Rocher.

Dès son premier temps fini, une fois rendu à la liberté, Baquet n'eut qu'une idée : mettre à exécution son plan de tuer Rocher, client de Granet, son ex-patron.

Après s'être muni d'un couteau de marchand de vin, qui sera l'instrument de son crime, après avoir revu sa maîtresse qui sera appelée à devenir sa receleuse, après avoir retrouvé Granet, son ancien patron dont il refera la signature dans une fausse lettre de recommandation, il se rend rue Hauteville, chez Rocher, pour l'assassiner et le voler.

Il l'attend une heure ; il tient le jour même à accomplir son crime.

Une fois en sa présence, il lui remet la prétendue lettre signée faussement du nom de son patron.

Pendant que M. Rocher la lit, il saute sur lui, lui tranche le cou avec le couteau qu'il a dérobé, le matin, chez le marchand de vin où il a pris son repas.

Il frappe Rocher avec une telle violence que le cou du malheureux est presque entièrement tranché, sa tête ne tient que par quelques lambeaux de chair.

La blessure a dû être unique, le coup qui l'a faite a été aussi vigoureux qu'instantané.

Tout témoigne de l'énergie féroce de l'assassin.

Lorsque le fils de M. Rocher entre dans la première chambre, il trouve le cadavre de son père entre la cheminée et une table. De la façon dont le corps est placé, on voit qu'il a dû être frappé près de la porte, et que l'assassin l'a traîné, pour repasser, vers la cheminée. Tout l'atteste : les mares de sang qui inondent le seuil, les cinq doigts ensanglantés marqués sur le panneau.

Et comme pour jeter un défi à la justice, Baquet a laissé entre les jambes de sa victime son chapeau et le couteau qui lui a tranché le cou. Puis, dans une autre pièce où il a volé trois cents francs, il abandonne la lettre de recommandation qui deviendra un autre indice pour découvrir ce coupable.

Couteau, chapeau et lettre révèlent bientôt l'auteur de cet épouvantable attentat.

Le chapelier, un fabricant de la rue du Temple, reconnaît le chapeau de l'assassin. On découvre, dans le même quartier, le marchand de vin à qui Granet avait dérobé le couteau.

Quant à la lettre du faux Granet, le tourneur en bronze répond à un inspecteur qui la lui présente :

— Cet écrit n'est pas de moi, c'est un faux !

Et comme le crime de Baquet est connu de tout Paris par les journaux, le fabricant ajoute à l'inspecteur :

— Cette lettre est de Baquet, mon ancien homme de peine. Il m'aura joué ce tour pour commettre son crime. Pourquoi ? parce que, depuis hier, qu'il est sorti de prison, je me suis refusé à vouloir l'employer.

Par ces informations, la police serre de près Baquet. Elle se rend à son domicile, rue Oberkampf. Il n'y est plus. On va chez sa maîtresse où l'on sait qu'il a porté les trois cents francs de sa victime.

Cette femme a-t-elle été l'inspiratrice de ce crime ? non. La nommée Cailleux, dite veuve Senard, est une honnête femme.

Baquet a le malheur d'avoir une compagne scrupuleuse. Elle refuse d'abord les trois cents francs qu'il lui montre parce qu'ils sont renfermés dans un porte-monnaie taché de sang.

Baquet, pour vaincre ses scrupules, pour détourner ses soupçons, dit à la veuve Senard que les trois cents francs qu'il lui apporte proviennent du jeu. Il prétend les avoir gagnés à la prison de la Roquette.

Alors la veuve Senard consent, non sans méfiance, à accepter l'argent tout en lui demandant d'où provient le sang du porte-monnaie.

Il lui répond qu'il a fait une chute, qu'il s'est blessé à la main. Ce qui explique aussi pourquoi il revient chez sa maîtresse sans chapeau.

La police intervient à son tour : elle dit à la veuve Senard la vérité qui est relatée dans tous les journaux.

La maîtresse de Baquet remet l'argent et le porte-monnaie aux agents de l'autorité. Lorsque son amant revient chez elle pour y chercher ses trois cents francs, il est cueilli par la police qui a cerné la maison.

Ainsi, trois jours après son départ de la Roquette, Baquet y retournait pour ne plus dépasser son péristyle et monter à l'échafaud.

Aux assises, Baquet a soutenu de nouveau que les trois cents francs trouvés chez la Senard, et volés à M. Rocher, avaient été gagnés au jeu à la Roquette.

Le président lui fait comprendre qu'une maison de détention n'est pas une maison de jeu et que les détenus ne peuvent avoir une pareille somme à leur disposition. D'ailleurs Baquet était un ivrogne ; et s'il avait eu de l'argent, durant sa première détention, il aurait été le boire à la cantine.

Les faits l'accablent.

Lorsque Baquet était retourné chez sa maîtresse, il avait encore sur lui la clef de la pendule de M. Rocher ; il portait un pardessus de drap bleu foncé, une paire de gants d'étoffe marron, appartenant à la victime.

Baquet, malgré toute son habileté, toute son énergie, est impuissant, devant l'évidence des faits, à lutter avec la justice ; il est condamné à la peine de mort. Il écoute son arrêt, sans manifester aucune émotion ; et Baquet, caractère très résolu, se promet de devancer l'arrêt qui le frappe.

On a vu comment un surveillant intervint lorsque, dans sa cellule, Baquet, à l'aide de son mouchoir, tenta de se suicider.

Le directeur de la prison prit désormais ses précautions pour que, de nouveau réinstallé à la Roquette, Baquet ne devançât pas l'heure de payer sa dette à la société.

On a vu aussi comment il monta à l'échafaud sans vouloir les consolations de l'aumônier, sans recourir aux soins des aides de Monsieur de Paris.

Le 1er avril 1875, Baquet se présente sans forfanterie, sans terreur, sur la plate-forme de la guillotine.

Il est en face d'un public qui n'est pas le public ordinaire des exécutions ; il y a peu de voyous, peu de filles. Les souteneurs n'y sont plus en majorité. Il y a beaucoup plus d'hommes du monde et de journalistes.

Baquet a commis seul son meurtre. Il n'a pas eu recours au concours de la haute pègre. C'est un homme d'exécution qui ne s'est plié ni aux obsessions du clergé, ni aux exigences de la police. Dans son genre, c'est *un vaillant*.

L'exécuteur R*** comprend que si sur l'échafaud il apostrophe le clergé et les gens de justice, ce serait un mauvais exemple à donner au public.

Il faut que Baquet meure vite sans jeter un blasphème à la religion, une insulte à l'autorité.

A peine sur l'échafaud, Baquet, en un tour de main, est renversé sur la bascule.

Comme un éclair la partie supérieure de la lunette retombe sur sa tête. Il est décapité en une seconde. La rapidité de son exécution a été, pour ainsi dire, foudroyante.

Une fois sa tête tombée, son corps est mis dans le fourgon ; l'exécuteur R***, qui a toujours le mot de la fin, dit en parlant de son patient :

— Baquet était un mâle !

Deux volturiers sont assommés à coups de marteau. (Page 639.)

CXVII

LES DÉPECEURS DE CADAVRES

L'exécuteur R'" ne se contentait pas de perfectionner son instrument de supplice qu'il appelait « son bijou ». Dans les moments de loisir que lui laissaient nos gouvernants par leur sollicitude pour nos plus grands criminels, il divisait en catégories physiognomoniques et caractéristiques les meurtriers qui auraient dû paraître sur les madriers de sa guillotine.

Précédemment sur les notes de R'", ont été passés en revue les *infanticides*.

On a vu qu'en moins d'une année, de 1875 à 1876, seize marâtres ont pu impunément détruire leurs enfants sans payer de la peine capitale la mort qu'elles leur avaient donnée. Une seule, la femme Bouyou ne put éviter l'échafaud parce que, indépendamment de la mort qu'elle avait préparée à ses onze enfants, elle avait tué aussi leur père.

Ah ! si l'ogresse du Bourg eût eu grâce de la vie, c'eût été donner une sorte de complicité morale aux défenseurs de la loi et de la société.

Mais ces observations entrent dans le domaine des légistes. Moins que tout autre, un exécuteur ne peut insister sur les raisons spécieuses qui rendent de plus en plus rare l'application de la peine de mort. Elle seule, cependant, peut restreindre par la terreur qu'elle inspire le nombre croissant et formidable des assassins.

Après avoir parlé de la catégorie des *infanticides*, M. R*** s'occupe des *dépeceurs de cadavres*.

Dans le cours de ce récit, a figuré *Avinain*, le type le plus monstrueux de ces *désosseurs* de corps humain ; il a eu pour imitateurs : *Billoir, Lebiez et Barré*, puis *Vitalis*.

Avinain le boucher dépeçait ses victimes avec l'habileté d'un homme du métier. Il assommait, désarticulait un corps, conduit par un unique mobile : la cupidité. Lebiez et Barré étaient inspirés de la même passion vis-à-vis de la laitière du faubourg Poissonnière.

Billoir avait eu un autre but en découpant le corps de sa maîtresse : le dégoût qu'elle lui inspirait. Vitalis, à Marseille, avait eu deux mobiles, en hachant sa victime : sa passion effrénée pour sa fiancée, son désir d'en finir avec une vieille maîtresse qui, par jalousie, se refusait à devenir sa belle-mère.

Il n'est pas inutile de signaler depuis cinquante ans les dépeceurs de cadavres qui ont mis en pratique la théorie de Lacenaire : couper en morceaux les gens assassinés pour dérouter la police.

Ce fut pourtant le contraire qui arriva ; car les dépeceurs de cadavres, depuis 1825 jusqu'en 1875, furent tous retrouvés par la justice.

En voici la nomenclature :

En 1825, un lieutenant d'infanterie légère, Dautun, assassine sa maîtresse, Mᵐᵉ Vannes ; il la coupe en morceaux ; il les sème non seulement dans Paris : mais encore dans la banlieue. Il est découvert, arrêté et il monte sur l'échafaud.

En 1832, le sergent de ville Reges s'attaque à un garçon de recettes, nommé Ramus. Il découpe son corps en morceaux, il jette les jambes à la Seine, la tête dans un égout de la rue du Bac, le tronc dans celui de la rue de la Huchette. Il est pris, jugé et exécuté.

En 1835, un ouvrier tapissier, nommé Lhuissier, tranche la tête par ja-

SCEAUX. IMP. CHARAIRE ET FILS.

lousie à sa maîtresse, Catherine Féroux. Il la dépèce, il prend un sac, y met les morceaux; et chargé de son funèbre fardeau, il se rend à la Seine et le jette dans le fleuve. Au bout d'une semaine le corps est repêché; son dépeceur est arrêté et exécuté.

En 1849, un tronc de femme est retiré de l'eau au pont d'Austerlitz; à Argenteuil on retrouve les jambes; mais la tête est introuvable. On parvient cependant à découvrir que le corps démembré de la victime est celui d'une femme Huguet; elle vivait avec un ouvrier appelé Lemoine, demeurant rue de la Roquette. Elle était mariée; son mari la hacha par jalousie. Il fut arrêté à Montargis, il avoua son crime et fut condamné aux travaux forcés à perpétuité.

En 1851, un fabricant de bronzes, M. Poirier-Desfontaines, est assassiné, son corps est coupé en morceaux, il est expédié dans une malle à Châteauroux. Eugène Vin, son assassin et son dépeceur, est découvert, arrêté et décapité.

En 1854, un nommé Wahl, horloger suisse, est assommé par son employé Dombey, celui-ci le coupe en deux, il le met dans une caisse et l'expédie par le chemin de fer de Lyon. Dombey est arrêté et monte sur l'échafaud.

En 1856, deux voituriers, marchands de fourrages, sont assommés à coups de marteau; leur corps est dépecé par Avinain qui possédait, sur le bord de la Seine, divers hangars à dissection. Les débris humains de ces victimes sont confiés à la Seine et Avinain, comme on l'a vu, est découvert, vendu par sa femme et sa fille. Il est condamné à mort et exécuté.

En 1868, dans un puits de la rue Princesse, on découvre deux jambes; dans l'égout de la rue Jacob, un fémur; dans la Seine et au canal Saint-Martin, d'autres débris humains. L'auteur du dépeçage de sa victime est un agent de police, nommé Beauvoir. Il se suicide dans sa prison.

En 1871, la femme d'un cultivateur est coupée en quarante-deux morceaux et cachée par son mari, dans son fumier. Vignal, son assassin, mêle les morceaux du corps de sa femme avec les débris d'une brebis. Les deux squelettes sont reconstitués, et Vignal est condamné.

En 1872, deux Tunisiens découpent, après l'avoir assassiné, un négociant, leur compatriote, un nommé Grego, à Marseille. Tous les deux arrêtés montent sur l'échafaud.

Depuis cette époque ont surgi Billoir, Barré et Lebiez, Vitalis de Marseille, dont il a été question, précédemment, bien après Avinain.

Ces dépeceurs de cadavres, les derniers surtout, ont eu leur biographie retracée ici par les exécuteurs chargés d'infliger la peine capitale à la plupart de ces monstres.

L'assassinat et le dépeçage de Grego, les circonstances dans lesquelles eurent lieu ce crime, ne sont pas moins romanesques que l'assassinat et le dépeçage de la maîtresse de Vitalis.

Ces deux crimes eurent lieu à Marseille.

A cinq années de distance le port de cette ville recevait, par deux fois, des dépôts de débris humains.

La femme coupée en morceaux, par Vitalis, était venue de Montpellier pour aller mourir à Marseille. Le corps du malheureux Grego revenait dans une malle, de la mer, pour retourner à Marseille, lorsque, la veille, le négociant se préparait à retourner en Tunisie, sa patrie.

Cette dernière et épouvantable affaire se passait en l'année 1872.

A cette époque, elle occupa, par les étranges et épouvantables héros, Marseille et Londres.

Les péripéties sont aussi émouvantes que curieuses ; elles sont dignes d'être relatées à côté des affaires Avinain, Billoir, Barré, Lebiez et Vitalis.

CXVIII

GREGO LE TUNISIEN

Un événement imprévu, au commencement de l'année, éveillait l'attention du public marseillais. Un étranger, un Tunisien, après avoir fait de grosses opérations de Bourse, ne paraissait plus.

C'était au lendemain d'un encaissement considérable, d'un demi-million, au compte d'une grande Compagnie tunisienne.

Grego était-il mort ou avait-il pris la fuite ? Toujours était-il que, le 16 janvier 1872, Grego Angelo, négociant et représentant de la maison Samana aîné, de Tunis, âgé de vingt-cinq ans, demeurant à Marseille, au Montgrand, disparaissait de son domicile.

A la Bourse, où il était très connu sous la dénomination de *Grego le Tunisien*, son absence fut remarquée et commentée de toutes les manières.

Immédiatement on se mit à la recherche de Grego, dont l'absence était un objet de crainte et de suspicion. Les intéressés de la Compagnie coloniale interrogèrent deux israélites, Raphaï Toledano et Isaac Sitbon. Ces individus, en relations d'affaires avec Grego, répondirent qu'il l'avaient quitté la veille, à la porte de son logis, et que, depuis, il n'en avaient plus entendu parler. L'un des intéressés était Michel Samana.

Des pêcheurs trouvaient une malle énorme. (Page 642.)

Ce Michel Samana était le compatriote et le commis de Grego. Il avait la double clef de son domicile. Il se rendit chez lui et ne le rencontra pas.

Ce qui surprit fort ce Michel, parent du Samana, chef de la Compagnie tunisienne, ce fut de trouver la porte de Grego à peine fermée par une gâchette.

Grego était méfiant. Il avait l'habitude, lorsqu'il sortait de chez lui, de fermer sa porte à double tour. Il n'avait pu se contenter, au moment où il détenait un demi-million, de fermer son logis d'une façon aussi fragile. Cette fermeture trop sommaire devenait inexplicable ; elle donnait un démenti au caractère soupçonneux du négociant Grego.

Alors Michel alla droit à son bureau et à sa caisse. Il trouva la caisse à demi ouverte et vide. Les cinq cent mille francs, touchés de la veille, n'y étaient plus.

Il continua ses investigations, il chercha à son bureau, une lettre, un papier pouvant expliquer son absence. Tous les tiroirs avaient été forcés.

Liv. 81.   81

Il n'y avait plus un seul papier. Les lettres de commerce en étaient disparues.

Que fallait-il penser?

Grego avait-il pris la fuite ? avait-il feint d'avoir été volé pour expliquer sa disparition? Était-il lui-même le voleur de la Compagnie tunisienne dont il était le représentant ? C'était improbable, puisqu'il avait de très gros intérêts dans cette Compagnie.

Avait-il été plutôt la victime de ce vol considérable? On ne savait que penser, lorsque le lendemain de ces décevantes recherches, le mystère qui planait sur l'absence de Grego commença à s'expliquer.

Le lendemain, des pêcheurs trouvaient sur le port de Marseille une malle énorme que la vague venait de jeter sur la rive.

Elle portait sur son couvercle le nom de Grego.

Ce nom du riche Tunisien éveilla la cupidité des pêcheurs. Ils se précipitèrent sur la malle, croyant y découvrir un trésor ; ils s'empressèrent de l'ouvrir.

Leur désappointement égala leurs terreurs lorsqu'ils n'y trouvèrent qu'un cadavre.

C'était le corps de Grego.

Le malheureux avait les jambes sciées. Elles étaient placées au-dessus de la tête et du tronc également coupés en deux. Les membres, par les chairs encore fraîches, par le sang à peine coagulé, avaient dû être coupés de la veille.

Alors les mercenaires s'empressèrent de faire part aux autorités de leur terrible découverte.

Aussitôt le corps de Grego avec la malle, fut transporté à la Morgue.

Immédiatement la justice fit une enquête pour découvrir les assassins du négociant tunisien..

Maintenant un point était éclairci sur cette sanglante affaire ; Grego le Tunisien, au moment de s'embarquer pour la Tunisie, afin de rendre ses comptes à la Compagnie, avait été assassiné, pour être dépouillé de son demi-million !

Qui avait pu commettre ce crime épouvantable?

Qui, après ou avant d'avoir dépouillé Grego, l'avait tué, coupé en morceaux ?

Ce ne pouvait être que des gens très au courant de ses affaires et de ses habitudes.

Grego, quoique un homme léger en apparence, ne confiait ses affaires à personne. Il ne vivait qu'avec ses compatriotes. On savait qu'il s'était

éloigné, par rancune, de deux de ses nationaux, les nommés Raphaï Toledano et Isaac Sitbon.

Ces deux israélites le jalousaient.

Sitbon qui, plusieurs fois, lui avait emprunté de l'argent, enviait sa fortune. Toledano, représentant, comme Grego, de la Compagnie tunisienne,
était d'un caractère sournois et sombre. Il convoitait la position de son
collègue dans la Compagnie.

La justice ne tarda pas à apprendre qu'une femme, une employée de
la Société africaine, avait été courtisée à la fois par Toledano et Grego.
Ces deux hommes n'étaient pas que des rivaux d'affaires, c'étaient encore
des rivaux d'amour.

La justice fit planer ses soupçons sur Sitbon et Toledano ; ces deux
hommes, après un moment de brouille avec Grego, l'avaient serré de plus
près, uniquement pour mieux en finir avec lui. Leur attitude n'était-elle
pas inexplicable, lorsque le lendemain de la disparition de leur compatriote, ils ne surent ou ne voulurent dire ce qu'il était devenu ?

Les propos que la police recueillit à la Morgue vinrent fixer leurs
soupçons sur Sitbon et Toledano.

Un portefaix, en entrant à la Morgue, en voyant le cadavre et la malle,
s'écria :

— J'ai déjà vu cette malle-là quelque part. Elle était chez un boucher
qui fait l'angle de la rue Saint-Jacques et de la rue de Breteuil.

Immédiatement, un commissaire de police suivi d'agents se rend
chez le boucher désigné par le portefaix.

Ce boucher est oncle de Toledano ; il apprend à la police que c'est son
neveu qui a déposé cette malle chez lui, et que c'est son domestique, un
nommé Nissim Sizouri, qui est venu la lui reprendre, le jour suivant.

La police apprend encore que la malle n'a pas été portée dans le domicile privé de Grego, mais dans un quartier éloigné, à la rue des Tonneliers. Là, pour la dernière fois, on avait vu réunis ensemble, Grego, Sitbon, Toledano et Nissim, leur domestique.

Qu'allaient-ils faire tous les quatre dans la rue des Tonneliers où
Sitbon, d'accord avec Toledano, louait un dépôt-magasin ?

Sitbon avoue le drame sanglant qui s'y passa, lorsque, après avoir
échappé à la police de Marseille, il est pris à Londres par un agent français, au moment où il compte jouir des bénéfices de son crime.

C'est donc Sitbon et Toledano qui ont entraîné, rue des Tonneliers,
Grego pour le tuer, pour couper ensuite son corps en morceaux ; c'est leur
domestique, Nissim, un Africain aussi, qui les a aidés à accomplir leur
forfait.

Par qui les trois meurtriers sont-ils dénoncés ? Par le matelot conduisant avec eux la malle funèbre vers le navire où Grego aurait dû s'embarquer pour la Tunisie.

En pleine mer, Toledano et Sitbon faisaient passer au large, sur une autre barque, le matelot qui les conduisait.

Dès qu'ils étaient seuls, les assassins lançaient la malle à la mer. Par malheur, elle surnageait et revenait au rivage.

Alors le matelot reconnaît aussi la malle avec le cadavre ; il s'écrie dans le plus violent désespoir :

— Ah ! malheur ! en perdant Grego, je perds peut-être une fortune. J'aurais dû me douter que les gredins que je *chaloupais* étaient ses assassins ; leurs chuchotements, la façon de me renvoyer devaient me faire veiller au grain ?

La police s'empare de ce matelot. Elle tient à le confronter avec ses meurtriers qu'il a conduits, en même temps que la malle.

La police ne peut mettre la main que sur Toledano.

Sitbon est déjà en fuite. Il est allé se réfugier à Londres. Son absence devient sa condamnation. Toledano, en face du matelot, ne peut nier qu'il soit allé dans son canot où se trouvait la malle accusatrice.

Désormais la justice est sur les traces des meurtriers de Grego ; mais elle n'en tient qu'un.

Elle s'est emparée de Toledano ; elle ne tardera pas à voir tomber ses deux complices entre ses mains ; Grego le Tunisien sera enfin vengé !

CXIX

LES TROIS MEURTRIERS DE GREGO

Un jour Sitbon, qui tenait à se débarrasser de Grego parce qu'il lui devait de l'argent, dit à son compatriote Toledano :

— Si tu veux, nous jouerons un tour à Grego, dont il se souviendra toujours.

Toledano était un homme énergique, dont le caractère était aussi décidé que celui de Sitbon était tortueux et rempli de fiel.

Il regarda Sitbon dans les yeux et lui demanda :

— Qu'entends-tu par là ?

On était aux abords de la Bourse ; Sitbon trouva qu'il y avait là trop d'oreilles pour l'écouter. Afin de répondre à Toledano, il l'entraîna dans

Le corps de Grego se raidit. (Page 648.)

un coin désert; il lui fit part de la somme considérable que Grego était sur le point de toucher. Il lui dit que l'occasion se présentait pour empêcher Grego de retourner en Tunisie, et pour s'approprier, en le faisant disparaître, le demi-million de sa compagnie.

Toledano qui, un mois auparavant, avait été forcé de disputer à Grego sa maîtresse, la belle Clémentine Reyne, et qui enviait aussi sa richesse, entra dans les vues du perfide Sitbon.

Comme il n'avait pas une très grande confiance en l'énergie de son compatriote et coreligionnaire, il lui proposa de lui envoyer son domestique, un garçon aussi adroit qu'entreprenant, afin de réaliser les plans homicides de l'affaire Grego.

Ce complot des deux scélérats se passait deux jours avant l'exécution du meurtre.

A compter de ce jour, les deux complices ne se quittaient pas plus qu'ils ne quittaient Grego, leur future victime.

Sitbon et Toledano, l'un à propos de billets en souffrance, l'autre à propos de la jolie Reyne, étaient à peine remis d'une brouille très vive avec Grego.

A la veille de quitter Marseille, les deux Tunisiens n'avaient pas voulu, prétendaient-ils, que leur compatriote partît avec de la rancune contre eux.

Comme on le verra, ce n'était qu'une feinte réconciliation de la part des faux amis pour mieux le prendre dans leurs filets.

Une fois Grego en possession de l'argent de sa compagnie, et sur le point de repartir en Tunisie, ses compatriotes lui proposèrent de passer en parties fines ses derniers jours à Marseille.

Grego avait un faible très prononcé pour le beau sexe. Il accepta avec empressement la proposition de ses compatriotes; il se fit une fête de finir son séjour à Marseille dans les délices de Capoue.

Ce fut Nissim, le domestique de Toledano, qui fut sensément chargé par son maître de découvrir dans un quartier désert, un endroit mystérieux très propre à recevoir des almées.

Nissim, au courant du piège homicide de son maître et de son ami, loua pour eux un vaste hangar, rue des Tonneliers. Pour les voisins, ce hangar devait servir de dépôt-magasin à la colonie tunisienne.

Pour Grego, ce magasin ne devait être qu'un endroit de réunion donné à des sirènes de passage. Pour les trois hommes qui l'avaient choisi, ce ne devait être que le théâtre de leur horrible assassinat.

Le jour est fixé pour l'orgie qui doit avoir lieu entre trois courtisanes dont Grego est appelé à devenir le beau Pâris; il n'est, en réalité, que le jour fixé pour son trépas.

Ce jour-là, Grego, à la veille de quitter Marseille, tout au plaisir, attend ses deux compatriotes pour se rendre rue des Tonneliers.

C'est Nissim qui, sur l'ordre de ses maîtres, a arrêté l'heure et le jour du rendez-vous. Nissim est un Scapin acrobate, un clown infernal qui aime à patauger dans le sang.

Sans lui, Sitbon n'eût osé accomplir l'horrible drame qui allait se passer rue des Tonneliers; et Toledano, qui n'avait qu'une médiocre confiance dans le caractère de Sitbon, eût hésité à assouvir sa haine et sa cupidité contre son rival.

Non seulement Nissim a arrêté le local pour l'exécution de ce sinistre guet-apens, et acheté la malle destinée à recevoir le cadavre de la victime, mais c'est lui qui s'est procuré tous les engins indispensables à cette exécution.

Il n'a rien oublié : il achète la malle rue Haxo; il la fait porter avant de s'en servir par Toledano, chez son oncle, le boucher; c'est Nissim qui viendra la rechercher, à l'heure du crime, pour la diriger rue des Tonneliers.

Il achète le casse-tête qui doit assommer Grego, la corde destinée à l'étrangler, la scie qui doit le démembrer. Par excès de précaution, il fait l'expérience de la corde ; il se la met au cou pour bien juger de sa solidité, quand viendra l'heure de l'accomplissement du meurtre.

Nissim ne néglige rien pour s'assurer du prompt résultat de l'attentat. S'il agit avec autant de conscience, c'est qu'il sera payé en raison de ses importants services.

Au moral comme au physique, Nissim, un Africain, est une nature très déliée. Il est aussi souple par les jambes que par la tête. C'est un véritable singe pour le vice.

Quoique paraissant infirme par ses jambes retournées et contorsionnées, il est aussi agile qu'un quadrumane. Sous son air embarrassé et niais, il a un esprit impénétrable, plein de ressources, comme celui d'un ancien procureur.

Avant de servir le crime de ses deux maîtres, il a été leur proxénète. C'est par cette dernière qualité que Grego, fort amateur du beau sexe, apprécie Nissim à sa juste valeur.

Lorsque Grego, après avoir mis toutes ses affaires en règle, quitte son domicile de la rue Montgrand, lorsqu'il se rend à la rue des Tonneliers, où il croit aller à Cythère, Sitbon et Toledano sont à la porte ; ils l'attendent avec Nissim qui les précède, un peu plus loin.

Le domestique, après avoir tout préparé pour la réussite de cet infernal guet-apens, est à l'affût de Grego.

Dès que ce dernier aperçoit Sitbon et Toledano, il s'élance dans l'intérieur du magasin, il crie joyeusement à ceux qu'il croit encore ses amis :

— Eh bien ! et les petites femmes ? où sont-elles ?

Nissim, qui est resté dans la rue, s'élance dans le magasin, sa corde à la main. Sitbon et Toledano ont pris chacun par une main Grego, ils l'ont poussé contre le mur, pendant que Nissim prend son élan pour lui lancer le lasso autour du cou.

Avant que le malheureux négociant ait le temps de se reconnaître, il est étranglé, jeté violemment contre la muraille.

Sitbon prend son casse-tête, décoiffe le patient et lui assène violemment un coup de son arme sur la nuque. Il tombe.

Nissim tire la corde, le visage de Grego, au crâne défoncé, devient violacé. Ses yeux sortent démesurément de leur orbite.

Toledano, qui croit que le coup de Sitbon n'a pas été assez violent, reprend son casse-tête et lui en martèle le front.

La victime ne respire déjà plus. Cependant Nissim et Toledano croient qu'il respire encore. Ils s'emparent de la ceinture bleue de franc-tireur que Sitbon a autour de la taille. Ils lui serrent violemment la tête et le cou avec cette ceinture. Ils la lui nouent à la nuque pour l'empêcher de respirer.

Après l'avoir étranglé, assommé, ils veulent l'asphyxier.

Au bout de dix minutes, le corps de Grego se raidit.

Durant le meurtre, qui n'a duré que quelques secondes, Grego n'a pas eu le temps de pousser un cri.

Étranglé par la corde de Nissim, le casse-tête de Sitbon l'a foudroyé. La blessure faite au crâne par Sitbon a été si profonde, qu'il n'avait pas besoin d'être frappé par son complice, pour passer de vie à trépas.

Le second coup de casse-tête était inutile comme l'étouffement opéré par Nissim, avec la ceinture de Sitbon.

Le valet de l'assassinat a montré trop de zèle.

Dès que les trois meurtriers sont bien assurés que Grego n'est plus qu'un cadavre, Sitbon et Toledano s'empressent de fouiller dans ses poches. Ils s'emparent des clefs de son appartement, de son bureau et de sa caisse. Ils s'apprêtent à se rendre à son domicile pour s'emparer de son demi-million.

Dès qu'ils ont bien toutes les clefs, dès qu'ils vont quitter le théâtre du crime pour laisser Nissim, une scie à la main, prêt à dépecer le cadavre et à le mettre dans la malle, le valet dit à ses maîtres :

— Ah ! pas de bêtises ? Pendant que je vais scier l'homme, ne m'oubliez pas, là-bas, dans le partage.

Sitbon et Toledano le rassurent. Ils le pressent de finir sa funèbre besogne pour venir les retrouver au domicile de Grego.

Nissim se met à la tâche en voyant Sitbon et Toledano prêts à partir.

Sitbon s'aperçoit que, dans la lutte, il a perdu son chapeau, et qu'après l'exécution du crime, il a pris le chapeau de la victime pour le sien.

Avant de sortir du magasin avec Toledano, Sitbon s'écrie avec effroi :

— Tiens, j'ai le chapeau du mort ?

Toledano a pitié du timoré Sitbon, il le pousse dans la rue, sans lui donner le temps de reprendre son chapeau. Il lui dit :

— C'est bon, tu le reprendras plus tard ! courons d'abord au plus pressé.

Ils courent, ils volent vers la rue Montgrand. Grâce aux clefs de Grego, ils entrent dans son domicile, ils font main basse sur toutes ses valeurs.

Nissim se sauve par les toits. (Page 651.)

Nissim n'a qu'une médiocre confiance dans la bonne foi de ses maîtres, il s'empresse de mettre dans la malle le cadavre de Grego.

Comme ce corps ne peut y entrer tout entier, il lui scie les jambes. Il met d'abord le tronc et la tête au fond de la caisse, les jambes par-dessus la tête et le tronc.

Une fois sa funèbre opération terminée, Nissim referme la malle, la cadenasse et met sur le couvercle la carte de Grego.

A son tour, il se dirige vers la rue Montgrand pour prendre sa part dans les produits de ce crime, où Nissim a été le principal et sanglant manœuvrier.

Dans la rue Montgrand, au domicile de Grego, le partage de ses cinq cent mille francs, avec la prise de ses papiers d'affaires, a lieu jusqu'à dix heures du soir.

Une fois les trois meurtriers en possession de la fortune de Grego, une fois les parts faites, ils abandonnent son domicile ; ils ne prennent que la peine de refermer la porte à double tour. Ils retournent à la rue des Tonneliers pour aviser au moyen de faire disparaître de grand matin la malle renfermant le cadavre.

C'est Nissim qui trouve le moyen de la jeter à la mer, sans éveiller les soupçons de la population.

Le navire qui va emmener Grego pour la Tunisie doit partir dans quelques jours. Il attend les bagages de son passager avant le passager lui-même.

Nissim propose à ses complices d'aller chercher un matelot de ce navire qui loge sur le port, en lequel Grego avait toute confiance.

C'est le même matelot qui, après avoir conduit un moment la barque où se trouvait la malle, avait reconnu, le lendemain, à la Morgue, le corps du malheureux Grego.

Voici l'explication des paroles du matelot lorsqu'en reconnaissant la victime des trois meurtriers, il s'écrie avec douleur :

— Oh ! malheur ! en perdant M. Grego, je perds peut-être ma fortune.

Ce matelot avait autrefois sauvé la vie au représentant de la Compagnie tunisienne. Grego lui avait promis de lui prouver un jour sa reconnaissance.

Dans une expédition lointaine entreprise au profit de sa colonie, Grego avait été fait prisonnier par une tribu de cannibales. C'était ce matelot, prisonnier comme lui, comme lui destiné à être mangé par les habitants de l'Équateur, qui avait travaillé à sa délivrance. Alors tous deux avaient trouvé le moyen de regagner leur navire. C'était le même bâtiment qui, en 1872, attendait le départ de Grego pour retourner en Tunisie.

On a vu, dans le précédent chapitre, comment Sitbon et Toledano se défirent du matelot dans la barque portant la malle qui renfermait les restes de Grego.

Une fois délivrés, en mer, du matelot qui les a aidés à transporter la malle de la ville au port, Sitbon et Toledano n'eurent plus qu'un souci : jeter la malle à la Méditerranée.

Mais la malle surnage sur les flots. Ils la rattrapent et la replongent ; la malle surnage encore.

Et Sitbon, toujours en proie à la peur, s'écrie :

— C'est la main de Dieu qui nous punit !

Sitbon obsédé par la crainte, Sitbon aussi lâche que Toledano est résolu, abandonne Marseille dès que le cadavre de Grego est découvert. Il s'embarque pour Londres, sous le nom de Brisentheim, il fait le commerce d'usure dans le quartier de la Marine marchande.

Mais Sitbon a été filé dès son départ de Marseille.

La loi d'extradition ne peut lui donner un droit d'asile à l'étranger. Un soi-disant client se présente à lui comme emprunteur et exhibe un mandat d'arrêt, non pas contre le sieur Brisentheim, mais contre le véritable Sitbon.

Pendant ce temps-là Toledano, qui n'a pas quitté Marseille, est pris par la police et confronté avec le cadavre. Les charges qui pèsent sur lui le font mettre en prison ; et Sitbon revient de Londres pour aller à son tour au cachot de sa patrie.

Quant à Nissim, il est plus difficile à chercher, à dépister, et à être mis sous les verroux.

Une première fois, il est découvert, en dehors de Marseille.

C'est le matelot qui reconnaît Nissim dans une ville, en dehors de la cité phocéenne. Ce dernier s'apprêtait à partir pour Londres, à rejoindre Sitbon pour lui remettre une somme de quinze mille francs placés en lieu sûr.

Mais au moment où le matelot est sur le point de traquer Nissim dans l'auberge où il vient d'entrer, l'adroit complice des meurtriers se jette sur le matelot.

Bien plus souple, bien plus robuste que le marin, il le terrasse, il le dépouille de ses vêtements, lui donne les siens, le coiffe de son fez et l'enferme dans une armoire.

Adroit comme un singe, malin comme un chat, Nissim se sauve par les toits.

Lorsque les agents entourant l'auberge pénètrent dans la chambre où ils espéraient rencontrer et arrêter Nissim, ils n'y trouvent que le matelot. Il crie, étouffe dans l'armoire où Nissim l'a fait prisonnier !

Le drôle échappe encore à la justice.

En apprenant la captivité de Sitbon, l'adroit compère rentre à Marseille. Cette fois, il est traqué de tous les côtés. Il est pris après l'extradition de Sitbon et l'arrestation de Toledano.

Nissim est saisi dans le garni qu'il n'a presque pas quitté, rue Fayode, depuis le jour du meurtre.

Les magistrats ne se contentent pas de faire empoigner le troisième meurtrierr de Grego ; ils font une perquisition dans son logement et dans sa maison.

Ils l'entraînent jusque dans la cour où se trouve un puits.

L'argent qu'ils ont trouvé chez Nissim, en billets et en piastres tunisiennes, ne répond pas au chiffre de la somme soustraite à la compagnie Samana.

Nissim, toujours aussi audacieux qu'entreprenant, court au puits, et coupe la corde du seau où il avait enfoui quelques valeurs avec les habits sanglants qu'il portait le jour du meurtre.

Les magistrats entendent le bruit du seau, le clapotement de l'eau que produit sa chute, ils vont au puits, ils ordonnent qu'on en retire le sceau.

On y découvre des effets tachés de sang et mal lavés, plus un sac renfermant la somme de dix mille francs.

Une fois le troisième meurtrier arrêté, Nissim apprend dans sa prison que Sitbon, capturé à Londres, pour mériter l'indulgence du tribunal d'Aix, a tout révélé à ses juges.

Nissim manifeste alors le plus violent désespoir.

Toledano n'avait rien avoué, Nissim avait imité son complice. Dans la prison, le domestique des meurtriers se roule à terre avec des gestes désespérés, il pousse des hurlements affreux, en s'écriant :

— Lâche Sitbon ! lâche Sitbon !

C'était bien la peine pour Toledano d'avoir déployé autant d'énergie, pour Nissim, autant de souplesse et d'audace.

A l'audience du tribunal d'Aix, l'attitude de Toledano est froide, réservée, celle de Sitbon d'un lâche et d'un poltron ; quant à Nissim, il feint, pour ne pas se compromettre, de ne pas connaître un mot de français ; il répond à ses juges dans son langage africain,

Ce qui n'empêche pas Nissim d'être condamné aux travaux forcés, pendant que Sitbon et Toledano sont passibles de la peine de mort.

Leur pourvoi en grâce est rejeté. Il est ordonné par la cour de justice d'Aix que la double exécution de Sitbon et de Toledano aura lieu sur l'une, des places de Marseille.

CXX

LA DOUBLE EXÉCUTION DE SITBON ET DE TOLEDANO

Le *Journal de Marseille* rend compte de l'exécution capitale des principaux meurtriers de Grego. Il signale, dans son compte rendu, que la guillotine simplifiée de M. R*** a été appliquée à l'exécution de ces deux assassins.

C'est peut-être parce que le système de Monsieur de Paris avait été adopté pour le supplice des condamnés de la Cour d'Aix, que M. R*** avait gardé dans ses notes, le journal de la localité, faisant le récit de la double exécution de Sitbon et de Toledano.

Il la coupait en quarante morceaux. (Page 656.)

Si Nissim, le troisième meurtrier du malheureux Grego, ne monta pas sur l'échafaud en compagnie de ses complices, c'est que dans cet assassinat leur serviteur n'en a été que le metteur en œuvre.

Cependant Nissim ne méritait pas moins la peine capitale, lui, l'acteur le plus actif de ce drame sanglant dont ses maîtres avaient conçu l'idée.

Voici comment s'exprime le journal marseillais sur la fin du drame de Grego :

« Le dernier lundi du mois de juillet 1872, à quatre heures et demie, a eu lieu dans notre ville l'exécution des condamnés Toledano et Sitbon, les meurtriers du malheureux Tunisien.

« C'est vers une heure du matin, dans la nuit, qu'ils ont été informés du rejet de leur recours en grâce. Le gardien-chef de la prison d'Aix est entré dans leur cellule, accompagné de deux rabbins; il leur a annoncé qu'ils n'avaient plus que quelques heures à vivre.

« Toledano a reçu la terrible nouvelle avec une très grande résignation, il n'a montré aucune faiblesse. Sitbon est tombé, au contraire, dans un profond abattement qui ne l'a pas quitté jusqu'à Marseille.

« L'exécution a eu lieu près de l'endroit de leur crime, dans le quartier Saint-Lazare.

« Les condamnés sont partis d'Aix à une heure et demie, dans un omnibus escorté par la gendarmerie; ils sont arrivés à huit heures du matin devant la maison où devait avoir lieu la funèbre toilette.

« L'omnibus a quitté le grand chemin d'Aix pour se rendre dans des terrains vagues où la justice avait fait choix d'une maison appartenant à la ville pour recevoir les condamnés.

« Cette maison a un aspect très sombre; elle est entourée d'une dizaine d'arbres grêles, poussiéreux, qui caractérisent la désolation de ce point de la ville.

« Lorsque les condamnés ont descendu de voiture, il a fallu attendre l'exécuteur, occupé plus loin à l'installation de la guillotine d'un nouveau modèle, à l'instar de l'échafaud de Paris.

« Les curieux étaient peu nombreux. Après vingt minutes d'attente, la porte s'est enfin ouverte; elle a livré passage aux condamnés, suivis de l'exécuteur, du procureur de la République, des deux rabbins et d'un commissaire.

« C'est dans un petit salon du rez-de-chaussée, sur des chaises de paille et une table de bois blanc, qu'ont eu lieu, à la lueur de deux bougies, es derniers apprêts, les dernières formalités.

« Entourés par les rabbins, dont l'un pleurait à chaudes larmes, Toledano et Sitbon ont demandé à écrire quelques mots. Les aides ont déféré à leur désir. Ils ont écrit quelques lignes qu'ils ont remises aux rabbins. Ces communications avaient trait à des affaires de famille.

« Jusqu'au dernier moment, les cinq cent mille francs de Grego n'avaient pu être retrouvés. C'était probablement au sujet des sommes encore cachées par eux, que les deux Israélites écrivaient à leurs parents.

« Les magistrats les exhortent, au nom de leur repentir, à dévoiler les secrets de leurs dépôt; les deux meurtriers nient qu'ils aient encore de l'argent à Grégo.

» Toledano est inébranlable. Sitbon regarde son complice pour puiser dans sa contenance la même résolution.

« A trois reprises différentes, les mêmes réponses ont abouti aux mêmes questions, toutes évasives.

« Ils ont demandé à l'exécuteur, Sitbon d'abord, Toledano ensuite, si la décollation qu'ils allaient subir les ferait trop souffrir.

« L'exécuteur s'est empressé de les rassurer, en leur expliquant avec quelques détails que l'opération était si rapidement faite qu'elle ne leur laissait pas le temps d'éprouver la moindre douleur physique.

« Sitbon sembla reprendre courage, et il voulut imiter la résignation de Toledano.

« Celui-ci, toujours plein de sang-froid, ne cessant de garder son chapeau sur la tête, ne se départit pas de son énergie.

« Après s'être encore entretenus avec les rabbins, après les avoir embrassés, Sitbon et Toledano ont été livrés à l'exécuteur.

« Il leur a lié les mains derrière le dos, pendant que les aides leur coupaient le col de la chemise.

« La toilette faite, Toledano a demandé un verre d'eau qu'un des rabbins s'est empressé de lui présenter.

« Sitbon a refusé le verre que l'autre rabbin lui offrait.

« Le signal du départ ayant été donné, Toledano resta assis. Sitbon trembla, croyant devoir partir seul. L'exécuteur lui dit :

« — Rassurez-vous, vous ne vous quitterez pas !

« Les condamnés ont pris de nouveau place dans l'omnibus, à côté des rabbins ; le cortège a repris le grand chemin d'Aix, jusqu'à la petite place qu'on appelle le *Marché-aux-Chevaux*.

« Au milieu de la place était dressée la machine, elle était entourée de forts détachements d'infanterie et de cavalerie.

« La machine, comme on sait, est d'un nouveau modèle : les marches sont supprimées. On y arrive de plain-pied. Le condamné, placé à la hauteur du couteau, n'a plus qu'à attendre le mouvement du ressort, pour recevoir le coup fatal.

« Le jour commençait à paraître lorsque Sitbon, le premier, au bras du rabbin, est descendu de l'omnibus. Il est poussé plutôt que traîné sur l'échafaud. Sitbon trahit à peine un mouvement sur son corps alangui, somnolent, presque mort avant d'être décapité ; il regarde derrière lui, si son camarade Toledano le suit toujours.

« Le couteau tombe sur sa tête, elle roule dans le panier. Un bruit sourd se fait entendre ; justice est faite.

« Pendant ce temps-là, Toledano, toujours son chapeau sur la tête, est descendu à son tour de la voiture.

« Autant Sitbon s'est montré résigné, autant Toledano paraît arrogant. Il reste debout sur l'estrade. Il repousse avec énergie les manœuvres qui veulent le jeter sur la bascule.

« Il recule de quelques pas devant la lunette ; il s'arrête sur la machine.

« Il oppose une forte résistance, ce qui oblige l'exécuteur et un de ses aides à le tirer violemment par les cheveux.

« Alors une lutte s'engage entre le condamné, l'aide et le bourreau. C'est un spectacle horrible!

« Par deux fois, Toledano est parvenu à s'échapper des quatre bras qui veulent le rejeter sur la bascule. Enfin le bourreau et son aide s'épuisent à le fixer et à l'étendre sur la guillotine.

« L'exécuteur se remet à sa place, il presse le ressort qui fait tomber le couteau. Les deux têtes sont enfin dans le panier.

« A cinq heures, la foule se retirait vivement impressionnée. Il ne restait que quelques féroces curieux qui voulaient voir si le sol n'avait pas gardé quelques traces de sang! »

CXXI

CASIMIR VIGNAL

Dans l'année 1872, un autre dépeceur de cadavres était appelé devant les assises de la Loire.

Il a été désigné dans la revue de ces meurtriers depuis l'année 1825 jusqu'en 1876; c'était un nommé Casimir Vignal.

Comme cet assassin, par l'atrocité de son crime, rivalise avec les Avinain, les Billoir, les Vitalis et les meurtriers de Grego, il n'est pas inutile d'entrer dans les monstrueux détails de son attentat et de signaler les particularités qui l'ont provoqué.

Casimir Vignal, ainsi qu'il a été dit, était cultivateur. En 1871, après avoir tué sa femme, il la coupait en quarante morceaux. Il les enterrait dans le fumier, non loin de sa maison, après avoir mêlé les morceaux du corps de son épouse avec des débris de brebis.

Un jour du mois de septembre, près de la maison de Saint-Julien-en-Juret, petit village situé sur la rivière de la Marmande, on découvre dans un fumier, près des saules, le corps d'une femme horriblement mutilé.

Les membres sont mêlés avec le corps haché d'une brebis.

Ces deux corps ont été en partie dévorés par la chaux qui les recouvre. Le cadavre de la femme semble avoir été découpé à la scie, le tronc a été séparé de la tête, ainsi que les bras et les jambes. Le crâne est fracassé; il a dû être fortement frappé par un instrument contondant. Trois blessures apparaissent sur le tronc; elles paraissent avoir été faites par un instrument tranchant et pointu.

— A ton tour maintenant. (Page 660.)

Les exhalaisons putrides qui s'exhalaient de ces corps, sous le fumier, forcèrent les habitants à y fixer leur attention.

Alors on découvrit un horrible mélange de membres meurtris de femme et de brebis. On les tria, on les rassembla, on les mit à part. On reconnut que le cadavre de la femme appartenait à la fille Parat, femme Vignal, et que celui de la brebis ne pouvait appartenir qu'à sa brebis favorite.

L'une et l'autre avaient disparu depuis plus d'un mois du village.

D'abord son époux Casimir Vignal prétendait que sa femme l'avait abandonné pour suivre, à Saint-Étienne, un mobile de Dijon. Après avoir habité ensemble la ville de Lyon, Casimir Vignal ne savait pas, disait-il avec malignité, *ce qu'elle y avait fait.*

Le mystère de la disparition de la femme Vignal était éclairci.

On savait, depuis longtemps, que Vignal faisait très mauvais ménage avec sa jeune femme. Plusieurs fois elle avait été obligée, pour se soustraire à ses mauvais traitements, de disparaître de son domicile conjugal. Recueillie par les voisins, à la suite d'outrages que lui faisait subir son mari, on avait pu supposer que la pauvre femme s'était enfin décidée à fuir à jamais le toit de son époux.

On connaissait, enfin, la triste vérité.

Autrefois, Vignal avait épousé la fille Parat, à l'âge de cinquante ans, quand elle n'en avait que dix-sept.

C'était une jeune orpheline que le cultivateur avait adoptée avant d'en faire sa maîtresse.

Pressé par son propriétaire de régulariser entre elle et lui sa situation, Casimir Vignal qui ne savait jamais heurter l'opinion avait consenti à l'épouser.

Il s'était bien promis, une fois marié avec sa maîtresse, de lui faire payer cher ce qu'il considérait comme une pression conseillée par elle, inspirée par les intrigues qu'elle ourdissait avec ses voisins.

Casimir Vignal, quoique simple ouvrier, avait reçu une certaine éducation. Il avait été frère mariste. Il s'exprimait avec facilité, il paraissait jouir avec orgueil de la supériorité qu'il exerçait sur ses collègues.

En raison de son origine, il s'exprimait avec emphase, il avait l'air de préparer toujours un sermon.

Sous des allures hypocrites et mielleuses, il cachait de violentes ardeurs. Les infidélités qu'il reprochait à sa femme, il pouvait très aisément les mettre sur son compte.

Sur les derniers temps Vignal, attaché à l'usine de Lyonnes, avait fait tous les métiers : moulinier, agriculteur, casseur de pierres, il avait été employé partout sans pouvoir se fixer nulle part.

Vignal faisait la cour à toutes les filles du pays ; ce qui ne l'empêchait pas d'être très jaloux de sa jeune femme. Il la battait sur les moindres soupçons.

Lorsque sa vie déréglée ne l'emportait pas, il était très avare. Dans son ménage, il se rattrapait de ses largesses en vue de satisfaire sa lubricité, par une avarice sordide.

Sous prétexte de punir sa femme, une paresseuse, selon lui, il la mettait au pain sec, la privait de nourriture ; bien souvent, la pauvre femme était obligée de mendier son pain aux voisins.

Lorsqu'on reprochait à Casimir Vignal ses rigueurs contre sa jeune épouse, l'hypocrite répondait en levant les bras au ciel et en faisant des yeux blancs :

— Que voulez-vous ! c'est sa faute, je ne puis rien en faire !

La jeune femme pouvait être légère, inconséquente, elle n'était pas coupable.

C'était une enfant mutine.

Lasse des mauvais traitements de Vignal, elle cherchait à reporter ses affections sur des animaux.

Elle préférait la solitude pour pouvoir pleurer à son aise.

Elle n'était pas jolie. Elle possédait un minois chiffonné relevé par de beaux yeux ; c'était tout. Sa lèvre supérieure s'avançait trop sur sa bouche. Sa taille assez fine était gâtée par des jambes cagneuses et des pieds bossués.

Si elle parlait quelquefois à des jeunes gens du village, c'était pour leur répéter ce qu'elle avait dit à leurs parents, ses voisins. Les jeunes gens, plutôt par pitié que par passion, lui manifestaient leurs sympathies.

Elle eut, entre autres consolateurs, un jeune mobile qui, de passage chez un des voisins de Vignal, lui offrit sa protection contre son violent époux.

De ce commerce entre sa femme et le mobile, Vignal conçut une jalousie féroce.

A cette époque, elle possédait un chien qu'elle affectionnait beaucoup. Dans une scène de jalousie, Vignal lança l'animal par la fenêtre ; il le jeta avec une telle violence que la pauvre bête se brisa la tête en retombant sur le sol.

La femme pleura, à chaudes larmes, la perte de son fidèle gardien. Vignal se frotta les mains, en disant à qui voulait l'entendre :

— J'ai cassé le bijou à ma femme !

Il avait ri d'abord du désespoir de sa jeune épouse ; mais pour ne pas trop s'aliéner l'esprit des voisins, il avait repris :

— J'ai peut-être été un peu vif envers ma femme. Que voulez-vous ! c'est la faute de son scélérat de mobile !

A défaut du chien que lui avait tué son époux, sa femme avait pris pour compagne de ses excursions solitaires une brebis. Elle ne la quitta plus. Elle en vint à l'aimer autant qu'elle avait aimé son chien.

La tendre brebis lui rendit l'affection qu'elle lui portait.

Un jour qu'elle errait dans la campagne avec sa fidèle camarade, elle rencontra le mobile partant pour Dijon.

Ils ne se parlèrent qu'un instant ; ce fut assez pour qu'ils soient rencontrés par un homme du village. Il alla conter cette entrevue au jaloux Vignal.

Dès qu'elle rentra au logis avec sa brebis, Vignal s'élança contre sa femme, une hache à la main. Il lui cria :

— Ah ! coquine ! Tu reviens de voir ton mobile ? Eh bien ! je vais te tuer.

La jeune épouse, à bout d'outrages, se jeta sur un couteau. Elle le menaça de le lui enfoncer dans la poitrine.

— Ah! c'est comme ça que tu réponds à mon accusation, — reprit Vignal, hors de lui, — eh bien! tu vas voir!

Le misérable, toujours sa hache à la main, se rue sur la malheureuse. Il la désarme de son couteau; il l'attache fortement par une corde aux pieds de son lit.

Une fois qu'il l'a garrottée, il reprend sa hache qu'il a déposée à terre. Il s'empare d'abord de la brebis; d'un coup de son arme, il lui tranche la tête.

Sa femme pousse un cri de douleur et d'effroi. Le monstre ne s'arrête pas là.

Toujours armé de sa hache, il lui abat les membres. Lorsque la pauvre bête n'est plus qu'un tronçon sanglant, il va droit à sa femme.

Grisé par le sang, la bouche écumante, les yeux effrayants, il lui crie:

— A ton tour, maintenant. Je vais faire pour toi ce que j'ai fait pour ta brebis.

Après être revenu à sa porte pour bien s'assurer qu'elle est fermée, il va du seuil à l'extrémité du lit où est garrottée la malheureuse femme.

Il lui porte sur le crâne un vigoureux coup de manche de hache. Elle pousse un cri, sa tête retombe sur sa poitrine. Elle est à moitié assommée.

Le forcené redouble ses coups de manche de hache; il lui enfonce le crâne.

Pour bien s'assurer de sa mort, il la frappe à la poitrine, et lui porte trois coups de la pointe de la lame de sa hache.

Son corps ruisselle de sang; lui-même en est couvert. Il délivre de ses cordes le cadavre de sa femme, et il le jette sur le corps mutilé de la brebis.

Toute la nuit, à l'aide d'une scie, il découpe la tête du tronc; il sépare les deux jambes, puis, avec sa hache, il mutile, mutile tous les membres de la malheureuse femme au point d'en faire quarante morceaux. Il les mêle avec les membres de la brebis. Quand le tas est fait, il va chercher une brouette, et les jette dans un fumier voisin.

Avant de brouetter les débris sanglants de sa femme et de sa brebis, il murmure:

— Ils ont péché ensemble, qu'ils pourrissent ensemble sous le même tas de fumier.

Après leur avoir donné cet ignoble tombeau, Casimir Vignal achève sa nuit à nettoyer le sang qui recouvre le parquet de sa chambre pour ne laisser paraître aucune trace de son crime.

Lorsque plusieurs jours après on s'inquiète de l'absence de son épouse, Vignal répond aux curieux d'un ton navré:

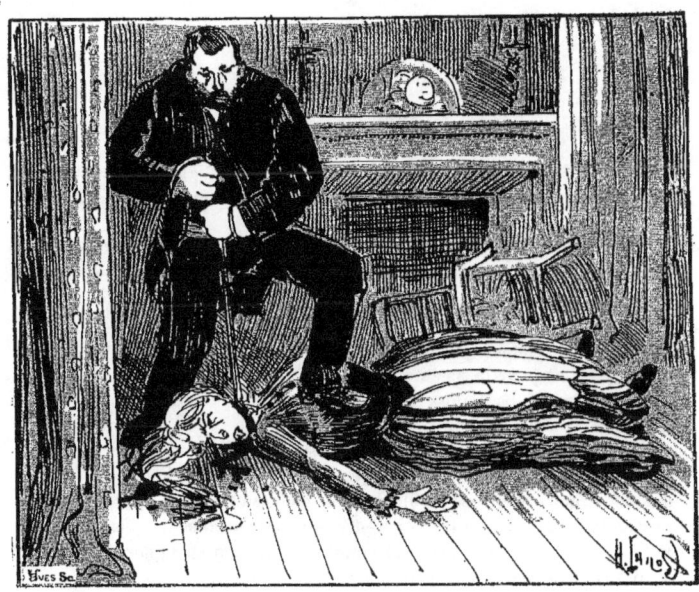

Elle est étranglée, elle est morte. (Page 664.)

— Hélas ! elle est partie avec son mobile. Cela devait finir ainsi.

Quelques semaines se passent, lorsqu'on le presse encore de questions sur son épouse, il répond avec des larmes dans la voix :

— J'ai appris que ma femme était allée à Lyon, puis qu'elle avait pris du service à Saint-Étienne. Hélas ! elle n'y est pas restée longtemps. A Saint-Étienne, elle avait un autre amant ; le mobile, en la surprenant avec son rival, l'a tuée. On ne la reverra plus !

Cependant on ne tarda pas à la retrouver. L'odeur infecte que le corps mutilé de sa femme répandait avec le cadavre de la brebis sous le fumier des saules, la fit enfin découvrir.

Casimir Vignal ne tarda pas à répondre devant la justice de son crime odieux. Comme il n'y avait pas de témoin pouvant constater les horreurs de son forfait, il ne fut condamné qu'aux travaux forcés.

Ce monstre pourtant n'avait pas plus droit à l'indulgence du jury que les autres dépeceurs de cadavres : les Avinain et les meurtriers de Grego.

CXXII

LES VAGABONDS ASSASSINS.

Il existe de certains coins de la France où pour l'ignorance et la sauvagerie, leurs habitants n'ont rien à envier aux Calédoniens, ni aux anthropophages de l'équateur.

Au fond des Alpes, au sommet des montagnes du Jura ou de l'Auvergne, dans les gorges des Vosges, au fond de Pyrénées, dans les Landes, on retrouve des populations entières où la civilisation n'a pu adoucir les mœurs.

Lorsque les hommes de ces contrées se livrent à leurs mauvais instincts, ils sont pour la société, qu'ils considèrent comme leur proie, de véritables fléaux. La peine capitale a seule raison de ces monstres qui sont restés des sauvages au milieu de la société.

Vers l'année 1875, six vagabonds assassins, originaires de ces pays, expient sur l'échafaud des crimes monstrueux qu'ils commettent contre des gens inoffensifs, des vieillards, des femmes et des enfants.

Guidés par la cupidité ou par des appétits inavouables, ils se livrent sur leurs victimes à des actes de cannibales. Ce sont les nommés Deterrié, Ruffin, Labanvoye, Sancho, Rieubernet et Chaussy.

Deterrié, sur la route de Nîmes, tue un colporteur qu'il dévalise, après avoir horiblement mutilé. Il éprouve autant de férocité à dépecer son cadavre qu'à s'emparer de son argent. Il l'achève autant par férocité que par cupidité.

Ruffin est un jeune homme aussi altéré de sang. Il tue en plein jour, dans sa maison, une vieille dame de soixante-quinze ans.

A peine lui a-t-elle ouvert la porte qu'il l'étrangle en lui passant une corde autour du cou. Il n'attend pas que son corps soit refroidi pour se mettre en mesure de dévaster son habitation. Il se laisse prendre près de sa victime sans manifester le moindre regret.

Il avait faim, il avait demandé au crime ce qu'il ne voulait pas gagner par le travail.

Labanvoye tue sa belle-sœur, inspiré par la même pensée. Le travail lui répugne, sa famille doit le nourir ou mourir de sa main. Seulement Labanvoye nie son crime. Lorsqu'il est dénoncé par des enfants de la contrée, il essaye de se faire justice de lui-même.

Sancho est une nature envieuse et superstitieuse. Il tue avec autant de sang-froid que ces autres vagabonds, mais il apporte dans son crime un raffinement qui tient à sa nature lâche et féroce. C'est un ancien contrebandier des Pyrénées ; c'est une nature hypocrite et vantarde. Plus poltron qu'orgueilleux, s'il sait donner la mort, il ne sait pas la recevoir.

Loin d'être un indifférent comme Déterrié, un sceptique comme Ruffin, un cynique comme Labanvoye, Sancho, au moment où son pourvoi en grâce est rejeté, ne veut pas quitter son confesseur.

— Parce qu'au dernier moment, s'écrie-t-il, je ne serai pas capable de remplir *convenablement* mes devoirs !

Sancho meurt avant de tomber sur la bascule, il succombe dans les bras de l'aumônier. Lorsque le bourreau presse le ressort pour en finir avec Sancho, l'exécuteur ne décapite plus qu'un cadavre !

Bien plus effrayants, bien plus cyniques, bien plus terribles, sont ces deux derniers vagabonds assassins : le berger Chaussy et le contrebandier Rieubernet.

Chaussy c'est une brute, altérée de sang, dévorée d'ardeurs malsaines, c'est un parricide, échappé de Sodome.

Le contrebandier Rieubernet est un esprit délié. Il s'accommode de tous les rôles pour commettre des méfaits épouvantables. Chaussy a développé ses mauvais instincts, dans les maisons centrales, déplorables écoles de débauche et de perdition. Rieubernet est un habile comédien qui a trouvé, dans les ressources de son imagination, le plan de tous ses crimes.

Ses intrigues, où le pathétique se mêle à l'horreur, portent le deuil dans les familles des environs de Toulouse.

Les infamies de Chaussy, un être stupide, un parricide, qui a brûlé vivante sa mère, qui est accusé d'attentat à la pudeur sur un enfant de treize ans, remplissent d'épouvante les habitants du département de Meurthe-et-Moselle.

Chaussy, une bête fauve dans la peau d'un homme, Rieubernet, un intrigant dans la peau d'un assassin, ce sont deux monstres.

Avant d'entrer dans les détails de leurs crimes, il est utile de généraliser les attentats des précédents vagabonds assassins, qui ont aussi payé de la tête les morts laissés sur leur route sanglante.

Ce fut le 25 février 1875 que Ruffin, un aide tapissier, était allé sonner à la maison de la rue Saint-Georges, à Cambrai. Cette maison était occupée par une vieille dame de soixante-quinze ans, nommée Demcorez. Ruffin, quelques jours auparavant, avait travaillé chez cette dame au compte de son patron.

Ruffin, un Vosgien, nature nomade, esprit paresseux et sans scrupule, n'aspirait qu'à ne rien faire : il s'était enquis des habitudes et de la manière de vivre de vieille dame. Il avait appris qu'elle vivait seule et que, très défiante, très avare, elle s'éloignait de sa famille, ne souffrant, malgré son grand âge, aucune personne auprès d'elle.

En apprenant la façon de vivre de la dame, en voyant le confort et le luxe de l'intérieur de son habitation située dans une rue solitaire, une pensée criminelle avait envahi l'esprit de Ruffin.

Il se met à étudier les êtres de la maison; il examine le coffre-fort, prend l'empreinte de la serrure; il se promet d'en être le maître, d'y puiser après avoir eu raison de la propriétaire.

Muni d'une corde à nœuds, une clef dans sa poche, qui peut ouvrir la serrure du coffre, Ruffin, à six heures du soir, le 25 février, vient sonner à la porte de sa future victime.

A peine la vieille dame a-t-elle entre-bâillé la porte à Ruffin, que l'ouvrier la force à l'ouvrir plus grande; ensuite il la referme sur lui.

Avant que la vieille dame se récrie contre sa brutalité, le misérable lui met la main sur la bouche, lui retient les bras, lui jette son lasso autour du cou. Il l'étrangle, la renverse sans qu'elle puisse opposer la moindre défense, ni pousser un cri de détresse.

La dame tombe sur le sol inanimée et sans force. Est-elle étranglée? Est-elle morte?

L'infâme, pour s'assurer de la mort de sa victime, n'hésite pas, une fois par terre, à marcher sur son corps. Il lui assène un coup de talon sur le crâne; il monte de la chambre du rez-de-chaussée à la pièce de l'entresol où se trouve le coffre-fort.

Il va l'ouvrir, il va s'emparer du trésor, lorsqu'il est enveloppé et pris par des témoins sur le théâtre de son crime.

Voici ce qui s'était passé lorsque Ruffin forçait la porte de la maison de la vieille dame.

Dans une habitation vis-à-vis, la servante d'un ecclésiastique avait vu, de la rue, le manège de Ruffin.

Son acte de brutalité avait éveillé la curiosité et les soupçons. La violence avec laquelle la porte s'était refermée sur le criminel avait fait supposer à la servante le drame horrible qui s'y passait.

Aussitôt la femme fut dans la rue; elle fait appel aux voisins qui n'avaient pas tardé à escalader la maison de la dame.

Au moment où quelques individus arrêtaient à l'entresol le meurtrier sur le point de recueillir le fruit de son crime, d'autres personnes relevaient la victime étranglée, au crâne fracassé.

Ruffin était pris, conduit à la prison de Douai, et condamné à la peine de mort.

Un gardien l'empêcha de se suicider. (Page 666.)

Une fois son pouvoi rejeté, Ruffin est reconduit de Douai à Cambrai pour subir la peine capitale. Il doit avoir la tête tranchée, près de la maison où il a étranglé, assommé Mᵐᵉ Demcorez.

Ruffin est un sceptique, un vagabond, un bohémien du crime. Il a engagé une terrible partie avec la société. Il l'a perdue et se résigne.

Durant son trajet de Douai à Cambrai, il ne prononce pas une parole de repentir. Il ne répond pas aux consolations de l'aumônier.

Ruffin est un jeune homme de vingt-six ans qui voulait vivre, fût-ce pour quelques jours, de la vie des désœuvrés et des riches. Il n'a pas réussi, au prix d'un crime ; tant pis pour lui !

Lorsqu'il paraît sur l'échafaud, son visage est pâle, son œil atone, son pas demeure ferme, son attitude est résignée.

Avant d'être renversé sur la bascule, de jeter sa tête sur la lunette, Ruffin lance des regards circulaires à la foule énorme qui, sur la place de Cambrai, assiste à son supplice.

Il quitte son air résigné, il prend une attitude de dédain et de colère.

Avant de tomber il hausse les épaules. Enfin le couperet s'abat sur sa tête. Ruffin n'a dû avoir qu'un regret à sa dernière seconde, celui de n'avoir pu vivre et bien vivre, par le crime.

Labanvoye était un autre genre de vagabond. Cependant son attentat contre sa belle-sœur a le même mobile que celui de Ruffin. Ce n'est pas un jeune homme; Labanvoye, lorsqu'il montait après Ruffin sur l'échafaud, avait soixante ans.

En dehors de l'envie de s'approprier le bien de sa famille, il nourrissait contre elle une profonde jalousie.

Vagabond, errant, mourant de faim, il se plaignait souvent de sa misère à ses parents, quand il ne devait accuser que sa paresse.

Ses parents tenaient à l'extrémité du village de Moriville, dans les Vosges, un débit de vin, très achalandé.

Un jour que son frère est sorti de son établissement, il profite de sa solitude pour y aller trouver sa belle-sœur. Il se rue contre elle, il l'assomme à coups de bâton, puis il dévalise l'établissement.

Deux petites filles rôdant autour du cabaret sont témoins de son crime. Labanvoye les aperçoit; il court après elles, pour faire d'elles ce qu'il a fait de sa belle-sœur, elles se sauvent dans la forêt voisine, dite du Voix-du-Vent.

Labanvoye les perd de vue dans la forêt. Il retourne sur ses pas et achève de dévaliser l'établissement de son frère.

Mais les petites filles l'ont reconnu. Lorsque le frère de Labanvoye retourne à son établissement, lorsqu'il voit, avec désespoir, sa femme assommée, les meubles vides de sa fortune, il ne peut douter que son frère ne soit l'auteur de ce double attentat.

C'est Labanvoye qui le jalouse, qui s'est promis un jour de lui faire payer sa misère, c'est lui qui est le coupable.

S'il en doutait, les deux petites filles, qui ont surpris l'assassin au moment où il assommait la femme de son frère, ne lui permettraient pas de l'ignorer.

Labanvoye est pris par la gendarmerie avant qu'il ait pu jouir aussi du bénéfice de son crime. Il est conduit à la prison de Nancy.

Moins stoïque que Ruffin, Labanvoye n'avoue pas son meurtre. Lorsque, dans l'instruction, les petites filles du voisinage le confondent, le criminel ne se sent plus assez fort devant les aveux de ces innocentes; le vieux vagabond a peur de l'opinion, comme il a peur de l'échafaud.

Un jour, il essaye dans sa prison de se donner la mort. Au moment où Labanvoye allait se pendre avec sa cravate, aux barreaux de la fenêtre de son cachot, un gardien l'empêcha de se suicider.

N'ayant pu mourir par sa volonté, la peur de l'échafaud lui fait perdre toutes ses forces. Un anéantissement général l'envahit et le paralyse.

Lorsque le directeur de la prison de Nancy lui annonce que son pourvoi en grâce est rejeté, lorsqu'il lui dit qu'il sera exécuté à Épinal, le misérable se lève avec effort de son lit; il roule des yeux hagards, il balbutie en frémissant :

— Alors, c'est donc pour demain?

Il est porté dans le tombereau qui doit le conduire à Épinal où l'écha_faud l'attend.

L'aumônier de la prison l'accompagne. Il cherche à le consoler, à le préparer à bien mourir, il l'engage à pardonner aux jeunes témoins qui l'ont accusé :

— Il faut bien que je leur pardonne, — s'écrie-t-il en soupirant, — pour être moi-même pardonné.

Il embrasse son confesseur et tombe comme une masse sur l'échafaud. Sa tête tombe, Labanvoye languissant n'a pas su mourir comme Ruffin!

Un autre assassin encore plus lâche, devant l'échafaud, c'est, comme il l'a été dit, l'Espagnol Sancho. Pourtant on aurait pu croire par l'audace de son crime, qu'il aurait su mieux affronter la mort qu'il avait voulu donner.

Comme pour Labanvoye, c'est une jalousie de famille qui lui inspire son vol et son meurtre. Sancho, comme Labanvoye, poignarde sa belle-sœur pour voler son frère, pour le dépouiller d'une somme de huit mille francs.

A l'encontre de Labanvoye, il prend un complice. Mais c'est Sancho qui est l'inspirateur du crime. Sancho, une fois devant la justice, dit comme excuse devant le tribunal :

— Si j'ai tué ma belle-sœur, c'est la faute de mon frère; s'il m'avait donné l'argent que je lui demandais, cela ne serait pas arrivé!

Cependant sa belle-sœur ne meurt pas. La victime, frappée dans un état de grossesse avancé, a presque miraculeusement survécu. Rendue à la vie, cette victime sauvera-t-elle son assassin de la peine capitale?

Comme on l'a vu, il n'en fut rien. Sancho mourut de peur entre les bras de l'aumônier avant de recevoir son trépas de la main du bourreau.

Pourtant, au moment suprême, Sancho a tout fait pour mourir sans faiblesse. Sa nature timorée faiblit devant sa forfanterie. Son humilité hypocrite ou sincère ne suffit pas à lui donner cette force d'âme qu'il essaye de puiser dans la religion.

Lorsque Sancho est condamné par la cour du Gard, lorsqu'il arrive en tombereau, à deux heures du matin, à la ville de Beaucaire, Sancho s'est évanoui plusieurs fois.

Il est vrai que dans le tombereau qui le conduit à l'échafaud, il est entouré d'un cérémonial funèbre qui rappelle celui du moyen âge.

Parti de Nîmes, dans la nuit, il arrive à deux heures et demie à Beaucaire, accompagné de deux aumôniers et d'un fossoyeur.

Lorsqu'on fait sa toilette, à la maison municipale de Beaucaire, on s'aperçoit que Sancho porte à son cou un chapelet. Voyant qu'on le lui enlève, le patient supplie l'aide du bourreau de le lui laisser, on le lui remet; il le presse dans ses mains, en remerciant l'aide, et il marmotte une nouvelle prière. Il paraît avoir plus de résignation.

Du tombereau, Sancho est porté sur la place de l'exécution, dans le fourgon du bourreau. Il arrive sur l'échafaud appuyé sur les bras de l'exécuteur et de son aide; il meurt sur le baiser de l'aumônier.

Quand la tête de Sancho retombe sous le couteau, on remarque que le sang n'a presque pas jailli.

Sa tête, quand on l'avait prise, avait les yeux fermés; il était donc mort lorsqu'on le poussait sur la lunette. La foule se retire de ce lieu d'exécution en proie à des sentiments d'horreur!

Un autre vagabond assassin qui n'a pas été signalé au début de ce chapitre, parce qu'il ne monte pas sur l'échafaud, c'est Jean Cassar.

Ce Cassar, originaire d'Auvergne, est resté le vagabond classique, tel qu'on le retrouve dans le roman de *Gil Blas* ou dans les recueils romantiques de la Restauration.

C'est l'éternel brigand, posté au coin d'un bois, l'escopette au poing, prêt à détrousser le voyageur, en lui demandant la bourse ou la vie.

En 1875, Cassar s'est modernisé; il a fait plier son caractère farouche aux exigences sociales. Il n'attaque plus au hasard; il ne compte plus sur l'imprévu.

Avant d'avoir raison de son homme et de lui soutirer sa bourse, Cassar a la précaution de se lier avec lui.

Il s'embauche dans un atelier ou dans une usine comme homme de peine. Il entre en relation avec la victime qu'il a visée à l'avance. Il choisit une personne beaucoup plus faible que lui et qui habite dans un endroit désert.

Le soir d'un jour de paye, il l'attendra à l'affût, dans un bois voisin ou dans une plaine solitaire.

Quand il est à portée de son fusil, Cassar se démasque; il lui crie : « La bourse ou la vie! »

Aux environs de Figeac, Jean Cassar, jusqu'à l'âge de trente-six ans, n'avait pas fait d'autre métier. Il était réputé à dix lieues à la ronde, dans

Il lui tire dans le dos à bout portant. (Page 670.)

son village de Tiemines, pour le voleur le plus redoutable. Par les victimes qu'il avait faites, il inspirait une véritable terreur.

Un jour, dans le bois de l'Ileypsac, Cassar attendait sur la route, un poignard à la main, l'ouvrier Marty ; il s'était lié avec lui après avoir pris, comme de coutume, son rôle d'homme de peine.

Dès qu'il aperçoit Marty sur la route du bois, Cassar, son poignard levé, bondit sur lui, en criant :

— La bourse ou la vie !

Marty veut se défendre. Il tire un couteau de sa poche.

Une lutte s'engage pendant que Marty lui répond :

— Ah! traître! c'est donc toi qui dévalises les ouvriers, le jour de paye?

— Si bien moi, — réplique Cassar en le fouillant et le menaçant, — que je te prends ton argent.

Dans le mouvement qu'il fait pour s'emparer de ses pièces de cent sous, son arme dévie dans sa main. Marty, quoique bien moins robuste que lui, parvient à le désarmer, à le rejeter sur le sol.

Jean Cassar, pour la première fois, est terrassé par celui qu'il avait choisi pour victime.

Une fois qu'il a sa gorge sous le genou de Marty, prêt à être frappé de son couteau, l'adroit Cassar lui demande grâce ; il lui rend l'argent qu'il vient de lui prendre.

Marty est une nature généreuse. Il ne veut pas la mort du pêcheur, dès qu'il lui restitue ce qu'il lui a volé. Mais au moment où Marty se relève et ramasse dans l'herbe la deuxième pièce de cinq francs, Cassar a tiré de sa poche un pistolet ; il lui tire dans le dos, à bout portant, un coup de son arme.

Marty retombe inanimé. Il passe pour mort ; Cassar, pour la seconde fois, reprend son argent, sans oublier sa dernière pièce de cent sous restée dans l'herbe.

Cassar ne bénéficiera pas de sa ruse, ne jouira pas de son crime. Un témoin a asssisté de loin aux dernières péripéties de ce guet-apens.

Une fois l'assassin parti avec son butin, le témoin ramasse le corps inanimé de la victime. Il le porte sur ses épaules jusqu'à son domicile.

Marty guérit de sa blessure, ses camarades d'atelier le pressent de porter plainte contre son assassin.

Jean Cassar est pris. A l'instruction, aux assises, Marty est influencé par la terreur qu'inspire ce farouche bandit. Il dit qu'il a été la victime d'une lutte engagée entre lui et le faux homme de peine.

Tous ceux qui sont restés debout, après les stratagèmes homicides de ce bandit, n'osent déposer contre lui, ni démentir Marty.

Jean Cassar n'est condamné, malgré les morts qu'il a laissés derrière lui, et grâce à la lâcheté de ses victimes, qu'à la peine des travaux forcés !

Deux meurtriers vagabonds qui sont bien de leur époque, c'est le berger Chaussy, un pilier de cour d'assises, c'est aussi le contrebandier Rieubernet.

Ces deux criminels sont pour la société une double cause de honte et d'horreur ; ils méritent chacun une mention spéciale.

CXXIII

UNE MÈRE BRULÉE VIVE PAR SON FILS

Chaussy était un vagabond de quarante ans. A la fin de la moisson, dans le département de Meurthe-et-Moselle, Chaussy se rendait, en traversant une vaste plaine, au petit village de sa mère.

Cette vieille femme habitait une chaumière isolée ; sa cahute était placée comme en vedette, en avant d'un pâté de maisons.

La mère de Chaussy avait soixante-dix ans. Elle passait pour sorcière ; c'était une réprouvée comme son fils revenant du bagne.

Depuis deux jours, Chaussy, de retour de prison, avait été chassé par sa mère, vivant à grand'peine du fruit de ses maigres économies et de la glane des moissons.

Chaussy, son fils, un ancien berger, était allé chercher de l'ouvrage à toutes les fermes environnantes.

Partout il avait été repoussé.

Attribuant à sa mère le sort qu'il s'était fait à lui-même, le vagabond revenait vers elle pour se venger.

Sa vengeance devait être terrible.

Le berger Chaussy dissimulait son uniforme de galérien sous une vieille limousine. Il portait, campé en arrière, un vieux feutre rongé par le soleil, déteint par la pluie. Il s'appuyait sur une branche d'arbre qui ressemblait moins à un appui qu'à une trique menaçante.

Sa barbe inculte, grisonnante, aux poils hérissés, encadrait une figure bestiale et stupide. Elle était d'une effrayante immobilité, ses yeux petits, rouges et chassieux, n'avaient pas de pensée ; on eût dit une bête fauve dans la peau et les haillons d'un vagabond.

Sous la doublure d'une veste encrassée et cachée sous sa limousine, il devait y avoir l'ignoble numéro imprimé des prisons.

Ce misérable faisait tache dans cette nature ensoleillée. Il faisait honte à cette plaine luxuriante, à la route fleurie, embaumée de senteurs, au ciel d'un bleu tendre.

Le vagabond ne s'arrêta dans sa marche pénible et traînante que lorsqu'il vit, de loin, le village de sa mère, sa cahute penchée vers la terre, d'où, l'avant-veille, la sorcière l'avait chassé comme on venait de le chasser de partout.

Un coq, devant la chaumière, lançait sa claire fanfare. Il avait l'air, par une amère décision, de l'appeler; mais le vagabond savait bien de quelle façon sa mère devait l'accueillir.

Alors Chaussy, tout à son projet, fit tournoyer son gourdin dans ses mains, il s'accompagnait d'une pantomime effrayante qui trahissait une horrible pensée.

Il avait les jambes rompues par les courses inutiles qu'il venait de faire chez les fermiers où l'ancien berger, par peur, ou par mépris, avait été également repoussé.

Il sentait dans ses entrailles le grondement de la faim.

L'avant-veille, sa mère l'avait chassé de chez elle.

Partout on lui avait refusé de gagner sa vie !

Il n'avait plus qu'à continuer sa vie d'infamie.

Sorti du bagne, vagabond, voleur et complice de meurtrier, il allait y rentrer pour en sortir parricide et monter sur l'échafaud.

Sa mère l'avait voulu, en se condamnant elle-même dès qu'elle avait renié son fils.

Voilà les sinistres pensées qui roulaient dans le cerveau de cet échappé du bagne, en retournant à la demeure de sa mère.

Son plan avait été bien mûri, bien arrêté dans son esprit. Il s'était donné deux jours pour l'exécuter si, après ces deux jours, les gens de son pays devenaient aussi inexorables.

Le délai était expiré, il avait éprouvé toutes les méfiances, tous les mépris. Maintenant il n'hésitait pas à devenir le digne fils de la sorcière.

Puisque, comme elle, il faisait peur, le vagabond tenait à justifier les terreurs. Il voulait faire payer à la jeteuse de sorts la misérable existence qu'il lui devait.

Il venait pour tuer sa mère, dans un supplice horrible, imaginé au fond de sa prison.

Il s'était assuré un complice, c'était un camarade de captivité qui, comme lui, avait fait son temps; il l'attendait, pour l'accomplissement de son meurtre odieux.

Lorsque Chaussy ne fut plus qu'à cent pas de la chaumière, il obliqua à gauche, il se blottit derrière une haie pour ne pas effarer le coq sur son passage.

En face de la maison très basse couverte de chaume, caché derrière la haie, il fit entendre un cri particulier.

Au *brrruit* qu'il lança dans l'espace, une tête apparut. Elle se détacha du mur de la chaumière, elle se tourna du côté de la haie.

C'était une tête de voyou campagnard; elle était flanquée d'un chapeau

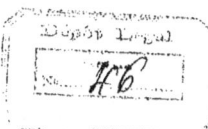

Leur victime flambait en faisant des contorsions. (Page 675.)

de paille troué, aux bords effilochés. Elle abritait un visage, couleur de cuivre, aux yeux durs, au nez camus et à la bouche de raie.

Cet homme avait on ne sait quoi d'effronté qui s'accentuait dans un balancement de corps particulier aux gens de mer. On le surnommait le *marin;* c'était le complice de Chaussy que celui-ci attendait et appelait.

Tous les deux se rejoignirent, après s'être assurés que la plaine était déserte, qu'ils pouvaient pénétrer, sans risquer une rencontre, dans la chaumière isolée.

Le plan que ces misérables avaient conçu, pour le crime qu'ils méditaient, était exceptionnellement épouvantable. Il devait s'accomplir dans un drame monstrueux; ses exécuteurs étaient de vrais monstres en chair et en os.

Chaussy et le marin avaient passé une partie de leur vie dans les maisons centrales; ils avaient puisé dans ces écoles de débauches et de perdition, l'amour du crime poussé jusqu'aux dernières limites de l'horrible.

Chaussy, trois jours auparavant, avait revu sa mère malade qui grelot-
tait auprès de son foyer flambant de jour et de nuit.

A côté d'elle, se tenait un garçon de treize ans qui avait remplacé son
fils : c'était un orphelin qui l'entourait des plus tendres soins.

Quand son véritable fils était revenu au logis, sa vieille mère, en lui
montrant son enfant adoptif, un garçon blond et rose, lui avait dit :

— Mauvais sujet, va-t'en! Tu n'es plus mon fils, c'est ce garçon qui te
remplace; toi, va te faire pendre ailleurs!

Chaussy était parti. Il s'était promis, en se concertant avec le marin,
de suivre les conseils de sa mère, il voulait mériter la malédiction qu'elle
lui avait jetée.

L'ancien berger, nature jalouse et cruelle, s'était juré de faire payer à
sa mère la part qu'elle lui refusait à son foyer.

Lui et le marin, revenaient pour voler la vieille, et pour avoir raison
de l'orphelin; ils allaient mettre à exécution le plan horrible qu'ils avaient
conçu dans leur prison : brûler vive la femme Chaussy et envelopper dans
l'incendie de la chaumière la mère et le garçon.

C'était ignoble, révoltant, de la part d'un fils. Comme on va le voir,
c'était pourtant l'exacte vérité, quelque monstrueuse qu'elle parût être !

Dès que les misérables se furent bien assurés que personne ne les
inquiétait, ils n'eurent pas de peine à forcer la porte branlante de la chaumière.

Ils entrèrent dans la salle basse, l'unique du logis. A l'âtre d'une grande
cheminée, était assise la vieille femme ; à ses pieds était accroupi le jeune
orphelin.

Tous les deux s'étaient retournés avec effroi du côté où la porte venait
d'être forcée. Le marin avait repoussé la porte derrière lui, tandis que
Chaussy s'avançait vers sa mère, en faisant avec son compagnon l'inspection de la pièce.

Là, il y avait le lit à côté de la cheminée, la huche, la table où s'étalaient
deux couverts, une miche de pain et un grand couteau de cuisine ; puis
en face du lit, sur l'autre côté latéral, était une lourde armoire en chêne
où la vieille femme cachait sa poignée de gros sous et de pièces blanches.

Avant que la mère eût le temps de pousser un cri, d'appeler au secours,
Chaussy s'était jeté sur le couteau placé sur la table. Il s'en emparait, en
menaçant sa mère et le jeune garçon.

Pendant que Chaussy les tenait en respect, le marin sautait de la porte
à l'endroit où se trouvait l'armoire, il s'emparait de quelques sacs cachés
derrière les piles de linge.

La vieille femme poussa un faible cri d'indignation et de terreur.

Elle voulut se lever pour défendre son modeste trésor entre les mains du marin ; mais elle retomba, sans forces ; la pauvre femme était, depuis quelque temps, à moitié paralysée.

Lorsque la mère de Chaussy retomba haletante, sans voix, épuisée dans son grand fauteuil, le berger passa son couteau au marin ; celui-ci courut, l'arme à la main, vers le jeune garçon qui avait tenté de défendre sa mère adoptive.

Pour éviter le couteau dont le marin s'était emparé, après avoir déposé son butin sur la table, l'enfant courut se blottir sous le grand lit.

Du lit où il était caché, l'enfant assista au spectacle effrayant qui se passa alors dans la chambre.

Chaussy s'était jeté sur sa mère tombée évanouie dans son fauteuil ; il l'avait étranglée de ses mains. Puis appelant le marin à son aide, le berger l'avait prise par la tête pendant que son odieux camarade la soutenait par les pieds. Tous les deux la lançaient dans le feu.

Les misérables ne s'arrêtaient pas là. Le marin, pour activer la cuisson de la pauvre femme, s'emparait du bâton de son complice ; il attisait avec ce gourdin le feu de l'âtre pour l'allumer aux vêtements de la vieille femme.

Pendant que l'immonde cuisson avait lieu, les monstres se plaçaient à la table. Chaussy, tout en coupant une miche de pain qu'il dévorait, faisait le compte, avec le marin, du vol opéré à l'armoire.

Il y avait sur la table une somme de cent écus. Ils se la partagèrent, tout en buvant, tout en mangeant.

Et leur victime flambait, en faisant dans les flammes des contorsions horribles.

Le jeune enfant, resté sous le lit, voyait dans la pénombre où il était caché, à travers un feu dévorant, cette fantasmagorie plus diabolique que toutes celles qu'avait pu lui conter sa victime, un soir de veillée.

Cette fois, à cette même cheminée, les diables qui brûlaient la sorcière, c'était son fils avec son odieux camarade ; et cette sorcière, c'était la mère de l'un de ces monstres.

Quand les misérables eurent bien compté l'argent volé, quand ils se furent fait leur part, tout en buvant, tout en mangeant Chaussy et le marin achevèrent le plan de leur drame barbare et atroce.

Chaussy, toujours aidé du marin, retourna à la cheminée où sa mère en flammes, essayait de sortir ; il la rejeta à coups de talon dans le feu.

Alors la pièce était pleine d'une fumée épaisse qui répandait une odeur âcre et infecte.

Ces forcenés, ces incendiaires ivres de sang et de vin, ne s'arrêtèrent pas encore là.

Après la mère, il fallait en finir avec le garçon qui, vivant, aurait pu, tôt ou tard, les dénoncer à la justice.

Ils allèrent le chercher sous le lit, ils le traînèrent au milieu de la chambre, ils se ruèrent sur lui avec une ivresse féroce. Malgré l'horreur du spectacle qui les entourait, et en face de la morte dans les flammes, ils se livrèrent sur l'enfant aux outrages les plus révoltants et les plus obscènes.

C'était l'image de l'impudicité païenne poussée jusqu'à la joie macabre !

Chaussy le parricide, le marin l'incendiaire, étaient aussi deux échappés de Sodome. A l'horreur de leur crime infernal, il ajoutaient le spectacle de l'orgie la plus ignoble.

Après avoir assouvi sur cet enfant leurs odieuses passions, il le prirent encore, l'un par la tête, l'autre par les pieds ; ils le jetèrent, après la mère, dans l'ardent brasier.

Chaussy lui cria avec un rire atroce :

— Va rejoindre dans le feu celle qui t'avait adopté. Je n'envie pas ta place.

Ils sortirent, après avoir eu la précaution d'étendre le feu du bûcher aux quatre coins de la pièce.

Quand ils la quittèrent, la nuit était venue ; la chaumière brûlait, les flammes s'allongeaient de la cave jusqu'au faîte.

Les voisins accoururent sur le théâtre du sinistre. Lorsqu'ils purent se rendre maîtres du feu, ils aperçurent, entre les murs restés intacts, un épouvantable tableau.

Deux corps gisaient dans la cheminée. Le cadavre de la vieille femme était presque carbonisé, les fémurs noircis se redressaient dans le foyer, la tête et les pieds avaient été respectés.

Quant au jeune garçon, sa tête ne formait plus qu'une horrible plaie. Son crâne défoncé indiquait avec quelle violence il avait été lancé dans le feu. Son corps, presque sans brûlures, indiquait les traces de souillure dont il avait été victime.

Sans la présence du jeune cadavre, on aurait pu croire que la vieille femme, par imprudence, s'était laissée tomber dans le feu en provoquant l'incendie de sa maison.

Mais les médecins légistes, appelés sur les lieux, constatèrent que la mère de Chaussy avait forcément été brûlée vive et que le jeune garçon

Tous deux au coin d'un bois attendaient le fusil chargé. (Page 680.)

avant de subir les mêmes épreuves, avait été le jouet des plus odieux outrages.

Deux jours après, Chaussy était arrêté dans un cabaret, en train de boire les économies de sa mère. Il était confronté avec son cadavre et celui du jeune garçon. Il avouait, avec un cynisme révoltant, son parricide et son crime contre nature.

Quant à son complice, le marin, il fut impossible de le retrouver. Il avait eu la précaution, après son triple attentat, de mettre l'étranger entre lui et la justice.

Les crimes de Chaussy révoltèrent tellement la conscience publique qu'il fut jugé à huis clos.

Ce parricide pédéraste, dont les pernicieux instincts s'étaient développés en prison dans la plus dégradante promiscuité, ne pouvait éprouver aucun remords.

Lorsqu'il s'entend condamner par le tribunal de Nancy à la peine capitale, il n'a qu'un regret, celui de ne pouvoir prolonger ses jours de meurtre et de crapuleuses débauches.

Avant de subir sa peine, il se lie d'amitié avec une criminelle, la femme Greveis, avec laquelle il était en cellule, qui n'a comme lui qu'une jouissance, celle que donnent l'amour du crime et la soif du sang.

Au moment de quitter sa prison de Nancy, pour aller sur l'échafaud qui l'attend à la place du Champ-de-Mars, Chaussy dit à la femme Greveis :

— Ah ! quel malheur de ne nous être pas connus plus tôt.

Il meurt sans regret, sans éprouver d'autre désir que ceux de ne pas avoir fait plus de mal à la société. Il monte sur l'échafaud, en maudissant sa mère *qu'il a tuée*, son enfant adoptif qu'elle n'avait appelé auprès d'elle que par peur de son fils. Chaussy est un monstre !

CXXIV

COMÉDIES ET TRAGÉDIES DE FAMILLE

Ce qui a été dit en commençant cette série des vagabonds assassins, il faut le répéter, en la terminant : si Chaussy est une bête fauve dans la peau d'un homme, Rieubernet est un intrigant et un aventurier dans la peau d'un assassin.

Vannier de profession, Rieubernet n'est, au fond, qu'un contrebandier. Lui et Pierre Pélissier, son propriétaire, s'absentent très souvent de leur logis pour faire des excursions dans les Pyrénées et pour passer ensemble des marchandises fraudées.

Grand, fort, souple, et nerveux, Rieubernet est un assez joli garçon ; il est aussi spirituel qu'audacieux, c'est un précieux compagnon pour Pélissier.

C'est une nature agissante, qui accomplit avec un aplomb incroyable, une présence d'esprit qui se dément rarement, les coups les plus difficiles imaginés par son métier de contrebandier.

En dehors de chez lui, il n'y a pas que les gendarmes et les douaniers de la frontière qui deviennent les victimes de sa dangereuse profession.

Les habitants des environs de Toulouse ne sont pas plus épargnés que les gendarmes des Pyrénées. Il leur tend des pièges où ils s'empêtrent eux-mêmes ; il leur joue des tours qui débutent par des scènes de comédie et qui tournent à la tragédie. C'est un farceur à la manière noire.

Rieubernet possède toutes les qualités du sacripant. Il prend, au physique comme au moral, toutes les professions et tous les rôles; il s'assimile à toutes les manières de vivre et de voir de ses victimes; il joue avec la loi comme avec les hommes. Il a la souplesse d'un procureur, l'esprit de Figaro, la séduction de Don Juan et la force d'Hercule.

Les avantages de ce drôle ne servent qu'à devenir l'enjeu de ses détestables projets. Il est né trompeur: tantôt ouvrier, tantôt homme du monde, garçon, veuf ou marié.

Rieubernet, qui n'a pas le sens moral et qui trompe tout le monde, irait jusqu'à se tromper lui-même s'il y trouvait le moindre intérêt.

En voici un exemple:

Un jour, Rieubernet achète à un voisin, un nommé Timbal, une paire de bœufs.

Il passe avec le propriétaire un papier par lequel il s'engage à lui payer sa marchandise après livraison.

Timbal connaît la mauvaise foi et l'esprit retors de notre Rieubernet. Dès le marché conclu, il le conduit à l'étable, il lui montre les bêtes et lui dit:

— Venez les prendre vous-même, si vous le pouvez?

Rieubernet se gratte l'oreille. Les bœufs sont des animaux indomptables; et il s'aperçoit qu'il n'a pas acheté chat en poche.

Alors il dit à Timbal qui rit sous cape:

— C'est bon, je viendrai les chercher demain.

— Revenez demain avec l'argent, réplique le narquois Timbal, et je vous donnerai mon domestique qui, seul, sait dompter mes bœufs. Il vous les ramènera chez vous.

Mais Rieubernet n'attend pas au lendemain.

Dans la nuit, accompagné de son fidèle Pélissier, ils se rendent, chacun armé d'une corde et d'un bâton, à la métairie de Timbal.

A l'aide d'une scie, ils entament l'un des panneaux de la grande porte. Par l'énorme ouverture qu'ils viennent de faire, Rieubernet y passe la main, détache la barre et ouvre la serrure.

Tous deux gagnent l'étable, après avoir eu la précaution de laisser toute grande la porte de la métairie. Ils pénètrent dans l'endroit où reposent les bœufs.

Là, Rieubernet et Pélissier passent un bâton dans les cornes de l'un des animaux, et sortent de l'étable. Rieubernet le tire par devant, Pélissier le bat par derrière, en le forçant, avec son copain, à passer la porte de la métairie.

Avant le jour, Rieubernet se dirige vers la foire de Beaucaire pour aller vendre le produit de son larcin.

Quand Timbal se réveille, le lendemain, il aperçoit la porte grande
ouverte. Un soupçon l'envahit; il court à son étable, il ne tarde pas à
s'apercevoir qu'il lui manque un de ses bœufs.

Plus de doute, il a été joué par ce Rieubernet qu'il avait nargué.

Le dupeur est dupé.

Il ne veut pas avoir le dernier mot avec ce rusé Rieubernet. Il se rend
à son logis où on lui apprend qu'il n'a pas reparu. Il s'informe auprès des
voisins, on lui dit qu'il a pris le chemin de Beaucaire avec l'un de ses
bœufs.

Le complice de Rieubernet, Pélissier, est resté au logis; en sachant
qu'on connaît l'itinéraire de son copain, il dit à Timbal :

— Oui, il a pris le chemin de Beaucaire pour y aller revendre l'un des
bœufs que vous lui avez vendus hier matin.

— Ah! c'est trop fort! exclame Timbal, pris à son piège, vous voulez
dire le bœuf qu'il m'a volé!

Timbal court à Beaucaire, il y arrive, Rieubernet a vendu son bœuf à
un nouveau client; et il a touché le prix de son larcin.

Timbal, en retrouvant son animal entre les mains d'un deuxième
acheteur, veut le reprendre de force. Il prétend que le bœuf lui appartient.
L'acquéreur de Rieubernet lui exhibe son acte de vente.

Timbal se récrie et il répète que Rieubernet est un voleur et que lui est
peut-être le recéleur de ce bandit.

Ces derniers mots sont de trop; l'acquéreur du bœuf volé se jette sur
Timbal, le terrasse et le roue de coups.

L'affaire passe en justice. Rieubernet, interpellé par le vendeur et par
l'acheteur, feint la plus naïve candeur. C'est lui qui, à son tour, apostrophe
Timbal, en prenant fait et cause pour le battu.

— De quoi se plaint, monsieur? se récrie-t-il, en regardant Timbal; de
n'avoir pas deux fois le prix de son bœuf? Si je l'ai vendu à Beaucaire,
c'est que j'en avais le droit.

Rieubernet montre au juge le papier par lequel il s'engageait à payer
les bœufs de Timbal après livraison et Timbal n'était pas homme à livrer
une marchandise invendue.

Timbal est débouté de sa plainte; Rieubernet a le dernier mot de son
vendeur; et Timbal rentre chez lui sans son bœuf; il est battu et volé.

Une nuit, dans les environs de Toulouse, Rieubernet et Pélissier, après
être revenus des Pyrénées, ne voulaient pas retourner chez eux, sans jouer
un autre mauvais tour à l'un de leurs voisins.

Tous deux, au coin d'un bois, attendaient, le fusil chargé, un riche
cultivateur.

Il tire dans le fourré dont est parti la voix!!! (Page 681.)

Ils savaient que cet homme, nommé Bordes, était chargé d'une somme importante qui relevait du prix de ses fermages.

Il fallait alléger sa bourse, le dévaliser ou c'en était fait de lui.

Lorsque Bordes frôle la lisière du bois où nos bandits se tiennent en embuscade, l'un des deux lui crie :

— La bourse ou la vie!

Les gens du Midi, on le voit par le bandit de Figeac et par les contre-bandiers des Pyrénées, n'ont pas renoncé au vieux jeu des bandits classiques.

Mais Bordes ne s'intimide pas pour si peu. Il a un pistolet chargé, il tire dans le fourré d'où est parti la voix menaçante.

Au bruit de cette détonation et aux cris d'appel de Bordes, les gens de sa famille accourent à sa rencontre; ils se précipitent de son côté. Bordes est bientôt entouré de protecteurs qui se disposent à faire un mauvais parti aux assaillants.

Ceux-ci n'ont que le temps de fuir pour ne pas tomber entre leurs mains.

Mais Rieubernet et Pélissier ne veulent pas lâcher leur proie. Une fois retourné au logis, ils combinent leur plan pour aller relancer et dévaliser Bordes à son domicile.

Dans la même nuit, ils s'entendent pour ne pas laisser à Bordes le temps de sortir son argent de sa maison et d'aller le placer en dehors de chez lui.

Ils se rendent au village voisin à la maison où réside Bordes avec sa mère, son gendre et plusieurs autres membres de sa famille.

Pour pénétrer dans cette habitation, ils usent du procédé dont ils se sont servis pour forcer la métairie de Timbal. Ils font une large entaille à la porte à l'aide d'un tournevis et d'une scie. Ils la laissent toute grande ouverte, afin de pouvoir fuir promptement, en cas de surprise; puis ils pénètrent dans l'intérieur.

Pélissier, resté au rez-de-chaussée, fait le guet dans l'encoignure de la porte, Rieubernet monte à pas de loup au premier étage où se trouve la chambre à coucher de Bordes.

Il l'ouvre, à l'aide d'un passe-partout qui donne accès à toutes les chambres de la maison.

Une veilleuse est au chevet du lit de Bordes. A la suite de sa course à travers la campagne, après les émotions provoquées par sa fâcheuse rencontre, Bordes est plongé dans un profond sommeil.

Sur sa table de nuit est déposé un portefeuille qui contient un billet de cent francs; sur une chaise est jeté un sac de cuir gonflé de pièces de cent sous. Rieubernet s'empare discrètement du portefeuille et du sac de cuir renfermant une somme de sept cents francs.

Le contrebandier a pris sa revanche du coup manqué dans le bois. Il quitte la chambre, muni de son butin. Il s'apprête à rejoindre son complice qui l'attend à l'encoignure de la porte.

Mais, si Rieubernet n'a pas réveillé Bordes, il n'en a pas été de même de sa mère qui couche dans une pièce vis-à-vis. Elle a entendu comme un frôlement de vêtements et comme un bruit de pas, dans le couloir qui sépare les deux chambres à coucher.

Mme Bordes mère se lève de son lit, le bruit des pas du voleur s'accentue davantage, car celui-ci craint d'être suivi. Il n'est pas au bas de l'escalier, prêt à rejoindre son complice, que Mme Bordes en chemise, une lumière à la main, pousse un cri de détresse. Ce cri réveille sa famille et les voisins.

Bordes se réveille. Sa porte est restée ouverte; sa terreur, sa stupéfaction redoublent, en se trouvant vis-à-vis de sa mère.

A son cri de détresse, il regarde sur sa table de nuit et sur sa chaise;
il s'aperçoit avec rage que son portefeuille et son sac de cuir n'y sont
plus.

Il n'y a pas l'ombre d'un doute. Les bandits qui n'ont pu le dévaliser
sur la lisière du bois, sont venus reprendre leur revanche dans sa maison.

Bordes s'unit à sa mère pour crier dans la nuit, à tous les échos : « Au
voleur! au voleur! »

Le gendre de Bordes, le nommé Bentendou entend ces cris. Il se lève
en toute hâte. Puis avec du renfort, Bentendou veut aller réveiller son
jeune cousin, nommé Dubon.

Celui-ci, dans la nuit est déjà sur la défensive. En chemise, il s'est
armé d'un pistolet; Bentendou qui vient à lui, sans lumière, est pris par
Dubon pour le voleur qu'on signale de tous les côtés.

Alors Dubon lui décharge son pistolet à bout portant, en pleine poitrine. Le gendre de Bordes pousse un cri, un râle qui le fait reconnaître
de son meurtrier involontaire.

Aux cris de détresse poussés au premier étage par la mère de Bordes
et son fils, succèdent, au second étage des cris de désespoir, et des râles
de mourant.

C'est Dubon et Bentendou qui les prononcent. Dubon se roule, fou
de douleur et de désespoir sur le corps de Bentendou qui agonise. Bordes
et sa mère montent au second étage; ils ne pensent plus au voleur, mais à
Dubon terrifié, désespéré devant Bentendou qui va succomber aux blessures qu'il lui a faites.

Pendant ce temps, les voisins, réveillés par les cris de Bordes et de sa
mère, trouvent la porte de la rue ouverte et forcée. Ils entrent dans la
maison. Une nouvelle mêlée causée par les cris d'appel va provoquer de
nouvelles méprises, mais Bordes et sa mère, tout en larmes, leur racon-
tent ce qui s'est passé.

Les voleurs qui s'acharnaient depuis le retour de Bordes à son argent,
n'ont pu être découverts; et la méprise dont ils ont été cause a déjà provoqué la mort d'un des membres de leur famille.

Voilà la première tragédie provoquée par Rieubernet, voilà la première
route de sang qu'il a parcourue, ce ne sera pas la dernière.

Encouragé par ce premier succès, Pélissier désigne à Rieubernet une
nouvelle victime; Pélissier est le *Deus ex machina* de ces intrigues qui se
terminent toujours par un sanglant guet-apens.

Cette fois il s'agit de s'attaquer à Gary fils, le percepteur de la
commune.

Pélissier, en sa qualité de propriétaire, a eu affaire au percepteur. Il a appris qu'il avait une forte somme à verser, le 14 novembre 1874, entre les mains du fondé de pouvoir de la trésorerie générale.

Il connaît le nom de ce fondé de pouvoir, c'est un nommé Thomey. Il reste à Carfelginest.

Alors Pélissier envoie le sacripant Rieubernet à la ville prochaine. Il s'y rend non plus habillé en paysan comme lorsqu'il volait un des bœufs de Timbal, ou lorsqu'il dévalisait Bordes dans sa maison. Il a pris les habits d'un monsieur. Il s'est mis un ruban rouge à la boutonnière, il se présente comme un important personnage chez un écrivain public.

Moyennant une assez forte somme, il lui fait faire un faux dans toutes les règles administratives. C'est une lettre, signé de Thomey, le fondé de pouvoir de la trésorerie. Elle enjoint à M. Gary fils, de se présenter le 14 novembre 1874, à Carfelginest, chez le signataire de cette lettre, pour solder à six heures du matin la somme que le percepteur doit à l'État.

A six heures du matin, Pélissier et Rieubernet, tous deux armés d'un fusil, attendent derrière un buisson le percepteur qui ne doit pas manquer d'aller porter la somme réclamée par le nommé Thomey.

Encore une fois, comme pour Bordes, les deux bandits à l'affût en sont pour leur frais d'imagination. Gary fils ne vient pas au faux rendez-vous qu'on lui assigne. Il n'a pas reçu encore sa lettre; l'administration des postes est en défaut. Cette fois, le retard du facteur sauve la vie et préserve la caisse de Gary fils.

Lorsqu'il reçoit tardivement la lettre conçue par les deux bandits, le 14 novembre est passé; Gary fils n'a pas attendu l'avis du faux billet pour s'acquitter avec le Trésor.

Pélissier, après une vaine attente, s'en retourne chez lui, tout déconfit, en compagnie de son complice. Il se promet bien de connaître la cause de ce retard, encore inexplicable. Il ne tarde pas à la savoir.

Pélissier, furieux, dit à son complice que Gary fils ne perdra rien pour attendre.

Dans la nuit du 16 novembre, les deux bandits, bien armés, se rendent à la maison Gary.

Comme chez Timbal, comme chez Bordes, ils forcent la porte d'entrée, en y pratiquant une large ouverture. Une fois dans la maison, ils l'ouvrent toutes grandes, à l'aide de fausses clefs. Les locataires sont profondément endormis; en pénétrant dans la cuisine, ils se trouvent nez à nez avec la domestique. A la vue des bandits, elle veut crier. Ils se jettent sur elle, étouffent ses cris en la bâillonnant, puis ils l'enferment dans un placard.

Une fois la domestique bien enfermée sous clef, il vont se disposer à

Dubon lui décharge son pistolet à bout portant (Page 683.)

dévaliser la maison dont les portes sont ouvertes et où les habitants dorment d'un profond sommeil.

Avant de commencer leurs détestables exploits, ils voient sur la table de la cuisine, une bouteille de vin, un plat où la cuisinière apprêtait son repas du soir, Pélissier et Rieubernet sont en appétit ; sur le point de commencer leurs vols, il veulent achever la collation de la servante ; mais un grand bruit se fait entendre de l'étage supérieur.

C'est la mère de Gary qui a entendu dans la cuisine les mouvements de la servante au moment où elle se débattait avec les bandits. Plus prudente que Mme Bordes, Mme Gary ne s'est pas mise à crier au voleur. Elle a craint de provoquer de dangereuses alertes, d'exciter une sanglante méprise où ses locataires auraient pu être les victimes. Elle est allée, sans bruit, détacher de sa niche le chien de la cour.

Lorsque le chien aboyant, furetant et jappant, criait dans la cuisine pour y faire déguerpir les voleurs, ces derniers ne l'ont pas attendu.

Entre les aboiements des chiens, entre les cris de Mme Gary, les coups de poing de la servante qui tambourine sur la porte du placard, Rieubernet et Pélissier ont pris la fuite.

Ils ont profité de la grande porte laissée ouverte pour déguerpir sans tambour ni clairon. Lorsque Gary fils se réveille en même temps que les autres locataires, les bandits sont loin.

Ils n'arrivent au bas de la maison que pour délivrer la servante enfermée dans la cuisine, et pour constater les dégâts de la porte cochère entaillée par les voleurs. Ils en sont quittes pour la peur!

Mais Pélissier et Rieubernet ne veulent pas avoir passé une nuit blanche. Après avoir quitté la maison du percepteur, ils se rendent à deux heures du matin chez un limonadier du voisinage, les époux Lafforgue. Ils les dévalisent d'une somme de quinze cents francs.

Le vol avait été préparé de longue main par Rieubernet.

Les époux Lafforgue possédaient une fille charmante, de seize ans à peine, dont la grâce et le piquant minois causaient l'adoration des habitués du café.

Rieubernet, quoique marié, père de trois enfants, s'était posé, auprès des époux Lafforgue, comme célibataire et jouissant d'une certaine aisance. Il n'avait pas craint, malgré la mauvaise réputation qui lui était justement acquise, de demander en mariage la fille des époux Lafforgue.

Comme Rieubernet était un de leurs meilleurs clients, les limonadiers n'avaient pas tout à fait détruit ses prétentions. A la veille du vol qu'il commettait chez eux, Rieubernet, pour inspirer plus de confiance à cette famille, leur avait joué une comédie.

Le soir précédent, il avait quitté assez tard le café des époux Lafforgue, sous prétexte qu'il redoutait en route une mauvaise rencontre. Rieubernet, au comptoir, tout en faisant les doux yeux à la jeune fille, avait prié sa famille de lui garder un billet de cinq cents francs.

— Je le veux bien, lui avait répondu l'imprudent limonadier; et comme on ne sait pas, d'un jour à l'autre, ce qu'il peut arriver, je veux que vous n'ignoriez pas où je mets votre argent avec celui de ma recette.

Le confiant Lafforgue avait entraîné le rusé Rieubernet dans sa chambre à coucher, il avait déposé dans son coffre-fort, avec son billet, sa recette du soir. Rieubernet savait que le coffre-fort contenait, indépendamment de ses cinq cents francs, quinze cents francs qui, à un moment donné, étaient bons à prendre.

Ce fut ce qu'il fit le soir du lendemain de son dépôt qu'il avait négligé de réclamer, parce quà ce moment-là, il avait été occupé à la maison du percepteur.

Mais Rieubernet, qui n'avait pas réussi chez le percepteur, tenait à se rattraper chez le limonadier.

Voici comment Rieubernet et Pélissier opérèrent chez ce dernier. Ils placèrent une échelle à la hauteur du premier étage de la boutique. Rieubernet monta à l'échelle pour parvenir à la fenêtre de la chambre à coucher du propriétaire du café. Il alla droit au coffre-fort où, avec ses cinq cents francs, était l'argent de la recette quotidienne.

Il découpa, pour faire jouer l'espagnolette de la fenêtre, un des carreaux avec un diamant qu'il portait toujours sur lui. Une fois dans l'intérieur, il alla au coffre, l'ouvrit devant son propriétaire endormi, en tira deux billets de mille francs, sans compter son billet resté en dépôt.

Le lendemain, en se réveillant, le naïf limonadier ne retrouvait plus dans sa caisse ses recettes accumulées, avec le dépôt de Rieubernet qui ne revenait pas le réclamer.

Le lendemain, le trop confiant Lafforgue ne pouvait plus douter qui avait été son voleur.

Rieubernet ne s'était posé comme un prétendant de sa fille que pour entrer en relation avec lui. Il ne lui avait donné à garder cinq cents francs que pour bien connaître l'endroit où il avait l'habitude de mettre son argent.

A son tour, comme Timbal et Bordes, il se reconnaissait joué, volé par l'impudent Rieubernet.

Là ne devaient pas s'arrêter ses indignes exploits.

Le vol de Rieubernet chez les limonadiers Lafforgue n'avait provoqué qu'une comédie de famille; son dernier vol chez les Prins, à Aucomville, vol accompagné d'un double assassinat sur la mère et son fils, amena une sinistre tragédie, aussi horrible qu'épouvantable.

Encore une fois, c'est Pélissier qui indique à Rieubernet ce coup à faire sur une mère et sur son fils, des propriétaires aisés.

Comme toujours, Pélissier se tient dans les coulisses du drame ourdi par lui, et dont Rieubernet est le principal acteur. Dans le crime d'Aucomville, Pélissier a l'art de disparaître, lorsque ses sanglantes péripéties deviennent trop dangereuses.

Eugène Prins, jeune homme de vingt-quatre ans, habitait avec sa mère une habitation privée dans la banlieue de Toulouse, à Aucomville.

Comme toujours, à deux heures du matin, Rieubernet, armé d'un énorme couteau, avait ouvert la porte principale en perforant l'un des panneaux.

A l'aide d'une fausse clef, il était monté à l'entresol, à la chambre de Mme Prins qu'il croyait endormie.

Il n'en était rien.

Avant qu'il ait ouvert la porte, Mme Prins demande au malfaiteur :

— Est-ce toi, Eugène?

Rieubernet ne répond pas, il continue d'ouvrir, il s'avance dans la chambre, le couteau à la main.

Pour arriver au coffre-fort de la dame, il s'aperçoit qu'il faut passer sur son corps, dès qu'elle a entendu qu'on travaillait la serrure, dès que ce n'était pas son fils qui lui répondait. Mme Prins vient de sauter au bas de son lit; maintenant elle défend son coffre-fort au brigand qui viole son domicile.

Sans lui rien dire, le couteau en avant, Rieubernet s'élance contre la femme demi-nue, le corps et les bras tendus sur sa caisse.

Armé de son grand couteau, le misérable lui porte plusieurs coups à la tempe, au cou et à l'épaule; il la rejette évanouie et ensanglantée sur sa couche encore chaude.

Alors le misérable, sans s'inquiéter de la femme qu'il croit avoir tuée, se baisse du côté de la caisse. Il veut l'ouvrir ou la forcer pour s'emparer des valeurs qu'elle contient.

Avec un cadavre à ses pieds, il n'a plus une seconde à perdre, mais il entend encore derrière lui des cris d'effroi et de colère.

Cette fois, c'est la voix du fils de Mme Prins, qui crie :

— Maman, où est maman?

A la lueur d'une veilleuse, il voit Rieubernet qui lui tourne le dos, cherchant à ouvrir le coffre-fort. L'effroi du jeune homme se change en une folle colère, lorsqu'il découvre sa mère, sanglante, étendue inanimée sur son lit.

Eugène n'écoutant que son désespoir et sa rage, bondit sur l'assassin, il lui assène un violent coup de poing sur la tête.

Rieubernet se retourne furieux. Il a tué la mère, il tuera le fils.

Il ressort son long couteau qu'il tient sous sa manche, il se rue sur le jeune homme, il lui enfonce sa lame catalane dans les régions épigastriques.

Le jeune homme n'a pas d'armes, et il n'a ni la force, ni l'adresse du contrebandier. Blessé mortellement, du premier coup, par son féroce meurtrier, il ne peut lui opposer aucune défense; il appelle sa mère, dans une dernière et suppliante prière.

Il crie encore :

— Maman! maman!

La pauvre mère, aux cris désespérés de son enfant, sort de son évanouissement. A tout prix, elle veut répondre à son appel. Malgré les violentes tortures causées par ses blessures, elle se soulève avec effort, elle se traîne sans être vue de l'assassin jusqu'à la porte de sa chambre. Pendant que le meurtrier se livre sur son fils aux actes les plus barbares,

Mᵐᵉ Prins a la force de descendre l'escalier. (Page 609.)

Mᵐᵉ Prins, toute sanglante, a la force de descendre l'escalier ; elle va implorer des voisins un secours qui, hélas! ne viendra que trop tard !

Alors Rieubernet, dans son furieux désir causé par la double présence de la mère et du fils, ne songe qu'à avoir raison de tout ce qui lui fait obstacle.

Il n'a pas vu, en achevant son fils, la mère toute sanglante glisser de la chambre, pour implorer du secours du dehors ; lorsqu'elle revient, portée par les voisins accourus à ses appels désespérés, Eugène Prins n'est plus qu'un cadavre.

Pendant que Mᵐᵉ Prins allait chercher du secours, le farouche Rieubernet s'acharnait après sa victime ; il poussait son couteau dans sa blessure mortelle. Il retournait sa lame dans ses plaies ; et tout le corps du jeune homme en était labouré !

La stupéfaction de Rieubernet est à son comble, quand après avoir cru faire deux cadavres autour de lui, il se retrouve en face de la mère du jeune Prins.

Liv. 87.   87

Il croyait l'avoir tuée la première ; il la revoit menaçante, prête à lui faire payer le sang de son fils. Il se figure être devant un fantôme.

Cette fois Rieubernet est bien perdu. Il est entraîné par les voisins. Il est conduit en prison. Chez le juge d'instruction, la justice lui rappelle tous les crimes qu'il a commis autour de Toulouse, en dehors de ses pérégrinations criminelle à la frontière d'Espagne.

Dans l'instruction, les Timbal, les Bordes, les Gary, les Lafforgue, les Prins, passent à tour de rôle devant lui ; ils lui rappellent ses méfaits, il les revoit avec indifférence, quelquefois en les raillant.

Son sang-froid ne s'ébranle que devant Mme Prins, lorsque guérie, elle lui dit :

— Misérable, je te reconnais, tu es l'assassin de mon fils !

Traduit devant la cour d'assises de la Haute-Garonne, il est condamné à la peine capitale.

Rieubernet espère jouer la justice comme il a joué ses victimes.

Un jour, les contrebandiers des Pyrénées, autour de sa prison, attendent l'heure de sa délivrance, ils sont très disposés à le recevoir. C'est Pélissier, son ancien complice qui a préparé son évasion.

Lorsque dans son cachot, un gardien a préparé les voies libératrices, lorsque Rieubernet est sur le point de le suivre, d'autres gardiens qui ne sont pas du complot de Pélissier le font avorter.

Une rixe s'engage, le personnel de la prison parvient à dompter le captif redoutable qui, un moment, a défié ses gardiens comme il a défié les lois.

Jusqu'à l'heure où Rieubernet doit monter sur l'échafaud, on double la garde de ses surveillants.

Après avoir été la terreur des campagnes de Toulouse, Rieubernet fait peur jusque dans sa prison.

Pélissier, après l'insuccès de son évasion, gagne prudemment l'Espagne ; il ne tient pas à avoir le sort de son inséparable lieutenant.

Rieubernet, en montant à l'échafaud meurt comme il a vécu, sans peur, sans remords.

Il a le sourire sur les lèvres. C'est un monstre qui sourit jusque dans le sang. Il fait bon marché de sa vie comme de celle des autres ; il meurt en souriant à la foule ; et elle compte avec une certaine satisfaction, la dernière heure de l'odyssée de ce bandit.

CXXV

LES PASSIONS SÉNILES

Les passions séniles amènent fatalement des drames sinistres, des crimes épouvantables. Leurs tristes héros liés par des sentiments qui se combattent, — la lubricité d'un côté, la cupidité de l'autre, — les forcent, par des révoltes continuelles, à devenir leurs propres bourreaux.

La plupart du temps, — écrit M. R*** qui a noté ces criminels, passibles de la cour d'assises par les entraînements de leurs amours indignes, — ces coupables se font justice eux-mêmes, après avoir été les justiciers de leurs dupes intéressées.

En 1876, M. R*** signale dans le département de la Charente deux cas d'amours séniles. Dans l'un, c'est un vieillard de quatre-vingt-trois ans qui donne la mort à sa concubine vivant avec lui depuis trente ans ; dans l'autre, c'est un vieillard de soixante-quinze ans, tué par sa maîtresse.

Dans le département de Seine-et-Oise, à Sèvres, c'est une femme qui tombe mortellement blessée par son mari, en sortant de l'église, au moment où elle suivait le cortège d'un enterrement.

Le mari déjà âgé, séparé de sa femme qui le dédaignait, la punit à son tour. Il rentre chez lui, et ne pouvant plus vivre, après la consommation de son meurtre, il se brûle la cervelle.

A Nice, une dame du monde, encore belle, quoique sur le retour, est tuée par son amant, un tout jeune homme, moins parce qu'elle l'a délaissée, que parce qu'il ne peut, par son mariage avec sa maîtresse, achever de manger sa grande fortune.

Dans un département du centre de la France, c'est un autre vieillard, rendu plus vieux par les souffrances de la jalousie que par l'âge, qui tue son rival. Il assassine l'amant de sa femme, parce qu'il l'accuse d'être le père de ses enfants. Et il l'assassine, lui et sa fille, par représailles. Les amours séniles sont féroces.

M. R*** le prouve en racontant quelques épisodes des criminels qu'il vient de signaler.

Voici comment il explique d'abord le crime de la maîtresse du vieillard de soixante-quatorze ans, parce que cette maîtresse, en 1876, escomptait depuis longtemps l'héritage de son vieil amoureux.

Le 8 août 1876, le maire d'Angeduc fut informé qu'un meurtre avait été commis sur la personne d'un nommé Grassin.

C'était un vieillard original, un ancien avoué, il vivait seul dans une maison isolée du village de Lhez-Bouffard, commune d'Angeduc.

Le maire de la commune se transporta au domicile de l'ancien avoué. Il trouva dans sa salle à manger le malheureux vieillard qui, assis à une table, n'était plus qu'un cadavre. Un bonnet de coton cachait au sommet de sa tête, une énorme plaie qui mettait à nu sa cervelle. Elle ne formait plus qu'une répugnante bouillie.

Les os de la tête avaient été brisés, tout son visage était ensanglanté.

A la joue droite une profonde blessure le défigurait d'une façon effrayante.

On voyait que le vieillard avait dû être frappé avec une rage féroce, et que celui ou celle qui s'était livré à ces atrocités, n'avait pas dû avoir la moindre pitié de sa victime.

La main droite avait été écrasée. Des papiers d'affaires étaient étendus à sa place ; c'était sans doute pour qu'il n'en n'écrivît plus d'autres que Grassin avait été mutilé.

Plusieurs de ses blessures avaient été faites avec un instrument tranchant ; d'autres avaient été le résultat de coups violemment portés avec un instrument contondant.

Tout le prouvait ; dans la salle à manger, on voyait sur la table un marteau imprégné de sang et couvert de débris de cervelle. A côté du marteau, gisait une serpe.

A la serpe, des poils de barbe étaient encore adhérents.

On sentait par les meubles renversés de la salle à manger qu'une lutte avait dû s'engager entre le vieillard et la personne qui l'avait assassiné ; cette lutte avait duré longtemps.

Le désordre dont cette chambre offrait le tableau, s'accusait en dehors de la maison.

Le désordre de la cour offrait l'image de la scène violente, qui avait dû se passer entre le vieux Grassin et son bourreau.

Quel avait été ce bourreau ?

Ce ne pouvait être que sa maîtresse, la veuve Sauvestre qui, depuis dix ans, habitait un logement à côté de la propriété de son vieil amant.

Depuis ces dernières années, il ne se passait pas de jours où cette femme n'allât voir son amant ; elle ne quittait plus Grassin. C'était moins pour répondre à l'ancienne tendresse qu'il avait autrefois éprouvée pour elle que pour lui faire des scènes continuelles.

Le malheureux vieillard n'était plus qu'un cadavre. (Page 692.)

Autrefois elle l'avait dompté par l'amour ; maintenant elle le domptait par la peur.

Mme Sauvestre était une femme jeune encore, grande, mince, aux traits réguliers, aux lèvres minces et aux yeux ardents.

C'était une nature toute remplie de convoitises.

Elle ne cessait de tourmenter le vieillard pour qu'il lui abandonnât sa fortune par testament.

Le rusé Grassin, quoique ses facultés baissassent, n'avait pas été en vain dans les affaires. Il consentait bien, par peur, à lui passer son bien après sa mort ; mais aussitôt délivré de sa dompteuse, il s'empressait de casser le testament que sa cupide maîtresse lui forçait de faire.

Immédiatement, de sa libre volonté, il le frappait de nullité. A trompeuse, trompeur et demi.

Par malheur, Grassin prit trop de précautions contre sa cupide Circé. Il parla aux voisins de ce qu'il avait combiné, par acte notarié, pour paralyser les effets de la captation de cette femme avide.

Un jour, quelque temps avant le meurtre signalé par le maire d'Angeduc, la fougueuse maîtresse avait eu vent de la ruse du vieillard. Depuis, elle n'avait fait que redoubler de fureur contre lui.

Sachant le terrible pouvoir qu'elle exerçait sur son cerveau affaibli, elle lui avait dit :

— Misérable, tu m'as trompé, tu as cassé le testament qui assurait mon avenir et celui de mon enfant.

La veuve qui, du vivant de son mari, l'avait avoué pour amant, lui avait fait accroire que cet enfant était le sien.

Grassin essaya de nier les propos qu'il avait tenus à des voisins indiscrets.

Mais la veuve lui mit si bien les points sur les *i*, que l'ancien avoué, déjoué par les bavardages du village, fut forcé de dire la vérité à la furie qui, lui montrant le poing, lui cria :

— Si tu ne me donnes pas ce que je désire, je te tuerai, et tu seras la cause de la mort de mon enfant et de la mienne.

Ces scènes se renouvelaient sans cesse. Le vieillard, pour essayer de calmer sa maîtresse, lui disait doucement qu'il n'avait annulé son testament que pour en faire un autre, dans lequel, tout en l'avantageant, il ne voulait pas oublier des parents qui lui étaient chers.

Cette observation, loin de calmer la veuve, ne l'irritait que davantage. Elle se livrait à des voies de fait contre le malheureux vieillard.

Elle lui arrachait les sourcils, le traînait à terre, le mordait, lui déchirait le visage et lui lançait des coups de pieds.

Ces scènes scandaleuses se renouvelaient presque tous les jours. La veuve Sauvestre ne se gênait pas de lui dire que tant qu'il n'aurait pas refait son testament dans les premiers termes qu'elle lui avait dictés, tant qu'il ne détruirait pas son acte de nullité, elle le traiterait de cette façon.

Les voisins qui lui rendaient visite voyaient avec peine sur les mains, sur le visage de l'ancien avoué, les traces de violences exercée par sa vindicative maîtresse :

— Ne vous en allez pas, — disait Grassin à qui venait le voir, — elle me tuerait !

Lorsque les voisins faisaient à la veuve Sauvestre de sanglants reproches sur les mauvais traitements qu'elle exerçait contre son amant, elle leur répondait, en haussant les épaules :

— Laissez-moi donc tranquille ! il n'a que ce qu'il mérite ! Pourquoi veut-il que je lui aie donné ma jeunesse pour rien ? Il m'a jouée, il me le payera ! et je le jure, je tuerai Grassin, il ne mourra jamais d'autres mains que de la mienne !

En parlant ainsi, elle intimidait les voisins, comme elle intimidait le vieillard. Enfin, l'ex-avoué, acculé par sa maîtresse, après une scène violente dans la cour, lui promit de refaire, séance tenante, son testament.

Ce jour-là, qui devait être le dernier de sa vie, il arriva chez lui un voisin. Après la scène violente qui devait avoir eu lieu entre le vieillard et sa maîtresse, le voisin voulut se retirer, la veuve ne le retint pas. Au moment où il était près de partir, M. Grassin, le prenant par le pan de son habit, lui murmura :

— La coquine me fait peur, elle m'assassinera !

En effet, le jour même, une fois le voisin parti, la veuve Sauvestre traîne le vieillard, à coups de pied, à coups de poing, dans la salle à manger. Elle le force à s'asseoir à la table ; une serpe d'une main, un marteau de l'autre, elle lui fait écrire le testament qu'elle désirait. Après l'avoir déposé dans son secrétaire, elle revient vers sa victime.

Pour que, dorénavant, il n'annule pas ce testament de sa main, elle la lui broie à coups de marteau.

Mais elle surprend dans ses yeux, sur ses lèvres une expression de haine et de défi à travers ses larmes arrachées par la douleur.

Alors ivre de rage par ce muet défi, elle lui fend le crâne pour que, vivant, il ne détruise pas par la pensée ce qu'il ne peut détruire de ses mains.

Lorsque la veuve Sauvestre, sur les témoignages des voisins, est arrêtée après les perquisitions du maire de la commune, on lui prouve, quoique personne n'ait été témoin de son meurtre, qu'il n'y avait qu'elle connaissant l'endroit où l'ex-avoué plaçait sur son lit le bonnet de nuit qui avait servi à dissimuler les blessures de son crâne.

On lui prouve encore qu'elle seule est capable de lui avoir broyé la main, après l'avoir forcé d'écrire son dernier testament déposé dans son secrétaire.

Quand on l'interroge, en cour d'assises, sur l'horrible blessure faite à la main du vieillard, la veuve répond imperturbablement :

— M. Grassin était ivre. Il a *bûché* son secrétaire, et en le bûchant, il s'est fait le mal.

Le dossier judiciaire de cette criminelle ne dispose guère en sa faveur : jeune fille, elle a volé mille francs à son père ; épouse, elle a porté l'adultère dans son ménage ; et pour s'approprier la fortune de son vieil amant, elle le tue en lui infligeant d'horribles tortures.

En vain veut-elle mettre ce meurtre sur le compte d'un vulgaire malfaiteur?

Mais, si un malfaiteur eût été coupable de ce meurtre, il eût eu le temps de bénéficier de son crime, et rien n'est dévalisé dans le logis de la victime.

Le chien qui était dans la maison n'avait pas hurlé. Pourquoi? Parce qu'il connaissait aussi bien son maître, M. Grassin, que sa maîtresse, la veuve Sauvestre.

Le chien n'a donc pas aboyé le jour de ce meurtre commencé dans la cour, interrompu par la visite d'un voisin, et achevé dans la salle à manger.

Mais comme ce meurtre n'a eu aucun témoin, la veuve Sauvestre n'est condamnée qu'à vingt ans de travaux forcés. Elle méritait l'échafaud.

* *

Voici maintenant l'histoire de ce vieillard de quatre-vingt-trois ans qui donne la mort à sa concubine, dans un violent accès de jalousie.

L'affront qu'il en reçoit est pour lui la peine du talion. Le mal qu'il a fait souffrir à son épouse, et qui a porté sa compagne au tombeau, il va le ressentir plus tard par sa maîtresse.

Cette fois, à l'encontre du premier vieillard qui meurt sous les coups de celle qui avait remplacé sa compagne, c'est le second vieillard qui tuera cette maîtresse.

Après une cohabitation de trente années, M. R***, un ancien entrepreneur de maçonnerie, avait pris pour gouvernante celle qui, simple servante, avait supplanté, autrefois, son épouse. Elle était parvenue, à force de soins intéressés, de tendresses simulées, à devenir plus autoritaire que son ancienne épouse ne l'avait jamais été.

A la longue, M. R***, pour être mieux servi par elle, l'avait mariée. Il l'avait avantagée d'une forte dot, en épousant un jeune serviteur qui avait grandi dans sa maison.

La vieille concubine traitait son mari en enfant, et son ancien maître avec une sollicitude de mère.

Le mari qualifiait son maître de *papa*, il n'avait pas l'air de s'apercevoir des tendresses exagérées qui se manifestaient sous ses yeux, entre sa femme d'un âge mûr et son maître touchant à la caducité.

Très despote, M. R*** s'accommodait du caractère débonnaire du mari pour s'en faire un esclave absolu. Il continuait de cohabiter avec l'omnipotente servante obligeant son époux à n'être que le complaisant de son vieux maître.

Mais l'âge arrivant pour M. R***, tout n'alla pas jusqu'au bout, au gré de ses désirs. La servante, de son côté, beaucoup plus âgée que son

Elle chassa le secrétaire irrévérencieux. (Page 702.)

époux, trouva que ce dernier méritait plus d'attentions que son rival octogénaire.

C'était bien sur quoi comptait le jeune domestique en épousant cette servante-maîtresse.

Peu à peu, le service se relâcha. La servante, pour complaire à son époux, fit la sourde oreille aux exigences de M. R***; elle ne répondit plus à sa passion. Elle le négligea. Elle subit à son tour, par son mari, beaucoup plus jeune qu'elle, l'empire qu'elle n'avait cessé d'exercer sur M. R***.

La bonne avait trouvé son maître.

Les deux domestiques abandonnèrent à lui-même M. R***. A force de complaisances pour sa vieille servante, il lui était lié pieds et poings ; il n'avait plus aucun pouvoir pour parer à la volte-face qui se tournait contre lui,

M. R***, si entier, si despote, devenait à la merci de ses domestiques dont il avait travaillé à la domination contre sa personne.

Le despote était maté !

Un jour M. R*** se plaignait amèrement des négligences de sa bonne pour ne s'occuper que de son époux, fanatisée par son nouveau souverain, la bonne-maîtresse lui avait répondu :

— De quoi vous plaignez-vous ? Je vous rends ce que vous avez fait autrefois à votre femme !

Ces paroles étaient impitoyables. Elle rappelait à M. R*** un terrible passé dont l'épisode se retrouve dans le roman des *Parents pauvres*, où M. R*** avait joué le rôle du baron Hulot.

Autrefois, le lubrique vieillard, dans la force de l'âge, subjugué par les attraits de sa servante, avait été surpris en conversation criminelle par son épouse.

Une scène terrible s'en était suivie. La bonne avait été renvoyée par la dame de M. R***. Son maître s'était empressé d'aller consoler la servante tout en larmes, sur le point de partir. Et M. R***, en faisant allusion à la santé débile de son épouse, lui avait dit :

— Prends patience. Du reste, je resterai ton amant. Tu n'as que peu de temps à attendre, pour me revenir ; car ma femme n'a pas pour longtemps à vivre.

La malheureuse épouse, qui épiait son mari, avait entendu ce propos tenu à sa bonne. En écoutant les paroles qui l'avertissaient que l'affection de son mari était morte pour elle, elle en reçut un coup si fatal qu'elle tomba foudroyée.

Elle passa pour avoir succombé d'une hypertrophie du cœur.

Après avoir enterré sa femme, son volage époux avait tenu parole à la coquette.

Maintenant, il en était bien récompensé. Il était puni par les armes qu'il s'était forgées contre lui-même.

M. R*** était donc payé pour comprendre la portée des paroles de la coquine lorsqu'elle lui avait dit :

— Je ne vous rends que ce que vous avez fait à votre femme.

Alors le lubrique vieillard avait courbé la tête, il s'était contenté de pousser un soupir de rage.

La servante était devenue l'esclave de son jeune époux, elle l'aimait avec autant d'ardeur qu'elle avait de dégoût pour le vieux libertin, elle ne s'en tint pas là..

Son mari tenait à se venger du rôle ridicule que son maître lui avait donné, et la servante ne se contenta pas de le désespérer en paroles.

Un jour, le vieillard, plus épris de sa bonne depuis qu'elle le dédaignait, lui avait impérieusement commandé de rester seule avec lui.

C'était au moment où les deux époux, à dessein, se lutinaient en sa présence. Les serviteurs ne tinrent aucun compte de ses ordres.

M. R*** ayant manifesté de nouveau sa volonté, le mari impatienté prit son maître à bras le corps. Sans respect pour lui, il le jeta au fond . d'un placard.

Une fois claquemuré dans ce réduit obscur, le vieillard entendit les rires, les éclats de voix, les baisers, les soupirs voluptueux des deux époux. Tout finit par lui indiquer le moment psychologique d'une passion que la bonne ne partageait plus pour lui, et dont elle donnait toutes les preuves à son mari.

M. R*** était au comble du désespoir et de la rage. Il grinçait des dents, il s'arrachait ce qui lui restait de cheveux, il jurait de se venger le plus tôt qu'il le pourrait du tour infernal qu'on lui jouait.

Une fois ses domestiques partis, en poussant de grands éclats de rire, M. R***, malgré son grand âge, finit par enfoncer la porte du réduit où on l'avait relégué.

Rendu à la liberté, il ne songe plus qu'à la vengeance.

Lorsque sa bonne revient le soir vers son maître, dans la même chambre où elle l'avait dupé, M. R*** ne paraît pas attacher grande importance à la scène du matin. Il met sur le compte d'une plaisanterie de mauvais goût le tour odieux qu'on lui a joué.

Il a pourtant le deuil dans l'âme, la rage dans le cœur.

Depuis la scène du matin, le vieillard, tourmenté par une jalousie féroce, s'est préparé à sa revanche. Alors, il s'est muni d'un rasoir qu'il cachait dans sa manche.

Loin de réprimander sa servante, il feint d'être avec elle d'une amabilité caressante. La femme sent qu'elle avait été trop loin dans les représailles conseillées par son époux. Elle répond aux avances de M. R***, la prudence et l'intérêt lui en faisaient une loi.

La malheureuse ne comprend pas qu'elle avait fait saigner trop profondément le cœur du vieux Céladon. Elle ne se doute pas du sinistre projet du vieillard qui tient à lui faire payer de sa vie sa poignante humiliation.

Sa confiante maîtresse se prête donc, encore une fois, aux caprices de M. R***. Celui-ci prie la femme de fermer à double tour la même chambre où le matin elle avait également sacrifié à Vénus. La femme s'exécute.

Une fois bien sûr d'être seul avec elle, le vieillard change d'attitude. Tout à sa rage d'avoir été joué par sa servante, il la prend par le cou et il sort son rasoir de sa poche.

Elle comprend trop tard ce que son maître voulait faire d'elle. Elle pousse des cris de détresse; elle appelle au secours; elle s'épuise à se débattre entre ses mains.

Mais le vieillard surexcité par la vengeance avait repris pour un instant les forces de son âge mûr.

D'une main, il repousse son corps contre la muraille; de l'autre, armé de son rasoir, il lui tranche profondément les carotides.

La femme tombe inanimée dans des flots de sang.

Lorsque le vieillard commet son meurtre, l'époux de la bonne accourt à son secours. Il enfonce la porte pour la sauver des mains et du rasoir de son maître.

Il était trop tard.

Il n'arriva que pour trouver sa femme, le cou à moitié tranché; son corps était étendu sur le sol et baignant dans son sang. A ses pieds, se dressait son bourreau. Il la regardait, les yeux hagards, les gestes désordonnés et effrayants. Il riait, mais d'un rire insensé. Il était fou, dans ce moment terrible.

Lorsqu'il aperçoit son domestique, également terrifié par cet horrible spectacle, M. R*** le prend d'une façon fébrile par le bras; il lui crie sur le corps de la morte :

— Arrivez donc! venez contempler votre ouvrage. J'ai tué votre femme. Et ce matin, en me narguant avec elle, vous avez prononcé sa sentence!

Lorsque ce vieillard, victime de ses passions basses et malsaines, passa devant les assises, pour répondre de son crime, le tribunal, en considération de son grand âge et de son cerveau ébranlé, ne le condamna qu'à dix ans de réclusion. Il n'eut pas le temps de subir sa peine. A la première année de sa détention, M. R*** mourut fou furieux. Sa femme était vengée.

.·.

A Nice, habitait en 1876 une grande dame italienne, une veuve possédant une immense fortune. Très belle encore quoique d'un âge mûr, la comtesse de Hereck, une fois devenue veuve, s'était empressée de fuir sa patrie.

Ce n'était pas pour se distraire de sa douleur, pour assister aux fêtes de la saison, et jouir du beau ciel de cette terre privilégiée, que la comtesse de Hereck avait abandonné ses châteaux et sa terre natale.

Non, elle était partie d'Italie pour fuir un jeune homme, ancien secrétaire de son époux, un nommé Marcelloni.

Du vivant du mari, non seulement le jeune secrétaire avait partagé le poids de ses travaux diplomatiques, mais aussi les faveurs de sa dame.

La comtesse de Hereck, en sa qualité de grande dame italienne et de

La comtesse gisait inanimée sur un siège. (Page 703.)

femme de diplomate, avait fait deux parts de ses affections : l'une était
la profonde amitié qu'elle vouait à son époux ; l'autre était sa passion
intense qui l'animait pour son secrétaire intime.

Si l'épouse était belle comme Vénus, le secrétaire était beau et taillé
comme un Apollon.

Il avait un avantage de plus sur la dame de ses pensées, il était beaucoup plus jeune qu'elle. En comptant bien avec l'acte de naissance de la
noble dame, elle aurait pu être la mère de Marcelloni.

La dame l'aimait à la fois avec la sollicitude d'une mère et la passion
effrénée d'une amante.

Elle aussi obéissait aux ardeurs de l'été de la Saint-Martin ; elle aussi
était dévorée des feux d'une passion sénile.

Une fois son mari mort, le jeune Marcelloni, qui possédait, à défaut de
fortune, tous les appétits que la fortune permet d'assouvir, se crut
en droit, malgré son obscurité, de donner son nom à la grande dame.

L'Italienne, malgré la brûlante affection qu'elle avait pour le jeune

homme, trouva la prétention par trop exagérée, moins par orgueil aristocratique que parce que Marcelloni avait un défaut dominant qui avait
toujours donné à réfléchir à son amante.

Marcelloni était joueur. Une fois devenu le mari de la veuve, elle eût
redouté chez son jeune époux la passion du jeu qui eût englouti son
immense fortune.

Outré de son refus, l'Italien, fort de ses droits, les exposa d'une façon
trop brutale à la grande dame. Celle-ci se fit violence sur elle-même. Elle
chassa le secrétaire irrévérencieux; elle le mit à la porte comme un
laquais.

Marcelloni, froissé, humilié des procédés de sa belle, jura de s'en
venger. Par malheur pour la grande dame, il possédait des gages de sa
tendresse. Il voulut s'en servir pour ameuter contre elle l'opinion et la
haute société où elle régnait par droit de naissance et par droit de
beauté.

Pour fuir le compromettant amant, la veuve n'eut qu'une ressource,
mettre entre lui et elle la France et les Alpes-Maritimes.

L'âpreté du caractère de son amoureux l'avait enfin guérie de son
amour. Elle était partie pour Nice; là, elle se croyait à l'abri de ses
menaces et du scandale dont il la menaçait.

Elle se trompait.

Un jour, à Nice, sur le bord de la mer, entourée, au balcon de son
hôtel, d'une cour de galants, elle reçut la visite d'un hôte qu'elle
n'attendait plus.

Au moment où la grande dame faisait valoir ses manèges de coquette
devant des officiers étrangers se posant en consolateurs de la veuve, un
homme vint tomber au milieu de cette cour d'amour.

C'était l'impitoyable Marcelloni.

Avant que l'Italienne eût donné l'ordre de le faire prendre par ses
laquais et de le mettre à la porte, son compatriote avait exhibé, aux yeux
de ses adorateurs, les lettres et le bracelet de son amante.

On juge du froid qu'il répandit, par cette exhibition, dans la compagnie
de l'Italienne. Celle-ci était au comble de l'exaspération.

Violente comme une Italienne, elle entraîna par le bras son insulteur
dans la salle à manger attenant à son balcon. Une fois seule en présence
de Marcelloni, elle le traita de lâche!

Marcelloni était sans ressources. Il était venu relancer sa belle, en
croyant bien la forcer à revenir à lui. Il voyait maintenant que tout était
perdu; il n'avait plus qu'à assouvir sa vengeance.

L'Italienne n'eut pas achevé d'insulter son ancien amant que deux fortes détonations se firent entendre.

Tous ceux qui entouraient, quelques minutes auparavant, la grande dame, encore heureuse et souriante, se précipitèrent dans la salle à manger.

Un horrible spectacle s'offrit à leurs yeux. La comtesse de Hereck, la figure ensanglantée, gisait inanimée sur un siège; à ses pieds, Marcelloni était étendu dans une mare de sang.

Le meurtrier, après avoir broyé le front de sa maîtresse d'un coup de revolver, s'était servi de la même arme pour se viser au cœur. Il était mort presque en même temps que sa victime. Dans l'unique envie de posséder son immense fortune, Marcelloni avait tenu sa parole : Vivre avec sa maîtresse ou mourir avec elle.

Voilà les conséquences des passions séniles.

Comme le prouvent ces différents exemples, elles n'ont qu'un double mobile : la lubricité d'une part, la cupidité d'une autre. Le bourreau n'a pas besoin d'intervenir, après la justice, pour avoir raison de ces coupables ou de ces fous; ils deviennent les bourreaux d'eux-mêmes!

CXXVI

UNE EXÉCUTION A LA PRISON DE MELUN

Il a été fait mention, au début de cet ouvrage, d'une exécution capitale, au bagne de Toulon, en 1829. Je vais signaler, sur les notes de M. R***, une autre exécution qui eut lieu, en 1878, sur le détenu Cortinesco, à la maison centrale de Melun.

Elle dépasse en horreur celle qui se fit cinquante ans auparavant sur le père de Cadet, parce que la routine et la cruauté administratives tiennent rarement compte des progrès de la civilisation.

A cette époque, l'administration de la prison centrale conservait dans ses arsenaux, une vieille guillotine. Elle fonctionnait sans les perfectionnements apportés par les exécuteurs H*** et R***, elle manœuvrait sur les anciens errements conservés par les bourreaux du département de Seine-et-Marne.

Elle fut cause d'une scène horrible dans laquelle le patient dut éprouver un triple supplice qui prolongea ses tortures. Il inspira la pitié, il provoqua l'indignation des gens les moins susceptibles d'émotions, ses codétenus.

Avant d'arriver au tableau de cette exécution, dont les détails sont remplis d'épouvante, il s'agit de retracer les événements qui amenèrent le supplice de Cortinesco.

Ce bandit, Italien d'origine, s'était lié avec un nommé Lebigot ; Cortinesco, escarpe des plus adroits, avait été condamné avec lui pour des méfaits qu'ils avaient commis ensemble.

Ils n'étaient pas liés que pour le vol. Sans que Cortinesco le sût, ils étaient liés par la même maîtresse, une Italienne, la bénéficiaire et la recéleuse de leurs nombreux larcins. L'Italienne pour Cortinesco était une complice.

Mais comme on va le voir Cortinesco était en droit d'exiger de Lebigot, par ses relations honteuses avec lui, une soumission aveugle.

Ils subissaient, depuis le 6 mai 1873, la peine de cinq ans de réclusion, pour voies de fait envers un agent de la force publique.

Le caractère de Cortinesco était violent, emporté. A sa prison il ne cessait de tenir des propos menaçants pour le moment où il serait libéré :

— C'est si bon de tuer, d'assassiner ! répétait-il souvent à ses camarades.

A la moindre observation, il entrait dans une violente colère et cherchait à frapper son contradicteur.

En 1876, il avait failli tuer un gardien en lançant contre lui, les pointes en avant, des cisailles qui, heureusement, ne l'avaient pas atteint.

Il entretenait avec son ancien complice Lebigot des rapports ignobles qui n'étaient un mystère pour personne. Il ne les cachait pas vis-à-vis de lui ; il le traitait comme une femme et Lebigot était connu, dans la prison, sous le nom de la *Reine des Brosses*.

Cortinesco disait devant ses camarades :

— Nous sommes mariés ensemble ; je ne veux pas *la* quitter ; et si jamais ici, on l'attaque, c'est moi qui *la* défendrai !

Cependant, à la longue, cette intimité répugnante s'était refroidie. Cela provenait des relations que Lebigot avait renoué, de sa prison, avec l'Italienne.

Cette maîtresse commune était parvenue, du dehors, à renouer des relations avec Lebigot.

Comme elle préférait ce dernier à Cortinesco, elle travaillait à la liberté de Lebigot.

Elle avait choisi pour intermédiaire, entre elle et Lebigot, un autre

Robin se lève dans une demi-obscurité. (Page 709.)

détenu qui, par sa bonne conduite, était devenu le surveillant de la brigade de Cortinesco et de Lebigot.

Robin était le nom de ce détenu.

A un moment donné, de concert avec l'Italienne et le portier de la maison centrale, Robin et Lebigot devaient s'évader.

Une barque les aurait attendus à l'heure où la ronde de nuit était faite. Robin et Lebigot devaient feindre un besoin naturel pour quitter le dortoir et gagner la galerie des cours. A l'avant-greffe, le concierge, payé par l'Italienne, les laissait partir. Il se faisait garrotter par ces deux détenus, en feignant d'avoir été forcé de leur abandonner ses clefs. Le plan était bien mûri entre les codétenus.

Depuis quelque temps Robin, par les missives de l'Italienne, ne quittait pas Lebigot pour lui préparer les moyens d'évasion.

Cortinesco, en voyant son ancien complice avec Robin, en conçut une violente fureur. Il supposa qu'il l'avait supplanté, et à partir du moment où cette idée s'empara de son esprit, Cortinesco ne cessa de proférer des menaces contre celui qu'il considérait comme son rival et contre Lebigot lui-même.

Vers la fin du mois de juin, Cortinesco se fit donner par un détenu, un nommé Fournier, un couteau de contrebande à lame forte, bien trempée, à pointe très effilée, puis il attendit une occasion favorable.

Fournier ne quittait pas Cortinesco.

Il excitait sa jalousie contre les deux codétenus. Aussi l'état d'irritation de l'Italien augmentait-il. Il ne dormait plus. Il errait, toute la nuit, dans le dortoir ou il restait sur son lit, la tête appuyée sur sa main.

Quel était ce Fournier qui s'était fait le mauvais génie de l'Italien, qui lui avait procuré le moyen de tuer Robin ou Lebigot?

Ce Fournier était une âme basse et jalouse. Pilier de prison, depuis son extrême jeunesse, il comptait à cinquante ans, trente-cinq ans de captivité, tant dans les prisons centrales que dans les bagnes de Cayenne et de Lambessa.

Bandit très intelligent, faussaire émérite, possédant une très belle écriture, Fournier, malgré le volumineux dossier de son casier judiciaire, avait eu l'art de se faire bien venir de ses chefs. L'administration l'avait employé, autant pour les services qu'il rendait par sa calligraphie, que par ses trahisons contre ses compagnons de captivité.

Fournier, qui avait l'habitude d'écouter dans tous les coins, avait surpris le projet d'évasion de Lebigot et de Robin.

Une fois en possession de leur secret, il leur avait proposé d'être des leurs. Lebigot et Robin se méfiaient du traître. Ils lui répondirent qu'ils ne savaient ce qu'il voulait dire; et, ajoutèrent-ils, sur l'air de doute de Fournier, « si nous causons si souvent ensemble, c'est parce que nous nous plaisons, comme Lebigot plaît à Cortinesco. »

La réponse des deux détenus qui refusaient l'association intéressée de Fournier fut un trait de lumière qui pénétra dans son âme perfide.

Puisque Lebigot et Robin refusaient de l'admettre dans leur plan d'évasion, il résolut de le faire échouer.

Ce misérable avait l'esprit de la méchanceté, il fit mieux que de les dénoncer à l'administration, il les dénonça à Cortinesco.

Loin de lui avouer dans quel but Lebigot et Robin se trouvaient toujours ensemble, il lui cacha leur dessein.

Pour exciter la fureur jalouse de ce pédéraste, il répéta à Cortinesco ce que Lebigot et Robin lui avaient dit eux-mêmes :

— Si nous caasons si souvent ensemble, c'est que nous nous plaisons comme Lebigot plaît à Cortinesco.

Tant de fiel ne pouvait entrer que dans l'âme d'un Fournier, un vieux récidiviste qui avait fait tous les bagnes de la terre, trompant, vendant ses codétenus, comme il avait trompé la société et la justice.

Pour ses vols et faux, il avait été condamné à Colmar, à cinq années de réclusion, en 1840 ; en 1846 à la même peine ; cinq ans après il passait en Suisse où, toujours comme faussaire, il était condamné à recevoir douze coups de nerf de bœuf sur la place de Saint-Gall. Plus tard, à Lucerne, il subissait l'exposition publique. Exilé en Algérie, il commettait, dans les Bureaux arabes, des déprédations telles qu'il était renvoyé à Lambessa. Une fois son temps fini, en 1850, il recommençait de plus belle ses actes de piraterie, avec des *coupeurs de routes*. Il était envoyé à Cayenne. Il n'était pas plus tôt de retour à Cayenne, qu'il revenait en France pour courir après de nouveaux exploits. Il était repris et envoyé à la prison de Melun.

Fournier avait bien la physionomie de faussaire et d'espion. C'était une nature obséquieuse, au corps chétif et malingre, grelottant la fièvre des terres chaudes ; il avait une figure chafouine aux cheveux plats.

Tout respirait en lui la délation et la traîtrise ; et il avait eu l'art de se faire dans l'administration des pénitenciers une position exceptionnelle, en vendant ses camarades lorsque ceux-ci ne répondaient pas à ses exigences.

Grâce à sa qualité de *mouton*, les prisons centrales lui procuraient plus de douceurs que la vie commune contre laquelle le misérable s'insurgeait pour se faire de ses pénitenciers, autant de paradis.

Encore une fois, le traître devait frapper juste en se servant des armes que lui avaient données contre eux Robin et Lebigot.

La nuit où doit s'effectuer l'évasion des deux détenus, Fournier est en alerte dans le dortoir que ceux-ci s'apprêtaient à quitter. Il avertit Cortinesco, qui, comme on l'a vu, était armé du couteau que lui avait donné le récidiviste.

A trois heures du matin, au moment de l'extinction du gaz, lorsque le dortoir est dans une demi-obscurité, Robin se lève le premier.

Sous prétexte de satisfaire un besoin, il va gagner les galeries où le concierge l'attend pour jouer sa comédie.

Lebigot, qui s'est couché tout habillé, se lève à son tour de son lit, pour suivre à pas de loup son camarade Robin.

Il n'y a pas une minute à perdre. Il sait que l'Italienne l'attend dans la barque, à la pointe de la prison, où Robin va se disposer à garrotter le portier.

Il se lève pour courir à la liberté, mais il compte sans le bras homicide de Cortinesco qui, par Fournier, son mauvais génie, est trompé sur les intentions de Lebigot.

Cortinesco est hors de lui d'avoir été supplanté par Robin à qui il donne ses goûts antiphysiques. Il s'élance sur Lebigot, au moment où il sort de son lit pour rejoindre Robin.

Lebigot qui ne reconnaît pas d'abord Cortinesco, crie à l'assassin et implore de l'aide.

Robin, loin du dortoir n'est pas encore descendu aux galeries, il entend les cris de Lebigot.

Il craint d'être découvert, il revient sur ses pas.

Corsinesco qui en veut bien plus à Robin qu'à Lebigot, parce que c'est lui qui lui a *pris sa femme*, lâche Lebigot et empoigne Robin. Dès qu'il le tient, il lui donne trois coups de couteau dont un pénètre dans le ventricule du cœur.

Robin va retomber mourant sur son lit. Les détenus se sont tous levés pour se précipiter sur Robin blessé et sur Cortinesco qu'ils désarment.

L'Italien répond imperturbablement à ceux qui l'arrêtent :

— C'est comme cela que je me venge !

Puis lançant de loin un regard furieux à Lebigot, tout penaud, il ajoute :

— Et j'en donnerai autant dans le cœur à ceux qui me trompent.

Cette tuerie, provoquée par cette nature sauvage, est l'œuvre du traître Fournier.

Lorsque le moment sera venu, il dénoncera à l'administration la véritable cause, encore cachée, de cette méprise.

Fournier est une nature infernale bien plus à redouter que la nature bestiale et féroce de Cortinesco.

L'attitude de ce dernier, après son assassinat révolte les prisonniers. Sans l'intervention du gardien, les détenus auraient fait justice eux-mêmes de Cortinesco.

Vu les passions honteuses qui ont existé entre l'Italien et Lebigot, le jugement de l'assassin a lieu à huis clos : Cortinesco est condamné à la peine de mort.

Le 8 janvier 1878, l'échafaud est dressé devant la maison centrale sur les bords de la Seine. En raison de sa vétusté, l'aplomb de la machine n'est pas sûr. Il va causer au patient un horrible supplice qui aura lieu dans une scène épouvantable.

Cortinesco va éprouver toutes les tortures qu'il a infligées à Robin.

Comme au bagne de Toulon, l'exécution du prisonnier a lieu en présence de tous les détenus, dans la cour de la prison de Melun.

Il lui donne trois coups de couteau. (Page 708.)

Dès l'aube, Cortinesco paraît sur la plate-forme, entre la guillotine qui se dresse sur la foule ; mais les bras de la machine ne sont pas verticaux ; ils penchent à droite.

Les prisonniers regardent l'échafaud d'un air inquiet et anxieux. L'aumônier se recule, après avoir donné avec précipitation, le baiser de paix au patient.

Le bourreau regarde avec appréhension un des poteaux qui penche ; c'est avec timidité qu'il en fait jouer le ressort.

Enfin le couteau tombe ; mais il n'a plus le jeu nécessaire pour accomplir sa chute.

La lame s'arrête après n'avoir entamé que la base du crâne.

Le supplicié fait un mouvement en arrière.

Un murmure s'élève dans la foule. Des gardiens qui sont en avant du carré autour de l'échafaud, constatent que l'exécution est manquée.

Alors le bourreau, sans s'émouvoir, s'approche de la bascule où est étendu le patient. Il déboutonne sa redingote, il tire de la poche gauche une scie à la main. Il place la lame dans la plaie, entre les chairs et le couteau, il donne cinq ou six coups de scie pour sectionner les vertèbres cervicales.

Le supplicié se démène atrocement sur la bascule, il est maintenu fortement, à deux mains, par les aides.

Le bourreau ne réussit pas entièrement à opérer sa décollation à l'aide de sa scie.

Alors il se décide à remonter le couteau pour le laisser retomber encore une fois.

Encore une fois, le coup manque ! Le couteau empêché dans ses rainures ne descend pas complètement.

De nouveau la tête n'est tranchée qu'a moitié.

Ce repoussant spectacle atteint les dernières limites de l'horrible.

Les spectateurs font entendre des murmures réprobateurs où la menace se mêle à la pitié.

L'exécuteur n'a pas perdu son sang-froid. Il saisit un marteau, il frappe vigoureusement sur les montants pour les écarter.

Pour la troisième fois, il remonte le couteau qui, pour la troisième fois retombe sur le cou du patient.

Est-ce bien fini ?

Les carotides sont tranchées et le sang ruisselle.

Cependant tout n'est pas terminé.

La tête de Cortinesco n'est pas tombée dans le panier, elle est restée suspendue au col, par un lambeau de chair.

Alors l'exécuteur prend un canif dans la poche de son gilet, l'ouvre et tranche le morceau de peau.

Enfin ! justice est faite, mais les murmures des prisonniers, présents à cette horrible exécution, indiquent assez que la façon de procéder de M. de Melun, est singulièrement commentée.

Lehigot s'est évanoui au moment où la tête de Cortinesco est tombée.

CXXVIII

LA DÉCOLLATION

Le patient souffre-t-il après la décollation ?
La légende dit oui, la science dit non.
Qui croire ?

La Révolution française, qui commence par l'idylle, et finit par les massacres de Septembre, avait adopté la guillotine dans un but d'humanité.

Ce fut le 17 avril 1792 qu'on fit l'essai, en France, de la nouvelle guillotine que le docteur Guillotin présenta au gouvernement, comme une innovation philanthropique due à son génie.

Comme rien n'est nouveau sous le soleil, pas même les instruments de supplice, la guillotine était connue, au XVIᵉ siècle, en Italie. L'exécuteur H*** en a donné sommairement la description |: « Une corde fixée en haut de deux poteaux, où se trouve attaché un gros bloc avec un couteau. »

Voici comment s'exprime l'un des auteurs des *Prisons de France*, sur la première expérience de la *guillotine* renouvelée de la *mannaia* d'Italie :

« En 1792, de lourdes pièces de bois, des planches peintes en rouge, étaient apportées à Bicêtre dans deux charrettes ; des charpentiers boulonnèrent les pièces dans la cour, bientôt une plate-forme se dressa, avec elle deux longs poteaux au bout desquels on plaça un couperet.

« C'était une machine à décapiter dont on allait faire l'essai, et à laquelle le public allait donner le nom de son *inventeur*, le docteur Guillotin.

« On fit l'essai sur un cadavre, il réussit pleinement.

« Quelques jours après, la guillotine était dressée sur la place de Grève ; neuf émigrés en recevaient l'application.

« Prud'homme, dans les *Révolutions de Paris*, fit faire une gravure représentant la nouvelle machine.

« Le patient est représenté couché sur le dos, et ses yeux son fixés sur le fatal couperet. Deux aides descendent par une trappe le corps d'une des victimes.

« Prud'homme proposait de graver sur l'échafaud l'épigraphe suivante :

> Et la garde qui veille aux barrières du Louvre
> N'en défend pas nos rois.

« Le 21 janvier 1793 devait donner raison à la sinistre prophétie.

« Et comme tout, en France, se règle par des chansons, on mit dans la bouche de Guillotin les vers suivants :

> . . . .
> J'ai fait une machine
> Qui met les têtes à bas,

> C'est un coup que l'on reçoit
> Avant qu'on s'en doute ;
> A peine on s'en aperçoit
> Car on n'y voit goutte.
> Un certain ressort caché
> Tout à coup étant lâché,
> Fait tomber, ber, ber,
> Fait sauter, ter, ter,
>   Fait tomber
>   Fait sauter
> Fait voler la tête,
> C'est bien plus honnête ! »

Quelques années après l'expérience par trop prolongée de la guillotine, une réaction se fit contre la nouvelle machine et son auteur prétendu. On se demanda si la sensibilité ne pouvait pas survivre, au moins pendant quelques instants, à la décollation.

Ce fut pour combattre cette opinion qui s'accréditait à cette époque, que Mercier jugea opportun de la combattre dans son *Nouveau tableau de Paris, de* 1798 :

« On paraît craindre aujourd'hui, écrit Mercier, qu'on se soit fait illusion sur l'insensibilité instantanée d'un décapité, et qu'on ait prononcé à ce sujet, en 1791, avec trop de précipitation.

« Les uns demandent sérieusement s'il est bien vrai que celui qui vient d'être supplicié par le jeu de la machine en question ne souffre plus du tout lorsque la tête est séparée du tronc.

« D'autres croient voir dans le mouvement convulsif du visage, immédiatement après l'exécution, les signes d'une douleur aiguë et un témoignage de sensibilité qui n'est pas encore éteinte.

« On va jusqu'à rappeler la douleur et les regrets de ceux dont les parents ou les amis ont péri par ce supplice, en disant qu'une tête séparée du corps a la conscience de la douleur, que la vie y subsiste encore avec la chaleur.

« On craint que la pensée de la douleur ne soit dans cette tête comme elle l'est dans le moignon d'un homme à qui l'on a fait l'amputation d'un membre, et qui souffre de ce membre qui n'est plus.

« Tous ces raisonnements tombent d'eux-mêmes si l'homme supplicié meurt instantanément. C'est donc une question d'anatomie qu'il s'agit de traiter ici.

« Or, il est bien démontré qu'il existe dans l'homme deux organes tellement nécessaires, tellement essentiels à la vie que elle cesse tout aussitôt que l'un d'eux discontinue d'agir.

» Une plaie au cœur est nécessairement mortelle ; une lésion au cer-

Il se recula en proie à l'épouvante. (Page 716.)

veau, assez grande pour que cet organe cesse d'agir, est de même nécessairement mortelle.

« Dans l'un et l'autre cas, la promptitude de la mort est en raison de
la vitesse avec laquelle le cerveau et le cœur cessent de fonctionner.

« Donc, il est bien démontré, pour quiconque veut tant soit peu
réfléchir que non seulement le cœur, mais aussi le cerveau discontinuent
d'agir aussitôt que la tête d'un homme vivant est séparée du reste du corps.

« Dans la décapitation, la mort est *instantanée* parce que la cessation
d'action des deux organes vitaux est elle-même instantanée.

« La mort ne serait longue, la douleur ne pourrait être prolongée qu'autant que la cessation de l'une ou l'autre de ces fonctions vitales se ferait
lentement, ce qui est impossible, puisqu'à l'instant même où a lieu la décapitation, l'hémorragie des vaisseaux de la tête et de ceux du tronc met
fin à l'action du cœur et à celle du cerveau.

« Si l'on est absolument curieux de savoir si réellement le patient souffre et pendant combien de temps il souffre, on peut répondre que sa dou-

leur est en raison du temps que l'instrument tranchant met à opérer la décapitation.

« Ceux qui peuvent croire que ce sentiment est encore dans la tête, lorsqu'elle est séparée du corps, ceux qui s'illusionnent, à ce sujet, n'ont pas les premières notions d'anatomie.

« Ce qui les induit en erreur, c'est la palpitation des chairs, c'est l'irritabilité des muscles qui subsistent plus ou moins tant que le corps est chaud.

« Mais cette irritabilité ou cette contraction musculaire dans un corps qui n'a pas encore perdu sa chaleur, quoique *privé de vie*, ne peut pas exciter la *plus légère sensibilité*.

« Dans le cas contraire, elle ne saurait être confondue avec elle.

« Jamais personne n'a pensé que lorsqu'un ver ou une anguille est coupée en plusieurs morceaux, on puisse exciter la sensibilité de l'animal en irritant un des morceaux détaché des autres, quoique tous pris séparément, restent *irritables* pendant un certain espace de temps.

« Ce que nous disons pour la décapitation est si certain et tellement avéré par tous les anatomistes qu'il n'y en a pas un seul qui ait adopté la proposition contraire à celle que nous avons présentée. »

Voilà pour la science ; pour elle la décapitation amène la mort instantanée. Mercier se fait fort d'avoir résolu le problème en s'appuyant sur des observations chirurgicales d'un savant de l'Institut.

Mais, en dehors des faits fournis par l'histoire de son temps, Mercier ne se contredit-il pas à la fin de sa péroraison ?

La chaleur n'est-elle pas aussi un des principes de la vie ? L'irritabilité dont les effets se produisent sur des êtres dont les membres sont séparés les uns des autres n'indique-t-elle pas que la vie n'est pas finie en eux ?

Mercier l'avoue lui-même, tout en voulant prouver le contraire.

Maintenant consultons la légende ; elle dément, par des faits acceptés par l'histoire, les données positives de l'anatomie. Le magnétisme et l'électricité ne démontrent-ils pas que la vie est aussi bien en nous qu'en dehors de nous ?

Or, l'animé peut exercer son influence sur l'inanimé, tant que la chaleur conserve dans le corps et dans la tête du décapité le foyer de la vie. La matière n'est-elle pas soumise à un principe inconnu que le magnétisme explique par des rapports encore mystérieux ?

Autrement, comment croire à ce que Sanson affirme avoir vu, lorsque deux représentants du peuple, à l'époque de la Terreur, se disputaient jusque sur l'échafaud. Le vieux Sanson a souvent soutenu ce fait, qu'après avoir décapité ces deux républicains, la tête du conventionnel avait mordu la tête du girondin.

La foule qui assistait au dernier supplice de Charlotte Corday a vu, lorsque l'aide prenait sa tête par les cheveux, pour la souffleter, cette tête rougir, puis rouler des yeux attristés.

De ces faits enregistrés par deux savants, Séguret et Sue ont conclu : « que la sensibilité survivait à la décapitation ».

De cette proposition est venue la proposition contraire de Mercier.

Peut-être Mercier, Séguret et Sue, se sont-ils trompés mutuellement dans leurs exclusives affirmations ?

La vie cesse, après la décapitation ; mais elle règne autour d'elle. Le corps du décapité est la lyre détruite des poètes : « la corde s'est brisée, et le son vibre encore ».

L'animé peut réagir sur l'inanimé, le magnétisme le prouve.

L'époque de la Terreur en fournit un autre exemple.

Un jour, l'exécuteur de Nantes qui, à sa fonction de bourreau, joignait celle de président de club et de témoin gagé contre les aristocrates, avait fait transporter chez lui trois têtes de guillotinés.

Ces suppliciés avaient été non seulement des ennemis de la nation, mais des ennemis personnels du bourreau.

L'exécuteur de Nantes était alors un personnage tout puissant.

Les Nantais l'abordaient d'un air caressant, ils pressaient amicalement ses mains sanglantes ; les femmes de Nantes portaient à leurs oreilles des guillotines de vermeil. Les plus riches familles enviaient le bonheur d'avoir le bourreau pour gendre ; pourtant, sous l'ancien régime, il avait été un des valets de ces trois guillotinés.

Après leur exécution, le vaniteux exécuteur tenait à se donner une satisfaction personnelle, celle d'apostropher les victimes qui, jadis, l'avaient tenu en servitude.

En face de ces têtes de grands seigneurs qui, jadis, l'avaient fait monter derrière leurs carrosses, il se tint immobile, il les regarda avec un mépris ironique.

Puis, avec de grands gestes de mains vers leur figure livide, le bourreau s'écria :

— Eh bien ! aristocrates, traîtres, dont j'ai autrefois accompagné les carrosses, c'est moi qui ai conduit la charrette vous traînant à la guillotine. Maintenant, protestez contre votre ancien serviteur... Je vous en défie !

L'exécuteur de Nantes était dans la force de l'âge. En disant ces mots, accompagnés de grands gestes, il croyait ne complaire qu'à une vanité personnelle.

Tout à coup, il se recula en proie à la surprise et à l'épouvante devant le spectacle fantastique offert à ses yeux.

L'une des trois têtes, celle de l'homme dont il avait été le valet, souleva lentement les paupières, remua les lèvres comme pour répondre à son défi.

Le bourreau s'enfuit affolé par la terreur. Quoique les principes de la Révolution lui défendissent d'être superstitieux, il crut avoir tous les diables à ses trousses.

Pour la première fois, il se repentit d'avoir été insolent vis-à-vis d'un aristocrate, fût-il un mort.

Pourtant il n'avait imaginé cette scène que pour se raffermir dans la situation nouvelle que lui avait faite la Révolution.

C'était parce que le matin, encore du vivant de son ancien maître, il avait paru faible et craintif, en se faisant son bourreau, qu'il avait voulu reprendre sa revanche. Il était puni de cette satisfaction puérile et impie.

Encore tout tremblant, l'exécuteur alla raconter ce qui venait de se passer à l'un de ses amis, un médecin de l'hôpital de Nantes.

Celui-ci lui répondit d'un air de supériorité narquoise :

— Ce phénomène n'a pas lieu de m'étonner, il est dû non à la volonté du mort, mais à votre propre initiative.

— Je ne vous comprends pas ?... ajouta le bourreau

Le docteur reprit :

— Je vais tâcher de me faire comprendre : vous possédez, par la température de vos muscles, un fluide qui a pénétré les nerfs encore sensibles du guillotiné. Ce n'est pas le mort qui a agi, c'est vous-même en vous reproduisant sur la face du mort, comme votre image se reproduit dans une glace.

— Mais comment? comment ? balbutia l'exécuteur stupéfait.

— Comment, continua le docteur, mais en accumulant, sans que vous vous en doutiez, votre fluide dans une tête qui n'était pas tout à fait inerte. Vous lui avez donné une force vitale qu'elle ne tenait que de vous. C'est ce que nous appelons du magnétisme : science encore problématique, qui deviendra une véritable science comme l'alchimie est devenu la chimie. Si vous le permettez, en me rendant chez vous, avec ma pile de Volta, un nouvel appareil qui produit des effets physiologiques incroyables, vous en verrez bien d'autres sur vos têtes de suppliciés.

Il regarda en face la lame qui descendait!! (Page 718.)

Le bourreau s'empressa par curiosité, pour se rassurer lui-même, d'accepter la proposition de docteur.

Celui-ci, muni de sa pile galvanique qui, à cette époque, était un appareil presque inconnu, se rendit chez l'exécuteur.

A l'aide d'un fil conducteur établissant des courants électriques, les têtes des suppliciés s'animèrent fébrilement, prenant des expressions étranges où succédaient le sourire ou la tristesse, le rire d'un côté de la face, la tristesse de l'autre ; l'un clignant la paupière, l'autre ouvrant démesurément la bouche.

Cette gaieté macabre, cette douleur fantastique exprimées sur les têtes livides prennent les expressions les plus exagérées de la vie, étaient épouvantables à voir.

L'exécuteur de Nantes, malgré les scènes d'horreur au milieu desquelles il était habitué à vivre, n'en avait jamais vu de pareilles. Il en était terrifié.

Il croyait assister, en face de ses têtes en mouvement, à une scène de sabbat. Il était convaincu, sans s'en rendre bien compte, de la puissance de cette science nouvelle, et des effets du fluide magnétique sur la matière animale.

Cela lui suffisait, dès qu'il était désabusé de la vengeance posthume de son seigneur et maitre.

Cependant il ne fut plus tenté de recommencer une pareille expérience, avec ou sans le concours de son ami le docteur.

Lacenaire, ce criminel érudit, ce poète à ses heures, qui durant sa détention à la Conciergerie faisait des conférences devant un public de journalistes et d'hommes politiques, avait sur la décapitation les mêmes idées que celles du docteur de Nantes.

Doué d'un orgueil incommensurable qui dépassait son talent d'écrivain et sa science acquise par une prodigieuse mémoire, Lacenaire allait jusqu'à défier la mort après avoir défié la société.

Il était athée en haine des idées reçues. Cependant il admettait après nous, une force supérieure, éternelle qui réglait jusqu'à notre néant.

Ses poésies le prouvent.

La veille de sa mort, il avait dit à un savant qui s'était intéressé à ce fanfaron du crime :

— Sur l'échafaud, je ne pâlirai pas ; je veux défier jusqu'au glaive de la loi. Quand ma tête tombera dans le panier, je vous saluerai encore des yeux, si toutefois, après ma mort, votre volonté peut suppléer à la mienne pour exprimer la volonté que je n'aurai plus. La vie est solidaire et éternelle. Lorsqu'elle n'est plus en nous, elle est en dehors de nous.

Le savant n'aida pas Lacenaire dans son expérience.

Aux derniers moments de ce criminel, il fut terrifié par l'attitude que Lacenaire prit en face de son bourreau. Son audace confondit le savant ; celui-ci fut troublé par son orgueil qui se manifesta jusqu'à son heure suprême ; il paralysa sa volonté.

La fin tragique de Lacenaire fut épouvantable. Elle glaça de terreur les spectateurs de la place Saint-Jacques, où avaient lieu, à cette époque, les exécutions établies jadis place de Grève.

Au moment où le couteau allait retomber sur sa nuque, Lacenaire, par un violent effort, se retourna sur le dos ; il regarda en face la lame qui descendait sur lui, il cracha sur le couperet qui, une seconde après, faisait tomber sa tête.

Un cri d'horreur et de dégoût s'échappa de la foule.

Lacenaire, en mourant, avait produit son dernier effet.

Après la décapitation de cet orgueilleux qui, jusqu'à la dernière heure, avait voulu étonner tout le monde par sa révolte contre la loi le savant oublia la recommandation de Lacenaire.

Il ne fit rien pour que sa tête encore chaude, une fois sortie du panier, obéit à sa volonté. Il la considéra avec plus d'effroi qu'avec un sentiment de commandement.

Aussi la tête de Lacenaire ne rouvrit-elle pas les yeux. Elle resta inerte pour constater l'impuissance de la volonté humaine.

Plus tard, le savant de 1832 concluait, comme le journaliste de 1798, que tout mourait avec nous.

Les derniers moments de Troppmann, en 1870, donnent un démenti à ceux qui nient la vie, après la décapitation.

Troppmann décapité, après la lutte qu'il avait eue avec le bourreau et ses aides, roulait encore des yeux farouches. Sa bouche s'agitait, elle grimaçait d'une façon horrible, lorsque sa tête roulait dans le panier.

Peut-être, le guillotiné n'éprouvait-il aucune sensation, peut-être ne souffrait-il plus ? En tous les cas dans sa mutilation, il subissait une force supérieure contre laquelle il s'était raidi jusqu'à l'heure suprême.

La vie est aussi bien en nous qu'en dehors de nous.

CXXIX

CERTAINES PARTICULARITÉS CONCERNANT LES GRANDS CRIMINELS

L'orgueil est le défaut dominant des voleurs et des assassins. Ils tiennent à faire parler d'eux.

Si Lacenaire n'eût pas voulu laisser un nom après lui, peut-être n'eût-il pas été un assassin ? Ses faux et ses vols le faisaient vivre. Ses crimes sur un garçon de recette et sur la veuve Chardon l'ont conduit directement à l'échafaud.

Il tenait à se faire un piédestal ; ne pouvant le trouver dans la politique ou la littérature, il se l'est dressé avec les madriers de la guillotine.

Lacenaire tenait à faire parler de lui, et à devenir le prototype des assassins. Il a réussi.

Après l'orgueil, deux mobiles font agir la plupart des grands criminels : la cupidité et la plus crapuleuse débauche.

Billoir, Lebiez et Barré, Moreau l'herboriste, Brenou le parricide n'avaient pour mobile que la cupidité; Welker, Chaussy, Cortinesco n'ont eu pour guide que des passions immondes.

Il faut ajouter que Lacenaire et Troppmann étaient aussi, comme Chaussy et Welker, des échappés de Sodome.

Le plus petit nombre, comme les Vitalis, les Philippe, les Gaudry ont eu pour mobile le dégoût de la vie, la jalousie et la vengeance. Ils sont moins odieux, quelques-uns sont même intéressants comme Gaudry; celui-ci est une dupe de la veuve Gras, une hétaïre raffinée, une scélérate qui spécule doublement sur l'amour qui va lui échapper; elle fait de son dernier amant un assassin, et elle se fait un ange consolateur de sa victime, de sa dupe et de son complice.

Il y a d'autres criminels qui tuent pour la pose comme Albert, l'assassin de la gardienne de la tour Malakoff; il y en a d'autres qui tuent on ne sait pourquoi.

Ces derniers, quand ils sont vieux, assassinent sous l'empire du *delirium tremens;* quand ils sont jeunes, sous le pouvoir d'hallucinations étranges, ce sont des hystériques. A l'âge mûr, ils sont généralement ivrognes; dans leur ivresse, ils s'en prennent aux agents de l'autorité; le sergent de ville est le point de mire de leur couteau. Jeunes, il s'attaquent aux femmes et aux enfants qu'ils exterminent pour la satisfaction de tuer.

Ces criminels n'ont ni les désirs immondes des Castex et des Welker; ils n'ont que l'hystérie du sang.

Ce sont des visionnaires qui, au siècle dernier, ont donné naissance aux prêtesses du diacre Pâris et aux vierges de Loudun.

Tous ont, à peu près, le même orgueil; quelques-uns ne comprennent pas l'horreur qu'ils inspirent, tous aspirent à une éclatante réputation.

Une fois entre les mains de la justice, ils ne songent qu'à poser devant le public; on les entend dire :

— Parle-t-on beaucoup de moi dans les journaux? s'occupe-t-on autant de moi que de tel ou tel?

Ils n'ont qu'une préoccupation : passer chez le photographe pour livrer leur portrait au public, et y paraître dans la position la plus avantageuse.

Toujours l'orgueil!

La guillotine est la seule barrière à opposer à ces iconoclastes de la société.

Quelques-uns, pour combiner leurs meurtres épouvantables, font des efforts d'intrigues et d'intelligence qui, sur la ligne droite, les eussent conduits sur un tout autre chemin que sur celui de l'échafaud ou des travaux forcés.

Pour être honorés de la société, dont ils n'ont été que l'opprobre, il

Badet a été tué sur la barricade. (Page 724.)

n'eût suffi à ces hommes que d'avoir le sens moral; tels ont été l'herboriste Moreau, l'empoisonneur la Pommerais, le faussaire Giraud de Gattebourse.

Que d'efforts d'imagination il a fallu à ces hommes pour parvenir au but de leurs rêves? derrière ce rêve il n'ont pas vu la mort ignominieuse prête à faire justice de leurs crimes.

La Pommerais et Giraud en sont de terribles exemples : La Pommerais se faisait le commensal et l'ami des directeurs des prisons de Paris pour en devenir le médecin en chef; Giraud de Gattebourse entrait en relation avec tous les hauts employés de la Banque, pour pouvoir faire passer avec plus de facilité son million de faux billets.

La Pommerais, comme on l'a vu au début de cet ouvrage, avait été l'ami des directeurs de Mazas et de la Roquette; ils ne l'ont conduit que plus rapidement vers l'échafaud.

Giraud de Gattebourse était devenu l'ami du caissier de la Banque de France, il y dînait une fois par semaine. Il trouva en lui un témoin dangereux, une fois qu'on le traduisit aux assises ; des assises, Giraud ne passa par Cayenne, ainsi qu'on l'a vu encore, que pour être mangé par ses anciens amis : Poncet et Cadet, ses compagnons de chaîne et d'infamie !

Des assassins plus heureux et qui jouissent encore de l'impunité, ce sont les espions allemands. On les a revus, depuis la guerre. Les uns, de nationalité prussienne, ont su éviter la justice française, les autres, des Français, sont montés sur l'échafaud comme les Plais et les Blain.

Si Troppmann, qui avait des attaches avec nos ennemis héréditaires, n'a pu éviter la guillotine, ses complices n'ont pu être retrouvés.

Encore son exécution fut-elle ajournée ; si la justice avait donné dans les pièges de Troppmann, pièges imaginés par ses complices, son horrible et multiple tuerie n'eût pas été punie.

Ainsi qu'on l'a vu, un ministre de l'Empire fit appeler une de ses complices, moins pour l'inquiéter que pour sonder l'abîme de sang creusé sous le trône de l'empereur.

Il est bon de le répéter : les coups de pioche de Troppmann qui exterminaient toute une famille d'Alsace, comme le coup de pistolet du prince Bonaparte frappant Victor Noir, visaient à la fois l'Empire et la France.

Un autre assassin, aussi criminel que Troppmann, qui eut aussi des relations avec sa bande de nationaux, va le prouver : C'est Jud, l'assassin du magistrat Poinsot.

On sait, pourquoi Jud, l'espion prussien, extermina le magistrat Poinsot ; cet espion avait des instructions secrètes fournies par la chancellerie allemande.

Dès que ce magistrat, d'abord rebelle au coup d'État, s'était rallié à l'empire ; dès qu'il avait été choisi par le souverain pour remplir, dans les futures provinces du Rhin, la place du président de la cour qu'occupait son collègue Millevoye aux provinces annexées, Poinsot était condamné.

Les souvenirs de M. H*** nous ont initiés, dès le début de cet ouvrage, aux intrigues de l'espion assassin lancé contre ce magistrat.

Jud soutenu, entraîné dans l'engrenage de la politique prussienne, a pu jouir d'une impunité qui ne l'a pas quittée, toujours secondée par la haine de nos dangereux adversaires.

Dès le règne impérial, la figure mystérieuse de Jud apparaît pour prêter main-forte aux adversaires les plus sanguinaires du gouvernement français.

A son début, et en compagnie de Pieri, Jud travaille à la liberté de Lubani.

Pourquoi ?

Parce que Lubani est un monstre, parce qu'une fois sauvé, en France, de l'échafaud, cet Italien se mêlera à des révolutions, moins pour servir notre patrie que la patrie allemande.

On se rappelle comment Jud, cet être néfaste, a été funeste au prédécesseur de M. H***, l'exécuteur F*** ; comment il lui fit faire la rencontre de Lubani, tuant, aux portes de Rome, le bourreau F*** qui, à Paris, aurait dû l'exécuter sur la place de la Roquette.

On se souvient du meurtre du magistrat Poinsot par Jud, trouvé assassiné dans un wagon de chemin de fer.

Son assassin ne fut pas retrouvé parce que l'étranger ne le voulut pas ; il servait le travail souterrain de l'Allemagne, sous le trône de l'homme de Décembre.

Lorsque, après ses victoires d'Italie, l'empereur rêve la possession des provinces du Rhin, Jud reparaît. Il assassine le magistrat désigné pour devenir un des hauts fonctionnaires des régions rhénanes.

A cette époque, comme l'écrivait M. H***, Jud n'en était pas à son premier meurtre, il avait assassiné, en chemin de fer, un officier russe.

Dans quel but ?

Dans le but qui l'avait fait agir contre Poinsot ; cet officier russe était chargé de cimenter une union offensive entre les deux empereurs d'Orient et d'Occident contre le roi de Prusse aspirant à devenir l'empereur de l'Europe.

Jud assassina l'officier russe et vola ses dépêches.

Monsieur H*** a indiqué sommairement les plans cachés qui faisaient agir cet espion meurtrier ; il n'a soulevé qu'à demi le voile qui cachait son attitude aussi perfide que sanguinaire.

Jud mêlé par Pieri à l'affaire des bombes Orsini, Jud, l'assassin du magistrat Poinsot, le complice de Troppmann, que l'on retrouve à la fin de l'empire, pour sauver M. H*** comme il a fait tuer son prédécesseur par Lubani, Jud est toujours conduit par la main prussienne.

Cet assassin devait toujours braver l'échafaud. Le chef de la sûreté, M. Claude [1], l'apprit à ses dépens, en se rendant à Ferrettes, terre natale de ce dangereux et mystérieux meurtrier.

Ce que M. H*** a oublié de dire dans ses *Souvenirs*, ce fut le moyen employé par Jud pour bien connaître les êtres de la propriété de Chaource où le magistrat Poinsot cachait les papiers de la correspondance impériale.

1. Voir ses Mémoires.

Jud, pour mieux surprendre les secrets du château s'était fait l'amant de Céline, protégée de M. Poinsot ; il s'était improvisé jardinier dans sa propriété.

Poinsot ignorait cette particularité, car Céline était maîtresse absolue à Chaource ; Poinsot ne s'y rendait qu'aux vacances, pour toucher le prix de ses fermages.

Jud n'avait qu'un but, s'emparer des papiers d'état du magistrat. Il avait bien recommandé à sa maîtresse, de taire son nom, la profession qu'il exerçait sur les terres de M. Poinsot.

Ce fut lui-même qui se fit reconnaître lorsque l'espion, sur l'ordre de la Chancellerie, devait se rendre maître des papiers de l'Empereur.

Comme on l'a vu, au début de ce récit, Jud se rencontrait avec Poinsot, le 5 décembre, à Chaource. Alors, le magistrat profitait des secondes vacances au palais pour retourner à sa propriété, pour y reprendre les papiers diplomatiques que l'empereur lui demandait, et que la cour de Prusse exigeait aussi de son espion.

On sait ce qu'il advint, après la triple entrevue entre Jud, Céline et le magistrat Poinsot.

L'assassinat de ce magistrat par Jud, le corps de la victime, que l'on trouva, mutilé, à la gare de Nogent, la folie de Céline, provoquèrent la stupéfaction et la terreur du barreau. Ce vol des papiers d'État, ce crime sur un magistrat distingué et honoré, furent pour l'Empereur, après l'affaire des bombes Orsini, son deuxième et sanglant avertissement.

Et l'empire, pour ne pas donner une importance politique à cet attentat contre un magistrat qui n'avait pas d'ennemis, l'empire laissa courir le bruit d'une vengeance intime. Il laissa dire que M. Poinsot avait été assassiné par son obscur rival, jardinier de Chaource.

On ne crut que médiocrement à cette fable, lorsque le jardinier devint introuvable.

Jud, toujours défendu par l'étranger, commença à faire peur.

Ce fut bien pire, lorsqu'on le retrouva en uhlan, derrière Troppmann ; puis aux *carrières d'Amérique*, derrière le Manchot, à la veille de la guerre et de la Commune.

Au 24 mai 1871, il a assisté à l'incendie de Paris. Il vint aux portes de la capitale pour sauver Cadet, le complice de Troppmann, après avoir conseillé au Manchot, aux *carrières d'Amérique*, de ne pas exercer encore sa vengeance contre son bourreau.

Au 24 mai, Jud veut sauver cet ancien auxiliaire de Troppmann. Il est trop tard, Cadet a été tué sur la barricade du Père-Lachaise. Jud ne re-

Le soldat dégringole de branche en branche. (Page 726.)

trouve que son cadavre au moment où cet espion assassin allait le faire passer à travers les lignes prussiennes !

L'odyssée de Jud se complète par le duel qu'il livra à Ferrettes, en 1868, avec les gendarmes de sa localité.

Jugé par contumace, devant deux tribunaux, Jud reste longtemps introuvable. Enfin il est pris, malgré les obstacles que nos ennemis dressent sous les pas des agents de la justice française.

Il est capturé à Ferrettes.

Malgré le passeport emprunté à son frère, et après avoir tenté de se faire passer pour lui, Jud est traîné à la prison de son pays natal.

Dans une nuit, des étrangers parviennent à la fenêtre de son cachot. Il lui font parvenir une scie et un marteau.

L'espion, à l'aide de ces outils, a bien vite descellé les barreaux de sa prison.

A l'aurore, il est parvenu à pratiquer une large ouverture, elle lui permet de sauter de la fenêtre dans les fossés de la maison pénitentaire.

La fenêtre n'est qu'à quelques mètres des fossés ; il y saute, court dans la campagne pour voler à la frontière.

Jud est aperçu par un garde champêtre. Il prévient les gendarmes casernés à la prison.

Ils courent après Jud ; celui-ci se sauve dans un bois voisin. Les gendarmes le suivent. Ils s'avancent contre lui. Ils le cernent, ils vont le prendre.

Tout à coup, Jud s'élance contre un arbre, il grimpe jusqu'à son faîte.

Un gendarme veut l'imiter, pendant que les autres entourent Jud.

Que fait-il ?

Il tire un revolver de sa poche, il vise le gendarme qui vient contre lui ; avant que ce dernier atteigne une branche qui le sépare du prisonnier, celui-ci lui tire, presque à bout portant, un coup de son arme.

Le soldat dégringole de branche en branche, il retombe tout sanglant, dans le groupe qui cerne Jud, au pied de l'arbre.

En voyant leur camarade frappé à la poitrine, les gendarmes visent, de leur carabine, Jud, qui, au sommet de l'arbre, leur répond par de nouveaux coups de revolver.

Les soldats ripostent. Pour éviter les balles, il saute d'une branche à l'autre, d'un arbre à un autre arbre. C'est une véritable chasse à l'homme à travers bois.

Mais la maréchaussée ne perd pas patience.

Alors Jud, d'une force musculaire, d'une agilité exceptionnelles, saute de branche en branche, comme un véritable gorille.

La maréchaussée le poursuit, le traque, l'arrête à coups de fusil.

Cependant Jud aura raison des gendarmes.

Au moment où il se voit cerné, sur le point d'être empoigné, des coups feu, bien nourris, sortent des futaies comme l'explosion d'un volcan.

Ces coups de feu partent de gens inconnus ; leurs armes mystérieuses visent très juste. Deux gendarmes restent encore sur le sol.

Des balles allemandes ont visé des soldats français pour protéger l'espion de la Chancellerie.

Une panique s'empare de la petite troupe ; les débusqueurs sont débusqués.

Jud protégé par des soldats invisibles s'enfonce au fond du bois, il ne tarde pas à gagner la frontière.

On n'entendra plus parler de lui jusqu'à l'année où il reviendra, en France, pour seconder les desseins de Troppmann, pour protéger Cadet, pour rapatrier, au quartier des Allemands, les agents voyers prussiens.

Il les ramène, au moment de la guerre, pour revenir avec eux, six mois après, sous le costume de uhlan, sur le sol conquis par la trahison et par le crime !

Troppmann, malgré son multiple et horrible forfait qui sema la terreur dans Paris, a pu espérer recouvrer la liberté par la protection de nos ennemis. La justice a détruit les illusions de ce criminel en ne donnant pas dans ses pièges.

Lorsqu'il demandait, dans le cours de son procès, à retourner à Guebwiller pour désigner la place où se trouvait le cadavre de Kinck, il était conseillé par ses complices impunis ; eux aussi l'attendaient au fond de l'Alsace, pour le délivrer des mains des gardiens de la justice française.

Ce qui donne raison à cette hypothèse, c'est l'idée fixe de Troppmann. Dans sa prison, il ne cessait de dessiner ce qu'il prétendait voir en rêve ; un ange sauveur lui apportant les clefs de la liberté.

On a vu que ses complices inconnus ont tout tenté pour retarder l'heure de l'exécution. Ils y réussirent.

On a vu comment ils vengèrent la mort de Troppmann, sur la personne de son bourreau.

La politique a été la sauve garde des plus grands criminels de notre temps. Elle a sauvé Jud et les complices de Troppmann de l'échafaud !

CXXX

DES EXÉCUTIONS CAPITALES CHEZ LES DIFFÉRENTS PEUPLES

Les exécutions capitales et leurs exécuteurs varient de forme et de caractère selon le tempérament et les mœurs des nations.

C'est le garrot en Espagne, c'est la pendaison en Angleterre, c'est le sabre en Prusse. En France, en Espagne, en Italie, les exécutions sont publiques. En Angleterre et en Prusse, elles ont lieu dans l'intérieur des prisons.

En Angleterre, le bourreau est un industriel, en Russie, c'est un moujik ; ce dernier est plus prisonnier que ceux qu'il est appelé à exécuter. Quand les sentences criminelles lui donnent des vacances, le bourreau de Moscou et de Saint-Pétersbourg remplit l'office de garde-chiourme.

Aux États-Unis, et dans le sud de l'Amérique, le bourreau ne relève ni de l'État ni du personnel des prisons.

Sur cette terre de liberté, le bourreau, la plupart du temps, relève moins de la magistrature que de la *loi de Lynch*. Lorsqu'une sentence capitale n'est pas rendue assez vite au gré des citoyens, la loi de Lynch les contraint à devenir, dans la personne du bourreau, les exécuteurs de la loi.

Il arrive que le bourreau n'est que l'instrument des passions, des préjugés, des haines de sang dominant les races qui divisent et diviseront de longtemps cette terre de liberté!

Si, à Paris, le bourreau est un fonctionnaire qui a la direction de sa machine et de ses aides, le bourreau de Londres n'a rien à lui, pas même le chanvre que lui fournit le personnel de la maison de Newgate.

Les têtes de pendus lui donnent de si maigres bénéfices qu'il est obligé, pour vivre, d'exercer un autre commerce, en dehors de sa terrible profession.

Il ne loge même pas, comme le bourreau de toutes les Russies, dans la prison d'État. Le bourreau de Londres n'est nourri, logé au compte de l'administration que juste le temps qu'il a à disposer pour préparer ses sinistres engins.

Il n'est accordé au bourreau de Londres qu'une somme fixée à l'avance pour chaque tête qu'il accroche à son gibet.

A Londres, les gibets des condamnés sont enfermés dans une vaste boîte siégeant au milieu de la cour de la prison de Newgate. Au moment de l'exécution, pour ménager la sensibilité des autorités, le bourreau ferme la boîte. Il est seul avec le patient lorsque la planche qui le retient au sol s'effondre pour lancer le condamné dans l'éternité.

Le bourreau de Londres, qui préside à la pendaison de ses sujets à huis clos, est généralement un mécanicien fort habile.

Un de ces bourreaux était un homme à système; il prétendait *opérer*, non par la *strangulation*, mais au moyen de la *dislocation*.

Fort de son système, lorsqu'un client lui passait par les mains, il ne cessait de lui dire qu'il était très heureux d'avoir affaire à lui, et que, par ses manières de lui enlacer le cou, il n'avait rien à craindre en passant de vie à trépas.

Un jour, le bourreau de Londres a à exécuter deux pendus dans sa boîte. Le deuxième patient, pendant qu'il expédiait son camarade, semble très attentif de la façon avec laquelle le bourreau *raidit* son camarade.

L'orgueil du bourreau en est flatté. Pour prolonger le succès qu'il vient d'obtenir de la part de son deuxième et futur pendu, il retarde son exécution; pendant que le premier patient râle à ses côtés, l'exécuteur tient à démontrer au second les avantages de son procédé.

Il s'avance en rampant. (Page 732.)

Il fait mine de se passer le nœud coulant, réservé à sa victime, autour de son cou.

Celle-ci n'attend que le mouvement du vaniteux exécuteur. Il presse sa tête dans le nœud et se met à tirer à sa place.

L'exécuteur exhale des cris affreux, il se sent pris par la corde de celui qu'il a ordre d'exécuter.

Le malheureux bourreau n'a que le temps de donner des coups de pied contre les panneaux de la boîte, pour qu'elle s'ouvre au moment où celui qui devait être pendu allait renouveler la charge de Pierrot mettant le commissaire à la potence !

Un des bourreaux de la Russie fut moins heureux encore. Cette fois il fut bel et bien pendu par le patient qu'il avait à envoyer dans l'autre monde.

« Un jour, écrit un rédacteur de cour d'assises, l'exécuteur de Moscou, ancien assassin, traînait au gibet un de ses anciens émules.

« Ce patient était d'une force athlétique.

Liv. 92.

92

« Au moment d'être pendu, le patient rompt ses liens, s'empare du bourreau et le pend à sa place.

« Voilà l'Empire sans exécuteur. Que fait-on? On donne l'emploi resté vacant au bandit si fort, si adroit et qui a eu l'art d'exécuter son exécuteur. »

Ce bandit, c'est le bourreau actuel de toutes les Russies.

Comme il a été dit au commencement de ce chapitre, le bourreau, un ancien condamné, n'est guère plus libre que ceux qu'il doit conduire à la potence. Il en a constamment la garde, toujours armé contre eux d'un fouet et d'un gourdin.

Le bourreau loge dans la prison de Moscou. Lorsque l'exécuteur est appelé, pour les besoins de son service, à la nouvelle capitale des Russies, il y est conduit sous bonne escorte.

Le bourreau moscovite n'est qu'un ancien assassin retiré des affaires.

A Berlin, le bourreau est généralement un ancien soldat.

Il est aussi estimé, aussi entouré de respect à Berlin, qu'il est suspecté et gardé à vue à Moscou.

A Berlin, les exécutions capitales ont lieu dans l'intérieur de la prison; elles relèvent de la cour et de l'autorité militaire.

Ces exécutions rappellent celles qui avaient lieu jadis sur la place de Grève. Elles ont la même mise en scène; le patient est à genoux, les yeux bandés, les mains liées derrière le dos, la tête sur le billot; il attend ainsi le glaive qui doit le frapper.

Ce glaive est conservé dans un étui dont le couvercle porte la date des exécutions dont l'arme a servi d'instrument.

En 1878, le bourreau renfermait son glaive dans un magnifique étui en velours rouge. Toutes les dates de ses exécutions y étaient imprimées en lettres d'or.

Les Allemands sont des gens méthodistes, pleins de précautions, très amateurs de tradition.

En Espagne, où le supplice du garrot est en faveur, le mysticisme catholique se produit dans toute sa sombre et inconsciente cruauté. En face de ces exécutions capitales qui sont publiques comme l'étaient les autodafés de l'Inquisition, on sent que le caractère espagnol se complaît dans les farouches spectacles provoqués par les plus éclatantes représsailles.

La procession des prêtres, le déploiement des bannières sacrées, le hissement des crucifix ne cessent d'avoir lieu devant le patient; ils rendent son agonie plus terrible et la curiosité plus haletante.

C'est toujours le peuple des autodafés et des courses de taureaux, se grisant de sang, dans la comédie et dans le drame.

Aux États-Unis, dans l'Amérique du Sud, les exécutions capitales ont un tout autre caractère. Loin d'y être présidées par un mysticisme religieux, elles sont présidées par une volonté populaire. Elle commande aux tribunaux ; il faut que les tribunaux répondent avant tout aux préjugés, aux griefs du peuple du nouveau-monde. De là est venue la *loi de Lynch*.

Le peuple est le chef suprême de cette loi. Le bourreau appartient plus au peuple qu'à la loi ; la magistrature n'a qu'à s'incliner devant cette démo-cratie jalouse.

Est-elle toujours bien équitable ? Cette démocratie qui, en détruisant l'esclavage des nègres, se rappelle que le nègre, hier encore, était un esclave ? La haine du nègre surgit plus vivace que jamais, en Amérique, depuis que le noir a pris rang de citoyen libre dans les États-Unis et dans les États du Sud.

Au nord, comme au midi, on ne pardonne pas au nègre son émancipation dans la loi. On la lui conteste dans la société. Les haines de race sont aussi longues à s'éteindre, quand elles s'éteignent, que les haines et les guerres de religion.

C'est contre les nègres que la loi de Lynch semble avoir été instituée. Quand un arrêt des tribunaux américains hésite à frapper un nègre coupable, la loi de Lynch exécute l'arrêt que le tribunal n'ose prononcer ou hésite à appliquer.

La peine de mort effraye-t-elle les assassins ?

On peut aussi se poser cette question pour les peuples du nouveau-monde.

En 1877, on pendait à Mons-Vernon, dans l'Ohio, un nommé Bergin, un nègre, condamné à mort pour avoir assassiné un de ses voisins, à la suite d'une querelle.

L'exécution avait été entourée de circonstances à produire une profonde impression.

Le shérif avait pendu deux fois le patient.

Voici comment :

Le shérif, après avoir couvert la tête de Bergin du funèbre bonnet noir, noué la corde fatale, avait mal procédé à ses derniers arrangements.

Au moment où le condamné était lancé dans l'espace, le nœud coulant ne serrait pas, et Bergin tombait lourdement au pied de la potence.

Il fallut recommencer ; cette fois la corde fit son œuvre, mais si faible-ment que l'agonie fut lente, et douze minutes après, le cœur de Bergin battait encore.

Un nègre qui avait assisté à cette terrible expiation ne commettait pas moins, le lendemain du jour où Bergin était pendu, un triple assassinat dans une localité voisine.

Ce nègre était un nommé Well; c'était un ancien serviteur des fermiers des environs. C'était un homme taillé en hercule, à la figure brutale et farouche; il nourrissait contre son ancien maître, une vengeance personnelle, à propos des mauvais traitements qu'il lui avait fait subir.

La nuit, Well, armé d'un fusil, pénétrait dans la propriété du fermier; c'était un vieillard ayant dépassé la soixantaine.

Ce vieillard s'appelait Finnez; il sait où se trouve sa chambre à coucher. Il y pénètre à pas de loup. Il s'avance en rampant comme un reptile jusqu'aux bords de sa couche. Il voit le vieillard plongé dans le plus profond sommeil.

Alors le nègre prend son temps, il lève lentement la crosse de son arme, et il lui applique, avec toute la vigueur dont il est capable, un coup de crosse sur la tête. La cervelle jaillit du crâne qui reçoit une blessure horrible et béante.

Avant que le moribond ait le temps de faire un geste, de pousser un cri, il s'éteint dans un râle épouvantable.

Finnez retombe mort, baigné dans son sang, après s'être traîné de quelques pas jusqu'au milieu de la chambre.

Une fois son œuvre criminelle accomplie, Well se dispose à ouvrir la croisée, guidé par les rayons de la lune, il va reprendre le chemin qu'il a pris pour commettre son crime; mais, sur le seuil de la chambre, une porte s'ouvre; c'est la femme du fermier qui, une veilleuse à la main, se dresse comme un fantôme en face de l'assassin.

A l'unique et dernier soupir de son mari, cette femme, qui couchait dans la pièce à côté, s'était subitement levée pour courir au secours de son époux.

Il était trop tard.

A peine est-elle sur le seuil de la chambre de celui qui n'est plus qu'un cadavre, qu'elle n'a mêmepas le temps de voir son mari étendu, sanglant, à ses pieds.

Le misérable se rue sur elle, en levant de nouveau la crosse de son fusil, où adhèrent des parties de la cervelle de son époux. Il lui applique au front un nouveau coup qui lui fend le crâne.

Elle tombe raide morte, aux pieds de l'assassin; son corps va bientôt rejoindre celui de son époux.

Well, possédé d'une rage folle, grisé par le sang, s'empare du corps de la femme, il le rejette avec violence contre le corps de Finnez!

On le pendit à la branche d'un arbre. (Page 734.)

Un instant, il les contemple tous les deux, en riant d'un rire guttural, en montrant ses dents blanches sur sa face noire, dans un rictus de bête fauve.

Puis jugeant qu'il serait dangereux de prolonger sa présence en face de cette scène de carnage, Well se dispose, pour la seconde fois, à quitter la chambre et à fuir par la fenêtre.

Auparavant, il a le soin de mettre le pied sur la mèche de la veilleuse qui brûle encore à côté des deux cadavres et qui éclaire le tableau de son double meurtre; alors, après cet acte de prudence, il se dirige vers la fenêtre; il va s'éloigner définitivement du lieu de son crime.

Mais, pour la seconde fois, un nouveau fantôme se dresse devant le nègre. C'est une jeune femme, la fille des deux vieillards qu'il vient d'assassiner.

Elle se jette sur lui, à la vue de l'horrible spectacle qu'elle a devant les yeux, elle veut retenir les mains sanglantes de l'assassin, prêt à s'enfuir.

Mais lui, toujours armé de son fusil, se retourne vivement; un cri s'est à peine échappé de la poitrine de la jeune fille terrorisée et colère, qu'il lui applique encore sur le front la crosse de son fusil.

Il la tue de la même façon qu'il a tué son père et sa mère. La crosse de son arme s'est brisée sur l'os frontal de la jeune fille.

Elle n'est pas moins morte, le crâne fracassé, ayant les mêmes blessures qui ont foudroyé les époux Finnez.

Le nègre n'a que le temps de fuir par la fenêtre, en laissant derrière lui l'arme brisée qui, dans les mains de l'hercule noir, a eu raison de toute cette famille.

Il croit pouvoir jouir de l'impunité ; il est persuadé que personne n'a été témoin, dans l'habitation du fermier, de son triple forfait.

Il se trompe. Dans un coin de la chambre à coucher du vieillard, dormait une enfant de six ans. C'était la petite-fille de Finnez. Elle a vu le triple forfait qui s'est commis dans la chambre de son grand-père. Elle a entrevu, à la lueur de la veilleuse tenue par la femme du fermier, les traits hideux, grossiers et sauvages du féroce assassin.

Cela a suffi pour le faire reconnaître par l'enfant. Le lendemain du crime, elle raconte aux juges l'horrible scène qui l'a arrachée de son sommeil en lui causant des transes inexprimables.

— L'assassin, dit l'enfant, ne peut être que Well, car, en se réveillant, elle *a senti le nègre*.

Well est condamné à être pendu. Si l'exécution de sa sentence avait trop tardé, les citoyens du nouveau-monde se fussent chargés de l'appliquer en vertu de la loi de Lynch.

L'innocente avait parlé ; elle était plus écoutée que la justice, dès que l'enfant de six ans, en montrant l'assassin de ses grands-parents, avait dit. en plein tribunal, que Well *sentait le nègre !*

Dans la Caroline du Sud, un des six enfants d'un blanc, nommé Falloir, est battu par un nègre répondant au nom d'Absill ; les six enfants se vengent en assommant Absill à coups de bâton. Ils sont traduits en justice pour répondre de la mort du nègre. Le tribunal les innocente ; la population se montre très sympathique à cet acquittement ; car tuer un nègre n'est pour elle qu'un péché véniel.

Comme il a été dit précédemment, les vulgaires formalités de la justice ne conviennent pas toujours à ces impatients citoyens ; voilà pourquoi ils tiennent tant à l'application de la *loi de Lynch*.

Dans une petite ville de Texas, on procédait au procès d'un nègre, Stany Davis. Il était accusé d'avoir outragé une femme blanche.

Durant le cours du procès criminel, cinq cents hommes envahirent la salle d'audience, s'emparèrent du shérif qu'ils garrottèrent ; puis ils arrachèrent le prisonnier à ses gardes, et l'emmenèrent sur le pont d'une rivière, à un mille de distance.

En présence d'un tribunal improvisé, le nègre avoua sa culpabilité ; mais aussi bien devant ce tribunal que devant l'autre, le coupable voulut mettre sa conscience en règle avec le ciel. Il demanda l'assistance d'un clergyman.

Les *Vigilants*, c'est ainsi que l'on appelle, au Texas, ceux qui substituent si délibérément leur action à la justice, en improvisèrent un, pour complaire au pauvre nègre. Sans autre forme de procès, on passa la corde au cou de Stany Davis, puis on le pendit à la branche d'un arbre.

En d'autres régions, les formes de la justice pour la peine capitale sont aussi expéditives. Au drame se mêle le burlesque. Ils personnifient bien la nationalité de nos antipodes.

A Chicago, cinq anarchistes sont condamnés à être pendus. Un directeur de théâtre s'offre de faire les frais leurs exécutions dans une apothéose !

En Asie, un parricide est puni par la peine du talion. En Chine, au Japon, les parricides sont traités comme ils ont traité leurs victimes. En Chine, les condamnés sont attachés en croix, et ils sont coupés en trente-six morceaux ; on leur coupe d'abord les membres, puis différentes parties du tronc, on leur donne le coup de grâce en leur tranchant la tête.

Au Japon, une mère avait brûlé vive sa petite fille. Condamnée à mort, elle vit le lendemain venir un chaudronnier qui prit mesure de sa taille. Il revint quelque temps après portant un chaudron de même dimension qu'elle.

On mit du feu dessous, et, dedans, de l'eau. Quand l'eau fut en ébullition, on fit entrer la femme dans la chaudière, on l'y maintint jusqu'à entière cuisson ; ce qui causa, dit le consul du Japon, une grande satisfaction au public.

Ces exécutions capitales prouvent, par leurs différents exemples, qu'elles varient, ainsi qu'il a été dit, selon les tempéraments et les mœurs des différents peuples de l'univers.

Il s'agit maintenant de retourner en Europe pour décrire le supplice du *garrot*, en Espagne. En parlant, d'après le récit d'Armand Dayot, d'une exécution capitale à Madrid, on se convaincra que le peuple espagnol vit encore en pleine tradition catholique.

En Espagne, aujourd'hui comme hier, la population est remplie d'allégresse pour toutes les cérémonies ; elle recherche les plus vives émotions, aussi bien dans les courses de taureaux que dans les exécutions capitales, elle est avide de bruit et d'éclat dans tous les spectacles ; aussi bien dans les comédies les plus folles que dans ses drames les plus sanglants. Son soleil n'y a pas dissipé l'ombre de Philippe II !

CXXXI

LE SUPPLICE DU GARROT EN ESPAGNE

C'est aujourd'hui, à dix heures du matin, — écrivait il y a quelque temps, Armand Dayot, — qu'on exécute sur une place de Madrid, l'assassin d'un notaire.

En bon touriste, désireux de tout voir, j'ai assisté à l'exécution ; c'est à deux pas du lieu du supplice que je résume, au courant de la plume, les divers incidents de cette lugubre fête.

C'est à dessein que j'emploie le mot fête.

Pour l'étranger débarqué le matin sur la *Puerta del Sol*, Madrid était en proie à la plus bruyante allégresse tout comme un jour de cérémonie royale à la vieille église d'Atocha ou de courses de taureaux dirigées par Lagartijo.

Jamais les manolas n'avaient été plus pimpantes ; leurs grands yeux noirs étaient humides de joie et, dans un frémissement d'éventails, au milieu d'éclats de rire merveilleux, elles s'en allaient à la sinistre : *Plaza del Aire* (place de l'air pur, devenue la place des exécutions).

Elles s'en allaient, roulant des hanches, bousculant les honnêtes maraîchers qui encombraient les trottoirs de monceaux de piments énormes et de calebasses aux formes bizarres.

Montés sur de superbes chevaux andalous, à la tête busquée, qui semblaient échappés des toiles de Velasquez, les élégants de la ville passaient, finement gantés, la tubéreuse à la boutonnière.

Ils chevauchaient comme s'ils allaient attendre au retiro le passage de la berline du rêve.

Il était neuf heures du matin lorsque je quittai mon hôtel.

Bien que la chaleur fût déjà accablante, je me décidai à faire à pied le trajet qui sépare l'entrée de la rue d'Alcola de la place des Exécutions.

A mesure que je m'approchais du lieu du supplice, la foule devenait plus compacte.

La circulation fut bientôt presque impossible. Ce qui ne faisait qu'augmenter la gaieté des joyeuses filles de Madrid, auxquelles les lignards espagnols pinçaient amoureusement la taille svelte et cambrée.

Alors c'étaient partout des exclamations de fausse colère, des éclats de rire sans fin, des coups d'éventails faisant parfois rouler dans la poussière les casquettes à pompon.

Une sorte de sacristain coiffé d'une calotte rouge. (Page 738.)

Tout à coup la foule s'arrête, un grand silence se fait, une voiture fermée, qu'escorte un piquet de gardes civils, passe lentement ; on peut la suivre sans presser le pas.

Bientôt la place du supplice m'apparaît toute couverte d'une multitude houleuse d'où émerge le mât blanc de l'échafaud.

Je m'en approche.

Sur un escabeau recouvert d'un voile couleur de neige brille, comme une couronne d'acier, le *garrot* que le bourreau va bientôt assujettir au poteau où s'adossera le patient.

Les derniers préparatifs furent assez longs, aussi je pus observer tout à mon aise l'emplacement funèbre où la curiosité m'avait poussé, et étudier la physionomie de l'immense foule qui s'y pressait.

Comme toujours, comme partout, les femmes étaient les plus nombreuses.

La place des exécutions, située en dehors de la ville, est très élevée.

L'air pur dont on jouit ne peut qu'augmenter les regrets du condamné auquel on va couper si brusquement la respiration.

Les maisons de cette place, toutes de pauvre apparence, y sont assez clairsemées ; ce qui permet de contempler les plaines jaunes et dorées de la Nouvelle-Castille bornée par les montagnes bleuâtres de Guadamara.

Le déploiement de forces militaires autour de l'échafaud était considérable. On n'y comptait pas moins de six détachements de différents corps.

Leurs différentes armes s'y mariaient agréablement; tout est théâtral en Espagne.

C'étaient des lanciers aux casques de cuivre à la prussienne, des gendarmes noirs aux buffleteries jaunes et aux parements blancs, des chasseurs bleus, des soldats de ligne, des miquelets aux bérets rouges.

La tenue martiale de ces hommes, presque tous jeunes, vigoureux et beaux, m'a frappé.

— Mais quelle est donc cette clochette que j'entends tinter déjà depuis longtemps ?

Ce fut la question que j'adressai à mon voisin, vieux paysan navarrais qui, tout en mâchant un bout de cigarette éteinte, roulait entre ses doigts maigres et osseux les grains d'un rosaire.

— C'est la clochette du quêteur, me répondit-il ; voyez plutôt?

Je vis en effet s'avancer vers moi, à travers la foule, une sorte de sacristain coiffé d'une calotte rouge, et qui portait, pendue à son cou, comme un orgue de Barbarie, une caisse verte, assez semblable à une gigantesque tirelire, et sur laquelle ces mots étaient écrits en grosses lettres rouges :

Paz y caridad.

— Mettez-y votre aumône — me dit le vieillard navarrais, elle servira à faire dire des messes pour le repos de l'âme du patient.

— Volontiers, mon brave. Tenez, voilà dix réals. Donnez-les pour moi. Saint Isidore ne m'en saura pas moins gré.

La façon dont le vieux Navarrais me regarda est indéfinissable. Je feignais de me retourner. Alors je vis ma pièce blanche se perdre dans les profondeurs de sa veste.

Pauvre homme ! Je le comprends et je le plains ! mais avec mes dix réals, il vivra pendant huit jours.

L'Espagnol est sobre. Le patient s'en portera-t-il plus mal? Je ne le crois pas.

Pendant toute sa vie, le vieux Navarrais priera pour l'âme du coquin qui lui valut une si bonne aubaine.

Mais un grand mouvement se produit dans la foule.

Les soldats serrent leurs rangs, trois hommes se dirigent vers l'échafaud.

Un seul y monte.

C'est le bourreau.

L'exécuteur est maigre, de petite taille et peut avoir quarante ans.

En attendant sa victime, il marche fiévreusement, le front bas, les mains derrière le dos.

Entre temps, il s'arrête, s'éponge le front, puis regarde l'*argolla*, « le garrot », d'un air préoccupé.

A quoi songe-t-il? Se méfie-t-il de la solidité des vertèbres du patient ou craint-il de ne pas gagner sa prime?

La foule, tout à l'heure si bruyante, est subitement devenue recueillie et silencieuse.

Quelques visages de femmes pâlissent; on comprend qu'une lourde angoisse oppresse toutes les poitrines.

Un roulement sourd se fait entendre; c'est la voiture de mort.

Elle s'arrête au pied de l'échafaud, le condamné en sort. Il franchit péniblement les douze marches de l'escalier funèbre. Il est appuyé au bras d'un prêtre.

Un autre prêtre marche devant le patient. Il porte très haut un énorme crucifix vers lequel le condamné cherche à soulever sa tête hébétée par la terreur.

Le condamné est jeune. On pensait que sa sauvage énergie jointe à sa vigoureuse jeunesse l'aurait rendu plus fort devant la mort.

Il n'en est rien, et c'est vraiment trop demander à un misérable qui, depuis quarante-huit heures, connaît le sort qui l'attend.

Peut-il voir sans frémir, au milieu des chants funèbres de la chapelle de la prison, les défilés sans fin de visions sanglantes?

Cette obligation, pour le condamné espagnol, d'assister pendant les deux jours, les deux nuits qui précèdent son exécution, aux séries de prières, de Requiem de De Profundis... chantées pour le repos de son âme, par tous ses compagnons de détention, est profondément atroce.

Je retrouve là les derniers vestiges du farouche mysticisme espagnol dans son inconsciente cruauté.

Debout sur une légère élévation qui domine l'échafaud, je pouvais observer tous les détails de la dernière scène du drame.

Le condamné se remit lui-même machinalement aux mains du bourreau.

Ce dernier le fit asseoir au pied du poteau auquel il le ficela solidement, puis il lui lia les pieds et les mains.

L'exécuteur fit tout cela sans se presser et avec la nonchalance pleine de dignité qui caractérise le fonctionnaire espagnol dans l'exercice de son ministère.

Si ces préparatifs avaient encore duré quelques instants, je crois que mes forces m'auraient abandonné. J'entendais mon cœur battre dans ma poitrine et parfois il me passait comme un voile devant les yeux.

On n'entendait plus un murmure dans la foule.

Pendant que l'un des prêtres appuyait le crucifix sur les joues décolorées du patient, l'autre, penché à son oreille, lui murmurait des paroles de consolation et d'espérance.

Mais le misérable n'écoutait plus.

Son visage inexpressif était d'une pâleur de cire, ses yeux se promenaient vaguement sur la foule. Ils semblaient déjà brouillés par la mort.

Il eut un tressaillement, lorsque le bourreau lui passa le carcan autour du cou, et je m'aperçus que sa bouche se contractait.

Un voile blanc jeté sur sa figure vint à temps me cacher ses traits.

Alors l'exécuteur donna deux ou trois tours de vis à l'instrument de mort.

Les vertèbres du cou craquèrent.

Le corps fut agité par un long tremblement, les bras se retournèrent en dehors, les jambes prirent une direction oblique.

Le patient était mort.

Les prêtres ôtèrent leurs bonnets carrés comme pour saluer l'âme au passage.

Le bourreau enleva le voile qui recouvrait la tête du cadavre.

Le visage, si pâle quelques minutes auparavant, était d'un bleu foncé. La langue pendait tuméfiée hors de la bouche et les yeux sanglants avaient jailli de leurs orbites. La tête était légèrement inclinée sur l'épaule droite, et la mitre noire à croix blanche qui la recouvrait semblait prête à tomber.

La foule s'écoula en silence, visiblement impressionnée, pendant que deux gendarmes se postaient l'arme au bras, au pied de l'échafaud.

Le cadavre allait demeurer exposé jusqu'à huit heures du soir, heure à laquelle la corporation des pleureuses vient s'en emparer pour le conduire au cimetière des suppliciés, au milieu d'un concert de lamentations aiguës et prolongées comme le *you, you, you...* des femmes arabes.

Il le ficela solidement. (Page 739.)

CXXXII

LES CAMBRIOLEURS DE GRENELLE

En 1878, M. R***, à qui le rédacteur de ces Mémoires doit la suite des souvenirs de M. H***, M. R***, le bourreau de cette époque, avait une servante, originaire de l'Ardèche.

Depuis dix ans, elle était au service de M. de Paris et de sa famille ; elle en faisait presque partie. Son maître la traitait avec une familière affabilité ; il la confondait dans la sympathie qu'il manifestait pour tous les siens.

De son côté, la servante vouait un culte sans limite pour son maître qui dans l'intimité, par ses rapports pleins d'entrain et de bonne humeur, n'avait rien des allures et du caractère farouche que l'on prête volontiers à un exécuteur des hautes œuvres.

Cette femme était du même département où, quarante ans auparavant, M. R*** avait fait ses débuts de bourreau, lorsque, aidé de son oncle, il avait guillotiné avec lui les trois assassins de l'*auberge de Peirebeilhe*.

En 1878, vers la fin de la carrière de M. R***, sa servante était une femme plutôt vieillie par les infirmités que par l'âge. Elle boitait d'une façon fantastique, ce qui, du reste, ne lui ôtait rien de son agilité, ni de ses forces.

Elle avait les pieds contournés, les jambes contrefaites.

Elle était devenue infirme en tombant volontairement, autrefois, du troisième étage d'une maison où elle était entrée en condition avant de passer au service de M. de Paris.

M. R*** avait été la cause indirecte des blessures de sa servante, ce qui avait motivé d'abord sa sympathie pour cette femme, presque sa compatriote ; car le bourreau était du département de la Lozère, et jadis, dans l'Ardèche il avait connu la mère de cette servante.

Comment avait-il connu sa mère ? La suite de ce récit va l'indiquer, avant de parler de l'aventure qui mit le bourreau en rapport avec la fille devenue sa domestique.

Douze ans auparavant, la mère de Catherine, c'était le nom de cette domestique, était veuve et sans ressources. Elle ne possédait qu'une enfant. Quoique parvenue à sa majorité, elle était restée à la charge de sa mère ; alors celle-ci s'était décidée à s'en séparer, et à l'envoyer à Paris.

Elle s'était rappelée que bien avant d'être mariée, elle avait connu jadis M. R***, lorsque le jeune exécuteur, dans l'Ardèche, avait été appelé avec son oncle à exercer un des devoirs de sa terrible fonction.

C'était, vers la fin de l'année 1833, lorsque R*** et son parent étaient chargés de guillotiner, en face de leur sanglante auberge, les époux Martin, *dits* Leblanc et leur domestique, à la suite de vingt-cinq années d'assassinats.

Après cette triple exécution, les jeunes gens et les jeunes filles du pays avaient dansé sur la place de l'échafaud démonté, au son du violon d'un ménétrier.

Au nombre de ces jeunes filles, avait été celle qui était devenue la mère de Catherine. Elle avait rappelé par lettre à M. R*** qu'à vingt ans, l'exécuteur avait logé dans sa famille en venant de Privas à Peirebeilhe, pour y dresser l'échafaud de son oncle.

Mais Catherine, en se rendant à Paris, avait négligé la recommandation de sa mère. Son esprit s'était effrayé, rien qu'à la pensée d'entrer en relation avec un bourreau.

Quoique instruite par sa mère de la lettre qui la recommandait à M. de Paris, elle la laissa sans réponse.

Son sang se figeait dans ses veines, rien qu'en songeant que sa mère voulait la forcer à entrer en relation avec un homme dont les mains se teignaient tant de fois du sang de ses semblables.

Elle alla tout simplement, en oubliant la demeure du bourreau, se faire inscrire comme bonne disponible, dans un bureau de placement.

Pour n'avoir su vaincre une peur imaginaire, elle alla au-devant d'un danger que sa candeur ne pouvait prévoir.

Catherine, par ses placeurs, avait été mis en condition chez d'honnêtes rentiers, habitant rue du Théâtre, à Grenelle.

A cette époque, Catherine était dans toute la force de l'âge et de la passion.

Ses maîtres voyageaient une partie de l'année; ils avaient été à même d'apprécier sa bonne conduite répondant à ses excellents certificats.

Aussi, lorsqu'ils partirent pour le Midi, n'hésitèrent-ils pas à confier à leur servante le soin et la garde de leur appartement.

A cette époque, Grenelle était infesté par une bande de cambrioleurs. Ses exploits dans les mansardes et les appartements vacants répandaient la méfiance et la terreur dans tout le quartier.

Catherine était une nature trop droite, et trop loyale pour partager les appréhension des voisins.

Et, répétons-le, elle était dans l'âge où la passion parle plus fort que la raison.

Dès qu'elle avait donné un double tour de clef aux appartements dont elle avait la garde, elle occupait ses nombreux loisirs à fréquenter un bal du voisinage.

L'innocente était loin de se douter de l'odieux et dangereux public qui le fréquentait.

Ce bal s'appelait le bal de l'*Ardoise*. Un jour, elle y fit la connaissance d'un beau garçon de vingt ans. Quoique beaucoup plus jeune qu'elle, il était loin d'avoir la fraîcheur de teint, la grâce ingénue de sa compagne.

On le désignait à l'Ardoise sous le nom du *Beau Collin*.

La servante naïve n'avait pas tardé à être séduite par le langage doré de Collin; sa figure aux traits réguliers et au teint glabre, ses grands yeux tirés, sa voix caressante quoique un peu enrouée, étaient rehaussés par une tenue coquette et une grâce hardie.

Avec un peu plus d'usage de Paris, l'innocente ne se fût pas fourvoyée au bal de l'Ardoise, elle n'y eût pas fait la connaissance du Beau Collin.

Sa haute casquette de soie, sa cravate flottante, au col rabattu, sa blouse blanche, aussi blanche que ses mains aux longs ongles, lui eussent dit à quelle espèce d'homme Catherine avait affaire.

Collin n'était qu'un chenapan des barrières, et quel chenapan !

C'était le chef des *Cambrioleur de Grenelle*.

Un jour, en revenant de dévaliser les mansardes d'une maison voisine à celle des maîtres de Catherine, il avait rencontré cette servante.

Sous un prétexte honnête, il l'avait abordée ; finalement il était parvenu à lui donner un rendez-vous au bal de l'Ardoise.

Le jeune bandit se souciait peu, quoiqu'il fût avec Catherine d'une galanterie exagérée, d'échanger longtemps avec elle de tendres œillades.

Ce qui lui importait, c'était de connaître la situation de la belle, gardienne des appartements de ses maîtres.

La naïve Catherine n'avait pas tardé à entrer dans les vues du galant bandit, elle lui avait donné les renseignements désirables pour qu'il pût opérer chez ses maîtres une abondante razzia.

Dès sa première entrevue avec elle, au bal de l'Ardoise, Collin savait ce qui devait être profitable à sa bande.

Le surlendemain, au matin, Catherine, après avoir fait l'inspection de l'appartement de ses maîtres, était allée prendre son repas à une crémerie voisine.

Ce jour-là, elle avait longuement causé avec les commères de l'établissement.

Catherine avait un défaut, particulier à son sexe, elle était bavarde et sa crédulité ne lui donnait pas assez de circonspection, dans son envie de parler.

Le surlendemain, en revenant de déjeuner, qui rencontra-t-elle, près de la loge du concierge, au bas de l'escalier de sa maison ?

Le Beau Collin ; il l'aborda avec un compromettant sourire et la salua avec familiarité.

C'était bien son danseur de la veille.

Avec ses acolytes, il revenait de mettre à sac l'appartement des maîtres de Catherine.

Après être entré, à l'aide de fausses clefs, dans l'appartement confié à la garde de la servante, il en était ressorti, très tranquillement ; il venait de vider un coffre-fort contenant des valeurs pour trente mille francs.

Pendant que les soldats du Beau Collin s'enfuyaient par les toits, em-

Elle poussa un cri d'épouvante. (Page 746.)

portant les bijoux qu'ils tenaient à ne pas laisser traîner à la maison, leur chef descendait paisiblement l'escalier.

Au bas des marches, Catherine se voyant nez à nez avec Collin, celui-ci se disposait à rejoindre ses acolytes pour procéder, dans un cabaret voisin, au partage du butin.

La servante parut très étonnée d'être vis-à-vis de son danseur de l'avant-veille.

Pour ne laisser planer aucun soupçon sur sa présence dans une maison où on ne le connaissait pas, Collin n'hésita pas à compromettre la servante.

Il l'appela par son nom, et tout bas, il lui dit « qu'il était venu pour elle, afin de lui donner un nouveau rendez-vous *au bal de l'Ardoise* ».

Le Beau Collin était sauvé aux yeux du concierge qui se demandait d'où sortait cet intrus ? mais la naïve Catherine était perdue par cette reconnaissance.

Collin passa d'un air vainqueur devant le concierge ; ce fut Catherine qui fut la victime marchande de la ruse du sacripant.

Là ne s'arrêta pas le malheur de la confiante Catherine.

Un coup bien plus violent la frappa, lorsqu'elle fut à l'appartement de ses maîtres.

Un désolant spectacle s'offrit à ses regards.

La serrure de la porte de l'appartement avait été forcée. Dans chaque pièce, les meubles avaient été bouleversés, les tiroirs ouverts, ils étaient béants ; le vide qu'ils attestaient accusait les vols de visiteurs mystérieux.

Catherine, à la vue de ce ravage, se frappa le front de désespoir.

Elle poussa un cri d'épouvante.

Courant dans la pièce où se trouvait le coffre-fort, elle vit son panneau ouvert. Elle sauta comme une folle, plongeant ses mains dans les rayons, ils étaient vides !

La bonne savait que le coffre-fort contenait trente mille francs que ses maîtres lui avaient confiés.

La malheureuse se rappela que l'avant-veille, elle avait révélé à Collin la somme renfermée dans le coffre-fort que ses propriétaires avaient mis sous sa sauvegarde.

Plus de doute, Collin qu'elle venait de rencontrer était le voleur aux trente mille francs.

Qu'allait-elle répondre à ses maîtres ? Elle était perdue ! Par l'accueil familier que venait de lui faire le voleur, le moindre mal qui pouvait lui advenir, c'était de passer pour la complice du bandit.

Rien qu'à cette pensée, son honnêteté se révolta, la peur la prit, elle eut le vertige. Tremblante comme la feuille, par ses alternatives de rage et de douleurs, Catherine tomba évanouie.

Lorsqu'elle reprit ses sens, elle se leva sans bruit, referma la porte de l'appartement, bien résolue de se venger du voleur.

Quoiqu'elle ne fût pas très clairvoyante, le malheur la rendit circonspecte, presque rusée.

Après le ton familier qu'avait pris avec elle le beau Collin, Catherine comprit qu'il ne s'agissait plus de l'attaquer en face pour le dénoncer chez le commissaire.

Le chenapan, chez l'officier civil, aurait pu la compromettre en l'accusant d'être sa complice. Elle se promit d'aller le retrouver, au bal de l'Ardoise, si toutefois, il avait l'audace de s'y trouver.

Mais s'il ne s'y trouvait pas, que faire ?

Alors, Catherine se rappela un gardien de la paix, un pays qui, avant qu'elle connût son voleur, lui avait fait un doigt de cour.

Quoique les intentions du gardien de la paix fussent pour le bon motif,

Catherine avait été sourde à ses propositions ; car ce *pays* avait été autrefois, dans l'Ardèche, un objet de réprobation.

Pourquoi ?

Parce que les légendes des montagnes ardéchoises avaient conservé le terrible souvenir de son grand-oncle, un bandit du surnom de Freydouële (en patois le Frileux). Ce bandit commandait, durant la Terreur, une bande de chauffeurs ; et il s'était suicidé pour échapper, vingt ans plus tard, à la justice.

Le neveu Freydouële, pour échapper à la réprobation générale répandue sur son nom, s'était exilé de l'Ardèche.

Après avoir pris du service, et pour ne pas rentrer dans son département, il s'était fait, à Paris, gardien de la paix.

A Paris, il avait rencontré Catherine, il lui avait parlé mariage ; elle avait repoussé ses propositions. Partie de l'Ardèche par la misère, elle ne voulait pas y rentrer avec la honte avec un compatriote si mal famé.

Maintenant que Catherine était plus compromise encore par le voleur qui avait dévalisé ses maîtres, elle n'avait plus peur de s'adresser à son pays, lui seul pouvait la faire sortir de l'impasse où sa candeur, son imprévoyance l'avaient fourvoyée.

Elle va donc trouver Freydouële, elle lui raconte le malheur qui lui est survenu, la rencontre qu'elle a faite du voleur, dans la maison où il venait de consommer son forfait.

Le gardien de la paix lui conseille d'aller avec lui chez le commissaire ; il lui promet de répondre de son honnêteté, de prouver à l'officier civil que sa payse n'a été que la dupe de sa candeur.

Comme Collin a donné rendez-vous à Catherine, pour le soir même, au bal de l'Ardoise, le commissaire met à la disposition du gardien de la paix un certain nombre d'agents.

Si Collin et sa bande de cambrioleurs ont l'audace de se présenter au bal de l'Ardoise, Catherine les fera arrêter par les agents de Freydouële.

Catherine se rend donc au bal de l'Ardoise.

Freydouële se tient, avec cinq de ses camarades, au bas du bal, prêt à donner du renfort aux municipaux qui veillent sur les habitués de l'établissement.

Comme quelques-uns de ces habitués vont figurer dans cette histoire, il n'est pas inutile de faire ici la description du bal où ils se trouvent.

Le bal de l'Ardoise est situé derrière l'École militaire, entre la rue et la place Cambronne.

On paye en entrant vingt centimes, deux sous pour le vestiaire, un luxe ! car les gens qui viennent à l'Ardoise ne sont pas l'élite de la société

Pour la plupart, ce sont des gens à longues blouses, aux casquettes de soie, au cou bien dégagé dans un faux col sans cravate.

Le pardessus y est inconnu. Pour l'habitué, il est d'usage de ne jamais ôter sa casquette de la tête.

On arrive à l'enceinte du bal, en montant un escalier droit comme une échelle ; on pénètre dans l'enceinte pouvant contenir cent cinquante personnes, où sont plantés quatre poteaux formant le carré de la danse.

Autrefois, avant de grimper à la salle, un garçon de service inscrivait le numéro de chaque visiteur sur une ardoise ; de là, le surnom de l'établissement.

Derrière ces poteaux sont groupés les consommateurs. Ils boivent leurs deux sous supplémentaires représentés par un vin ressemblant à du sang de bœuf et servi dans un saladier de plomb.

Dans ce bal, où les habitués vont s'ébattre, en attendant l'heure de « faire un coup », les ouvriers sont en minorité. Ses habitués sont des teneurs, des souteneurs ; des voyous de toute sorte en composent la majorité. Ils s'y rendent en compagnie de fillettes en haillons ou en toilette misérables ; elles viennent se former à leur école de débauche, de vol ou du crime.

D'ordinaire, après une danse ou une valse, il n'est pas rare d'entendre un cavalier dire à sa cavalière :

— Maintenant, « qu'est-ce que tu payes et qu'est-ce que tu m'offres » ?

Or ce soir-là, le Beau Collin avait à lancer deux de ses filles à deux *pantres*.

Malgré son vol du matin, le chef des cambrioleurs de Grenelle ne pouvait manquer *une affaire*.

Il fallait qu'il donnât, moyennant remise, ses deux filles à leurs soupirants.

Ces derniers étaient les nommés Breton et Lecomte, deux anciens soldats.

L'un avait été autrefois engagé dans la marine, l'autre dans la ligne.

Maintenant ils étaient mariés.

Un soir, ils s'étaient égarés au bal de l'Ardoise ; amadoués par deux Circés de l'établissement, ils y étaient revenus pour donner réciproquement des coups de canif au contrat matrimonial.

Comme pour Catherine, le Beau Collin devait être le mauvais génie de ces hommes. Il allait les fourvoyer, en compagnie de ses drôlesses.

Lorsque Catherine, bien stylée par Freydouèle, pénètre à l'Ardoise, elle trouve Collin en train de stipuler son marché.

C'était pitié et misère de voir ces deux individus, dont le vice n'avait

Des gens à longues blouses, aux casquettes de soie. (Page 748.)

pas encore dépravé la physionomie, en tête à tête avec ce proxénète.

Alors ils fraternisaient devant un saladier de *vin à la française*, avec ce chef d'école du vice et du crime.

Mais Catherine entre comme une furie dans l'établissement; elle ne donne pas le temps à Collin d'achever son infâme marché.

Elle s'élance à la table où se tiennent le proxénète voleur et ses nouvelles dupes, elle lui crie en lui montrant le poing :

— Canaille, voleur ! Tu ne te doutais pas qu'en me donnant rendez-vous ici, j'y viendrais pour te mener chez le commissaire de police.

Catherine, les traits bouleversés, les yeux en feu, dont la voix domine les instruments de l'orchestre, a déjà frappé son ancien adorateur.

Pour éviter un nouveau coup, Collin fait un mouvement de recul, il esquive un violent soufflet que la virago lui destinait, à la stupéfaction des filles et de leurs amants entourant déjà le chef tout penaud.

Les don Juans de l'établissement se disposent à faire une mauvaise affaire à la bouillante Catherine.

Ils se rangent autour de Collin.

Ils vont faire cause commune avec lui et mettre à la raison la fougueuse servante.

On va se cogner.

Pour le bal de l'Ardoise, c'est un amusement qui en vaut bien un autre et qui est l'appendice des plaisirs de la soirée.

La danse s'arrête.

Les soldats de Collin, les cambrioleurs, séparent les danseurs de leurs dames ; ils les forcent à former tapisserie devant eux.

Ils s'apprêtent à se ruer sur Catherine, pour lui apprendre ce qu'il en coûte à dire de grosses vérités au chef des cambrioleurs.

Les forbans ont compté sans Freydouële.

Dès que Catherine est enveloppée par les bandits, eux aussi sont entourés par les agents.

La servante, devant le poing de Collin et les couteaux de sa bande, avait commencé à se repentir de son entrée énergique.

Heureusement que Freydouële, prompt comme l'éclair, s'élance au devant de Catherine menacée par les armes et les poings des bandits.

Au moment où le gardien de la paix la retire des mains des forcenés, une corde est placée entre les poteaux.

Les cinq agents commandés par Freydouële, renforcés des cinq municipaux de garde, serrent dans l'enceinte Collin et ses bandits.

Ils les cueillent, ils les enlèvent en les accompagnant du bal au poste de police.

Le lendemain Collin et sa bande sont envoyés au Dépôt.

Pour leurs nombreux vols commis dans Paris, Collin et ses cambrioleurs ont pour cinq ans de prison.

Mais là ne s'arrêtent pas les conséquences du vol de Grenelle.

Les maîtres de Catherine arrivent à Paris, dès qu'ils apprennent le vol dont ils viennent d'être victimes.

Ils rendent responsable de ce vol la pauvre Catherine, malgré les dangers qu'elle a courus, pour réparer les torts de sa coupable imprudence.

La servante est hors d'elle. La malheureuse ne peut supporter ces soupçons.

Déshonorée parce que le quartier l'a fait la maîtresse d'un voleur, mortifiée par les reproches de ses maîtres, Catherine ne se possède plus.

Elle n'a plus qu'un moyen pour se soustraire à ces soupçons et à ces outrages : c'est de se réfugier dans la mort.

Un jour que ses maîtres l'accablent de reproches avant de la congédier, Catherine est éperdue.

Folle de désespoir et de rage, elle ouvre fiévreusement la fenêtre, et elle se jette du troisième étage dans la rue.

On la relève évanouie et sanglante.

Elle ne meurt pas.

A la suite de son acte désespéré, elle a les jambes fracassées, les pieds meurtris.

On la conduit à l'hôpital.

Ses maîtres impitoyables ne veulent pas entendre parler d'elle, malgré ses malheurs.

Elle guérit malgré elle.

Mais elle est sans place et sans pain.

L'exécuteur, M. R*** apprend par le gardien Freydouële la triste destinée de la pauvre Catherine.

Il ne tarde pas à connaître que c'était par peur de lui, pour ne pas entrer au service d'un bourreau qu'elle était tombée de Charybde en Scylla.

Alors M. R*** prend pitié de la malheureuse. Il est aussi supplié par la mère en faveur de sa fille dont elle a appris le sort lamentable.

Par commisération pour sa mère, M. R*** va trouver son enfant.

Il lui demande si elle veut entrer dans la place qu'il lui destinait, qu'elle n'a pas osé prendre en obéissant à un préjugé qui lui a été si funeste.

Catherine accepte avec reconnaissance les propositions de M. R***.

Elle comprend que le bourreau ne s'offre à l'employer que pour qu'elle ne meure pas de faim sur le pavé de Paris.

Elle entre donc, quoique infirme, au service de M. R***.

Elle ne tarde pas à lui prouver sa reconnaissance par un dévouement absolu.

Elle lui en donnera une preuve éclatante par un acte héroïque. Il sera cause d'un sinistre événement dont les derniers jours du bourreau et de sa servante signalèrent le tragique dénouement.

CXXXIII

LE CANOT FANTOME

Après l'arrestation de Collin, on signalait de l'île Saint-Louis à l'île Saint-Ouen, un élégant canot qui, la nuit, sillonnait les flots de la Seine.

Ce canot était monté par deux vigoureux nautoniers et deux jolies femmes dont la tenue légère rivalisait avec les allures excentriques.

Parfois les flammes des torches éclairaient cette embarcation où les nautonières jeunes, belles et rieuses rappelaient les filles d'Anadiomède dont elles possédaient les charmes irrésistibles.

Pourtant malheur à ceux qui accueillaient sur la rive ces aimables canotiers et ces attrayantes sirènes.

Une catastrophe, un vol ou un crime, ne tardait pas à se signaler à l'endroit où le canot avait abordé.

La remarque en avait été faite par les riverains ; ils n'avaient pas tardé à surnommer l'embarcation le *canot fantôme*.

Pour le vulgaire, c'était une barque fantastique.

Quels étaient ces fantômes qui traînaient toujours le malheur après eux ? Quelles étaient ces beautés rappelant les filles des lagunes ? Quelles étaient ces divinités aquatiques qui paraissaient sortir de l'onde avec leurs triomphants tritons.

Ces couples venaient très prosaïquement des faubourgs.

C'étaient des anciens échappés du bal de l'Ardoise, les filles Levert et Rivière, en compagnie de leurs amants, les nommés Breton et Lecomte.

Ces derniers se permettaient alors les plaisirs du canotage. Ils s'y livraient avec acharnement.

En rupture de mariage, sur le canot ayant appartenu autrefois au proxénète Collin, ils faisaient un voyage nocturne à Cythère.

A cette époque, Collin expiait dans une prison centrale sa dernière équipée dans les appartements des maîtres de Catherine.

Alors Breton et Lecomte, par un marché passé avec le récidiviste, étaient devenus les maîtres des Circés du chef des cambrioleurs, et de son élégant canot.

Breton et Lecomte jouissaient largement de leur propriété, en vertu d'un traité basé sur l'adultère et le libertinage.

Mais ils ne jouissaient pas seuls de leur canot. Toute la bande des

D'une main la lettre, de l'autre le revolver. (Page 753.)

cambrioleurs n'avait pas été arrêtée avec le Beau Collin et son état-major.

Les filles Levert et Rivière ne pouvaient se défendre d'obéir à la *flotte;* elles lui dénonçaient les parcours qu'elles faisaient en compagnie de leurs galants.

Les étapes aquatiques où s'arrêtaient nos amoureux étaient scrupuleusement indiquées par les anciennes divinités du bal de l'Ardoise.

Les bandits, une fois instruits par ces Circés, ne manquaient pas de visiter, après elles, un séjour qui avait été fréquenté par la joie et qu'ils visitaient ensuite pour y faire régner le vol et le meurtre.

Les amants des filles Levert et Rivière ne se doutaient guère qu'ils étaient les éclaireurs d'une bande de voleurs, naguère commandée par Collin.

Ce n'était pas pourtant pour faire un autre métier que Collin leur avait donné ses filles et son canot.

L'embarcation de Breton et de Lecomte n'était donc employée qu'à servir les anciens cambrioleurs, soldats du vol et du meurtre.

Et le canot fantôme continuait d'opérer son dangereux voyage où Lecomte et Breton croyaient n'être que des pèlerins de l'amour.

Aussi, une fois que l'équipage avait abordé un endroit public ou privé, on était sûr, quelques jours après, qu'il était visité par de mystérieux forbans n'y laissant que ce qu'ils ne pouvaient emporter.

Les maisons, les restaurants où s'étaient arrêtés les canotiers, étaient bientôt dévalisés de leurs vaisselles, les appartements vidés de leurs meubles.

Des plaintes de toute sorte ne tardent pas à pleuvoir au parquet.

Elles signalent le canot fantôme comme étant par ses passagers la vigie du vol. Cependant ces passagers, par leur sans-gêne, par leurs maîtresses trop libres d'allures, ne rappellent que les héros des orgies vénitiennes!

Et si la justice constate leur infraction à la morale, elle ne peut faire de ces canotiers les complices des cambrioleurs.

La justice ne se doute pas encore de l'entente mystérieuse qui existe entre les filles de Collin et sa bande. Les amants de ces filles en sont quittes pour une amende et quelques mois de prison.

Mais un soir, les filles Rivière et Levert, avec leurs amants Breton et Lecomte, faillirent avoir une plus grosse peine. Il s'en fallut de peu que les deux couples ne risquassent une mort immédiate au cours de leur voyage sur la Seine.

Sans Breton et sa maîtresse Rivière, c'en était fait des deux autres nautonniers.

Voici à quel sujet :

Lecomte, comme Breton, était éperdument amoureux de sa concubine, et il croyait, depuis quelque temps, avoir un rival, un nommé Deraville.

Ce dernier, rencontrait toujours comme par hasard les galants nautoniers, et ne cessait de partager leurs joyeux ébats.

Lecomte avait remarqué que Deraville, dans ses parties fines, serrait de près sa maîtresse.

Les rencontres de l'importun avaient fini par déplaire à Lecomte. Il avait signifié que s'il rencontrait encore une fois Deraville, soit à l'île Saint-Louis, soit à l'île Saint-Ouen, il aurait raison du *gêneur*.

Devant Breton et sa maîtresse, Lecomte dit un jour à la sienne :

— Si je revois Deraville, je ne me ferai plus aucun scrupule de le jeter à la Seine!

Deraville, malgré cet avertissement, ne tarda pas à suivre la fille Severt. Lorsque l'amour nous tient, il faut dire adieu prudence.

Un soir, le canot, avec ses deux couples, abordait l'île Saint-Ouen.

Pour se livrer avec plus d'abandon à leurs ébats, les nautoniers débarquèrent à la lisière des saules, près de la pointe accidentée de l'île dominée par un moulin.

C'est un endroit très dangereux. L'eau tourbillonne en sens contraire contre les vieilles poutres du bâtiment, sous les pieds des saules. Tout indique que la mort est au fond de ces flots limoneux qui roulent sur eux-mêmes contre ce courant du fleuve.

En débarquant, à quelque distance du moulin, Lecomte aperçut derrière un saule, qui?

L'inévitable Deraville!

La vue de sa tête, à travers le feuillage, le met hors de lui. Lecomte est en proie à la rage. La présence de son rival, dévisageant sa maîtresse, achève de mettre le comble à sa jalousie.

Il n'écoute que la haine qu'il nourrit contre cet homme, il court, il fond sur lui, avant qu'il ait le temps de fuir; il l'empoigne derrière le saule où Deraville est blotti, il le prend à la gorge, le porte plus mort que vif dans la barque amarrée et il lui crie :

— Ah! misérable, tu l'auras voulu! Puisque tu reviens pour elle, je vais lui montrer comment je vais te faire faire un plongeon dans la Seine.

Aussitôt dit, aussitôt fait, Lecomte se jette avec Deraville dans la barque dont il délivre l'amarre d'un coup d'aviron. Malgré les cris de la victime, il va lancer le canot dans les flots qui se brisent au pieds des saules contre les assises du moulin.

Pour Lecomte, pour Deraville, c'est la mort, la mort inévitable, sans retard.

Une fois que le canot sera porté dans le tourbillon, il tournera, retournera sur lui-même, puis s'enfoncera avec les passagers et les plongera dans le trou sans fond.

Mais Breton a vu le mouvement de Lecomte; il ne veut pas qu'il meure avec celui qu'il considère comme son rival.

Prompt comme l'éclair, Breton saute dans la barque, laissant derrière lui les deux femmes qui poussent des cris de détresse et d'effroi.

C'est avec des efforts de titan qu'il parvint à détourner la barque sur le courant de l'abîme. Plus fort que Lecomte, Breton lui prend la rame pour manœuvrer contre lui, pendant que de l'autre main il tient en respect celui qui s'obstine à vouloir mourir avec sa victime.

Deraville, renforcé par Breton, se met avec lui contre Lecomte; tous deux parviennent à avoir raison du forcené.

Le canot, non sans de violentes évolutions, reprend le large. Il revient vers le bord, loin du moulin. Avant que Lecomte ait le temps de protester contre le salut que Breton lui offre, son camarade lance Deraville de la barque sur le bord, il lui crie:

— Vas te faire pendre ailleurs !

Les deux femmes applaudissent, en pleurant de joie, au salut de Lecomte.

Deraville, le sauvé, est loin.

Mais Lecomte n'est pas content. Il tenait à tuer son rival, à se tuer avec lui depuis qu'il s'était persuadé que sa maîtresse le trompait.

Lecomte, un homme marié qui a délaissé sa femme pour vivre avec une fille, est vraiment trop exigeant.

Quant à Deraville il ne perd rien pour attendre.

Auparavant, Lecomte se brouille avec Breton qui l'a sauvé quand il voulait mourir avec sa victime.

Le canot fantôme qui recelait des amours coupables, qui traînait le vol et le crime, n'avait pas achevé le mal qu'il portait avec lui.

Les événements vont le prouver.

CXXXIV

LES IMPURES: LA FILLE LEVERT

L'honnêteté se déplace-t-elle ?

Les deux filles Levert et Rivière, ces bacchantes de souteneurs et de voleurs, ces sirènes dans le monde de la plus crapuleuse galanterie n'étaient pas moins d'une fidélité à toute épreuve pour leurs amants.

Ces amants le leur rendaient bien. Deraville, abusé par les filiations adultérines des deux couples, s'était étrangement trompé lorsqu'il avait cru pouvoir supplanter Lecomte.

Il fut cause du drame épouvantable qui termina cette union illégitime.

Sa fin fut aussi lamentable que la fin du ménage Breton.

Avant de parler de l'un, il faut parler de l'autre dont Deraville, par atuité, par rancune, devient le mauvais génie.

On a vu comment Deraville pour s'être placé entre deux amants dont l'union illicite avait des liens plus puissants que ceux du mariage, avait failli être jeté à l'eau par son rival.

Après la scène de l'île Saint-Ouen où Deraville avait lutté contre

Lecomte se jette avec Deraville dans la barque. (Page 756.)

Lecomte, ce dernier avait reçu une blessure à la jambe qui l'avait condamné à une claudication très prononcée.

Il n'en avait éprouvé que plus de rancune contre Lecomte; il n'avait que plus d'envie de posséder la belle à laquelle il devait son infirmité.

Une femme qui vous dédaigne ne devient que plus chère.

Lecomte était très jaloux. Les nouvelles poursuites de Deraville ne firent que l'exciter davantage. Lecomte n'était plus de la première jeunesse et il nourrissait pour la fille Levert une tendresse passionnée.

Cette tendresse s'était augmentée par une petite fille qu'il avait eue d'elle il y avait une dizaine d'années.

L'union illégitime de la fille Levert et de son amant ne datait pas du bal de l'Ardoise. A cette époque Lecomte n'avait fait que rencontrer avec intention son ancienne adorée.

Originaire de Bayeux, marié en 1852, Lecomte dans sa ville natale s'était séparé de sa femme pour courir après la fille Levert qui, à seize ans, avait eu de lui une enfant.

Plus tard sans ressource, à Paris, la fille Levert s'était affiliée à la bande des cambrioleurs dont le Beau Collin était le chef.

Lecomte, pour reprendre dans la capitale la maîtresse que son épouse fait partir de Bayonne, était venu la rechercher au bal de l'Ardoise.

On a vu comment, par un pact renouvelé de la *cour des Mirades*, Lecomte et Breton avaient cimenté avec des ribaudes leur union clandestine.

Par malheur pour Deraville, le cœur d'une de ces ribaudes était aussi pur que son esprit était malsain !

L'enfant que la fille Levert avait eue de Lecomte avait uni plus fortement les liens qui les rattachaient l'un à l'autre.

Lecomte était jaloux. L'entourage de sa maîtresse légitime avec des femmes plus qu'équivoques n'était pas fait pour calmer son esprit ombrageux et violent.

Pour noyer son chagrin, son amant se mit à boire de l'absinthe; dans son ivresse, il ne cessait de voir tourner autour de ses talons et de ceux de sa maîtresse l'opiniâtre Deraville.

Le ménage de Lecomte devint intolérable.. Les bonnes amies de la fille Levert, les nommées la *Kléber* et la *Carion*, dite la femme à chien, la dénoncèrent comme recevant journellement Deraville chez Lecomte en son absence.

Alors Lecomte boit de plus en plus. Dans ses divagations provoquées par la jalousie et par l'ivresse, il bat sa maîtresse en l'accablant d'invectives.

La malheureuse femme n'a qu'un moyen d'arrêter le cours des calomnies dont elle est la victime, c'est d'aller trouver Deraville.

Elle le prie, elle le supplie au nom de son enfant, de ne plus s'attacher à ses pas.

— Rappelez-vous Saint-Ouen! lui dit-elle; si vous m'aimez, comme vous le dites, laissez-moi, au nom de mon repos et du vôtre. Par vos imprudences, vous n'avez causé que trop de malheurs.

Deraville lui promet tout ce qu'elle exige. A peine est-elle rentrée chez elle que Lecomte apprend son imprudente démarche. Lecomte, ivre de jalousie et d'absinthe se jette sur sa maîtresse. Il lui crie, en lui sautant à la gorge :

— Misérable! Tu reviens de chez ton bancal, il faut que je te tue.

La fille Levert, outrée, est forte de son innocence ; elle le mord à la main. Elle s'échappe, avec son enfant de la maison qu'elle habite avec lui, à Saint-Ouen.

Elle n'y paraît plus.

La vie commune, vers la fin de l'année 1878, était devenue insupportable ; après une première séparation, suivie de réconciliation, la fille Levert alla avec son enfant, demeurer rue des Trois-Frères.

Mais Lecomte qui ne pouvait se passer d'elle, fût-ce pour la faire souffrir, alla la visiter fréquemment.

Ses violences devinrent telles qu'on dut lui interdire l'entrée de la maison ; il ne vit plus sa fille que rarement dans des maisons tierces.

Lecomte attribua aux menées de Deraville, la quarantaine dont on l'entourait.

De son côté, Deraville était payé pour se mettre sur ses gardes; en apprenant le nouveau soupçon de Lecomte, il se cacha.

Lecomte avait pris la résolution de donner la mort à son prétendu rival. Celui-ci évitait donc de se trouver en sa présence.

Il se rappelait de plus en plus l'aventure de l'île Saint-Ouen.

Alors Lecomte qui ne peut le trouver ni chez lui, ni chez son ancienne maîtresse, achète un costume pâtissier.

Sa pensée est de se servir de ce déguisement pour approcher de Deraville, sans éveiller les soupçons.

Le 4 novembre 1878, son projet est arrêté. Il doit le mettre à exécution le surlendemain, anniversaire du jour où pour la première fois, selon lui, et depuis des années, sa maîtresse l'a trompé.

Le 6 novembre, après avoir écrit, en prévision de sa mort, diverses lettres destinées à sa fille, à sa concubine, à la supérieure d'un orphelinat où il voulait faire admettre son enfant, il en prépare une autre pleine de menaces et d'injures qu'il se promet de porter lui-même à Deraville.

Dans la journée, il achète un revolver et des balles; puis vers cinq heures, il fait venir sa petite fille chez une voisine ; il lui donne une capeline, en lui disant que c'est son dernier cadeau.

Vers huit heures, Lecomte, revêtu de son costume de pâtissier, va au domicile de Deraville, à Saint-Ouen. Il frappe à la porte, tenant d'une main la lettre qui doit lui servir de prétexte pour entrer, et de l'autre un revolver.

Deraville que sa journée de travail avait fatigué, était resté chez lui pour se coucher. Il venait de se mettre au lit.

Il ouvre, en manifestant son étonnement qu'on lui apportât une lettre à pareille heure.

A la première phrase de l'épître, il reconnaît dans le pâtissier le rancunier Lecomte.

Il appelle au secours, mais la porte s'est refermée, Deraville recule, se retourne, afin de chercher un bâton pour se défendre.

Lecomte tire sur Deraville trois coups de feu. Il tombe pour ne plus se relever,

Atteint de deux balles à la base du crâne, la mort de Deraville a été instantanée.

Des témoins accourent. Ils enfoncent la porte, reculent avec horreur à la vue du cadavre de Deraville que le meurtrier contemple avec une joie féroce.

Lecomte se laisse arrêter sans résistance Quoiqu'il ait jeté son revolver par la fenêtre, il ne peut nier le crime qu'il vient de commettre. La lettre qu'il écrivait à son rival, ce papier qui nage dans le sang de celui qu'il considérait comme son rival est signé de son nom.

Cet écrit disait en l'invectivant :

« Misérable crochu, il faut que tu payes ce que tu as fait et tu n'en feras plus. Depuis trop longtemps tu couches avec ma femme, ce soir tu vas coucher par terre. »

La lettre était signé Lecomte.

Il reconnaît qu'il a longuement médité son forfait. Ni au moment de son arrestation, ni après, il ne manifeste aucun repentir. Il a accompli sur Deraville l'arrêt de mort qu'il lui avait signifié! et il n'a qu'un regret, c'est que sa fille ne soit pas débarrassé de sa mère.

Ce drame de la jalousie est signalé tout au long dans les notes de M. R***

M. de Paris pensait que ce forcené, victime de son entourage infâme, serait puni de la peine capitale et qu'il se rencontrerait bien un jour sous son couteau. Le tribunal ne condamna Lecomte qu'à la peine des travaux forcés à perpétuité.

Breton, son ancien camarade du canot fantôme, Breton le meurtrier de la fille Rivière, parce qu'elle l'aimait trop aussi, en fut quitte à meilleur marché par la justice.

On va en juger par son histoire avec sa maîtresse, histoire aussi sinistre que celle de Lecomte.

Tout en elle respirait de pétulantes ardeurs. (Page 763.)

CXXXV

LA FILLE RIVIÈRE

Breton, depuis l'aventure de Saint-Ouen, ne pouvait se consoler de sa brouille avec Lecomte ; non pas qu'il eût une affection très vive pour son camarade de canotage, mais parce que Lecomte lui était très utile. Vivant tous deux dans un ménage interlope, leur union faisait leur force contre la revendication de leur légitime épouse.

Si Lecomte n'était guère inquiété par son épouse de Bayeux, qui l'abandonnait à sa vie irrégulière, il n'en était pas de même de la femme Breton.

Pour ce dernier, Lecomte était une sauvegarde, un appui ; c'était une nature violente que, sur les derniers temps, l'ivrognerie avait rendu plus irritable et plus à craindre.

Breton, beaucoup plus jeune que Lecomte, était loin d'avoir son caractère décidé. Marié depuis cinq ans, sa femme légitime ne lui pardonnait pas son abandon pour s'être mis en ménage avec la fille Rivière.

De temps à autre, l'épouse jalouse venait relancer Breton dans son nouvel intérieur pour lui faire des scènes. Sa maîtresse, quoique d'une nature aussi énergique que son ami, ne savait rien dire à l'épouse légitime.

Elle pouvait d'autant moins parler que la fille Rivière, malgré sa violente affection pour Breton, était une affiliée à la bande des cambrioleurs, dont le chef était au bagne !

Le scandale lui était interdit. Pour ne pas éveiller les soupçons de la police, la fille Rivière était bien obligée de se cacher et de se taire..

Heureusement que, dans les premières années de son union, Breton, pour se garer de sa femme, avait le secours de son ami Lecomte.

Celui-ci s'employait à couvrir Breton par ses sarcasmes qu'il décochait à la femme légitime, restée fidèle à son infidèle époux.

Il accablait Mme Breton de ses lazzi. La femme légitime, malgré ses droits, était forcée de fuir, la rage dans le cœur, un double ménage ligué contre son bonheur !

Une fois Lecomte parti, Breton n'avait plus de protecteur ; il n'osait plus se jouer des foudres de son épouse. Homme trop aimé, il se sentait très malheureux, poursuivi par sa femme et obsédé par sa maîtresse.

Dans sa perplexité, Breton ne comprenait pas sa brouille avec son ami Lecomte, parce qu'il lui avait arraché des mains un rival qu'il ne pouvait tuer qu'en se condamnant lui-même.

C'est que Breton ne savait pas ce qui se passe généralement dans l'esprit surmené des gens possédés par l'absinthe.

Les absintheurs exercent aussi bien contre eux-mêmes que contre leurs semblables les violences que leur causent les excès causés par cette liqueur traîtresse.

Finalement elle leur donne une misanthropie aussi exagérée que la joie qu'elle leur procure par instants. Elle leur fait faire aussi bon marché de leur vie que de la vie des autres.

L'absinthe tue l'homme qu'elle excite à tuer.

L'amour enivrant que la belle Rivière inspirait sur le cœur faible et l'esprit timide de Breton, exerçait sur lui autant de ravages que l'amour de l'absinthe en avait exercé sur son ex-ami.

La fille Rivière était une belle et fière brune. Son caractère exalté, énergique était écrit sur sa physionomie. Ses traits réguliers étaient animés par de grands yeux noirs. Elle avait le nez droit, la bouche fine, aux lèvres plates, mobiles et sanguines. Sa chevelure d'ébène se tordait, en mèches rebelles, sur son front bas et altier ; elle encadrait un ovale nacré où le sang transpirait sous son épiderme. Elle était éblouissante. Tout en elle, et en dehors d'elle, respirait de pétulantes ardeurs ! Elle personnifiait, par ses problématiques attraits, l'amour insatiable et toujours inassouvi.

La fille Rivière formait un vivant contraste avec la fille Levert. Une blonde, esclave maîtresse de Lecomte, une nature passive, à la figure bouffie, blanche et rose, aux allures nonchalantes. La fille Levert était faite pour être dominée comme la fille Rivière était faite pour commander la domination.

Cependant Breton, dès qu'il est abandonné à lui-même, commence à se lasser d'être sous le frein de son ardente maîtresse.

La dame Breton connaît le caractère faible de son époux. Elle l'aime autant que la fille Rivière ; et elle sait qu'un jour ou l'autre, à force d'obsessions, de scènes et d'éclats, elle l'obligera par la rigueur, à rentrer dans le giron matrimonial.

Pour dérouter son épouse, Breton achète à sa maîtresse un débit de vin. Il s'en va dire à son épouse que pour se débarrasser de la Rivière, il l'a établie et que, dorénavant, il l'abandonne à ses clients.

Afin de s'assurer du fait, Mᵐᵉ Breton se rend à ce débit ; elle y retrouve son époux en compagnie de la fille Rivière. L'épouse se découvre devant des clients. Pour dépister Mᵐᵉ Breton, la Rivière confie la gestion de son débit à l'une de ses amies.

Breton, désespéré avoue à sa maîtresse qu'il est las d'être traqué par sa femme. Hélas! Lecomte n'est pas là pour le protéger et pour le défendre.

— Il faut en finir ! — dit-il un jour à sa maîtresse, — et je vais m'expatrier.

— Eh bien! — reprend la fille Rivière, — partons ensemble! je m'attache à tes pas !

Ce n'est pas ce que veut Breton. Il est las de cette vie d'émotions et de combats. Il se sent incapable de recevoir continuellement les atouts de sa femme.

Le ridicule s'attache à ses pas. Il achève ce que la satiété lui conseille de faire. Ne pouvant pas plus se débarrasser de sa maîtresse que de son épouse, il n'hésite plus à faire le sacrifice de celle que la loi condamne. Il immolera sa concubine.

Une autre fois, Breton rentre désespéré chez la fille Rivière. Il lui dit qu'il vient de revoir sa femme, qu'elle le force de retourner à elle, sinon elle va employer la justice pour avoir raison d'eux.

L'énergique Rivière lui riposte :

— Je préfère mourir avec toi que de te voir retourner auprès de ta femme !

C'est là où l'attendait Breton pour l'entraîner dans un lâche guet-apens.

— Eh bien ! — lui crie-t-il en l'embrassant, — mourrons ensemble. Moi aussi, je t'aime : puisque l'on veut nous séparer, il vaut mieux en finir tout de suite.

Les deux amants habitaient boulevard Clichy.

Breton venait de prendre toutes ses mesures. Il voulait amener sa maîtresse à désirer la mort, il la contraignait à l'entraîner à un suicide par le charbon ; mais au moment où la mort opérait ses ravages sur son amante, Breton imaginait un moyen d'échapper au trépas.

Cependant si la fille Rivière voulait mourir c'était à condition que Breton mourrait avec elle. Or, Breton la trompait lâchement pour revenir à sa femme.

Le soir même, les amants font l'achat de charbon et de pavot pour en finir avec la vie.

Mais au moment où la fille Rivière s'apprête à se coucher avec Breton près du réchaud, Breton réfléchit ; il ne peut jouer si près de sa femme dans son quartier, cette sinistre comédie.

Alors les amants remettent au lendemain leur suicide.

La fille Rivière et Breton se rendent à une autre extrémité de Paris. Ils louent, rue Henri-Regnault, un petit cabinet dans un hôtel meublé.

C'est là, le 12 septembre 1878, qu'ils se préparent à mourir ensemble pour échapper aux persécutions de Mme Breton.

Breton paraît très gai en se rendant avec sa maîtresse au petit hôtel de la rue Henri-Regnault. Il s'est muni de deux bouteilles de vin avec une partie de décoction de pavot.

Le gens qui les voient passer se disent :

— C'est une cocotte, c'est un levage !

Une fois installés dans le cabinet, ils en bouchent les ouvertures ; ils allument un réchaud, ferment la porte à double tour ; Breton a la précaution d'en prendre la clef.

Ils se couchent, et après avoir vidé ensemble leur narcotique, ils se disent un éternel adieu.

La fille Rivière, très confiante dans la sincérité de celui qui la trompe, absorbe la plus forte dose de pavot ; elle ne tarde pas à s'endormir.

Ils allument un réchaud, ils se couchent! (Page 764.)

Breton est couché dans la ruelle, il a gardé la clef de la chambre. Il observe sur la physionomie de sa maîtresse les progrès du gaz asphyxiant qui a déjà un effet si puissant sur elle, et qui n'en a pas encore sur son amant.

Il suit son sentiment d'angoisse. Il compte ses soupirs, ses bâillements, ses mouvements spasmodiques. Il écoute le bruit de sa respiration qui s'éteint peu à peu. Il voit se succéder à ces angoisses des vertiges qui indiquent que l'asphyxie entre dans une période décisive. Il voit sa figure devenir bleue, violette, ainsi que les lèvres et une partie du corps.

Bientôt la fille Rivière perd connaissance, ses membres se raidissent; leurs agitations cessent tout à coup, c'est la mort qui vient.

Sa maîtresse paraît insensible. Il ne reste plus de la vie que la circulation du sang.

Breton n'entend plus son souffle. Elle devient cadavre!

Déjà, pour lui, des lourdeurs, des vertiges de tête se font sentir. Breton se lève, il passe par-dessus ce corps inanimé, pour secouer sa torpeur, pour se délivrer de la mort qui commence aussi à l'envahir.

Tout à coup il se sent arrêté par un membre qui s'accroche à son corps; il se retourne avec épouvante. Un frisson d'effroi le pénètre jusqu'aux os. Les gouttes d'une sueur glacée perlent sur son front. Il voit avec horreur que sa maîtresse essaye encore de le retenir par le bras. Elle a entrevu, à travers la mort qui l'enveloppe, qui la paralyse, l'odieux guet-apens qui la conduit au tombeau !

Mais son bras reste inerte, allongé contre la porte. Si sa maîtresse l'a deviné elle n'a ni le pouvoir, ni la force de le retenir.

Alors Breton se remet, il s'habille bien tranquillement, il ouvre avec la clef qui ne l'a pas quitté, la serrure du cabinet, puis la referme doucement sur lui.

Il n'a plus qu'un but: respirer l'air pur sur le carré alors que l'oxyde de carbone agit sur sa maîtresse.

Une fois plus ferme, Breton quitte l hôtel, sans demander du secours sans essayer de rappeler à la vie la malheureuse femme.

Après ce suicide qui, pour l'amant de la Rivière, est un véritable attentat, il erre pendant trois jours dans Paris. Il revient avec un de ses amis, dans la rue Henri-Regnault. Il raconte à tout le monde qu'il a voulu s'asphyxier avec sa maîtresse; mais au dernier moment, à la vue des ravages que la mort opérait sur celle qui lui avait conseillé de mourir avec lui, il n'avait plus le courage d'attendre comme elle le trépas.

On lui demande la clef de la chambre de l'hôtel, Breton prétend l'avoir perdue. On est obligé de se servir d'une échelle pour pénétrer par la fenêtre de cette chambre.

On y trouve la malheureuse femme, son corps déjà en putréfaction, est bleui, noirci par l'oxyde de carbone.

La fille Rivière est couchée sur son grabat et sur le côté gauche: elle a les deux bras allongés ensemble entre la porte comme lorsqu'elle essayait, à ses derniers moments, de retenir son meurtrier.

Breton est traduit en cour d'assises. Il essaye de prouver par des lettres écrites après coup, que les deux amants voulaient ensemble se donner la mort.

La loi n'admet pas l'homicide parce que la personne homicidée a constaté le trépas.

Breton qui, intentionnellement, a voulu tuer sa maîtresse par un lâche stratagème, est acquitté.

Il retourne à sa femme qui, aveuglée par la passion, lui pardonne la mort de sa rivale.

Monsieur R*** a suivi les débats de la justice concernant l'amant de la fille Rivière : il écrit, après l'acquittement de cet homme qui a risqué l'échafaud :

« La justice a acquitté Breton, sa femme lui a pardonné. Entre les époux réconciliés par un crime, le cadavre de la fille Rivière a dû se dresser à leur chevet. Il devra sans doute troubler leur sommeil par des cauchemars épouvantables ; images de leurs cœurs troublés, si le remords n'est pas un vain mot. »

CXXXVI

MA TANTE

Pendant que se passaient ces sinistres événements entre les filles Levert et Rivière, et leurs amants, un autre drame, non moins émouvant avait lieu rue Nollet.

Ce drame avait pour auteur un membre de la société des cambrioleurs dont le chef, le Beau Collin, était encore en prison.

L'auteur du forfait de la rue Nollet, était un tout jeune homme, presque un enfant. Il assassinait dans des circonstances épouvantables une vieille femme, la veuve Leclerc, âgée de soixante-quinze ans.

Elle se prétendait la cousine de celui qui devint son meurtrier ; en réalité, elle était sa tante.

Ce meurtrier précoce avait à peine dix-sept ans. Il appartenait comme il a été dit au début, à la bande des cambrioleurs ; en 1878, terrorisait Paris, en laissant dans chaque quartier des traces de sang.

Depuis deux ans, chassé par son père, à la suite de plusieurs vols, Ollivier, c'est le nom de ce jeune scélérat, était devenu l'éclaireur de la bande.

Un jour, Ollivier grille d'envie de faire un coup de maître. Il veut être servi par les bandits qu'il sert. Il rêve la position du Beau Collin. Il a une tante riche. Il veut la dévaliser, et être seul à la déposséder par un crime monstrueux.

Caractère vindicatif et sournois, Ollivier a quitté son père parce que ce dernier, au point de vue des mœurs, n'était pas irréprochable.

Depuis deux ans, Ollivier avait perdu sa mère, il était sous la tutelle de la maîtresse de son père. Cette femme le battait.

L'oisiveté, l'amour des plaisirs, bien plus que sa rancune contre la concubine de son père, lui font abandonner le toit de sa famille.

Chassé par son patron, après plusieurs vols opérés sur sa caissière qui, pourtant ne le voyait pas d'un air indifférent, le jeune Ollivier n'a plus qu'une ressource pour vivre : tuer sa tante, une vieille coquette qui, pour se rajeunir, se prétendait sa cousine, et qui aimait le jeune Ollivier, malgré les peccadilles de cet enfant prodigue.

Un jour, muni d'un sifflet, il réunit ses camarades les cambrioleurs de Grenelle, au square des Batignolles. Il leur dit :

— Allons voir ma tante rue Nollet. Mais laissez-moi faire le coup tout seul, attendez-moi, je vous sifflerai en cas d'alerte.

Qui fut dit, fut fait.

Avant de suivre les péripéties de ce crime monstrueux, il est indispensable de faire connaître le jeune Ollivier.

C'était un enfant bien élevé, doux, de bonnes manières. Il était petit frêle, blond et rose. Il était vêtu comme un premier communiant. Il paraissait toujours calme, il baissait modestement les paupières, mais il ne craignait pas aussi de les relever. Il avait dix-sept ans, on lui en eût donner quinze.

Après avoir suivi les cours d'une école communale, il entrait en 1876, à l'école Trudaine avec une bourse que son père, employé des chemins de fer d'Orléans, avait obtenu de cette compagnie.

Ollivier quoique très intelligent était d'un caractère indomptable. Après diverses altercations avec ses camarades et professeurs, il abandonne l'école Trudaine.

Son père le laisse libre de chercher un emploi. Il entre comme commis chez un marchand de biscuits.

C'est là qu'il entreprend son apprentissage de voleur. Il fait connaissance dans plusieurs bals, entre autres au *bal de l'Ardoise*, de jeunes vauriens de son espèce, Par ces vauriens il s'abouchera plus tard aux *cambrioleurs de Grenelle*. En attendant, il commet plusieurs larcins qui le rendent digne de ses futurs collègues. Un jour, passant sur le boulevard Malesherbes, il aperçoit à terre une lettre chargée, contenant 800 francs en billets de banque.

Cette lettre venait d'être perdu par Mme Gilbert, une employée d'une grande administration. Ollivier a vu la dame égarer sa précieuse missive. Il n'a garde de l'avertir. il dépense l'argent de cette lettre en achat de cadeaux qu'il fait à ses camarades de l'*Ardoise*. On apprend son larcin. La dame Gilbert menace de s'en plaindre à la police.

Alors le père d'Ollivier s'empresse de faire remettre à l'administration la somme dont son fils s'était emparé ; et Ollivier est congédié par son patron.

Collin est hideux de colère et de menace ! (Page 775.)

C'est en ce moment qu'il entre dans la bande des cambrioleurs. Il est d'abord leur éclaireur. Ce rôle passif ne s'accorde pas avec son ambition.

Alors, le 25 mars 1878, après une première visite rendue à sa tante, il propose à ses camarades, d'aller à sa rencontre, rue Nollet; mais il tient, pour bien mériter de la bande à faire son coup tout seul.

Le 24 mars, après une première reconnaissance chez cette tante, il convoque au lendemain tous ces bandits, au square des Batignolles, pour l'attendre rue Nollet, et l'aider, au besoin, dans l'accomplissement du forfait qu'il médite.

Jusqu'à cette époque, Ollivier n'avait vu sa tante qu'au jour de l'an.

Leurs relations étaient peu fréquentes.

Il n'avait pas eu l'occasion de la revoir, lorsque le 24 mars, il se présenta une seconde fois chez elle.

La dame Leclerc le reçut et l'invita à déjeuner.

En causant avec lui, durant le repas, elle lui apprit qu'elle avait renvoyé sa bonne, qu'elle était seule dans son appartement.

Liv. 97. 97

Malgré la distance qui sépare le square des Batignolles où l'attendaient les bandits, de la rue Nollet, où résidait la dame Leclec, Ollivier revint, le jour suivant, chez la tante.

Le concierge lui apprit que la dame Leclerc était partie ; il se retira. mais pour revenir, car sa tante était prévenue.

Sans être vu, cette fois de la concierge, il monta à l'appartement de sa parente.

La dame Leclerc venait de déjeuner ; elle était occupée d'un travail de couture.

Ollivier s'assit auprès d'elle, il lui lut plusieurs articles de journaux.

Bientôt se levant, il se rendit à la cuisine, il revint avec un rouleau à pâtisserie qu'il tenait derrière le dos.

Mme Leclerc, très occupée à son travail, avait la tête penchée en avant. Alors Ollivier lui assène sur la tête un coup violent qui l'étourdit.

Mais d'une forte complexion, et très vigoureuse, malgré son grand âge, elle se relève ; elle court à pas précipités vers la fenêtre de son salon.

Elle ne peut parvenir à ouvrir la fenêtre, elle tombe à terre.

Alors Ollivier se précipite sur elle, il lui porte avec son rouleau des coups redoublés sur le crâne. En même temps il lui comprime la poitrine avec son genou et lui écrase la main sous un de ses pieds.

Il faut vite en finir avec la tante. Car il a prévenu ses camarades de se tenir prêts à recevoir les quatre mille francs qu'il tient à voler dans son coffre-fort.

D'un moment à l'autre, les voisins peuvent venir pour s'interposer entre lui et ses complices du dehors.

Donc il s'acharne sur sa victime, jusqu'à ce qu'elle succombe sous ses coups.

Elle a les os du crâne fracturés en plusieurs endroits ; la substance cérébrale s'en échappe avec le sang.

Il est deux heures. Les voisins entendent un meuble tomber, Mme Leclerc crier au secours ; un locataire du premier entend aussi la chute d'un corps et des pas précipités.

On veut entrer dans l'appartement ; la porte résiste, et l'on ne répond pas à qui frappe.

Ollivier qui entend l'arrivée des voisins, ne continue pas moins à accabler sa victime ; puis il s'empare d'un trousseau de clefs et d'une montre pendu à un clou.

Comprenant que la porte va céder sous les efforts des voisins, Ollivier n'a pas le temps d'opérer son vol des quatre mille francs, déposés dans le secrétaire.

Il va se dissimuler derrière un large fauteuil, placé dans un angle du salon pour y attendre le moment favorable de prendre la fuite, de rejoindre les cambrioleurs dans la rue.

On entre dans l'appartement par un long vestibule. A droite est la salle à manger; et par cette chambre on pénètre dans la chambre à coucher. De l'autre côté, est le salon.

On trouve Mme Leclerc étendue dans la salle à manger. Elle baigne dans son sang, elle est frappée d'horribles blessures.

A la vue de la victime qui respire encore la concierge va chercher un serrurier; les premières personnes qui pénètrent dans l'appartement n'aperçoivent pas le meurtrier.

Un sergent de ville requis avec le serrurier est très étonné que l'auteur du crime se soit déjà enfui; il fait une perquisition jusqu'au salon, il trouve Ollivier blotti derrière un fauteuil.

Une fois pris, l'assassin fait des aveux complets. Il déclare qu'il a tué sa tante pour la voler.

— Je savais, — dit-il à ses juges, — qu'elle avait de l'argent et je voulais en avoir.

Mais il a grand soin de ne pas dénoncer ses complices qui l'attendaient pour partager son butin. Grâce à son jeune âge, il sait qu'il ne peut encourir la peine capitale. Il faut ménager ses soldats dont il a bien mérité d'être le chef.

Lorsqu'on lui demande pourquoi il s'est servi du rouleau à pâtisserie pour l'exécution de son meurtre, il répond avec un cynisme qui n'est pas exempt d'une certaine justesse d'expression :

— Le rouleau était lourd et long. Il formait levier et sa force d'impulsion se multipliait.

Ollivier pose à l'audience, il pose pour l'érudition comme pour le martyre.

Lorsqu'on lui demande ce qu'il faisait avant d'aller tuer sa tante, il répond.

— Je ne le dirai pas. Tout ce que je puis avouer, c'est qu'il m'était impossible de rester chez mon père, il vivait avec une fille qui me maltraitait.

L'assurance de cet enfant démonte le tribunal. On veut le faire passer pour fou, la rectitude de son jugement se refuse à cette supposition.

Tout ce que l'on peut dire de ce précoce meurtrier, c'est que si, chez lui, l'intelligence est développée par l'instruction proprement dite, elle est très inférieure au point de vue moral. Il est très enfantin à certains égards.

En effet, les enfants plaisantent souvent avec la mort, et quelquefois, ils la donnent inconsciemment!

Ollivier, en raison de son jeune âge, n'est condamné qu'à vingt ans de travaux forcés; et l'exécuteur écrit, en devançant sa sentence : « Cet enfant est du bois dont on fait les guillotinés! »

CXXXVII

L'HÉRITIER ET LE BOURREAU DES ASSASSINS DE PEYREBELLE

Au moment où avait lieu le jugement du jeune Ollivier, de graves incidents se produisaient chez Monsieur de Paris. Ils devaient influer d'une façon funeste sur ses derniers jours.

La servante Catherine, malgré sa grande honnêteté, son dévouement à toute épreuve, portait le désordre et le malheur avec elle.

Il était dit que sa triste destinée devait atteindre ceux qui s'intéressait à son sort.

Depuis cinq ans qu'elle était au service du bourreau, monsieur R*** n'avait eu qu'à se louer de sa conduite. Elle répondait à la sympathie qu'il lui manifestait, en reportant une vive affection sur ses enfants.

Freydouële, le gardien de la paix, quoique ayant été pour beaucoup dans la nouvelle situation de la servante, ne lui rendait visite que de loin en loin.

Catherine était vieillie, infirme. Depuis qu'elle gardait les traces indélébiles de son suicide, après les malheurs qui lui étaient survenus pour avoir écouté le Beau Collin, Freydouële n'avait plus aucun attrait à revoir sa payse.

Était-ce la rancune d'avoir été préféré au Beau Collin par Catherine? était-ce la crainte de se rencontrer avec l'un des exécuteurs des assassins de Peyrebelle, qui éloignaient d'elle le gardien de la paix.

Fredouële, comme on le sait, était le petit-neveu d'un chef de Chauffeurs, parent des meurtriers de l'Ardèche.

Et pour ne pas renouveler ses funestes souvenirs, il ne tenait pas à revoir la servante de l'un des bourreaux de ses parents.

Un jour, Monsieur de Paris était parti en province pour faire une exécution.

Freydouële était revenu voir Catherine toujours enchantée de causer avec un pays. En apprenant que M. R*** était parti, accompagné de sa

Tu ne passeras pas! (Page 776.)

femme, l'agent de paix avait promis à Catherine de revenir, le soir même, dès son service terminé, pour continuer avec elle leur entretien sur les gens de l'Ardèche et pour lui donner des nouvelles de sa mère.

A cette époque, par exception, Monsieur de Paris avait été accompagné par son épouse dans son voyage; cette dame qui avait une grande sollicitude pour son époux, redoutait plus que jamais les émotions causées par ses excursions.

Un mois auparavant, M. R*** qui comptait soixante-cinq ans avait été frappé par une première attaque d'apoplexie. Il était à peine remis, lorsque le ministre de la justice l'envoyait en province. Sa famille redoutait les angoisses qu'il allait éprouver sur la guillotine où il était appelé, après le patient, à jouer le rôle le plus émotionnant et le plus dangereux.

Son épouse, malgré les soins qu'elle devait à ses enfants voulait donc rester près de lui, pour qu'il ne lui arrivât rien de fâcheux.

On sait, par ce qui a été dit de la vie intime de Monsieur de Paris, avec quelle conscience le bourreau *fonctionnait* tant dans la capitale que dans la province.

Après chaque exécution loin de son épouse, M. R*** n'attendait pas le moment d'être réuni à elle pour lui faire part des émotions éprouvées par l'exercice de sa charge épouvantable.

M. R***, père de huit enfants, adorait sa famille comme son épouse et ses enfants l'adoraient.

Lorsque le bourreau était en province, son premier devoir, une fois l'exécution terminée, était d'envoyer de suite, une dépêche à sa femme, pour lui dire comment l'affaire avait marché, si on avait eu beaucoup de monde, et lui annoncer l'heure de son retour.

Cette fois, vu l'état de santé de Monsieur de Paris, son épouse n'avait pas voulu attendre son retour; elle était partie avec lui, pour rester près du théâtre sanglant où il allait figurer.

La mère avait laissé à sa bonne le soin de veiller sur ses enfants pendant le peu de temps qu'aurait duré son absence pour veiller sur son époux.

L'agent de paix, Freydouële avait donc profité du congé des maîtres de Catherine pour venir lui rendre visite. Le soir où M. de Paris et sa femme devaient revenir de leur voyage, Catherine attendait Freydouële. Ils étaient très disposés à continuer un entretien que la servante et l'agent de la paix n'avaient pu achever dans la journée.

Catherine, ce soir-là, après avoir couché les enfants, attendait dans sa cuisine le retour de l'agent de la paix.

Mais ce soir-là, elle était loin de compter sur la visite d'un troisième personnage auquel elle avait dû autrefois ses malheurs et son infirmité.

A cette époque, le récidiviste Collin avait achevé ses cinq ans de captivité. Il était retourné à sa bande des cambrioleurs pour y reprendre son emploi.

Depuis quinze jours qu'il était libre, il avait su l'histoire de Catherine. Il l'avait apprise avec tout le mystère imposé par son indigne profession.

Alors il était au courant des moindres faits et gestes du bourreau de Paris, absent de chez lui avec son épouse. Il savait que sa maison n'était confié qu'à Catherine, une infirme qui lui devait sa blessure, et à qui il devait aussi ses cinq années de réclusion.

Une idée infernale s'était emparée de l'esprit de Beau Collin, en apprenant ces détails. Elle ne l'avait plus quitté : c'était d'aller voler le bourreau et de se venger de Catherine.

Depuis deux jours que ses maîtres étaient absents, Beau Collin et sa bande n'avaient cessé de rôder autour de sa maison. Maintenant, il savait par une reconnaissance de ses complices, où se trouvait le coffre-fort du maître du logis. Lui-même avait surpris le retour de l'agent de paix, auquel il avait dû autrefois son arrestation au *bal de l'Ardoise.*

A une idée cupide se mêlait une double pensée de vengeance, chez le bandit, pour visiter la maison du bourreau.

Armé d'un poignard, la volonté de Collin était donc bien arrêtée : piller le bourreau en passant sur le corps de sa servante.

Si Catherine ne consentait pas à laisser voler M. R*** par force, comme elle avait laissé dévaliser par ruse ses premiers maîtres, il la tuerait.

Encore une fois, et d'une façon plus terrible, la malheureuse Catherine devait devenir la dupe et la victime de Collin.

A neuf heures du soir, le 20 avril 1878, Catherine, qui venait de coucher les enfants, attendait dans sa cuisine le retour de Freydouële.

Tout à coup, elle entend gratter à la porte. Elle ne doute pas que c'est Freydouële qu'elle a vu dans la journée, et qui vient la revoir.

Dans sa précipitation à aller lui ouvrir, elle oublie de demander le nom de celui qui frappe; elle s'empresse de le recevoir dans sa cuisine.

Sa stupéfaction égale sa frayeur, lorsqu'elle aperçoit le triste personnage qu'elle vient de recevoir.

Ce n'est pas Freydouële, c'est Collin.

A la vue du chenapan, la pauvre Catherine se recule, le cœur partagé entre l'indignation et l'épouvante.

Collin ne lui donne pas le temps de se remettre. Il donne un violent coup de talon à la porte qu'il referme derrière lui; le poignard levé sur la tête de la servante, il lui crie :

— Bonsoir, Catherine! maintenant, dépêchons-nous, conduis-moi au coffre-fort de tes maîtres ou je te tue!

Collin, la casquette de soie en arrière, les yeux flamboyants, est hideux de colère et de menace.

A l'injonction de l'homme qui l'a déshonorée avant de la rendre infirme, Catherine oublie sa frayeur. Elle n'est plus qu'à la rage, au dégoût que lui inspire l'auteur de sa triste destinée.

Au prix de sa vie, elle défendra ses maîtres et ses bienfaiteurs.

— Lâche! lui répond-elle, ce n'était pas assez, autrefois, de m'avoir rendue coupable par surprise, tu veux encore achever ton œuvre, n'est-ce pas?

— Pas de bavardages! exclama Beau Collin, en la menaçant de son poignard, ne lutte pas avec moi, ou je te coupe le sifflet.

— Eh bien! — hurle Catherine, en le dévisageant, — eh bien! monstre!

je lutterai jusqu'au dernier souffle de ma vie pour empêcher tes desseins. Tu ne passeras pas!

La malheureuse servante court comme une désespérée vers la seconde porte s'ouvrant sur les appartements; les bras ouverts contre son panneau, elle en défend l'accès à Collin. Il la suit, le poignard toujours levé sur elle.

— Ne crie pas si fort! — lui risposte-t-il avec un sourire atroce, tu vas réveiller les mioches et ça me gênerait? Tu vois que je connais la maison, allons, laisse-moi passer.

Mais Catherine, toujours les bras tendus sur la porte, lui réplique :

— Tu ne passeras pas.

— Tu veux donc mourir? lui riposte-t-il.

— Oui, pour défendre ceux qui m'ont recueillie lorsque tu n'as pu me faire mourir une première fois.

— Tu le veux absolument? fait-il en abaissant son poignard vers son cœur, qu'il vise froidement.

Catherine ne quitte pas ses bras de la porte de l'appartement et, elle lui répond :

— Absolument!

Il va frapper sa victime, lorsque de violents coups retentissent à l'autre porte, de la cuisine donnant dans l'escalier de service.

C'est Freydouële qui se rend au rendez-vous que lui a assigné Catherine. La servante lui crie :

— A moi, Freydouële, à moi!...

— Tu l'auras voulu! crie avec rage Beau Collin dépité par le gardien de la paix qui, du dehors, a entendu les appels de sa payse, les menaces de Collin !

La porte va céder sous les violents efforts de Freydouële; Beau Collin est traqué par le gardien de la paix et par la servante. Il ne se possède plus de désespoir et de rage.

Il frappe Catherine. Il l'a visée au cœur, sa mort est instantanée. Elle tombe à ses pieds, baignée dans son sang.

Freydouële a enfoncé la porte de la cuisine.

Il voit Catherine morte aux pieds de son meurtrier, celui-ci le défie à son tour, avec le poignard qui a visé sa première victime.

Le gardien de la paix sort un revolver; avant qu'il l'ait armé, Beau Collin bondit comme un tigre sur Freydouële.

Il le frappe de son poignard presque au même endroit où il a atteint Catherine, le frappe du même acier rougi de son sang.

Freydouële tombe sur le corps de Catherine, en criant. « A l'assassin! »

Il n'a que le temps d'ouvrir la fenêtre. (Page 777.

Il ne peut plus se relever.

Pendant que se sont passés ces sanglants événements, les voisins, les enfants du bourreau accourent sur le lieu de ce double crime.

Beau Collin, pour échapper aux témoins de ses meurtres, n'a que le temps d'ouvrir la fenêtre. Il part et rejoint dans la rue sa bande de cambrioleurs.

Il a manqué son vol; mais il est vengé de Freydouële et de Catherine.

Deux heures après, vers minuit, Monsieur de Paris et sa compagnon reviennent de leur voyage. Ils sont stupéfaits en voyant à leur porte malgré l'heure indue, une foule alarmée, terrorisée par le drame qui vient de se passer à leur domicile.

Ils s'informent.

Un commissaire de police a été requis par le concierge de la maison sur les cris poussés par les enfants de M. R***. Il lui fait part de l'horrible drame qui a eu lieu dans sa maison.

Monsieur de Paris et sa femme montent avec précipitation jusqu'à la cuisine.

Ils voient l'épouvantable spectacle qui se dresse à leurs yeux ; les corps de leur bonne et de Freydouële baignés dans leur sang.

Catherine n'est plus qu'un cadavre, l'agent de paix respire encore.

Le poignard de Collin a glissé sur ses côtes, et ne l'a pas atteint au cœur.

Avant d'être emporté sur une civière, Freydouële raconte à M. R***, à son épouse ce qu'il a entendu derrière la porte, ce qui a eu lieu dans la cuisine, comment il a été frappé dans la cuisine, sans pouvoir arrêter le *chef des cambrioleurs*.

Il lui dit que Catherine a bravement gardé la porte de ses appartements contre le bandit, en lui défendant de renouveler par force, chez M. R***, ce qu'il avait opéré, par ruse, chez ses premiers maîtres.

Le gardien de la paix raconte enfin à Monsieur de Paris l'action héroïque de Catherine, restée sans défense, sur le seuil de ses appartements, pour que Collin ne puisse attenter ni à la fortune de ses maîtres, ni à la vie de leurs enfants.

Catherine a expié sa première imprudence. Au lieu d'obéir au misérable qui a été la cause de son infirmité, elle a préféré sacrifier sa vie.

La servante a payé sa dette de reconnaissance envers ses bienfaiteurs.

On emmène Freydouële.

Monsieur de Paris et sa femme restent entourés de leurs nombreux enfants en émoi. Ceux-ci se groupent, se pelotonnent autour d'eux ; ils se reculent du cadavre de leur bonne, victime de son dévouement.

Pour sa part, M. R*** est dans un état impossible à décrire.

Après les pénibles impressions qu'il rapportait de son voyage, M. R*** avait le cerveau très affaibli. Il devait son état à sa première attaque d'apoplexie.

Et il aimait Catherine, si tendre pour ses enfants, si dévouée à lui-même.

Il ne peut supporter le nouveau coup qui le frappe. Il se rappelle dans quelles circonstances il a connu jadis la mère de Catherine. Il se souvient du crime de Peyrebelle, de ses assassins dont il a été l'exécuteur.

Autrefois M. R***, par ses lazzi, riait volontiers des terribles conséquences de son métier, maintenant il ne sait qu'en pleurer.

Le délire s'empare de lui. Il a des gestes d'épileptique. Il tourne des yeux hagards.

Devant ces deux cadavres, l'un lui rappelle la femme qu'il a fait jadis danser sur la place de l'échafaud de Peyrebelle. L'autre, l'oncle des égorgeurs de l'Ardèche. M. R*** devient fou.

Il voit, dans les malheurs qui lui surviennent, les représailles de la Providence.

Il a commencé son métier de bourreau en exécutant l'un des assassins de Peyrebelle, il le finit en présence de l'un de ses héritiers !

— Oh ! s'écrie-t-il d'un air égaré — le sang appellera toujours le sang. Moi, bourreau de Peyrebelle, je suis puni par l'un de ses héritiers.

Dans sa démence, M. R*** faisait allusion à Freydouële.

Le malheureux R***, après un accès de folie furieuse que son épouse essaye en vain de combattre, retombe dans un assoupissement complet.

Sa femme inquiète fait retirer ses enfants ; au même instant, la respiration de M. R*** s'embarrasse, il tombe sans connaissance près du cadavre de Catherine.

Son épouse pousse un cri déchirant ; Monsieur de Paris est frappé d'une nouvelle congestion au cerveau.

Le médecin arrive pour constater à la fois la mort de Catherine et le nouveau coup de sang de Monsieur de Paris.

CXXXVIII

LA MORT DU BOURREAU

La désolation était entrée dans la maison de l'exécuteur, depuis l'arrivée du Beau Collin.

Il fut impossible à la justice d'arrêter le récidiviste. Il se jouait des poursuites de la police ; le gardien de la paix Freydouële n'était plus en état de donner, au sujet de cet assassin, des indices au parquet.

Lorsque Freydouële entra en convalescence, Beau Collin avait eu le temps de rendre inutiles les renseignements de l'agent de la paix ; ils arrivaient trop tard.

Catherine était enterrée ; son maître n'était plus qu'un moribond.

Son épouse voyait avec un désespoir mêlé de terreur les progrès rapides de la seconde attaque d'apoplexie.

Il était constant que pour M. R***, déjà péniblement impressionné par son dernier voyage, la vue du corps sanglant de Catherine et de Freydouële avait fini par ébranler son cerveau déjà si affaibli.

M. R*** succombait à son tour de la maladie qui avait mis son prédécesseur au tombeau.

Les tableaux d'horreur qui, depuis cinquante ans, n'avaient cessé de se dérouler devant lui sur les madriers de l'échafaud, avaient déterminé sa seconde attaque.

Lorsqu'il avait connu le drame sanglant qui s'était passé chez lui, en condamnant Catherine, son maître s'était condamné lui-même.

Alors il avait dit avec trop de raison : « Le sang appelle le sang ! »

Et Monsieur de Paris, le corps à demi inerte, la face congestionnée, la langue embarrassée, ne s'appartenait plus.

Il avait des hallucinations. Pour lui, le présent n'était plus que chose morte. Il confondait les personnes avec les choses. La durée du temps n'existait plus ; il se revoyait au début de sa sanglante carrière.

Les terribles événements qui venaient de déterminer sa seconde attaque le reportaient à son jeune âge. Il se retrouvait dans le département de l'Ardèche, dans le pays de Catherine et de Freydouële. Il se retrouvait ce qu'il avait été jadis, quand il aidait son oncle à guillotiner les assassins de Peyrebelle, dans l'immense cirque de montagne où il avait été l'un des héros de l'exécution de ces bandits.

Il se revoyait, en face de trente mille personnes attirées par le retentissement de l'épouvantable série de forfaits commis pendant vingt ans par les propriétaires de l'*Auberge des tueurs*.

Il revoyait *danser* la population ardéchoise sur la place sanglante où il avait fait tomber les têtes des parents de Freydouële.

Par un phénomène qui s'explique avec les hallucinations des paralysés il confondait Freydouële avec son parent d'autrefois. Dans son cerveau troublé, les dates faisaient aussi bien confusion que les personnes.

Il traitait d'assassin le gardien de la paix ; il le prenait pour son oncle, le chef des Chauffeurs, qui vivait trente ans auparavant; peut-être en voulait-il à Freydouële de n'avoir pu préserver les jours de sa chère Catherine ?

L'état de M. R*** empirant, il fut bien obligé, dans un de ses moments lucides, d'envoyer sa démission au ministre de la justice.

Dans cette démission, l'exécuteur recommandait pour lui succéder son gendre, un parent qu'il affectionnait particulièrement.

Monsieur de Paris avait l'orgueil de son métier, il tenait à confier à un embre de sa famille les soins de sa machine perfectionnée.

Il retombe comme frappé de la foudre. (Page 781.)

Mais ce qu'il avait décidé n'entrait pas dans les vues de l'administration.

On lui répondit officiellement que le nouveau bourreau de Paris ne pouvait être l'un des membres de sa famille.

Dans la situation alarmante où se trouvait Monsieur de Paris, la famille eut grand soin de ne pas lui faire part de cette dernière déception.

Quelques jours après l'envoi de cette missive, M. R***, voyant son état empirer, résolut de devancer sa dernière heure.

Pour abréger ses souffrances, il chercha, comme il put, à sortir de son lit, il voulut prendre dans sa chambre un poison violent qui pût le délivrer de ses tortures.

Mais la mémoire ne lui revenant pas, il erra en vain dans la pièce ; il lui fut impossible, malgré des efforts inouïs, de se rappeler l'endroit où il avait mis en réserve son poison.

En le cherchant en vain, en s'accrochant à un meuble, avec des gestes impuissants, désespérés, il met la main sur la lettre ministérielle qu'on lui cachait.

Il l'ouvre, il en prend connaissance, et retombe comme frappé de la foudre. Il ne peut se faire à l'idée que sa charge ne retourne pas à l'un des membres de sa famille.

Il ne revient pas de cette dernière déception. Il pousse un profond soupir, il glisse inanimé sur le carreau. Cette fois le bourreau est bien mort. Il a succombé sous le coup d'une troisième attaque d'apoplexie.

TABLE DES CHAPITRES

TABLE DES CHAPITRES

FIN DE LA TABLE DES CHAPITRES.

Sceaux. — Imp. Charaire et fils.

www.ingramcontent.com/pod-product-compliance
Lightning Source LLC
Chambersburg PA
CBHW070702100726
47907CB00001B/17